PEITOS E OVOS

Mieko Kawakami

PEITOS E OVOS

Tradução de Eunice Suenaga

intrínseca

Título original: *Natsumonogatari*
Publicado em japonês por: Bungeishunju Ltd.

PREPARAÇÃO
Mariana Gonçalves
Fábio Fujita

REVISÃO
Júlia Ribeiro
Juliana Brandt
Theo Araújo

CAPA
Elisa von Randow

IMAGEM DE CAPA
Ana Matsusaki

ADAPTAÇÃO DE PROJETO GRÁFICO E DIAGRAMAÇÃO
Ilustrarte Design e Produção Editorial

CIP-BRASIL. CATALOGAÇÃO NA PUBLICAÇÃO
SINDICATO NACIONAL DOS EDITORES DE LIVROS, RJ

K32p

Kawakami, Mieko, 1976-
Peitos e ovos / Mieko Kawakami ; tradução Eunice Suenaga. - 1. ed. - Rio de Janeiro : Intrínseca, 2023.
480 p. ; 21 cm.

Tradução de: Natsumonogatari
ISBN 978-65-5560-831-1

1. Romance japonês. I. Suenaga, Eunice. II. Título.

23-82207 CDD: 895.63
CDU: 82-31(52)

Gabriela Faray Ferreira Lopes - Bibliotecária - CRB-7/6643

[2023]

Editora Intrínseca Ltda.
Rua Marquês de São Vicente, 99, 6º andar
22451-041 – Gávea
Rio de Janeiro – RJ
Tel./Fax: (21) 3206-7400
www.intrinseca.com.br

Parte I:
Verão de 2008

1
Você é pobre?

Se você quisesse saber o quanto uma pessoa já foi pobre, poderia perguntar o número de janelas que tinha na casa onde ela morava quando criança. O que comia e o tipo de roupa que usava não dizem muita coisa. Se você quisesse saber o nível de pobreza de uma pessoa, bastava saber o número de janelas. Sim, pobreza equivalia ao número de janelas. Se não havia janelas, ou se eram poucas, geralmente poderemos inferir quão pobre ela era.

Certa vez, quando falei isso para uma moça, ela discordou, alegando vários motivos: "Vamos supor que a casa só tenha uma janela", disse ela, "mas que seja uma janela enorme, de frente para um jardim ou algo assim. Uma casa com uma enorme e magnífica janela não tem nada a ver com pobreza, não é?".

Para mim, no entanto, esse tipo de pensamento era de alguém que não tinha ideia do que era pobreza. Janela voltada para um jardim. Uma enorme janela. Para começar, o que é um jardim? O que seria uma janela magnífica?

Para aqueles que habitavam o mundo da pobreza, não existia o conceito de janela enorme ou magnífica. Para eles, janela era aquilo que supunham haver atrás do armário ou da estante enfiada num espaço apertado, aquela placa de vidro escurecida que nunca tinham visto aberta. Aquela moldura quadrada e suja que ficava ao lado do exaustor de parede que também nunca tinham visto funcionar, com espessas camadas de gordura solidificada nas hélices.

Por isso, só quem poderia falar sobre pobreza, só quem conseguiria falar de fato sobre pobreza era quem a conhecia. Alguém que era pobre ou que já foi um dia. Eu pertencia aos dois grupos. Era pobre desde que havia nascido, e continuava sendo pobre.

Eu me lembrei disso e pensei nessas coisas, distraída, e talvez por causa da menina que estava sentada bem à minha frente. Era época de férias de verão, mas a linha Yamanote não estava tão lotada quanto imaginei, e as pessoas estavam confortavelmente sentadas em seus lugares mexendo no celular ou lendo um livro.

A menina, que eu acreditaria se alguém me dissesse que tinha oito ou dez anos, estava sentada entre um rapaz que havia deixado a bolsa esportiva no chão e duas moças que usavam tiaras com grandes laços pretos na cabeça. A menina parecia estar sozinha.

Ela tinha a pele mais escura e era bem magra. As manchas redondas e descoloridas de pitiríase alba se destacavam mais em sua pele bronzeada pelo sol. As pernas que despontavam da saia-calça cinza eram quase tão finas quanto os braços, visíveis pela regata azul-celeste. Olhando-a com a boca contraída e os ombros encolhidos, com ar de tensão, me lembrei da minha infância, e a palavra "pobreza" me veio à mente.

Eu observava a regata azul-celeste com a gola esgarçada e os tênis que deviam ter sido brancos um dia, mas que não dava para ter certeza porque estavam encardidos. E se ela de repente abrisse a boca, mostrando os dentes, e todos estivessem podres, o que eu deveria fazer? Pensando bem, ela não estava carregando nada. Nem mochila, nem bolsa, nem pochete. Será que o dinheiro e o bilhete estavam no seu bolso? Não sabia o que uma menina naquela idade costumava levar consigo quando saía de casa e pegava o trem, mas o fato de ela não carregar nada me deixava um pouco preocupada.

Enquanto eu a olhava, comecei a achar que devia me levantar, ir até ela e puxar papo sobre qualquer assunto. Sentia que devia trocar algumas palavras com ela, como quem escreve algo no canto do caderno sabendo que ninguém mais vai conseguir decifrar. O que devia lhe dizer? Acredito que poderia falar sobre seu cabelo visivelmente espesso. *Seu cabelo não esvoaça nem com o vento, não é? Não se preocupe com a mancha de pitiríase alba, pois quando você ficar adulta vai desaparecer.* Ou será que devo falar de janelas? *Na minha casa, nenhuma janela tinha vista para fora. Na sua casa tem janelas?*

Olhei o relógio: meio-dia em ponto. O trem avançava como se atravessasse o calor no auge da languidez do verão, e uma voz abafada anunciou que a próxima estação era Kanda. Quando chegamos à estação, as portas se abriram, emitindo um som que lembrava o de escape de ar, e um velho já completamente embriagado àquela hora do dia entrou tropeçando. Alguns passageiros desviavam dele por reflexo, e ele emitiu um gemido baixo. Sua barba cinza, tal qual uma esponja de aço desemaranhada, pendia entrelaçada até a altura do peito do seu macacão gasto. Ele segurava um saco plástico amassado de uma loja de conveniência em uma das mãos e, quando tentou segurar a alça de apoio com a outra, cambaleou e se desequilibrou. As portas se fecharam e o trem começou a se mover. Quando olhei para a frente, a menina já havia desaparecido.

Passei pela catraca, saí da estação de Tóquio e diminuí o passo sem querer ao me deparar com a inacreditável multidão. De onde vinham aquelas pessoas e para onde iam? Mais do que uma simples multidão, parecia uma competição estranha. Você é a única pessoa que não conhece as regras — sentia como se falassem isso para mim, e fiquei preocupada. Segurei com firmeza a alça da bolsa e soltei um suspiro profundo.

Há dez anos, cheguei pela primeira vez à estação de Tóquio. Foi no verão logo depois do meu aniversário de vinte anos, num dia quente como o de hoje, em que eu suava sem parar por mais que tentasse me enxugar.

Carregava nas costas uma mochila ridiculamente grande e resistente que tinha comprado num brechó quando estava no ensino médio, depois de levar um tempão para escolher (ainda hoje ela era a minha favorita). Nela eu levava cerca de dez livros dos meus autores favoritos, dos quais não queria me separar nem por um segundo — talvez fossem como amuletos para mim —, mas agora, pensando bem, poderia tê-los mandado junto com minha mudança.

Já se passaram dez anos desde então. Estávamos em 2008. Eu tinha trinta anos; esse seria o futuro que imaginei vagamente para mim quando tinha vinte? Bem, óbvio que não. Ainda hoje quase ninguém lia o que eu escrevia (o *blog* que eu mantinha em um recanto da internet, que quase ninguém conseguia chegar e no qual publicava meus textos de vez em quando, no máximo tinha meia dúzia de acessos por dia) e, para começar, nada do que escrevi foi lançado. Quase não tinha amigos. A inclinação do telhado do apartamento, a parede com a tinta descascada, o sol da tarde intenso demais, a vida que levava fazendo bicos que me rendiam pouco mais de cem mil ienes por mês, mesmo trabalhando quase em período integral, e a sensação de que, por mais que escrevesse, não sabia para onde isso iria me levar — nada disso tinha mudado. Na minha vida, assim como uma prateleira de uma velha livraria onde estavam encalhados os mesmos livros desde a época dos donos anteriores — os pais dos proprietários atuais —, a única coisa que tinha mudado era meu corpo, que havia definhado exatamente o equivalente aos dez anos passados.

Ao consultar o relógio de novo, já era meio-dia e quinze. Acabei chegando quinze minutos antes do horário combinado e, encostada na coluna de pedra gelada, observei o movimento das pessoas. Uma família enorme que carregava muita bagagem corria da direita para a esquerda fazendo muito alvoroço em meio à agitação de vozes e sons. Uma mãe passava segurando firmemente a mão do filho, e na altura das nádegas do menino balançava uma garrafa grande demais para ele. Um bebê chorava e gritava em algum lugar, e um casal jovem — tanto o homem quanto a mulher maquiados — atravessava o espaço a passos rápidos, mostrando os grandes dentes.

Tirei o celular da bolsa e verifiquei que não havia nenhuma mensagem nem chamada perdida de Makiko. Sendo assim, ela e sua filha tinham pegado o trem-bala no horário previsto em Osaka e deveriam chegar à estação de Tóquio em cinco minutos. O ponto de encontro era ali, bem na frente da saída norte de Marunouchi. Tinha enviado um mapa e explicado como era o lugar, mas de repente estava preocupada, então verifiquei a data. 20 de agosto. Sim, era hoje. Combinamos de nos encontrar hoje, 20 de agosto, ao meio-dia e meio, na saída norte de Marunouchi da estação de Tóquio.

○ Por que na palavra óvulo, *ranshi* (卵子), o segundo ideograma é o de criança, 子? É porque na palavra espermatozoide, *seishi* (精子), o segundo é o de criança, 子. É só para combinar. Essa foi a minha maior descoberta de hoje. Fui algumas vezes à biblioteca da escola, mas os procedimentos para pegar um livro emprestado são complicados, a variedade de livros é pequena, a sala é apertada e escura, e os outros alunos podem espiar o que estou lendo, por isso tenho que esconder os livros rápido. Ultimamente tenho ido a uma biblioteca maior. Lá posso usar o computador. A escola me deixa esgotada. Que estupidez. Várias coisas. É estupidez eu escrever que é estupidez. A escola vai acabar um dia, mesmo eu não fazendo nada, mas as coisas de casa, não. Por isso não posso falar sobre essas duas coisas, o que me deixa esgotada e é uma estupidez. Com caneta e papel posso escrever em qualquer lugar, de graça, e sobre qualquer coisa. É uma coisa boa. A palavra repugnância, *iya* em japonês, tem dois ideogramas, 嫌 e 厭, e o segundo dá a impressão de maior repugnância. Por isso pratico a escrita desse. 厭, 厭.

Midoriko

Makiko, que estava chegando de Osaka, era minha irmã mais velha. Ela tinha nove anos a mais que eu, então estava com trinta e nove. Tinha uma filha chamada Midoriko, que iria completar doze anos em breve. Ela teve a filha aos vinte e sete anos e a criava sozinha.

Depois que completei dezoito anos, morei por alguns anos com Makiko e Midoriko, que era recém-nascida, num apartamento em Osaka. Makiko tinha se separado do marido antes de a filha nascer e, como eu ia muito à casa dela, por motivos financeiros e por ela precisar de ajuda chegamos à conclusão de que, para não ter que ir e voltar constantemente, o melhor e mais fácil seria nós três morarmos juntas. Midoriko nunca conheceu o pai, e eu não soube de ela tê-lo encontrado depois. Acho que cresceu sem saber nada sobre ele.

Até hoje eu não sabia direito o motivo pelo qual minha irmã tinha se separado do marido. Lembrava que na época conversei bastante com ela sobre o divórcio e seu ex-marido, e lembrava de ter pensado que era um absurdo, mas não conseguia recordar concretamente o que achei um absurdo. Meu ex-cunhado nasceu e cresceu em Tóquio, conheceu minha irmã quando morava em Osaka por causa do trabalho e, se eu não estava enganada, ela engravidou da minha sobrinha um pouco depois de eles se conhecerem. Lembrava vagamente que ele usava o dialeto de Tóquio, considerado a língua-padrão, que eu nunca tinha ouvido alguém falar de verdade em Osaka, e ele chamava minha irmã de "você" de uma maneira curiosa.

Quando Makiko e eu éramos crianças, morávamos com os nossos pais no terceiro andar de um pequeno prédio. O apartamento era pequeno, com dois cômodos contíguos, um de seis e outro de quatro tatames. No primeiro andar funcionava um bar *izakaya*. Morávamos numa cidade portuária, de modo que bastava caminhar por alguns minutos para vermos o mar. Eu observava as ondas escuras feito chumbo baterem e rebentarem no cais cinzento, provocando um grande estrondo, e me esquecia do tempo. De qualquer lugar dava para sentir a umidade do mar e os sinais da maré, e, quando chegava a noite, as ruas ficavam abarrotadas de homens bêbados e barulhentos. Muitas vezes vi gente agachada na beira da estrada ou à sombra dos prédios. Gritarias e pancadarias eram as coisas mais banais, e uma vez alguém jogou uma bicicleta bem na minha frente. Os vira-latas davam à luz muitos filhotes e, quando estes cresciam, davam à luz mais vira-latas. Moramos nessa cidade só por alguns anos, porque meu pai desapareceu quando comecei a frequentar a escola primária e nós três, minha irmã, minha mãe e eu, fomos morar com minha avó em um conjunto habitacional.

Morei com meu pai só por sete anos, e, mesmo que eu fosse criança, percebia que ele era baixinho. Tinha a estatura de um menino em idade escolar.

Ele não trabalhava e vivia deitado o tempo todo, fosse de manhã, fosse à noite. Minha vó Komi — como chamávamos nossa avó materna —, que o odiava porque só fazia a filha sofrer, chamava-o de "toupeira" pelas costas. Vestindo uma camiseta amarelada sem manga e calça, ele ficava à toa no colchão *futon* estendido nos fundos do quarto, que nunca era guardado, e assistia à TV de manhã até à noite. Na sua cabeceira ficava uma lata vazia, usada como cinzeiro, e uma pilha de revistas, e o quarto vivia cheio de fumaça de cigarro. Meu pai era tão preguiçoso que, quando queria olhar para nós, se estivéssemos atrás dele, usava um espelho para não precisar se virar. Quando estava de bom humor, fazia brincadeiras, mas geralmente falava pouco; não me lembro de ter brincado nem saído para passear com ele. Quando ficava mal-humorado, gritava de repente, mesmo se estivesse dormindo, vendo TV ou fazendo nada, e, às vezes, quando bebia, batia na minha mãe tomado pela fúria. Nessas horas, ele aproveitava e batia em Makiko e em mim, arranjando alguma desculpa, e todas nós tínhamos muito medo desse homem baixinho.

Certo dia, quando voltei da escola, ele não estava em casa.

O apartamento continuava igual: apertado e escuro, com uma pilha de roupa amontoada no chão. Mas só pelo fato do meu pai não estar ali, tudo pareceu diferente. Respirei fundo e fui para o meio do quarto. Comecei a soltar a voz. Primeiro falei baixinho, como se testasse a garganta, e em seguida soltei palavras incompreensíveis que vieram do fundo da minha barriga, com toda a força. Não havia ninguém por perto. Ninguém para me dar bronca. Depois mexi meu corpo aleatoriamente. Quanto mais movia os braços e as pernas, livre, sem pensar em nada, mais leve meu corpo ficava, e tive a sensação de que uma força brotava de algum lugar do meu íntimo. A camada de pó acumulado sobre a TV, a louça suja empilhada na pia da cozinha, a porta do guarda-louça com adesivos colados, a madeira de um pilar talhada com marcas indicando nosso crescimento. Todas essas coisas que me eram familiares pareceram resplandecer, como se tivessem sido polvilhadas de pó mágico.

Logo em seguida fiquei deprimida. Sabia que esse momento duraria apenas um instante, sabia muito bem que minha vida voltaria a ser como antes. Meu pai só tinha saído para resolver algum assunto, o que era raro, mas logo voltaria. Tirei a mochila, me sentei no canto do quarto, onde sempre ficava, e suspirei.

Mas meu pai não voltou. Não voltou no dia seguinte nem no outro. Depois de um tempo, homens começaram a vir à sua procura, e minha mãe os enxotou todas as vezes. Certo dia, fingimos que não tinha ninguém em casa, e na manhã seguinte encontramos guimbas de cigarro espalhadas na frente da porta. Isso se repetiu algumas vezes. Quando já fazia cerca de um mês do sumiço do meu pai, minha mãe puxou o *futon* dele, que continuava estendido no quarto, e o enfiou dentro da banheira que não usávamos desde que o sistema de ignição quebrara. No banheiro apertado que cheirava a mofo, o colchão do meu pai, impregnado de suor, gordura e cheiro de cigarro, pareceu assustadoramente amarelado. Depois de observá-lo por um tempo, minha mãe deu uma voadora nele com toda a força. E, passado aproximadamente um mês desse dia, mamãe acordou Makiko e eu tarde da noite, nos sacudindo e dizendo "Levanta! Levanta!", e mesmo no escuro sabíamos que ela estava com uma expressão de desespero no rosto. Fomos colocadas em um táxi e fugimos de casa.

Não sabia o significado ou a razão de termos que fugir no meio da noite, nem para onde estávamos indo. Algum tempo depois, tentei perguntar à minha mãe o que tinha acontecido, de forma discreta, mas, como o assunto do meu pai se transformou em uma espécie de tabu, não consegui extrair nenhuma informação dela. Sem saber o que estava acontecendo, naquela noite tive a impressão de que corremos de táxi na escuridão a noite inteira, mas enfim chegamos à casa da minha amada vó Komi, que ficava do outro lado da cidade, a uma distância de menos de uma hora de trem.

Passei mal no táxi e vomitei no *nécessaire* que minha mãe esvaziara e me dera para isso, mas não saiu quase nada do meu estômago. Limpei com a mão a saliva que escorreu junto com a bile e, enquanto minha mãe acariciava minhas costas, fiquei pensando o tempo todo na minha mochila. Os livros que tinha separado para as aulas de terça-feira. Cadernos. Adesivos. O bloco de desenho que havia colocado debaixo dos outros cadernos, onde guardara o desenho de um castelo concluído na noite anterior, depois de trabalhar vários dias nele. A gaita que tinha posto no compartimento lateral da mochila. A lancheira com o almoço pendurada na lateral. Meus lápis favoritos, marcador, bolinhas perfumadas, borracha, tudo dentro do estojo ainda novo. Meu gorro brilhante. Eu adorava minha mochila. Na hora de dormir, colocava-a na cabeceira, e, quando a carregava nas costas, segurava firmemente a alça, e sempre a tratei com cuidado. Ela era como um quarto só meu, que eu podia levar nas costas.

Mas eu a tinha abandonado, junto com o moletom branco de que gostava, as bonecas, os livros e minha tigela. Deixando tudo isso para trás, estávamos correndo no meio da escuridão. *Provavelmente nunca mais vou voltar para aquele quarto*, pensei. *Nunca mais vou carregar aquela mochila nas costas, nunca mais vou abrir o caderno e praticar caligrafia na mesa de* kotatsu*, com aquecedor embutido, com o estojo colocado bem na quina. Nunca mais vou apontar o lápis como apontava, nunca mais vou ler um livro encos-*

tada naquela parede áspera. Nunca mais. E ao imaginar isso, tive uma sensação muito estranha. Uma parte da minha mente parecia estar levemente anestesiada, nebulosa, e não consegui reunir força para mexer as mãos ou os pés. Eu me perguntei se era eu mesma que estava ali. Porque até pouco tempo atrás eu achava que na manhã seguinte acordaria como em todas as outras manhãs, iria para a escola e o meu dia seria como todos os outros até então. Quando tinha fechado os olhos algumas horas antes, jamais imaginaria que em pouco tempo deixaria tudo para trás e estaria dentro de um táxi cruzando a noite junto com minha mãe e Makiko, para nunca mais voltar.

Ao observar a escuridão passando lá fora pela janela, tive a impressão de que o eu de algumas horas atrás continuava dormindo no *futon*. Quando esse eu acordar de manhã e perceber que não estou lá, o que fará? Ao pensar nisso, fui tomada de súbito por uma sensação de desolação e pressionei o ombro com força no braço de Makiko. Gradualmente fui sendo assolada pelo sono. Pela fresta das minhas pálpebras que caíam, vi números que brilhavam em tom verde. À medida que nos afastávamos do nosso apartamento, esses números se multiplicaram em silêncio.

A vida a quatro — nós três junto da vó Komi — que começou naquele dia, quando fugimos no meio da noite do nosso apartamento, não durou muito tempo. Quando eu tinha quinze anos, a vó Komi morreu. Dois anos antes, quando estava com treze, minha mãe havia morrido.

Makiko e eu ficamos completamente órfãs de repente e, ao encontrar oitenta mil ienes no fundo do altar budista da vó Komi, consideramos aquele dinheiro o nosso talismã. A partir daí começamos a trabalhar desesperadamente para sobreviver. Não me lembro de quase nada desde o início do ensino fundamental II, quando minha mãe foi diagnosticada com câncer de mama, até a época do ensino médio, quando a vó Komi morreu de câncer de pulmão, como se estivesse indo ao encontro da nossa mãe. Eu estava ocupada demais trabalhando.

Uma das poucas lembranças que tinha era da fábrica onde ia trabalhar em todas as férias de primavera, verão e inverno quando estava no ensino fundamental II, mentindo sobre minha idade. Do cabo do soldador elétrico pendendo do teto, do ruído das faíscas, das caixas de papelão empilhadas até o alto. E, é claro, do *snack bar* que frequentava desde o ensino fundamental I. Um pequeno estabelecimento que pertencia a uma amiga da minha mãe. Minha mãe tinha alguns serviços temporários de dia e, à noite, trabalhava nesse *snack bar*. Makiko começou a trabalhar lá lavando louça quando estava no ensino médio e, depois de um tempo, também passei a ajudar na cozinha, até que comecei a preparar drinques e petiscos enquanto via minha mãe atender os fregueses bêbados. Além do emprego no bar, minha irmã arranjou outro num restaurante de *yakiniku*, ou seja, de carne fatiada e assada na grelha, e, com o salário de cerca de seiscentos ienes por hora, conseguiu fazer a fortuna de cento e vinte mil ienes em um único mês, seu recorde, trabalhando arduamente (ela virou uma espécie de lenda desse lugar). Foi efetivada alguns anos depois de concluir o ensino médio e trabalhou até o restaurante falir. Depois ela engravidou, teve a Midoriko, experimentou várias atividades temporárias e hoje, com trinta e nove anos, trabalhava cinco dias por semana num outro *snack bar*. Ou seja, Makiko estava seguindo praticamente o mesmo caminho da nossa mãe: mãe solo que trabalhou desesperadamente até adoecer e morrer.

Passados quase dez minutos do horário marcado, Makiko e Midoriko ainda não haviam aparecido no lugar combinado. Liguei, mas minha irmã não atendeu, e não recebi nenhuma mensagem sua. Será que estariam perdidas? Quando decidi esperar mais cinco minutos para ligar de novo, o celular tocou, avisando a chegada de uma mensagem.

"Não sei onde é a saída. Estamos na plataforma onde desembarcamos."

Verifiquei no painel de horários eletrônico o número do trem-bala em que as duas deveriam ter chegado, comprei o bilhete de entrada no terminal de autoatendimento e passei pela catraca. Ao subir até o andar térreo de escada rolante, senti uma lufada de ar quente de agosto, o que me causou a sensação de estar numa sauna, e comecei a suar. Ao avançar desviando-me das pessoas que aguardavam o próximo trem-bala ou que estavam paradas diante do quiosque, avistei as duas sentadas no banco perto da parada do vagão 3.

— Quanto tempo! — Makiko sorriu, feliz, quando me viu.

Também sorri. Assim que vi Midoriko sentada ao lado da mãe, tive a sensação de que a menina que eu conhecia havia dobrado de tamanho.

— Midoriko! Que pernas são essas? — gritei sem querer, assustada com seu crescimento.

Ela estava com um rabo de cavalo alto, vestia uma camiseta azul-marinho lisa de decote redondo e uma bermuda. Suas pernas pareciam assustadoramente compridas — talvez também porque ela estava sentada na ponta do banco —, e dei um tapinha no seu joelho. Por reflexo, Midoriko me olhou com uma expressão de vergonha e desconforto misturados, mas Makiko se intrometeu:

— Não é? Está enorme, né? — disse minha irmã.

Midoriko pareceu instantaneamente mal-humorada e desviou o olhar, puxando a mochila que estava ao seu lado e apoiando-se nela como se a abraçasse. Minha irmã olhou para mim, fez uma cara de quem está exasperada, balançou levemente a cabeça e deu de ombros, como se dissesse “Está vendo?”.

Fazia seis meses que Midoriko não falava com a mãe.

Ninguém sabia o motivo. Segundo Makiko, certo dia, de repente, a filha parou de responder mesmo quando ela lhe dirigia a palavra. No começo, minha irmã ficou preocupada, achando que poderia ser algum distúrbio psicogênico, mas, fora o fato de não falar com a mãe, a menina levava a mesma vida de antes, sem problemas. Tinha muito apetite, ia para a escola normalmente e conversava com os colegas e professores como sempre. Ou seja, ela só se recusava a falar em casa, só com a mãe. Fazia isso de propósito. Por mais que minha irmã tentasse descobrir o motivo, de diversas formas, com cuidado, Midoriko se recusava a responder com obstinação.

— Ultimamente é só com a caneta. Como se diz mesmo? Conversa por escrito — explicou minha irmã ao telefone, soltando um suspiro, logo que a filha tinha parado de falar com ela.

— Caneta?

— É, caneta, de escrever. Comunicação por escrito. Ela não fala. Eu falo, claro. Mas Midoriko usa a caneta. Ela não fala. Não fala nada. Acho que já vai fazer um mês.

— Um mês? É muito tempo.

— É, é muito tempo.

— Muito tempo.

— No começo, eu fazia um monte de perguntas, enchia o saco dela, mas ela continuou sem falar comigo. Talvez tivesse algum motivo, mas, por mais que eu pergunte, ela não me responde. Não fala comigo. Não adianta eu ficar brava, não sei o que fazer, mas parece que com os outros ela conversa normalmente... Deve ser uma fase, muitas coisas devem passar pela cabeça dela, muitas coisas em relação a mim também. Mas isso não deve durar muito tempo, vai dar tudo certo, não tenho com o que me preocupar.

Ela havia rido ao telefone de forma despreocupada, mas já se passaram seis meses desde então. O relacionamento das duas continuava igual e não havia sinais de que iria mudar.

○ Parece que a maioria das meninas da minha turma já teve a primeira menstruação, e na aula de educação sobre saúde de hoje foi explicado como ela funciona. Explicaram por que sangramos, o que acontece dentro do nosso corpo, como usar o absorvente e mostraram o desenho de um grande útero que disseram que temos dentro do corpo. Quando me encontro depois com outras meninas no banheiro, só as que já menstruaram se reúnem e cochicham entre si, como se as outras não entendessem do que elas estão falando. Elas carregam um saquinho de pano onde guardam o absorvente, e, quando pergunto "O que é isso?", uma delas responde: "É segredo." Elas sussurram entre si coisas que só as que já tiveram a primeira menstruação entendem, mas falam tão alto que as outras conseguem ouvir. Deve ter outras meninas que ainda não menstruaram, mas entre minhas amigas próximas parece que só eu ainda não passei por isso.

Me pergunto como é ficar menstruada. Dizem que a barriga dói muito, e o pior de tudo é que isso vai continuar por décadas. Como assim? Vou me acostumar com isso? Sei que a Jun-chan ficou menstruada porque ela me contou, mas, pensando bem, como as meninas que já tiveram a primeira menstruação sabem que eu ainda não tive? Mesmo as que tiveram não ficam espalhando para todas que tiveram, e nem todas vão para o banheiro carregando o saquinho de pano à mostra. Como todas percebem quem já menstruou e quem ainda não menstruou?

Então resolvi procurar o significado de primeira menstruação, menarca, *shochō* em japonês (初潮). O primeiro ideograma, 初, representa o "começo", "início", e isso eu compreendo. Mas o que significa o segundo ideograma, 潮? Eu pesquisei e descobri que tem vários significados. Por exemplo, pode significar "maré", que é o movimento da água do mar que ora fica alta, ora fica baixa, dependendo da força gravitacional da Lua e do Sol. Significa também "momento oportuno". Outro significado é *aikyō* (愛嬌), mas o que é *aikyō*? Pesquisei e descobri que é chamar a atenção dos fregueses no comércio, ser agradável. Por que essa palavra está colocada como se tivesse alguma relação com a menarca, que é a primeira menstruação, quando as meninas começam a sangrar entre as pernas? Que raiva.

Midoriko

* * *

Ao caminhar ao lado de Midoriko, percebi que ela ainda era um pouco mais baixa que eu, mas suas pernas eram bem mais compridas que as minhas e seu tronco era curto. Quando eu perguntei "Então temos aqui uma amostra da geração Heisei?", ela meneou a cabeça, mostrando-se aborrecida, e diminuiu o passo de propósito, para andar atrás de mim e de Makiko. Como a mala de viagem velha que minha irmã carregava, com o braço demasiadamente fino, parecia pesada, estendi a mão algumas vezes me oferecendo para segurar, mas ela se recusou de maneira obstinada, fazendo cerimônia.

Até onde eu sabia, era a terceira vez que Makiko vinha a Tóquio. Ela olhava para todos os lados e exclamava, animada: "Quanta gente!", "A estação é enorme!", "Todas as pessoas de Tóquio têm o rosto pequeno!"; e quando quase esbarrava em alguém que vinha da direção oposta, ela pedia desculpas bem alto. Eu assentia ou respondia com monossílabos enquanto ela falava, e ao mesmo tempo estava atenta para ter certeza de que minha sobrinha nos acompanhava. Intimamente, porém, estava impressionada com a evidente mudança na aparência da minha irmã, a ponto de sentir meu coração palpitando.

Ela havia envelhecido.

É claro que era natural as pessoas envelhecerem com o passar dos anos, mas Makiko parecia uma idosa. Se alguém me dissesse que Makiko tinha cinquenta e três anos, seria fácil acreditar, apesar de ela ainda estar com trinta e nove.

Ela nunca foi gorda, mas agora tanto os braços e as pernas quanto a cintura estavam visivelmente mais finos do que antes, em comparação com a Makiko de quem eu me lembrava. Talvez a roupa contribuísse para deixá-la mais magra: estava usando uma camiseta estampada que ficaria bem em uma moça na faixa dos vinte anos, calça jeans de cintura baixa apertada que as jovens costumavam vestir e mules cor-de-rosa com um salto que parecia ter cerca de cinco centímetros. Minha irmã tinha se tornado esse tipo de mulher que a gente via com frequência ultimamente: de costas parecia jovem, mas, ao se virar, deixava as pessoas assustadas.

Mesmo deixando de lado a discrepância entre a aparência física e a roupa e o sapato que usava, tanto seu corpo quanto seu rosto tinham nitidamente encolhido, e suas feições emanavam um ar triste. A coroa amarelada do dente parecia saltada e a gengiva estava escura por causa do metal na raiz do dente. Os cabelos tingidos e com permanente já estavam desbotados e quase sem nenhuma ondulação, os fios tão finos que no topo da cabeça, onde o suor brilhava, dava para ver o couro cabeludo. Ela usava muita base no rosto, do tom errado, o que deixava a pele pálida e acentuava ainda mais as rugas. Toda vez que ria, os músculos do seu pescoço pulavam a ponto de eu achar que conseguiria pegá-los, e as pálpebras estavam completamente encovadas.

Sua aparência inevitavelmente me fez lembrar da nossa mãe numa determinada fase da vida. Não sabia se a filha tinha ficado parecida com a mãe por envelhecer naturalmente, ou se o corpo da filha estava passando pelo mesmo processo pelo qual passara o corpo da mãe, e por isso eu achava que elas estavam parecidas. Várias vezes me senti tentada a perguntar "Você está bem? Está indo ao médico direitinho?", mas imaginei que talvez ela também poderia estar preocupada com isso, então evitei tocar no assunto. No entanto, apesar da minha inquietação, Makiko estava animada. Parecia acostumada com a dinâmica silenciosa com a filha, dirigia palavras a ela alegremente por mais que fosse ignorada e, bem-humorada, continuou falando conosco sobre vários assuntos de pouca relevância.

— Maki, até quando você está de folga? — perguntei.

— Tenho três dias de folga, incluindo hoje.

— Só?

— Vamos dormir na sua casa hoje e amanhã, e depois de amanhã já vamos embora, porque trabalho à noite.

— Como anda o trabalho? Muito movimento?

— Não! — respondeu, sugando o ar entre os dentes e exibindo uma expressão de quem diz que a situação não está nada boa. — Muitos dos *snack bar* da região faliram.

Makiko era *hostess*, mas, em síntese, havia vários tipos de *hostess*. Não era muito educado dizer isso, mas havia do mais alto nível até o mais baixo, e, só de ouvir o endereço entre os inúmeros bairros de bares de Osaka, era possível saber o tipo de freguesia, de *hostess*, de bar, entre outras informações gerais.

O *snack bar* onde minha irmã trabalhava ficava num lugar chamado Shobashi, em Osaka. Era o bairro onde mamãe, Makiko e eu trabalhávamos desde que tínhamos fugido do nosso antigo apartamento e ido morar com a vó Komi. Um bairro muito longe de ser de alto nível, com uma concentração de construções que decaíam gradualmente, cujas cores desbotavam cada vez mais e ficavam marrons com o tempo.

Bar de bebida barata; barraca de macarrão *soba* — massa de trigo-sarraceno — sem lugar para sentar; barraca de prato feito sem lugar para sentar; salão de chá. Motel operando em uma casa em ruínas, mais para cabana de amor do que para hotel de amor. Restaurante de *yakiniku* num prédio comprido que parecia um trem; restaurante de *motsuyaki*, um tipo de espetinho de miúdos, envolvido por uma densa e absurda fumaça; farmácia com uma placa com os dizeres "Remédio para hemorroidas e sensibilidade excessiva ao frio". Entre os prédios dos estabelecimentos não havia nenhum vão. Ao lado do restaurante de enguia tinha um *telephone club*;* ao lado de uma imobiliária, tinha um bordel e uma casa de jogos de *pachinko* com anúncio luminoso brilhante e bandeiras tremulando ao vento. Havia também uma loja de ca-

* *Telephone club* ou *terekura*, sua forma abreviada, era um serviço de encontros que se tornou popular no Japão na década de 1990. O homem pagava uma taxa, entrava numa cabine e aguardava a ligação de uma mulher, e os dois podiam marcar um encontro fora do recinto. [N. da T.]

rimbo *hanko* cujo dono nunca estava no local; e um fliperama esquisito e sinistro sob todos os ângulos, sempre escuro a qualquer hora do dia; também havia outros estabelecimentos dispostos de forma quase amontoada.

Além das pessoas que frequentavam esses locais e dos transeuntes, via-se também gente caída e imóvel na frente do telefone público, uma mulher que visivelmente tinha mais de sessenta anos atraindo fregueses com a oferta de uma dança por dois mil ienes, e também, lógico, indigentes e bêbados... Ou seja, todo tipo de pessoa. À primeira vista, um bairro amistoso e animado, mas, honestamente, era um lugar sem nenhuma classe, e Makiko trabalhava das sete da noite à meia-noite no *snack bar* que ficava no terceiro andar de um prédio com vários estabelecimentos e onde ecoava o som do karaokê da tarde até à noite.

Esse *snack bar*, com alguns bancos no balcão e alguns assentos no *box* — um sofá cercado por uma divisória —, lotava com apenas quinze fregueses, e, quando uma *hostess* conseguia uma venda de dez mil ienes em uma noite, já era considerado um grande feito. Existia um acordo tácito sobre as *hostess* fazerem vários pedidos para impulsionar as vendas. Acompanhar os fregueses e consumir bebida barata não era uma boa estratégia, então elas eram incentivadas a pedir, na conta dos clientes, chá Oolong, que não embriagava por mais que tomassem. Uma latinha custava trezentos ienes. É lógico que elas mesmas preparavam o chá com água quente, esperavam esfriar, reutilizavam a mesma latinha e a serviam como se tivessem acabado de levantar o anel da lata. Quando o estômago se enchia de líquido, pediam comida. Diziam: "Estou com fome, posso pedir comida?" — e faziam o pedido na conta do freguês: salsicha, omelete, sardinha a óleo e frango frito, pratos que pareciam mais acompanhamentos de uma marmita ou *bentō* do que aperitivos. Depois era a vez de cantar no karaokê. Uma música custava cem ienes, e, já que de música em música chegava-se a mais de mil ienes, tanto as *hostess* mais velhas quanto as mais novas, tanto as que gostavam de cantar quanto as mais desafinadas cantavam todas as músicas que conheciam. No entanto, mesmo assim, mesmo se esforçando com o corpo entumecido de tanto consumir sal, ingerir líquido e ficando sem voz, geralmente os fregueses deixavam o local sem gastar nem cinco mil ienes.

A *mama*, dona do *snack bar* onde Makiko trabalhava, era uma senhora gorda e baixinha, com um ar alegre e com cerca de cinquenta e cinco anos. Eu me encontrei com ela apenas em uma ocasião. Quando minha irmã a viu pela primeira vez, na entrevista, não sabia se o cabelo dela era tingido ou descolorido; não era loiro, mas sim amarelado, e estava preso em um coque alto. Com o cigarro Hope entre os dedos curtos e carnudos, ela perguntou:

— Você conhece a Chanel?

— Sim, é a marca de roupas, não é? — respondeu Makiko.

— É — disse a *mama*, soltando a fumaça pelo nariz. — São bonitas, não acha?

Na parede para a qual ela apontou com o queixo havia duas echarpes da Chanel em molduras de plástico, como se fossem pôsteres. Estavam iluminadas por um holofote amarelado.

— Eu adoro Chanel — disse a *mama*, os olhos semicerrados.

— É por isso que este bar se chama Chanel? — perguntou Makiko enquanto olhava as echarpes na parede.

— É. Chanel é o sonho de toda mulher. É elegante. Muito caro, com certeza. Olhe esses brincos — disse a *mama*, inclinando o queixo rechonchudo e mostrando a orelha a Makiko.

Mesmo sob a luz do bar, dava para notar que o brinco redondo e dourado fosco fora usado por vários anos. Nele estava talhado em alto-relevo o símbolo da Chanel, que Makiko conhecia.

Toalha do banheiro, descanso cartonado para copo, adesivos colados na porta de vidro da cabine telefônica no interior do bar, cartão de visita, tapete, caneca: havia produtos com o logo da Chanel em todo o canto do estabelecimento, mas, segundo a *mama*, eram imitações chamadas de supercópias que ela juntara com afinco e diligência, despendendo muito tempo e procurando nas barracas de Tsuruhashi e Minami. Até minha irmã, que não sabia nada de Chanel, percebia à primeira vista que eram produtos falsificados, mas a *mama* aumentava a coleção aos poucos, com um amor extraordinário. A presilha e os brincos que ela usava todos os dias, impreterivelmente, eram as poucas peças genuínas que tinha da marca, compradas quando ela estava abrindo o *snack bar*, para atrair sorte — compra essa que fizera com uma grande determinação. Pelo visto a *mama* estava mais fascinada pelo som da palavra "Chanel" e pelo formato impactante da logo da marca do que pelos produtos em si. Certa vez, quando uma das *hostess* novas perguntou "De que país é a Coco Chanel?", Makiko ouviu a *mama* responder: "É dos Estados Unidos." Pelo jeito ela achava que todo branco era norte-americano.

— E a *mama*, está bem? — perguntei.

— Sim, está bem. Mas o *snack bar* passou por uns problemas.

Chegamos à estação Minowa, a mais próxima do meu apartamento, um pouco depois das duas da tarde. No caminho, comemos macarrão *soba* numa barraca sem cadeiras, pagando duzentos e dez ienes por cada prato, e caminhamos cerca de dez minutos no meio do ciciar intenso das cigarras que pareciam tentar colorir todas as coisas com a intensidade do seu som.

— Você saiu de casa só para nos buscar?

— Não, eu tinha algo para resolver antes. O apartamento é seguindo reto depois dessa ladeira.

— É uma boa caminhada, um bom exercício.

No começo, tanto minha irmã quanto eu conversávamos rindo, cheias de disposição, mas, à medida que andamos, fomos ficando cada vez mais caladas por causa do calor. O ciciar ininterrupto das cigarras enchia os ouvidos, e os raios de sol queimavam nossa pele devagar. Os telhados, as folhas das árvores das ruas e as tampas dos bueiros pareciam sugar a luz clara do verão e, quanto mais ela brilhava, mais a escuridão parecia nublar nossos olhos. Encharcadas de suor, que escorria pelo corpo, finalmente chegamos ao meu apartamento.

— Chegamos — anunciei.

Makiko deu um longo suspiro. Midoriko se agachou ao lado do vaso perto da entrada e aproximou o rosto da folha da planta que eu não sabia o nome. Ela pegou um pequeno caderno de dentro da mochila e escreveu "De quem é?". A letra dela tinha um traço surpreendentemente grosso e escuro, pois ela pressionava o lápis com força, e tive a impressão de estar olhando para grandes letras escritas na parede. Lembrei que, quando Midoriko ainda era bebê, eu achava inacreditável que um ser tão pequenino que parecia de mentira, que apenas respirava, pudesse ser capaz de ir ao banheiro, comer e começar a escrever sozinho um dia.

— Não sei de quem é, mas pertence a alguém. O meu apartamento fica no andar de cima. É naquela janela. Subindo a escada, é a porta à esquerda.

Subimos, em fileira, a escada enferrujada.

— É pequeno, mas entrem.

— É um bom apartamento — disse Makiko com uma voz alegre ao tirar os sapatos, curvando-se para a frente, como se espiasse o interior. — É um típico apartamento de quem mora sozinha! Que legal. Com licença.

Midoriko seguiu a mãe em silêncio e entrou no quarto dos fundos. Era um apartamento com uma cozinha de quatro tatames e um quarto de seis tatames contíguos, onde eu morava desde que tinha me mudado para Tóquio, ou seja, há quase dez anos.

— Você colocou carpete? Como é o chão? Assoalho de madeira?

— Não, é tatame. Como já estava gasto quando me mudei, coloquei um carpete por cima.

Enxuguei o suor com as costas da mão e liguei o ar-condicionado, ajustando a temperatura em vinte e dois graus. Abri a mesa baixa dobrável que estava encostada na parede e coloquei sobre ela três copos de vidro do mesmo conjunto, que tinha comprado especialmente para esta ocasião em uma lojinha perto de casa.

Eles tinham o desenho de uma pequena uva lilás-claro. Quando enchi os copos com *mugicha*, o chá de cevada que deixara esfriando na geladeira, Makiko e Midoriko tomaram-no de uma só vez com gosto.

— Agora, sim, voltei à vida — disse minha irmã, inclinando-se muito para trás.

Dei a ela uma almofada *bean bag* que estava no canto do quarto. Midoriko tirou a mochila das costas e deixou no canto do cômodo, levantou-se e olhou ao redor, como quem olha algo incomum. Era um quarto pequeno e simples com poucos móveis, e minha sobrinha pareceu se interessar pela minha estante.

— Quantos livros, né? — comentou minha irmã.

— Não é muito, não.

— Mas essa parede aqui é praticamente só de livros. Quantos você tem?

— Nunca contei, mas não tenho tantos assim. Uma quantidade normal.

Para Makiko, que não tinha o hábito de ler, podia parecer muito, mas, na realidade, não era.

— Ah, é?

— É, sim.

— Somos irmãs, mas nesse aspecto somos completamente diferentes. Eu não tenho o menor interesse nisso. Mas Midoriko adora livros. Ela gosta da matéria de língua japonesa também, não é, filha?

Sem responder à pergunta da mãe, Midoriko aproximou o rosto da estante e olhou atentamente a lombada de cada livro.

— Será que posso tomar uma ducha? — perguntou minha irmã, afastando com a ponta dos dedos o cabelo grudado no rosto. — Desculpe lhe pedir isso assim que chegamos.

— Com certeza. É a porta à esquerda. O lavabo é separado.

Enquanto a mãe tomava uma ducha, Midoriko continuou observando a estante. As costas dela estavam encharcadas de suor, e a camiseta azul-marinho, praticamente preta.

— Você não quer se trocar? — perguntei.

Depois de um tempo ela balançou a cabeça, como se dissesse que não, que estava bem assim.

Ao observar as costas da minha sobrinha e ouvir distraidamente o barulho do chuveiro vindo do banheiro, tive a impressão de que o apartamento estava com um ar um pouco diferente do normal, apesar de nada ter mudado. Era uma sensação de estranheza, como quando olhamos um velho porta-retrato e percebemos que a fotografia fora trocada um dia, mas nunca havíamos notado a mudança. Refleti sobre essa sensação enquanto tomava *mugicha*, porém não entendi de onde ela vinha.

Makiko saiu do banho vestindo uma camiseta de gola esgarçada e uma calça larga.

— Peguei uma toalha sua. O jato de água é tão forte! — disse ela, batendo levemente o cabelo com a toalha para secar.

Vendo o rosto dela sem maquiagem, me senti um pouco mais aliviada. Comecei a achar que a impressão que tive no nosso reencontro mais cedo talvez estivesse errada. Ao olhá-la revigorada, pensei que talvez tivesse me enganado sobre ela estar muito magra. No rosto, o problema foi porque a cor da base nitidamente não combinava com a pele, e ela aplicou produto demais, mas, no fim das contas, talvez Makiko nem tivesse mudado tanto assim. Fiquei assustada na estação porque fazia muito tempo que não a via, e reagi exageradamente. Podia ser também que agora já tivesse me acostumado com sua aparência, mas comecei a achar que condizia com a idade da minha irmã. Esse pensamento me deixou mais aliviada.

— Posso pendurar isso? Tem varanda?

— Não, não tem varanda neste apartamento.

— Não? — perguntou Makiko, assustada, e Midoriko se virou ao ouvir a voz da mãe. — Como assim, não tem varanda?

— Não tem. — Ri. — Se abrir a janela, vai ver uma grade. Cuidado para não cair.

— E onde você seca suas roupas?

— Tem terraço no prédio, seco as roupas lá. Quer dar uma olhada mais tarde? Depois que o calor amenizar um pouco.

— Ah, é? — respondeu minha irmã em um quase monossílabo, então pegou o controle remoto da TV, ligou-a e ficou zapeando.

Programa de culinária, televendas e programa de variedades. Neste último canal, a tela inteira mostrava um cenário de grande tensão, revelando que acontecera algo grave. A repórter, com um microfone na mão, falava voltada para a câmera com uma fisionomia séria e concentrada. Atrás dela aparecia um bairro residencial, uma ambulância, policiais e uma lona azul.

— Aconteceu algo? — perguntou Makiko.

— Não sei.

Uma universitária que morava na região de Suginami, em Tóquio, fora esfaqueada no rosto, no pescoço, no peito, na barriga, ou seja, no corpo inteiro, perto de casa, por um homem. Ela estava internada em estado grave, com parada cardíaca, dizia a repórter. Ela falava também que um homem, na faixa dos vinte anos, se entregou à delegacia mais próxima cerca de uma hora após o crime e está sendo interrogado, e que a polícia desconfia de que ele saiba de alguma coisa. Durante toda a cobertura, uma grande foto da universitária esfaqueada aparecia na parte superior esquerda da tela junto ao nome dela. "Lá podemos ver sinais nítidos de sangue", apontava a repórter com um ar de tensão, virando-se para trás de vez em quando. Atrás dela havia uma fita amarela para impedir a entrada de pessoas não autorizadas, e alguns curiosos tentavam se aproximar para tirar fotos com seus celulares.

— Ela é bonitinha — sussurrou minha irmã.

Teve outro caso recentemente.

— É, né? — respondi.

Se me lembrava bem, na semana retrasada, parte do que parecia o corpo de uma mulher tinha sido encontrado na lixeira do parque Shinjuku Gyoen. Pouco tempo depois foi descoberto que era o corpo de uma mulher de setenta anos desaparecida havia alguns meses, e em seguida um rapaz de dezenove anos desempregado que morava próximo ao local. Era uma velhinha sem família que vivia sozinha num apartamento antigo na região central de Tóquio, e os grandes veículos de comunicação especulavam a relação dos dois e o motivo do assassinato.

— Não teve o caso de uma velhinha que foi assassinada e esquartejada?

— Teve, sim. Ela foi encontrada na lixeira do parque Shinjuku Gyoen.

— Como é esse parque?

— Parece um imenso jardim.

— O assassino era um rapaz jovem, não era? — perguntou minha irmã, franzindo a testa. — E a vítima tinha uns setenta anos, não tinha? Ou era mais velha? — Makiko ficou pensativa. — Espera aí. Setenta anos não era a idade com que a vó Komi morreu?

Ela gritou, arregalando os olhos, como se tivesse se assustado com as próprias palavras.

— A velhinha não foi estuprada?

— Acho que foi.

— Que horrível — disse Makiko, emitindo um gemido que vinha do fundo da garganta. — Não dá para acreditar. Ela era da mesma idade da vó Komi. Como pode?

A mesma idade com que a vó Komi morreu — provavelmente daqui a uma hora eu ia me esquecer desse assassinato assim como tinha me esquecido dos outros —, mas o que minha irmã disse, "mesma idade da vó Komi", não saiu da minha cabeça por um tempo. Vó Komi. Quando a vó Komi morreu, ela já era uma velhinha, independentemente do ângulo pelo qual fosse vista. Era velhinha quando foi internada depois de ser diagnosticada com câncer, mas, mesmo quando estava bem, já era uma idosa. Melhor dizendo, na minha memória, a vó Komi sempre foi uma velhinha, do início ao fim. Obviamente não havia nenhum pingo de sensualidade nela, e não havia nenhuma margem para pensar isso dela. Velhinha. Uma senhora. É óbvio que não sei como era a velhinha de setenta anos que fora assassinada, e às vezes a idade e a inclinação pessoal não estão relacionadas. Sabia que a vítima não era a vó Komi, mas dentro de mim a vítima de setenta anos se ligava à vó Komi por causa da sua idade, e inevitavelmente a vó Komi e o estupro se ligavam, o que me deixou confusa.

A vítima tinha vivido até os setenta anos, foi estuprada e assassinada por um homem com idade para ser seu neto — ela provavelmente jamais imaginou que isso poderia acontecer na sua vida, e, mesmo durante o acontecimento, não deve ter compreendido por completo o que estava se passando. O programa terminou com a repórter se despedindo com uma expressão de pesar, passaram alguns comerciais e a reprise de uma novela começou.

○ "Descobri que eu vinha usando o absorvente ao contrário", disse Jun-chan, empolgada. Mentira, ela nem estava tão empolgada assim, e eu não entendi direito, mas parece que ela usava o absorvente com a parte do adesivo virada para cima. Ela não sabia que não era assim. Achava que não absorvia direito, que algo estava errado, e não sabia o que fazer. Se ela colocava a parte da cola virada para cima, devia sentir dor na hora de tirar. É tão difícil de perceber que estava usando errado?

Nunca vi um absorvente. Quando disse isso, Jun-chan falou que ia me mostrar porque tinha bastante na casa dela, então passei lá na volta da escola. Os absorventes estavam empilhados na prateleira do banheiro, eram do tamanho de uma fralda. Na minha casa não tem absorventes. Depois de relutar, resolvi subir no assento sanitário para analisar os absorventes, e tinha um monte deles, de vários tipos, com etiquetas de liquidação coladas. A menstruação ocorre porque o óvulo não fecundou, e uma espécie de almofada originalmente preparada para receber e cultivar o óvulo fecundado sai junto com sangue — Jun-chan e eu discutimos isso outro dia. E então, o que ela fez? No mês passado ela rasgou o absorvente para procurar o óvulo não fecundado no meio do sangue. Fiquei surpresa e perguntei, com nojo: "E aí? Como foi?", mas para ela pareceu normal. Tinha um montão de pequenos grânulos no absorvente, que estavam inchados por absorver sangue. "Tipo ovas de salmão?", perguntei, e ela respondeu que eram bem menores do que as ovas de salmão. E disse que, por mais que procurasse, não conseguiu achar o óvulo não fecundado.

Midoriko

Quando estava fervendo água no caldeirão para preparar mais *mugicha*, Midoriko se aproximou e me mostrou seu caderno.

"Vou sair para explorar."

— Explorar?

"Passear."

— Por mim, tudo bem, mas você não tem que perguntar para Maki?

Midoriko deu de ombros e soltou um breve suspiro pelo nariz.

— Maki, Midoriko quer passear um pouco. Tudo bem?

— Sim! — respondeu minha irmã, do quarto. — Mas ela sabe voltar? Não vai ficar perdida?

"Vou ficar por perto."

— Nesse calor? Caminhar para quê?

"Explorar."

— Tudo bem — falei. — Então, só por garantia, leve o meu celular. Ao lado do supermercado por onde passamos tem uma livraria. E do lado tem uma *fancy shop*; não, ninguém mais chama assim. É uma loja de variedades, com vários artigos de papelaria. Não quer dar uma olhada? Se você ficar no sol por muito tempo, vai ficar que nem carne assada na chapa. Este botão aqui é para rediscar. Se apertar aqui, vai ligar para Maki.

Midoriko balançou a cabeça.

— Se algum estranho vier falar com você, corra e ligue para sua mãe. Volte o mais rápido que puder.

Depois que Midoriko saiu batendo a porta, o apartamento pareceu ficar mais silencioso do que antes, apesar de ela não ter emitido nenhum som. Ouvimos o ecoar do *toc-toc* quando ela desceu a escada de ferro. Após esse som ter se distanciado e desaparecido por completo, Makiko se levantou e se sentou, como se aguardasse esse momento, e desligou a TV.

— Eu lhe disse ao telefone, não disse? É assim o tempo todo.

— Ela está determinada — comentei, impressionada. — Já faz seis meses, né? Mas na escola está tudo normal, certo?

— Está. Antes das férias de verão, no final do período letivo, falei com a professora dela, que disse que Midoriko não tem nenhum problema com a professora ou com os colegas. "Quer que eu fale com a sua filha?", a professora me perguntou, mas como sei que Midoriko não ia gostar, respondi que ia esperar mais um pouco.

— Certo.

— A quem será que ela puxou? É teimosa.

— Você não é tão teimosa assim, Maki.

— Você acha? Pensei que ela fosse falar com você, falar de verdade, não escrevendo.

Ela puxou sua mala de viagem, arrastando-a no chão, abriu o zíper e tirou um envelope de tamanho A4 do fundo.

— Bem, agora, deixando a Midoriko de lado... — Makiko pigarreou. — Natsuko, foi disso que falei com você ao telefone.

Enquanto falava, ela tirou com cuidado do envelope relativamente grosso e firme um maço de panfletos e o colocou na mesa baixa, me encarando. Quando nossos olhares se cruzaram, instantaneamente me lembrei do motivo para minha irmã ter vindo a Tóquio. Ela apoiou as mãos na pilha sobre a mesa, endireitou a postura, e a mesa rangeu.

2
Para ser mais bela

— Estou pensando em colocar mais peito — disse Makiko, como se anunciasse ou fizesse um comunicado, quando me ligou três meses antes.

De início, ela manteve a postura de quem queria apenas saber minha opinião, mas depois passou a me ligar regularmente quando já passava de uma da manhã, três vezes por semana, após sair do trabalho. Ela falava com empolgação e entusiasmo como quem desde o começo não tivesse nenhuma intenção de ouvir minha opinião, e discorria, sem pausas, sobre a mamoplastia de aumento, não deixando brecha para eu dizer qualquer coisa.

"Vou fazer isso, vou fazer um procedimento para colocar silicone" e "Será que vou conseguir fazer a cirurgia?" pareciam ser os principais assuntos do seu interesse relacionados à mamoplastia.

Nos últimos dez anos, desde que me mudei para Tóquio, era raro receber uma ligação no meio da madrugada ou falar por horas ao telefone com alguém de forma constante. Por isso, quando ela disse de repente: "Estou pensando em colocar mais peito", fiquei atordoada e, sem pensar muito, acabei respondendo: "Ah, por que não?"

Mas Makiko nem deu muita importância à minha resposta, e falou ininterruptamente sobre as técnicas atuais e os custos da mamoplastia, se dói ou não, os cuidados no pós-operatório, chamado de período de recuperação, entre outras coisas, deixando apenas uma brecha para eu responder com monossílabos. De vez em quando, ela se mostrava determinada: "Acho que consigo, devo conseguir, estou pensando em fazer, sim", dizia, como se encorajasse a si mesma ou tentasse organizar na cabeça as novas informações que obtivera ao longo do dia. De qualquer forma, ela falava sozinha, sem parar.

Assentindo enquanto ouvia a voz da minha irmã que soava até alegre, tentei, em vão, me lembrar de como eram os seios dela. Em vão. O que era natural, pois mal conseguia me lembrar do formato dos meus próprios seios, que estavam presos ao meu corpo. Por isso, por mais que Makiko me explicasse de forma empolgada sobre a mamoplastia de aumento e falasse o que pensava a respeito, minha irmã, os seios dela e a cirurgia não se conectavam bem na minha mente e, quanto mais a ouvia falar, mais ficava confusa e pensava: *Afinal, estou falando com quem agora? Sobre os seios de quem? E para quê?*, sentindo algo que não era nem inquietação, nem tédio.

As coisas entre ela e Midoriko não andavam boas — minha irmã tinha me contado alguns meses antes. Por isso, quando a conversa entrava no infinito *loop* da cirurgia, às vezes eu tentava mudar de assunto e perguntava: "E a Midoriko?"

Nessas horas, Makiko baixava um pouco o tom de voz e dizia: "Bem, está tudo bem", mas era evidente que ela queria evitar o assunto. Para mim, havia coisas mais importantes com que ela deveria se preocupar do que a mamoplastia de aumento sobre a qual minha irmã tagarelava. Por exemplo, com o próprio futuro, pois ia completar quarenta anos neste ano, com questões de dinheiro, e, naturalmente, com Midoriko. Ou seja, havia muito com que se preocupar, coisas que, sem dúvida alguma, deveriam ser prioridades.

Mas como sabia também que alguém como eu, que não cuidava de ninguém, morava sozinha em Tóquio e precisava se preocupar apenas com o próprio umbigo, não estava em condições de dar conselhos a ninguém, então não a contrariei dizendo algo mais incisivo. Além do mais, era óbvio que a maior preocupação de Makiko era com o sustento dela e da filha.

Se ela tivesse algum dinheiro, se tivesse um emprego estável em período diurno que lhe garantisse pelo menos o mínimo...

Não era por opção que ela trabalhava num bar à noite deixando a filha em idade escolar sozinha no apartamento. Fazia por dinheiro, e, às vezes, aparecia bêbada na frente da menina, mas não porque quisesse isso. Considerando uma sorte tremenda ter uma amiga que morava perto, que podia correr para ajudar Midoriko em caso de emergência, Makiko levava essa vida sem uma alternativa em vista.

No entanto, mesmo que estivesse cercada por todos os lados de questões incontornáveis, isso não significava que Makiko não precisasse se preocupar com o futuro dela e da filha. Com as noites, por exemplo. Não era bom Makiko deixar Midoriko sozinha em casa à noite enquanto trabalhava. Definitivamente não era uma boa ideia. Não era algo bom sob nenhum aspecto. Essa situação teria que mudar imediatamente. Mas o que ela poderia fazer?

Makiko não tinha nenhuma habilidade. E eu, sua irmã mais nova, vivia de bicos. Midoriko ainda era uma criança, e sua criação exigia muitos gastos. Era uma vida sem garantia alguma. Não tínhamos nenhum parente para nos ajudar, e a chance de nos casarmos com um homem rico e virarmos o jogo também era zero. Não, menos que zero. Talvez fosse mais fácil ganhar na loteria. Ou depender de programas de assistência social.

Logo que me mudei para Tóquio, tive uma conversa com Makiko sobre receber auxílio da assistência social. Ela havia desmaiado por conta de uma vertigem sem causa aparente e passamos alguns dias aflitas, achando que poderia ser uma doença grave. Enquanto fazia os exames, ela não conseguia trabalhar porque estava passando mal e ficou sem nenhuma renda. Tivemos que conversar sobre o sustento delas a curto prazo e também sobre o futuro.

Sugeri, na época, como uma opção: "Que tal procurar o auxílio da assistência social?" Minha irmã, porém, se recusou categoricamente. Ela até chegou a me censurar por ter levantado essa possibilidade, e acabamos tendo uma discussão acalorada. Aparentemente ela considerava que depender de um programa social era uma grande humilhação, que não tinha o direito de viver dessa forma, ou seja, sendo um fardo para o governo e para outras pessoas. Para ela, depender de um benefício social parecia ser algo que maculava sua existência como ser humano, feria seu orgulho como pessoa.

Eu pensava de maneira diferente e disse que ela estava errada. Afinal, um auxílio da assistência social era só dinheiro, não tinha nada a ver com vergonha ou ser um fardo e nem devia ferir o orgulho. A função do governo e das outras pessoas era proteger a vida de cada indivíduo; então, quando estivéssemos em dificuldades, podíamos solicitar o benefício com dignidade, tínhamos esse direito. Porém, por mais que eu explicasse isso, ela não me deu ouvidos. "Se fizer isso, todo o sacrifício que fiz até agora vai ter sido em vão", alegou Makiko, chorando. "Nós trabalhamos arduamente da manhã até tarde da noite sem incomodar os outros, sem depender de ninguém", disse ela ainda aos prantos. Até que desisti de tentar convencê-la. Felizmente, os resultados do exame não indicaram nenhuma anomalia no seu corpo, ela pediu um adiantamento do salário à *mama* para pagar as despesas do dia a dia e voltou à rotina. Óbvio que não foi uma solução definitiva.

— É aqui que estou pensando em ir — disse ela, mostrando-me o panfleto que estava no topo do espesso maço que tinha tirado da bolsa. — Fui a várias clínicas em Osaka, ouvi as explicações, reuni todo esse material, mas essa é a minha primeira opção.

Teriam quantos panfletos de tamanhos diferentes aqui? Vendo a pilha com provavelmente vinte ou trinta panfletos, desisti de perguntar como ela, que nem computador tinha, reunira tudo isso, pois essa ideia já me deprimia. Deixando de lado o panfleto que ela tentou me mostrar, peguei os demais e os folheei. As belas fotos das modelos praticamente nuas, a maioria branca e loira, estavam envoltas por desenhos de flores e laços cor-de-rosa.

— Tenho uma consulta amanhã. É o ponto alto do meu verão. Por isso trouxe todos os panfletos para mostrar a você. Na verdade, tem muito mais em casa, mas escolhi os mais bonitos.

Observei os panfletos em silêncio. Um médico de jaleco branco olhava para mim com um largo sorriso mostrando os dentes, que, apesar do tamanho reduzido da foto, dava para ver que eram extraordinariamente brancos. Acima da cabeça dele, letras garrafais diziam: "Experiência é tudo." Makiko inclinou-se para meu lado e me mostrou o panfleto da clínica preferida dela.

— Olhe aqui, não parece uma clínica de beleza?

O panfleto dessa clínica era feito de um papel mais grosso, preto e lustroso, o que conferia certa elegância, por um lado, mas era bastante intimidador, para dizer a verdade. As letras eram douradas, e não lembrava em nada a imagem cândida das figuras graciosas, felizes e belas comuns nas propagandas de estética voltadas para mulheres. Tinha ares que remetiam à dramaticidade da zona de prostituição e de todos que trabalhavam lá — uma coisa dura, por assim dizer, "profissional e promíscua". Mamoplastia de aumento era um procedimento delicado para o corpo, geralmente acompanhado por um medo da dor e outras preocupações, de modo que as pessoas deveriam buscar uma clínica que transmitisse um ar mais simpático e gentil, ainda que fosse falso; algo que lembrasse a cura. Então por qual razão Makiko pensava em entregar seu corpo para uma clínica que distribuía um panfleto como esse, parecido com os panfletos dados por homens de preto para atrair clientes para os clubes noturnos? Enquanto eu pensava nisso, Makiko continuou falando, ignorando meu silêncio.

— Como eu lhe falei várias vezes ao telefone, tem diferentes tipos de mamoplastia de aumento. Mas em geral há três métodos, você lembra?

É lógico que não, mas contive essa resposta e meneei a cabeça de forma ambígua.

— A primeira opção é silicone — disse ela. — A segunda, ácido hialurônico. A terceira é aproveitar a gordura extraída do próprio corpo para aumentar os peitos. O método mais popular é o com silicone, com os melhores resultados, mas é o mais caro também. Silicone é isso aqui, olhe.

Ela bateu com a ponta da unha no panfleto preto e lustroso, nas imagens de implantes de silicones de cor bege, alinhados.

— Tem vários tipos de prótese também. Queria mostrar isso para você. Tem muitos tipos, e como cada clínica dá uma explicação um pouco diferente, é difícil de escolher. A mais popular é essa, de gel de silicone, e tem também de gel de silicone coesivo. Não, não é coercivo, é coesivo. É um pouco mais duro do que o gel de silicone, mas ele não vaza dentro do corpo mesmo quando rompe, e é mais seguro, mas tem gente que acha que não é natural, porque é duro, a aparência não é muito boa. E tem a prótese salina. A vantagem da salina é que primeiro é introduzido o saco vazio e depois injetam a solução salina, então a incisão para colocar o saco pode ser bem pequena. Mas a prótese mais comum ultimamente é a de silicone. Desde que surgiu o gel de silicone, quase ninguém opta pela solução salina. Então, depois de pensar seriamente, estou inclinada a escolher o gel de silicone. Na clínica que gostei, custa um milhão e meio de ienes. Pelos dois peitos. Com a anestesia geral, são mais cem mil.

Ao terminar a explicação, Makiko me encarou como se dissesse: "E aí, o que achou?" No início estranhei e não entendi por que ela me olhava desse jeito, e encarei-a de volta, mas depois percebi que ela esperava que eu desse minha opinião.

— Nossa, quanta informação — comentei, rindo. Como ela ainda me olhava, acrescentei, mostrando-me impressionada: — Mas um milhão e meio de ienes é muito dinheiro, né?

Era minha opinião sincera, ou melhor, a constatação de um fato, mas me veio à mente que talvez tivesse dito algo que não deveria.

Para ser sincera, um milhão e meio de ienes era muito caro. Não era simplesmente caro, era um valor surreal. Um valor fora do nosso alcance, apenas hipotético. Um milhão e meio de ienes? *Afinal, o que ela está dizendo não faz nenhum sentido*, pensei. Mas, do jeito que falei, ela podia interpretar como se eu tivesse dito que era muito dinheiro para ser gasto nos seios dela, ou seja:

"Não vale a pena gastar um milhão e meio de ienes em você ou nos seus peitos." Em certo sentido, era isso mesmo que eu pensava, mas continuei falando, tentando não parecer falsa:

— Mas pensando bem... Um milhão e meio é muito dinheiro, sim, mas é o seu corpo, né? O seguro não cobre, mas é uma coisa importante para você. É, talvez não seja tão ruim assim!

— Você me entende? — Makiko balançou a cabeça, em silêncio, semicerrou os olhos e, com uma voz mais delicada, continuou: — Por exemplo, olhe este panfleto, Natsu-chan. Está escrito que o preço promocional custa quatrocentos e cinquenta mil ienes. Mas ao ir à clínica e ouvir a explicação, não é bem assim. Esse valor não paga a cirurgia. É uma tática para atrair as freguesas, aí eles vão acrescentando as opções e no final o preço fica quase igual ao das outras clínicas. E quando é promoção, não podemos escolher o médico, e muitas vezes nos encaminham para um cirurgião novato. Analisando de forma geral, há muitos problemas. Na jornada da mamoplastia de aumento, o caminho para o sucesso é muito longo.

Dizendo isso de forma enternecida, Makiko permaneceu de olhos fechados por um tempo, e de repente os abriu e prosseguiu:

— Depois de uma árdua pesquisa, concluí que a melhor é essa aqui! Muitas cirurgias de mamoplastia de aumento não dão certo. Nas cidades pequenas, como não há muitas opções, as mulheres fazem na clínica da região, mas o número de pacientes dessas instituições é bem menor, e o mais importante nessa área é a experiência. Experiência é tudo. Nesta clínica, as mulheres refazem a cirurgia que não deu certo, e todas, sem exceção, dizem que se soubessem desse lugar antes, com certeza teriam feito aqui.

— Entendi... Mas o que é isso aqui, Maki-chan? Esse panfleto, que diz ácido hilau... não, ácido hialurônico, fala que é apenas uma injeção. Que é natural para o corpo. Se for apenas uma injeção, não precisa cortar nem costurar. Esse não serve?

— Ah, tem lugares que usam ácido hialurônico. — Makiko curvou os lábios para baixo, formando um U invertido com a boca. — Mas o corpo absorve rápido o ácido hialurônico, e aí não resta nada. E custa oitocentos mil ienes. Não, não dá para pagar tudo isso. Nem pensar. Como você diz, Natsuko, esse método não deixa cicatrizes, não dói tanto, e se o tamanho permanecesse o mesmo para sempre, seria o ideal, perfeito, mas é para modelos, artistas que querem tirar fotos sensuais, é para essas ocasiões em que elas precisam estar em forma. Ácido hialurônico é para profissionais.

Makiko pareceu ter lido atentamente o panfleto que lhe apontei, pois me explicou com desenvoltura, sem nem consultá-lo.

— Dizem que esse método de enxertar a própria gordura também é seguro, porque aproveita o que já tinha no corpo, mas precisa fazer vários furos, tem que inserir uma agulha grossa, ou melhor, um tubo, e sobrecarrega muito o organismo. O procedimento leva muitas horas, tem que ser aplicada anestesia geral, é uma cirurgia bem difícil. Você já viu aquela máquina de quebrar asfalto, não viu? Fazem aquilo no nosso corpo: ele vira um canteiro de obras. Ocorrem muitos acidentes sérios e morre gente. Além do mais — Makiko deu um sorriso tristonho —, eu não tenho mais nenhuma gordura em excesso.

Pelas conversas ao telefone que tivemos nos últimos meses, eu fazia ideia de como estava Makiko, mas, ao vê-la na minha frente falando sobre a mamoplastia de aumento, me senti tomada por uma sensação inexprimível, um sentimento de impotência. Era como ver a certa distância, na estação, no hospital ou na rua, alguém que discursava sem parar, independentemente de ter ou não um interlocutor. E ao ver Makiko falar ininterruptamente, cuspindo saliva, fui arrebatada por uma sensação de tristeza e melancolia. Não significava que não tivesse interesse em Makiko ou no que ela dizia, nem que não sentisse carinho e não me preocupasse com minha irmã, mas percebi que a olhava com um sentimento que diferia um pouco desses, talvez com uma espécie de compaixão, e senti minha consciência pesar por causa disso. Sem perceber, estava descascando a pele dos meus lábios com a ponta da unha, e um leve gosto de sangue chegou à minha língua quando os toquei.

— Ah, tem mais uma coisa importante — disse Makiko. — Há dois lugares onde o silicone pode ser colocado. Sabe os músculos abaixo da gordura dos seios? Se botar abaixo dos músculos, é mais difícil de perceber que a pessoa tem silicone, porque levanta todo o seio por baixo. Dá para colocar também acima dos músculos, abaixo das glândulas mamárias, e nesse caso a cirurgia em si é menos difícil e mais rápida, mas geralmente não é recomendável para uma magrela como eu. Você já viu aquelas mulheres magérrimas que têm peitos saltando, como se tivessem sido puxados e sugados com o desentupidor de banheiro? Já viu? Não? Mulheres que não têm nenhuma gordura no corpo, e só os seios são salientes. Fica na cara que é silicone. Aquilo não dá. Então estou pensando que minha alternativa é uma prótese de silicone abaixo dos músculos.

○ E se eu ficar menstruada? Vai sair sangue do meu ventre todo mês, por décadas, até parar um dia, e isso é horrível. Não posso parar a menstruação por conta própria, em casa não tem absorvente, e só de pensar nisso fico deprimida.

Mesmo que eu fique menstruada, não pretendo contar para minha mãe, e vou viver escondendo isso dela a todo custo. Tem livros em que a menina, que é a personagem principal, chega à menarca (como assim "a menina chega", se a menstruação vem por conta própria?), eu li alguns, e neles as meninas pensam: *Agora vou poder ser mãe um dia! Que emoção!* Pensam também: *Mamãe, obrigada por ter me dado à luz, obrigada por esse revezamento da vida.* Tomei um susto tão grande com essa parte que tive que ler de novo.

Nesses livros, todas as meninas ficam felizes com a menstruação, contam para a mãe sorrindo e as mães também dizem, sorrindo: "Que bom, agora você é uma mulher de verdade, parabéns."

Na minha sala, também parece que algumas meninas comunicaram a família e comemoraram com *sekihan*, um prato que consiste em arroz cozido com feijão vermelho preparado pela mãe, mas isso é horrível. Para começar, tenho a impressão de que a menstruação nos livros é romantizada demais. Até parece que querem ensinar para as meninas que ainda não ficaram menstruadas: menstruação é isso, vocês têm que encarar dessa maneira.

Quando estávamos andando em grupo num passeio da escola, alguém disse que, já que nasci mulher, com certeza quero ter filhos um dia. Como elas podem pensar dessa forma? É só começar a sair sangue daquele lugar que já se sentem mulheres e, sendo assim, querem dar à luz outra vida. Como podem generalizar assim? E como conseguem acreditar que isso é uma coisa boa? Não consigo pensar dessa forma, e acho que esse é o motivo da minha sensação de nojo. Somos obrigadas a ler esse tipo de livro e somos levadas a pensar dessa forma. Acho que é isso o que querem fazer com a gente.

Por alguma razão tenho um corpo que sente fome por conta própria, que fica menstruado por conta própria, e estou presa dentro dele — essa é a sensação que tenho. E, uma vez que nascemos, está tudo decidido: temos que continuar vivendo, comendo, ganhando dinheiro, e é muito duro viver dessa forma. Minha mãe trabalha pesado todos os dias, mas mesmo assim leva uma vida difícil e, vendo-a, penso: para quê? Já é duro uma pessoa sozinha sobreviver, ainda vai gerar outro ser? Para quê? Não consigo nem imaginar passar por isso, e será que quem diz que é algo maravilhoso sente isso espontaneamente? Está pensando mesmo com a própria cabeça? Fico deprimida ao pensar nessas coisas quando estou sozinha. Para mim, não parece nada bom, tenho quase certeza disso.

Menstruar significa que o corpo já está preparado para fecundar o óvulo, ou seja, engravidar. Engravidar significa gerar mais um ser humano que vai comer e pensar, assim como estou fazendo agora. Quando penso nisso, fico desesperada, com uma sensação desoladora. Penso comigo mesma: nunca vou ter filhos.

Midoriko

3

De quem são os peitos?

Quando me dei conta, já tinha se passado quase uma hora. Após ter falado exaustivamente e com toda a empolgação sobre tudo que sabia a respeito da cirurgia nos seios, Makiko reuniu os panfletos espalhados sobre o *chabudai*, a mesa de chá mais baixa, alinhou-os e guardou-os no envelope na sua *boston bag*, dando um longo suspiro.

O relógio marcava quatro da tarde, e, ao olhar pela janela, os raios solares pareciam impregnar-se na superfície do vidro.

Para além da janela, tudo irradiava um tom esbranquiçado. No carro vermelho parado no estacionamento ao lado do apartamento, o para-brisas brilhava com frescor, feito uma piscina. As luzes se moviam como se transbordassem. A palavra "resplandecer" deve se referir a esse tipo de cena. Eu meditei sobre esse termo e observei esse fulgor por um tempo. Enquanto isso, lá do fim da rua, vinha a pequena Midoriko, cabisbaixa. Como tive a impressão de que ela deu uma olhadela em minha direção, acenei ostensivamente. Midoriko parou só por um instante e levantou um pouco a mão como se sinalizasse que tinha me visto. Em seguida, voltou a caminhar, cabisbaixa, e seu corpo ficou cada vez maior.

O objetivo de Makiko em Tóquio era ir a uma consulta na clínica marcada para o dia seguinte, e não tínhamos nenhum outro plano. Como Makiko sairia de casa antes da hora do almoço, eu teria que tomar conta de Midoriko pelo resto do dia. Muito tempo atrás, uma senhora viera me oferecer a assinatura de um jornal e deixara, muito boazinha, um ingresso de um parque de diversões com passaporte livre para todos os brinquedos, que eu guardara na gaveta. Não sabia se uma menina do sexto ano do ensino fundamental ia gostar de ir a um parque de diversões com alguém da família. Pelo que Makiko dizia, eu sabia que Midoriko gostava de ler, no entanto não sabia nem se ela, que não emitia qualquer som, concordaria em sair a sós comigo. Lembrei que a senhora tinha me dito, sorrindo: "Nós não somos vendedoras. Somos chamadas de propagadoras do jornal." Como existem poucas vendedoras nessa área, mulheres conseguem assinaturas relativamente mais fácil. Ainda sorrindo, ela me falou que, se já fazia bicos, ela acreditava que eu conseguiria aumentar minha renda vendendo assinatura de jornais.

De qualquer forma, poderia decidir isso depois. Amanhã pensaria no que iríamos fazer, pois antes tinha que pensar no que faríamos hoje, uma vez que já tínhamos perdido metade do dia e esse era o problema mais urgente. Estava pensando em jantar no restaurante chinês perto de casa, mas faltavam cerca de três horas até a hora da janta. Um período considerável. Makiko estava deitada com a cabeça sobre a almofada *bean bag* e com uma das pernas sobre a *boston bag*, assistindo à TV, e Midoriko, que tinha chegado em casa havia pouco tempo, escrevia algo no seu caderno, sentada no canto do quarto. Segundo Makiko, desde que parou de falar Midoriko carregava dois cadernos que mantinha sempre perto de si: o menor, que usava para se comunicar no dia a dia, e o outro, mais grosso, em que parecia escrever uma espécie de diário.

A situação não chegava a ser desconfortável, mas havia uma falta de naturalidade no ar, um clima que não me deixava relaxar, e, sem saber o que fazer, passei um pano no *chabudai*, verifiquei a forma de gelo, que obviamente ainda não tinha gelo porque eu tinha acabado de encher com água depois de servi-lo junto com *mugicha*, e catei fiapos do carpete. Makiko assistia à TV deitada no chão e ria, parecia se sentir em casa. Midoriko parecia estar concentrada em sua escrita, e dava para perceber que estava relativamente relaxada. Talvez não houvesse necessidade de arranjar algo para fazer até a hora do jantar. Talvez não precisasse me preocupar. Cada uma fazendo o que bem entendia, sem se preocupar com as outras, sem tentar fazer algo juntas para passar o tempo — pensando bem, isso era algo normal. Não, não era exatamente normal, mas era algo confortável. Então eu também poderia continuar o romance que estava lendo. Assim, sentei-me na cadeira e abri o livro, mas não consegui relaxar com a presença de outras pessoas no quarto. Lia uma linha, passava para a próxima, virava a página e percorria as palavras com os olhos, mas logo percebi que minha mente não estava acompanhando o enredo. Desisti de ler e devolvi o livro à estante.

— Ei, Maki-chan, não quer ir à casa de banho? Faz tempo que não vamos, né? — perguntei.

— Tem alguma aqui perto?

— Tem, sim! — respondi. — Podemos nos refrescar e jantar depois.

Nesse momento, Midoriko, que estava compenetrada e com o pescoço curvado escrevendo algo, levantou a cabeça de súbito, olhou em nossa direção, pegou rapidamente o caderninho e escreveu, sem nenhuma hesitação: "Não vou." Makiko, que olhava a filha de soslaio, não lhe respondeu. Disse para mim:

— Boa ideia. Vamos!

Coloquei os itens necessários para o banho numa bacia, cobrindo-os com duas toalhas de banho, e a guardei numa grande bolsa de plástico para levá-la a tiracolo.

— Tem certeza de que não vai mesmo, Midoriko? — perguntei por educação, sabendo que ela não iria. — Vai ficar nos esperando?

Ela contraiu os lábios firmemente, com um olhar frio, e balançou a cabeça só uma vez, de forma afirmativa, em um movimento expansivo.

Na tarde de verão que caía lentamente e dava lugar à noite, arrefecendo o calor, várias coisas eram ambíguas, apesar de muitas estarem nítidas. A atmosfera estava repleta de saudosismo, de generosidade, de coisas e fatos irreparáveis, e ao caminhar no meio de tudo isso, tive a impressão de que algo me questionava se eu continuaria avançando nessa direção, ou iria recuar. É óbvio que o mundo não tinha nenhum interesse em mim, e essa sensação não passava de um narcisismo banal. Independentemente do que vejo, ou mesmo do que não vejo, eu tinha o hábito de criar narrativas sentimentais. Será que isso era um obstáculo ao meu desejo de viver da escrita, ou me encorajava? Ainda não sabia ao certo. Mas até quando podia continuar com essa incerteza? Isso também não sabia.

A caminhada até a casa de banho levava dez minutos. Antigamente, eu costumava caminhar com Makiko, muitas vezes à noite, às vezes no domingo de manhã, até uma casa de banho. Íamos mais para brincar que para tomar banho. Quando encontrávamos as crianças da vizinhança, brincávamos fingindo ser mãe e filha, ou de outras brincadeiras, e não era raro passar várias horas lá dentro. Não só na hora do banho, mas Makiko estava sempre ao meu lado. Ela me levava para toda parte na garupa de sua bicicleta. Como nossa diferença de idade era grande, ela poderia ficar entediada cuidando de mim, mas em momento algum ela me passou a impressão de que o fazia a contragosto ou por não ter alternativa só porque eu era sua irmã mais nova.

Eu me lembrava de Makiko ainda com o uniforme escolar sentada sozinha no banco do parque, quando já estava anoitecendo. Nunca cheguei a lhe perguntar, mas talvez ela se sentisse mais à vontade na companhia de crianças mais novas do que perto de colegas da mesma idade que a sua. Pensando nessas coisas, estranhei o fato de estar tão nostálgica hoje, ou o porquê de estar me lembrando de acontecimentos passados um após o outro, em um estado de devaneio, mas ao mesmo tempo achava que era algo normal. Makiko era uma pessoa que vivia no aqui e agora, que mantinha uma relação comigo no momento presente, mas minha relação com ela era construída, em grande parte, pelas experiências do passado e memórias que nós duas compartilhávamos. Passar um tempo com Makiko, como estava fazendo agora, era praticamente o mesmo que recordar o passado de forma simultânea. Sem ninguém me perguntar, arranjei esse tipo de explicação para mim mesma enquanto caminhava.

— Não passamos por aqui antes — disse Makiko.

— É, a estação fica do outro lado.

A rua estava silenciosa, e só passamos por uma senhora que carregava uma sacola plástica de compras e por dois idosos que caminhavam bem devagar. A casa de banhos para onde estávamos indo ficava no meio de um bairro residencial e, como a entrada ficava nos fundos, demorei a perceber que havia uma casa de banhos ali. Tinha uma ideia pré-concebida de que "casa de banho faz parte da cultura de Kansai", de veracidade duvidosa, e, como as casas de banho que tinha conhecido em Tóquio não eram lá grande coisa, fui sem grandes expectativas. Essa, porém, me surpreendeu porque era completa: tinha quatro banheiras internas e outra ao ar livre, sauna autêntica e uma banheira de água fria. Como na vizinhança havia somente residências, obviamente em todas elas havia um lavabo com banheira, e quem queria tomar banho de imersão em uma grande banheira iria a um spa. Então fiquei preocupada pensando como essa casa conseguia sobreviver nesse local. No entanto, nas poucas ocasiões em que vim, estava sempre cheia e animada, e me surpreendi com o fato de haver tanta gente nesse bairro. Depois da grande reforma realizada havia dois anos, a clientela aumentou ainda mais, atraindo também os moradores dos bairros vizinhos, dos bairros um pouco mais afastados e os apreciadores de banho público de várias regiões mais distantes da cidade. De vez em quando, havia exibição de fotos, artesanatos e bichos de pelúcia feitos por artistas — não sei se moradores locais ou pessoas famosas — na sala de espera relativamente grande, e o local tinha se tornado uma atração bastante conhecida da região.

Achei que não estaria muito cheio a essa hora, numa quase noite de verão, antes da hora do jantar, mas, como se seguisse uma regra completamente diferente da rua solitária por onde tínhamos passado, estava abarrotado de gente.

— Está bem lotado.

— Sim. É uma casa de banho bem popular.

— Tudo é novo, limpo e bonito.

Havia um bebê deitado de costas no trocador, aos berros, enquanto alguém o secava, e crianças pequenas corriam de um lado para o outro. A nova TV LCD transmitia um programa informativo, e a ele se misturava o som do secador de cabelo. A voz alegre da senhora na recepção nos dando boas-vindas, o som das risadas das mulheres velhas curvadas, mulheres nuas com toalha na cabeça tagarelando sentadas na cadeira de rotim — o vestiário transbordava de energia feminina. Makiko e eu garantimos dois armários com chave um ao lado do outro, então tiramos a roupa.

Eu não tinha nenhum interesse no corpo nu de Makiko. Absolutamente nenhum. Mas, independentemente do meu interesse, passou-me pela cabeça que deveria conferir pelo menos um pouco o corpo dela. Isso porque nos últimos meses o assunto principal da nossa conversa foi o procedimento para colocar silicone, e o cerne disso eram os seios de Makiko. O meu interesse era ínfimo, era praticamente um dever. Mamoplastia de aumento e os peitos da minha irmã... até hoje não conseguia ligar direito essas duas coisas, mas tinha um pouco de curiosidade em relação à origem desse seu grande desejo de aumentar os seios — então, queria dar uma olhada nos peitos de Makiko hoje. É óbvio que, quando morávamos juntas, fomos várias vezes à casa de banho, mas eu não tinha nenhuma lembrança, nem mesmo a mais vaga, dos seus seios.

Espiei as costas de Makiko que, mostrando-se um pouco nervosa, tirava as roupas, enrolava-as e as colocava no armário. Ela parecia muito mais magra do que com roupa, o que me deixou tão chocada que esqueci completamente dos seus seios.

Olhando de trás, suas coxas estavam nitidamente afastadas uma da outra, e quando ela arqueava as costas, a espinha dorsal e as costelas, e também a bacia, na parte superior das nádegas, ficavam ligeiramente visíveis. Os ombros saltavam, e o pescoço também parecia emaciado, fazendo a cabeça ter uma aparência ainda maior. Fiquei boquiaberta sem querer, e me apressei em passar a língua pelos lábios e fechá-los, desviando o olhar para baixo.

— Vamos entrar — disse Makiko, que cobria a parte da frente do corpo com a toalha, e entramos na área de banho.

A massa de vapor branco avançou na nossa direção, envolvendo nossos corpos de uma só vez. A área de banho estava lotada e tomada de um cheiro que só podia ser descrito como cheiro de água quente. De vez em quando reverberava o som de uma batida no teto alto, um som típico de casas de banho. Toda vez que ouvia esse som, surgia na minha mente uma gigantesca fonte de bambu cortado na diagonal, o *shishiodoshi*, presente nos jardins japoneses, e imaginava a extremidade pontiaguda do bambu cair e golpear a cabeça de alguém. Havia vários tipos de pessoas ali: mulheres de costas lavando o cabelo com a cabeça inclinada para a frente e para baixo, mulheres conversando com a metade do corpo imersa na água quente, mães chamando os filhos, que corriam pelo ladrilho. Corpos molhados — e ruborizados devido ao calor — movendo-se de um lado para outro.

Makiko e eu guardamos nossos lugares na frente do espelho, colocando um banquinho e uma bacia, jogamos água quente e deixamos ela correr pelas pernas e axilas, depois entramos na banheira maior com as letras luminosas vermelhas indicando quarenta graus. Uma das regras básicas das casas de banho dizia que não se deve mergulhar de toalha na banheira, mas, sem se importar com isso, Makiko atirou-se na água quente, cobrindo a parte da frente com a toalha, e ficou imersa.

— Não está quente — disse ela para mim. — Essa temperatura é normal em Tóquio?

— Não, acho que é só nessa banheira.

— Está morna. Posso ficar aqui até morrer.

Enquanto estava na água quente, Makiko observava literalmente da cabeça aos pés, sem cerimônia, como se comesse com os olhos, as mulheres que caminhavam de um lado para outro na área de banho, os corpos nus que saíam da banheira para logo em seguida voltarem para ela. Minha irmã cravava os olhos nelas a ponto de eu, que estava ao seu lado, ficar constrangida, e cheguei a chamar a atenção dela, cochichando: "Maki-chan, você está encarando muito." Mas de nós duas eu era a única inquieta e com medo de que alguém reclamasse; Makiko dava respostas vagas como "tá bom" ou "entendi", e parecia nem ligar. Sem alternativas, me calei e observei os corpos nus das mulheres, assim como minha irmã fazia.

— Sabe o avião?

Puxei um assunto que não tinha nenhuma relação com o banho, na tentativa de desviar a atenção de Makiko da nudez das mulheres. Falei o quanto o avião era seguro entre os inúmeros meios de transporte, e que, por exemplo, se uma pessoa nascesse em um avião e não colocasse os pés em terra firme durante a vida inteira, mesmo vivendo até os noventa anos, o avião não cairia, de tão seguro que era. No entanto, mesmo com essa probabilidade extremamente baixa, alguns aviões *com certeza* caíam, e, como nós, a humanidade, deveríamos encarar esse fato? Falei essas coisas, mas Makiko não demonstrou nenhum interesse por elas, e esse foi o fim da conversa. Falar de Midoriko agora seria pesado demais. Enquanto pensava nisso, vi uma velhinha caminhando em uma velocidade tão lenta que parecia ser governada por leis da física e da gravidade diferentes da nossa. Suas costas cheias de carne e gordura estavam curvadas, e ela passou em nossa frente lentamente, levando bastante tempo, como se fosse um rinoceronte idoso, e caminhou devagar para o fundo da área de banho, levando ainda mais tempo. Ela parecia ir na direção da banheira ao ar livre.

— Você viu? — perguntou Makiko, estreitando bem os olhos e observando as costas da velhinha. — Os mamilos eram rosados.

— Quê? Não vi.

— É incrível — suspirou Makiko. — É um milagre que uma pessoa amarela tenha os mamilos daquela cor, de forma natural.

— É mesmo?

— A fronteira da auréola não era nítida. Que inveja.

— É, né? — respondi, emitindo monossílabos de forma aleatória.

— Hoje em dia há um procedimento de clareamento que elimina a pigmentação da pele com produtos químicos e torna os mamilos rosados — disse Makiko. — Mas não é nada eficaz.

— Produtos químicos?

— Primeiro você passa um produto chamado tretinoína para esfolar uma camada da pele, depois usa um produto alvejante e clareador chamado hidroquinona.

— Alvejante? — perguntei, assustada. — Esfolar?

— Não, não é bem esfolar. É retirar uma camada da pele, ela se esfacela gradualmente e se solta. A tretinoína faz isso. É uma espécie de *peeling* mais agressivo.

— E depois do *peeling*, você passa um alvejante nos mamilos?

— É.

— E eles ficam rosados?

— Bem, por pouco tempo — disse Makiko, olhando para longe. — Para começar, a cor escura é por causa da melanina, não é? É genética. Mesmo que a hidroquinona elimine a melanina, o ser humano passa por um processo de *turnover*, não passa?

— Ah, uma espécie de tempo da renovação das células.

— É. A melanina que está visível agora, na parte superficial, de cor marrom, pode ficar mais clara com o clareador, mas ela vai voltar. Das camadas de baixo. Afinal, existe a melanina básica. Isso não muda. Por isso, se você quiser ter os mamilos claros para sempre, tem que passar tretinoína e hidroquinona para sempre, mas tem alguém capaz de fazer isso para sempre? Eu não consegui.

— Você tentou, Maki? — perguntei, encarando o rosto da minha irmã.

— Tentei, sim — respondeu ela, permanecendo com o peito firmemente coberto com a toalha imersa na água quente. — Era insuportável.

— Insuportável? Dói tanto assim? Os mamilos?

— É. Na amamentação também doeu muito, achei que fosse morrer. Os mamilos eram mordidos e chupados... sangravam, supuravam, ficavam duros, melados, formavam crosta, e mesmo assim eram sugados vinte e quatro horas por dia. Aquela dor era horrível também.

— É?

— Mas esses produtos fazem os mamilos queimarem.

— Queimarem?

— Depois do banho, quando eu passava tretinoína, os mamilos começavam a arder e a queimar. Doía muito, parecia que os mamilos iam rachar, e isso durava cerca de uma hora. Depois que a dor passava, tinha que aplicar hidroquinona, mas ela provoca uma coceira insuportável. E então tinha que repetir todo o processo.

— E a cor?

— Bem, clareou um pouco — disse Makiko. — Depois de umas três semanas. Fiquei muito emocionada.

— Conquista obtida em troca de uma terrível dor — disse eu impressionada.

— É. Meus mamilos estavam visivelmente mais claros, e eu fiquei encantada. Cheguei a passar em lojas e entrar no provador, sem intenção alguma de comprar, só pra dar uma olhada neles. Fiquei muito feliz. Mas...

— Mas?

— Quem consegue continuar fazendo aquilo? — Makiko balançou a cabeça, fazendo uma cara de quem tinha acabado de provar algo horrível. — A tretinoína e a hidroquinona são caras, causam dor e parecem até tortura. Elas precisam ser guardadas na geladeira ainda por cima. Tem gente que diz que se acostuma, mas quando isso acontece, o corpo adquire resistência e, dependendo da pessoa, os mamilos não clareiam mais. De qualquer forma, foi demais para mim. Três meses foram o meu limite. Olhando meus mamilos que clarearam só um pouquinho, cheguei a sonhar, imaginando: "Quem sabe eu sou a única pessoa no mundo que consegue manter essa pele clara sem fazer mais nada", mas a cor voltou ao normal em um instante.

A preocupação, o problema ou a busca insaciável de Makiko em relação aos seios não se restringiam ao tamanho; a cor também era um fator importante. Não sabia exatamente quando ela tentou fazer o clareamento, mas a imaginei saindo do banho, pegando os dois produtos químicos guardados na geladeira, apanhando-os com a ponta dos dedos para passá-los nos mamilos, sofrendo com dor e coceira e resistindo corajosamente. Hoje em dia até estudantes do ensino médio faziam cirurgia plástica, e eu conseguia entender quem achava que não era nada de mais sofrer com a ardência nos mamilos, mas se tratava de Makiko, da minha irmã. Por que ela precisava passar por isso a essa altura da vida?

Óbvio que eu também tinha meus complexos em relação aos meus seios, não podia negar que tinha questões. Para ser mais precisa, não podia negar que *já tive preocupações em relação a eles*.

Lembrava-me muito bem de quando meus seios começaram a crescer, e lembrava que em algum momento surgiu, sem que eu percebesse, uma espécie de inchaço que doía muito quando algo tocava nele. Quando eu era bem mais nova, às vezes espiava com as outras crianças da vizinhança, apenas de brincadeira, as imagens de mulheres nuas em revistas ou nos programas de TV, e toda vez que via o corpo nu de mulheres adultas pensava de maneira incerta que um dia meu corpo também iria crescer e ganhar forma como o delas.

Mas meu corpo não ficou como o daquelas mulheres. Havia uma diferença colossal entre as transformações no meu corpo e a única imagem de um corpo feminino nu que eu tinha em mente quando mais nova. Eram coisas completamente diferentes. Meu corpo não se transformou naquele corpo de mulher que eu imaginava vagamente.

Como era o corpo feminino que eu idealizava? Era o corpo das mulheres que apareciam em revistas e, sendo bem sincera, geralmente considerado sensual, que aguçava a imaginação sexual. Um corpo desejado. Talvez um corpo que tivesse algum valor. Eu achava que todas as mulheres ficavam com aquele corpo quando cresciam. Mas o meu não ficou assim.

Todo mundo gostava de coisas bonitas. Queria tocar em coisas bonitas, queria ver coisas bonitas e, de preferência, queria ser bonito também. As coisas belas tinham valor. Mas, para algumas pessoas, a *beleza* era algo que não estava ao seu alcance.

Eu também já fui jovem. Mas nunca fui bonita. Como alguém poderia buscar dentro ou fora de si algo que não estava e nunca esteve ao seu alcance? Rosto bonito, pele bonita... seios de formato bonito e lascivo, que chegavam a causar inveja. Para mim, tudo isso estava completamente fora de alcance desde o início. Talvez por isso tenha parado de me preocupar com essas bobagens fazia muito tempo.

E Makiko? Por que ela queria tanto aumentar os seios com implantes e clarear os mamilos? Pensei a respeito, mas provavelmente ela não tinha nenhum motivo específico. As pessoas não precisavam de uma razão para buscar a beleza.

Beleza era uma coisa boa. E uma coisa boa estava ligada à felicidade. Devia haver diversas definições de felicidade, mas todas as pessoas buscavam, seja de forma consciente ou inconsciente, algum tipo de felicidade. Mesmo as pessoas que queriam desesperadamente morrer buscavam a felicidade na morte. Buscavam a felicidade no ato de interromper sua vida. A felicidade era a motivação, a resposta mínima e máxima do ser humano, indivisível, e provavelmente o desejo de ser feliz era a razão que movia Makiko. Mas eu não tinha certeza. Talvez ela tivesse um motivo mais concreto e menos indefinido que buscar a felicidade.

Continuamos distraídas, cada uma numa banheira, e quando olhei para o relógio suspenso no alto da parede, percebi que já estávamos imersas há quase quinze minutos. Mas como Makiko tinha dito, a água, apesar de estar em uma temperatura agradável, estava morna. Eu não sentia meu corpo se aquecendo por dentro e seria capaz de ficar imersa por mais uma ou duas horas.

Olhei de soslaio para ver se Makiko ainda observava o corpo das mulheres. Ela encarava um ponto fixo com as sobrancelhas franzidas.

— Está morna mesmo, né? Maki-chan, vamos sair para lavar o corpo.

— Não... — murmurou Makiko, permanecendo imóvel e calada por um tempo.

— Maki-chan?

Nesse momento, ela se levantou de súbito, espirrando água. Em seguida, se virou na minha direção, com os seios à mostra, e disse com uma voz grave e ameaçadora como se fosse algum membro do clube de karatê ou judô:

— E aí?

— E aí o quê?

— A cor, o formato.

Pequenos e com mamilos escuros, mas enormes à sua maneira, foram essas as palavras que me vieram à mente, mas as desconsiderei. Ignorei também minha preocupação com o que as outras mulheres da área de banho poderiam pensar ao nos ver nessa situação: uma empertigando-se com as mãos na cintura e encarando a outra, que estava sentada. Só consegui menear a cabeça rapidamente.

— Não precisa falar do tamanho, eu já sei — disse Makiko. — O que acha da cor dos mamilos? *A cor*. Você acha que eles são escuros? Se sim, são *muito* escuros? Seja sincera.

— Não, não são escuros — disse, sem refletir, exatamente o contrário do que eu havia pensado.

— Está dentro do normal? — continuou Makiko.

— Normal? Para início de conversa, não sei como é o normal.

— Pode ser o que você considera como normal. O normal para você.

— *Normal para mim?*

— É, normal para você.

— Mas mesmo dizendo com base no que é normal para mim, isso não vai trazer a resposta certa para o que você quer saber, Maki.

— Para de enrolação — insistiu Makiko em tom monótono, o que me deixou sem alternativa a não ser respondê-la.

— Bem, eles não são rosados.

— Eu sei disso.

— Ah, é?

— É.

Em seguida, Makiko mergulhou o corpo na água novamente, e continuamos a olhar vagamente para a frente, como estávamos fazendo antes, mas a imagem dos seios de Makiko ficou gravada na minha memória. A cena dos seios e dos mamilos dela surgindo repentinamente da água morna da banheira, espirrando água para todos os lados foi reproduzida várias vezes em câmera lenta, tal qual o gigantesco monstro do lago Ness ou uma grande armada emergindo das profundezas da água.

Cada seio de Makiko tinha praticamente o tamanho de uma picada de mosquito, e sobre cada um havia um grande mamilo tridimensional que se alongava tanto na horizontal quanto na vertical, parecendo botões de controle. Parecia um pneu deitado ou uma circunferência escura com cerca de três centímetros de diâmetro, tão denso que dava a impressão de ter sido desenhado com lápis preto mais macio — 10B? — com força. De qualquer maneira, os mamilos eram escuros. Bem mais do que eu tinha imaginado, e achei até que não seria má ideia clareá-los só um pouquinho, para além de estética, beleza ou felicidade.

— São escuros. São escuros e enormes. Sei disso. Sei que não são nem um pouco bonitos.

— Mas cada pessoa pode ter uma impressão diferente. Além disso, não somos brancas. É natural que eles sejam mais escuros — falei como quem dissesse: “Tanto faz o formato e a cor dos mamilos, eu não dou a mínima para isso.”

Mas Makiko soltou um suspiro como se ignorasse completamente minha *delicadeza*.

— Bem, antes de ter um bebê, não chegava a tanto — disse Makiko. — Talvez você ache que não tenham mudado muito. Sei que não eram bonitos, mas, para ser franca, não eram tão horríveis quanto agora. Olha, é feio demais. Parecem biscoitos Oreo, aqueles de chocolate. Mas antes tivessem a cor de Oreo. O mamilo parece mais uma cereja americana, que não é apenas preta, tem uma cor intensa com um tom avermelhado misturado. Mas ainda assim seria melhor ter a cor de uma cereja americana. Na verdade, os meus mamilos têm a cor da tela de uma TV LCD desligada. Uma vez vi uma TV desligada na loja de eletrônicos e achei a cor familiar: era a cor dos meus mamilos. E são enormes. Só um mamilo tem o tamanho da boca de uma garrafa PET. Até o médico disse para mim, com uma cara séria: “Será que o bebê vai conseguir colocar isso na boca?” Essas foram as palavras de um *expert* que viu milhares, talvez dezenas de milhares de mamilos. E os meus seios são achatados. Sabe aquele saco plástico com água pela metade, usado para colocar peixinhos dourados? Todo mole, sabe? Os meus seios parecem aqueles saquinhos. Tem gente que, mesmo depois de ter filhos, continua com os peitos intactos, e tem gente que muda, mas cujos seios voltam ao normal depois de um tempo. Os meus peitos se transformaram nisso aqui.

Continuamos caladas por um tempo. Ponderando o que Makiko havia dito, pensei na temperatura da água morna. Era impossível que estivesse em quarenta graus; aquela indicação devia estar errada. E então pensei nos mamilos de Makiko. Imaginei várias coisas depois daquela visão chocante, mas, se fosse para expressar em uma palavra o que achei dos mamilos dela, qual palavra seria adequada? Intensos? “Maki, os seus mamilos são intensos.” Será que seria um elogio? Provavelmente não. Mas qual o problema dos mamilos serem intensos? Qual o problema de serem escuros? Falar que os mamilos eram bonitos ou fofos também não soava bem. Será que os mamilos intensos, escuros e gigantescos não conquistariam a supremacia no mundo dos mamilos um dia? Será que esse momento não iria chegar? Decerto não.

Enquanto eu pensava nessas coisas, a porta se abriu movendo o vapor, e duas mulheres entraram — ou melhor, achei que fossem mulheres, mas à primeira vista já percebi intuitivamente que havia algo diferente. Uma delas parecia estar na faixa dos vinte anos e tinha um *corpo feminino*, digamos assim, mas a outra parecia um homem, por mais que eu a olhasse atentamente.

Uma tinha o rosto ainda maquiado, e seu pescoço fino, a região do peito e da cintura e o cabelo loiro, que chegava até as costas, indicavam nitidamente que era mulher. Mas a pessoa com quem ela estava de braços dados, que entrou cobrindo o ventre com a toalha que segurava em uma das mãos, tinha o cabelo bem curto e raspado na lateral, músculos salientes do pescoço até os ombros, braços fortes e o peito um pouco volumoso, mas praticamente achatado.

Não sabia se essas duas pessoas vinham à casa de banho pela primeira vez ou se eram clientes ocasionais. Pelo menos eu nunca as tinha visto. Todas as mulheres que estavam na área de banho ficaram paralisadas instantaneamente, e uma atmosfera tensa de silêncio surgiu. Mas as duas pareciam não se importar com a reação das pessoas ao redor.

A loira se manteve bem pertinho da companheira.

— Eu devia ter prendido o cabelo — disse a loira com voz dengosa.

A de cabelo curto balançava a cabeça em resposta, sentada na borda da banheira de forma imponente, inclinando-se um pouco para a frente.

As duas pareciam ter um relacionamento amoroso, mas eu não tinha certeza. Pelo que parecia, a loira era a mais feminina da relação, e a de cabelo curto parecia menos feminina.

Tentei olhar discretamente a virilha da pessoa de cabelo curto, mas, além de estar coberta com a toalha, sua mão estava sobre a área, e não dava para saber se ela tinha pênis. As duas estavam sentadas na borda da banheira e desfrutavam do banho de pés juntinhas. Eu sabia que era falta de respeito, mas como a de cabelo curto me chamava a atenção, eu fingia que me espreguiçava ou me alongava para olhá-la de vez em quando.

É lógico que a pessoa de cabelo curto era uma mulher. Afinal, estávamos na ala feminina da casa de banho. Mas, à primeira vista, parecia um homem. Havia vestígios de um corpo feminino nela, como os mamilos rosados que não combinavam com os ombros musculosos, ou o aspecto da gordura subcutânea, mas, pelo menos à primeira vista, ela parecia encarnar o corpo e o comportamento de um homem.

No bairro Shōbashi, onde trabalhávamos, havia vários tipos de bar, e nos bares chamados de *onabe bar*, de homens trans, trabalhavam os *host* chamados de *onabe*.

Seu gênero designado no nascimento era feminino, mas como se identificavam como homens, vestiam-se como homens e atendiam os clientes como homens. Os heterossexuais namoravam as mulheres. Ouvi falar que nos clubes de luxo de Kitashinchi, ainda em Osaka, com o preço e o nível do atendimento incomparavelmente superiores, havia pessoas que faziam cirurgias para mudar completamente a aparência, tirando os seios, fazendo terapia hormonal para tornar a voz mais grave e ter barba, e fazendo cirurgia de redesignação sexual. Mas nos *onabe bar* de Shōbashi ninguém chegava a esse ponto, talvez por questões financeiras. Algumas pessoas diziam que queriam fazer a cirurgia de redesignação um dia, mas geralmente disfarçavam o busto com *binders*, usavam terno e tinham cabelo curto, além de assumir comportamentos masculinos, e havia também quem agia de forma espontânea. Observando esses *onabe* que vinham ao *snack bar* com seus clientes, eu percebia um ar feminino que não sentia na *mama* nem nas *hostess*. Não sabia se era por conta da estrutura óssea ou da compleição física, mas era algo que só conseguia descrever como feminilidade, e a sentia neles mais do que nas mulheres.

Espiando esporadicamente o corpo da pessoa de cabelo curto à minha frente, sentia que uma *feminilidade* emanava gradualmente do corpo dela — feminilidade essa que eu costumava sentir nos *onabe* em Shōbashi, apesar de não conseguir colocar isso em palavras naquela época —, que quase não conseguia sentir no meu corpo, nem no corpo de Makiko, no da minha mãe ou no das minhas amigas.

Então, não era que eu não tivesse nenhum contato com pessoas assim, mas era a primeira vez que me via nessa situação, em que ambos estávamos completamente nus numa casa de banho. Quando me dei conta, quase todas as mulheres tinham saído da área de banho, e apenas Makiko e eu continuávamos imersas na água morna.

Comecei a ficar nervosa. Sabia que essa pessoa de cabelo curto só podia ser uma mulher e que tinha o direito de estar na ala feminina. Mas essa não era uma situação que podia ser considerada normal. Afinal, eu estava me sentindo desconfortável. Ou será que eu, que sentia me assim, que estava errada?

Para início de conversa, será que a pessoa de cabelo curto estava se sentindo bem na ala feminina? Ela se identificava como homem e, ainda assim, se sentia à vontade no meio das mulheres? Não, essa não era a pergunta adequada. Já que essa pessoa achava que não tinha nenhum problema e estava na ala feminina com dignidade, minha dúvida deveria ser: "Não tem problema mostrarmos o nosso corpo nu para ela?"

Se essa pessoa se identificava como homem e era heterossexual, mesmo que ela não tivesse o menor interesse, para ela nosso corpo era o de alguém do gênero oposto. Então qual a diferença entre essa pessoa e um homem cis qualquer que resolvesse entrar na ala feminina da casa de banhos?

Afundei meu corpo na água morna até o queixo, estreitei os olhos e observei fixamente o visitante de cabelo curto. Minha inquietação inicial agora tinha se transformado em nítida irritação. Além do mais, nem estávamos no banho misto, era a ala feminina, e não era normal um casal hétero entrar junto, com todo mundo vendo.

Pensei por um tempo se deveria confrontar a pessoa. Era uma questão delicada e, independentemente do desenrolar da conversa, não mudava o fato de ser um assunto complicado. Pensando bem, era tolice eu tomar a iniciativa para criar uma confusão. Mas, desde criança, eu era um pouco assim; quando achava que algo era estranho e me questionava "Por que isso é assim?", me sentia tão incomodada que não conseguia ficar calada. Lógico que isso não acontecia com frequência e, dentro das relações pessoais, esse tipo de autoquestionamento quase nunca surgia. Talvez umas coisas me incomodassem mais que outras. Quando estava no ensino fundamental, fiquei no mesmo vagão dos adeptos de uma nova religião que voltavam de algum evento, e tive uma discussão exaltada com eles, que tentavam pregar para mim, com um sorriso no rosto, a verdade e a existência de um deus (óbvio que, no final, eles me dirigiram um sorriso misericordioso); e, quando estava no ensino médio, ouvi o discurso de uma organização de extrema-direita, perguntei com insistência os pontos contraditórios e quase fui recrutada para me juntar a eles.

Como seria puxar papo com essa pessoa de cabelo curto? Tentei fazer uma simulação mental, ainda com o corpo submerso na água morna.

"Com licença, estava te observando... Você é homem, não é?"

"Quê? Quer morrer, é?"

Não, não estávamos em Osaka, e um homem com compleição robusta e olhos penetrantes nem sempre reagia dessa forma. Era preconceito da minha parte. Talvez meu modo de iniciar a conversa não fosse adequado. Então como poderia falar com essa pessoa sem ser desrespeitosa, transmitindo minha dúvida e perguntando o que realmente queria saber, sem ser desagradável?

Concentrei meu pensamento num ponto do lobo frontal, como quem acende fogo com uma tábua e um graveto, e esfreguei esse ponto vigorosamente, aguardando o fiozinho de fumaça. Tentei atribuir a essa pessoa o papel de um rapaz simpático e jovial, e iniciei um novo diálogo imaginário, conjecturando: primeiro iria perguntar isso, teria a seguinte resposta e aí iria dizer isso... Então, percebi que ela me encarava.

Era eu quem deveria estar incomodada com a presença dela. *Por que ela estava me encarando? Será que não tinha gostado de me ver olhando para ela? Será que vou apanhar?* Fiquei olhando para ela de vez em quando, pensando nessas coisas, e em um dado momento tive a estranha sensação de que havia algo escondido dentro dela, e que eu era observada, fitada por esse algo que não era o olhar dela. Parecia preocupação e inquietação, e me observava fixamente.

A loira falou algo engraçado para a pessoa de cabelo curto, e ela riu. Quando vi melhor seu perfil, ecoou uma voz na minha mente que indagava: "Aquela não é a Yamagu?"

Yamagu. Yamaguchi. Como era o primeiro nome dela? Chika. Sim, Chika Yamaguchi. Eu a chamava de Yamagu, éramos da mesma turma no ensino fundamental I e fomos bem próximas por um tempo. Era uma menina que sempre era esquecida pelo grupo. A mãe dela tinha uma pequena confeitaria próxima à ponte do canal e, quando íamos brincar na casa dela, às vezes ganhávamos doces. Quando abríamos a porta, um ar adocicado envolvia o ambiente. Às vezes, brincávamos escondidas na cozinha, quando não tinha nenhum adulto. Havia batedores de ovos, formas de bolo de diversos tipos e espátulas empilhadas e, na vasilha grande, tinha sempre uma massa branca ou amarelo-clara cremosa e ondulada. Certa vez, quando estávamos a sós, Yamagu enfiou o dedo indicador na massa, estreitou os olhos, como se dissesse que era segredo só nosso, e eu lambi a massa do seu dedo. Yamagu sempre teve cabelo curto e, no sexto ano do ensino fundamental, ganhou de todos os alunos na queda de braço e ficou em primeiro lugar na competição da escola. Tinha sobrancelhas grossas e seu rosto tinha feições bem vincadas, e ainda hoje conseguia me lembrar do seu lábio superior que chegava bem perto do nariz quando ria.

"O que você está fazendo aqui?", perguntei, rindo, e ela levantou os ombros musculosos, como se dissesse: "Olá, quanto tempo." Naquele momento, quando olhei a cor da pele dela, senti um cheiro que lembrava o de creme de confeiteiro, e de repente nós duas estávamos novamente observando o interior de uma vasilha. Só de olhar não dava para saber o quanto a massa era macia nem sua consistência, e o dedo de Yamagu mergulhou lentamente dentro dela. Naquele momento, senti *aquilo* se espalhar em toda a superfície da minha língua, aquilo que saboreei várias vezes.

Yamagu estava me fitando, calada. "Você virou homem? Não sabia", falei, mas ela não respondeu, apenas mostrou seu bíceps musculoso, dobrando o braço. Então o músculo definido do bíceps caiu em pedaços, como se fossem pequenas massas de pão enroladas e cada massinha se transformou em homúnculo multiplicando-se cada vez mais; esses homúnculos corriam sobre a superfície da água, deslizavam no azulejo e escalavam os corpos nus como se estivessem em um *playground*, soltando gritos dc alegria. E Yamagu? Estava fazendo oitavas na barra fixa sem parar, com a camiseta do seu uniforme de educação física enroscada na barra de metal.

Agarrei um dos homúnculos pelo pescoço e chamei sua atenção, fazendo cócegas e dizendo que ali não era o lugar dele. Mas ele torceu o corpo alegremente, rindo alto, e disse: "Mulher não existe", e só repetia isso, como se cantarolasse, sem ligar para o que eu dizia. Quando eu menos esperava, os homúnculos que estavam espalhados por todo o canto se reuniram ao meu redor, formando um círculo, e um deles apontou para o teto.

Olhamos para o alto e vimos um imenso céu noturno, o mesmo que vimos no curso de férias ao ar livre. Nunca tinha visto tantas estrelas assim! Abrindo bem os olhos, gritamos para as inúmeras estrelas resplandecentes que enchiam o céu. Então, voltamos para a escola, e alguém pegou uma pá e recolheu areia. Kuro, o bichinho que vivia na escola e nós cuidávamos, havia morrido. Nós o colocamos deitado no fundo do buraco, e tanto seu corpo quanto seus pelos estavam duros; a cada porção de terra que jogávamos, ele era levado para cada vez mais longe, para algum lugar distante. Continuávamos a chorar. Os soluços não paravam, mais lágrimas jorravam, escorrendo sem parar. Quando alcançamos o patamar da escada que refletia a luz solar, alguém contou uma piada. Alguém imitou uma pessoa, então lembramos quem era e continuamos a rir com o corpo inteiro. Crachá quase caindo, letras do quadro quase se apagando.

"Em se tratando de coisas importantes", disse um dos homúnculos, "não existe homem, mulher, nem outra coisa". Olhando mais atentamente, os rostos dos homúnculos pareciam todos familiares; tinha a impressão de já tê-los visto antes, mas de onde eu estava não conseguia reconhecer por causa da iluminação.

Quando tentei me concentrar para ver melhor, tive a impressão de ouvir alguém chamar meu nome, e ergui o olhar. Makiko me encarava com uma cara estranha. A pessoa de cabelo curto e a loira não estavam mais na área de banho. As mulheres nuas tinham voltado, e se moviam cada qual nas banheiras ou na área para lavar o corpo.

○ Hoje fui a Mizunoya a pedido da minha mãe. Depois pensei em voltar para casa, mas resolvi descer ao porão. Os brinquedos com os quais brincava quando era pequena, quando minha mãe me trazia, ainda estavam lá. Que saudade. O Robocon ainda estava lá; ele parecia tão grande quando eu era pequena, mas agora, depois de tanto tempo, parecia muito pequeno, o que me fez levar um susto.

Teve uma vez que entrei no Robocon para controlá-lo de dentro; quando colocava a moeda, ele se movia fazendo um barulho, e seus olhos eram como pequenas janelas, de onde eu conseguia ver mamãe, mas ela não conseguia me ver, porque as janelas eram escuras quando vistas de fora. Lembro que isso era muito estranho para mim. Mamãe só conseguia ver o Robocon, então para ela só havia o Robocon. Mas eu estava dentro dele. Mesmo quando saí dele, lembro que fiquei com uma sensação estranha pelo resto do dia.

Consigo mover meus braços e minhas pernas. Não sei como, mas consigo mover várias partes do meu corpo, o que é curioso. Nem sei como vim parar aqui, mas estou dentro do meu corpo, vivo nele, e ele se transforma cada vez mais, independentemente da minha vontade. Quero acreditar que isso é algo banal. Ele muda cada vez mais. Isso é tão sombrio. A escuridão se acumula cada vez mais nos meus olhos, e não quero continuar com os olhos abertos. Agora não quero ficar com eles abertos, pois tenho medo de chegar um dia em que não consiga mais abri-los. Os meus olhos estão doloridos.

Midoriko

4
Pessoas que vêm ao restaurante chinês

— Quanta variedade no cardápio! — disse Makiko, rindo e feliz, arregalando os olhos que, de tanto espanto, estavam com quase o dobro do tamanho. — Tem muitos pratos que não conheço, mas aquele senhorzinho está sozinho na cozinha, não é? E tem aquela senhorinha para servir à mesa, não é?

Ela apontou para a senhora que andava para lá e para cá no restaurante, com uma roupa branca que parecia metade uniforme de cozinheiro e metade uniforme de garçonete.

— É. Mas eles são bem rápidos.

— De vez em quando a gente vê restaurantes assim, com uma variedade incrível de pratos, que atendem qualquer pedido dos fregueses — disse Makiko, impressionada. — Às vezes aparece na TV. Servem ao mesmo tempo ensopado de carne bovina, *okonomiyaki*, um tipo de panqueca japonesa, e *nigirizushi*, aquele sushi moldado com as mãos. Não sei como conseguem deixar todos os ingredientes preparados.

Depois de dar uma olhada no cardápio dos pratos do dia fixado na parede, Makiko analisou cuidadosamente o cardápio sobre a mesa. Nós duas pedimos cerveja, e resolvemos dividir a comida: alguns pratos de lula, macarrão chinês com caldo branco, *gyōza* frito com massa grossa, *manjū* — um bolinho chinês recheado com carne, apontado no cardápio por Midoriko — e macarrão de tofu do tipo ramen.

O restaurante ficava a cerca de dez minutos a pé do meu apartamento. Ocupando o primeiro andar de um prédio que literalmente estava caindo aos pedaços, com certeza ele foi construído havia mais de trinta anos e era popular por ser muito barato. Além de nós três, havia uma família com um bebê e um menino agitado que devia ter uns quatro ou cinco anos, um casal de meia idade que praticamente não conversava e homens com o uniforme do trabalho que faziam barulho ao sugar o macarrão. Na entrada, havia uma caixa registradora pré-histórica e uma espécie de biombo em vermelho e dourado vivos. Na parede havia um quadro com um *sumie*, uma pintura a nanquim, acompanhada de um poema chinês, que dava para ver de cara que era uma cópia impressa. E, ao seu lado, um pôster de cerveja de tom azul-celeste desbotado: uma modelo de biquíni com penteado que já esteve na moda sorria, deitada na areia branca, segurando um copo de cerveja. O chão estava engordurado e escorregadio.

Quando nos sentamos à mesa indicada pela senhora, Midoriko tirou o caderno menor da mochila e, depois de hesitar um pouco, guardou-o e tomou um gole de água que fora servida num copo plástico. Sobre a cabeça do homem que sugava o macarrão, na prateleira escurecida pela gordura e pelo tempo, havia um pequeno e antigo aparelho de TV preto transmitindo um programa de variedades, o mesmo que passava a qualquer hora, em qualquer lugar. Midoriko manteve os lábios fechados e, inclinando a cabeça levemente para cima e com a fisionomia de quem não achava nenhuma graça, observava o rosto das pessoas que riam na tela. Os copos de cerveja foram colocados na mesa, e Makiko e eu brindamos.

— Você não quer mesmo pedir uma bebida? — perguntei a Midoriko. Ela apenas meneou a cabeça, sem desgrudar os olhos da TV.

A cozinha podia ser vista atrás do balcão. O dono do restaurante, que vestia o mesmo uniforme de cozinheiro branco manchado aqui e acolá, estava se movendo, como sempre. Da panela *wok* quente saía vapor e, quando os ingredientes eram colocados ali, ouvia-se o som deles chiando na superfície. Na chapa para fritar *gyōza*, ecoou o som intenso de uma grande quantidade de água evaporando de uma vez só. Tinha gordura grudada e solidificada na tomada embutida na parede da bancada da cozinha; a peneira usada para apanhar as verduras do saco que ficava no chão, e que não estava à vista, imunda e rasgada; e a torneira de onde saía o filete de água que enchia o caldeirão estava completamente desbotada.

Comecei a me lembrar de algo. Tinha vindo aqui com um rapaz três anos mais novo que eu, e que trabalhava no mesmo lugar onde eu fazia um bico. Vínhamos conversando sobre comer algo juntos algum dia e, quando eu disse que tinha um lugar que costumava ir, ele respondeu que queria conhecer. Passado um tempo depois de nos sentarmos à mesa, percebi que ele estava estranho. No fim das contas, ele praticamente não comeu nada do que eu tinha pedido para nós. Depois, quando perguntei o motivo, ele me explicou, franzindo as sobrancelhas, que o lugar era insalubre, por isso não teve coragem de comer.

— Você viu o pano usado para secar a panela *wok*? Era um pano de chão. Na mesma *wok* usada para cozinhar o macarrão — disse ele.

— Ah, é? — respondi só isso, eu acho, e não falei mais nada.

— Ah, lembra do Kyū? Ele morreu.

— Kyū?

Olhei o rosto de Makiko. Naquele momento, a senhora se aproximou e colocou o prato de *gyōza* sobre a mesa, de forma brusca.

— Que Kyū?

— O Kyū — disse Makiko, tomando um gole de cerveja. — Aquele músico trambiqueiro que estava sempre na estrada.

— Ah, ele! — exclamei sem querer, e me assustei com o volume da minha voz. — Como assim, morreu? Nem sabia que ainda era vivo.

— É, já estava bem velho. Morreu recentemente.

Kyū era uma figura conhecida no bairro de Shōbashi. Quem trabalhava em bares e restaurantes da região certamente conhecia esse famoso senhor.

Sua atividade principal era andar pelos *snack bar* e pelos *lounge* para tocar violão ao vivo em troca de gorjetas para os fregueses que gostavam de músicas *enka*, canções tradicionais japonesas, assim podiam cantar acompanhados de seu violão, em vez da música instrumental de um karaokê. Ele tinha, no entanto, outra atividade: forjar acidentes.

Os bares de Shōbashi estavam divididos entre o lado sul e o lado norte, separados pela rodovia nacional número 2. Os bares onde mamãe, Makiko e eu tínhamos trabalhado, e onde Makiko continuava trabalhando ainda hoje, ficavam no lado sul, e os estabelecimentos se espalhavam ao redor de uma estação, que ficava no meio. No lado norte, havia um hospital psiquiátrico antigo com grades de metal nas janelas, e o clima, ou melhor, o ritmo dos dois lados era um tanto diferente um do outro. Por isso, os fregueses que frequentavam os estabelecimentos do sul só iam para o lado sul, e vice-versa, e os bares também tinham pouco contato entre si.

Mas Kyū transitava com facilidade nos dois lados com seu violão, que até hoje eu não fazia ideia se ele tocava bem ou não, e fazia seu show tanto para os fregueses de longa data como para os que via pela primeira vez, conseguindo, assim, seu ganha-pão. E, de vez em quando, para fazer um bico ou ganhar um bônus, ele ia para a rodovia 2 — que geralmente tinha bastante tráfego —, num horário com pouco movimento, e esperava algum carro com placa que não fosse das proximidades, de alguma região mais do interior. Então, jogava seu pequeno corpo contra o veículo. Ele conseguia encontrar com exímia precisão os motoristas de bom coração que, ao atropelar alguém, ficavam desesperados e completamente desalentados, caindo de joelhos aos prantos, oferecendo para ir imediatamente ao hospital antes de pensar em chamar a polícia e prometendo compensar qualquer dano trabalhando pelo resto da vida. Nunca ouvi falar de nenhum problema que ele tenha tido com o envolvimento da seguradora ou da polícia. É óbvio que ele se certificava em bater de leve no veículo para não se ferir gravemente; assumindo posição de defesa, caía com movimentos exagerados, e tentava receber uma quantia simbólica como indenização, fazendo um acordo extrajudicial — podia se dizer que era, de certa forma, um golpista exemplar.

Kyū era um homem de estatura baixa que parecia uma casca de amendoim. Ele era careca, e a superfície da sua cabeça era irregular tal qual uma batata inglesa. Seus olhos eram pequenos como peixinhos secos, e ele já havia perdido alguns de seus dentes. Falava com um sotaque que eu desconfiava ser de alguma região de Kyushu. Era um pouco gago também, e talvez fosse por isso que ele sempre respondia com monossílabos. Para falar com os fregueses, ele emitia cada substantivo e cada adjetivo gaguejando de forma hesitante, e nunca o ouvi dizer uma frase inteira.

Acho que nunca tive uma conversa de verdade com Kyū, mas ele sempre sorria para nós, filhas de *hostess*, que trabalhávamos atrás do balcão lavando pratos ou preparando aperitivos. Como Kyū parecia ser inofensivo e não um adulto de verdade, eu sentia certa simpatia por ele. De fato, ele sempre aparecia sem avisar com antecedência, e geralmente entrava empolgado pela porta automática, às dez ou onze da noite, carregando seu violão nos ombros. Se o bar estava movimentado, ele se misturava à agitação, convidando os fregueses embriagados e animados para cantar junto e pedindo para que colocassem a gorjeta na abertura do seu violão. Quando o bar estava vazio e com um clima pesado, ele fazia cara de constrangimento e, cabisbaixo, recuava, emitindo monossílabos, como se dissesse que voltaria outro dia, deixando o local. De vez em quando, quando a *mama* estava bem-humorada, ela lhe oferecia um copo de cerveja, e ele bebia com gosto.

Certa vez, Kyū entrou no *snack bar* de repente, quando não tinha nenhum freguês. Nem *mama* nem minha mãe estavam lá — provavelmente tinham saído para convidar os fregueses que estavam no bar de alguma conhecida, depois de fazer algumas ligações. Não havia nenhuma outra *hostess*, e Makiko também não estava, pois já priorizava o trabalho no restaurante de *yakiniku*, algo parecido com uma churrascaria, então fiquei a sós com ele por um tempo. Mamãe ainda não tinha descoberto que estava doente, era mais ou menos na época em que eu estava no sexto ano do ensino fundamental.

— Ca-cadê a *mama*? — perguntou Kyū, e respondi que achava que ela logo voltaria e, abrindo uma garrafa de cerveja, servi no copo que deixei no balcão.

Kyū tomou a cerveja em um gole.

— O-o-obrigado — disse ele. Servi mais cerveja. — O-o-obrigado — agradeceu mais uma vez.

Depois de hesitar um pouco, sentou-se no banco redondo das *hostess* no canto do balcão, envolvendo o pequeno copo em suas mãos, com cuidado, sorrindo como sempre, um sorriso que parecia metade zombeteiro, metade apalermado. Estávamos a sós, o bar parecia mais silencioso que o normal. O silêncio entre nós era absorvido pelas paredes, pelos sofás e pelas almofadas como se fossem esponjas, e tive a sensação de que eles inchavam cada vez mais, gradualmente, e se fechavam sobre nós. Tanto eu como Kyū permanecemos calados. O telefone também não tocou nenhuma vez.

Depois de um tempo, Kyū colocou o violão no ombro.

— O-o-obrigado — disse ele, prestes a ir embora, mas parou bem na frente da porta.

Após um momento de hesitação, virou-se devagar. Seu semblante dizia que teve uma ideia ótima, e ele me encarou. Em seguida, perguntou:

— Va-va-vamos cantar uma música?

Seus olhos minúsculos brilharam em suas pequenas fendas.

— Quê? Cantar? Quem? — perguntei assustada.

Ele apontou para mim com o queixo, como se dissesse "É, você". Ele riu, feliz, mostrando os dentes que sobravam, segurou o braço do violão e o levantou acima dos ombros.

— Canta, canta — disse ele, fazendo vibrar as cordas.

Em seguida, pegou rapidamente um pequeno apito do bolso no peito de sua camisa polo surrada e soprou-o para ajustar o timbre da corda, fazendo-o ressoar.

— Co-consegue cantar *Soemon*, né? *Soemonchō*? — Ele fechou os olhos com força e começou a tocar a introdução da música com ritmo mais lento, intensificando o vibrato.

Eu estava hesitante e envergonhada do outro lado do balcão por tudo ter acontecido tão de repente, mas Kyū balançava a cabeça indicando o ritmo, como se me incentivasse a cantar. Enquanto tocava a introdução, ele ria para mim, como se dissesse "Você consegue. Consegue, sim". *Não dá pra cantar de repente assim, ainda mais acompanhada de um violão*, eu pensava e balançava a cabeça com toda a força. Mas, por alguma razão, minha voz estava se preparando para se soltar, dentro de mim, de maneira tímida. Eu tinha ouvido inúmeras vezes os fregueses cantarem essa música, *Soemonchō Blues*, mas eu mesma nunca tinha cantado. No entanto, curiosamente sua letra saiu da minha boca mesmo que de forma atropelada.

Eu emitia cada nota com custo, desnorteada e sem ritmo, na tentativa de acompanhar a melodia, e Kyū envolvia, com o ressoar das suas cordas, o som que eu produzia, observando meu rosto com um largo sorriso e com a boca bem aberta, me acompanhando como se dissesse "É isso aí". Quando eu hesitava sem saber a letra ou o ritmo, ele tocava o acorde para me guiar e meneava a cabeça várias vezes como se dissesse "Você está se saindo muito bem". Quando eu errava a letra, ele balançava a cabeça como se me incentivasse a continuar, sem se importar, e continuei soltando a voz e me esforçando para não perder o ritmo, observando apenas Kyū, que tocava o violão com todo o seu corpo.

Continuei a cantar a música ao som do violão de Kyū até o fim, sem saber muito bem se estava cantando direito. Ao fim do último verso — "Me mostre seu sorriso feliz" —, Kyū arregalou os olhos pequeninos, fez vibrar as cordas, *tararan tararan*, e riu, feliz.

— Muito bom, muito bom — elogiou ele. Em seguida, bateu palmas para mim por muito tempo.

Eu estava tão envergonhada que sentia meu rosto bastante ruborizado, então envolvi as bochechas com as mãos, com força.

Kyū continuava batendo palmas. Não sabia mais se me sentia desajeitada, envergonhada ou feliz. Ri para disfarçar e enchi mais uma vez o copo de cerveja de Kyū.

— Mas Kyū estava doente? — perguntei.

— Não, ele tentou forjar um atropelamento — bufou Makiko pelo nariz. — Todos desconfiávamos que ele não estava muito bem ultimamente, e ele quase nunca aparecia em nenhum bar. Nem lembro direito quando foi a última vez que o vi. Ah, sim, você sabe aquele café, o Rose, ao lado da estação? Outro dia vi alguém de pé na entrada, olhei bem e era o Kyū. Ele estava bem pequenininho, tomei um susto. Ele já não era grande antes e estava menor ainda. Fiquei arrepiada. Fazia tempo que ele não vinha ao bar, pensei em perguntar se estava tudo bem, já que não o via há bastante tempo, mas ele começou a andar, cambaleando, e nem consegui dar um oi.

— Ele estava com o violão?

— Acho que não — respondeu Makiko enquanto tomava um gole de cerveja. — Foi alguns meses atrás... Ah, sim, foi no final de maio. Ficamos sabendo que teve um acidente na rua quase à meia-noite. Na frente do Hōryū, aquele restaurante chinês. Sempre íamos lá, lembra? Kyū morreu ao sair desse restaurante. Estávamos falando dele outro dia, e um freguês disse ter encontrado com ele quase duas horas antes do acidente no restaurante, depois de muito tempo. Perguntamos como ele estava e ficamos sabendo que estava sorridente e bem-humorado como sempre. Tomou cerveja e comeu bastante. O acidente aconteceu logo depois. Dessa vez ele não foi bem-sucedido em forjar um atropelamento.

Ouviram-se risadas da TV. Peguei, com o par de hashi, um *gyōza* que já estava levemente duro e o coloquei na boca.

— Acho que ele estava doente, mas no final conseguiu comer bastante — disse Makiko.

Midoriko parecia não estar interessada na nossa conversa e observava a tela da TV na mesma posição de antes, com o queixo levemente erguido. O rosto de Kyū surgiu de relance na minha mente e desapareceu. Em seguida, sua cabeça pálida com a superfície irregular de batata surgiu, e, depois, a imagem dele sentado no canto do bar, segurando firmemente a cerveja com as mãos, com seus pequenos joelhos colados.

Então, chegou à mesa o *manjū* chinês que Midoriko tinha pedido. Ao observar a brancura sem nenhum significado do bolinho chinês recheado com carne, seu calor embotado e seu formato vagamente arredondado, meus olhos começaram a arder e a lacrimejar. Inspirei fundo pelo nariz, alonguei a coluna e me ajeitei na cadeira.

— Chegou o *manjū* chinês! Vamos comer!

Coloquei um dos bolinhos quentes em um prato e olhei para Midoriko, como se dissesse para ela se servir. Ela balançou a cabeça de leve, tomou um gole de água e olhou o *manjū* em seu prato. Makiko também pegou um bolinho. Quando minha sobrinha mordiscou a ponta branca da massa, o ambiente pareceu relaxar de repente, como se fosse um sinal e, desejando comprovar que isso não era só impressão minha, tomei toda a cerveja do copo em um gole só. Pedi o segundo chope. A mesa se encheu de pratos: macarrão de tofu no estilo ramen, macarrão chinês com caldo branco, refogado de lula, entre outros, e o clima ficou mais animado com o som que nós três fazíamos ao mastigar e beber água, o barulho das louças e talheres se chocando, tudo isso misturado ao ruído da TV.

Quando a senhora trouxe os pratos, Makiko comentou que éramos de Osaka, e ela perguntou sobre como estavam as coisas lá, então as duas começaram uma conversa animada. Midoriko pegou o *gyōza*, que ainda não tinha provado, e o mastigou, mexendo bastante a boca. "Isso aqui está uma delícia, esse também", Makiko e eu comentávamos enquanto comíamos, e ela também pediu mais uma cerveja. Midoriko sorriu de leve quando contei uma piada, então lhe perguntei o que ela fazia quando Maki estava trabalhando. Ela pegou o caderninho da mochila e escreveu: "Lição de casa, TV, durmo e já é de manhã."

— Ah, é? Maki sai de casa depois das seis da tarde e retorna por volta de uma da manhã. Então passa rápido, né? — respondi, e Midoriko sacudiu a cabeça e colocou na boca o pedaço pequeno do *manjū* chinês que tinha cortado com as mãos.

Makiko se deu muito bem com a senhora do restaurante.

— Adorei esse lugar — disse ela, bem-humorada, à senhora.

Em seguida, tossiu alto e olhou para nós.

— Tem uma coisa que faço logo que eu chego em casa, antes de qualquer outra coisa — disse ela, orgulhosa. — O que vocês acham que é?

— Tirar os sapatos?

— Não — disse Makiko com desdém, balançando a cabeça, e continuou, com um tom estranhamente alegre: — É olhar o rosto dessa menina dormindo.

Por reflexo, Midoriko fez uma cara de desconfiança e olhou a mãe de relance. Em seguida, pegou outro *manjū* chinês, partiu-o colocando os polegares no meio da pontinha branca e observou o recheio de carne por um tempo. Depois, adicionou shoyu na parte onde o recheio estava saindo, dividiu o bolinho ao meio, esperou mais um pouco e repartiu outra vez. E, adicionando mais shoyu, observou em silêncio o pedaço escuro impregnado de molho de soja. Com a repetida adição do shoyu, o *manjū* absorveu cada vez mais o molho, ficou cada vez mais escuro, e observei para ver até que ponto o bolinho absorveria o molho e ficaria completamente escuro.

Para tentar desviar minha atenção do *manjū*, Makiko disse para mim:

— Ei.

Apesar de ter tomado banho fazia pouco tempo, o rosto dela estava brilhante por causa da oleosidade, e, sob a luz da lâmpada fluorescente, a textura áspera de sua pele e a irregularidade dos poros projetavam uma sombra desnivelada no seu semblante.

— Ei, está me ouvindo? Acho Midoriko tão bonitinha dormindo, e às vezes dou uns beijinhos no rosto dela — disse Makiko com um largo sorriso, movendo a ponta dos hashis. "Desculpe não ter contado antes, mas é uma grande surpresa que ofereço do fundo do meu coração", seu largo sorriso parecia querer dizer. *Não, não, não*, neguei mentalmente as palavras da Makiko e olhei para Midoriko, percebendo logo em seguida que ela encarava a mãe com um olhar fulminante.

Makiko ria de maneira afetada, e Midoriko continuava a encará-la com raiva. Parecia que os olhos da minha sobrinha ficavam cada vez mais enérgicos e saltavam do rosto. Depois de um silêncio terrível — tanto que o adjetivo "constrangedor" seria capaz de fugir envergonhado por não ser capaz de exprimir a situação adequadamente —, Makiko colocou o copo de chope na mesa e disse:

— Que foi? Por que você está me olhando assim? — comentou, calma, olhando Midoriko. — Afinal, o que você quer? — Depois, ela bebeu a cerveja em grandes goles.

Desviando os olhos da mãe, Midoriko observou em silêncio o poema chinês suspenso na parede, em seguida abriu o caderninho e escreveu em letras garrafais: "Que nojo." Ela o abriu na mesa e riscou vários traços com a caneta sob essas palavras. Riscou com tanta força que a folha se rasgou. Em seguida, ela pegou o *manjū* chinês submerso no shoyu, partiu um pedaço com a mão e o colocou na boca; depois colocou os pedacinhos em sequência na boca, apesar de estarem escuros e embebidos de shoyu. Makiko observou em silêncio as letras escritas e os vários riscos, e não disse mais nada.

— Não está forte demais esse shoyu? — perguntei para Midoriko depois de um tempo, mas ela não respondeu.

O ruído e os estalos do preparo da comida continuavam ressoando da cozinha, e ouvíamos os cumprimentos — "Obrigado", "Volte sempre" — entre a senhora e os fregueses, quando estes chegavam e iam embora. Ao som efusivo que saía ininterruptamente da TV e inundava o ambiente, nós três comemos o restante da comida em silêncio, sem deixar sobrar nada.

* * *

○ Outro dia, quando tive uma briga feia com minha mãe por causa de dinheiro, disse a ela sem pensar: "Por que você me teve, então?" Me lembro disso sempre. Depois achei que foi uma coisa horrível de se dizer, mas acabei falando no calor do momento. Minha mãe ficou brava, mas não disse nada, e foi bastante constrangedor.

Pensei em ficar um tempo sem falar com ela, pois, se falar, vou acabar brigando e dizendo coisas horríveis. Minha mãe vive trabalhando e está sempre cansada, e metade da culpa por ela estar assim é minha. Não, é tudo culpa minha. Quando penso nisso, fico desesperada. Quero virar adulta logo, quero trabalhar bastante para poder dar dinheiro para ela. Já que não posso fazer isso agora, quero ser boazinha com ela. Mas não consigo. Às vezes só choro.

Depois de concluir o ensino fundamental I, terei mais três anos de ensino fundamental II. Quando terminar o ensino fundamental II, talvez possa trabalhar em algum lugar. Mas mesmo começando a trabalhar, acho difícil levar uma vida tranquila e conseguir manter isso por muito tempo. Tenho que ter alguma habilidade. Minha mãe não tem nenhuma habilidade. Habilidade. Na biblioteca há muitos livros para crianças, para nos fazer pensar sobre a profissão que queremos seguir por toda a vida, e vou pesquisar. Ultimamente tenho recusado quando minha mãe me chama para tomar banho na casa de banhos. Antes da última briga por causa de dinheiro, tivemos outra briga, e falei uma coisa da qual me arrependi depois. A briga era por causa do trabalho dela. Ela estava indo ao trabalho com um vestido, aquele roxo extremamente extravagante com babado dourado. Ela estava indo de bicicleta, e um menino viu e contou para todo mundo, fazendo troça. Tudo começou por isso. Deveria ter falado para ele naquela hora: "O que você está falando, seu idiota? Quer apanhar?" Queria ter falado isso, mas disfarcei e ri na frente dos outros. Ri de maneira afetada. Depois discuti com minha mãe, e no final ela estava brava, quase chorando. "Não tem jeito, a gente tem que comer", disse ela em voz alta, e eu rebati: "É tudo culpa sua por ter me dado à luz."

Mas depois percebi uma coisa: não foi culpa dela que ela tenha nascido.

Então decidi uma coisa: nunca vou ter filhos. Mesmo quando me tornar adulta, nunca mesmo. Pensei várias vezes em pedir desculpas a minha mãe. Mas chegou a hora, e ela saiu para trabalhar.

Midoriko

5
Longo bate-papo das irmãs à noite

Ao voltarmos para o apartamento, Makiko agiu alegremente como se nada tivesse acontecido, e eu também, acompanhando-a, respondendo de forma exagerada, rindo. Espiei Midoriko de vez em quando, que estava sentada no chão com os joelhos dobrados e levantados na frente do corpo. Ela escrevia algo, fazendo tremer a caneta, no caderno apoiado sobre os joelhos, um pouco maior do que o caderninho que usava para se comunicar conosco.

— Fazia um tempo que não bebíamos juntas — disse Makiko, pegando da geladeira algumas latas de cerveja, que tínhamos comprado na loja de conveniência na volta do restaurante, e colocando-as no *chabudai*.

Despejei no prato os salgadinhos Kaki-pi, com biscoitinhos de arroz *arare* no formato de sementes de caqui e amendoins, algumas salsichas Jackie Calpas finas e secas e outros petiscos.

— Vamos beber, vamos beber — disse eu, animada.

Lavei rapidamente os copos de vidro em que tínhamos bebido *mugicha* e, quando tentei servir a cerveja, ouvi um *ding-dong*, que não me era familiar.

— É aqui? — perguntou Makiko ao nos entreolharmos.

— Não sei. Será que é a campainha? — questionei.

— Acho que sim.

Ouvimos mais um *ding-dong*, e parecia realmente vir do meu apartamento. Olhei o relógio e eram mais de oito da noite. Quase nunca recebia visitas, independentemente do horário. Eu estava em casa e não tinha nenhum motivo para ficar preocupada, mas, inconscientemente, atravessei a cozinha andando na ponta dos pés para não fazer barulho, tentando ocultar minha presença e, prendendo a respiração, espiei o corredor externo pelo olho mágico. Não consegui ver direito quem era pelo visor olho de peixe já esverdeado por causa do mofo, mas parecia uma mulher. De súbito pensei em fingir que não tinha ninguém em casa, mas como a porta era fina, com certeza o som da TV e das nossas vozes estava sendo ouvido do lado de fora, então, desisti dessa ideia.

— Já vou — falei baixinho.

— Desculpe incomodar a essa hora — disse a pessoa.

Quando entreabri a porta, vi o rosto de uma mulher. O cabelo dela era bem curto e crespo, com uma espécie de permanente de cachos mais soltos, e não um permanente comum, e sua testa estava à mostra. Era uma senhora na faixa dos cinquenta ou sessenta anos, e as sobrancelhas desenhadas com lápis marrom estavam alguns centímetros acima das sobrancelhas de verdade. Ela usava uma calça de moletom que até no escuro dava para ver que estava desbotada, com os joelhos esgarçados, e chinelos de praia. A camiseta, porém, era alva como se estivesse sendo usada pela primeira vez, e tinha um grande desenho de Snoopy piscando o olho e lançando coraçõezinhos. No balão da ilustração, estava escrito em inglês: "Não sou perfeito, mas, com você, tudo fica perfeito." Antes de eu conseguir perguntar qualquer coisa, ela se adiantou e disse:

— Desculpe incomodar tão tarde da noite. É sobre o aluguel.

— Ah! — exclamei. Virei-me para dentro do apartamento rapidamente, perguntando baixinho: — Podemos sair?

Saí para o corredor já fechando a porta.

— Pois não?

— Você está com visita? — perguntou a senhora, mostrando-se interessada no interior do apartamento.

— Sim, estou apenas com algumas pessoas da minha família.

— Desculpe incomodar numa hora dessas, mas é que você não atendia ao telefone.

— Desculpe, eu estava ocupada — disse, lembrando-me de que nos últimos dias tinha recebido algumas ligações de um número desconhecido.

— É que se você não pagar esse mês, ficará devendo três meses.

— Sim.

— Seria bom se você pudesse pagar pelo menos um mês.

— Agora está muito difícil, mas pretendo depositar no final do mês, com certeza — respondi, falando rápido. — Desculpe a pergunta, mas a senhora é o que do senhorio...?

— Eu? Ah, sim. Sou mulher dele.

O apartamento do senhorio ficava no primeiro andar, abaixo do meu. Ele era um homem calado e parecia tranquilo, e nesses dez anos que morei aqui, nunca tive uma conversa de verdade com ele. Eu já tinha atrasado o aluguel algumas vezes, mas nunca tinha sido cobrada, e intimamente eu era muito grata a ele por isso. Talvez tivesse quase setenta anos. O que mais me impressionava nele era seu modo de andar de bicicleta com a coluna ereta, parecendo que usava algum aparelho para endireitar a espinha dorsal. Eu nunca tinha visto o senhorio com alguém e, sem nenhuma evidência, supunha que ele fosse solteiro.

— Até agora estávamos sendo bastante flexíveis — disse a senhora, depois de tossir alto algumas vezes. — Mas nós também estamos com dificuldade financeira, e peço que não se atrase mais.

— Perdão.

— Então podemos contar com seu pagamento no final do mês, certo?

— Sim, com certeza.

— Então, já que conversamos pessoalmente, espero que você cumpra sua promessa, por favor.

Depois de me curvar para me despedir dela, esperei-a descer a escada de metal fazendo ecoar o *toc-toc*, até não ouvir mais seus passos, e só então entrei no apartamento.

— Vou servir a cerveja. Tudo bem? — disse eu a Makiko, mas ela indagava com os olhos:

— Quem era?

— Era a dona.

— Ah! — Makiko riu, enchendo o copo. — Perguntando sobre o aluguel?

— É. — Forcei um sorriso. — Saúde! — disse e tomei um gole de cerveja.

— Quantos meses você está devendo?

— Olha, uns dois meses.

— Eles são rigorosos, né? — perguntou Makiko e completou seu copo com mais cerveja, pois já tinha tomado metade em um só gole.

— Não, é a primeira vez que isso acontece. Já atrasei várias vezes, mas é a primeira vez que alguém vem me cobrar em casa, então tomei um susto. O dono é um senhor tranquilo, mas é a primeira vez que vejo aquela senhora. Quem ela pensa que é?

— Aquela mulher era a dona?

— É, com cabelo curto e permanente, e as sobrancelhas dela estavam malfeitas.

— Será que é uma ex-mulher que voltou? — especulou Makiko. — Conheço um caso assim. É um dos nossos fregueses que tem cerca de sessenta anos. Ele tem um filho, e a esposa saiu de casa pra ficar com outro homem quando a criança tinha acabado de entrar no ensino fundamental. Viveram separados por cerca de vinte anos. Parece que eles se falavam, mas moravam em casas separadas e ela fazia o que bem entendia. O filho cresceu, e não sei o que aconteceu com a mulher, parece que ficou sozinha. Talvez porque ela tenha envelhecido. Esse freguês mora com os pais idosos dele, que começaram a desenvolver sinais de senilidade. A ex-mulher, de quem estava separado há vinte anos, voltou a morar com ele por alguma razão.

— Ah, é?

— Bem, esse homem tem casa própria, então não precisa pagar aluguel. Também recebe a pensão dos pais dele, que é pouco, mas são algumas dezenas de milhares de ienes por mês. E ele trabalha como encanador, levando uma vida relativamente estável. Então ele disse para a mulher, que emanava uma aura de quem queria voltar para a casa dele porque não tinha para onde ir: “Bem, se você realizar todos os afazeres de casa e ainda cuidar dos meus pais até eles morrerem, pode voltar.” Ele deu essa condição. “Incluindo trocar fraldas e resolver qualquer problema decorrente da demência.”

— Ele foi audacioso.

— É — disse Makiko, cerrando os dentes. — É um bom negócio para ele e o filho, porque não precisam mais cuidar dos velhos. É como ter uma empregada e uma cuidadora dormindo em casa, sem pagar um tostão.

— Mas não é complicado para o filho, que foi abandonado quando pequeno? Será que ele consegue esquecer? E ela, não trabalhava, não?

— Acho que não. Se ela tivesse renda, nunca teria voltado.

— Mas e se ela ficar doente e não puder fazer mais nada? Tem essa possibilidade, não tem?

— É, tem.

— E se isso acontecer, o que vão fazer? Não vão poder expulsá-la de casa.

— Não devem ter pensado nisso ainda. Eles acham que ela vai continuar saudável e trabalhar até morrer, e também acham que mulheres têm jeito pra trocar fraldas — disse Makiko dando um gole na cerveja. — A propósito, quanto é o aluguel daqui?

— Quarenta e três mil ienes. Com água inclusa.

— Bem, é Tóquio, né? É caro mesmo, ainda mais morando sozinha.

— É, geralmente é esse o preço a dez minutos da estação. Mas seria bom se fosse mais barato.

— Eu pago cinquenta mil no meu apartamento — disse Makiko enchendo as narinas. — Não tenho atrasado, mas às vezes fico meio apertada. No ano que vem Midoriko vai entrar no ensino fundamental II, então vou ter mais gastos.

Olhei para Midoriko, e ela continuava encostada na almofada *bean bag* no canto, com o caderno aberto sobre os joelhos dobrados e com a caneta na mão, exatamente como a tinha visto minutos atrás. Apanhei algumas salsichas Jackie Calpas, coloquei-as na palma da mão e as mostrei a ela.

— Não quer? — perguntei.

Ela balançou a cabeça depois de hesitar um pouco. Em vez de ligar a TV, peguei o CD da trilha sonora de *Bagdad Café*, o primeiro da pilha ao lado da mesa, e dei *play*. Esperei Jevetta Steele começar a cantar logo após a introdução, *tan-tan-tan*, ajustei o volume e voltei ao *chabudai*.

— Foi quando comecei a trabalhar no restaurante de *yakiniku*? — perguntou Makiko, segurando os salgadinhos com formato de semente de caqui com a ponta dos dedos e colocando-os na boca. — Acho que a fase mais difícil pra gente começou nessa época, alguns anos antes de mamãe morrer. Quer dizer, em termos de dinheiro.

— Uma vez colaram adesivos vermelhos nos móveis, né?

— Adesivos vermelhos?

— Para apreensão. Uns homens vieram à procura de coisas de valor, como ar-condicionado e geladeira, e colaram adesivos. Lembra?

— É mesmo? Não sabia — disse Makiko, surpresa.

— Você estava na escola de manhã e trabalhava no restaurante de *yakiniku* à noite. Nem mamãe nem a vó Komi estavam em casa.

— Eles vieram de dia?

— É. Eu estava sozinha em casa.

— Bem, aconteceram tantas coisas que não dá para enumerar todas, mas mamãe conseguiu criar a gente sozinha, né? — disse Makiko impressionada.

É por isso que morreu tão jovem, pensei em dizer, mas me calei.

○ No intervalo da escola, as meninas começaram a falar das profissões que queriam seguir no futuro. Ninguém parecia ter se decidido ainda, e eu também não. Todas falaram: "Yuri, Yuri, você é tão bonitinha, poderia ser uma artista." E ela disse: "Eu?"

No caminho de volta, perguntei para Jun-chan como ela pretendia ganhar dinheiro no futuro, e ela respondeu: "Vou tomar conta do templo budista da minha família." A família de Jun tem um templo, e vejo sempre o avô e o pai dela andarem de moto com suas túnicas esvoaçantes de monge. Outro dia perguntei qual era o trabalho de um monge, e ela disse: "Ler sutras budistas nos funerais e nas missas." Nunca participei de funerais nem de missas. "Como você vai ser monge?", perguntei, e ela respondeu que, depois de concluir o ensino médio, vai participar de uma espécie de acampamento para realizar o treinamento e que vai ficar confinada por um tempo. "Mulher pode ser monge?", perguntei, e ela respondeu que sim.

Segundo Jun, o templo é da religião budista, e existe uma complexa ramificação do budismo, que começou com Gautama alcançando a iluminação. Os discípulos dele seguiram seus ensinamentos e mantiveram a prática, e as pessoas continuam seguindo suas lições até hoje. A iluminação, segundo meu entendimento a partir da explicação de Jun, é sentir um lampejo depois de praticar o que foi aprendido, e alcançar o estado em que desaparece até a ideia de que tudo é um e um é tudo; é chegar à conclusão de que tudo sou eu, e que o eu não existe. Tem também o conceito de alcançar o nirvana e o estado de Buda. Não sei qual a diferença entre alcançar o nirvana e obter a iluminação, mas, pelo que entendi, o objetivo do budismo é alcançar o nirvana. Os monges leem os sutras nos funerais para que os falecidos alcancem o nirvana e para que se tornem Buda.

Fiquei surpresa depois que Jun me explicou que as mulheres não podem alcançar o nirvana mesmo depois de mortas. E o motivo disso, em poucas palavras, é porque elas são impuras. Os homens ilustres de antigamente escreveram muitos textos explicando como as mulheres são impuras e por que elas não podem alcançar o nirvana. E concluíram que, para elas alcançarem, precisam renascer como homens. Tomei um grande susto e perguntei: "Como vou me transformar em um homem?" Jun também disse que não sabia. Eu perguntei a ela: "Jun, você acredita numa idiotice dessas? Como pode?" Quando disse isso, o clima entre a gente ficou um pouco estranho.

Midoriko

Encostada na almofada *bean bag*, Midoriko observava a lombada dos livros da última prateleira da estante, pendendo a cabeça para o lado a fim de ler os títulos.

Embaixo estavam os livros de bolso velhos que eu provavelmente nunca mais voltaria a ler. Os nomes Hermann Hesse, Raymond Radiguet e Kyūsaku Yumeno estavam desbotados pelo sol. *O senhor das moscas*, *Orgulho e preconceito*, *O jogador*, *Notas do subterrâneo*, *Os irmãos Karamázov*. Dostoiévski, Tchekhov, Camus, Steinbeck. *Odisseia* e *Terremoto de Chile*. Cada um deles era um grande clássico, o que era inegável, mas, ao observar os títulos reunidos em um só lugar, pareceram-me a coleção de uma amadora, uma iniciante em literatura que chegava a ser lamentável, mais do que vergonhosa, e eu era tomada por sensações inexprimíveis. Mas ao observar as lombadas e capas desbotadas, conseguia me lembrar da sensação de quando os tinha lido, a sensação de ser confrontada por algo, de ser testada. Conseguia me lembrar nitidamente da minha bunda gelada e dura após ficar muito tempo sentada lendo na escada de concreto e do leve formigamento nas minhas pernas. Curiosamente, comecei a desejar relê-los algum dia.

Eu tinha comprado a maioria desses livros de bolso pouco a pouco, em sebos, na época em que morava em Osaka, mas *Luz em agosto*, de Faulkner, *A montanha mágica* e *Os Buddenbrook*, de Thomas Mann, eu tinha ganhado de um jovem que frequentava o bar. Talvez isso tenha acontecido depois que mamãe e vó Komi morreram, assim que ingressei no ensino médio. Lógico que não conseguia me lembrar do rosto nem do nome dele, mas ele entrou sozinho no bar depois de ver o letreiro luminoso na rua.

Ele não cantava no karaokê, não contava piadas e não se sentava na poltrona do box na companhia das *hostess*. Ele apenas se sentava no balcão e, pedindo bebida à vontade por três mil ienes, tomava tranquilamente o White Horse com água. Certa vez, ao me ver lendo um livro no canto da cozinha, perguntou baixinho o que eu lia. Nessa época, eu não era especialmente apaixonada por leitura, mas, sempre que ia trabalhar no bar, carregava comigo um romance que tinha pegado emprestado na biblioteca da escola, e lia às vezes, quando não tinha louça para lavar nem fregueses por perto.

No bar, eu fingia ter dezoito anos. A *mama* tinha dito para eu não revelar aos fregueses que morava apenas com a minha irmã de vinte e cinco anos. "Há homens que não são confiáveis", dizia ela, e se certificava de que eu contasse uma história que batesse com a versão contada pela Makiko, que trabalhava no bar só às vezes. Quando perguntavam meu ano de nascimento, respondia de imediato que era 1976, para ter dois anos a mais do que minha idade real, e dizia que nossa mãe tinha morrido de câncer de mama havia alguns anos (o que era verdade) e que nosso pai era taxista (o que era mentira).

Por volta dessa época, eu sofria com uma sensação de retenção urinária de causa desconhecida. Fui ao médico, mas não descobriram nenhuma anomalia, e esse sintoma, que começou sem que eu percebesse, perdurou por mais alguns anos. Pensando bem, nessa mesma época, Makiko, que trabalhava de manhã até a noite no restaurante de *yakiniku* depois de ser efetivada, tinha sempre um cubo de gelo na boca e o mastigava sem parar. Era um hábito, e ela dizia que não conseguia parar mesmo sentindo frio ou sono.

A vontade constante de urinar era insuportável e, por mais que me sentasse no vaso sanitário, não havia nenhuma gota de urina para sair. Porém, ao sair do banheiro depois de colocar a calcinha, logo ficava com vontade de ir ao banheiro de novo. Essa sensação era muito parecida com uma vontade de urinar, mas era diferente. Só podia ser descrita como um desconforto na região da uretra. Eu não conseguia ficar quieta. Ao voltar desalentada para o banheiro e me sentar no vaso, algumas gotas de urina saíam depois de minutos, e o que se seguia era uma sensação terrivelmente desagradável — era como ser obrigada a usar uma fralda encharcada o tempo todo, impregnada de um líquido resultante da mistura de toda a repugnância, aborrecimento, irritação e outras sensações desagradáveis relacionadas ao pior de Osaka. Depois de passar várias vezes por isso, adquiri o hábito de levar um livro ao banheiro e de ler em qualquer lugar. Pois enquanto lia os romances, se isso desse certo, ficava livre daquela sensação horrível.

Como nenhum dos fregueses ou das *hostess* perguntava sobre o livro que eu lia, fiquei assustada quando esse homem me perguntou, e escondi o livro por reflexo. Ele tinha um rosto pálido e era assustadoramente magro e, quando as *hostess* o convidavam para a poltrona do box — "Por que não vem para cá de vez em quando?" —, ele só esboçava um leve sorriso amedrontado. Ele quase nunca me dirigia a palavra quando estava no balcão, mas passou a aparecer às vezes — não sabia se era porque ele se divertia lá ou outra coisa —, e sempre se sentava no mesmo banco, sozinho, tomando o uísque que era uma das opções de bebida à vontade, calado, permanecendo por mais ou menos uma hora.

Certa vez, perguntei a ele no que trabalhava. Ele se esquivou da minha pergunta e disse, com uma voz rouca que parecia tremular ao vento, que alguns anos atrás fizera trabalho braçal numa ilha chamada Hateruma, que ficava na extremidade sul de Okinawa. Segundo ele, não havia luz na ilha, e à noite não se via nada, nem o mar, nem o céu, nem o chão e nem as pessoas. Ele disse, baixinho e devagar, que a única coisa que restava era o barulho. Vários barcos cargueiros chegavam periodicamente à ilha, e assim que viam as luzes no mar distante e escuro, os homens gritavam e pulavam na água, movimentando as ondas. "Você também pulou na água, fulano?" (nessa hora devia tê-lo chamado pelo nome), eu perguntei, e ele respondeu que tinha tanto medo do mar que seu corpo ficava paralisado.

— Trabalhei um tempo nessa ilha, mas diversas coisinhas foram se acumulando, os meus colegas de trabalho passaram a me tratar mal, e, no final, fui praticamente enxotado de lá — disse ele.

Quando apareceu de novo, ele trouxera uma sacola branca cheia de livros de bolso usados, tão lotada que parecia que iria rasgar. Um corpo muito magro, dando a impressão de que o som do microfone do karaokê seria capaz de fazê-lo cambalear, carregando uma sacola nova cheia de livros: uma sacola branca que dava a impressão de que ele levava uma caixa de paulownia com as cinzas, carregando uma urna como os membros de uma família enlutada. Ele disse com uma voz quase inaudível, como sempre: "Pode ficar com eles, se quiser", e foi embora. Alguns dos livros tinham anotações com letras miúdas ou trechos sublinhados. As letras estavam tão apagadas que precisava olhar atentamente para decifrá-las. Só conseguia ouvir o barulho das ondas. Um breu noturno praticamente sem nenhuma luz. Eu o imaginei aproximando o rosto do livro para fazer um traço sob a frase da qual não queria se esquecer.

De qualquer forma, fiquei muito feliz porque esse monte de livros passou a ser meu, de uma só vez. Comprei uma caneca pensando em lhe dar de presente em sinal de gratidão, mas ele nunca mais apareceu. A caneca embrulhada para presente ficou muito tempo no armário do bar. Para onde o homem teria ido?

— Como estão desbotados! Esses aí eu li há muito tempo. Os livros que estou lendo agora estão mais em cima. Nossa, quanto pó.

Me aproximei de Midoriko, que observava em silêncio a lombada dos livros, peguei *O muro*, de Sartre, e o folheei. Não me lembrava do enredo, mas arriscava dizer que tinha um conto curto sobre um desentendimento envolvendo fuzilamento, e me vinha à mente a cena em que os homens estavam alinhados em um terreno descampado e amplo, sem nada ao redor. Não, talvez fosse apenas a cena que eu imaginava de um fuzilamento, e ela não existisse no livro. Como era mesmo a história? Não lembrava. Só me lembrava de uma fala final de alguém que dizia que riu tanto que lágrimas lhe vieram aos olhos. Folheei rapidamente o livro para confirmar, e achei essa passagem impressa no canto da página, exatamente como me lembrava, apesar de não ter aberto o exemplar por mais de dez anos. Li o trecho por um tempo e o devolvi à estante. Então lembrei que Makiko dissera que Midoriko gostava de livros.

— Se quiser ler algum, pode levar.

Midoriko girou o corpo de forma habilidosa, movendo apenas os pés e a cintura, sem afastar as costas e a cabeça da almofada, e aproximou o rosto da estante do outro lado.

— Midoriko, Natsu está escrevendo um romance — disse Makiko, amassando a lata de cerveja vazia.

Ao escutar aquilo, Midoriko virou o rosto rapidamente para mim e ergueu as sobrancelhas demonstrando nítido interesse. *Por que Makiko foi falar disso agora?*, assim pensando, disse logo em seguida, como se sobrepusesse minhas palavras às dela:

— É mentira. Eu não escrevo, não.

— Quê? É óbvio que escreve. Não escreve?

— Não, escrevo, mas não escrevo. Quer dizer, não estou conseguindo escrever.

— Por quê? Você está se esforçando. — Makiko fez um biquinho com a boca e olhou para Midoriko com um ar de orgulho. — Midoriko, a Natsu é incrível.

— Não, não sou — disse um pouco irritada. — Não sou nem um pouco incrível. Eu escrevo, mas não passa de um hobby.

— Sério? — perguntou Makiko rindo e inclinando a cabeça.

Acho que ela provavelmente tinha feito o comentário considerando um assunto normal, banal, sem grandes consequências, e talvez eu tivesse reagido de forma ríspida demais. Ao mesmo tempo, senti um pouco de desconforto com a palavra "hobby", que eu mesma tinha usado. Podia dizer até que me senti magoada.

Sim, eu não sabia direito se o que escrevia podia ser considerado como um romance. Isso era verdade. Mas, ainda assim, tinha certeza de que o que eu escrevia era um romance. Sentia isso em meu ser. Para os outros, o que eu fazia talvez não tivesse significado. Por mais que escrevesse, talvez não fizesse nenhuma diferença para as demais pessoas. Mas eu sabia que não deveria ter chamado o que fazia de hobby. Senti que tinha dito algo irremediável.

Era divertido escrever romances. Não, divertido não era a palavra adequada. Não era questão de ser divertido ou não. Achava que essa era minha vocação. Sentia que, para mim, não havia outra coisa além da escrita. Mesmo que não tivesse o dom de escrever ou que ninguém desejasse ler o que eu escrevia, não conseguia deixar de sentir isso.

Sabia que sorte, esforço e dom eram indistinguíveis às vezes. Sabia também que, no final das contas, o fato de eu — que não passava de uma existência pequenina e insignificante, que vivia agora e iria morrer um dia — escrever ou não escrever romances, ser ou não ser reconhecida, *na verdade*, não fazia diferença. Sabia que, mesmo não conseguindo publicar um único livro, um de minha autoria em um mundo onde existia uma infinidade de livros, isso não era motivo para tristeza ou lamentações. Sabia muito bem disso.

Mas quando pensava nisso, sempre me lembrava do rosto de Makiko e Midoriko. Lembrava-me também do quarto no antigo apartamento com as roupas espalhadas e empilhadas de qualquer jeito, das rugas na mochila vermelha de couro sintético desbotada — que não sabia ao certo se era a que Makiko carregara nas costas, se era de Midoriko ou minha. Dos tênis surrados na entrada escura que absorveram umidade em abundância. Do rosto de vó Komi, que me ajudou a aprender a tabuada. De quando não tínhamos dinheiro para comprar arroz e fizemos bolinhos com farinha de trigo e água — vó Komi, Makiko, mamãe e eu —, e os cozinhamos na água fervente, e de termos comido esses bolinhos dando gargalhadas — afinal, por que rimos tanto? Essas cenas me vinham à mente. Lembrava-me também do jornal sobre o qual tínhamos espalhado as sementes de melancia. Do dia de verão em que acompanhei vó Komi quando ela foi trabalhar de faxineira em um prédio. Do cheiro do shampoo que colocamos no saquinho plástico para ser oferecido de amostra — trabalho que fizemos todas juntas, em casa, como bico. Da temperatura das sombras azuis e frias. Do quanto fiquei preocupada porque minha mãe estava demorando para voltar, e do alívio que senti quando ela voltou sorrindo com o uniforme da fábrica.

Não sabia qual relação havia entre essas lembranças, que vinham à minha mente uma após a outra, e meu desejo de escrever romances. O romance que queria escrever e esses meus sentimentos deveriam ser coisas bem distintas, mas toda vez que pensava em desistir, quando achava que não tinha jeito para a escrita, essas memórias me vinham à mente. Talvez fosse justamente por lembrar dessas coisas que eu não conseguia escrever, por mais que tentasse. Não sabia. Mas o que mais me apertava o coração, mais do que essa incerteza, era o fato de que, apesar de ter vindo a Tóquio sozinha, deixando Makiko e Midoriko sozinhas em Osaka, depois da morte de vó Komi e depois da morte de mamãe, não conseguia mostrar nenhum resultado nem conseguia ajudar as duas a levar uma vida um pouco melhor, mesmo passados mais de dez anos. Quando pensava nisso, sentia vergonha de mim mesma. Sentia-me patética. E, para ser sincera, sentia medo e não sabia o que fazer.

Makiko continuava a falar com Midoriko, que não respondia:

— A Natsuko lia um montão de livros desde criança, conhecia muitas palavras difíceis, era muito inteligente. Não entendo muito de romances, mas ela é incrível. Ela vai lançar um livro em breve e vai virar uma escritora famosa.

Abri bem a boca fingindo um bocejo e enxuguei uma lágrima no canto do olho com o dedo indicador, espalhando-a na bochecha. Na tentativa de mudar o rumo da conversa, disse, fingindo outro grande bocejo:

— Que sono! Deve ser a cerveja.

— É mesmo? Não estou com nem um pouco de sono. — Assim dizendo, Makiko puxou o lacre de outra lata de cerveja.

— Então vou te acompanhar — disse e fui à cozinha como se fugisse, falando sozinha "Mais cerveja, mais cerveja", e abri a geladeira.

Na geladeira — que tinha minhas dúvidas se gelava de verdade — estavam enfileirados de forma ordenada o desodorizante, a pasta de missô e os molhos, como se fossem objetos esquecidos até pela proprietária. Mas o compartimento de ovos da porta estava cheio, e, na prateleira inferior, ainda tinha um pacote fechado com mais uma dezena de ovos.

É que na semana anterior eu tinha comprado esse pacote esquecendo-me completamente de que ainda tinha ovos na geladeira. Talvez os de cima ou de baixo já estivessem podres. Ao consultar a data de validade, a dos do compartimento de ovos era até ontem, e a dos do pacote fechado até amanhã. Era impossível consumir todos esses ovos até amanhã. Sem outra alternativa, procurei entre as sacolas plásticas de supermercado guardadas uma de tamanho adequado para colocar lixo orgânico, mas não achei nenhuma. Nem sabia como jogar aquilo fora: se era para quebrá-los e jogar a gema e a clara na pia da cozinha, se era para jogar inteiros, ou se era para deixar no local de coleta com cuidado, para que não quebrassem. Nunca sabia como descartá-los. Será que havia uma regra para jogar ovos fora corretamente? Quando coloquei o pacote fechado de ovos no balcão da pia, Makiko me chamou:

— Ei. Natsuko, estou com sorte. Tinha um pacote de biscoito Cheese Okaki na minha bolsa. Fechado.

— Legal.

— Você não está com fome? — Makiko esticou o pescoço como se espiasse a cozinha. — Quer que eu faça alguma coisa rapidinho? Um refogado?

— Desculpe, Maki. Não tem nada em casa — respondi. — Só ovos.

— Sério? — perguntou Makiko, bocejando e se alongando. — Só com ovos fica difícil.

No *chabudai* havia as latas de cerveja que nós duas tínhamos esvaziado, que chegavam a um número considerável. Era um pouco estranho beber no meu apartamento. Normalmente eu bebia com os colegas do trabalho, uma vez a cada alguns meses, no máximo. Não costumava beber sozinha em casa e, além do mais, não era muito resistente à bebida alcoólica. Quando tomava vinho ou saquê, ficava com dor de cabeça e nunca gostei muito do sabor. Conseguia beber cerveja com certo esforço, e ao tomar duas latas de 500ml, meus braços e pernas ficavam pesados e me sentia exausta. Mas hoje, não sei por que, apesar de já ter bebido muito mais do que isso, não estava me sentindo mal. De fato estava bêbada e não me sentia bem disposta, mas parecia que uma sensação que eu desconhecia, que normalmente não sentia, estava misturada, e sentia que era capaz de beber mais.

Perguntei a Makiko se ela conseguia beber mais, e como ela disse que sim, resolvi ir à loja de conveniência. Comprei mais sete latas de cerveja, batatinhas Karamucho, lula seca e, depois de hesitar muito, resolvi esbanjar e comprar queijo *camembert* dividido em seis pedaços.

Quando cheguei em casa e tirei os sapatos, Makiko olhou para mim e fez um gesto com o dedo em frente à boca para eu ficar em silêncio, apontando na direção de Midoriko com o queixo. Ela parecia ter dormido sobre a almofada *bean bag* curvada e segurando o caderno. Retirei do armário o *futon* que eu usava para dormir, estendi-o no canto do quarto e, ao seu lado, desdobrei outro que estava guardado e que tinha trazido de Osaka.

— Vamos deixar Midoriko dormir no canto, e eu posso dormir no meio — disse a Makiko. — É delicado você dormir ao lado dela, não é? Quando acordar pela manhã, ela vai enlouquecer quando perceber que dormiu ao lado da mãe.

Peguei o caderno que Midoriko segurava, guardei-o na mochila e sacudi o ombro dela de leve. Franzindo muito a testa e sem abrir os olhos, ela se arrastou para o colchão e se deitou do jeito que estava.

— Ela consegue dormir com essa luz? — perguntei, bastante impressionada.

— Ela é jovem — respondeu Makiko, rindo. — Mas a gente sempre deixava a luz acesa, não é?

— É mesmo. Agora que você disse, lembrei que a luz ficava sempre acesa até a mamãe chegar. Depois a gente jantava na cama. Uma vez acordei com o cheiro de linguiça assada.

— É. Às vezes, mamãe voltava bêbada e nos acordava para comer ramen com frango — disse Makiko, rindo.

— É mesmo. No meio da noite comíamos coisas como linguiça e macarrão instantâneo. Por isso eu era gorda.

— Gorda? Você ainda era criança. E eu, que tinha mais de vinte anos? — divagou Makiko, balançando a cabeça. — Naquela época, mamãe também era gorda.

— Era mesmo — concordei. — Ela sempre foi magra, mas naquela época tinha engordado muito. Parecia que estava com uma camada de gordura a mais no corpo, não parecia? "Me ajuda a abaixar o zíper das costas, rápido", ela dizia rindo muito.

— Quantos anos ela tinha nessa época?

— Acho que uns quarenta e pouco.

— Ela morreu com quarenta e seis, né?

— É.

— Depois disso ela emagreceu de repente. Não consegui acreditar como alguém podia perder tanto peso.

Nós duas ficamos sem assunto e bebemos a cerveja ao mesmo tempo. Ouviu-se o som do líquido descendo em nossa garganta, seguido de mais um intervalo de silêncio.

— Que música é essa? — Makiko ergueu o rosto com a boca entreaberta. — Que bonita.

— É Bach.

— Bach? É mesmo?

Não sei quantas vezes repetiu, mas estava tocando o *Prelúdio 1* de *O cravo bem temperado*, de Bach, que fazia parte da trilha sonora de *Bagdad Café*. Um café no deserto que fumegava de calor no oeste dos Estados Unidos, onde tudo era maçante. Certo dia, apareceu uma mulher branca e muito gorda, e todas as pessoas se tornaram um pouco mais felizes — esse era o enredo do filme. No final, um menino negro tocava essa música. Lembrava que esse menino taciturno estava de costas o tempo todo, mas não tinha certeza.

Makiko fechou os olhos e balançou levemente a cabeça de um lado para o outro, acompanhando a melodia. Em vez de olheiras, havia depressões embaixo dos olhos dela, seu pescoço tinha músculos salientes, o sulco nasolabial formava um nítido V invertido no rosto e os ossos das bochechas estavam mais salientes do que eu lembrava. O rosto de mamãe surgiu de relance na minha mente várias vezes. Ela, que ficou cada vez menor nos últimos meses de vida, deitada no *futon* de casa ou na cama do hospital, de onde entrou e saiu diversas vezes. Forcei-me a desviar os olhos de Makiko.

○ Não estou falando muito com minha mãe. Ou melhor, não estou falando nada com ela.

Jun também está um pouco fria. Talvez ela tenha achado que eu a estava evitando, mas não foi isso. Só achei que estava estranho. Mas não tinha clima para eu dar explicações. Ultimamente, mamãe pesquisa sobre mamoplastia de aumento todos os dias. Finjo que não estou vendo, mas é uma cirurgia para colocar uma substância nos seios e aumentar seu tamanho.

É inacreditável. Afinal, para que fazer isso? Não consigo nem imaginar. É nojento, não dá para acreditar.

Que nojo que nojo que nojo que nojo que nojo que nojo que nojo.

Vi na TV, vi fotos, vi no computador da escola e continua sendo uma *cirurgia*. Faz um corte. Faz um corte grande. E injeta uma substância nesse corte. Deve doer. Minha mãe não sabe de nada. Nada mesmo. Que boba, ela é muito boba. Outro dia ouvi mamãe falar ao telefone em ser usada como portfólio, assim ela poderia fazer a cirurgia de graça para a clínica poder usar o rosto dela nas revistas e na internet. Isso também é uma grande bobagem. Minha mãe é boba, boba, boba, boba, boba, boba... Por quê?

Meus olhos doem desde terça-feira. Não consigo mantê-los abertos.

Midoriko

— Já acabou — disse Makiko, estreitando os olhos e me encarando. — Música boa acaba rápido.

Começou uma música instrumental de ritmo alegre, e Makiko se levantou para ir ao banheiro. Desembalei o pedaço de queijo *camembert* e mordisquei a ponta do triângulo. A música instrumental que parecia uma pequena festa terminou em menos de um minuto, então, começou *Calling You*, de Bob Telson.

— Então, o *snack bar*... — disse Makiko ao voltar do banheiro.

Respondi em monossílabo, separando as camadas do Cheese Okaki e mordiscando a sem queijo.

— Ultimamente é um problema atrás do outro.

— Mas a *mama* está bem, não está? A *mama*, que gosta da Chanel.

— Sim, está — replicou Makiko. — O problema é o bar, que só dá dor de cabeça. Temos uma placa na frente do prédio. Bem grande.

— Quão grande?

— É *muito* grande, com "Chanel" escrito em *katakana* e lâmpadas amarelas na borda. A primeira *hostess* a chegar desce ao térreo antes de abrir o bar, liga a tomada e acende as luzes. E sabe aqueles orifícios para inserir a tomada? A fonte de energia. Então, essa tomada fica na parede, bem perto da placa. E nós ligamos nessa tomada, porque fica ao lado. Sabe o que aconteceu? O dono da tabacaria, que fica no térreo do prédio vizinho, veio reclamar que aquela tomada é da loja dele e que estávamos usando a eletricidade dele.

— Ah, é?

— Agora ele quer que lhe paguem por todo o tempo que a eletricidade foi utilizada sem autorização.

— Essa tomada fica na parede do prédio vizinho?

— Sim.

— Uma tomada descoberta, à disposição?

— É. Se você vê uma tomada, liga nela, né? Óbvio. Você se pergunta de quem é a eletricidade, de quem é a luz? A luz é de todo mundo, certo? Não é natural pensar assim? — perguntou Makiko, removendo o embrulho da salsicha Jackie Calpas. — *Mama* ficou furiosa e armou um barraco. Ela e o dono da tabacaria brigaram trocando "Você sabia" e "Não, não sabia", e depois começaram a discutir o valor que iria ser pago ou não.

— Quanto ele está pedindo?

— O Chanel funciona naquele local há uns quinze anos, então ele quer cobrar o valor da luz de algumas horas por dia multiplicado por quinze anos.

— Nossa!

— Ele pediu duzentos mil ienes à vista.

— Espere um pouco — disse, levantando um pouco o corpo e pegando a calculadora da gaveta da mesa. — Duzentos mil divididos por quinze... são treze mil, trezentos e poucos ienes por ano, que se forem divididos por doze meses, dão mil e cem ienes por mês... Mesmo assim, duzentos mil ienes à vista assim, e do nada... é de chorar.

— É. Mas só tem uma tomada lá. Se o dono ficar zangado e não pudermos mais usar a tomada, nós é que vamos ter problemas. Então falei para *mama* não arranjar mais confusão, mas ela está furiosa, dizendo: "Onde é que vou arranjar duzentos mil ienes?" Fora esse problema, teve uma confusão com as meninas. Para falar a verdade, uma menina que trabalhava lá há anos pediu demissão uns três meses atrás... Enfim, vamos ver TV? Posso ligar?

Parei a música e entreguei o controle da TV a Makiko. Quando ligou, o aparelho emitiu um zumbido fraco, a tela clareou e surgiu um programa de variedades. Eu tinha comprado esse aparelho em uma loja de usados por quatro mil ienes, assim que me mudei para Tóquio.

— Outro dia, vi pela primeira vez uma TV LCD na loja de eletrônicos. É muito fina, tomei um susto. Sabe quanto custa? Um milhão de ienes. Quem vai pagar um milhão por uma TV? Só os endinheirados. E como eu falei na casa de banho, a tela é bem escura.

Makiko apertou os botões dos canais um por um e perguntou do que ela estava falando antes.

— Da moça que pediu as contas — respondi, comendo a salsicha Jackie Calpas. — Qual era o nome dela? Você disse que ela trabalhou vários anos mais que você.

— Ah, sim. Suzuka. Acho que ela trabalhou uns cinco anos. Era sul-coreana. Sabia tudo do bar, e era ela quem tomava conta de tudo. Durou bastante.

— E por ela pediu as contas?

— Dois meses antes de ela sair, entrou uma menina nova para um trabalho temporário. Ela era chinesa, disse que veio fazer faculdade no Japão, mas não sei em qual universidade. Ela nos procurou depois de ver o anúncio, dizendo que precisava de dinheiro.

— Aquele das revistas de anúncio de trabalhos temporários, né? Nessas revistas, as páginas de trabalhos noturnos são mais escuras.

— Isso. O nome dela é Jing Li. Ela é uma menina comum, com cabelo preto, pele clara, não usa maquiagem e é universitária. *Mama* adorou.

— É, um tipo raro em Shōbashi.

— Sim. Há muitas meninas coreanas, mas chinesas são raras. Ela não faz nada de especial, basicamente fica sentada. Fala só um pouco de japonês, mas os fregueses dão atenção a Jing Li porque não estão acostumados com esse tipo de menina. Até aí tudo bem, mas alguns deles começaram a falar para Suzuka coisas do tipo "Sai pra lá, sua velha" ou "Com você por perto, o gosto do saquê fica ruim". Eles desdenhavam de Suzuka e elogiavam Jing Li, alguns brincando. Bem, Suzuka tinha experiência, então não ligava para o que eles falavam, mas ela já estava irritada com Jing Li, que só ficava sentada e não fazia nada. Aí a *mama*, vendo Suzuka assim, disse "Jing Li precisa ganhar dinheiro, coitada. Ela não sabe nada do Japão. Você tem que cuidar dela, senão quem é que vai fazer isso?". Suzuka achou que *mama* tinha razão, e continuou aguentando a situação.

— Quantos anos a Suzuka tem? — perguntei.

— Um pouco mais de trinta, acho — respondeu Makiko. — Bem, é mais nova que eu, mas não é mais tão novinha. E ela trabalha na vida noturna desde muito nova, sofreu bastante, e parece mais velha do que realmente é. Quando nos conhecemos, até achei que era da minha idade.

"Então, teve uma vez que não tinha nenhum freguês, estávamos só nós três. *Mama* ainda não tinha chegado, estávamos sozinhas. Como estávamos à toa, perguntamos algumas coisas da China para a Jing Li. Perguntamos também como se escrevia o nome dela, e ela respondeu: 'Se escreve com os ideogramas de *silêncio* e *povoado*, ou seja, meu nome significa povoado silencioso'."

Makiko imitou a pronúncia de Jing Li.

— Perguntamos se na China as coisas são mais difíceis, se o povo é pobre, se as pessoas continuam usando a túnica Mao e se andam todos de bicicleta. Tomei um susto quando vi na TV que na China as pessoas tomavam chá Oolong no recipiente vazio de Nescafé, que estava na moda. Perguntei se ainda era assim, e ela respondeu: "É assim. Agora a China está sediando as Olimpíadas em Pequim, mas aquilo é mentira, é uma parcela muito pequena da população que está bem, a maioria não tem dinheiro e passa por dificuldades. Como não tem dinheiro, falsifica as coisas; como não tem avanços tecnológicos, quando teve o terremoto em Sichuan, uma escola desmoronou e muitas crianças morreram. Os banheiros não têm porta. Na vila onde nasci, o gado e as pessoas vivem amontoados na casa ou na estrada. Todos querem que o país seja limpo e rico como o Japão, sonham com isso." Depois, ela começou a falar de política. "Como se chama mesmo o líder atual, Hu Jintao?" Ela disse que, em vez dele, as pessoas adoram um outro: "Quem está no nosso coração para sempre é o grande Deng Xiaoping", disse, colocando a mão no peito. Suzuka e eu não entendemos direito, mas depois ela contou sobre a família dela, que parecia ser bem pobre.

"Ela disse que tem três irmãos mais novos. O caçula tem uma deficiência intelectual, e os avós também moram com eles. Para saírem da pobreza, o único jeito é estudar, usar a cabeça. Mas Jing Li é mulher, então o avô começou a dizer que 'Mulher não precisa estudar', 'Se for para gastar dinheiro, vamos gastar com um homem', e foi uma confusão. Mas Jing Li era a única que podia dar uma reviravolta no destino da família, já que só ela era inteligente. Ela começou a estudar japonês sozinha, pois sabendo japonês, poderia trabalhar aqui, e começou a falar aos poucos. Como ela usou um material didático mais antigo, em situações em que as garotas normalmente falariam 'Que legal!', ela fala 'Isso é realmente admirável'. Até aí tudo bem. Ela disse com lágrimas nos olhos: 'Ninguém pensa em estudar na nossa vila. Meus pais pediram dinheiro emprestado de todo mundo, e às vezes eram maltratados, às vezes eram xingados. Foi muito difícil.' E por isso queria estudar, queria ter um bom emprego e cuidar dos pais, disse que precisava de muito dinheiro para pagar os estudos, mas que queria trabalhar e guardar o quanto pudesse. Quer se esforçar, afinal os pais dela trabalharam arduamente para realizar o desejo da filha de vir estudar no Japão.

"'A sua vida também não é nada fácil, né?', assim dissemos, emocionadas, inclusive Suzuka. Ela disse, lacrimejando: 'Jing Li, você pode me considerar sua irmã mais velha de Osaka. Se tiver qualquer problema, pode contar comigo.' Nós três fizemos um brinde, cantamos abraçadas *Manatsu no yoru no yume*, de Yuming. Afinal, não tinha nenhum freguês. Jing Li tocava o pandeiro como uma profissional, girava o braço, batia na coxa, parecia que competia, e enquanto isso, olhava nos olhos sem desviar, com um largo sorriso. Fiquei na dúvida se ela estava com medo ou se divertindo... Bem, onde estava mesmo? Ah, sim, ficamos bem empolgadas, e começamos a falar de salário. Suzuka perguntou a Jing Li, na lata: 'Quanto você ganha?' Na verdade, é contra as regras falar de salário. Mas Suzuka disse a ela: 'Você tem que trabalhar e ganhar dinheiro. Tem motivo para isso, mas deve receber pouco porque é estrangeira. Posso negociar com a *mama*, já que sou braço direito dela.' Então Jing Li respondeu: 'Ganho dois mil ienes a hora.'"

— Quê?

— Que "quê?" nada — disse Makiko. — Quando Suzuka escutou isso... soltou um gemido mais desesperador que o de uma galinha sendo estrangulada. Achei que ela tinha morrido. Foi então que soube quanto ela ganhava: mil e quatrocentos ienes.

— Seiscentos ienes a menos que Jing Li.

— É. E isso porque teve um aumento. Um ano antes, ela negociou com a *mama* que, depois de relutar muito, concordou em aumentar para mil e quatrocentos.

— Que coisa!

— Pois é.

Pensei em perguntar quanto Makiko ganhava, mas me contive.

— Por isso Suzuka se demitiu? — perguntei.

— Foi. Quando ouviu quanto Jing Li ganhava, o rosto de Suzuka ficou pálido como a cor do verso do papel de origami.

Depois ficou vermelho e, depois, sarapintado. Jing Li não entendeu nada e, com olhos cheios de lágrimas, disse: "Suzuka, vamos cantar mais!", e colocou para tocar *survival dAnce*, sacudindo o ombro de Suzuka, que estava fora de si, sentada no banco redondo. E ela cantou, muito mal, aliás, *survival dAnce* em um japonês falado aos trancos e barrancos. Achei que fosse ficar louca. No dia seguinte, a primeira coisa que Suzuka fez foi questionar a *mama*, as duas brigaram e Suzuka não foi mais trabalhar.

"'Mas ela veio da China, não fala japonês direito, está estudando e trabalhando para ajudar a família', parece que *mama* disse para Suzuka. Ela então respondeu, chorando: 'Eu também vim da Coreia do Sul e estou trabalhando duro para ajudar minha família', ao que *mama* retrucou: 'Jing Li é mais nova. Além do mais, apesar dos pesares, é universitária. Isso tem valor. As coisas funcionam assim.' 'Eu trabalhei tanto administrando esse bar, fui obrigada a beber com os fregueses, me esforcei tanto... por nada', disse Suzuka para mim, chorando."

Tentei imaginar o bar onde ecoava a música *survival dAnce*, com Suzuka agonizando emocionalmente, sendo sacudida pela Jing Li, que enlaçava seus ombros. Mas como não conhecia o rosto de nenhuma das duas, não sabia o quanto minha imaginação estava certa, ou o quanto estava errada.

— Depois disso deu até polícia — disse Makiko depois de um tempo.

— Suzuka incendiou o bar ou algo do tipo?

— Não — suspirou Makiko. — Depois de toda essa confusão, *mama* entrevistou duas meninas. Suzuka pediu as contas, Jing Li não vai todos os dias, e quem vai sempre sou eu, *mama* e Tetsuko, que tem cinquenta e poucos anos. Consegue imaginar que o bar perdeu brilho? Aí vieram duas meninas para a entrevista, dizendo que eram amigas que estudavam na mesma escola técnica e queriam um trabalho. Elas disseram que poderiam trabalhar todos os dias e, depois da entrevista, *mama* resolveu contratar as duas. Se chamavam Nozomi e An, e disseram que usariam seus nomes verdadeiros no bar. Elas eram animadas, vivazes e alegres, eram simpáticas e riam muito.

"Mas a cabeça delas parecia um pudim. Sabe aquele cabelo bem loiro nas pontas e o topo da cabeça escuro com as raízes aparecendo, como um pudim? Ah, e não eram estudantes coisa nenhuma! Estava na cara. An era banguela, não tinha um dente lateral, e quando ria, dava para ver que os dentes molares estavam escuros, careados. Nozomi estava sempre com o cabelo emaranhado e, para falar a verdade, às vezes elas fediam. A gente percebe de cara, pelo modo de se sentar e de comer, né? Elas eram as típicas meninas que cresceram sem receber nenhuma atenção. Disseram que tinham pais, mas parecia que viviam indo de um lugar para o outro. A gente não sabia se era casa da amiga ou namorado. Já as vi carregando bolsas com roupa suja. Mas como o bar estava com falta de mão de obra, a gente fingia que não percebia, e elas continuaram trabalhando. Bebiam bastante e diziam: '*Mama*, vamos nos esforçar para aumentar as vendas!' Elas logo se acostumaram, eram afetuosas, e *mama* também gostou delas. Ela dizia: 'Como vocês são bonitinhas.' E, de fato, elas eram bem boazinhas.

"Mas depois de uns dois meses, num belo dia nenhuma das duas apareceu. Nem ligou. Como elas nunca tinham faltado sem avisar, estranhamos. Elas não vieram no dia seguinte, e no outro também, nem atendiam ao telefone. Elas tinham se adaptado bem ao trabalho, se davam bem com a gente, de vez em quando até íamos comer *yakitori* depois de fechar o bar. Fomos ao boliche juntas também. Já sabíamos que era mentira que elas eram alunas de escola técnica, mesmo não confirmando a história. Elas começaram a dizer: 'Quero abrir um salão de chá no futuro', 'Tenho interesse em ser cabeleireira', 'Não, quero me casar, ter filhos e ser feliz'. Elas eram meninas boas e esforçadas. Por isso, teriam nos avisado se fossem se demitir, e estávamos preocupadas. Foi então que surgiu a polícia. Resumindo, tinha um homem que as obrigava a se prostituírem. O homem arranjava os clientes, e elas tinham que ir ao encontro deles. E num desses encontros num motel sujo de Shōbashi, Nozomi levou uma surra tão grande de um cliente, que quase morreu."

Olhei para Makiko, em choque.

— Foi horrível — disse Makiko. Ela olhou o embrulho de *camembert* amassado por um tempo e levantou o rosto. — O funcionário do motel chamou uma ambulância e foi uma confusão. Acho que foi uma semana antes da polícia vir ao bar. O motel fica do outro lado, perto do hospital. Tínhamos ouvido falar de uma briga ali, mas nem imaginávamos que a vítima era Nozomi.

Makiko soltou um suspiro.

— Ela estava detonada. O rosto, então... A mandíbula estava quebrada, havia vários ossos fraturados, estava inconsciente. O homem foi preso, desconfiam que estava drogado. Era um delinquente. Foi sorte ela não ter morrido.

Balancei a cabeça.

— Então a polícia começou a investigar, e descobriram que ela trabalhava no nosso bar — disse Makiko, mordendo com força o canto da boca. — Ela tinha catorze anos.

— Catorze? — perguntei, encarando Makiko.

— An tinha treze, idade para estar no terceiro ano do ensino fundamental II. A polícia desconfiava que tínhamos contratado as duas sabendo da idade real delas. Também desconfiava que nós arranjávamos clientes para elas no bar.

— E aí?

— É óbvio que não era o caso, e nem imaginávamos que elas tinham idade para estar no ensino fundamental II — disse Makiko, balançando a cabeça. — Elas eram encorpadas, não percebemos mesmo. An continua desaparecida, não fazemos ideia de onde esteja.

— E Nozomi?

— Uma vez fui visitá-la sozinha no hospital. — Makiko pegou a lata de cerveja com uma das mãos e, depois de um tempo, colocou-a no *chabudai*. — Ela estava no quarto individual. Estava com o rosto e os ombros enfaixados e presos por uma espécie de tala, para não se mexer. Como a mandíbula foi praticamente triturada, ela não conseguia comer nada, estava com um tipo de máscara de ferro abaixo do nariz, com um tubo inserido na abertura da máscara, por onde consegue se alimentar.

"Ela não conseguia se mexer, mas quando entrei, me reconheceu. A área dos olhos ainda estava roxa e inchada, e ela tentou balbuciar algo com a boca fechada, tentou se sentar. Eu disse: 'Não se mexa. Fique deitada.' Me sentei e falei: 'Que coisa, você está detonada.' Eu estava decidida a manter um clima alegre, então disse, rindo: 'Você está igual àquela policial colegial do seriado *Sukeban Deka.*' Nozomi não conhecia a policial colegial que usa máscara de ferro no rosto e um ioiô como arma. Falei das lamúrias recentes de *mama* e de um freguês nosso, que ela conhecia, que ganhou na loteria. Nozomi não conseguia falar, mas ouvia, olhando para mim, como se respondesse em monossílabos. Fiquei quase uma hora com ela, falando só bobagens.

"'Já vou indo, me fale se precisar de alguma coisa. Ah, da próxima vez, vou te trazer um ioiô bem grande', prometi, rindo. 'A sua mãe vem te ver?', perguntei, e ela mexeu um pouco o rosto. Segundo a *mama*, a mãe de Nozomi mora em Kyushu. Sabe quantos anos tem a mãe? Trinta! Ela teve Nozomi com uns dezesseis anos. Como tem que cuidar dos irmãozinhos de Nozomi, de pais diferentes, não pôde vir logo, mas ela vem. 'Que bom que sua mãe vem, eu também venho de novo', eu disse a ela. Então ela apontou para uma caneta e um caderno de anotação com os dedos, e eu peguei e entreguei a ela. Ela escreveu devagar: 'Desculpe', com letras tremidas. 'Desculpe em relação ao bar.' 'Do que você está falando?', eu perguntei. 'Para que pedir desculpas?', continuei. 'Como conseguiu passar por tudo isso? Quanta dor você deve ter sentido!', assim dizendo, passei a mão na perna dela. 'Vai dar tudo certo, vai dar tudo certo, vai dar tudo certo. Você vai ficar boa logo, Nozomi. Não vamos ser derrotadas por essas coisas.' Eu me esforçava para continuar rindo, mas não consegui conter as lágrimas. Nozomi também chorava.

O curativo ficou todo enxarcado, e eu fiquei acariciando a perna dela por um bom tempo."

○ Ultimamente fico com dor de cabeça quando olho para as coisas. Minha cabeça dói sem parar. Será que várias coisas entram pelos olhos? Por onde saem as coisas que entram pelos olhos? Como elas saem, como palavras ou como lágrimas? Mas se a pessoa não consegue chorar nem falar, não consegue tirar as coisas que se acumulam nos olhos? Será que todas as partes ligadas aos olhos ficam inchadas e cheias, a pessoa não consegue mais respirar direito e tudo começa a inchar cada vez mais, até que não consegue mais abrir os olhos?

Midoriko

Abaixei a mão que tocava meus lábios de modo inconsciente e olhei para Midoriko, que dormia. Em seguida, Makiko e eu tomamos cerveja, caladas. No prato, os salgadinhos em formato de semente de caqui já tinham acabado, sobrando só os amendoins. A tela da TV continuava ligada e mostrava os atletas das Olimpíadas de Pequim. As nadadoras pularam na piscina ao mesmo tempo depois do som seco do apito, que parecia um som eletrônico. As várias costas largas e lisas das nadadoras com maiô de competição emergiram de dentro da água de forma sincronizada, e as mulheres mergulharam, avançando como se cortassem a água com todo o corpo, da esquerda para a direita, e em seguida da direita para a esquerda.

Makiko pegou o controle e mudou de canal. Uma banda japonesa da qual nunca tinha ouvido falar gritava "Minha querida, seja feliz nos meus braços", enquanto o guitarrista tocava seu instrumento. Observamos a apresentação distraidamente e, depois de um tempo, trocamos para um programa de notícias. Os comentaristas opinavam sobre a popularidade do partido do governo que tinha melhorado depois da reforma ministerial e como isso poderia influenciar as eleições gerais de outono. Em um outro canal, passava um programa especial que explicava as táticas para dominar todas as funções do iPhone lançado no mês passado. Observamos a tela, caladas. Makiko trocou de canal outra vez. Em um canal local passava um programa que nitidamente tinha sido produzido com orçamento restrito, com legendas grandes e chamativas no lado direito superior da tela: "Os exames de admissão hoje." A câmera mostrava uma criança que achara seu número de inscrição entre os aprovados no processo seletivo para um colégio particular difícil, acompanhada da mãe, que a abraçava e chorava de alegria. "Nós dois chegamos até aqui com muito sangue, suor e lágrimas", disse a mãe com a voz trêmula, soluçando e apertando o nariz com o lenço. "Sim, eu acredito no talento do meu filho, e agora que chegamos até aqui, quero que ele se esforce até o fim. Com certeza, a meta é a Universidade de Tóquio", disse sem hesitação. Parecia que esse vídeo já tinha alguns anos, e agora o programa revisitava a mãe e o filho nos dias de hoje. Começou a passar um comercial da bebida destilada *shōchū*, depois, um comercial de um novo *cup noodle*, de um remédio para hemorroidas e de um energético, e nós duas continuamos a observar esses comerciais que passavam um depois do outro, em silêncio.

— Até que bebemos bastante — disse Makiko.

Muitas latas de cerveja estavam espalhadas no *chabudai* e no carpete, e já tínhamos jogado algumas no lixo da cozinha. Não estava disposta a contar o número de latas, mas sem dúvida tínhamos tomado uma quantidade normalmente impensável. Mesmo assim, eu não me sentia bêbada nem estava com sono. Olhei o relógio: eram onze horas da noite.

— Acordamos cedo hoje. Vamos dormir?

Assim dizendo, Makiko pegou uma camiseta e uma calça de moletom da mala e se trocou, e eu levantei para escovar os dentes. Quando retornei ao quarto, Makiko foi escovar os dentes, e eu deitei à esquerda de Midoriko. Makiko estendeu o braço para apagar a luz e se deitou à minha esquerda. Senti um leve cheiro de condicionador vindo do cabelo dela.

Deitada, com os olhos fechados na escuridão, tinha a sensação de que o interior da minha cabeça estava sendo dobrado de forma ordenada, produzindo ruídos, e não consegui pegar no sono. Depois, comecei a sentir que meu corpo se aquecia gradualmente, e me virei várias vezes no espaço apertado entre Midoriko e Makiko. A sola dos meus pés estava quente e parecia que engrossava cada vez mais. Minha mente estava lúcida, mas pensei "estou bêbada" e, sem conseguir pegar no sono, suspirei, alongando o corpo.

Por trás das pálpebras fechadas, surgiam várias cores e padrões que se misturavam e desapareciam. Isso se repetiu diversas vezes. Segui pelo corredor deserto onde pairava, de maneira uniforme, um cheiro de antisséptico. Ao empurrar a porta do quarto do hospital com cuidado e espiar seu interior, vi Nozomi deitada de costas na cama. Como ela estava com o rosto enfaixado, não dava para saber como era sua fisionomia. Catorze anos. *Catorze anos*. Idade em que fiz o meu primeiro currículo. Escrevi que tinha concluído o ensino médio no colégio público perto de casa. Eu ia para a fábrica passando um batom que era amostra de uma farmácia, todo gasto, com furos, para trabalhar de manhã até à noite, inspecionando o vazamento de pequenas baterias. Quando o líquido roxo grudava na ponta dos dedos, penetrava fundo na pele e a mancha azulada demorava para sair.

A mancha dos cinzeiros também não saía, por mais que lavasse. Cinzeiros que estavam sempre empilhados na pia do bar. Fumaça de cigarro, som do microfone do karaokê que ecoava na minha cabeça por horas, mamãe estendendo a mão para trancar a porta girando a chave de cima e em seguida a de baixo, agachando-se, depois de colocar as caixas de cerveja para fora do bar. Homens que, escondidos atrás do poste ou atrás da máquina de venda automática, me dirigiam palavras obscenas com risos afetados quando voltava para casa à noite, a pé. O entorno da boca deles era escuro, a barra da calça, suja, mãos que eram estendidas de modo errante. Eu subia a escadaria do prédio a passos rápidos.

Em dado momento, não conseguia mais distinguir as palavras que eu já disse para alguém das demais palavras. A paisagem vista no sonho e minhas lembranças foram fiadas juntas, entrelaçadas com delicadeza, e já não sabia mais o que era *verdadeiro*.

A névoa fina que envolvia os inúmeros corpos nus na realidade teriam som, não teriam? Parede muito alta que separa a ala masculina e a ala feminina da casa de banhos, o ecoar do som do tubo de bambu, o *shishiodoshi*, da casa de banhos. Os vários corpos nus das mulheres imersas na banheira estavam olhando para mim. Os inúmeros mamilos olhavam para mim. O vapor preenchia o ambiente e estava massageando a planta dos meus pés. Meu calcanhar estava sempre áspero e, por mais que eu raspasse, não ficava bonito. Os pés de mamãe estavam sempre ressecados e esbranquiçados, e suas unhas eram marrons. Vó Komi lavava o espaço entre os dedos do meu pé com a mão cheia de espuma. Era importante o ângulo sutil da alavanca para ligar o aquecedor de água a gás. *Click*, *click*, *click*. Som da alavanca sendo girada, e som do fogo sendo acendido. Corpo nu de vó Komi. Contei as bolhas de sangue espalhadas em todo o seu corpo.

O que é isso?

Bolhas de sangue.

O que acontece se eu estourar? O sangue vai jorrar daí, até acabar todo o sangue do seu corpo, vó Komi? Você vai ficar sem sangue e vai morrer?

O que será que ela respondeu mesmo?

Vó Komi, você não tem que cuidar melhor das suas bolhas de sangue? Para não estourar, para não jorrar sangue. Vó Komi, o que eu faço se você morrer? Vó Komi, não morre, por favor, não morre. Fica comigo para sempre.

Não fala isso, vamos comer isso juntas, não podemos fazer nada de barriga vazia.

O *bentō* de arroz com *yakiniku* que Makiko trouxera, a carne era adocicada e o arroz era marrom porque era misturado com o molho da carne.

Maki, tinha um homem que parecia sem-teto lá.

Mas sem-teto, gente que não tem casa pra voltar, a gente vê em qualquer lugar.

Meu coração disparou, pensando "Será que é o papai?".

Maki, e se aquele homem lá, agachado e esfarrapado, for papai, o que você vai fazer? Vai levar para casa e dar banho nele? Vai? Vai levar para casa e oferecer comida? E depois, o que vamos conversar com ele?

Maki, o Kyū chorou no enterro de mamãe, ele veio com a cara toda amassada, trouxe dois mil ienes em sinal de condolência, naquela noite quente de verão.

Kyū debulhou-se em lágrimas. Você lembra que a vó Komi gritava debaixo do viaduto? Segurando a minha mão e a sua, gritava bem na hora em que o trem passava fazendo um estrondo.

Falando em trem, no dia seguinte iria andar de trem com Midoriko, iria levá-la para algum lugar; iríamos andar de trem, sentindo-o balançar, iríamos passear juntas até Maki voltar. Já que iríamos passear, teria que prender direito o cabelo de Midoriko, iríamos andar de trem sentadas.

Midoriko, seu cabelo é volumoso, os dedos entram até o fundo, parece até uma floresta. Até parece meu cabelo. Por que você não está carregando nenhuma bolsa? Não eram os seus pais que estavam sentados ao seu lado?

Ei, você não é aquela menina que vi no trem muito tempo atrás? Por que está rindo tanto? Não, não faz tanto tempo assim... ah, foi hoje de manhã... sim, hoje de manhã... parece que foi há tanto tempo...

No folheto inserido no jornal... anúncios de casas, folhetos de planta baixa de casas... iria desenhar um monte de janelas nelas, faria pequenos quadrados, desenharia minhas janelas preferidas... Janela de mamãe, janela de Maki, janela de vó Komi — iria desenhar janelas para cada uma de nós, para que pudéssemos abrir quando quiséssemos. Assim, a luz iria entrar, o vento iria entrar.

E foi pensando nessas coisas que caí no sono.

6
O LUGAR MAIS SEGURO DO MUNDO

Mesmo assim, sentia que meus pensamentos estavam confusos, numa espécie de névoa mental, como se minha cabeça estivesse cheia de algodão velho. Que dia era mesmo? Sentia que tinha algo pegajoso na altura do meu cóccix. Se fosse possível, não me mexeria, queria continuar dormindo, mas, sem outra opção, me levantei e fui ao banheiro.

Tentei me lembrar da data que marquei no calendário quando tive minha última menstruação. Tinha mais ou menos uma ideia do dia. Pelos meus cálculos, não faltavam mais uns dez dias para eu menstruar de novo?

Pensando bem, no mês passado e no mês anterior também tinha sido assim. Minha menstruação estava vindo cada vez mais adiantada. Com exceção dos primeiros anos desde que menstruei pela primeira vez, ela veio de forma extremamente regular por mais de quinze anos, em um ciclo de exatos vinte e oito dias, como se fosse um relógio. Mas nos últimos dois anos o ciclo estava irregular. Será que havia alguma razão para isso?

Pensei nessas coisas enquanto fazia xixi, que não parava de sair, o que me deixou assustada, mesmo com a minha mente sonolenta, e observei distraidamente a mancha vermelha na minha calcinha. Era possível ver ali o mapa do Japão desenhado: se Osaka era por ali, então Shikoku era naquela altura, Aomori, que eu não conhecia, era por ali. *Não só não conheço Aomori, como também não conheço praticamente nenhum lugar do Japão. Nem sequer tenho passaporte,* pensei distraidamente.

A julgar pela claridade lá fora, não deveriam ser nem sete horas. O verão ainda não estava completamente desperto e o ar estava fresco. Senti uma leve dor ao franzir a testa. Ressaca. Mas não estava me sentindo tão mal assim, a ressaca não parecia pesada. Peguei o absorvente da embalagem, removi o plástico e o coloquei na parte de dentro da calcinha. Em seguida a levantei, dei descarga e voltei ao quarto. O absorvente era fofinho, parecia até um *futon* entre minhas pernas. Pensando nisso, deitei novamente no *futon*.

Afinal, quantas vezes mais vou ficar menstruada?, perguntei-me entre o despertar e o sono, antes de voltar a dormir. Quantas vezes mais meu corpo vai lidar com a menstruação? Quantas vezes já menstruei até agora? *Este mês também não ocorreu a fecundação* — essa frase surgiu diante de mim como se fosse o balão com a fala de alguém em um mangá, e eu a observei fixamente.

Este mês também não ocorreu a fecundação.

Fecundação? Não, não ocorreu. Não só este mês, mas no mês que vem, no outro mês, e no outro também não há nenhuma previsão dela ocorrer, expliquei calmamente para o balão à minha frente.

A voz débil que ecoava dentro do meu corpo foi se afastando aos poucos e, sem que percebesse, caí mais uma vez no sono.

Quando despertei de vez, fiquei um pouco atordoada ao notar que Makiko não estava ali. Fiquei me perguntando aonde ela teria ido, mas logo me lembrei do que ela dissera na noite anterior, tomando cerveja: "Vou me encontrar com uma pessoa conhecida que mora por aqui, depois vou a Ginza, na clínica que escolhi após refletir muito, para fazer uma consulta. Devo chegar um pouco antes das sete da noite. Quando eu voltar, decidimos onde jantar."

Consultei o relógio: já eram onze e meia. Midoriko estava acordada e lia deitada no *futon*. Como eu não costumava comer nada de manhã, tinha me esquecido do café da manhã, mas minha sobrinha, que ainda era uma criança, precisava se alimentar.

— Desculpe, Midoriko — disse. — Estou com um pouco de ressaca e acabei acordando e voltando a dormir. Você deve estar faminta. Desculpa mesmo.

Midoriko fitou meu rosto por um momento e apontou para a cozinha, fazendo gestos para indicar que tinha comido pão.

— Que bom, não tem quase nada, mas pode comer tudo o que você quiser — disse, rindo.

Midoriko assentiu e voltou à leitura.

Era uma manhã de verão. A luz cintilava gentilmente através da janela. Quando me alonguei e estiquei bem o corpo, ouvi o estalar das articulações. Ao me levantar e virar o *futon*, vi uma mancha vermelha no lençol. Fazia muito tempo que eu não sujava o lençol desse jeito. Sim, minha menstruação estava irregular nos últimos anos, mas sujar o lençol não era algo comum. Desde quando isso não acontecia mesmo? Soltando um suspiro profundo, abri o zíper lateral do lençol do *futon*, retirei-o e fui ao banheiro.

Não pode lavar o sangue menstrual com água quente porque ele vai coagular e a mancha não vai sair, então tem que lavar com água fria — quem foi que me ensinou isso mesmo? Não foi minha mãe nem vó Komi, tampouco aprendi isso na escola. Enquanto pensava nessas coisas, peguei a parte do lençol com a mancha e mergulhei-a na bacia com água e sabão. A vermelhidão do sangue se espalhou na água e, enquanto esfregava a parte manchada, virei-me, sentindo que alguém estava atrás de mim. Era Midoriko parada ali, de pé.

— Vamos ao parque de diversões hoje? — perguntei, e olhei para cima. — Ah, tive um acidente e sujei o lençol, então estou lavando — expliquei.

Midoriko não respondeu; ficou calada e observava o movimento das minhas mãos esfregando o lençol. Somente o som da fricção do tecido, que parecia provocar uma sensação de cócegas, e o som dos pequenos respingos de água na bacia ecoavam no banheiro apertado.

O sangue só sai com água fria — quem teria me dito isso? Analisei o tecido no meio da espuma para ver se o sangue tinha saído. Depois de um tempo virei, meus olhos se cruzaram com os de

Midoriko. Ela assentiu com a cabeça, como se dissesse "Hum", e voltou ao quarto.

○ Vou falar sobre os óvulos. Sobre o que descobri hoje. Quando o óvulo se une ao espermatozoide, torna-se um óvulo fecundado, e quando isso não acontece, é chamado de óvulo não fecundado. Disso eu já sabia. A fecundação não ocorre no útero, mas na trompa uterina, que se parece com um tubo. O óvulo e o espermatozoide se unem nesse tubo, e o óvulo que foi fecundado vai até o útero, onde ocorre a tal da implantação, que é a fixação do óvulo fecundado na parede do útero.

Mas tem uma coisa que não entendo. Não consigo compreender, mesmo lendo livros ou vendo ilustrações, como o óvulo sai do ovário e entra na trompa uterina passando por essa parte que se parece com a palma da mão. Está escrito que o óvulo salta do ovário, mas como isso acontece? Como ele cruza essa distância entre o ovário e a trompa? Por que ele não escorrega e acaba parando em algum outro lugar?

Tem outra coisa que não sei como encarar. Digamos que ocorra a fecundação, e, quando se descobre que esse óvulo fecundado vai ser uma mulher, dentro do ovário desse bebê que ainda não passa de um feto (é assustador que já nessa fase a criatura possua ovário), há sete milhões daquilo que vão ser óvulos um dia, uma espécie de fonte do óvulo. Nesse momento, seu número é maior, e vai diminuindo gradualmente. Quando o bebê nasce, já conta com cerca de um milhão. Esse número nunca mais volta a aumentar, continua caindo aos poucos e, quando a menina atinge mais ou menos a minha idade, na hora de começar a menstruar, seu número já chega perto de trezentos mil. Só uma pequena parcela dessas fontes de óvulo se desenvolve e se torna um óvulo que pode ser fecundado, que engravida e gera outra vida. Isso é terrível. É assustador o fato de ter dentro de mim, mesmo antes de nascer, a fonte para gerar uma nova vida. O fato de ter existido em grande quantidade. E isso não é apenas algo que está escrito nos livros, é algo que está acontecendo agora, aqui, dentro do meu ventre. A minha vontade é de dilacerar, arrancar e despedaçar isso. Afinal de contas, o que isso significa?

Midoriko

Como era época de férias de verão, o parque de diversões estava cheio. Mas não estava abarrotado de gente nem superlotado. Aliás, ontem, na estação de Tóquio, a concentração de gente era bem maior. No parque podíamos manter uma distância confortável das pessoas com quem cruzávamos, e todos riam, felizes.

Havia famílias, casais de estudantes que pareciam muito mais jovens e um grande grupo de pessoas que ria alto — cujas gargalhadas eufóricas se confundiam com gritos. Um grupo de meninas se divertia de mãos dadas. Um homem caminhava com a fisionomia séria enquanto carregava uma mochila que parecia bem pesada, como se fosse escalar uma montanha, e observava um mapa. Mães jovens empurravam pesados carrinhos de bebê com bolsas e outros penduricalhos gritando o nome dos filhos que tentavam correr na frente com os olhos brilhando de empolgação. Alguns idosos tomavam sorvete sentados nos bancos. O solo vibrava com os movimentos das pessoas comendo e esperando, se movendo cada qual do seu jeito, e a elas se misturava o som de músicas, gritos e o estrondo do carrinho da montanha-russa que passava sobre nossas cabeças de tempos em tempos.

Não fazia ideia do número de brinquedos nos quais Midoriko ia querer brincar, mas eu tinha um ingresso que dava acesso livre a todas as atrações. Troquei o ingresso na bilheteria por uma pulseira que servia de passe livre e disse a Midoriko:

— Vou colocar isso no seu pulso.

Ela estendeu o braço fino e bronzeado na minha direção, sem dizer nada. Calculei com cuidado o comprimento adequado e coloquei a pulseira de material especial no pulso dela. Midoriko moveu o pulso como se verificasse se estava apertado e estreitou os olhos por conta da luz do sol.

— Desse jeito não vamos ficar bronzeadas, vamos ficar torradas! — disse eu. — Podia ter vindo de camisa de manga comprida escura, apesar do calor.

Não tinha conferido a temperatura máxima do dia, mas estava tão quente que deveria estar fazendo mais de 35°C, com certeza. Inescapável, o sol já estava alto e não havia nada que obstruísse a irradiação do calor. Os raios solares resplandecentes incidiam implacavelmente sobre o toldo dos quiosques, a pracinha onde as crianças brincavam, as fontes com água fluindo em pequena quantidade, o letreiro da bilheteria, a pele das pessoas e a superfície metálica de uma gigantesca atração. No banco ao lado do quiosque, duas mulheres com vestidos de mesmo modelo, com estampa psicodélica e decote *halter neck*, estavam passando protetor solar uma nas costas da outra, rindo, felizes.

— Quando fico bronzeada, demoro três anos para voltar ao meu tom de pele normal — disse para Midoriko enquanto observava as duas mulheres. — Olhe aqueles vestidos com decote *halter neck*, são uma gracinha.

Midoriko pareceu não se interessar nem pelos vestidos ou pelo decote *halter neck*, nem pelo protetor solar, e seguiu caminhando concentrada no mapa, levantando o rosto para verificar a localização das atrações e se virando para trás de vez em quando, para me apontar a direção correta. A penugem de sua franja estava grudada na testa arredondada e suada dela, e as suas bochechas estavam levemente coradas.

— Você vai nesse brinquedo?

A primeira atração que Midoriko escolheu foi o *Viking*, aquele barco gigantesco, e o tempo de espera era de vinte minutos, segundo o aviso. À primeira vista, parecia um brinquedo que só balançava para a frente e para trás, com a oscilação acelerando aos poucos, e não parecia nada amedrontador, mas pensar dessa forma foi um grande erro. Arrependi-me terrivelmente quando resolvi experimentar o barco — foi minha primeira e última vez —, achando que não ficaria com medo se o considerasse um grande balanço. Um frio na barriga se espalhou quando o brinquedo foi lançado para o alto e depois desceu. Será que tal sensação, que só poderia ser chamada de essência do grito, teria nome? O frio na barriga que ia crescendo aos poucos: o que era aquilo, e de que parte do corpo surgia? Sempre que me lembrava dessa sensação, pensava nas pessoas que se atiravam de prédios altos. Diziam que só levava alguns segundos até o corpo atingir o chão, mas será que essas pessoas sentiam aquele mesmo frio na barriga?

Ouvimos gritos curtos seguidos de um ruído ensurdecedor que parecia um estrondo da terra — era o som de um carrinho da montanha-russa que passava em alta velocidade.

Comprei água e suco de laranja no quiosque e, ao aguardar um tempo sentada no banco sob a sombra de uma árvore da qual não sabia o nome, Midoriko voltou. Como sua fisionomia continuava igual, perguntei:

— Ué, desistiu?

Ela balançou a cabeça negativamente.

— Já andou no brinquedo? — perguntei.

Ela assentiu com indiferença.

— E como foi? Nada demais? — indaguei. Sem me dar uma resposta, ela apontou para uma nova direção indicando que iríamos para lá, e começou a andar logo em seguida. Eu a segui às pressas.

○ Vou escrever sobre peitos. O que antes era achatado está crescendo, inchando, e as duas coisas estão aumentando independentemente da minha vontade. Por quê? Para quê? De onde elas vêm? Por que não posso continuar do jeito que era antes? Algumas meninas mostram umas às outras, até saltam para ver de quem balança mais; vangloriam-se, felizes, do tamanho umas às outras, e os meninos também ficam tirando sarro. Por que elas se comportam desse jeito? Por que ficam tão felizes assim? Eu que sou a estranha? Não gosto disso, não quero que meu peito cresça; é repugnante, tenho até vontade de morrer só de pensar nisso. Mas mamãe fica falando ao telefone que quer fazer cirurgia para aumentar os peitos. Quando ela estava conversando com alguém da clínica, me aproximei sorrateiramente porque queria ouvir toda a conversa. "Depois que tive minha filha...", repetindo as palavras de sempre, e ela continua: "Dei de mamar", é sempre assim. Todo dia ela está ao telefone. Que boba. Ela quer ter o mesmo corpo de antes de dar à luz? Então não precisava ter dado à luz. A vida da minha mãe teria sido melhor se eu não tivesse nascido. Se ninguém nascesse, não teria nenhum problema, não existiria alegria, tristeza, não existiria nada, desde o começo. Tudo isso não existiria. Não é culpa das pessoas que elas tenham óvulos ou espermatozoides, mas acho que poderiam parar de fazer essas duas coisas se unirem.

Midoriko

— Ok! Então vamos comer algo, Midoriko? — perguntei.

Verificamos no mapa as praças de alimentação e os quiosques do parque, e resolvemos ir a um restaurante que parecia ser o maior de todos.

Como já havia passado muito do horário de pico do almoço, havia algumas mesas vagas no restaurante, e nos sentamos à mesa indicada pela atendente. Midoriko pegou o caderninho da mochila e o colocou bem perto da mão direita, enxugando o rosto com o *oshibori*, a toalhinha que a atendente trouxera junto com os copos de água. Examinamos bem cada opção do cardápio e fizemos o pedido: uma tigela de arroz com frituras diversas, *kakiagedonburi*, para mim, e arroz com curry japonês, *karê raisu*, para Midoriko.

— Você tem muita energia, Midoriko — disse, impressionada.

Desde que tínhamos chegado ao parque, por duas horas e meia ela brincou nas atrações sem parar nenhuma vez para descansar.

Para poder andar no maior número possível de brinquedos o mais rápido que pudesse, ela verificou o tempo de espera de cada um deles e se deslocou de forma ágil e bastante eficaz. Ela escolhia os brinquedos mais radicais e emocionantes, aqueles que me causavam uma espécie de frio na espinha só de ver o carrinho subir sobre os trilhos fazendo aquele barulhinho nefasto. Eu acenava para ela quando a via na fila de espera, de vez em quando tirava uma foto sua com o celular e, quando ela subia em direção ao céu presa pelo cinto de segurança e ficava cada vez menor, eu olhava para o alto protegendo o rosto com a mão contra o sol, concentrando-me para poder vê-la até não conseguir mais reconhecê-la. Fiquei esgotada só de dar algumas corridinhas atrás dela e de vê-la de longe, girando nas alturas e passando em alta velocidade sobre os trilhos gigantescos.

— Seus canais semicirculares devem ser formidáveis. Mesmo dando todas as voltas naqueles brinquedos, seu rosto não mudou nem um pouco — disse, tomando em um só gole a água servida.

Midoriko olhou para mim e inclinou levemente a cabeça.

— Ah, você não sabe o que são canais semicirculares? Tem gente que passa mal no carro, não tem? A gente mantém o equilíbrio do corpo graças aos canais semicirculares que ficam dentro dos nossos ouvidos. É por isso que quando a gente gira várias vezes ou anda de carro em uma estrada sinuosa, ou seja, passa um determinado tempo exposta a um ritmo diferente do normal, a informação que entra dos olhos e dos ouvidos e a informação dos canais semicirculares não batem, e a gente passa mal, chegando a vomitar. Você não passa mal? Nunca passou?

Midoriko tomou um gole de água e fez que não com a cabeça. Em seguida, abriu o caderninho, observou a parte branca da folha por um momento e moveu a caneta devagar.

"Por que os adultos bebem?"

Midoriko manteve o caderninho virado para mim e ficou um tempo sem se mexer. Fiquei pensando a respeito.

Por que os adultos bebiam mesmo? Eu não conseguia tomar nenhuma bebida alcoólica que não fosse cerveja e, quando bebia, eram raras as vezes que a achava saborosa, e logo ficava bêbada e com dor de cabeça. Mas teve uma época em que eu também bebia até cair. Por que será? Durante alguns anos depois de ter me mudado para Tóquio, bebia até perder a memória e vomitar. Nessa época, comprava saquê barato em oferta da loja de bebidas — que não era nem um pouco bom, aliás — e bebia sozinha durante horas. Depois, ficava sem conseguir me mexer por cerca de dois dias, não comia nada e ficava deitada no *futon*, me sentindo deprimida. Nada dava certo, e os dias incertos passavam um depois do outro, tal qual blocos de mesma cor e mesmo formato sendo empilhados sem nenhum objetivo. Minha vida não mudou muito desde então, mas era um pouco diferente naquela época e parecia que agora já não podia mais fazer o mesmo. Sim, de fato passei por essa fase da qual só de me lembrar me dava um aperto no coração. Provavelmente não voltarei a fazer aquilo, mas com certeza era eu mesma quem bebia daquele jeito. Cheguei até a pensar que não seria capaz de viver nenhum dia sem bebida. Sim, de fato cheguei a pensar assim.

— Talvez enquanto estão bêbados sintam que se tornam outra pessoa — respondi a Midoriko depois de um tempo. Minha voz soou como se não fosse minha, e tossi várias vezes. — As pessoas não conseguem se tornar outra pessoa. São a mesma desde quando nascem. Chega uma hora em que não aguentam mais, e talvez seja por isso que bebam — disse uma série de palavras que vinha à minha mente. — Enquanto vivemos acontecem várias coisas, mas temos que continuar vivendo até morrermos, não tem outra opção. A vida continua enquanto estivermos vivos, e chega uma hora em que precisamos nos refugiar em algum lugar, senão não aguentamos mais. A gente passa por esse tipo de fase na vida, de procurar um escape.

Expeli o ar que havia nos meus pulmões e olhei ao redor.

Números aleatórios eram anunciados pelo alto falante do estabelecimento, e os atendentes caminhavam a passos rápidos entre as mesas e os carrinhos de serviço. Na mesa bem ao nosso lado, uma menininha levava bronca da mãe. A filha parecia não se conformar, estava com a testa franzida e com a boca firmemente fechada. Ela usava duas marias-chiquinhas no alto da cabeça, e uma das pontas estava grudada no canto de sua boquinha.

— Quando eu digo nos refugiar, quero dizer nos refugiarmos de nós mesmos — continuei, mesmo sem ser perguntada. — As pessoas devem querer se refugiar das coisas que guardam dentro de si, inclusive do tempo e das lembranças. Para algumas pessoas, refugiar-se não é suficiente: elas não querem voltar mais, então acabam optando por não viver mais.

Midoriko fitava meu rosto em silêncio.

— Mas a maioria das pessoas não consegue morrer. Por isso elas bebem para se refugiar, e repetem esse processo várias vezes. Não se refugiam só no álcool. Refugiam-se em todo tipo de coisa, mas enquanto se refugiam, pensam consigo mesmas: "Afinal, por que estou fazendo isso?", ou "Já basta, não vou mais fazer isso", mas chega uma hora que não dá mais para parar. No entanto, não dá para continuar fazendo isso para sempre. Acabam prejudicando a própria saúde. As pessoas ao redor ficam preocupadas, indignadas, dizem várias coisas, tipo: "Até quando você vai continuar agindo assim?", "Você tem que abrir os olhos logo". O que essas pessoas falam está certo. Mas quem se refugia se sente pior, ainda mais acuado.

Midoriko me fitava, estreitando os olhos, como se visse algo ao longe. Continuei a observar o copo vazio em silêncio. E, aos poucos, comecei a sentir que havia passado do ponto e o que dissera estava completamente errado. Midoriko continuou segurando a caneta e permaneceu imóvel. Gotículas de suor se formaram nas suas pequenas têmporas e escorreram pela sua bochecha, tremendo ligeiramente.

— Desculpe a demora — disse a atendente com voz alegre ao trazer nossos pedidos.

Com um largo sorriso, ela foi colocando os pratos na mesa habilidosamente, fazendo balançar suas grandes argolas douradas.

— Está tudo certo? — perguntou ela confirmando o pedido em tom dinâmico. Depois, enrolou o recibo com a ponta dos dedos, colocou-o no suporte cilíndrico transparente e voltou para a cozinha com passos ágeis. Cada uma comeu sua refeição em silêncio.

○ Tem um remédio que minha mãe toma antes de dormir. Fui ver o que era quando ela não estava e era xarope para tosse. Vi ontem à noite e, quando fui ver hoje, tinha diminuído mais da metade em um dia. Ela tomou tudo isso? Nem está com tosse, então por que toma xarope? Ela está emagrecendo cada vez mais. Outro dia disse que levou um tombo de bicicleta na volta do trabalho à noite, ou melhor, porque era de noite. Queria perguntar se não tinha se machucado, mas como não estou falando com ela, não posso perguntar. Que tristeza. "Por que você toma xarope para tosse, mãe?", quero perguntar. "Você está com dor?", quero perguntar também. Vi na TV que em algum lugar dos Estados Unidos, o pai dá de presente para a filha que completa quinze anos uma cirurgia para aumentar os peitos. Para que fazer isso? Não entendo. E vi também que nos Estados Unidos as pessoas que aumentam os peitos têm três vezes mais chance de cometer suicídio em relação às pessoas que não aumentam. Eu me pergunto se minha mãe sabe disso. Se não sabe, é um problema. Se souber, talvez mude de ideia. Preciso ter uma conversa séria com ela. Tenho que perguntar para ela por que ela quer fazer isso. Não, não posso perguntar isso, não posso falar sobre peitos com minha mãe. Mas quero fazer as coisas direito. Tudo direito.

Midoriko

— Vamos para casa?

Seguindo sua órbita, o sol estava começando a se pôr no céu a oeste e, quando me dei conta, as sombras escuras que antes estavam projetadas em toda parte estavam tênues, quase indistinguíveis. O vento morno acariciava nossa pele suavemente. As pessoas caminhavam para o portão de saída a passos lentos, algumas de mãos dadas, outras chamando por alguém, algumas se abraçando, outras se afastando umas das outras.

— Midoriko, está satisfeita? Não vai se arrepender depois? — perguntei para minha sobrinha que, abrindo o mapa, verificava os brinquedos em que tinha andado.

Ela meneou a cabeça algumas vezes sem olhar para mim. Caminhamos devagar em meio à onda formada por pessoas dispersas.

Havia uma roda-gigante à nossa direita. O azul tênue do céu estava levemente amarelado e eu estreitei os olhos. De onde estávamos, a grande roda parecia parada, mas é óbvio que se movia. Ao observar seu movimento indolente, que parecia desejar não deixar nenhum rastro no céu, no tempo nem na memória das pessoas que a viam, senti uma leve pontada no coração. Ao meu lado, Midoriko observava a roda-gigante de pé, assim como eu. Depois de um tempo, ela cutucou meu braço, para chamar minha atenção, então olhei para ela. Ela apontou a roda-gigante.

— Quer andar nela? — perguntei, e ela balançou a cabeça em um grande movimento.

Na entrada da roda-gigante havia dois casais. Na hora do primeiro casal entrar, o rapaz se antecipou quando a gôndola se aproximou lentamente e, estendendo a mão de dentro, ajudou a garota ao entrar, levantando gentilmente a barra da saia dela.

— Vai lá, Midoriko. Vou te esperar aqui perto da cerca.

Quando tentei me afastar, Midoriko balançou a cabeça algumas vezes.

— Que foi? — perguntei.

Ela apontou a roda-gigante como se dissesse para irmos juntas, e me encarou mais uma vez.

— Quê? Quer que eu vá junto?

Midoriko assentiu categoricamente.

— Não, tenho medo dessas coisas. Passo mal até em balanço. Fico tonta — expliquei. — Tenho medo de altura também. Nunca andei de avião. Nem pretendo entrar em um algum dia. E por mim, está tudo bem assim.

Por mais que eu insistisse, Midoriko não se conformava. Soltei um grande suspiro, esvaziando os pulmões, desisti de convencê-la e, comprando um bilhete unitário do funcionário do parque, passei pelo portãozinho da roda-gigante com ela. Na grande plataforma para entrar na gôndola só havia um funcionário que abria e fechava as portas. Seguindo uma regra sobre a qual eu não fazia ideia e deixando passar algumas gôndolas, Midoriko entrou rapidamente pela portinha quando chegou uma que parecia ser a que ela queria. Me apressei para segurar a barra com as duas mãos e me enfiei na cabine, gritando internamente. Nesse momento, a gôndola balançou muito, e eu caí de bunda no assento. O funcionário de uniforme fechou a portinha, trancou-a e abanou a mão dizendo "Bom passeio", com um sorriso no rosto.

A roda-gigante se moveu, seguindo o trajeto e o ritmo definidos, e nossa gôndola subiu lentamente. Levantei o rosto, procurando manter a visão sempre elevada e para a frente, para não olhar para baixo, na medida do possível, e fitei o céu que se expandia cada vez mais. Midoriko, que olhava para o chão com a testa quase colada à janela, deslizou até a outra extremidade do banco, e continuou a fitar a paisagem pela janela com o rosto grudado no vidro. Ela estava com um rabo de cavalo alto na cabeça, mas algumas partes estavam frouxas aqui e ali, e os vários fios soltos na altura da nuca caíam nos ombros dela. O pescoço dela era fino e, talvez por usar uma camiseta um pouco larga, seus ombros pareciam ainda mais magros. As pernas que saltavam da calça culotte estavam bronzeadas, e os pequenos joelhos estavam ressecados e esbranquiçados. Ela estava com uma das mãos na mochila e a outra apoiada na janela com delicadeza, e observava a paisagem do centro de Tóquio.

— Será que Maki está vindo para cá? — perguntei. Midoriko continuou com o rosto virado para a janela e não me respondeu.

— Maki ia para Ginza hoje, e Ginza é daquele lado, ou será que é desse lado? — continuei, apontando para uma direção qualquer, pois não tinha nenhum interesse pelo lugar onde eu estava agora, ou melhor, pela geografia.

Observei um ponto onde os prédios pareciam estar mais concentrados e expliquei para Midoriko: "Deve ser por lá."

— Você andou em um monte de brinquedos hoje! — disse.

Midoriko olhou para mim e assentiu com a cabeça em concordância. A ponta de seu nariz e o topo das maçãs do rosto estavam levemente rosados, queimados pelo sol, e sobre seu rosto incidia o crepúsculo azulado. Ao observar essa cena, tive a sensação de que muito tempo atrás, quando eu ainda era criança, tinha observado a cidade abaixo de mim em uma gôndola de roda-gigante. De ter experimentado a sensação de subir lentamente para o céu onde se expandia o crepúsculo azulado que lentamente se transformava em escuridão. Será que Makiko estava comigo? Eu estava com minha mãe? E vó Komi? Tentei me lembrar de mamãe e de vó Komi — do rosto de mamãe, da mão enrugada de vó Komi —, acenando para mim do chão, mas em que lugar da memória essa lembrança se encontrava? Quanto mais a procurava, mais vaga ela parecia se tornar. Um passarinho desenhou um arco no alto do céu e desapareceu em algum lugar. Um prédio alto que se erguia ao longe estava enevoado e esbranquiçado. Afinal, com quem tinha observado, quando pequena, a cidade e o céu que ficavam gradualmente azulados? Enquanto tentava me lembrar, fui ficando cada vez mais insegura quanto à minha memória. Pensei que talvez isso nunca tivesse acontecido. Talvez o cheiro, a cor e a sensação tivessem algumas semelhanças com alguma outra lembrança, talvez na realidade nunca tivesse observado, no passado longínquo, o céu e a cidade ficarem cada vez mais azulados ao lado de alguém.

— Que bonito — disse para Midoriko. De repente, lembrei de uma coisa: — Você sabia que rodas-gigantes são extremamente seguras?

Midoriko me encarou e balançou a cabeça depois de um tempo.

— Acho que alguém me disse quando eu era criança, mas não lembro quem. Vista de perfil, a roda-gigante é fina; de frente, parece um fogo de artifício; é formada só de armação e não tem consistência, equilíbrio, e dá medo sob qualquer perspectiva. Achamos que será a primeira coisa que vai cair quando acontecer um desastre. Mas, por mais forte que seja a rajada de vento, mesmo quando cai uma chuva torrencial, mesmo que aconteça um forte terremoto, a roda-gigante continua firme, não sofre nenhum abalo. Ela consegue se esquivar dessas forças e nunca cai — continuei a dizer. — Quando ouvi essa explicação, eu ainda era criança e pensei seriamente comigo mesma: "Então todos nós podíamos morar na roda-gigante. Ela podia ser nossa casa, todos nós poderíamos acenar de nossas janelas. Falaríamos com as pessoas da gôndola vizinha com um telefone de copos e secaríamos a roupa estendendo uma corda comprida." Coisa de criança. Fiz vários desenhos, um mundo cheio de rodas-gigantes em todos os lugares. Era um mundo onde não precisávamos nos preocupar com terremotos nem com tufões, onde todos estávamos igualmente seguros.

Continuamos a olhar pela janela em silêncio.

— Você já andou em alguma roda-gigante com a Maki?

Midoriko moveu a cabeça de forma ambígua.

— É, ela é ocupada, né?

Midoriko olhou para mim de relance e voltou a olhar para fora. Ao observar o queixo de minha sobrinha, de repente me lembrei do perfil de mamãe. Do rosto de mamãe antes de adoecer, de quando ela ainda se sentia bem e estava rechonchuda. Seu nariz alto era ligeiramente curvado e seus cílios eram muito compridos. A superfície das bochechas dela era irregular. Lembrava que uma vez perguntara: "O que é isso?", e ela respondera, rindo, que tinha espremido espinhas e que eu não deveria fazer isso. *Talvez Midoriko se pareça mais com nossa mãe do que com a própria mãe*, pensei. De forma vaga, me dei conta de algo que era óbvio: Midoriko não conheceu minha mãe nem vó Komi, e as duas também não chegaram nem a ver Midoriko.

— Quando eu tinha mais ou menos sua idade, nossa mãe morreu — disse, enquanto me perguntava por que estava contando isso à minha sobrinha. — Quando vó Komi morreu, acho que eu tinha uns quinze anos. Então Maki devia estar com vinte e dois anos quando mamãe morreu, e com vinte e quatro quando vó Komi morreu. Como não tínhamos dinheiro, fizemos o funeral das duas no centro comunitário do conjunto habitacional onde morávamos, e um parente distante de vó Komi, que era monge de um templo budista, fez uma cerimônia simples. Acho que era o plano mais barato que ele oferecia, sem nada de especial. Aliás, ainda não pagamos pelo serviço. Em algum momento temos que pagar.

Midoriko olhou de relance para mim e em seguida virou-se para a janela.

— O conjunto habitacional era do governo da província de Osaka, e o aluguel não era nem vinte mil ienes, por isso Maki e eu conseguimos continuar morando nele apesar de todas as dificuldades. Maki já era adulta e maior de idade nessa época, então me deixaram morar com ela, mas se nossa idade fosse mais próxima e se fôssemos crianças, acho que poderiam ter nos mandado para orfanatos diferentes e ficaríamos separadas. Bem, não entendo direito dessas coisas.

Midoriko permaneceu imóvel, ainda virada para a janela. Vi uma luz vermelha piscar na ponta do para-raios de um prédio que ficava mais distante. O intervalo do piscar da luz lembrava o respirar silencioso e regular de alguma criatura, e continuei a observá-la por um tempo.

— Depois de certa idade, Maki praticamente me criou sozinha — continuei. — Quando ficamos só eu e ela, quando minha mãe e vó Komi morreram, foi Maki quem fez tudo. Ela fazia muitas coisas. Nós duas fazíamos bico lavando louça, e eu comia todo dia o *bentō* de carne grelhada que ela trazia do trabalho.

O crepúsculo se expandia lá fora. Tive a sensação de ver dezenas de milhares de camadas de renda fina e delicada sobrepostas pairando no céu, e infinitas luzes brilhavam a distância e também de perto. As partículas de luz febril me fizeram lembrar da pequena cidade portuária onde tinha nascido e onde tinha morado por alguns anos. Nas noites de verão, vários barcos a vela vinham do outro lado do mar escuro. Os adultos faziam farra, e as crianças, empolgadas com os estrangeiros de pele branca que viam pela primeira vez na vida, corriam para lá e para cá. Nos cantos conhecidos da cidade — nos letreiros com as letras desbotadas, nos postes sujos, nas entradas dos estabelecimentos, nos cabeços onde os barcos eram amarrados — inúmeras lâmpadas enfileiradas oscilavam com o vento noturno. Eu observava essa cena de casa assim como estava observando as luzes agora.

— Quantos anos eu tinha mesmo? Acho que estava no jardim de infância. Era antes de irmos morar com vó Komi. Morava perto do mar. Ia ter um grande passeio no jardim de infância. Íamos colher uvas, fazer *budōgari*. Midoriko, você já colheu uvas?

Ela balançou a cabeça.

— Tinha um passeio para colher uvas — disse, rindo. — Até onde lembro, nada me deixava empolgada no jardim de infância, mas por alguma razão estava muito animada para esse passeio. Eu contava os dias para chegar logo a data. Estava tão ansiosa que fiz até um calendário por conta própria. Hoje fico admirada, não sei por que estava tão empolgada, mas contava nos dedos, literalmente, quantos dias faltavam.

"Mas não pude ir. Tínhamos que pagar uma taxa extra para participar do passeio, e não tínhamos dinheiro. Lembrando hoje, acho que eram algumas centenas de ienes. Quando acordei na manhã do dia do passeio, mamãe disse: 'Hoje você não vai para a escola.' Queria perguntar o motivo, mas não podia. A resposta era óbvia: era por causa do dinheiro. De manhã, papai estava dormindo, então eu e Maki tínhamos que ficar bem quietinhas. Tínhamos que comer o ramen sem fazer barulho.

“‘Está bem, vou ficar em casa’, respondi. Mas, assim que terminei a frase, lágrimas começaram a jorrar sem parar dos meus olhos. Fiquei muito triste, até eu fiquei assustada com tanta tristeza, e não conseguia conter as lágrimas. Como não podia fazer barulho, fiquei chorando sem parar no canto do quarto, mordendo uma toalha. Você pode até não acreditar, mas desde pequena eu aguento muitas coisas. Só que daquela vez não consegui aguentar. Por algum motivo as lágrimas simplesmente vieram, até hoje não sei por que fiquei tão triste daquele jeito. Aliás, eu nunca tinha ido colher uvas antes disso, não sabia como era, e a vontade de comer uvas nem era tanta. Por que será que chorei tanto? Até hoje, de vez em quando, me pergunto sobre o que se tratava tudo aquilo. O que aquele passeio para colher uvas tinha de tão especial?

“Depois de algum tempo, pensei um pouco sobre isso. O cacho de uvas, quando colocado na palma da mão, não parece meio especial? As uvas estão juntinhas, às vezes tem uma pequenininha, estão presas umas às outras e não caem, mas às vezes algumas se soltam. Elas não são pesadas nem leves. Dão a sensação de serem especiais. Não concorda? Não? Ha-ha. Até hoje não sei se as uvas pareciam especiais para mim porque chorei tanto, ou chorei tanto porque elas eram especiais para mim.

“Um pouco antes do almoço, minha mãe foi trabalhar, e meu pai, que quase nunca saía, também saiu para algum lugar. E continuei chorando no canto do quarto, mordendo a toalha. Quantos anos Maki tinha nessa época? Dei muito trabalho para ela. Ela fez de tudo para me animar, mas eu só chorava.

“Então ela disse: ‘Natsuko, fecha os olhos. Não abre até eu dizer que pode abrir.’ Eu estava sentada no chão abraçando os joelhos e chorava pressionando os olhos nos joelhos. Depois de alguns minutos, Maki parou ao meu lado e disse: ‘Continua de olhos fechados e vem para cá.’ Ela pegou minha mão, me fez levantar e dar uns três passos, então disse: ‘Pode abrir.’

“Quando abri os olhos, vi pendurados, em todos os lugares — nas gavetas do armário, no puxador da estante, no abajur, na corda para pendurar as roupas, em todos os cantos — meias, toalhas, lenços de papel, calcinhas de mamãe, tudo o que você pode imaginar, e Maki disse que era para colhermos as uvas. 'Natsuko, tudo isso é uva, então vamos colher.' Ela me pegou no colo, me levantou e disse para eu pegar. Um cacho, dois cachos... Ela até ficou contando.

"No colo de Maki, eu estendia a mão para pegar a meia, a calcinha, pegava tudo. Fui colocando tudo em um cesto de bambu. Ainda tem mais, tem lá, tem ali, dizia ela enquanto me carregava para eu poder colher as uvas. Sem saber se estava feliz ou triste, fui colhendo peça por peça. Não eram uvas de verdade, nem dava para comer, mas essa é a lembrança que tenho da colheita de uvas."

Midoriko continuava olhando pela janela em silêncio. Sem que eu percebesse, a gôndola em que estávamos já tinha passado do topo, e víamos inúmeras luzes cintilarem nos arranha-céus, que ficavam cada vez mais altos e distantes, e estávamos nos aproximando gradualmente do chão. Inúmeras luzes brilhavam.

— Por que será que contei essa história para você? — perguntei e balancei a cabeça, rindo. Depois de um tempo, Midoriko pegou a caneta.

"Por causa da cor de uva."

Ela apontou para a vista que estava totalmente tingida de um tom púrpura claro, me encarou e logo em seguida se virou novamente para a janela. O céu se espraiava em direção à nostalgia e ao invisível, e nele se espalhavam pedaços de nuvem que pareciam ter sido desenhados com a ponta do dedo. Das frestas entre as nuvens vazava uma luz tênue que debruava com delicadeza o sombreado de cores púrpura, vermelho-claro e azul-escuro. Tive a impressão de que, se me concentrasse, seria capaz de ver o vento que soprava nas alturas e, ao estender a mão, seria capaz de tocar de leve na película que envolvia o mundo. O céu refletia as cores tal qual uma melodia que jamais podia ser reproduzida.

— É, até parece que estamos no meio das uvas — disse rindo.

O dia estava chegando ao fim. A gôndola descia fazendo um pequeno rangido. Na plataforma, o mesmo funcionário que tinha nos colocado na gôndola acenava em nossa direção. Quando chegamos ao chão e ele abriu a portinha, Midoriko saltou com leveza. O calor diurno já havia desaparecido, o suor entre a pele e a camiseta esfriava sorrateiramente e o ar estava preenchido pelo cheiro da noite de verão.

7
TODAS AS COISAS QUE VOCÊ AMA E APRECIA

Makiko, que tinha ido à clínica dizendo que voltaria aproximadamente às sete da noite, ainda não tinha chegado às oito, e logo já seriam nove horas. Tentei ligar para o celular dela algumas vezes, mas, antes de chamar, a ligação já era transferida para o serviço de caixa postal. Ou a bateria tinha acabado, ou ela havia desligado de propósito. "Maki, tudo bem? Estamos preocupadas. Quando ouvir a mensagem, me liga", deixei gravado e desliguei.

Como seria o último jantar a três em Tóquio — se bem que, como elas só dormiriam duas noites, era exagero chamar de último —, estava pensando em decidir o lugar depois de consultar Makiko, assim que ela chegasse. "O que vamos comer? Já que estão aqui, podemos ir a algum restaurante mais longe, de trem. Tem algo especial que você quer comer?" Mas ela não voltava. Até pensei em ir ao supermercado com Midoriko para comprar ingredientes, preparar algo simples e comer só nós duas primeiro. Mas não tinha arroz em casa e, para ser sincera, não estava a fim de cozinhar àquela hora da noite. Para início de conversa, cozinhar não era meu ponto forte. Enquanto eu ficava nessa indecisão, talvez Makiko chegasse.

— Quando Maki voltar, poderemos ir ao mesmo restaurante chinês de ontem e pedir pratos diferentes. Ela deve estar a caminho — disse.

Analisei a minha estante para ver se tinha algum romance que podia dar a Midoriko e folheei uma revista. Enquanto isso, Midoriko escrevia algo no caderno. Mas se passaram dez minutos, vinte minutos, uma hora, e Maki não chegava.

— Midoriko, vamos à loja de conveniência? — chamei-a.

Esperamos dar nove e quinze e saímos, deixando um bilhete no *chabudai*: “Fomos à loja de conveniência.” Hesitei um pouco, mas acabei deixando a porta aberta.

O ar meio morno da noite de verão estava um pouco úmido, com um leve cheiro de chuva misturado. A sola das sandálias baratas que eu tinha comprado na loja de cem ienes alguns anos atrás era fina, e eu conseguia sentir na planta dos pés a aspereza do asfalto. Imaginei-me pisando em uma lasca de vidro que rasgaria a sola da sandália e perfuraria a concavidade da planta do pé, o sangue jorrando profusamente dali.

Midoriko caminhava um pouco à minha frente. As pernas dela eram retas e finas, e as meias brancas esticadas até logo abaixo do joelho faziam com que parecessem ossos. Nesse momento, lembrei-me de súbito do romance que estava escrevendo — uma história que não estava avançando por mais que eu tentasse escrever e na qual não tinha trabalhado por semanas —, e senti algo sombrio se apoderar de mim.

O ar-condicionado da loja de conveniência estava tão forte que até podia sentir meus poros se fecharem em um instante, e demos uma volta no estabelecimento observando cada um dos produtos expostos nas prateleiras. Midoriko caminhava um pouco atrás de mim com ar taciturno, sem parar nem pegar os produtos.

— Não quer nenhum doce? Sorvete? — perguntei.

Sem responder, ela balançou a cabeça devagar depois de um tempo.

— Vamos comer pão no café da manhã? Quanto à janta, vamos esperar pela Maki mais um pouco? — Assim dizendo, peguei um pacote de pão de forma cortado em seis fatias.

Ding-dong, ecoou o som alegre da porta automática se abrindo, e algumas crianças entraram correndo, animadas, seguidas de alguns adultos, homens e mulheres — provavelmente seus responsáveis —, conversando festivamente. Alguns pareciam embriagados, com o rosto corado, e riam alto. Pelo jeito, o grupo planejava queimar pequenos fogos de artifício, como velas magnesianas, e estavam ali para comprar mais, porque o que tinham não era suficiente. As crianças completamente bronzeadas se juntaram com empolgação ao redor da cesta logo ao lado do caixa, segurando uma pilha de pacotes de pequenos fogos de artifício. Midoriko as observava de um lugar um pouco afastado, em silêncio.

— Vamos queimar fogos de artifício também, Midoriko? — perguntei.

Mas ela não se mexeu. Depois que as crianças saíram, dei uma olhada no cesto onde estavam empilhados os fogos de artifício portáteis, alguns em pacotes pequenos, outros em sacos grandes com vários tipos. Havia *senkō hanabi*, *nezumi hanabi*, *parachute hanabi*, *kaminarisama*. Vieram à mente as lembranças dos pequenos fogos de artifício que queimávamos quando eu era criança. Envolvendo com a palma das mãos o fogo da vela que ameaçava se apagar ao menor vento noturno, Makiko e eu observávamos a ponta acender e começar a produzir faíscas. Cheiro de pólvora, som das pequenas faíscas crepitando. Esfumaçado cinza que inflava cada vez mais e vários rostos iluminados que surgiam no meio dele. Quando me dei conta, Midoriko estava ao meu lado.

— Olha, tem vários tipos — disse.

Ela deu uma espiada no cesto. Ergueu um canto da boca, observou a pilha de pacotes de fogos de artifício e pegou um com foguetes de tiro.

— Olha, Midoriko, esse é tenebroso — disse, apontando a serpente de faraó.

Ela mostrou os dentes abrindo ligeiramente os lábios. Em seguida, analisou com cuidado cada um dos pacotes pegando-os na mão, e decidimos comprar um saco com vários tipos que custava quinhentos ienes.

Dez da noite e Makiko ainda não tinha voltado. Sim, estávamos em Tóquio, uma cidade que não era familiar para ela, mas ela não esqueceria o nome da estação. E da estação até meu apartamento era praticamente uma linha reta, e não tinha como ela se perder.

Se tivesse tido algum problema, bastaria me telefonar, e se tivesse ficado sem bateria no celular, poderia comprá-la em qualquer lugar. Será que ela perdeu o celular ou a carteira? Ou será que teria algum motivo para não querer me ligar? Ou foi vítima de algum crime ou incidente e estaria inconsciente? Haveria essa possibilidade?

Imaginei diversos cenários, mas nenhum deles pareceu factível. Afinal, estávamos em Tóquio, com inúmeras pessoas em todo lugar e, se algo tivesse acontecido com Makiko, alguém entraria em contato comigo de algum jeito, de algum lugar. E ela era uma pessoa adulta, com quase quarenta anos; se não ligava era porque ela optou por não ligar, era natural pensar assim. Por isso não devia me preocupar com o fato de ela não ter chegado ainda. Mas Midoriko parecia não pensar dessa forma, o que era compreensível; eu conseguia perceber nitidamente que sua preocupação aumentava cada vez mais, como a água da vasilha que recebe a goteira aumenta sem parar. Mesmo permanecendo calada, era perceptível que seu coração se enrijecia gradualmente.

Quando ecoava o som de alguém subindo ou descendo a escada do prédio, ou sempre que havia o menor ruído, nós duas levantávamos a cabeça imediatamente. Mas logo víamos que não era Makiko e voltávamos à posição anterior. Isso se repetiu algumas vezes. Abaixei o volume da TV até o nível mínimo, olhava a tela do celular dobrável que deixara aberta e verificava a caixa de mensagens pressionando o botão de enviar-receber uma vez a cada alguns minutos.

— Midoriko, estou morrendo de fome, não aguento mais. Vamos comer esse pão? — perguntei.

Midoriko, que estava sentada no chão, com as pernas dobradas e levantadas, apoiando o queixo sobre os joelhos, balançou a cabeça de forma ambígua. Em seguida, levantou-se rapidamente, curvando o corpo, e me observou com um semblante sério como se quisesse confessar algo muito grave. Depois, voltou a se sentar como antes, abraçando os joelhos dobrados, provavelmente por ter desistido da ideia.

— Ai, que susto! — disse, sobressaltando-me de verdade.

Ela mordeu ligeiramente o lábio inferior e soltou um leve suspiro.

— Como se chamava mesmo a clínica onde Maki disse que ia? Era em Ginza. Sim, Ginza, mas como era mesmo o nome? — perguntei como se falasse comigo mesma, e tentei relembrar o que Makiko tinha falado sobre a clínica, mas nada me vinha à mente além do nome do bairro.

Como se chamava mesmo? Ela chegou a mencionar o nome? Fechei os olhos com força e me concentrei para tentar me lembrar de algo, por mais insignificante que fosse. Ela dissera que era popular, o panfleto era preto com letras douradas, parecendo ter sido caro, e seu design lembrava um clube de *host*: eram as únicas coisas de que me lembrava.

— Por acaso você sabe o nome da clínica, Midoriko? — perguntei.

Midoriko balançou a cabeça. Óbvio que não sabia.

— É, não sabe, seria incrível se soubesse — disse, rindo e mostrando um ar o mais alegre possível.

Afinal, o que Makiko estaria fazendo? Teria ido à clínica, ou não? O que ela estaria fazendo? Onde? De repente, me veio à mente uma ideia louca. Não, não, não, ela não seria capaz de fazer isso. Meu senso comum negava toda ideia mais absurda que me vinha à mente no instante em que surgia. Não, ela não devia ter decidido fazer a cirurgia hoje, só para não precisar mais voltar a Tóquio. Não faria a cirurgia no mesmo dia em que foi fazer a primeira consulta. Impossível. Colocar silicone não era algo simples como raspar a parte cariada do dente. Sabia que ela não seria capaz disso, mas, uma vez considerando essa possibilidade, fiquei um pouco preocupada e, conectando o celular à internet, fiz uma busca digitando "mamoplastia de aumento" e "mesmo dia", tomando cuidado para Midoriko não perceber o que eu fazia.

Em alguns segundos apareceram os resultados da busca, e o primeiro deles dizia: "Mamoplastia de aumento em um dia!" Ao clicar nele, apareceu um site com os dizeres: "Mamoplastia de aumento rápida: as pacientes voltam para casa no mesmo dia! Veja aqui os detalhes!" Ao prosseguir para a próxima página, toda rosa, havia o cronograma da cirurgia: "11h: Chegada à clínica → 11h30: Consulta → 12h30: Cirurgia → 13h30: Descanso → 14h: Saída da clínica → Você pode até fazer compras!"

Não é que tem mesmo cirurgia de aumento de mama que dá para fazer tudo num dia?, pensei e dobrei o celular com cuidado.

Na TV, os artistas respondiam às perguntas em um estúdio brilhante, e as falas deles apareciam como legenda em letras grandes. O volume estava tão baixo que mal conseguia ouvir o que diziam, mas mesmo assim o som do aparelho era assustadoramente ruidoso. Midoriko estava com a testa franzida, sentada no chão abraçada aos joelhos, e não se mexia.

— Midoriko, você deve estar com um turbilhão de pensamentos na cabeça — disse.

Ela levantou o rosto e olhou para mim.

— Mas não precisa se preocupar — disse, estreitando os olhos. — Para essas horas, há o *jinx*, axioma que diz que os pressentimentos nunca se concretizam, sejam eles bons ou não. Os pressentimentos não se concretizam, esse é o meu *jinx*, para dar azar e fazer isso acabar. Na minha vida sempre foi assim, nunca aconteceu o contrário. Nada do que eu pressenti aconteceu de verdade. Por exemplo... — continuei e dei uma tossida. — Por exemplo, o terremoto. Terremoto é um bom exemplo. Vamos supor que aconteça um terremoto. Mas quando ele acontece, ninguém estava pensando nele, apesar de existirem tantas pessoas assim no mundo, ninguém estava pensando nele naquele instante. É por isso que ele acontece, ele está à espreita aguardando uma brecha em que ninguém está pensando nele.

Midoriko fitava meu rosto com uma fisionomia severa.

— Por exemplo, agora não aconteceu nenhum terremoto. É porque pelo menos duas pessoas no mundo, nós duas, estamos falando isso — afirmei. — É lógico que não podemos provar que absolutamente ninguém estava pensando em terremoto quando ele acontece. Mas como não pode ser provado, talvez seja bom que cada pessoa tenha seu próprio *jinx*, que pode ser algo banal.

Midoriko pareceu refletir sobre aquilo por um tempo. Enquanto isso, fiquei intrigada para saber como se dizia *jinx* em japonês. Quando eu ia levantar, Midoriko teve um sobressalto, tentou se levantar também, curvando o corpo, e puxou a barra da minha camiseta.

— Que foi? Não vou a lugar nenhum. Não me assuste — disse, rindo.

Em seguida, peguei o dicionário eletrônico da gaveta da mesa, sentei-me novamente e o liguei. Tinha ganhado o aparelho como prêmio alguns anos atrás, quando tirara o terceiro lugar em um sorteio na galeria comercial da rua. A tela não tinha a função luminosa, mas ele era prático e muito conveniente.

Digitei *jinx* e a palavra apareceu na tela, junto com sua definição: "Aquilo que é considerado *in'nen*, destino. Originalmente refere-se a azar." Em seguida, digitei "*in'nen*". A telinha ficou preta, cheia de letrinhas, com uma longa explicação. "Palavra formada por *in*, que significa origem, causa interna, e *nen*, que significa causa externa, destino, e, juntos, fazem manifestar as coisas e fatos; diversas causas que fazem nascer e desaparecer as coisas e fenômenos; nascimento ou desaparecimento de coisas ou fenômenos por esse processo; agouro." Li a explicação para Midoriko, e ela meneou a cabeça algumas vezes, abaixando o queixo. Ela pegou o dicionário eletrônico da minha mão com uma fisionomia carrancuda e digitou algo, pressionando as teclas. Observou a tela, digitou outra palavra, observou a tela de novo e, depois de repetir esse processo algumas vezes, levantou o rosto de repente, assustada. E pestanejou algumas vezes. Parecia traduzir mentalmente suas ideias em palavras e verificar cada uma delas, para ver se não estava enganada. Ela arregalou os olhos como se tivesse se assustado com a conclusão a que chegara, e observou mais uma vez, com seriedade, o dicionário na sua mão.

— Que foi? — perguntei. Ela só meneou a cabeça parecendo animada e não respondeu. Peguei o dicionário e pesquisei algumas palavras aleatórias nele.

— O ideograma *midori*, verde, de Midoriko, e o ideograma *en*, causa externa, são bem parecidos, né? Então vou pesquisar a palavra *en*. Ah, entendi. Então vou verificar o significado da palavra seguinte a *en*, *enkon*, rancor. Olha, os ideogramas *enkon* têm mesmo ares rancorosos. Dá até medo. *Enkon* significa *urami*, guardar ressentimentos. Ah, sim, então essa é a definição! A palavra *enkon* e *urami* significam a mesma coisa, mas os ideogramas da primeira dão a impressão de serem mais poderosos, e o seu poder, o dano causado, deve ser o dobro do da segunda palavra. Agora vou ler os exemplos de uso. "Assassinato por rancor." Isso acontece muito. Agora vou pesquisar a palavra "assassinato", *satsujin*. Também ocorre com frequência. Todo dia acontece em algum lugar. Pensando bem, nesse momento alguém deve estar sendo assassinado em algum lugar... Sabia, Midoriko? Vamos supor que alguém resolva usar uma faca para matar outra pessoa. Parece que o lado para o qual a lâmina está voltada, para cima ou para baixo, demonstra se a pessoa tinha mesmo a intenção de matar ou não, ou a intensidade da sua vontade de matar. Segundo as leis, esse é um ponto importante. Tem um conhecido meu...

Comecei a contar, mas ao lembrar que a história era extremamente complexa e longa, sugeri a Midoriko que pesquisássemos outra palavra mais horripilante, bem mais pavorosa.

Massacre, *fogo do inferno*, *aterrorizante*, *tenebroso*... Quando me dei conta, estávamos tão próximas uma da outra que a lateral superior do nosso crânio quase se tocava, e observávamos compenetradas a pequena tela de cristal líquido do dicionário eletrônico.

— Então, qual a próxima palavra que vamos pesquisar? A propósito, penso nisso de vez em quando: agora, neste exato momento, naturalmente tem gente morrendo ou sendo assassinada, mas não é só isso. Tem gente passando por coisas horríveis: tortura, esquartejamento, gente tendo o globo ocular arrancado, gente passando por uma situação realmente terrível, em algum lugar do mundo. Com certeza. Não é só brincadeira ou imaginação, em algum lugar deste planeta alguém está passando por esse tipo de sofrimento terrível neste exato momento. Mas será que podemos pensar em algum sofrimento que não esteja acontecendo? Por exemplo, deve ter gente que está sendo queimada viva. E gente que está tendo todos os dentes arrancados? Deve ter também. E gente que está sendo sujeita a cócegas até morrer? Mesmo não recebendo cócegas, se comer cogumelo venenoso que faz a pessoa rir, ela pode rir até morrer, não pode? Ou também se ingerir alguma substância tóxica. Não deve ser nada divertido morrer rindo. Deve ser a pior coisa do mundo. Um pesadelo. O que mais?

Discursei de maneira aleatória, enumerando as coisas que vinham à mente a partir das palavras pesquisadas no dicionário eletrônico, mas Midoriko balançou a cabeça como se pedisse para parar.

— É, vamos parar por aqui — respondi, e, prendendo a respiração, voltamos a nos concentrar na tela de cristal líquido com a nossa cabeça encostada.

E então aconteceu — ouvimos um estrondo como se algo do tamanho do prédio tivesse caído e colidido com ele. Foi o acontecimento mais aterrorizante da noite, e pulamos de susto, literalmente. Midoriko e eu demos as mãos por reflexo e, quando viramos para trás, vimos Makiko, de pé. Através da escuridão da cozinha, podíamos vê-la na entrada do apartamento, à porta. O contorno dela era vagamente iluminado pela luz acinzentada da lâmpada fluorescente do corredor.

Como ela estava um pouco na contraluz, não consegui ver bem seu rosto, mas logo percebi que estava visivelmente embriagada. Ela não disse nenhuma palavra, não estava cambaleante nem cheirava a álcool, mas por alguma razão percebi na hora que ela havia tomado uma quantidade considerável de bebida alcoólica.

Como se confirmasse minha suspeita, ela disse, com uma voz arrastada:

— Gente, cheguei.

Tentou tirar os sapatos, sem perceber que já tinha tirado. No breve esforço de tirar os calçados que não usava mais, ela friccionava o tornozelo com o outro pé, marcando passos de forma complexa.

— Maki, você já tirou os sapatos — intervim. Então ela deu uma desculpa, afirmando que estava coçando o pé, e caminhou lentamente em direção ao quarto.

— Estávamos preocupadas. Por que não me atendeu? — questionei, e quando fiz isso, ela ergueu bem as sobrancelhas e me encarou. Formaram-se várias rugas horizontais grossas na testa dela e o branco dos olhos dela parecia estar levemente avermelhado.

— No celular? Estava sem bateria.

— Podia ter comprado uma nova na loja de conveniência.

— Aquilo é caro! Não sou idiota para comprar — respondeu ela, e depois jogou a bolsa no tapete, caminhou até a *bean bag* fazendo ecoar seus passos e se debruçou de braços abertos sobre a almofada, permanecendo imóvel por um tempo.

"Onde você estava?", engoli com custo essa pergunta e tossi alto. O som da tosse ecoou mais alto do que eu esperava, até pareceu uma tossida inquiridora, assim pensei, e tossi mais uma vez para mostrar que as tosses não tinham nenhum significado especial. Mas essa segunda saiu travada, parecendo um soluço. Tossi mais uma vez para tentar disfarçar, mas dessa vez saiu com catarro, e continuei tossindo convulsivamente por um tempo. Quando consegui me acalmar, Makiko virou apenas o rosto e me olhou. As sobrancelhas já estavam apagadas, o delineamento do contorno dos olhos estava borrado na pálpebra inferior e as olheiras côncavas e escuras pareciam ainda mais fundas e densas. Nas maçãs do rosto estavam espalhadas fibras do rímel. A base da maquiagem e a oleosidade da pele haviam se misturado, a base tinha se soltado e formava manchas mosqueadas.

— Hã... Não é melhor você lavar o rosto? — perguntei quase sem querer.

— Quem se importa com meu rosto? — retrucou Makiko.

Midoriko, que ainda estava com o dicionário eletrônico na mão, acompanhava nosso diálogo do canto do quarto. Nessa hora, uma ideia passou pela minha cabeça: será que Makiko se encontrou com o pai de Midoriko, ou seja, com o ex-marido dela? Ela dissera ontem à noite que iria encontrar com uma pessoa conhecida que morava por aqui, mas nenhuma vez tinha comentado sobre essa pessoa comigo. Se ela tivesse mesmo algum conhecido aqui, teria mencionado pelo menos uma vez, o que seria natural. Mas até agora ela nunca falara desse amigo ou dessa amiga, ou seja, na realidade ela provavelmente não deveria ter nenhum amigo em Tóquio.

Então com quem ela teria bebido até tarde da noite? Conhecendo Makiko, sentia que ela não seria capaz de beber sozinha a ponto de ficar tão embriagada assim. Tanto eu quanto ela só conseguíamos beber cerveja, nenhuma outra bebida, e ela não era tão fraca para o álcool como eu, mas, para início de conversa, ela nem gostava de beber tanto assim. Além do mais, ela sabia que sua irmã mais nova — eu, no caso —, com quem estava se reencontrando depois de muito tempo, e sua filha estavam esperando no apartamento, e tinha saído dizendo que voltaria aproximadamente às sete da noite.

Sendo assim, eu podia concluir que provavelmente acontecera algum imprevisto, ela se encontrara com alguém que não planejara e, pela reviravolta dos eventos, tinha ficado embriagada desse jeito, de forma também inesperada. Então, quem seria esse alguém com quem ela não planejara se encontrar? Makiko era bastante tímida, apesar de trabalhar como *hostess* e atender os clientes no dia a dia. Ela seria capaz de manter um rápido bate-papo com alguém com quem se encontrava pela primeira vez, mas jamais sairia para beber com essa pessoa. Ou seja, seguindo uma linha de raciocínio natural e simples, a única pessoa com quem Makiko poderia ter saído para beber em Tóquio seria seu ex-marido.

Mas eu não estava a fim de interrogar Makiko. "Como você foi capaz de beber tanto assim? E aí, com quem você bebeu?", não tinha nem a intenção de falar desse jeito, em tom de brincadeira. Ela era livre para beber com quem e onde quisesse, e eu não tinha nada a ver com isso. Sim, esse era um ponto, mas resolvi agir assim não em respeito à opção dela, mas por outra razão. Se ela tivesse se encontrado com uma amiga, uma velha conhecida sua, eu poderia perguntar sobre o que elas tinham conversado, o que tinham comido, o que essa amiga fazia, poderia perguntar várias coisas, sem nenhum problema. Mas não queria saber nada a respeito do ex-marido dela, não tinha a menor vontade de saber o que eles tinham conversado, o que cada um tinha dito, com que intenção, o interesse que tinham no passado ou no presente, se tinham algum arrependimento pelo passado ou pelo presente, algum ressentimento... Não queria saber de nada disso. Não sei por quê. Não tinha nenhum sentimento especial em relação ao meu ex-cunhado, não tinha nenhuma opinião sobre ele. Mal conseguia me lembrar do rosto dele. Não lembrava praticamente nada dele. Mesmo que Makiko guardasse alguma mágoa que eu, como sua irmã mais nova, devesse ouvir, eu não queria saber nada relacionado ao ex-marido dela. Não queria nenhum tipo de envolvimento com esse homem. Por isso, fiquei calada.

— Bem, vai tomar banho — disse a ela. — Ah, compramos pequenos fogos de artifício na loja de conveniência, um pouco antes de você chegar. Amanhã vocês já vão embora, né? Então pensamos em queimar os fogos de artifício juntas hoje à noite.

Sem responder, ela permaneceu com o rosto enterrado na almofada, deitada de bruços enquanto eu falava, movendo a cabeça apenas o suficiente para mostrar que estava ouvindo.

As duas pernas dela estavam estendidas em linha reta como se fossem hashis, deixando à vista a planta de seus pés. O rasgo da meia-calça que começava a se desfiar na base do polegar chegava até o tornozelo. Os calcanhares sob a meia-calça estavam ásperos e rachados, lembrando um bolinho de arroz, *kagamimochi*, velho, e as panturrilhas onde não havia nenhuma carne flácida lembravam a barriga dura de um peixe seco.

Midoriko, que nos observava do canto do quarto, deixou o dicionário eletrônico sobre a mesa e foi para a cozinha. Sem acender a luz, ela ficou de pé na frente da pia, no escuro, imóvel, nos fitando em silêncio. Não sei por qual razão eu também fui à cozinha, ao lado dela, e observei o quarto.

Era o mesmo quarto de sempre. Havia uma estante de livros na parede, uma mesinha no canto direito ao fundo e uma janela bem à frente. As cortinas de cor creme — cujo desbotamento não era perceptível — não haviam sido trocadas desde que tinha me mudado para Tóquio. Makiko permanecia imóvel sob as cortinas, com o corpo curvado e deitada na almofada. Várias coisas se moviam dentro da tela da TV.

Depois de um tempo, Makiko colocou as mãos no tapete e, mexendo-se devagar, apoiou-se com os joelhos no chão, ficando de quatro, como se fosse fazer flexão de braço. Como se fizesse uma rotina de fisioterapia, ela inclinou a cabeça para a direita e para a esquerda algumas vezes. Em seguida, soltou um suspiro, que parecia mais um gemido, e se levantou bem devagar. Nossos olhares se cruzaram. Era possível ver agora seu rosto de modo bem mais nítido do que antes e, estreitando os olhos e fitando em nossa direção, ela avançou alguns passos pisando com toda a superfície da planta dos pés, até chegar à fronteira entre o quarto e a cozinha. Recostando-se no pilar, ela coçou a testa e começou a falar com Midoriko.

Diria até que, dependendo do ponto de vista, a voz de Makiko tinha um tom provocativo, ou seja, ela falava como alguém embriagado, o que me deixou um pouco assustada. Nenhuma vez — nem quando eu morava com ela, nem quando bebíamos cerveja juntas e não morávamos mais sob o mesmo teto — tinha visto minha irmã embolar as palavras embriagada dessa maneira.

Será que ultimamente ela ficava bêbada desse jeito, com frequência, em Osaka?, pensei, preocupada.

Ela sempre tratava a filha desse jeito? Imaginei-a completamente bêbada, resmungando, deitada, e Midoriko, imóvel, ao lado da mãe. Mas como sabia que não adiantava me preocupar com isso agora e questionar minha irmã naquele estado, fiquei calada.

No chão havia o balde que tinha deixado preparado para colocar água para apagar os fogos de artifício portáteis depois de serem queimados. Era um balde sem nada de especial, azul, de plástico. *Aliás, por que tenho um balde em casa?*, pensei de súbito. Com certeza, eu deveria ter comprado na loja de cem ienes ou algo do tipo, mas nunca o tinha usado e parecia novo. Observei por um tempo esse balde à minha frente, que começou a parecer esquisito, com formato totalmente diferente. O que é isso? A natureza própria de balde estava sendo decomposta, abandonando a existência chamada balde e, aos poucos, fiquei sem saber o que era esse algo que restara. Várias vezes já tinha acontecido de ver uma letra e ter a sensação de que nunca a tinha visto antes, mas era a primeira vez que tinha essa sensação em relação a um objeto. Vi os pequenos fogos de artifício no canto, e eles ainda continuavam sendo fogos de artifício. Fiquei um pouco aliviada. Fogos de artifício. Eram mesmo os fogos de artifício que eu conhecia.

Enquanto pensava nessas coisas, fui verificando cada objeto irrelevante que havia na cozinha, quando ouvi a voz de Makiko. Ao levantar o rosto, a vi se aproximar de Midoriko, dirigindo-lhe palavras em tom ríspido:

— Se você não quer falar comigo, faça o que quiser. Para mim tanto faz! Você, com essa cara de quem acha que nasceu sozinha e vive sozinha, sem a ajuda de ninguém. — Makiko disse essas palavras que ultimamente a gente nem ouvia mais nas novelas melodramáticas da TV, e continuou: — Por mim, está tudo bem assim. Não tem problema. Está tudo bem. Sim, está tudo bem.

Não parecia que estava tudo bem. Midoriko desviou o olhar do rosto da mãe e encarou o interior da pia vazia. *Deve ser um saco ouvir isso da mãe*, pensei, suspirando intimamente.

Chegando mais perto da menina, que insistia em não olhar para a mãe, Makiko aproximou seu rosto do da filha.

— Você — disse Makiko. — Você nunca me escuta, apenas me despreza. Pode me desprezar à vontade.

Midoriko torceu o corpo na tentativa de se livrar da mãe, mas Makiko continuou:

— Se você não quer falar, se não consegue falar, usa aquele seu caderninho ou qualquer outra coisa, se tem algo a dizer, escreve naquilo. Você não é boa em escrever? Se comunica desse jeito a vida inteira, até eu morrer, até você morrer. — O tom de Makiko foi se tornando cada vez mais ríspido, enquanto Midoriko encolhia-se, pressionando a bochecha no ombro. — Até quando você vai continuar com isso? Eu...

Makiko segurou o cotovelo de Midoriko, e esta, por sua vez, sacudiu o braço com força na tentativa de se desvencilhar. Com o impulso, a mão de Midoriko atingiu o rosto de Makiko, produzindo um grande estalo, seus dedos espetando o olho dela.

— Ai! — Makiko soltou um grito estridente e cobriu o rosto com as mãos. Lágrimas jorraram do seu olho, ela não conseguia abrir as pálpebras e, mesmo pressionando-as várias vezes com a ponta dos dedos e tentado piscar, o olho não abria. Lágrimas escorriam como um rio, brilhando, viscosas, na sombra projetada em sua bochecha.

Midoriko, que estava com os braços esticados na vertical, com as mãos firmemente cerradas e com a boca fechada exprimindo sofrimento, observava a mãe que continuava a derramar lágrimas do olho que estava sendo pressionado com os dedos.

Até Makiko estava sem palavras, pensei. É lógico que para mim, que observava a briga das duas, também faltavam palavras. *Faltam palavras, faltam palavras, faltam palavras*, só repetia isso mentalmente, e não tinha nada que poderia dizer. Não havia nada que podia ser dito.

A cozinha estava escura. Tinha um leve odor de lixo orgânico. Pensando nessas coisas pouco importantes, observei fixamente o rosto de Midoriko. Talvez por estar mordendo firmemente a boca com os dentes molares, uma sutil linha muscular tinha surgido na sua bochecha, e ela encarava um ponto que eu não sabia qual era com uma fisionomia tensa. Makiko continuava cabisbaixa com as mãos no olho, soltando gemidos de dor. Enquanto eu observava as duas, não sei o que pensei, mas sem querer estendi meu braço e apertei o interruptor da parede, acendendo a luz da cozinha.

Ouvimos um *click* e, quando a lâmpada fluorescente acendeu por completo depois de piscar algumas vezes, surgiu nitidamente na claridade a figura de nós três na cozinha, de pé, bem próximas.

A cozinha que eu não só estava acostumada a ver, mas era praticamente uma extensão do meu corpo, estava esbranquiçada e parecia ainda mais velha. Sob a luz monótona e branca da lâmpada fluorescente que iluminava todos os cantos, Makiko estreitou os olhos muito vermelhos. Midoriko pressionava os punhos cerrados com força contra a coxa e fixava o olhar na altura do pescoço da mãe. Ela inspirou profundamente, produzindo um ruído e, no instante seguinte, emitiu um som voltado para Makiko:

— Mãe — disse ela.

Mãe, ela soltou de sua boca, literalmente, uma massa com esse som e esse significado. Me virei ao ouvi-la.

— Mãe — disse Midoriko em tom alto e claro mais uma vez, chamando a mãe que estava bem ao seu lado.

Makiko também olhou assustada para a filha. As mãos cerradas de Midoriko tremiam levemente, e eu conseguia sentir que, à menor força aplicada de fora, elas estourariam e desmoronariam, de tão tensas que estavam.

— Mãe — disse Midoriko, como se espremesse a voz. — Fala a verdade.

Ela só conseguiu dizer aquilo com muito custo, fazendo os ombros balançarem um pouco, para cima e para baixo. Seus lábios entreabertos tremiam ligeiramente. Deu para ouvir quando ela engoliu a saliva, como se tentasse impedir que algo saísse. Ela não sabia como liberar a tensão que inflava e intumescia dentro de seu corpo. Então disse mais uma vez, com uma voz que praticamente se esvaía:

— Fala a verdade.

Assim que essas palavras alcançaram Makiko, esta soltou um grande suspiro e começou a rir alto.

— Espera aí. Ha-ha-ha. Do que você está falando? Falar a verdade? — Makiko riu voltada para a filha e balançou a cabeça de forma exagerada. — Ouviu isso, Natsuko? Que surpresa! Falar a verdade? O que ela quer dizer com isso? Pode me explicar, Natsu?

Makiko continuou rindo como se arrancasse o som à força do fundo da garganta.

Não, Makiko, você não pode tentar disfarçar a sua insegurança e o apelo da sua filha desse jeito, não é momento de você cair na gargalhada. Não é a coisa certa a fazer, pensei, mas não coloquei em palavras.

Midoriko estava cabisbaixa e calada ouvindo a gargalhada da mãe. Como o movimento vertical de seus ombros aumentava cada vez mais, achei que ela fosse começar a chorar. Mas, em vez disso, levantando o rosto de repente, ela abriu rápido, como um raio, o pacote de ovos que eu tinha deixado no balcão da pia para jogar fora. Ela pegou um ovo com a mão direita e a levantou alto.

Vai atirar, pensei. Naquele momento, lágrimas jorraram dos olhos dela, como as lágrimas desenhadas num quadro de uma história em quadrinhos, e ela quebrou na própria cabeça o ovo que segurava.

Ecoou um som familiar, *craque*, ao mesmo tempo que a gema jorrou, e Midoriko bateu várias vezes na própria cabeça com a palma da mão, como se a esfregasse, fazendo o ovo espumar nos cabelos. Fragmentos de casca quebrada se espalharam por vários lugares, a gema que entrara na orelha escorreu, e Midoriko passava a palma da mão na testa, como se esfregasse, derramando lágrimas pelo rosto. E pegou outro ovo.

— Por quê? — questionou ela como se soltasse o ar. — Por que você vai fazer a cirurgia?

E quebrou o ovo na cabeça, como da primeira vez, e a clara e a gema escorreram por sua testa misturando-se. Sem limpar e sem se importar com elas, pegou outro ovo, e continuou:

— Você me pariu e ficou assim. Não tem jeito. Por que me pariu e sofreu tanta dor? — gritou ela para a mãe e quebrou o ovo, batendo-o na cabeça com mais força. — Estou preocupada com você, mãe, mas não sei o que está acontecendo. Não podia falar. Gosto muito de você, mas não quero ser que nem você. Quer dizer, não é tão simples assim. — Midoriko prendeu a respiração. — Também quero ganhar dinheiro, quero poder ajudar você, mãe, para que você tenha uma vida decente, mas, mesmo assim, eu tenho medo. Tem um monte de coisa que não entendo. Meus olhos doem e ardem! Por que tenho que crescer? É muita dor, muita dor. Eu não deveria ter nascido, não é? Se ninguém tivesse nascido, nada disso existiria, nada disso aconteceria!

Gritando e chorando, Midoriko pegou dois ovos, cada um com uma mão e os quebrou simultaneamente na cabeça. Os fragmentos de casca se espalharam por todos os lados, a clara pegajosa ficou suspensa na gola de sua camiseta e pedaços amarelos grudaram nos ombros e no peito dela. Ainda de pé, Midoriko chorou alto; era o choro humano mais alto que já tinha ouvido na minha vida.

Bem ao lado da filha que, com as costas curvadas, chorava de soluçar, Makiko a observava sem se mexer.

— Midoriko! — gritando de repente, como se tivesse voltado a si, segurou os ombros da filha lambuzados de ovo.

Midoriko se debateu, balançando violentamente os ombros, Makiko então a soltou e ficou imóvel, com os braços levantados no ar. Sem conseguir tocar na filha que chorava bem à sua frente, encharcada de clara e gema que endureciam, nem se aproximar dela, Makiko a encarava com a respiração um pouco ofegante. De repente, pegou um ovo do pacote e tentou quebrá-lo batendo contra a própria cabeça. Mas como ele não se quebrou, talvez por causa do ângulo, e caiu no chão, ela tentou pegá-lo às pressas. Agachando-se e ficando de quatro, ela bateu sua testa contra o ovo que já estava parado no chão, quebrando-o, mas continuou pressionando a testa contra ele. Ao se levantar com o rosto lambuzado de gema e casca e se aproximar da filha, ela pegou outro ovo e o quebrou na testa.

Chorando, Midoriko observava a cena com os olhos arregalados. Então ela também pegou outro ovo, batendo-o com força contra a têmpora e quebrando-o. A gema e a clara escorreram, a casca também caiu, e Makiko, por sua vez, pegou um ovo em cada uma das mãos e os bateu contra a cabeça em sequência, um de cada lado, num ritmo de "um, dois".

Virando-se para mim com o rosto encharcado de ovo, Makiko perguntou:

— Tem mais?

— Tem na geladeira — respondi.

Makiko abriu a porta da geladeira, pegou os ovos e foi quebrando-os um a um na cabeça. A cabeça das duas foi ficando cada vez mais esbranquiçada, e ecoou um ruído seco de uma casca de ovo sendo quebrada com a planta dos pés. No chão, as gemas e as claras transparentes e entumecidas formavam uma poça.

— O que você quer dizer com falar a verdade, Midoriko? — perguntou Makiko com a voz rouca, passado um tempo depois que todos os ovos tinham sido quebrados. — Midoriko, o que você quer dizer quando diz "verdade"? Qual verdade você quer saber?

Makiko falava gentilmente com a filha, que chorava com o corpo encolhido. Mas Midoriko só balançava a cabeça e não conseguia emitir palavras. Os ovos escorriam de forma viscosa e começavam a solidificar no cabelo, na pele e na roupa das duas.

Sem conseguir conter o choro, Midoriko disse com muito custo, em voz baixa: "A verdade."

Makiko balançou a cabeça.

— Midoriko, minha filha. Você acha que existe a verdade. Todos acham que a verdade existe. Acham que em tudo existe verdade. Mas, filha, às vezes não existe nenhuma verdade. Às vezes a verdade simplesmente não existe — disse ela em voz baixa para a filha, que continuava a chorar fazendo tremer o seu corpo.

Makiko disse mais alguma coisa, mas não consegui ouvir.

Midoriko levantou o seu rosto e disse, balançando a cabeça:

— Não é isso, não é isso... Muitas coisas, muitas coisas, muitas coisas — repetindo isso três vezes, ela se debruçou no chão da cozinha, como se desmoronasse, e continuou chorando alto.

Makiko tentava limpar o ovo da cabeça da filha com a mão e os dedos e colocava o cabelo embaraçado dela atrás da orelha várias vezes. Makiko ficou acariciando as costas da filha sem dizer nada por um bom tempo.

○ Mamãe disse que vai ter uma pequena folga depois do feriado do Obon, e por isso podemos visitar Natsu nas férias de verão, em agosto. Estou meio feliz porque nunca fui a Tóquio. Não, mentira, estou muito feliz, é a primeira vez que vou andar de *shinkansen*, trem-bala. Faz muito tempo que não vejo Natsu. Vou rever Natsu!

Midoriko

○ Ontem à noite acordei com a mamãe falando enquanto dormia. Achei que ela fosse falar algo engraçado, mas ela disse bem alto: "Cerveja, por favor", e tomei um susto. Depois de um tempo, lágrimas começaram a escorrer, não consegui pegar no sono até de manhã. É doloroso, não quero que ninguém sinta dor. Esse mundo podia acabar. Coitada de mamãe. No fundo, sinto muita pena dela. Sempre senti.

Midoriko

* * *

Depois que Makiko e Midoriko adormeceram, abri a mochila da minha sobrinha, peguei o caderno maior e o li sob a luz da lâmpada da pia da cozinha. O caderno estava cheio de textos e inúmeras figuras que pareciam desenhos feitos de vários quadradinhos. Sob a luz opaca e cinzenta, as letras pareciam tremular. Mas quanto mais as via, mais confusa ficava, sem saber se eram meus olhos que tremiam, ou se era a luz entre os olhos e as letras que tremiam. Sem saber direito o que tremia, terminei de ler os textos de Midoriko com calma em vinte minutos e, depois de relê-los desde o início, guardei o caderno na mochila e voltei ao quarto.

No final, acabamos não queimando os fogos de artifício. Na manhã seguinte, Makiko e Midoriko foram embora.

— Não querem dormir aqui mais uma noite? — perguntei mesmo sabendo que isso não seria possível.

— Vou trabalhar hoje à noite — respondeu Makiko, como eu já esperava, mas disse para a filha, como quem acabara de ter uma ideia:

— Não quer ficar mais alguns dias aqui? Você ainda está de férias, pode ficar mais um pouco.

Mas Midoriko respondeu que voltaria com a mãe.

Enquanto as duas arrumavam a bagagem, fiquei observando a paisagem lá de fora pela janela. Carros familiares parados no estacionamento, rua que seguia reto da mesma cor de sempre. Lembrei que anteontem Midoriko tinha voltado de seu passeio por essa rua. Sim, ela veio caminhando, colocando a mão na mochila. *Sim, eu a vi dessa janela, desse lugar*, pensei. Ela caminhava em linha reta, dando cada passo movendo suas pernas finas que pareciam feitas de paus. Senti que daquele em diante lembraria daquela cena, à primeira vista banal, inúmeras vezes. Midoriko, Makiko e eu estávamos reunidas ali, naquele momento, o que era um fato inegável, mas tive a sensação de fazermos parte de uma lembrança.

Ao me virar para o interior do apartamento, vi que Midoriko estava com dificuldade para prender o cabelo.

— Por que não pede para Maki? — perguntei, mas ela disse que queria ser capaz de prender sozinha e segurou com força o elástico preto entre seus lábios.

Descemos a escadaria do apartamento, eu carregando a *boston bag* de Makiko e Midoriko carregando sua mochila nas costas. O calor em que caminhávamos, cruzando com várias pessoas, era o mesmo de dois dias antes, quando tínhamos ido juntas ao meu apartamento. Enxugando o suor, deixamos para trás vários ruídos, pegamos o trem e chegamos à estação de Tóquio.

Makiko estava com uma maquiagem pesada, assim como anteontem, quando a encontrara na plataforma da estação de Tóquio. Ainda faltava algum tempo até o trem-bala chegar. Depois de dar uma olhada na lojinha de lembranças e nas revistas empilhadas no quiosque, nos sentamos num banco de onde podíamos ver a catraca e o horário dos trens, assim como eu fizera havia dois dias. Observamos distraidamente a onda de pessoas que transbordava dos fundos da estação.

Perguntei a Maki se ela queria leite de soja.

— Leite de soja?

— É, leite de soja. Vamos tomar? Faz bem para nós, mulheres.

— Nunca bebi. — Makiko riu.

— Eu também não. Vamos tomar juntas. Midoriko, você também. Toma com a Maki.

Quando faltavam cinco minutos para a partida, falei para Midoriko:

— Ah, sim. Compra alguma coisa para você com isso.

Entreguei-lhe uma nota de cinco mil ienes. Ela arregalou os olhos, assustada.

— Tudo isso? Não precisa fazer isso — disse Makiko, balançando a cabeça com ar de preocupação.

— Não é muito, não — disse, rindo. — Vai melhorar de agora em diante. Vamos trabalhar mais e a nossa situação vai melhorar.

Makiko fez um biquinho com os lábios enrugados e me encarou. Em seguida, fazendo um gesto como se escrevesse algo com a caneta, disse:

— É, vai melhorar, com certeza vai.

E riu com todo o seu rosto.

Dentro do sorriso de Makiko, vi a vó Komi e nossa mãe, vi os saudosos rostos delas sorrindo para mim. Vi também o sorriso de Makiko em vários momentos de nossa vida: ela vindo correndo em minha direção sempre que me via; ela de uniforme escolar; ela andando de bicicleta; ela chorando durante todo o velório de olhos fechados; ela comprando as sapatilhas para eu usar na escola, pegando o dinheiro do seu envelope de salário; ela sentada sozinha no leito hospitalar onde dera à luz a Midoriko — Makiko, que sempre esteve ao meu lado. O rosto de todos aqueles momentos sorria para mim. Pisquei algumas vezes e fingi que bocejava.

— Está quase na hora — disse Makiko, olhando o relógio de pulso.

— Vai com cuidado — pedi, entregando a bolsa para Makiko.

Midoriko se levantou e deu um pulinho para ajeitar a mochila nas costas.

— Ah, Midoriko, ontem nem queimamos os fogos de artifício. Vou guardar com cuidado em um local seco, e então vamos queimar todos no ano que vem — disse, mas logo em seguida balancei a cabeça. — Não, não precisa ser no verão. Poderemos queimar no inverno, na primavera, quando nos encontrarmos e quisermos queimar. A qualquer momento.

Eu ri, e Midoriko também riu.

— Então quero queimar no inverno, quando estiver frio — disse ela.

Já sem tempo, Makiko e Midoriko passaram pela catraca e seguiram em direção à plataforma. Midoriko acenou, virando-se para trás várias vezes, e quando achei que as duas já tinham ido, ela apareceu de novo e acenou de forma exagerada. Eu também continuei acenando até ter a certeza de que elas tinham ido.

Quando cheguei em casa, fui assolada por um sono repentino. Quando caminhava, tanto minha pele quanto meus pulmões ficavam cheios de calor só de respirar, e eu sentia vontade de tomar uma ducha fria o mais rápido possível. Entretanto, ao ficar cinco minutos no ambiente com ar-condicionado, o suor se secou rapidamente, desaparecendo por completo, como se nada tivesse acontecido. A almofada *bean bag* estava afundada pelo peso de Makiko. No canto onde Midoriko estava sentada, os livros de bolso estavam do jeito que ela deixara. Peguei-os e os guardei na estante, e me deitei de bruços sobre a almofada *bean bag*, como se a abraçasse, assim como Makiko tinha feito na noite anterior.

Makiko e Midoriko lambuzadas de ovo. Pilhas de papel-toalha amassado que nós três tínhamos usado para limpar várias vezes o chão da cozinha. Midoriko, que continuou acenando por muito tempo. Makiko rindo. As costas das duas se afastando e ficando cada vez menores... Minhas pálpebras ficavam mais pesadas a cada segundo que passava, e minhas mãos e pés se aqueceram aos poucos. Enquanto observava vagamente o fragmento de consciência pairar bem no fundo da minha mente, acabei pegando no sono.

No sonho, eu andava de trem.

Não sabia onde estava. Não havia muita gente, e eu sentia o espetar da felpa do banco atrás das minhas coxas. Estava usando calça culotte e não carregava nada nas mãos. Observava meus braços bronzeados. Quando dobrei o braço, as rugas que surgiram na parte interna do cotovelo pareciam bem mais escuras. A camisa regata azul-clara estava um pouco larga. Fiquei preocupada, achando que, quando me curvava ou levantava os braços, meus seios — que começaram a crescer nos últimos tempos, podiam ficar à vista, mas ao mesmo tempo achava que não havia razão para me preocupar.

Em cada estação de trem era sempre a mesma repetição de pessoas entrando e saindo do vagão, que ia lotando de gente. Uma mulher se sentou à minha frente. A pele debaixo dos olhos dela estava flácida e uma leve sombra era projetada em suas bochechas. Já não era tão jovem. Ela tinha o cabelo muito preto que parecia pesado e áspero, e, assim como o meu, estava preso atrás da orelha. De tempos em tempos ela se virava para trás para ver a paisagem do lado de fora. A mulher era eu mesma, indo buscar Makiko e Midoriko — eu, de trinta anos. Aquela minha versão encolhia os ombros para que o corpo não tocasse nas pessoas ao lado, e estava imóvel, com as mãos sobre uma sacola gasta. Os joelhos dobrados de forma desconfortável eram grandes, e tive a impressão de que aquele formato arredondado me era muito familiar. Sim, ele me lembrava os joelhos de vó Komi. Eu, sentada bem à minha frente, era bem parecida com a vó Komi sorrindo em uma fotografia antiga.

A porta do vagão se abria e meu pai entrava. Ao se sentar ao meu lado, ele, que vestia um macacão cinza de trabalho, dizia baixinho que já estávamos chegando. Era dia de eu sair com ele. Makiko tinha ficado em casa com mamãe, então eu tinha saído a sós com papai. Queria perguntar aonde íamos, mas não consegui, e fiquei sentada ao lado dele em silêncio. O vagão se encheu de pessoas. Os homens metiam suas pernas até entre os meus joelhos. O vagão ficava cada vez mais cheio, e parecia que o corpo de cada pessoa começava a crescer gradualmente. Chegamos à estação. Papai me levantava e me colocava em seus ombros. Ele, apenas alguns centímetros mais alto do que eu, levantou-se e me carregou nos ombros. Era a primeira vez que eu tocava nele. Ele avançava lentamente entre as pessoas altas que se comprimiam. Segurando os meus pulsos com firmeza, carregando-me nos seus ombros pequenos e baixos, ele avançava aos poucos entre as pessoas que não percebiam a nossa presença. Papai parou após levar um empurrão e um pisão no pé, e mesmo assim continuava a avançar logo depois. A porta se fechou. Alguém estava acenando, rindo. Ainda carregando-me nos ombros, papai entrou na gôndola que apareceu, com cuidado. Ela subia devagar, em silêncio, na direção do céu que ficava cada vez mais azul. As pessoas no chão que se distanciava cada vez mais, as árvores, as luzes que começavam a acender aos poucos e brilhavam no crepúsculo... Nos ombros do meu pai, eu observava cada detalhe sem pestanejar.

Despertei com o frio estático do ar-condicionado.

Ao ver que o termômetro de ambiente marcava 21°C, me levantei e desliguei o aparelho. Tive a impressão de ter tido um sonho, mas depois de piscar algumas vezes, a lembrança desapareceu por completo, sem deixar nenhum vestígio. As aletas do ar-condicionado se fecharam, emitindo o som do ar saindo, e o ar morno se infiltrou de algum lugar logo em seguida. As cortinas brilhavam em um tom esbranquiçado, recebendo os raios solares do verão. Risadas de crianças ecoaram, parecendo gritos, e ouviu-se um barulho de um carro se aproximar e se afastar.

Fui ao banheiro, tirei a roupa e, removendo o absorvente que estava colado na calcinha, observei-o. Praticamente não havia sinal de sangue. Joguei-o no lixo envolvendo-o em um lenço de papel, desembrulhei um novo absorvente e o colei na calcinha para poder vesti-la assim que saísse do banho. Colocando-a sobre a toalha, fui tomar uma ducha quente.

A água quente jorrou dos inúmeros furinhos do chuveiro, como se um guarda-chuva tivesse sido aberto de uma vez, e as pontas dos meus pés gelados arderam e latejaram. Os ombros ficaram dormentes como se tivessem quebrado e as minhas coxas e meus braços ficaram arrepiados. A água quente batia na minha pele, aquecendo-a, e a fronteira entre o meu corpo e o pequeno espaço do banheiro foi sendo derretida de forma lenta. Como o espelho à minha frente era antiembaçante, sempre conseguia ver meu corpo, mesmo quando o banheiro se enchia de uma névoa branca.

Endireitei a coluna, ergui o queixo e fiquei de pé, ereta. Me movi um pouco para que todo o meu corpo abaixo do pescoço se refletisse no espelho, e o observei minuciosamente.

No centro, ficavam os peitos. Duas saliências pequenas praticamente iguais às de Makiko, com mamilos que pareciam ter grãos marrons nas pontas. O quadril era estreito e levemente arredondado, e a área do umbigo era envolvida pela gordura, com algumas linhas horizontais suaves, formando um redemoinho no centro. Na tênue intersecção entre a luz crepuscular de verão que se infiltrava pela pequena janela, que nunca fora aberta, e a luz da lâmpada fluorescente, eu tinha a impressão de que isso — que eu não sabia de onde vinha nem para onde ia, que me dava forma e que eu observava — continuaria a pairar ali por muito tempo.

Parte II:
Verão de 2016 a verão de 2019

8
Onde está sua ambição?

— Vejamos esse exemplo. Vamos supor que o marido de vocês tenha uma doença renal, quem sabe insuficiência renal, e os rins dele não funcionem mais. E se vocês forem as únicas pessoas que podem dar um dos rins para ele, caso contrário ele vai morrer, o que fariam? Dariam o rim para ele?

Aya levantou essa questão quando já tínhamos terminado de comer a sobremesa, o gelo dos copos já tinham derretido e só faltava pedir a conta.

Estava em um almoço com algumas ex-colegas do meu antigo trabalho temporário. Não éramos exatamente amigas, mas por alguma razão nos encontrávamos de vez em quando — ah, sim, tínhamos nos reencontrado na festa de casamento de Yūko alguns anos atrás, e Aya, que era uma espécie de líder desde aquela época, sugeriu que nos reuníssemos algumas vezes por ano, como estávamos fazendo hoje. Tínhamos aproximadamente a mesma idade. Parecia que havíamos trabalhado juntas na mesma livraria até bem recentemente, mas, pensando bem, já tinham se passado quase dez anos. De qualquer maneira, mudamos muito ao longo desse tempo, e como não tínhamos contato no dia a dia, cada uma estava em um momento diferente da vida. Se alguém de fora nos visse, certamente não faria ideia da nossa relação. Todas deveriam estar ocupadas com seus afazeres, mas por alguma razão nenhuma das cinco faltava quando marcávamos um encontro.

— Vocês seriam capazes de doar um rim para o seu marido prestes a morrer?

Eu era a única solteira entre as cinco. Todas as outras eram casadas, e algumas até tinham filhos, e a pergunta de Aya lhes pareceu uma questão bem relevante. Notava-se um ar de que a conversa ficaria animada mais uma vez.

"Não sei...", "Acho que não...", "Mas veja bem...". Elas ora ficavam surpresas com a opinião das outras, ora concordavam, assentindo com a cabeça.

— Vamos pedir mais uma rodada? — perguntou Yūko, ao perceber que nossos copos estavam vazios.

Todas concordaram e cada uma pediu a mesma bebida que tinha tomado. Então todas olharam para mim, como se perguntassem: "E você, Natsuko?"

— Não quero nada, só água está bom — anunciei.

Enquanto ouvia a conversa delas, eu estava mais preocupada com a refeição que tinha acabado de comer. Não sei quem tinha escolhido o restaurante, mas era especializado em *galette* — cujo nome nunca tinha ouvido falar e que tinha experimentado pela primeira vez —, e não me pareceu o prato principal de uma refeição. Era uma torta de massa fina que só podia ser lanche ou sobremesa, e fiquei inconformada com o fato de uma refeição importante, que eu estava comendo fora, ter sido composta só por isso. No estabelecimento não serviam nada além de *galettes*. Eu poderia comer muitas e ainda assim não ficaria satisfeita. *E, independentemente do nome dado, apenas pelo fato de ter chantili no recheio, não poderia ser considerado almoço*, pensei.

— ... Então, acho que doaria, sim — disse Yoshikawa, sentada no extremo oposto da mesa.

Yoshikawa tinha trinta e oito anos, a mesma idade que eu. Se não me engano, o marido dela era mais novo e trabalhava como quiropraxista, e os dois tinham um filho pequeno. Ela gostava de viver um estilo "mais natural", nunca se maquiava, usava sempre roupas soltas de cores terrosas e claras e, desde que despertara para a homeopatia — o que, aliás, por mais que ouvisse sua explicação, não entendia direito como funcionava —, passou a me dar, sempre que me via, uma balinha que curava qualquer tipo de doença, segundo ela. Com essa balinha mágica, dizia ela, não havia mais necessidade de aplicar um quadro de vacinas preventivas nas crianças. Mas não era só isso: nem havia mais necessidade de procurar médicos. Essa Yoshikawa, adepta da homeopatia, aparentemente era capaz de dar o próprio rim ao marido, caso ele estivesse morrendo. As outras responderam "É, né?", em uníssono, concordando com ela.

— Não é pelo mesmo motivo que Yūko levantou quando disse "afinal de contas, apesar dos pesares, somos família" — disse Yoshikawa. — É simplesmente porque preciso que ele continue trabalhando. Se ele morrer, não poderemos mais ter o estilo de vida que temos agora.

— Eu te entendo — concordou Aya.

Se eu não estava enganada, de nós cinco, Aya foi a que trabalhou por menos tempo na livraria. Acho que trabalhamos juntas por apenas um ano. Ela era bonita, chamava atenção à primeira vista e teve um relacionamento com um jovem escritor "em ascensão" que fez uma visita de cortesia ao nosso estabelecimento. "Ele se baseou em mim para criar a personagem principal daquele livro que escreveu depois do nosso caso", ela nos contou certa vez. Em seguida, Aya namorou outro rapaz, engravidou e se casou, tornando-se dona de casa. Tinha uma filha de dois anos. Como seu marido herdara e assumira a frente do negócio imobiliário da família, ela morava em um grande prédio com os parentes dele, inclusive os sogros. E era bem emocionante ouvir as histórias das batalhas travadas com os pais do marido dela que, além de ajudá-los financeiramente, intrometiam-se em todos os aspectos da vida deles, óbvio.

— Claro que não quero passar pela dor da cirurgia — disse Aya. — Mas ao pensar que vou ter que criar minha filha sozinha se meu marido morrer, acho que tudo bem doar um dos rins, não tem jeito. Bem, no meu caso, se ficar viúva, vou sair da casa dos meus sogros o mais rápido possível. Entrar com aquele procedimento, como se chama mesmo? Divórcio após a morte? O processo para cortar vínculos com a família do marido depois da morte dele. Vou pegar tudo ao que tenho direito e cortar totalmente a relação com eles. Nunca mais quero vê-los na minha frente.

— Aya, você não aguenta mais, né? — perguntou Yūko. — Bem, no meu caso, no dia a dia fico irritada com meu marido com frequência. Às vezes só desejo que ele morra, mas, apesar de tudo, ele é o pai do meu filho. Acho que não iria deixá-lo morrer — disse, rindo. — Como posso dizer? O nosso relacionamento não é nada fácil, mas não quero pensar que estou casada com um homem para quem não doaria nem um dos meus rins. Seria triste demais para mim, como mulher.

— É, entendo. — Yoshikawa meneou a cabeça. — Afinal, é o homem com quem tivemos nosso filho. Se não conseguimos nem dar um rim, o que isso significa? Que nossa vida é bem infeliz, né? A relação conjugal é complicada, mas temos que pensar no bem-estar do nosso filho. Temos que nos esforçar para manter a harmonia do lar.

Quando o assunto pareceu chegar ao fim, Aya, como sempre, verificou e dividiu a conta prontamente: mil e oitocentos ienes para quem pediu duas bebidas, e mil e quatrocentos ienes para mim, que só pedi uma. Pagamos e saímos do restaurante.

"Como tudo mudou por aqui. O que será aquela fila?" Comentando sobre a região, caminhamos todas juntas rumo à estação. Nos despedimos próximo ao gigantesco cruzamento de Shibuya, acenamos e dissemos: "Tchau!", "Até mais!" e "Vamos manter contato!". Aya, Yūko e Yoshikawa seguiram para a entrada da linha Inokashira, e como eu e Konno — de quem tinha a impressão de que só assentia em silêncio e sorria do canto em que estava (inclusive ela fizera isso hoje) — íamos pegar a linha Denentoshi, seguimos juntas até a entrada.

Estávamos em agosto, e eram duas e meia da tarde. Sob os intensos raios solares, tudo que víamos parecia brilhar com uma luz branca, e o céu azul que despontava entre os prédios altos parecia a tela azul e uniforme de um computador. Todas as coisas eram envolvidas pelo calor, e quando respirávamos, as narinas ardiam, e quando ficávamos parados, toda a pele parecia absorver paulatinamente o calor.

Sempre que a luz do semáforo mudava, a multidão avançava, cruzando-se e alternando-se. Todas as jovens que passavam tinham pele alva e usavam saias evasê de tom suave e sapatos com laços e sola tão alta que lembravam pernas de pau. Será que estava na moda? Muitas delas usavam sombra bem vermelha embaixo dos olhos, e suas íris pareciam grandes — talvez usassem lentes de contato escuras.

— Onde você mora mesmo, Konno? — perguntei, pressionando uma toalhinha de leve na testa.

— Em Mizonokuchi — respondeu ela em voz baixa.

— Faz tempo?

— Mudamos há mais ou menos dois anos por causa do trabalho do meu marido.

Se eu não estava enganada, Konno também tinha um bebê. Uns três anos atrás ela começou um trabalho temporário em outra livraria. Eu não sabia em que o marido dela trabalhava. Ela tinha estatura baixa, era uma cabeça menor do que eu e, por causa das sobrancelhas finas com formato de V invertido e dos grandes dentes encavalados que levantavam um pouco o lábio superior, parecia que estava sempre sorrindo, mesmo sem abrir a boca. Nunca tinha ficado tanto tempo a sós com ela, apesar de serem só alguns minutos caminhando até a estação; pensando bem, nunca tínhamos tido uma conversa, mesmo nos reunindo com as outras meninas.

O clima um tanto tenso me incomodou um pouco, e tentei encontrar algum assunto para falar com ela. Resolvi falar do rim, que animara a conversa no final do encontro.

— Você disse que daria seu rim ao seu marido, né?

— Não — disse ela, olhando de relance. — Não daria, não.

— Ah, não? — perguntei olhando para ela.

— Não — respondeu ela e balançou a cabeça.

— Uau — disse, impressionada. — Mesmo sabendo que seu marido poderia morrer?

— Não daria mesmo assim — afirmou ela sem hesitar. — Não daria. Se for para dar um dos meus rins para ele, prefiro jogar fora por aí, em qualquer canto.

— É, marido não passa de um estranho, né? — respondi com indiferença, sem saber como reagir.

— Na verdade, não é bem uma questão de ser um estranho ou não — disse ela.

Atravessamos a faixa de pedestres, descemos as escadas para o subsolo e seguimos pelo corredor rumo às catracas. O suor que jorrava do meu corpo escorria em linhas pelas minhas costas e flancos.

— Você vai para Mizonokuchi, não vai? Tenho que ir na direção contrária, vou para Jinbōchō — disse. — Então. Vamos esperar o contato da Aya, né? Será que o próximo encontro vai ser no inverno?

— Acho que sim. Mas acho que não vou mais participar.

— Não?

— Não — disse ela, sorrindo. — Elas são tão idiotas.

Diante do meu silêncio, ela riu e continuou:

— É. São muito idiotas, não têm salvação.

Com isso, ela acenou dizendo "tchau", passou pela catraca e desapareceu dentro da estação.

Ao abrir a porta do salão de chá que ficava em um local afastado de Jinbōchō, vi Ryōko Sengawa de costas, sentada à mesa perto da janela. Percebendo minha chegada, ela se virou e acenou brevemente para mim.

— Que calor, né? — disse Sengawa em um tom alegre. — Está vindo de casa?

— Não. Hoje encontrei com umas amigas e almoçamos em Shibuya — respondi, sentando-me na cadeira diante dela e enxugando o suor das têmporas e da nuca com uma toalhinha.

— Você com amigas, Natsuko? Que milagre! — brincou Sengawa, rindo e deixando à mostra seus dentes grandes. — Aliás, quanto tempo, né? Na última vez que a gente se viu não estava tão quente assim.

Ryōko Sengawa trabalhava como editora de livros em uma grande empresa, e fazia exatamente dois anos que nos conhecíamos. Nós nos encontrávamos regularmente para discutir o andamento, o conteúdo e outros detalhes do livro que eu estava escrevendo. Tinha quarenta e oito anos, quase dez anos mais velha que eu. Trabalhava no setor de revistas, depois foi alocada no departamento de livros infantis, e fazia quatro anos que estava no departamento de ficção. Era responsável por alguns escritores contemporâneos de quem até eu, que não conhecia muitos desses nomes, tinha lido algumas obras, e certos livros que ela ajudara a publicar chegaram a ganhar prêmios importantes. O cabelo dela era preto e curto, as orelhas ficavam à vista e, quando sorria, rugas se formavam em várias partes do seu rosto. E eu gostava de ver o sorriso dela. Ela não era casada e morava sozinha em um apartamento em Komazawa.

— Então… Eu escrevo, escrevo e escrevo, mas parece que nunca chega ao fim — comentei.

Por alguma razão eu fui a primeira a tocar no assunto do livro, antes mesmo que ela perguntasse, e tomei em grandes goles a água que estava sobre a mesa.

Sengawa riu só com os olhos e, estendendo o cardápio aberto na minha direção, perguntou o que eu queria pedir. Optei por chá preto gelado, e Sengawa pediu a mesma coisa.

Decidida a me tornar uma escritora, tinha me mudado para Tóquio aos vinte anos. Treze anos depois, quando estava com trinta e três, ou seja, cinco anos atrás, ganhei um prêmio em um pequeno concurso literário organizado por uma pequena editora e, pelo bem ou pelo mal, consegui iniciar minha carreira como romancista. Mas, apesar de ter ganhado o tal prêmio, meu livro nunca chegou a ser publicado, e naturalmente ninguém nunca sequer falou sobre mim. Eu tinha um editor homem que lia meu trabalho, e por dois anos eu escrevia, mostrava-lhe o que tinha escrito, e sempre ouvia o mesmo tipo de comentário repetitivo: "Não está bom, tem que reescrever." Foi um momento muito difícil para mim.

Eu sempre procurava realizar meu trabalho com autoconfiança, dando o melhor de mim, tanto produzindo um livro, naturalmente, como escrevendo artigos que eram solicitados de vez em quando — um pequeno ensaio para uma revista local de distribuição gratuita, ou qualquer outro texto, por menor que fosse —, mas parecia que esse editor não conseguia ver nenhum ponto positivo no que eu escrevia, ou seja, não via mérito no cerne da minha escrita.

Por exemplo, ele dizia: "Você não consegue imaginar o rosto dos seus leitores", "Você não entende nada do ser humano", "Você nunca se viu encurralada de verdade". Eu tinha que ouvir esse tipo de comentário sempre que me encontrava com ele. No começo, até achava que a opinião de um editor estava correta e fazia sentido, mas as dúvidas dentro de mim foram aumentando gradualmente e me cansei de ouvi-lo falar sem parar sobre assuntos que não tinham nada a ver com meu livro. Parei de mostrar meus textos para ele, deixei de responder aos seus e-mails e nossa relação profissional foi esfriando cada vez mais. A última vez que falei com ele foi ao telefone. Ele me ligou de repente, tarde da noite, parecendo bastante embriagado e, depois de falar longamente sobre o que ele considerava um romance, disse:

"Aproveitando a oportunidade, vou ser direto. A você falta uma característica fundamental, necessária para ser uma romancista. Você simplesmente não a possui. Falta a você uma ambição genuína. Sem isso, nunca vai conseguir escrever um romance de verdade, muito menos ser uma grande escritora. Nunca, jamais. Sempre achei isso, mas agora estou sendo franco, já que alguém precisa lhe dizer isso. É impossível. Impossível. Aliás, você está com quantos anos? De fato, a idade não é importante na literatura. Não é importante, mas no fundo é importante, não concorda? Você está com quase quarenta? Trinta e cinco? Fico me perguntando: será que você ainda vai conseguir produzir uma obra incrível? Eu diria que não, pelo menos no seu caso. Essa é minha opinião. Disso eu entendo, afinal, sou um especialista. Estou fazendo uma predição."

Naquela noite, não consegui pegar no sono. Por cerca de uma semana, as palavras e a voz daquele editor ecoaram repetidas vezes na minha cabeça, e não consegui me concentrar em quase nada. *Tentei ao longo de muitos anos e finalmente cheguei ao ponto de partida da minha carreira de escritora, mas talvez tudo esteja perdido*, pensei na época. Ao chegar a tal conclusão, me senti profundamente deprimida.

Os meses depois daquele acontecimento foram bastante dolorosos para mim. Vivi dias angustiantes que pareciam não ter fim, só saía de casa para ir ao trabalho temporário e, fora isso, não via ninguém. Praticamente ficava o tempo todo em casa. Mas certo dia, quando menos esperava — quando estava ruminando, mais uma vez, a última conversa que tinha tido com o editor ao telefone —, percebi nitidamente que um sentimento semelhante à ira despontava do fundo da minha garganta, parecendo fervilhar.

Quem ele pensa que é?, pensei. Estava deitada de bruços sobre a almofada *bean bag*, mas ergui o rosto e levantei em um pulo. Arregalei os olhos; o sangue parecia encher meus globos oculares rapidamente, fazendo-os saltarem e rolarem para algum lugar. "Quem ele pensa que é?", dessa vez disse em voz alta. "Quem ele pensa que é?", repeti, pressionando o rosto contra a almofada e soltando um grito do fundo da minha garganta. Tremendo um pouco, meu grito foi contido pela almofada. Depois de repetir isso algumas vezes, senti a força abandonar meu corpo e, deitada de bruços na almofada, não consegui me mover.

Depois de muito tempo, fui à cozinha, enchi um copo com *mugicha* e o tomei em um só gole. Voltando ao quarto, respirei fundo, observando cada objeto: as estantes, a mesa, a almofada.

Talvez fosse apenas impressão minha, mas senti que tudo estava mais iluminado. Pensando bem, aquele editor gostava de falar "de verdade" e usava a expressão com frequência, me dei conta disso. Quando eu dizia que não sabia uma coisa, ele falava, mostrando-se bastante feliz: "Então vou te ensinar." Que bobagem. Tudo, as conversas, o tempo gasto com ele, tudo era uma bobagem. Quando coloquei o copo sobre o *chabudai*, no momento em que ouvi seu tinido, nitidamente e do fundo do coração tudo pareceu uma bobagem, algo sem importância, e decidi me esquecer daquele homem.

Um ano depois, tive uma reviravolta na minha vida e minha sorte mudou.

Meu primeiro livro de contos foi apresentado em um programa de variedades da TV, sendo bastante elogiado por artistas famosos e, como resultado, foi um grande sucesso comercial, com mais de sessenta mil exemplares vendidos.

Uma celebridade conhecida pelas suas ideias sobre literatura disse o que havia achado, de forma empolgada: "Aqui está descrito o conceito de pós-morte que nunca ninguém imaginou antes." Teve até uma jovem *idol* que disse, com lágrimas nos olhos: "Lembrei-me das pessoas queridas que já não estão mais entre nós, e não consegui conter as lágrimas." E outra pessoa disse, em meio a suspiros: "Embora de forma fugaz, a esperança está retratada aqui, com certeza."

O livro reunia, além da minha primeira obra, os contos que tinha escrito ao longo dos anos e também os mais recentes, que sofreram grandes alterações para que se tornassem uma espécie de continuação. Tinha conseguido publicá-lo com muita dificuldade, com a ajuda de poucos contatos não muito influentes. Era um livro sem uma ideia central que pudesse funcionar como gatilho. Era apenas um daqueles livros, tal qual uma espuma que emergia à superfície mas desaparecia num instante, no qual ninguém da pequena editora botava fé, com a tiragem inicial de apenas três mil exemplares. Mal tinha falado com o editor que me tinha sido apresentado, e nunca chegamos a discutir sobre o conteúdo do livro. Depois de lê-lo afirmando que no mesmo mês seria possível publicá-lo, me perguntou se podíamos prosseguir. Ou seja, ele tinha sido publicado praticamente no lugar de outro que por alguma razão deixara de ser publicado. Mesmo falando de forma modesta, ninguém, incluindo eu mesma, imaginava que um livro desses seria lido por dezenas de milhares de pessoas.

Fiquei feliz pois, no fim das contas, meu livro estava vendendo, mas ao mesmo tempo tinha sentimentos contraditórios. O livro havia sido sucesso de vendas após receber elogios de pessoas famosas na TV. Supondo que exista algo chamado *valor real* do livro — não sei ao certo se tal coisa existe —, senti que o *valor real* do meu livro e seu resultado de vendas não estavam relacionados necessariamente.

Quem entrou em contato comigo logo depois da publicação do livro foi Ryōko Sengawa. Há dois anos, em um dia quente como hoje, ela foi até um café perto da minha casa e, depois de se apresentar e dar uma pausa, disse em voz baixa, mas bastante firme:

— Todos os personagens dos seus contos estão mortos e continuam morrendo no outro mundo. A morte não é caracterizada, digamos, como um fim, tampouco significa o reencontro ou renascimento. Acho que sua ideia foi muito boa. Depois do grande terremoto, muitos leitores ficaram empolgados ao ler seu livro, pois o receberam como uma espécie de cura, e nesse sentido foi uma coisa positiva. Mas recomendo que você se esqueça de tudo isso.

Após falar, Sengawa tomou um gole de água. Aguardei ela continuar enquanto observava a ponta de seus dedos grudados ao copo.

— O que é especial nesse livro? Onde está sua assinatura, sua identidade? Não está no cenário, no tema ou na ideia, nem nos detalhes como os mortos, ou na época, se é antes ou depois do grande terremoto. Não está em nada disso. Está na sua voz. Está na sua escrita. A qualidade da sua escrita, do seu ritmo. Eles são bastante peculiares, e podem ser considerados uma grande força para você continuar a escrever. Acredito que na sua escrita há essa força.

— A minha escrita — disse eu.

— É incrível que seu livro tenha sido um grande sucesso — continuou Sengawa. — Mas não adianta escrever para leitores que não leem nem um único livro inteiro em um intervalo de cinco anos, e que pegaram esse livro por acaso, só porque algumas celebridades fizeram propaganda. É lógico, os números de vendas são importantes. Mas os leitores são ainda mais. Quero que você encontre leitores de verdade, muito mais persistentes e muito mais tenazes. Leitores que, apesar de viverem numa época em que a leitura não serve para nada, mesmo assim ainda querem ler. Leitores que se empolgam imensamente por aquilo que é desconhecido, aquilo que não é familiar.

— Quer dizer... — disse, refletindo. — Como posso dizer... Por acaso você está falando de literatura de verdade, leitores de verdade? Ou algo parecido?

O atendente serviu mais água nos nossos copos. Sengawa ficou em silêncio por um tempo e continuou:

— Por exemplo, as pessoas entendem as palavras que são emitidas, não é? Mas nem sempre é fácil se comunicar e entender o que é realmente falado com o outro. As palavras de um idioma podem ser compreendidas, mas o assunto, não. Acho que essa é a causa da maioria dos problemas. Vivemos num mundo onde podemos falar uma língua e as palavras são compreendidas, mas o assunto não, e não há comunicação. Todos nós passamos por isso.

"'Não posso ser amigo de praticamente ninguém neste mundo', dizem. Quem foi que disse isso mesmo? Acho que essa frase é verdadeira. Por isso é muito difícil encontrarmos um mundo onde somos compreendidos, encontrar pessoas que realmente escutam e tentam entender o que estamos querendo dizer a partir das nossas palavras, prestando bastante atenção. Acho que é uma verdadeira sorte. É como encontrar uma nascente jorrando água num deserto completamente seco ou num lugar similar. É como uma espécie de sorte que está diretamente ligada à vida ou morte. E de fato, há a sorte de ter seu livro elogiado por famosos na TV e ele vender dezenas de milhares de exemplares. Se você não tem talento para escrever, é melhor ter esse tipo de sorte uma vez na vida do que não ter nenhuma. Mas estou falando de uma sorte mais sólida, duradoura, forte e com a qual você pode contar. Sorte que possa sustentar sua criação literária de forma contínua. Posso proporcionar esse tipo de sorte para seus livros. Acho que, se você trabalhar comigo, nós duas poderemos criar obras melhores juntas. Por isso, vim conversar com você."

Permanecemos em silêncio por um tempo. O gelo dentro do copo derreteu, fazendo um som de *craque*. Nas costas da mão de Sengawa, pousada com delicadeza na borda do descanso do copo, as veias que eu não tinha percebido antes estavam bem visíveis.

— Sinto muito por ter falado de um assunto pesado logo de cara — disse ela, desculpando-se. — Mas eu queria explicar com franqueza, para não me arrepender depois.

— Tudo bem — respondi. — Fiquei feliz.

Ao ouvir minhas palavras, ela mostrou um alívio evidente no rosto. Vendo-a assentir levemente várias vezes com os lábios cerrados, como se tentasse convencer a si mesma de algo, tive a impressão de que ela, que conseguia exprimir de forma explícita os seus pensamentos, estivesse nervosa assim como eu.

— É a primeira vez que encontro com alguém que opina sobre livros desse jeito.

— Você é de Osaka, né? — perguntou ela de repente com a entonação do sotaque de Osaka, e sorriu. — Que saudade.

— Você também é de Osaka?

— Não, nasci e cresci em Tóquio, mas minha mãe é de lá. Por isso a variante de Osaka é minha língua materna, no sentido literal da expressão. Falávamos sempre em casa como se fala em

Osaka, ou seja, sou uma espécie de bilíngue, da língua padrão de Tóquio e da variante linguística de Osaka.

— Ah, é? Não tinha percebido.

Depois falamos das palavras e expressões que só eram compreendidas por quem era de Osaka; do caso de irregularidade envolvendo as células pluripotentes STAP, intensa e ininterruptamente noticiado pela imprensa nos últimos seis meses; do cientista envolvido no caso que tinha se suicidado dez dias antes; do fato de ele ser conhecido por escrever excelentes artigos científicos.

— A propósito… Natsuko Natsume é um pseudônimo? — perguntou.

— Não, é meu nome verdadeiro.

— Sério? — disse ela, arregalando os olhos. — Natsume é sobrenome do seu marido?

— Não, não sou casada. Meus pais tiveram uns problemas e, quando eu tinha uns dez anos, passei a usar o sobrenome de solteira da minha mãe.

— Ah, sim. — Sengawa meneou a cabeça. — Será que sua mãe quis colocar parte do sobrenome dela no nome da filha?

— Colocar o sobrenome dela? — perguntei. — Ah, você quer dizer o ideograma *natsu*, verão, do sobrenome Natsume?

— É — disse Sengawa. — Achei que seria isso.

— Na verdade, nunca tinha pensado nisso antes — falei com o coração batendo mais forte.

— Não sou casada, mas dizem que muitas mulheres sofrem quando precisam mudar o sobrenome para o do marido quando se casam. Ou talvez sua mãe nem tenha pensado nisso e simplesmente gostasse do ideograma *natsu*, de verão.

Continuamos a conversar por cerca de mais uma hora. Falamos dos livros que tínhamos lido recentemente e trocamos nossos números de telefone. Desde então, passamos a nos ver de tempos em tempos e a falar do trabalho, além de outros assuntos variados.

* * *

— Que foi? — perguntou Sengawa, encarando-me.

— Nada, só percebi que já faz dois anos desde que nos conhecemos.

— É mesmo. Se continuar assim, uma vida inteira passa num instante. Todos nós vamos morrer em breve. — Sengawa riu e teve um acesso de tosse. — Ultimamente tenho ido ao hospital com frequência. Como continuava me sentindo exausta mesmo depois de uma boa noite de sono, marquei uma consulta e me disseram que estava com anemia crônica grave.

— Você tem que consumir ferro.

— Ah, sim. Me disseram que em caso de anemia, é preciso consumir uma substância chamada ferritina, ainda mais do que ferro. Soube disso bem recentemente. Agora estou melhor, mas os problemas de saúde vão aumentar cada vez mais — disse ela, tomando água e fazendo uma pausa. — O tempo também está passando muito rápido.

— É verdade — respondi, rindo. — Não dá para acreditar que estamos em 2016. Já se passaram dezoito anos desde que vim para Tóquio. Fico assustada quando me lembro disso.

— Pois é. Então, Natsuko, como vai seu romance?

Já que Sengawa mudou de assunto com naturalidade e habilidade, começamos então a falar do meu romance. Mas como eu não tinha nada para reportar relacionado ao texto e ela não pedia para ler o que eu estava escrevendo, quase nunca falávamos de coisas concretas. Por isso, até cheguei a pensar que não fazia muito sentido me encontrar com a editora de vez em quando, como estava fazendo agora, mas quando ela me perguntava, eu começava a falar aos poucos: "Agora estou escrevendo essa parte...", como se fosse um monólogo. E, com isso, às vezes a parte que estava estagnada e emaranhada acabava sendo organizada, eu tinha uma descoberta inesperada, ou percebia um fluxo do enredo que não tinha percebido antes. Assim, esses encontros eram muito proveitosos para mim. Não prometemos nada de especial uma à outra e, como da última vez que tínhamos nos encontrado, passamos cerca de uma hora e meia juntas e nos despedimos com um aceno.

Mesmo com a noite se aproximando, os raios solares continuavam inacreditavelmente intensos, e o vapor que saía do asfalto quente parecia oscilar de forma distorcida. Ao pensar no meu livro que, se continuasse daquele jeito, não sabia quando poderia concluir, tive a sensação de que um líquido preto começava a se acumular na cavidade do fundo dos meus olhos, e tudo parecia afundar na escuridão. Suspirei várias vezes e caminhei rumo ao meu apartamento.

Me mudei para o meu apartamento em Sangenjaya três anos atrás, quando foi decidido que o prédio do apartamento de Minowa, onde morara por quase quinze anos desde que tinha vindo a Tóquio, seria demolido.

Segundo a explicação que me foi dada, o senhorio tinha morrido de ataque cardíaco e, por motivos de imposto sucessório, os herdeiros tinham resolvido transformar o terreno em um lote vazio, sem qualquer construção, para tentar vendê-lo. Senti-me um pouco desamparada e ansiosa em deixar o bairro e o apartamento com os quais estava familiarizada, mas, ao me mudar para o apartamento novo, minha preocupação se dissipou rapidamente. Trouxe praticamente todos os móveis e utensílios que usava em Minowa — as cortinas, a almofada *bean bag*, o *chabudai*, a louça, os tapetes —, e o apartamento novo também ficava no segundo andar, com a distribuição dos cômodos parecida com a do antigo, e talvez por isso não tenha sentido muita diferença (se bem que o aluguel novo era sessenta e cinco mil ienes, ou seja, vinte mil ienes a mais do que o do apartamento anterior).

Concentrando-me no relógio com os olhos pesados por conta do calor, vi que passava de cinco da tarde. Fui direto ao banheiro e, sentindo a água fria caindo sobre minha cabeça, permaneci imóvel por um tempo. Meu corpo logo esfriou e, quando me cobri com a toalha, senti instantaneamente o cheiro de piscina. Seria cheiro de cloro? Ou o cheiro de quando o corpo é envolvido pela toalha? O piso de concreto ao redor da piscina não era bem nivelado, tinha muitas partes ásperas, e sempre queimava a planta dos meus pés com o seu calor. Gritos e barulho de água sendo alegremente jogada. Som de um apito. Tempo livre para brincar nos últimos minutos da aula de natação. Horário da tarde quando os braços e as pernas ficavam lânguidos e as pálpebras caíam, pesadas. Pensei em como seria bom se pudesse dormir naquela hora. As lembranças daqueles dias de verão pareciam tão distantes que poderiam ser memórias de uma vida passada, mas era estranho pensar que tudo aquilo fora vivido de fato por esse mesmo corpo, meu corpo, que estava aqui.

Cliquei no arquivo do romance que não tinha aberto nenhuma vez nos últimos dois dias. Ultimamente andei tentando ter uma boa noite de sono, mas talvez porque ainda não fosse suficiente, eu já acordava com o corpo todo mole e minha mente ficava confusa o dia inteiro. Mas ainda era cedo para dormir. Afinal, ainda eram cinco da tarde. Poderia enrolar, preparando uma refeição e jantando, mas — não sei se era por causa do calor — não tinha nenhuma vontade de comer. O arquivo se abriu no meio da tela do computador e, ao ler a última frase que ainda estava pela metade, fiquei com vontade de fechá-lo imediatamente. Respirei fundo e abri um novo arquivo, decidida a trabalhar no artigo que escrevia periodicamente para uma revista, cujo prazo era para a próxima semana.

Eu produzia três artigos com regularidade: uma coluna de três páginas que escrevia alternadamente com outros escritores para a edição da manhã de um jornal local; um texto de quatro páginas sobre acontecimentos cotidianos para uma pequena coluna de uma revista feminina; e resenhas sobre os livros que li e gostei para o site de uma revista publicitária mantido por uma pequena editora, sem restrição do número de caracteres, bastando escrever o mínimo exigido, pois o valor do serviço não variava dependendo do tamanho do texto. Além desses três trabalhos regulares, agora estava escrevendo um romance longo desde o último ano, então não podia aceitar muitos outros trabalhos, mas às vezes escrevia contos para revistas literárias. De tempos em tempos recebia também pedidos para escrever trabalhos únicos, como pequenos ensaios.

Basicamente era essa a vida que levava no momento. Como poderia precisar um dia, ainda mantinha meu cadastro na agência de alocação de mão de obra temporária, através da qual já tinha arranjado muitos bicos desde que tinha deixado a livraria. Mas, apesar de não ser fácil, estava conseguindo sobreviver só da escrita.

Às vezes me perguntava se estava sonhando. Bem ou mal, meu trabalho era ler e escrever, e podia dedicar meu tempo a isso. Podia pensar apenas nisso. Ao me lembrar da vida que levava antigamente, parecia mentira. Parecia até uma pegadinha que te deixava muito feliz. Ao pensar nisso, meu coração sempre começava a bater mais forte. Mas...

Sim, sempre vinha o "mas...". Já se passou cerca de um ano, ou talvez um pouco mais, desde quando estava sentada à frente do computador, como nesse momento, ou desde quando caminhava à noite na rua até a loja de conveniência, ou desde quando estava deitada no *futon* antes de dormir, ou desde quando observava distraidamente a caneca sobre a mesa que jamais sairia do lugar se eu não a movesse... Ou seja, esse "mas..." começou a surgir de repente no meu dia a dia, sem aviso.

Diversas coisas podiam se seguir depois do "mas...". Essas diversas possibilidades me observavam de um lugar um pouco afastado, em silêncio. Por causa desse olhar, havia muito tempo eu vivia com um sentimento que era um misto de impaciência, irritação, depressão ou nenhum deles. Conhecia bem esse meu sentimento, mas não conseguia encarar de frente esse olhar. Porque tinha muito medo. Uma vez pensando *nisso* que me observava fixamente, acabaria concluindo que essas coisas boas nunca iriam acontecer na minha vida. No fundo sabia muito bem que chegaria a essa conclusão, por isso desviava o olhar e evitava pensar a respeito. No entanto, ficava cada vez mais confusa, sem saber se minha ansiedade se distanciava cada vez mais, ou se ela vinha em minha direção.

Soltando um suspiro, peguei um caderno grande da gaveta e o folheei. Cerca de seis meses atrás, quando estava bêbada depois de tomar um engradado de cerveja sozinha, eu tinha feito algumas anotações. Ou talvez fosse um poema, ou um texto curto. No dia seguinte, quando encontrei esse texto sobre o *chabudai*, que era praticamente um amontoado de rabiscos, pensei em jogar fora imediatamente por vergonha, por me sentir uma pobre coitada, por estar esgotada em vários sentidos, mas não consegui. E o pior, passei a pegá-lo vez ou outra, como estava fazendo, e a lê-lo.

É disso que se trata minha vida?
Fico feliz em escrever
Obrigada à vida,
e às coisas incríveis
que me aconteceram
Mas vou continuar desse jeito?
Sozinha?
Vou continuar vivendo assim? É sério?
Sinto-me sozinha, isso é verdade e mentira, mas não é verdade
Posso continuar desse jeito, sim, sozinha

Posso, mas não preciso conhecer?
É sério?
Não preciso conhecer você? Não vou me arrepender?
Conhecer meu filho que é diferente de todos os outros
Posso continuar vivendo sem conhecer?
Não preciso conhecer você? Até o fim?

— Ah — disse suavemente.

Ao notar que minha voz soou mais grave e rouca do que eu imaginava, me senti mais triste.

Depois de fechar o caderno e guardá-lo na gaveta, abri o navegador no computador. Entrando em alguns *blogs* relacionados a tratamentos de infertilidade marcados como favoritos, li os últimos *posts* em sequência. Nos últimos meses, ler esses artigos tinha se tornado uma espécie de hábito, não sei por qual motivo. Alguns termos técnicos ainda eram confusos para mim, mas, com o tempo, passei a compreender o todo pelo contexto.

Os detalhes dos exames principais e as dores que os acompanham. Conversa com a sogra e a refeição que dividiu com o marido, com quem se encontrou na volta da clínica. Irritação por ter que dar conselhos sobre o casamento da cunhada justamente no dia em que foi à clínica. Em um dos *blogs* havia uma foto do céu no final do artigo, e no outro, uma ilustração graciosa. Dor de ver uma mãe com seu bebê caminhando na rua. Comentário insensível de alguém. Recomendação de um restaurante tailandês agradável, quase sem nenhuma criança ou bebê mesmo no horário do almoço. Lembrei-me então do Facebook de Naruse, fazia uns dez dias que não visitava. Fiquei um pouco na dúvida, mas decidi não olhar o perfil.

Ainda estava claro do lado de fora da janela e, ao consultar o relógio, vi que não eram nem sete horas.

Deixando o computador no modo repouso, fui à cozinha, preparei arroz com *nattō* e o comi bem devagar. Como não tinha vontade de fazer mais nada, pensei em passar o tempo até a hora de dormir fazendo cada uma das atividades de forma delongada, gastando bastante tempo. Mas quanto mais enrolava em cada mastigação, quanto maior o capricho dedicado em cada ato, mais o tempo parecia se estender, passando cada vez mais devagar. Claro, por mais devagar que comesse, o arroz com *nattō* acabava em alguns minutos. Depois de lavar tigela e hashi, fiquei sem nada para fazer. Sem outra opção, deitei-me na *bean bag* e fiquei imóvel, em silêncio.

Às vezes ficar completamente parada desse jeito me fazia pensar na minha infância. Sabia que o tempo e o espaço eram diferentes, mas não mudava o fato de que era eu quem observava ambas as coisas. Nos últimos dias, eu pensava muito em mamãe e em vó Komi. Quando mamãe estava com minha idade, tinha duas filhas, uma de catorze e outra de cinco. Eu, com cinco anos, jamais imaginara que viveria só mais oito anos com ela. Acho que ela também jamais deve ter imaginado que deixaria este mundo tão cedo.

Se mamãe tivesse me dado à luz dez anos antes, eu poderia ter passado mais dez anos ao lado dela? Mas para isso ela teria que ter Makiko com catorze anos. Isso não seria possível. Ri sozinha e lembrei em seguida dos acontecimentos de hoje. *Galette*. Sim, tinha comido *galette* no almoço. Era marrom, vinha com creme por cima, e quanto ao sabor... Não me lembrava mais. Ou talvez ele não tivesse sabor mesmo. Ouvi a voz de Yūko: "Que felicidade! Com filho pequeno a gente não pode comer um prato como esse. Com filho pequeno, a gente acaba comendo só pratos com macarrão e arroz." *Ah, é?*, pensei. *Não tenho filhos, mas, independentemente de ter filhos ou não, não quero comer esse tipo de comida.*

"Elas são tão idiotas. São muito idiotas, não têm salvação", me vieram à mente as palavras de Konno. De repente pensei em ligar para ela. Lembrando-me dela se afastando depois de passar pela catraca, vi a figura de uma menininha à sua direita. Sim, ela também tinha uma filha. Em seguida, lembrei-me que eu também tinha rins. *Sim, pelo menos eu tenho um rim, apesar de não poder participar da discussão sobre a situação hipotética de doar um rim.*

Soltei um leve suspiro e pensei em Ryōko Sengawa. "E como vai seu romance?" *Não está avançando. Nem sei se vou conseguir terminar* — e se eu tivesse dito desse jeito, de forma mais explícita? Afinal, o que ela quis dizer com "como vai"? Me sentia tão péssima quando ninguém me cobrava nada, e no momento me sentia exatamente assim. Como eu era arbitrária! Ficava admirada comigo mesma — como poderia ser tão exigente desse jeito? Mas o modo peculiar com que Sengawa pressionava as pessoas... Ela dizia ter total compreensão sobre a criação literária, mas sempre agia de modo a encurralar as pessoas — com suspiros e pausas — e, ao me lembrar de cada um desses gestos, acabei franzindo ainda mais as sobrancelhas, movida pela irritação. Me sentia cansada. Mas, ao concluir isso, uma voz ecoou dentro da minha cabeça: "Onde está sua ambição?", disse aquele homem editor. "Mas o que é ambição? O que eu tenho a ver com a ambição de que você fala?" Por que não retruquei isso na hora? As palavras e sentimentos davam voltas na minha cabeça, sem parar, como se competissem entre si. *Estou cansada. Vão todos para outro lugar. Sumam da minha frente.* Uma voz na minha cabeça respondeu: "Não se preocupe, nunca teve ninguém aqui. Não se preocupe, você está sozinha." *Estou cansada.* "Mas você não fez nada", retrucou a voz. Por fim, não consegui pegar no sono e fiquei deitada em silêncio no *futon*, de olhos abertos, até de madrugada.

9
Segurando as pequenas flores

— Natsu, está tudo bem? Ah, quer dizer, parabéns!

Era Makiko, ligando para mim justo na hora em que eu estava procrastinando e organizando meus livros sem nenhum objetivo, só porque não estava conseguindo avançar no meu livro.

— Hã? Por quê?

— Sua bolsa de estudo, ou melhor, o financiamento estudantil — disse Makiko em tom alegre. — O aviso chegou hoje de manhã. *Voilà*! Você conseguiu pagar todas as parcelas do financiamento. Parabéns!

— Quê? Este mês?

— É. O outro financiamento você terminou de pagar um tempo atrás, não foi? De onde era mesmo? Ah, tem a carta aqui. JASSO? Organização para Serviços Estudantis do Japão? E o aviso que chegou hoje de manhã é da Sociedade Educacional de Osaka. Você não deve mais nada! Quer que eu leia a carta?

Mexendo nos papéis e pigarreando, Makiko começou a ler:

— Lá vai: "Por meio desta, informamos que o(a) estudante portador do número acima concluiu o pagamento do financiamento oferecido por esta Sociedade Educacional. Agradecemos sua colaboração. Seguem os detalhes do financiamento. Agradecemos desde já a compreensão e o apoio futuros às atividades da Sociedade. Agosto de 2016. Valor do financiamento: 620.000 ienes (seiscentos e vinte mil ienes)." Parabéns, você conseguiu!

— Obrigada — disse, levantando-me para ir à cozinha, e enchi o copo com *mugicha*. — Afinal, quantos anos levei para pagar mesmo? Vinte? É, acho que foram mesmo vinte anos.

— O valor do outro financiamento era mais ou menos isso, não era?

— Era. Teve uma época em que não paguei, e teve uma época em que achei que fosse morrer pagando cinco mil ienes por mês. Mas que bom que consegui quitar — respondi. — A propósito, a cobrança era intensa, né? É inacreditável que seja um serviço estatal no qual o governo importuna crianças. Falaram até em confiscar meus bens. Nunca mais na vida quero ver cartas de cobrança. Foi um grande trauma para mim.

— Mas o design do certificado de conclusão do pagamento lembra até um diploma de mérito. É brilhante, parece um cartão de aniversário delicado, feito para parabenizar.

— Que tipo de parabenização é essa? É um tipo de homenagem? — Suspirei, mas, ao me dar conta de que tinha quitado todas as minhas dívidas por completo, senti certo alívio. — É. Mas é duro ter que se endividar quando o filho quer estudar. Isso porque no meu caso é só para pagar o ensino médio. E se tivesse feito faculdade, de quanto seria minha dívida? A propósito, Maki, Midoriko não conseguiu uma bolsa, ou melhor, um financiamento?

— Conseguiu — respondeu Makiko. — Ela está se virando com uma bolsa que não precisa devolver e cobre alguma coisa, e um financiamento estudantil, que precisa devolver. Ela ainda tem alguns anos até se formar, mas não sei o que ela quer fazer, no que quer trabalhar. Pelo jeito ela gosta de estudar.

Midoriko, que em breve iria completar vinte anos, estava no segundo ano da faculdade. Morava no apartamento de Osaka com a mãe e frequentava uma universidade de Quioto. Makiko, que completara quarenta e sete anos, continuava trabalhando no mesmo *snack bar* de Shōbashi, em Osaka, como nos últimos dez anos. *Mama*, que havia muito completara sessenta anos, tinha problemas nos joelhos e só trabalhava cerca de duas vezes por semana, então o *snack bar* sobrevivia praticamente graças aos esforços de Makiko. Era responsabilidade dela desde entrevistar as candidatas a *hostess*, oferecer assistência às *hostess* durante o trabalho, fazer o pedido e receber os produtos como bebidas, até fazer controle de venda, entre muitos outros afazeres. Ou seja, o trabalho dela só aumentava, mas com a situação dos bares só piorando com a crise, seu salário permanecia praticamente inalterado.

"Aos olhos de todos, na prática sou eu quem tomo conta do bar, mas não passo de uma *hostess* sem nenhum poder, sem futuro, ou seja, não passo de uma *hostess* quase anciã no mundo do trabalho noturno. Fico pensando sobre quantos anos mais vou poder fazer esse tipo de trabalho, atendendo os bêbados, como faço agora", resmungara Makiko um tempo atrás, quando estava meio bêbada e desanimada.

— E o bar? Está tudo bem por lá?

— Sim. Continua tudo igual.

Sim, Makiko continuava trabalhando como *hostess*, sem nenhuma garantia de futuro, mas poderíamos tranquilamente enumerar as coisas boas que estavam acontecendo em nossa vida. Midoriko estava na faculdade, apesar de ter contraído uma dívida por conta de um financiamento estudantil, e eu também poderia dizer que tinha uma perspectiva de carreira. E o melhor de tudo, a coisa mais auspiciosa, era que todas nós — eu e Makiko e Midoriko, é lógico — estávamos saudáveis, ninguém tinha problemas de saúde. O que era algo realmente muito bom.

Makiko, que esteve esquelética em uma época — quando foi mesmo? —, começou a voltar ao peso normal nos últimos anos, aos poucos, e hoje já estava com o corpo de uma mulher padrão da faixa dos cinquenta. Era outra pessoa se comparada com a Makiko que, no verão de alguns anos atrás, era só pele e osso, tal qual o resto de asa de frango que sobra no prato. Vendo Makiko, refleti, emocionada, sobre como o corpo humano pode sofrer transformações, mesmo que nada aconteça. Para falar a verdade, naquela época cheguei a cogitar que ela poderia morrer dentro de alguns anos e, lembrando-me daquela fase, senti do fundo do coração que não podíamos nos queixar de nossa situação atual.

— E, por isso, vou trabalhar duro. Não posso ser um fardo para Midoriko quando ficar velha, de jeito nenhum! Ei, Natsuko, está me ouvindo?

— Estou, sim.

Makiko disse sua frase favorita dos últimos tempos, mas o diálogo não avançava a partir desse ponto.

— Natsuko, você está se sentindo bem? Parece desanimada ultimamente.

— Quê? — indaguei, e me apressei em responder sua pergunta: — Eu causei essa impressão?

— Causou. Você está no modo cansado? Está sentindo os efeitos do cansaço acumulado no verão?

— Maki, ninguém fala "modo cansado" hoje em dia. Já é uma gíria ultrapassada. Mas estou bem, sim. Está dando tudo certo no meu trabalho, só tenho a agradecer. O meu vigor está chuchu beleza.

— Chuchu beleza também é uma expressão obsoleta.

— A propósito, e Midoriko? Ela não está nas férias de verão? — Sentindo desconforto, tentei mudar de assunto.

— Está viajando com Haruyama. Para onde eles iam mesmo? Para alguma ilha ver pinturas, esculturas e coisas assim. Eles juntaram dinheiro fazendo alguns bicos.

— O namoro deles até que está durando, né?

— Sim, ele é um bom rapaz — disse Makiko serenamente. — Haruyama também passou por algumas dificuldades na vida, e acho que por isso os dois se entendem bem. Digo, são bons amigos também. Ainda é cedo, mas estão falando em morar juntos depois que se formarem.

— Estão apaixonados, né? — comentei, rindo. — Tomara que continuem assim.

Desliguei o telefone e voltei para o quarto, e notei que tudo o que estava à vista continuava exatamente igual — algumas pilhas de livros aqui e ali, ao lado delas uma pequena caixa de papelão com materiais de pesquisa, a posição e a depressão da almofada *bean bag* jogada no chão, o colírio sobre a mesa, as cortinas lisas penduradas, a sombra do lenço de papel saltando da caixa —, o que era natural, pois no apartamento não havia mais ninguém além de mim. Um suspiro me escapou.

Era final de agosto. Os intensos raios solares pareciam determinados a brilhar com toda a força até a última gota de verão. Tive a ilusão de que estava havia vários anos em um verão sem fim.

Sem conseguir me concentrar no enredo do meu livro, observei distraidamente as cortinas que reluziam com a luz fraca que as atravessava, e então me lembrei do que Makiko dissera ao telefone. Pelo jeito Midoriko estava viajando nas férias. Foi para uma ilha ver arte ou algo parecido. Seria para Naoshima? Era provável. Não conhecia Haruyama, o namorado de minha sobrinha, com quem ela estava se relacionando havia uns dois anos, mas Makiko dizia que ele era um bom rapaz. *Que bom que Midoriko encontrou alguém com quem pensa em morar junto depois de se formar*, pensei distraidamente.

Naquele momento, para os dois, eles eram o próprio mundo — assim consegui colocar em palavras. Não significava, porém, que os dois estavam perdidamente apaixonados por serem jovens e não enxergassem mais nada além deles mesmos. Diria que, no mundo deles, quanto maior o amor que sentiam um pelo outro, mais conseguiam acreditar no próprio mundo. Não seria isso? Quanto mais intenso era o olhar trocado entre eles, mais esse mundo era preenchido por promessas fortes e delicadas. Era um mundo onde eles conseguiam acreditar, sem sombra de dúvida, que promessas existiam para serem cumpridas, e que jamais seriam quebradas.

Nunca tinha visto Midoriko e Haruyama juntos, mas ela me falou dele ao telefone uma vez. Como dissera Makiko, minha sobrinha falava dele como se falava de um melhor amigo, em um tom alegre, e ela pulava de um assunto para outro, rapidamente e de forma vivaz, o que me provocou um sorriso involuntário ao ouvi-la. Midoriko tinha um rosto gracioso, mas parecia não ter muito interesse em maquiagens ou roupas que estavam na moda, além de ter um gênio forte, e por isso não possuía ares femininos como as meninas de sua idade. Talvez o relacionamento franco e direto com Haruyama se devesse muito à personalidade dela.

Tentei imaginar Midoriko e Haruyama caminhando por uma estrada tranquila, passando algum tempo juntos, dizendo "Não, não é isso; não, não é aquilo também", falando de assuntos que só os dois entendiam. A imagem dos dois me trouxe à mente minha imagem guardada na memória. Quando estava com dezenove anos, com vinte e um anos e com vinte três anos, quem caminhava ao meu lado, prestando atenção pacientemente no que eu dizia, era Naruse. O tempo que passamos juntos não podia ser compreendido por mais ninguém, mas construímos uma intimidade e tínhamos uma convicção de que aquilo era a coisa mais importante no mundo. Estudamos juntos no ensino médio. E fomos namorados durante seis anos, desde os meus dezessete anos até os vinte e três, ou seja, três anos depois de eu vir para Tóquio.

Achava que, se um dia eu me casasse, seria com Naruse. Ou melhor, casando ou não, sem sombra de dúvida acreditava que viveria o resto da vida com ele e que éramos inseparáveis. Trocamos inúmeras cartas, falamos de coisas das quais gostávamos e também dos nossos medos. Quando tinha que me despedir dele depois da aula porque precisava ir ao bar para lavar louça no meu trabalho temporário, tinha vontade de chorar. Se eu tivesse sido uma criança normal e tivesse uma família normal, poderia passar mais tempo com ele, considerei inúmeras vezes. "Logo, logo vamos ser adultos, vou trabalhar duro também, vai dar tudo certo", assim Naruse me encorajava, sempre. Foi ele quem me incentivou a criar gosto pela leitura. Ele queria ser romancista, lia muitos livros, e, toda vez que eu lia o que ele escrevia, ficava impressionada. *Então alguém que escreve textos assim consegue se tornar um romancista*, pensava. Sempre tínhamos assuntos sobre os quais conversar, achava que com ele daria tudo certo, o que quer que acontecesse, aonde quer que fôssemos. Acreditava que nossa relação duraria para sempre, que viveríamos sempre um ao lado do outro.

Mas as coisas mudaram. Cerca de três anos depois de ter me mudado para Tóquio, descobri que ele estava dormindo com outra mulher. Descobri que eles tinham dormido juntos *várias vezes*. Fiquei tão chocada que entrei em pânico. Condenei-o, proferindo todos os tipos de ofensa, e questionei se ele gostava dela. Ele balançou a cabeça negativamente.

— Não é questão de gostar ou não. Independentemente do amor que sinto por você, queria muito transar com alguém — disse ele, cabisbaixo.

Não pude dizer mais nada e me calei. Entre nós não havia mais esse tipo de ligação. Fazia mais de três anos que não transávamos.

Eu o adorava. Queria muito continuar ao lado dele por mais algumas décadas, queria falar de vários assuntos com ele, ver várias coisas com ele, ou seja, pensava seriamente em construir uma vida com ele. Mas, por outro lado, não gostava de fazer *esse tipo de coisa* com ele.

Queria proporcionar prazer a ele, e teve uma época em que tentei encarar de forma positiva, achando que essas coisas demandavam esforço, que era eu quem não entendia direito como isso funcionava. Mas, por mais que tentasse, não conseguia me acostumar. Não era que eu sentisse qualquer dor física, mas sentia uma inquietação indescritível, quase insuportável. Quando me deitava de costas, nua e com os olhos abertos, via redemoinhos pretos que pareciam espirais rabiscadas feitas por alguém girando uma caneta com toda a força nos cantos do teto, das paredes, em lugares mais afastados. Toda vez que Naruse movia seu corpo, esse redemoinho repulsivo crescia gradualmente, se aproximava e engolia minha cabeça, como se a cobrisse com um saco preto. Mesmo com o passar do tempo, o sexo nunca me proporcionou prazer, segurança ou satisfação, e toda vez que Naruse ficava por cima de mim, nu, inevitavelmente me sentia completamente sozinha.

Mas não fui capaz de expressar com honestidade como me sentia quando se tratava de sexo. No dia a dia conversávamos sobre todo e qualquer assunto, conseguia lhe dizer tudo o que pensava. Ele era meu amigo mais íntimo, mas por alguma razão não conseguia contar de forma sincera o que eu sentia em relação ao sexo. Não significava que eu me tolhia porque não queria que ele se aborrecesse comigo ou me odiasse. Eu achava que sempre tinha que corresponder aos desejos sexuais de Naruse, ou melhor, aos de qualquer homem. Não que alguém tivesse me dito que eu tinha que agir desse jeito, nem acreditava nisso de forma consciente. Mas desde determinada época da minha vida, por alguma razão, achava que quando um homem que eu amava me desejasse, o normal era eu, como mulher, aceitá-lo.

Mas era impossível. Toda vez que me despia e aceitava as investidas de Naruse, sentia-me cada vez mais deprimida, e lágrimas escorriam pelo meu rosto. Pensava no que, afinal, estava fazendo. Cheguei, inclusive, a pensar do fundo do coração que queria morrer. *Será que sou eu a estranha em achar que o sexo com a pessoa amada é tão doloroso?*, cogitei. Até perguntei para algumas amigas de forma sutil. Mas minhas amigas próximas faziam sexo sem nenhum problema, várias vezes por dia, e até pareciam sentir prazer no ato. Eu não conseguia compreender direito o desejo sexual delas nem o prazer que elas sentiam. Ao conversar com várias pessoas, ao pesquisar um pouco, descobri que em mim *faltavam completamente* os desejos que as pessoas pareciam possuir naturalmente, expressos com palavras como *dar vontade de fazer*, *querer ser tocada* ou *desejar ser penetrada*.

Vontade de pegar na mão e querer ficar perto — eu também sentia esses desejos. Quando achava que tínhamos tido uma conversa realmente importante, ou quando sentia um amor intenso quando estava com Naruse, sentia meu peito se aquecer e tinha vontade de compartilhar esse sentimento com ele. Mas depois disso, quando surgia o clima entre a gente, meus ombros ficavam tensos e meu corpo ficava enrijecido e se encolhia. Dentro de mim, esses sentimentos e o sexo nunca se ligavam, eram coisas completamente incompatíveis.

Fiz *login* no Facebook e entrei no perfil de Naruse. Não sentia mais nada por ele. Não tinha nenhum tipo de apego, tampouco sentia qualquer aperto no coração quando me lembrava do que tínhamos vivido juntos. Cinco anos atrás — sim, dois meses depois do Grande Terremoto do Leste do Japão —, ele me ligou de repente. Até então não fazia a menor ideia de onde ele estava nem o que andava fazendo.

Quando o celular tocou e apareceu o nome dele na tela, não consegui compreender direito o que estava acontecendo. Naruse? Naruse, *aquele* Naruse? Por um instante achei que ele poderia ter morrido. Meu coração disparou quando pressionei o botão de atender.

— Sou eu, Naruse — disse ele do outro lado da linha. — Quanto tempo! Tudo bem?

— Tudo bem. É você mesmo, Naruse?

— Sou eu. Achei que você poderia ter trocado de número, mas continua o mesmo, né?

— Sim — respondi, tentando conter o nervosismo. — Consegui manter o número.

— É?

Desde que tínhamos terminado, quando eu tinha vinte e três anos, nunca mais ouvira a voz dele. Do celular, saía a voz que eu conhecia tão bem. Ela ressoou de forma bastante límpida, sem nenhuma interferência ou opacidade, como se o intervalo de dez anos entre nós nunca tivesse existido. Até parecia que essa era a continuação da conversa do dia anterior com alguém próximo.

— Achei que você tinha morrido.

— Se tivesse morrido, não estaria ligando — disse ele, e riu um pouquinho.

— Não, não você, mas alguém poderia ter visto meu número no seu celular e me ligado para avisar.

Em seguida, trocamos cumprimentos tal qual fazem duas pessoas que já não se falavam havia muito tempo, e contamos o que estávamos fazendo nos últimos tempos. Ele sabia que eu tinha escrito um romance.

— Como perdi completamente o interesse por livros, ainda não li — disse ele.

— Tudo bem — respondi.

Depois, falamos do terremoto. Ele estava casado e parecia ter morado em Tóquio nos últimos cinco anos. Mas depois do terremoto, ao saber da explosão da usina nuclear, tinha decidido partir dez dias depois para a província de Miyazaki, em Kyushu, com sua esposa grávida.

Ele me contou o quão crítico era o acidente nuclear. Falou da meia-vida das substâncias radioativas e como os padrões de segurança e as notas oficiais divulgadas pelo governo eram suspeitos. Falou também quais matérias da imprensa eram mentirosas e quais informações eram corretas, quem eram os cientistas comprados que apareciam na mídia e quem eram os confiáveis; do que deveria ser feito a respeito; das tentativas de ocultação da verdade que seriam feitas; dos milhares ou das dezenas de milhares de casos de câncer de tireoide que estavam para ocorrer; da impossibilidade da descontaminação. Ele foi ficando cada vez mais empolgado.

— Você está entendendo? — Sua voz demonstrava uma nítida irritação. — Você só diz "ah, tá bom".

— Estou entendendo, sim — respondi.

— O oceano vai ser contaminado. Não vamos poder comer mais nada. Você tem ideia do que significa o Japão ficar sem produtos do mar? Não só alimentos, mas tudo, incluindo a cultura, vai desaparecer.

Não sabia o que responder. Tinha minhas opiniões sobre o terremoto e a usina nuclear, e ao mesmo tempo conseguia compreender o que ele queria dizer. Mas a combinação de Naruse e do conteúdo que ele dizia parecia um pouco esquisita para mim;

tive uma sensação de estranheza que não conseguia explicar. Ele, que denunciava com palavras fortes a usina nuclear e a incompetência do governo, me pareceu outra pessoa, apesar de sua voz soar bem familiar para mim.

— A propósito — disse ele —, você está escrevendo uma coluna num jornal, não está? Coisas fúteis, como impressões de livros que leu.

Ele deu uma tossida e continuou:

— Será que é hora de você escrever essas bobagens? Você não trabalha com a escrita? Tem uma plataforma para escrever, não tem? Já que estamos em um momento como esse, escreva algo mais significativo. Tem gente que busca por informações, mas não tem acesso à internet. Você está entendendo?

Ele estava falando de um pequeno ensaio que eu escrevia periodicamente no jornal, por período determinado, e no texto que ele lera eu tinha falado do meu cotidiano, pois já tinha escrito algumas vezes sobre o terremoto.

— Não é que não esteja escrevendo sobre o terremoto, mas você leu um texto que para mim significou uma pausa, achei que os leitores podiam ficar cansados se só falasse do terremoto. Pensei a respeito e resolvi escrever sobre o cotidiano daquela vez — expliquei.

Mas ele não se conformou e me censurou, dizendo que isso não era suficiente.

— Até eu estou atualizando constantemente as informações no Facebook e no *blog*. Você participou das manifestações? E do abaixo-assinado? Estamos numa fase crítica, e o que você está fazendo?

Não me lembrava de como tínhamos terminado a ligação. Só lembrava que no final tivemos uma pequena discussão e o clima ficara desconfortável. Depois de um momento de silêncio, ele disse:

— Vou te dizer uma coisa que tenho pensado há muito tempo. Pelo seu gênio, quando você não quer fazer uma coisa, não faz de jeito nenhum. Quando não se interessa por algo, continua indiferente até o fim, e é por isso que está sozinha até hoje. Acho que a solidão combina com você.

Mesmo passados alguns dias depois da ligação, a última frase de Naruse não saiu da minha cabeça. E comecei a visitar o *blog* e o Facebook dele. Havia longos textos com o mesmo conteúdo do que ele me dissera ao telefone, que enchiam a tela de cima a baixo, e artigos similares entre si eram compartilhados com frequência. Alguns meses depois, fiquei sabendo que o filho dele nascera saudável.

Ao ver a foto do bebê — que era a cara de Naruse, mesmo sendo recém-nascido —, tive uma sensação estranha. Óbvio que o bebê não tinha nenhuma relação comigo. Mas o fato de que Naruse estava envolvido, mesmo que pela metade, com o nascimento do bebê, me parecia algo bastante curioso. Não sabia como era a esposa dele, ou seja, a mãe do bebê, mas o bebê nascera. Ele existia porque Naruse fizera com ela a mesma coisa que fizera comigo. Pensando nisso, meu coração ficou inquieto.

Quem sabe eu podia ter sido a mãe desse bebê... Não, esse pensamento não me ocorreu. Não era isso. Mas por algum tempo fiquei sem saber o que estava sentindo, o que era essa espécie de inquietação. Do mesmo ato chamado sexo, que ele havia feito comigo também, surgira um resultado diferente: talvez eu tivesse simplesmente me surpreendido com esse fato. E minha reação talvez tivesse relação com o fato de eu não ter feito sexo com outra pessoa além de Naruse. Ou seja, quando eu pensava em gravidez ou bebês, inevitavelmente me vinha à mente a imagem de Naruse. Afinal, ele era a única pessoa com que eu tinha transado, uma ação que gerava filhos.

Então significava que havia alguma possibilidade de eu ter tido um filho com ele? Não, não havia. Com toda a certeza. Jamais houve essa possibilidade. Considerando nossa idade, nossa situação financeira e os meus sentimentos, não havia possibilidade alguma de eu ter tido um filho. Sexo só representava dor para mim, se possível nunca mais queria praticá-lo na vida, e por esse motivo acabei terminando com o Naruse, de quem gostava tanto. E se déssemos um tempo? Afinal, eu gostava tanto dele. Será que havia uma possibilidade de reatarmos a nossa relação e termos um filho? Já na época, parecia que havia muitas formas de engravidar, mesmo sem ter relações sexuais. Haveria uma possibilidade de eu engravidar?

Depois dessa ligação, Naruse nunca mais entrou em contato. Sempre que eu acessava a página dele, o bebê pequeno aparecia cada vez maior, até tornar-se uma criança. Mais duas primaveras, e ele entraria no ensino fundamental I. Naruse passou a postar conteúdos e fotos relacionados principalmente ao cotidiano, e fazia mais de dois anos que não atualizava o *blog* sobre as questões a respeito do terremoto, do acidente nuclear e das substâncias radioativas. Não sentia mais nada pelo Naruse, mas, toda vez que via a foto do filho dele que crescia e se transformava a cada dia, passei a ser assolada por uma espécie de inquietação, nervosismo e ansiedade.

Será que um dia terei um filho? Quando esse dia vai chegar? Não estava apaixonada nem tinha vontade de me apaixonar. Não tinha nenhuma vontade de fazer sexo nem achava que tinha condições de lidar com isso, mas será que mesmo assim eu poderia ter um filho? Passei a pensar nessas coisas. Por exemplo, poderia usar um banco de sêmen? Por brincadeira fiz uma pesquisa na internet, mas o que li não pareceu nem um pouco realístico. Parecia uma ficção. Dependendo de alguns casos, se um casal era casado, poderia receber doação de sêmen de um terceiro. Isso era permitido. Mas uma mulher solteira não tinha essa opção. E quanto a receber doação do exterior? Eu, que nem sabia falar inglês? Impossível. Deixando a tela do computador no modo repouso, afastei-me da mesa e fechei os olhos, abraçada à almofada.

Quando alguém desejava ter um filho, o que queria de fato? "Quero ter um filho com a pessoa que amo" era uma explicação comum. Mas qual era a diferença entre "quero ter o filho do meu parceiro" e "quero ter meu filho"? Para começar, todas as pessoas que tinham filho sabiam de antemão o significado de ter filhos? Sabiam mais do que eu sabia então? Todas elas tinham uma espécie de qualificação que eu não possuía? Suspirei e afundei o rosto mais ainda na almofada. O ciciar das cigarras vinha de algum lugar ao longe. Enquanto contava o número do ciciar, meu celular vibrou. Esperei um tempo para pegá-lo, e vi que era uma mensagem de Midoriko no Line.

"Olá, Natsu. Vim ver Monet. São bonitos, ou melhor, enormes."

Depois ela me mandou algumas fotos. "Manda mensagem para Natsu também", Makiko devia ter dito à filha depois de desligar a ligação comigo.

Na primeira foto, havia um canteiro com diferentes tipos de florezinhas.

Numa gradação de tonalidades de verde, pequenas flores de um tom alvo desabrochavam aqui e ali.

Não reconhecia nenhuma das flores à primeira vista, mas a maioria tinha pétalas de camada simples. Essas florezinhas espalhadas aqui e ali me fizeram lembrar de um vestido. Quando eu tinha mais ou menos dez anos, minha mãe, Makiko, vó Komi e eu tínhamos comprado diferentes versões do mesmo vestido. Eram vestidos simples de algodão fino sem manga, com aberturas redondas só na parte dos braços e pescoço. Tínhamos ido nós quatro ao supermercado, e vimos os vestidos com a mesma estampa floral, mas de cores diferentes, empilhados no cesto. Lembrava que quando estávamos discutindo na frente do cesto se iríamos comprar ou não os vestidos, sem nunca decidir qual levar, a vendedora, uma senhora que nos via discutir ali, disse que três sairiam por três mil e quinhentos ienes, mas se levássemos quatro teríamos desconto, saindo por quatro mil ienes. Resolvemos comprar os quatro depois de pensar muito e, assim que voltamos animadas para casa, resolvemos provar nossas mais novas aquisições. E rimos muito ao olharmos umas às outras. Demos gargalhadas não sei se de alegria ou de vergonha, e também achando graça, ou por tudo ao mesmo tempo. Esses vestidos se tornaram nossos favoritos, e eram as peças que mais usamos durante uma época.

Quando mamãe e vó Komi morreram, só havia esses vestidos que elas usavam sem parar no verão para colocar no caixão, mas nem Makiko nem eu tivemos coragem de colocá-los. Lembrava-me de uma vez que fui a um encontro com Naruse com esse vestido, ele disse que combinava muito comigo. Como era uma peça barata e achei que ele fosse rir dela, fiquei muito feliz com o elogio.

Tive a impressão de que a estampa floral dos vestidos e as flores do canteiro que apareciam na foto enviada por Midoriko eram bem parecidas. Na segunda foto, minha sobrinha mostrava o rosto de dentro de uma abóbora com poás vermelha e preta de Yayoi Kusama. Na terceira, ela segurava o cabelo esvoaçando ao vento, de costas para o mar, e ria, feliz, debaixo do céu azul que parecia muito esticado, dando a sensação de que racharia com facilidade. Fazia muito tempo que não a via.

"Que legal! Maki me contou. Está se divertindo? E esse canteiro? Parece uma pintura de Monet. Ela é tão Monet."

"É Monet, sim. Miraram no Monet."

"Não conheço a ilha. Me conte mais quando tiver tempo."

"Ok. Tem muita coisa para ver, e acho que não vai dar para ver tudo de uma vez. Depois de amanhã voltamos a Osaka. Mando notícias e conto como foi."

Em seguida, chegou uma foto de Midoriko e Haruyama juntos. Eles estavam lado a lado na frente de um grande monumento branco, sorrindo para a câmera. Haruyama usava óculos, segurava firmemente a alça da mochila, e pela sua fisionomia aparentava ser uma pessoa tranquila, com olhos que pareciam caídos quando ria. Midoriko estava vestida como se estivesse indo para a praia, com regata e shorts, e um chapéu vermelho-vivo com aba larga.

Deixando o celular de lado, levantei-me e olhei pela janela. Anoitecia. *Já é noite novamente?*, pensei. Depois, fui à cozinha e preparei um espaguete simples. Levei o prato para o *chabudai* e, quando liguei a TV, estava começando o noticiário das sete, com o apresentador enumerando os diversos acontecimentos do dia. Fora descoberta a identidade do cadáver encontrado havia alguns dias em uma trilha florestal, na província de Shiga. Um carro dirigido por um homem de oitenta e cinco anos perdera controle e invadira uma loja de eletrônicos; por sorte ninguém se feriu. Retrospectiva dos Jogos Olímpicos do Rio de Janeiro. A possibilidade de abdicação ao trono do imperador japonês. Assim como no dia anterior, o mundo continuava cheio de problemas. Começou a previsão do tempo. "Tome cuidado com a chuva torrencial repentina amanhã. Continue prevenindo-se contra a hipertermia." Em seguida, começou uma reportagem especial.

"Hoje em dia as mulheres solteiras enfrentam um problema: elas podem engravidar e ter um filho sem se casar e sem ter um parceiro? Uma das opções para essas mulheres são os sites de doação de sêmen na internet. Qual é o objetivo dos homens que oferecem o próprio sêmen de forma gratuita? E por que as mulheres desejam o sêmen desses homens, mesmo correndo riscos? Vamos investigar essa realidade."

Quando a voz tranquila da jornalista terminou de falar, surgiu uma legenda na tela: PESQUISA APROFUNDADA: SOBRE DOAÇÃO DE SÊMEN. Coloquei sobre a mesa o garfo que segurava e observei a tela.

Continuei com os olhos pregados na TV por cerca de uma hora, sem mover um músculo, e, quando o programa chegou ao fim, voltei imediatamente à frente do computador para pesquisar sobre algumas informações que acabara de obter. Quando me dei conta, já tinham se passado algumas horas e minha boca estava completamente seca. Sentia dor de cabeça também. Depois de beber vários copos de *mugicha*, tomei outra ducha. Estendi o *futon* e me deitei, mas estava empolgada e fui ao banheiro várias vezes, sem conseguir pegar no sono. O espaguete que restara no prato já estava duro.

10
Escolha a correta entre as seguintes opções

"É lógico que no começo senti medo. Pensei que poderia ser levada para algum lugar de repente, sofrer algum abuso, esse tipo de coisa passou pela minha cabeça."

A moça com efeito de mosaico no rosto dava esse depoimento, respondendo às perguntas da entrevista. Seu cabelo, meio acastanhado, ia até os ombros, e ela usava uma blusa xadrez com um cardigã branco e fino por cima. Encadeava cada palavra com cuidado, como se montasse uma colagem.

"No começo, não levei muito a sério. Não acreditava que poderia engravidar de verdade desse jeito. Além do mais... Receber o sêmen, o esperma de um estranho... Nem consigo acreditar que fui capaz de fazer isso. Mas..." Ela ficou um tempo em silêncio e balançou levemente a cabeça, como se confirmasse algo.

"Mas... para mim não havia outra alternativa. Nem tempo. Eu queria ter meu filho, não importava como..."

A imagem foi cortada, e, na tela, apareceu um homem sendo entrevistado, o doador de sêmen. Seu rosto também estava com efeito de mosaico. Tinha cabelo curto, usava uma camisa de xadrez pequeno e uma calça cáqui, e, enquanto falava, mexia nas unhas sem parar. Pelo modo como se expressava e pela forma do seu corpo, não parecia muito velho. Teria entre vinte e cinco e trinta e cinco anos, aproximadamente?

"O motivo? Acho que só queria ajudar os outros. Há aqui uma pessoa... uma mulher precisando de ajuda. Se eu posso ser útil, então quero ajudá-la. Assim pensei... Quê? Ah, sim. Se eu considero esse bebê como meu filho? Bem, sim, é óbvio. Como não sou casado, não conheço a criança nem moro com ela, não consigo imaginar direito, mas acho que é inegável o fato de que, com meu sêmen, ou melhor, com o ato que fiz como voluntário, proporcionei alegria, felicidade a uma mulher."

Pausando o vídeo, alonguei o corpo sem me levantar da cadeira.

Já haviam se passado dez dias desde que assistira pela primeira vez à reportagem especial na TV e, desde que ela fora disponibilizada na internet no dia seguinte, tinha reassistido diversas vezes.

A reportagem especial dizia mais ou menos o seguinte:

No Japão, o tratamento para infertilidade usando o sêmen de terceiros começou a ser realizado há mais de sessenta anos. Por meio desse método, já haviam nascido mais de dez mil crianças. Somente os casais oficialmente casados que já tentaram outros métodos de tratamento para infertilidade podiam se submeter a esse tratamento nos hospitais, desde que comprovassem que a causa era a infertilidade do homem, como azoospermia. As mulheres solteiras sem parceiro não podiam utilizar esse método, mesmo que desejassem ter um filho; os casais homoafetivos também não. Até ali eu já sabia.

Mas, nos últimos anos, haviam surgido sites nos quais homens se ofereciam para doar o próprio sêmen de forma individual, sem intermediários. Faziam isso de forma voluntária, e vinha aumentando o número de pessoas que procuravam por esses serviços, como mulheres solteiras e casais homoafetivos. Os doadores não recebiam nenhum tipo de compensação ou gratificação, no máximo aceitavam que os receptores pagassem as despesas de transporte e a conta do salão de chá onde marcavam encontros. Depois que a transação era concluída, os doadores não assumiam nenhum tipo de responsabilidade nem mantinham qualquer tipo de relacionamento. Certo dia, uma mulher com pouco mais de trinta e cinco anos que queria engravidar e ter um filho sozinha entrou em contato com um deles. Ela optou pelo uso de uma seringa simples vendida nas lojas da Tokyu Hands e inseriu, no próprio útero, o sêmen que recebera do doador no salão de chá. Na segunda tentativa, conseguiu engravidar e deu à luz como mãe solo. A reportagem era constituída principalmente de entrevistas dessas duas pessoas, da mulher e do doador, e no final um especialista aparecia para explicar sobre os riscos de contaminação em casos de inseminação caseira; apontava também problemas e desafios relacionados à ética.

Também dei uma olhada nos sites de doação de sêmen.

Assim como haviam dito no programa, apareceram cerca de quarenta sites como resultado de busca, e muitos deles eram nitidamente suspeitos, incluindo sites *fake* ou sites pessoais criados apenas por impulso. Acessei minha conta do Twitter que tinha criado na época do grande terremoto, em 2011, e que praticamente não usava, e fiz uma busca com as palavras "doação de sêmen". Apareceram várias contas, mas quase todas eram paródias que direcionavam para sites de pornografia, como "semen.com", ou "*we love semen*", ou "brigada do amor por sêmen".

O que me pegou de surpresa foi o fato de haver um banco de sêmen que se apresentava como uma organização sem fins lucrativos e de interesse público. Era um site bem organizado, dando a impressão de terem sido investidos tempo e dinheiro. Informava que, na hora da doação do sêmen, eram fornecidos até materiais de referência sobre as características do doador, que iam desde tipo sanguíneo, resultados dos testes de diversas doenças transmissíveis, relatório do teste genético comprovando que ele não possuía nenhuma anomalia genética, diploma universitário e outros. Se as informações eram verdadeiras, eles tinham uma vasta experiência.

Comprei alguns livros relacionados ao assunto. No entanto, ainda não havia nenhum livro escrito por mulheres que engravidaram e tiveram filhos através desse método. Eram livros de depoimentos e entrevistas de pessoas que haviam nascido por meio da doação de sêmen feita em instituições médicas reconhecidas, história das tecnologias de reprodução assistida, tecnologias de ponta e discussões envolvendo o tema.

Experiência contada pela moça na reportagem da TV e diversas informações escritas nos livros.

Qual delas teria relação comigo, de fato?

Alguma delas teria relação com a minha realidade?

Na noite em que assisti à reportagem, estava tão empolgada que não consegui pegar no sono. Achava que tinha conseguido chegar bem perto, não de uma resposta, de uma chance, mas de algo parecido, relacionado ao que vinha pensando vagamente por mais de um ano, ou às minhas preocupações. Mas, ao recuperar a calma depois de um tempo, tive que admitir que minha empolgação diminuía cada vez mais.

Encontrar-me com um homem estranho, completamente desconhecido, em um salão de chá e receber seu sêmen retirado em um banheiro ou outro lugar... Ou receber, pelo serviço de entrega domiciliar refrigerado, o sêmen retirado no próprio dia por alguém de quem só sabia os resultados dos exames médicos e a universidade na qual se formara, e injetar sozinha, no útero, com a ajuda de uma seringa comprada em uma das lojas da Tokyu Hands ou outro lugar, engravidar e dar à luz... Não achei que fosse capaz de fazer isso. Será que a moça que apareceu na TV fez tudo isso mesmo? Se o que ela dissera era mesmo verdade, então sua força de vontade era anormalmente grande, não? Essa foi minha impressão sincera. Sob qualquer ponto de vista, inserir o sêmen de um homem desconhecido no próprio corpo parecia algo impensável para mim.

Mas... para mim, isso é praticamente uma ficção, embora, no Ocidente, existissem *mesmo* mulheres que davam à luz utilizando os serviços dos bancos de sêmen. No Japão havia também inúmeras crianças que tinham nascido por meio dessa tecnologia, o que significava que suas mães foram bem-sucedidas nisso. Considerar impensável esse método não seria uma espécie de preconceito?

Ainda assim, para ser sincera, não conseguia deixar de sentir certa resistência. O doador do sêmen também seria um problema? Porque o sêmen recebido em hospitais reconhecidos e o sêmen recebido de um homem que mantém um site pessoal... Deveriam ser a mesma coisa, já que tanto um quanto o outro são de desconhecidos. Mas era inevitável sentir que existia uma diferença entre eles. Por que será? O que seria diferente? A maioria do sêmen fornecido nos hospitais universitários era de estudantes de medicina e, pelo menos até o fornecimento, passava por várias checagens nessas instituições especializadas. Os detalhes jamais seriam revelados, mas, de forma indireta, havia pessoas que sabiam de quem era o esperma, ou seja, ele tinha passado por alguma certificação.

E os doadores voluntários dos sites? Para mim, pareciam bem mais impensáveis. Será que o problema era o salão de chá, onde era feita a transação? Ou seriam as unidades da Tokyu Hands, onde a seringa era comprada, um estabelecimento casual demais? Ou será que era a inquietação que vinha da ligação das duas coisas, a inseminação caseira do tipo "faça você mesmo" e a criação da vida, que deveria estar o mais longe possível desse ato caseiro? Ou será que tinha a ver com o *status*, como o nível de escolaridade? Isso nunca tivera relação comigo, e nunca me importei com o *status* de outras pessoas ou algo parecido, mas, se tratando de genes, será que sofríamos interferências e fazíamos julgamentos baseados em rótulos?

De qualquer forma, o problema era o fato de o doador ser um desconhecido, de não saber nada a seu respeito, de verdade. Então, o que era *conhecer de verdade* o parceiro? Todos os casais que tinham filhos, todos os casais que faziam sexo que poderia resultar em gravidez realmente conheciam um ao outro? Não, isso era impossível. Ao fazer essas conjecturas, fiquei sem saber o que ou quem eu tentava entender. E de repente tudo pareceu uma grande bobagem. Isso não era nada realístico. Era impossível. Receber o sêmen de um homem desconhecido e ter um filho? Óbvio que era impossível. Para começar, nem sabia como seria minha vida desse momento em diante, óbvio que não poderia ser mãe, ter um filho. Parir não era o fim, o objetivo. Tinha uma irmã quase idosa que era *hostess* em Osaka, que não tinha direito nem mesmo à aposentadoria, cuja filha ainda iria lhe dar despesas. Eu já estava na fase em que precisava pensar na minha própria velhice e na velhice das pessoas ao meu redor. Eu, nessas condições, ter um filho? Impossível, de qualquer perspectiva. Impossível em todos os sentidos. Enquanto matutava, a empolgação e o desânimo me assolaram várias vezes, de forma intercalada.

Mesmo assim, as palavras ditas pela moça no final do programa permaneceram na minha mente por muito tempo. Mantendo os punhos firmemente cerrados sobre o colo, e em seguida levando a mão ao peito, ela disse, ponderando cada palavra:

"... Foi bom ter tentado. De verdade. Tive meu filho e estou muito feliz por isso. Foi bom ter tentado, sem ter medo. Pude ter meu filho. Não há felicidade maior do que essa na minha vida."

Sua voz era preenchida por aquilo que costumava transluzir das pessoas que se sentiam felizes do fundo do coração — não sei como denominar isso —, o que nos fazia estreitar os olhos sem querer, de tão ofuscante que era. Fechei os olhos e ruminei várias vezes os gestos e as palavras dela. O fungar baixinho do nariz e a voz levemente embargada. Ela provavelmente estava com os olhos cheios de lágrimas sob o efeito de mosaico. "Foi bom ter tentado. De verdade. Tive meu filho..." Nesse momento, poderia jurar que vi o rosto da minha mãe aparecer por um instante sobre o rosto com efeito de mosaico. Minha mãe, ainda jovem, sorrindo com seu volumoso cabelo esvoaçante — que era capaz de esconder um pequeno gato preto dentro —, e dizendo não sei para quem, com um sorriso radiante: "Estou muito feliz por isso. Foi bom ter tentado, sem ter medo. Não há felicidade maior do que essa na minha vida." No momento seguinte, era eu quem falava com a mão no peito: "Foi bom ter tido coragem naquele momento, tive meu filho, e estou muito feliz por isso", assim dizia o outro eu, como se não estivesse me vendo — a mim, que imaginava essa cena sozinha, no quarto —, embalando, deleitada, um bebê macio e pequenino.

* * *

Assim como acontecia em todos os verões, o calor foi embora quando menos esperávamos, e um leve cheiro residual de outono se incorporava ao vento que soprava. O céu se elevava tão alto que parecia abanar a mão para nós, e as nuvens ficavam cada vez mais estendidas e finas, tardando a desaparecer. Era a época do ano em que as blusas de manga comprida eram insuficientes, e tínhamos que usar meias até dentro de casa.

Dia após dia eu continuava a escrever o livro que não avançava.

Além de longo, era denso, e eu tinha dificuldade de explicar do que se tratava. Em suma, a história acompanhava o cotidiano de vários personagens, tendo como cenário um bairro fictício de Osaka onde viviam trabalhadores braçais contratados com salário diário. Uma das personagens era a filha adolescente de um membro da Yakuza, organização mafiosa que, nesse bairro cada vez mais decadente, era formada por uma maioria de homens já no início da velhice. E a outra personagem era uma menina da mesma idade, criada dentro de uma instituição religiosa — classificada como nova religião — administrada só por mulheres, que funcionava na vizinhança. Depois da promulgação da Lei Anticrime Organizado, a pressão contra os grupos Yakuza ficou cada vez mais acirrada; a filha do membro da Yakuza sofria discriminação desde pequena, quando estava no jardim de infância e no ensino fundamental. A menina que cresceu dentro da instituição religiosa, por sua vez, não fora registrada no momento do seu nascimento por princípios religiosos e não possuía nacionalidade japonesa. As duas se tornaram amigas, abandonaram o bairro em ruínas e, chegando em Tóquio, envolveram-se em um crime. Esse era o enredo geral do meu livro.

Ultimamente, a descrição sobre a organização da Yakuza vinha tomando bastante meu tempo. Havia muitas coisas para pesquisar: o funcionamento da taxa cobrada aos membros, meios de se arrecadar fundos, aquisição de armas, detalhes das guerras de vingança que aconteceram de fato, os princípios da Yakuza que sustentam a organização, a hierarquia, a nomenclatura de cada posição e sua renda anual. Gastava muito tempo assistindo a vídeos ou lendo materiais. Toda vez que queria verificar um detalhe, interrompia o que estava escrevendo e não conseguia pegar o ritmo direito. Por outro lado, não via o tempo passar quando lia as entrevistas dos chefes das organizações criminosas ou assistia às imagens dos conflitos, de tão compenetrada que eu ficava. Queria poder reproduzir esse clima à minha maneira no meu livro, mas não era nada fácil.

Estava trabalhando na cena do corte do dedo. Aparentemente esse costume já não era muito comum atualmente, mas antes era praticado pelo membro que cometia algum deslize, em sinal de arrependimento; pelo chefe que assumia o erro cometido por seu subordinado; ou pelos membros que tentavam se reconciliar com as forças adversárias. Mas meu livro se passava em uma época em que essa prática ainda era frequente. Em geral, resfriavam o dedo mindinho com gelo até a pessoa perder a sensibilidade, posicionavam-no sobre a tábua e o cortavam em um golpe com uma espada japonesa. Na passagem em questão, um membro da Yakuza, que morria de medo da dor, procurou um hospital para pedir anestesia geral para cortar o dedo. Naturalmente havia muitas coisas que eu não sabia. Por exemplo, para onde ia o dedo cortado, e se havia limite no número de dedos que uma mesma pessoa poderia perder. Como pesquisava os mínimos detalhes, o livro não progredia, e meu plano de iniciar no dia seguinte a parte da organização religiosa — sobre os produtos químicos que o líder religioso desenvolvia no instituto de pesquisa — estava atrasado. Soltando um suspiro, voltei a ler o livro *Yakuza e eutanásia*, que comprara recentemente e do qual lera só uma pequena parte.

Concentrei-me na leitura por cerca de duas horas encostada na *bean bag* e, quando peguei o celular, vi uma chamada perdida de Ryōko Sengawa. Havia recebido alguns e-mails dela nos últimos dias, mas não lhe respondi. De quando era sua última mensagem? Talvez de uma semana atrás, ou antes? Fiquei na dúvida se escreveria um e-mail ou ligaria, então resolvi ligar.

— Alô, Natsuko? — disse Sengawa ao atender à ligação depois de três toques, com a voz alegre e meio brincalhona. — Que bom que ligou. Como tem passado ultimamente?

— Bem, estou escrevendo. Ou melhor, devagar, mas estou tentando, de forma constante.

— Ah, entendi.

— Desculpe não ter respondido antes. Estava distraída.

— Tudo bem.

Sengawa queria falar dos materiais que eu lhe havia requisitado. Eu estava à procura de informações sobre os crimes ocorridos em pequenas vilas ou cidades do interior praticados por pessoas que se diziam religiosas e sobre os respectivos julgamentos. Ela conseguira alguns materiais interessantes e disse que me entregaria em um momento oportuno, então começamos a falar sobre o livro que eu estava lendo.

— Foi publicado um tempo atrás. Parece que é difícil continuar sendo membro da Yakuza, precisa ter fôlego. Eles estão perdendo o acesso ao mundo artístico, ao mundo dos investimentos e a outras fontes de renda também.

— Ah, é?

— Mesmo abandonando o mundo da Yakuza, é impossível ser reintegrado à sociedade, o corpo vai se debilitando cada vez mais, e no final a preocupação passa a ser em como morrer. Me sensibilizei lendo o livro.

— É mesmo? Bem, espero que essa leitura possa ser aproveitada de alguma forma no seu livro.

Em seguida, mudamos de assunto e, entre um tópico e outro, chegamos à questão da pós-festa ou pós-pós-festa de uma cerimônia de entrega de um prêmio literário. Sengawa disse que ficara consideravelmente bêbada e levara uma bofetada no rosto de uma escritora de certa idade.

— Quer dizer que levou um tapa? — perguntei, atarantada. — No rosto? Uma escritora que você edita?

— É — respondeu Sengawa, demonstrando certo constrangimento na voz. — Eu também estava muito bêbada. Nós discutimos, e parece que acabei ofendendo ela.

— Mesmo assim! — repliquei. — Que espetáculo dantesco! Nessa idade, ou melhor, uma adulta agredir outra com quem tem relação de trabalho… Não dá para acreditar.

— Não foi nada de mais. — Sengawa minimizou, como se o problema fosse de outra pessoa. — Trabalhamos muito tempo juntas. Desde que entrei na editora… acho que já faz mais de vinte anos, ela me ajudou muito. Na minha opinião, nós nos entendemos bem, e naquela noite ambas estávamos completamente bêbadas. Acontece.

— O que as pessoas ao redor fizeram na hora?

— Bem, não lembro… Acho que pediram para nos acalmarmos.

Nunca tinha lido uma obra dessa escritora, mas sabia que era famosa, e qualquer pessoa que gostasse de leitura com certeza já tinha ouvido seu nome. Não sabia como ela era e não a conhecia pessoalmente, mas, pela foto que me lembrava de ter visto em alguma revista, era inimaginável que fosse capaz de se comportar assim, e fiquei um pouco chocada. Ela tinha baixa estatura, ares femininos, e era conhecida por um estilo que ficava no meio-termo entre literatura infantil e literatura de fantasia. Também era autora de livros infantis que tinham sido best-sellers.

— Num caso desses, como agir no encontro seguinte?

— Normal — disse Sengawa, pigarreando. — Como se nada tivesse acontecido. Como agimos normalmente.

— Sem nenhum pedido de desculpa?

— É. Meio que nos entendemos, mesmo sem expressar em palavras. Estávamos falando da obra, que é o território mais importante para os escritores.

Tentei perguntar mais, porém Sengawa riu e então mudou de assunto.

— E você, Natsuko, como tem andado?

— Eu… — comecei, mas não encontrei palavras que poderiam ser ditas.

Afinal, meus dias eram uma repetição das mesmas coisas, e não tinha nada para contar, fora o conteúdo dos materiais que estava lendo. Pensei de súbito em falar *daquilo* que não saía da minha mente, da ideia que ia e vinha, mas que estava sempre lá, dominando minha consciência de forma intermitente nos últimos meses. Ou seja, da ideia de engravidar com o sêmen de alguém. Mas desisti. Era um assunto pessoal demais, imprudente, e não sabia direito por onde começar nem como explicar.

Ao observar o interior do quarto enquanto ouvia Sengawa falar e lhe respondia com monossílabos, vi as lombadas dos livros sobre doação de sêmen e tecnologias de reprodução assistida, empilhados ao lado dos materiais sobre Yakuza e instituições religiosas. Terminara de ler recentemente um livro com entrevistas de pessoas que tinham nascido com a ajuda da doação de sêmen.

Havia dois pontos em comum entre todos os entrevistados: eles não sabiam quem eram seus pais biológicos e cresceram sem ouvir a verdade dos pais. O tratamento por doação de sêmen era e continuava sendo feito em segredo, sem os parentes ou os amigos saberem, e naturalmente a própria criança quase nunca descobria a verdade. Ou seja, significava que as quase dez mil pessoas que nasceram por esse método, as partes interessadas, viviam sem conhecer sua verdadeira origem.

Mas algumas delas descobriam a verdade por acaso. Descobriam que o homem que acreditavam ser seu pai era um completo estranho, e que foram enganadas a vida inteira. Davam-se conta de que não faziam ideia de onde viera a outra metade de si mesmas. Por meio das entrevistas e mesas-redondas nas quais elas contavam suas experiências, e pelo que escrevia o autor e organizador do livro, pude perceber o quanto isso era traumático, assim como quão profundo era o sentimento de perda e dor que elas sentiam.

O último entrevistado dizia que ainda hoje estava à procura do pai.

Ele foi informado pelo hospital universitário que realizara o tratamento de sua mãe de que não havia nenhum registro da época disponível para consulta. O médico responsável já falecera, e as poucas pistas que conseguiu indicavam que o doador seria um dos estudantes de medicina que possuíam algum vínculo com o hospital universitário durante os anos que antecederam a época do tratamento. No final, ele citava algumas características físicas suas que eram diferentes das de sua mãe, com quem tinha vínculo genético, ou seja, que podiam ter sido herdadas do pai, e terminava a entrevista fazendo uma súplica:

"Minha mãe tem baixa estatura, mas eu sou alto, tenho 1,80m. Minha mãe tem olhos grandes e pálpebras duplas, mas eu tenho pálpebras únicas. Desde criança sou bom em corrida de longa distância. Procuro um homem que teve vínculo com a faculdade de medicina da Universidade ***, de alta estatura, pálpebras únicas, bom corredor de longa distância, com idade atual entre cinquenta e sete e sessenta e cinco anos. Será que alguém conhece uma pessoa assim?"

Essas palavras tocaram meu coração.

Imagine ter que procurar alguém extremamente importante e imprescindível — seja pai ou outra pessoa —, dispondo apenas daquelas informações. Eram *características* nada marcantes, praticamente a mesma coisa que não ter nenhuma informação, mas era o que ele tinha. Ao pensar nisso, senti um aperto no coração. *Alta estatura, pálpebras únicas, bom corredor de longa distância. Será que alguém conhece uma pessoa assim?* Para quem, para onde ele estaria dirigindo essa súplica? Visualizei a figura de um homem parado, imóvel, diante de um deserto vazio. Por um tempo não consegui tirar os olhos daquelas palavras.

— ... por isso não quer ir, para coletar informações?

Ao ouvir a voz de Ryōko Sengawa, na qual não estava prestando muita atenção, distraída, peguei o celular com a outra mão.

— Ah, sim, coletar informações.

— Talvez só ouvir o que eles têm a dizer seja interessante. Podemos ir e voltar de Sendai no mesmo dia, mas vamos aproveitar e passar uma noite lá.

— Isso é possível?

— Claro, é para coletar informações — respondeu Sengawa. — Além disso, Natsuko, você só me pediu os materiais uma única vez, e depois não te ajudei em mais nada. Não podemos pagar a estadia de um mês numa pousada de luxo com termas para você trabalhar na sua obra, isso é difícil, mas passar uma noite em Sendai é possível, sim. Para você escrever a parte da instituição religiosa. Eles, os xamãs, são um pouco desconfiados, mas em geral gostam de falar. Deve variar de pessoa para pessoa, óbvio. Independentemente do resultado, estamos no outono, uma época agradável. Acho que você pode experimentar comidas gostosas, recarregar as energias e dar um gás na reta final, até o fim do ano. O que acha, Natsuko?

— Reta final? Ah, sim, claro. Mas acho que não preciso viajar só para coletar informações. Posso me virar com os livros — disfarcei.

— É típico de você não querer sair de casa, mas é bom espairecer de vez em quando. — Percebi que Sengawa soltou um grande suspiro. — Ah, queria te dizer mais uma coisa. No começo do mês que vem vai ter um recital, você quer ir?

— Recital?

— Os escritores recitam seus textos — disse Sengawa, tendo um acesso de tosse. — Ah, desculpe. Eles leem poemas ou trechos de romances. Acho que começou há uns dez anos, essa coisa de recital; *reading*, em inglês. Tem acontecido em vários lugares. Geralmente é junto com o lançamento de uma obra; convidam os leitores, fazem uma sessão de autógrafos, e às vezes há uma pequena confraternização também. Servem bebidas.

— Ah, é?

— O recital do mês que vem até que é grande, acho que o local comporta cerca de cem pessoas. São três escritores. Sou a editora de um deles. Você vai gostar. Vamos, Natsuko. Quero te apresentar uma pessoa.

— Mas não quero levar um tapa na cara — disse, rindo.

— Eu levo o tapa no seu lugar — disse Sengawa no dialeto de Osaka e riu.

Depois de encerrar a conversa com Ryōko Sengawa, liguei o computador e verifiquei a caixa de e-mail. Só havia algumas malas diretas, e nenhuma resposta às minhas mensagens.

Cerca de três semanas antes eu enviara mensagens para dois endereços de e-mail. Uma para um site que pareceu ser o mais confiável entre os que vi na internet, com maior quantidade de informações, e que dizia ter vasta *experiência.*

Tinha criado uma conta nova no Gmail e escrevera uma mensagem dentro do quadrado branco e vazio, explicando minha situação de forma bastante franca: "Tenho trinta e oito anos, sou solteira e não tenho parceiro, por isso não posso receber a doação de sêmen nas instituições médicas. Mas quero ter um filho. Recentemente fiquei sabendo do Semen Bank Japan." Assim escrevi e rematei no final: "Penso seriamente em ter um filho. Gostaria de mais explicações sobre os procedimentos necessários para receber a ajuda de vocês."

Mesmo depois de quase um mês, não recebi nenhuma resposta. Esperei mais dez dias, criei outra conta e enviei uma nova mensagem. Mas continuei sem nenhuma resposta.

Também havia enviado uma mensagem para um homem que mantinha um *blog* e que dizia doar sêmen de forma individual. Também não obtive resposta, mas nesse caso não dei muita atenção. Tinha enviado a mensagem movida a empolgação e precipitação, então mesmo que ele tivesse respondido, provavelmente eu não teria ido encontrá-lo. Eu lhe escrevera só por desencargo de consciência ou curiosidade, ou seja, tinha sido um ato sem nenhum sentido.

Pegando o caderno da gaveta, eliminei essas duas opções, riscando as palavras "Semen Bank Japan" e "doador individual". Restaram mais duas opções:

- Banco de sêmen da Dinamarca, Velkommen
- Uma vida sem filho

Observei minhas letras nada firmes por um tempo e suspirei mais uma vez.

Velkommen era um banco de sêmen dinamarquês, sobre o qual eu ficara sabendo por meio de pesquisas na internet e lendo livros. Era um exagero falar em longa tradição, mas se tratava de uma instituição de renome internacional que funcionava havia várias décadas. Eles divulgavam seus resultados, as instalações usadas eram sempre as mais modernas, pois sempre as renovavam, e, além de testes periódicos para detectar doenças transmissíveis, o sêmen dos doadores era submetido à análise cromossômica e a testes genéticos para saber se havia algum gene relacionado a doenças hereditárias graves. Todo motivo de preocupação, por menor que fosse, era detectado, na medida do possível, e somente o sêmen de homens saudáveis, sem problemas de saúde, era congelado para compor o banco. Como resultado, só dez por cento do sêmen passava na triagem. Ou seja, entre dez homens que se inscreviam para a doação, apenas um era cadastrado. A chance de aprovação era baixa. Velkommen já tinha fornecido sêmen para mais de setenta países e possuía um sistema para atender às demandas de qualquer pessoa pela internet, incluindo casais inférteis, casais homoafetivos e também solteiras como eu.

No site havia o perfil detalhado dos doadores, e, ao se fazer uma busca filtrando por características como tipo sanguíneo, além de cor dos olhos, cor do cabelo, altura e outras, apareciam os doadores que preenchiam os requisitos desejados. Interessando-se por algum deles, era possível obter mais informações. O sêmen custava um pouco mais de duzentos mil ienes. A receptora teria que fazer a inseminação caseira do sêmen enviado. Não havia nenhuma garantia de engravidar, obviamente. Uma das peculiaridades de Velkommen, um ponto que diferia um pouco dos demais bancos de sêmen, era a possibilidade de escolher entre sêmen anônimo ou não anônimo. Ou seja, se a criança desejasse saber no futuro quem era seu pai biológico, poderia ter a chance de acessar as informações dele. Fiquei sabendo que os casais homoafetivos tendiam a escolher sêmen não anônimo, e os casais héteros inférteis, em função da figura paterna dentro de casa, sêmen anônimo.

Quanto mais informação obtinha de Velkommen, mais convencida eu ficava de que era a única opção que me restava. Por que enviei mensagens para sites pouco confiáveis como "Semen Bank Japan" ou para um doador individual? Por que fiquei esperando sem fazer mais nada? Mas o motivo disso era óbvio: eu só falava japonês. Não conhecia uma única palavra em dinamarquês, meu nível de inglês era equivalente ao de um aluno do terceiro ano do ensino fundamental II, e não me lembrava de nada além do *present perfect*. Mal conseguindo formular um texto em inglês, como eu seria capaz de trocar mensagens detalhadas do meu caso? Talvez nem houvesse necessidade disso. Diziam que bastava marcar os itens desejados e efetuar o pagamento, que o sêmen congelado seria enviado de Copenhague em até quatro dias, independentemente do destino.

Afastei-me do computador e me deitei sobre o tapete. Como senti um pouco de frio, puxei a manta que estava enrolada perto dos meus pés e, cobrindo a barriga, coloquei as mãos sobre ela. Até então só havia me preocupado com o sêmen, mas e a condição dos meus óvulos? Minha menstruação vinha regularmente, num ciclo de vinte e oito dias, todos os meses, mas, pela minha idade, não deveria ser muito fácil engravidar.

Liguei a TV e assisti distraidamente ao programa que passava. Virando-se várias vezes para o grande mapa meteorológico atrás de si, o meteorologista explicava com entusiasmo que o tempo pioraria a partir do dia seguinte. A cor das cortinas, que estavam totalmente fechadas, começou a escurecer, mostrando que a noite era iminente. *Quantas vezes mais vou observar o azulado do crepúsculo nesse horário de tardezinha, assim como estou fazendo agora?*, pensei de repente. O que era viver sozinha e morrer sozinha? Será que era estar no mesmo lugar desse jeito, para sempre, não importando o lugar onde estivesse ou o que estivesse vendo?

E qual o problema disso?, perguntei baixinho no dialeto de Osaka. Mas, óbvio, ninguém respondeu a minha pergunta.

11
Estou tão feliz porque hoje encontrei meus amigos imaginários

E esse recital de hoje à noite? Era a primeira vez que assistia a um recital em que os escritores liam a própria obra, e eu não fazia ideia do nível desses eventos, se eram bons ou não. Para início de conversa, não fazia ideia do que estava acontecendo no palco. Sim, sabia que alguém lia algo, mas... Por exemplo, o primeiro que se apresentou foi um poeta. Soube que era famoso, com mais de oitenta anos, mas sua voz era baixa e a dicção, ruim, e ainda por cima interrompia a leitura várias vezes para tossir convulsivamente, como se tivesse um ataque, apoiando-se no encosto da cadeira. Só de vê-lo eu já ficava nervosa.

O segundo a se apresentar parecia ser romancista, usava um cardigã cor de chocolate e tinha bigode e cabelo comprido, preso em um rabo de cavalo. Devia ter uns quarenta anos. Leu um texto em que só se destacavam palavras difíceis, em tom monótono sem nenhuma cadência, e a leitura era tão longa que me deixou inquieta. Além disso, o modo como lia, desprovido de qualquer inflexão, lembrava a leitura de uma oração budista tocada em um gravador, em um *loop* infinito. Quando percebi, eu procurava desesperadamente encontrar um ritmo na leitura, imaginando as batidas de *mokugyo* — tamborzinho de madeira em forma de peixe utilizado nos ritos budistas —, e, de vez em quando, ainda tentava imaginar uma nota fraca, uma tercina; apesar de tudo isso, a leitura não chegava ao fim. Não sabia se por timidez, se era apenas uma performance ou seu jeito natural de ser, mas o romancista ficava o tempo todo cabisbaixo, e sua boca se distanciava gradativamente do microfone. O encarregado de palco ajustou a altura algumas vezes, mas o romancista voltava a se deslocar, e no final a coisa ficou por isso mesmo.

Estávamos em novembro, mas, como haviam se seguido dias frios como de inverno, eu usava uma blusa grossa, o que me causava um grande desconforto. Fazia um calor anormal no salão, e eu começava a me sentir tonta. A leitura da oração budista prosseguia, e o suor escorria tenebrosamente pelas minhas costas. Justo hoje não trouxera uma toalhinha ou lenço. Sentindo a maior inquietação desse ano, observei as pessoas ao meu redor, e, inacreditavelmente, todas olhavam direto para o palco, compenetradas, impassíveis. Tanto a mulher à minha direita quanto a da esquerda estavam concentradas, observando fixamente o romancista que recitava a oração budista, sem sequer pestanejarem. O mais inacreditável era que uma delas usava um gorro de malha grossa, e a outra, um cachecol de lã angorá. Que calor. Me sentia agoniada. O conteúdo que era lido continuava incompreensível. Alguém de espírito punk rock se levantaria, de súbito, e gritaria para quebrar esse desconforto que contaminava o local; pensando nessas coisas sem nexo, expirei o ar aos poucos e me ajeitei várias vezes na cadeira. Mas era o meu limite. Ainda faltava mais uma pessoa para se apresentar, porém, no momento em que a recitação da oração budista finalmente acabou, as luzes do salão ainda apagadas, levantei-me e, inclinando-me para a frente, deixei rapidamente o local. E fiquei sentada na escadaria ao lado do banheiro, sem me mexer.

— Olá! — Vendo-me de pé ao lado da saída, Ryōko Sengawa veio correndo ao meu encontro ao fim do recital. — Gostou? Pedi para reservar um bom lugar para você, não muito perto nem muito longe do palco.

— É, a distância era curiosa — respondi, assentindo com a cabeça. — Tive uma sensação de me dissolver aos poucos, não sabia mais onde estava, quem eu era... O salão não estava quente demais?

— Estava?

— É, meu suor escorria como cachoeira — disse, levando os dedos à gola da blusa, abanando a mão para fazer vento. — Estava bem abafado. Aliás, onde você estava, Sengawa?

— Nos bastidores, porque sou da equipe.

— Ah, sim. — Fiquei um pouco aliviada, pois Sengawa parecia não ter notado que eu saíra no meio do recital. — Foi a primeira vez que participei de um recital. Impressionante, hein?

— Não é? Gostei da leitura de prosa, mas a de poesia foi demais — disse Sengawa com satisfação, as bochechas ruborizadas.

Pensava em voltar direto para casa, mas, frente à insistência de Sengawa, resolvi participar da confraternização pós-evento. Consultei o relógio e já eram oito e meia. O ar outonal noturno estava límpido, e eu tinha a sensação de ouvir seu som silencioso toda vez que respirava. A confraternização era num bar *izakaya* a uns dez minutos a pé do salão de eventos da livraria de Aoyama, onde ocorrera o recital. Sengawa e eu caminhamos pela avenida Omotesandō, onde quase tudo cintilava, olhando as vitrines de diversas lojas.

— Já é clima de Natal — disse Sengawa levantando o rosto. — Parece que o Natal chega mais rápido a cada ano que passa, ou será só impressão minha?

— Até alguns anos atrás, acho que as decorações começavam no final de novembro. Mas, ultimamente, passado o Halloween, já no dia seguinte começam as decorações natalinas.

— Que lindo — disse Sengawa abrindo um sorriso. — Prefiro amarelo a azul. Estou falando da iluminação. Olha, Natsuko. Como se chama mesmo? LED? Azul e branco causam uma impressão fria, por isso prefiro amarelo.

Passamos na farmácia para comprar colírio e nos perdemos um pouco, então, quando chegamos, a confraternização já tinha começado. Havia umas dez pessoas sentadas em torno de uma mesa longa, conversando tranquilamente. Cumprimentando-as com um aceno leve de cabeça, Sengawa e eu nos acomodamos nos assentos do canto e pedimos nossas bebidas.

No assento dos fundos, no canto, estava o poeta que fora o primeiro a se apresentar, encostado na parede, bastante sorridente, mas sem conversar com ninguém. Próximo dele havia uma pessoa e, ao lado dela, o escritor que se apresentara em seguida, no meio do assento dos fundos. A confraternização tinha acabado de começar, mas ele já estava com o rosto vermelho. Não sabia se as pessoas reunidas eram editoras ou membros da equipe do salão de eventos, mas todas pareciam animadas. Naturalmente, eu não conhecia ninguém além de Sengawa.

Bebendo cerveja, Sengawa e eu ficamos conversando enquanto petiscávamos os *yakitori* removidos do espeto. Cumprimentamos algumas pessoas e nos apresentamos. Um grupo numeroso ocupou outra das mesas, o que tornou o estabelecimento mais barulhento, e o volume do tom das conversas na nossa mesa também foi aumentando aos poucos.

Depois de cerca de duas horas, as risadas ficaram ainda mais altas, talvez porque todos já estivessem razoavelmente embriagados, mas havia também um grupo de pessoas falando de algum assunto sério com a fisionomia serena. Houve troca de lugares, e eu ouvia uma editora que se sentara ao meu lado falar de livros de colorir, voltados para adultos, que eram sucesso de vendas nos últimos tempos. O poeta idoso sentado nos fundos estava com a mão na tacinha de saquê sobre a mesa, de olhos fechados, em silêncio, e fiquei na dúvida se ele estava dormindo ou meditando. *Tudo bem ele ficar no meio desse barulho?*, pensei, preocupada, e de tempos em tempos eu olhava para o sujeito completamente calvo ao lado dele, provavelmente seu editor, que assentia algumas vezes, sorrindo, como se dissesse: "Não se preocupe, ele é sempre assim."

Como cada um falava de um assunto diferente, de sua preferência, eu não sabia quem dizia o que, mas ouvia a voz do escritor que se apresentara no palco, discursando de forma bastante enfática havia um tempo, de maneira cada vez mais entusiasmada. Era bastante eloquente, nem dava para acreditar que se tratava da mesma pessoa que fizera aquela leitura que parecia uma oração budista, falando sem parar com o rosto corado de forma desigual. Pelas palavras aleatórias que chegavam a mim, parecia falar do conflito no Oriente Médio. Não conseguia ouvir os detalhes, mas devia estar dando sua opinião para a editora de certa idade sentada ao seu lado.

— ... É um relatório bem detalhado até. Acho que está na hora de o mundo perceber, de verdade, a arrogância dos Estados Unidos. É claro, mesmo decaindo, continuam sendo uma grande potência. Isso eu não nego. Mas há maneiras e maneiras de *decair*. Como decair, e para quê? Nesse ponto, acho que algumas coisas precisam ser ditas.

Balançando a cabeça de forma exagerada, ele inclinou levemente a taça de vinho que segurava na mão e a tomou em um gole, como se fosse uma espécie de ritual. A editora voltou a encher sua taça, e ele bebeu fazendo careta.

— É como eu penso.

Ao ver as pessoas à sua volta assentindo, ele ficou ainda mais empolgado, desviando-se do assunto, ou melhor, mudando seu rumo, não sei dizer se muito ou pouco, e passou a falar qual era a função da literatura no âmbito da política ou do terrorismo. Como Sengawa e eu continuávamos sentadas no canto, ouvíamos o discurso sem prestar muita atenção, enquanto falávamos de outro assunto. Estávamos no nosso quarto copo de cerveja.

— Falando em literatura, eu também havia postado no meu Twitter uma previsão certeira que está acontecendo agora — continuou o homem. — Minhas obras não são bem compreendidas, mas, por exemplo, veja a atual situação da Síria. A situação descrita no relatório a que me referi agora há pouco. Dez anos atrás, eu escrevi tudo isso que consta nele.

Depois que o escritor fez tal afirmação, as pessoas se calaram por um instante.

— Sim, a literatura, os romancistas acabam prevendo o que vai acontecer, querendo ou não — concordou a editora depois de uma breve pausa, como se estivesse impressionada, e foi endossada por mais alguém.

O escritor tomou todo o vinho da taça e, inclinando-se para a frente, tentou continuar:

— E digo mais...

— Que bobagem! — interrompeu uma voz feminina audível. — Você não tem vergonha de ficar falando essas bobagens? É por isso que não consegue escrever nenhum livro decente há anos.

O ambiente foi dominado por um silêncio completo, e eu também me virei para ver de onde vinha a voz.

— Previsão? Não sei o que você escreveu nem o que previu, mas o relatório que você leu na internet foi escrito por alguém que esteve de fato na Síria e viu a situação, não é? Você o leu rapidamente, no conforto do seu quarto, coçando a barriga, e escreveu rapidinho no Twitter, e agora diz que previu isso há anos? Pare de besteira! Ou você vai para a Síria? Vá para a Síria verificar o quão certeira foi sua previsão. Para começar, por que está dizendo isso agora? Só porque ninguém te elogia, não tente inflamar seu próprio ego barato usando o trabalho dos outros!

Diante dessa fala, ou opinião divergente, achei por um instante que assistia à continuação do recital. *Será que houve uma encenação ou algo parecido depois da minha saída, e a continuação está acontecendo aqui, agora?*, pensei. Ou será que a mulher era próxima do escritor e estava fazendo uma brincadeira? Mas não era nenhuma das duas coisas. A voz era da escritora Rika Yusa, que me fora apresentada por Sengawa havia pouco tempo e com quem eu trocara cumprimentos rápidos. Não parecia nem a continuação da encenação nem uma brincadeira amigável.

Depois de um silêncio que durou alguns segundos, no qual se ecoava ao longe o ruído de outros fregueses, como se fosse uma lembrança de algum dia do passado, alguém trouxe outro assunto completamente diferente à mesa: "Vocês lembram...?" "Lembro sim, foi...", outro continuou, e algumas pessoas riram. O escritor continuou a beber o vinho em silêncio. Um clima tenso pairou no ar por um tempo, e intimamente meu desconcerto gritava: que situação constrangedora! Ryōko Sengawa não levara um tapa em uma festa como essa? Talvez essas coisas fossem costumeiras nesse meio, ou seja, uma espécie de saudação. Será? Mesmo assim, não víamos mais essas cenas nem nas ruas de Shōbashi, em Osaka. *Não entendo direito, mas é um mundo inacreditável, em vários sentidos*, pensei enquanto bebia cerveja com o coração batendo mais forte, observando as pessoas ao redor. Mas, alguns minutos depois, tudo tinha voltado ao normal, como se nada tivesse acontecido.

Sengawa pediu mais cerveja e, assim que a trouxeram, trocou de lugar com a moça que estava sentada ao lado de Rika Yusa. Logo depois ouvi a risada alta das duas. Peguei a tigela do *motsunikomi*, que ainda estava pela metade, e comi pedaço por pedaço, pescando-os com a ponta dos palitinhos. Ao levantar o rosto, lembrei-me de conferir o poeta idoso: parecia estar em um sono profundo, a boca semiaberta, como se fosse um personagem de uma pintura egípcia. Meu olhar se cruzou com o do editor ao seu lado, e ele balançou a cabeça como antes, como se dissesse: "Não se preocupe, ele é sempre assim." Também balancei a cabeça.

Depois de um tempo, a confraternização terminou. O escritor e a editora que estava ao seu lado já tinham saído sem que eu percebesse, e as outras pessoas também foram embora.

— Vamos juntas, já que vamos seguir a mesma direção — disse Sengawa.

Rika Yusa também estava com ela. Contou que morava em Midorigaoka, Meguro-ku, e nós três entramos no mesmo táxi. Sengawa sentou-se no banco do carona, enquanto eu, que desceria primeiro, em Sangenjaya, sentei-me no banco de trás, à esquerda; Rika Yusa acomodou-se ao meu lado, atrás do motorista.

— A propósito, Rika — disse Sengawa, admirada, depois de explicar ao motorista os destinos e a sequência das paradas. — Eu te entendo. Eu te entendo, mas...

— Falei o óbvio — disse Rika Yusa rindo. — Ele estava sendo insistente desde o começo. Só falava daquilo. Para começar, os escritores homens em geral são um saco, só falam que previram, que fizeram predição. Por quê? Pra mim tanto faz, mas tive que ouvir isso várias vezes neste ano. Até poderia relevar, se fosse alguma outra pessoa dizendo aquilo. Mas dizer aquela bobagem diante de todo mundo, orgulhoso daquele jeito? Para começar, e o recital de hoje? O que foi aquilo? Qual o significado daquilo? Por que escolheram nós três? Bem, deixando de lado o recital... Ele, o escritor, tem dito coisas que parecem plausíveis na TV e no Twitter ultimamente, mas é mau-caráter. Uma menina, editora, se demitiu por causa dele. Sabiam disso?

— Ah, sim, aquela editora — disse Sengawa.

— É. Quando aquela moça bonita começou a trabalhar na editora, ele logo mexeu os pauzinhos para que fosse a encarregada dele, e desde então passou a chamá-la por qualquer motivo, a levava para lá e para cá, pedindo para ir buscar os textos na casa dele. Bastava mandar por e-mail, como todo mundo faz. Era assédio sexual, assédio moral e abuso de poder, as três coisas juntas, mas ele achava que vivia um relacionamento amoroso. Que idiota. E a editora, por que não fez nada? Podia dispensar um escritor desses. Que raiva.

— Eu te entendo. Mas talvez você tenha bebido demais hoje, Rika — disse Sengawa, suspirando. — Está se sentindo mais solta?

Eu nunca havia lido as obras de Rika Yusa, mas, óbvio, já tinha ouvido o nome dela.

Devia ser um pouco mais velha do que eu. Muitas de suas obras foram adaptadas para o cinema e, nas eventuais ocasiões em que eu ia a livrarias, seus livros estavam nos lugares de maior destaque. Ou seja, era uma escritora de grande sucesso. Lembrava também que, ao receber o prêmio Naoki alguns anos atrás, ela apareceu na entrevista coletiva de cabeça raspada e com um bebê no colo, o que foi motivo de grande repercussão.

Na época também vi a coletiva no noticiário da TV; chamaram-me a atenção seus olhos bem puxados e penetrantes de pálpebras simples. Ela apareceu no local da entrevista vestindo um moletom cinza e calça jeans, tênis, e o mais surpreendente: com a cabeça raspada, em um corte bem mais curto do que o militar. Se fosse mais jovem, poderia se dizer que tinha ares de artista ou de estudante de artes, mas ela não levava jeito para isso. *Que tipo de pessoa é ela?*, pensei, pois emanava uma estranheza na tela da TV que me deixava um pouco confusa. Ao mesmo tempo, tive a impressão de que o jeito de se vestir e o corte de cabelo, que eu via pela primeira vez nesse noticiário, combinavam muito bem com ela.

Por que esse visual combina tão bem com ela?, pensei, na época, analisando Rika Yusa na tela da TV, e me dei conta de que o formato de sua cabeça era extremamente bonito. A região occipital era proeminente e tinha profundidade, o rosto era fino, e a testa, arredondada e um pouco saliente. O dorso do nariz era acentuado, demonstrando força de vontade. Provavelmente não seria um rosto de beleza unânime, mas era marcante, tinha dinamismo em cada detalhe. Lembrava que, na época, eu ficara impressionada, concluindo que sua fisionomia de traços bem vincados evocava um pequeno animal esperto, o que ajudava a formar seus ares curiosamente majestosos. Além disso, sua personalidade, que podia ser percebida pelos diálogos, ou melhor, pelas perguntas e respostas, parecia combinar muito bem com sua aparência.

"Você quis transmitir uma mensagem, ou algo parecido, relacionada aos direitos das mulheres ou às suas reivindicações?", quando o repórter perguntou, mencionando o fato de ela ter trazido a filha bebê na coletiva, ela respondeu da seguinte forma, sorrindo: "Mensagem? Não, é claro que não. Sou mãe solo, e estava sozinha com minha filha em casa até agora há pouco. Como não tenho ninguém, não tinha outra opção a não ser trazê-la comigo." "Sua cabeça raspada é bastante marcante. Tem algum motivo, alguma intenção contida nesse corte?", foi o questionamento de outra repórter, e ela respondeu: "Seu cabelo apresenta uma bela ondulação nas pontas. Tem algum motivo, alguma intenção nesse seu penteado?", provocando risos na plateia. "Desculpe ser detalhista, mas não é cabeça raspada. É *buzz cut*. Não ligo muito para essas coisas, mas nomes são importantes", acrescentou com um sorriso no rosto.

Era um pouco estranho estar sentada ao lado de Rika Yusa no banco de trás do táxi, mas não senti nenhum desconforto. Ela estava encostada no canto do banco, virando-se um pouco para meu lado, e continuava a falar com Sengawa, olhando pela janela de tempos em tempos. Seu cabelo já tinha crescido até abaixo dos ombros, e as pontas se fundiam com sua reluzente blusa preta. Sem saber se era oportuno eu lhe dirigir a palavra, e sem ter uma oportunidade de entrar na conversa entre ela e Sengawa, escutava em silêncio o que elas diziam.

— Faz tempo que você conhece Sengawa? — perguntou Rika Yusa depois de passarmos pela estação de Shibuya e entrarmos na rodovia 246, quando estávamos perto do cruzamento de Dōgenzaka-ue.

— Não muito. Uns dois anos.

— Sengawa não é nada delicada, concorda? — indagou Rika Yusa com um sorriso travesso.

Tossindo no banco do carona, Sengawa virou o rosto para trás só um pouquinho, fingindo estar ofendida:

— Isso é coisa que se diga na minha frente?

— Bem — respondeu Rika Yusa, rindo —, eu não disse nada mais que a verdade. Foi mal.

— Não, não é verdade — defendeu-se Sengawa como se estivesse abismada, balançando a cabeça. — Quem é você para falar de delicadeza? Não é, Natsuko?

— É… Aquela conversa… vai acabar daquele jeito? — perguntei a ela.

— Como assim, "vai acabar daquele jeito"? — perguntou Rika Yusa, olhando fixamente nos meus olhos pela primeira vez. As luzes da noite e da cidade que entravam pela janela projetavam sombras nas suas bochechas, formando desenhos mosqueados que corriam.

Senti minhas mãos e pés lânguidos, e pensei que talvez estivesse mais bêbada do que imaginava.

— Com aquele escritor. Mesmo você falando tudo aquilo, ele não retrucou. Isso é normal?

— Para começar — respondeu ela, balançando a cabeça —, era praticamente nosso primeiro encontro, e acho que ele ficou assustado porque falei aquilo de repente. Ele deve ser o tipo que vai ranger os dentes depois, de raiva, lembrando o ocorrido. E depois deve vociferar em todo lugar que aquela mulher, eu, no caso, não bate bem da cabeça.

— Vocês podem voltar a se encontrar de novo?

— Não sei — disse Rika, sem demonstrar muito interesse. — Acho que não. Normalmente os escritores não têm muita chance de se encontrar. Ou melhor, eu não deveria ter aceitado participar do recital. Sério. Bem, seu nome é Natsu... Natsume? Natsuko Natsume?

— Sim.

— É pseudônimo?

— Não. Nome verdadeiro.

— Sério? — perguntou ela, e riu. — Bem, foi uma tragédia para você o que aconteceu, não foi? Participar de um recital sem sentido como aquele. Sengawa deve ter insistido.

— É, ela me convidou.

— O que você achou? — perguntou ela com um sorriso brincalhão.

— Foi completamente incompreensível para mim — respondi de forma franca. — Mas o salão estava cheio, fiquei impressionada com o número de pessoas.

— Ah, sim — disse Rika Yusa rindo alegremente. — Também fui uma das que se apresentaram, mas penso igualzinho a você. A plateia é obrigada a ouvir a leitura de alguém como eu, sem nenhuma prática vocal, sem nenhuma habilidade, uma completa amadora. Como consegue suportar? Como retratação, nunca mais me apresento num recital.

— Isso é coisa de se dizer rindo? — indagou Sengawa, pasmada, mas rindo também.

— Nunca tinha participado de um recital antes — falei, também aos risos. — É recital, mas não conseguia ouvir direito. É assim mesmo? Na plateia todos estavam completamente imóveis, será que captavam alguma coisa? Os que estavam na plateia eram leitores, certo? Qual é o objetivo de um recital em que não conseguimos ouvir as palavras lidas?

— Uma espécie de dever? — rebateu Rika Yusa, exibindo seus dentes bem alinhados ao sorrir.

— Que tipo de dever?

— Não sei, mas um dever de quem acredita na literatura?

— Nesse caso, quais seriam os direitos?

— Por exemplo, eles pensam o seguinte — disse Rika Yusa, bem-humorada. — As pessoas à minha volta que se dão bem na vida são completamente idiotas. Em compensação, eu nunca sou reconhecida, nunca sou compensada, e minha vida não é nada fácil. Não estou nessa situação por falta de sorte ou de talento, não é isso, de jeito nenhum. Nada dá certo para mim porque *faço parte do grupo de pessoas que entendem as coisas*. Eles adquirem o direito de pensar dessa maneira e de se sentir mais tranquilos, não seria isso? A propósito, você sabe o que a plateia mais espera ouvir num recital desses?

— Não faço a menor ideia. Não consegui pensar em nada, só estava concentrada em ficar sentada.

— "A próxima leitura será a última", claro.

Rika Yusa e eu rimos, e Sengawa também começou a rir, logo em seguida, um tanto constrangida.

Quando o táxi encostou junto ao meio-fio da estrada 246, perto de Sangenjaya, desci depois de agradecer às duas. A porta automática se fechou com um estrondo, e o veículo partiu, acelerando.

Ao consultar o horário depois de pegar o celular da bolsa, vi que já passava da meia-noite.

Notei um nome de remetente desconhecido na caixa de e-mails recebidos. Rie Konno. Rie Konno? Ah, sim, Konno. Nunca recebia mensagens das minhas ex-colegas da época do trabalho na livraria, a não ser relacionadas aos nossos encontros e, pensando bem, era a primeira vez que recebia uma mensagem pessoal de Konno.

"Quanto tempo! Tudo bem? Da última vez que nos encontramos, ainda era verão! Foi de repente, mas decidimos nos mudar no início do ano que vem", assim começava a mensagem. Ela dizia que aconteceram várias coisas, e sua família decidira se mudar para a província de Wakayama, onde morava a família do seu marido. "Antes de me mudar, gostaria de me encontrar com você", completava. "Se tiver tempo, gostaria de vê-la ainda este ano. Posso ir a Sangenjaya, sem problemas. Poderia me retornar quando tiver tempo? Talvez pareça estranho, mas queria pedir mais um favor: não contei para as outras meninas que estou me mudando para Wakayama. Poderia manter em segredo, por favor?"

Por que ela mandou mensagem só para mim? Por que não contou para as outras? Por que estava contando só para mim? Relendo a mensagem, várias dúvidas me ocorreram, mas tive preguiça de continuar pensando nessas coisas. Nosso último encontro fora no verão. Não me lembrava do que havíamos conversado, mas tinha ido a Jinbōchō depois do encontro... Ah, sim, tínhamos comido *galette* no almoço, lembrava-me vagamente disso. Ryōko Sengawa usava uma blusa larga de algodão cru e estava sentada em um velho sofá vermelho-escuro. *Do que falamos mesmo? Para começar, falamos de algo concreto?*, ao pensar nisso, lembrei-me de repente do livro que estava escrevendo, e, no mesmo instante, meu coração ficou anuviado e pesado. Coloquei o celular no fundo da bolsa e caminhei até meu apartamento contando os passos.

Destrancando a porta, entrei no apartamento, e lá dentro, com suas sombras sobrepostas, fazia um frio quase invernal. O tapete sob meus pés parecia úmido. *Cheiro de inverno*, pensei. Mas não o tinha sentido lá fora, enquanto caminhava. Então significava que esse cheiro vinha de dentro do meu apartamento? Será que a temperatura, a intensidade da luz do sol diurno, os componentes da noite se transformavam gradualmente, e, quando algumas condições se combinavam, o cheiro de inverno que penetrava nos livros, nas roupas, nas cortinas e em outras coisas fluía de uma vez? Como uma lembrança que aflora de repente?

O mês de novembro foi passando, como se caixas brancas de mesmo peso fossem ordenadas de forma simples, em linha reta. Acordava às oito e meia da manhã, comia pão de fôrma e me sentava na frente do computador. Comia espaguete com molho pronto no almoço, voltava ao trabalho, fazia um leve alongamento à tarde e comia arroz com *nattō* e conservas no jantar. Depois do banho, lia um pouco os *blogs* de pessoas que faziam tratamento para infertilidade. Todas pareciam viver um círculo de avanços e retrocessos. Às vezes conferia os novos *blogs* que apareciam no *ranking* de mais lidos. Todos continuavam tentando, lutando contra o conflito interno — "acho que não vai dar certo, mas não posso desistir". Mas, no meu caso, nem sequer estava na linha de partida. Nessas horas me lembrava de repente do Facebook de Naruse e o visitava.

Na semana seguinte à do recital, recebi um e-mail de Rika Yusa. "Dá muito trabalho escrever e-mails, é mais fácil falar, será que posso te ligar quando tiver oportunidade?", assim ela escrevera. "Se não estiver a fim de conversar, não precisa atender à ligação", acrescentara. Ao passar para ela o número do meu celular por e-mail, ela me ligou em dez minutos.

— Que bom falar com você por aqui — disse Rika Yusa. — A propósito, li seu livro.

— O meu? — indaguei surpresa.

— Você só escreveu um livro, certo? Gostei muito. É considerado um livro de contos, mas é um romance, não é?

— Obrigada, é muito gentil da sua parte.

— Ei, deixe de formalidades. Temos a mesma idade.

— Sério? — perguntei. Ela voltava a me surpreender. — Achava que você era um pouco mais velha do que eu.

— Nascemos no mesmo ano, apesar de eu ter entrado um ano antes na escola.

— Eu também comprei uns três livros seus, Yusa-san.

— Ah, é? — disse ela, sem demonstrar muito interesse. E continuou, depois de pensar um pouco: — Ei, prefiro que você me chame só de Yusa, em vez de Yusa-san. Como posso chamar você?

Falei para me chamar como quisesse, ao que ela soltou uma espécie de gemido baixinho.

— Então posso te chamar de Natsuko? Assim até parece que somos do clube de vôlei do colégio, em que todas se chamam pelo sobrenome.

— De fato. Apesar de eu nunca ter participado de um.

— Voltando ao assunto do seu livro. Gostei mesmo. Ele me remeteu ao romance *Fuefuki-gawa*, de Shichirō Fukazawa. Você deve gostar desse livro, não?

— Não, nunca li — respondi.

— Sério? — perguntou Yusa. — Narra a história dos moradores de uma vila que morrem a cada geração. E se passa num intervalo assustadoramente longo, mas o livro em si não é muito longo.

Em seguida, começamos a falar de dialetos. Por eu já falar o de Osaka, Yusa me perguntou se eu não pretendia escrever um livro inteiro nesse dialeto. Respondi com sinceridade que nunca tinha pensado a respeito, então ela começou a explicar o que pensava do dialeto de Kansai, em particular o de Osaka.

— Aquela experiência foi incrível — disse ela. — Quando fui a Osaka, vi, ou melhor, ouvi a conversa de um grupo de três mulheres que falavam sem parar, bem empolgadas. Se aquele diálogo fosse transformado em texto, teria várias perspectivas, diálogos, tempos narrativos diversificados, tudo isso mesclado em uma única fala, e as três faziam suas palavras se chocarem umas às outras, de forma ininterrupta. Falavam bem rápido, riam sem parar, mas a conversa fluía. Era uma cena bem diferente das que vemos na TV. Os diálogos que aparecem na TV são ajustados, não é? A interação no dialeto de Osaka, autêntica, não tem como objetivo a comunicação. Aquilo é uma competição, e as pessoas que falam fazem até o papel de plateia. Como posso dizer? Isso é uma arte.

— Uma arte? — repeti o que Yusa dissera.

— É. Tenho a impressão de que o dialeto de Kansai representa a evolução da linguagem em uma arte de palavras... Não, não é bem isso. A palavra "evolução" não é adequada nesse caso. A linguagem é sempre uma arte, mas, para alcançar seu ápice, a linguagem em si, como entonação, gramática, ritmo, essas coisas, foi sofrendo deformações ao longo do tempo. Como resultado, o conteúdo dito também foi sendo deformado cada vez mais.

Como nunca tinha pensado muito sobre o dialeto de Osaka, fiquei ouvindo a explicação de Yusa, pensando que, se ela dizia, devia ter razão.

— De qualquer forma, fiquei espantada. Tenho muitos amigos que falam diversos dialetos, e achava que, diferentemente de uma língua estrangeira, dialetos não passavam de dialetos. Mas, na realidade, eu estava enganada. Não vale. O que é aquilo? Vocês, nativos, não percebem o que está acontecendo?

Respondi que não percebemos.

— Pensei também o seguinte: essa interação de vocês, que achei incrível, será que pode ser reproduzida em livros, em textos escritos? Acho que não, são coisas completamente diferentes — disse Yusa. — Há nativos do dialeto de Osaka que escrevem no seu dialeto, certo? Li alguns livros deles, porque tinha interesse em saber como era. Mas não dá certo. Não fica legal. Lendo vários textos, entendi que, sendo nativo ou não, quase não há relação nesse caso. A configuração da língua falada e o corpo do texto, ou seja, o estilo, são coisas diferentes. Isso é óbvio, mas o estilo é algo criado. E, nesse caso, o importante é ter bom ouvido.

— Bom ouvido? — repeti.

— É — prosseguiu Yusa, animada. — O que é preciso ter é habilidade para ouvir aquilo, que pode ser chamado de ritmo, ou biorritmo, ou seja, aquele som emitido pela *massa* que sustenta aquela interação, e transformá-lo em algo completamente diferente. Quer dizer que, para isso, é preciso ter bom ouvido. Por exemplo, Tanizaki.

— Tanizaki? — indaguei.

— É. Junichirō Tanizaki — disse Yusa como se lesse com cuidado as palavras escritas bem à sua frente. — Ou seja, *Shunkin*. Não *As irmãs Makioka* nem *Há quem prefira urtigas*. É *Retrato de Shunkin*. Obviamente, Tanizaki não era nativo do dialeto de Kansai nem nada.

— Mas aquele livro foi escrito no dialeto de Osaka, ou melhor, no dialeto de Kansai? Não eram só os diálogos que estavam no dialeto? — perguntei.

Tinha lido *Retrato de Shunkin* quando tinha vinte e poucos anos, e só me lembrava vagamente do seu conteúdo, tinha esquecido os detalhes. Mas, como conseguia me lembrar nitidamente da cena em que Shunkin bate, com palheta de *shamisen*, em Sasuke (que, por mais que treinasse *shamisen*, não progredia), a ponto de sentir aflorar nas minhas mãos, nos meus braços e na minha mente a percepção de ser eu mesma batendo nele, de verdade, achei que talvez isso tivesse relação com a *massa* mencionada por Yusa.

— Sim — disse Yusa, rindo. — Estou dizendo que a questão não é se você consegue reproduzir ou não o dialeto de Osaka ou de Kansai do jeito como é falado de fato. Mesmo que todo o livro seja escrito no dialeto-padrão de Tóquio, ou em outro idioma, é possível que a natureza incrível a que estou me referindo seja reproduzida de verdade. Talvez seja isso que quero dizer quando falo de deformação.

— Ah, é?

— É, é isso — respondeu ela, bem-humorada, em um dialeto precário de Osaka.

Assim, Yusa passou a me ligar com frequência.

Geralmente me ligava no momento em que eu pensava em fazer uma pausa, e passamos a nos falar cerca de uma vez por semana. Quando ela me ligava à noite, ocorria de eu ouvir uma voz de criança atrás dela. Yusa tinha uma filha, Kura, que estava prestes a completar quatro anos. Comentei que considerava aquele um nome raro, ao que ela respondeu que era o mesmo de sua avó. Ela também tinha crescido em uma família sem pai e, como sua mãe trabalhava fora como vendedora de seguros, passou grande parte da infância sozinha em casa; assim, a avó cuidou de sua criação. Desde que a mãe se casou e foi morar com o marido, quando Yusa estava com vinte anos, as duas, neta e avó, moraram sós por dez anos, até esta última morrer. Contei que eu também havia morado por um bom tempo com minha avó, e descobrimos que nossas avós tinham nascido no mesmo ano, 1924. Yusa perguntou o nome dela, e eu respondi que era Komi, escrito em *katakana*. "Que senso estético incrível das pessoas nascidas na era Shōwa!", comentou Yusa aos risos.

No último domingo de novembro, Sengawa nos convidou — Yusa e eu — à sua casa, para um jantar. Percebia-se à primeira vista que o apartamento dela era luxuoso, com portão tanto no saguão de entrada quanto na área frontal do apartamento. Na ampla sala que devia medir por volta de vinte tatames, ou seja, cerca de trinta e dois metros quadrados, havia um grande tapete que também parecia de boa qualidade.

No quarto havia até um closet, mas o estilo, o cheiro e a qualidade da mobília eram, é claro, diferentes em todos os sentidos dos que eu tinha em meu apartamento. Ocorreu-me o chamariz em estilo poético dos anúncios de apartamentos que via de vez em quando. Sengawa nos serviu sopa de beterraba em pratos fundos, cuja receita disse ter aprendido a preparar recentemente, fatiou o pão que comprara em uma padaria famosa e, cortando a manteiga com rótulo em língua estrangeira, colocou um pedaço em nossos pratos. Na mesa estavam postos terrine — que, até o final, eu não fazia ideia dos ingredientes que continha —, um creme diferente, meio ácido, salada de ervilhas e grãos de distintas cores e formatos, pratos que não só eu não estava acostumada a comer, como também nunca tinha experimentado na vida. Degustando essas iguarias, falamos de diversos assuntos. Yusa contou que sua mãe dormiria aquela noite em sua casa, por isso estava autorizada a beber; assim dizendo, tomou vinho com gosto. De minha parte, bebendo cerveja devagar, eu pensava em outra coisa.

Ryōko Sengawa morava mesmo nesse apartamento amplo, à primeira vista caro, sozinha? Quanto custava o aluguel de um apartamento desses? Quanto era o salário anual de uma editora? Ela nunca comentou comigo sobre sua vida amorosa, teria ela um namorado? Ou já tivera algum relacionamento sério? Por que Yusa estava criando a filha sozinha? Como era o pai da criança? Como foi a experiência de gravidez e parto? E como era para Ryōko Sengawa, que logo completaria cinquenta anos, não ter tido filhos? O que ela pensava sobre ter filhos? Ou nunca pensou a respeito? O rumo da conversa podia fluir para esses assuntos, e, enquanto pensava, ouvia o que as duas falavam, balançando a cabeça e respondendo com monossílabos. Mas, por mais que esperasse, as duas só falavam de trabalho: crise da indústria editorial, livros que tinham lido recentemente ou outros, e desviavam de assuntos pessoais. Vendo que Sengawa tossia muito, lhe perguntei se estava resfriada, e ela respondeu que tinha asma crônica, apesar de não ser muito grave. Explicou que, quando era criança, tinha crises com frequência, mas, depois de adulta, os sintomas melhoraram muito, só tendo recaídas quando ficava estressada no trabalho. O assunto seguinte foi sobre saúde, e falamos de suco detox e medicina alternativa; quando Yusa se lembrou de um aplicativo de previsão de expectativa de vida que baixara no seu celular, todas nós resolvemos testar. Segundo o resultado, Yusa e eu viveríamos até os noventa e seis, e Sengawa, até os sessenta.

— Viu? Vocês, romancistas, encurtam a vida dos editores — disse ela, com um sorriso travesso, e tomou um gole de vinho.

De tempos em tempos Makiko me ligava.

"Pode falar agora?", ela começava sempre do mesmo jeito, geralmente ligando um pouco depois de meio-dia, e me contava várias coisas: da menina recém-contratada como *hostess* no bar, do método de manter a saúde que vira na TV, da ex-colega *hostess* com quem topara por acaso no shopping Aeon depois de dez anos, agora com diabetes e andando de cadeira de rodas, do vizinho fulano de tal que encontrara um velhinho enforcado no campo esportivo quando fazia caminhada de manhã bem cedo. Makiko descrevia os acontecimentos em sequência e com empolgação, como se narrasse ao vivo o que estava se passando à sua frente. "Poxa, hoje em dia só ouvimos notícias tristes. Sabe, Natsuko, o velhinho não se enforcou numa árvore, mas numa cerca. Numa cerca normal, prendendo uma toalha num lugar não muito alto. Usando uma toalha. Toalha não é para se enforcar, é para enxugar o rosto. Onde ele pesquisou, ou melhor, onde achou esse método? Ei, Natsu, afinal, por que as pessoas nascem?", costumava perguntar com tristeza e, ao final, um pouco antes de desligar, falava sempre a mesma frase, em um tom um pouco mais formal: "Ah, sim, Natsuko, obrigada pelo depósito este mês também." Desde que eu passara a receber, aos poucos, pedidos para escrever artigos, depois que meu primeiro livro fora lançado, comecei a depositar quinze mil ienes para Makiko todo mês. No começo ela se recusou veementemente, dizendo que não precisava, que minha vida também não estava nada fácil, que não devia fazer isso, ao que eu insistia: "Qual o problema? Estou fazendo isso porque quero." Vendo que eu não mudava de ideia, ela decidira aceitar, afirmando: "Então não vou usar esse dinheiro, vou guardar para Midoriko, tudo bem?" Não sabia se Midoriko estava ciente disso ou não, e pensava vagamente que talvez fosse melhor ela não saber.

* * *

Começou o mês de dezembro, e passei a usar casaco por cima do suéter para sair de casa. Os troncos dos pés de ginkgo plantados a intervalos regulares na calçada ficaram pretos, e o vento, cada vez mais frio. No supermercado, os caldos de cozido *nabe* e as garrafas de molho *ponzu* passaram a ser dispostos em lugar de maior destaque. Ao observar a brancura esquisita da couve chinesa *hakusai* empilhada ao seu lado, ficava cada vez mais confusa com o que olhava. O supermercado estava abarrotado de pessoas que buscavam alimentos para o jantar.

Cruzei com uma mãe que escolhia os ingredientes e puxava, com uma das mãos, a mão de uma criança com uniforme de jardim de infância. Com a outra, ela empurrava o carrinho de bebê. A criança contava algo à mãe falando sem parar, com empolgação, e ela lhe respondia com um sorriso. Talvez porque o bebê estivesse dormindo, a parte superior do carrinho estava coberta com uma capa protetora contra o sol, e as pontas dos pezinhos com meias brancas saltavam da manta que parecia macia. Tentei me imaginar empurrando o carrinho de bebê e dando uma volta no supermercado. Tentei me imaginar também de mãos dadas com uma criança, explicando-lhe sobre verduras e carnes. Saí do supermercado depois de comprar *nattō*, cebolinha, alho e bacon. Sem disposição para voltar direto ao apartamento, caminhei a esmo no entorno da estação de Sangenjaya, carregando a sacola plástica com as compras. Ao entrar em uma ruela que cruzava a avenida, ela seguia estreita, e nela havia placas de *snack bar*, bar *izakaya*, brechó e outros estabelecimentos.

Caminhando à toa por essas ruelas, senti um cheiro de lavanderia *self-service* vindo de direção incerta, aquele cheiro peculiar no qual se misturam o ar quente e o odor de roupas secando em uma grande secadora. Ao levantar o rosto, avistei um prédio no qual parecia operar uma casa de banho, próximo à lavanderia, e parei em frente à entrada. Embora não ficasse muito longe do meu apartamento, eu ignorava a existência de uma casa de banho na região. Em Minowa costumava frequentar uma de vez em quando, mas, desde que me mudara para cá, nunca mais tinha ido. Pensando bem, ultimamente nem me lembrava mais de tomar banho fora de casa.

Não havia sinal de gente na entrada do estabelecimento.

O prédio era visivelmente velho, com muitas partes bastante deterioradas. Mas devia estar funcionando, porque o cheiro de água quente pairava no ar, indelével. Passei sob a meia cortina *noren* desbotada e entrei. Havia duas portinholas, uma para homens, outra para mulheres, e, no pilar frontal, um pequeno calendário diário. A pintura do teto baixo estava descolando aqui e ali. No armário para calçados, a maioria das plaquinhas amarelas com os números estava em seu respectivo compartimento, indicando que praticamente não havia nenhum freguês, e no piso, um degrau abaixo do piso principal, não havia nenhum par de sapatos. Tirei os tênis e entrei. No balcão de recepção havia uma mulher idosa que, mesmo sentada, via-se que era muito curvada.

— Quatrocentos e sessenta ienes — murmurou ela, olhando de soslaio para mim.

No vestiário, não havia vivalma. Apenas um ventilador que devia ter sido branco um dia, mas que agora tinha coloração creme; uma grande balança de metal com a plataforma enferrujada; um secador de cabelo, aquele com formato de capacete, para cobrir toda a cabeça, com a almofada de sua cadeira toda rachada; uma esteira de junco gasta estendida no chão; uma cadeira de rotim também bastante gasta ao lado da pia; e um vaso solitário de vidro opaco na mesa ao lado, como se fosse uma lembrança de um falecido que ninguém quis aceitar.

Estava em um vestiário de uma casa de banho comum; do outro lado da porta de vidro ficava a área de banho, com água quente nas banheiras. Só estava vazia porque por acaso não tinha nenhum freguês a essa hora, as pessoas começariam a chegar dali a pouco. Sim, provavelmente. Mas esse lugar era diferente da casa de banho que eu frequentara quase todos os dias quando criança, da casa de banho que eu conhecia. Essa diferença não tinha relação com ser velha ou não, ter sinal de clientes ou não. Tinha a ver com transformação. Ao ficar de pé no meio do vestiário sem ninguém, sem tirar o casaco, foi como se eu tivesse sido deixada para trás dentro da ossada de uma enorme criatura que se deteriorou com o tempo e que perdeu tanto a carne quanto a pele. E tive a sensação de que eu mesma me transformara em um esqueleto completamente oco. Sentia uma desolação que nunca havia experimentado antes. Era como observar, sem poder fazer nada, alguém matar algo ou uma pessoa por engano.

Em outros tempos, embora não parecessem tão distantes assim, tínhamos mesmo vivido aqueles dias em que frequentávamos a casa de banho todas juntas? Tanto vovó Komi quanto minha mãe eram vivas, Makiko e eu éramos crianças, e caminhávamos na rua à noite rindo, a bacia com xampu e sabonete sobre a cabeça. As bochechas coradas em meio ao vapor, que parecia quase palpável. Aqueles dias em que trocávamos várias palavras, em que todas estavam vivas, apesar de não termos dinheiro, de não termos nada. Inúmeras emoções que eu nem chegava a cogitar transformar em palavras. Além do cheiro da água quente, havia mulheres transbordando, sempre. De várias idades — bebês, meninas, senhoras —, nuas, algumas com cabelo ensaboado, outras imersas na água quente, aquecendo seus corpos. Inúmeras rugas, costas retas, seios caídos, pele brilhante, quatro membros como os de um recém-nascido, manchas escuras e claras, saliência maleável das escápulas... Os inúmeros corpos que havia lá riam por qualquer bobagem, conversavam, se irritavam ou carregavam problemas, e viviam dia após dia. Para onde teriam ido todas aquelas mulheres? O que aconteceu com seus corpos? Talvez tenham desaparecido, como os de vovó Komi e de minha mãe.

Calcei os tênis e saí. A velhinha do balcão apenas acenou de leve com a cabeça. O calçado que eu comprara muitos anos atrás estava sujo, e sua cor sombria e nefasta lembrava o céu nublado. Vagueei a esmo. Ao cheiro hibernal quase imperceptível se misturava uma fumaça de carne assada que vinha sabe-se lá de onde, luzes que estimulavam fortemente os olhos piscavam aqui e acolá, e ouvia-se as risadas graves dos homens que cruzavam meu caminho. Aproximei as pontas da gola do casaco para proteger o pescoço, enrijeci os ombros e troquei a mão que segurava a sacola plástica. As pessoas caminhavam cada qual em seu ritmo. A fisionomia de cada uma delas era diferente, o estilo das roupas e o tom de voz também, e pareciam pensar em várias coisas, ou não pensar em nada. As ruas eram inundadas por diversas letras. Não havia nenhum lugar sem letras. Sinalizações, anúncios de locação de estabelecimentos comerciais, fachadas, cardápios, logotipos de máquinas de venda automática, preços, prazos, horários de funcionamento, eficácia de medicamentos. Mesmo não querendo ver, parecia que essas letras saltavam para dentro dos meus olhos de forma espontânea. Senti uma leve dor nas têmporas. Foi então que percebi que meu corpo estava completamente gelado. Apesar de não ter sentido frio nem quando saíra de casa nem quando saíra da casa de banho. Carregando a sacola no antebraço, apertei meus dedos e percebi que as pontas estavam extremamente geladas. O ar frio parecia me envolver como se tentasse preencher o espaço entre as fibras do casaco e do suéter que eu vestia por baixo, invadir a pele, dissolver-se no sangue percorrendo todo o corpo e me congelando ainda mais.

Quando olhei para cima de repente, vi uma sombra; parecia que alguém estava agachado na área para fumantes, um pouco mais adiante.

Ao redor do cinzeiro, algumas pessoas estavam totalmente envolvidas pela fumaça dos cigarros e, bem ao lado, no canto escuro entre os prédios, à sombra de algumas bicicletas estacionadas como se estivessem abandonadas, parecia haver alguém agachado. Os fumantes pareciam não ligar para essa pessoa bem ao lado deles e conversavam animadamente, expelindo a fumaça ou compenetrados em seus celulares, o pescoço curvado.

O que está fazendo? Será uma criança?, pensei, aproximando-me da sombra como se fosse atraída por ela.

Era um homem agachado. Ele era baixo, como se fosse um aluno do ensino fundamental I. O cabelo, grisalho, que não devia ter sido lavado nenhuma vez em meses ou anos, parecia duro por causa da oleosidade e da sujeira acumuladas. Vestindo um macacão de operário tão encardido que não tinha condições de sujar mais, e calçando sapatos igualmente imundos, parecidos com os *uwabaki* usados pelas crianças na escola, o homem com as costas curvadas pressionava algo contra o chão, com força. Aproximando-me mais um pouco, tentei ver o que fazia. Ele pressionava as guimbas de cigarro. Pegava a massa formada por guimbas grudadas no cinzeiro que havia na área para fumantes, cheio de água, e tirava a umidade pressionando-a contra a tampa do bueiro de grade de malha fina. Suas mãos, sem luva, estavam pretas, manchadas de nicotina, alcatrão e outras substâncias derretidas na água, e brilhavam, viscosas, na sombra. Ele removia a umidade colocando seu peso sobre os tocos lentamente e, depois, guardava o que restara, ou seja, as guimbas secas, em um saco plástico fazendo um movimento ainda mais lento, até ficar completamente cheio, fechando-o em seguida. Ele repetiu esse processo algumas vezes.

Não sei quanto tempo fiquei observando o homem. Talvez por cerca de dois minutos. De repente, ele levantou o rosto e se virou devagar, olhando em minha direção. Nossos olhares se cruzaram. Seu rosto estava tão sujo quanto sua roupa e seu cabelo, as bochechas eram magras e pareciam côncavas, com a sombra projetada nelas, e as pálpebras eram encovadas como uma gruta. Ao abrir levemente a boca, seus dentes da frente se revelaram encavalados. "Natsuko", tive a impressão de ouvir meu nome. "Natsuko", tive a sensação de ouvir alguém me chamar. Meu coração palpitou. Senti pontadas nítidas na boca do estômago. "Natsuko." Dei passos para trás sem querer. O homem me olhava firmemente com seus pequenos olhos pretos. Não pude desviar dos olhos dele.

— Natsuko — chamou-me o homem mais uma vez, em voz baixa.

Essa voz que eu pensava não existir em nenhum lugar da minha memória me lançou ao passado em um instante. Cheiro de mar. Pedras do quebra-mar. Ondas fortes que se levantavam como uma respiração escura e rebentavam de forma contínua. Escadaria estreita do prédio. Caixa de correio enferrujada. Revistas empilhadas ao redor do travesseiro; no chão, roupas amontoadas. Gritaria dos bêbados.

— E sua mãe? — perguntou o homem em voz ainda mais baixa e ligeiramente rouca.

Dei mais um passo para trás.

— E sua mãe? — perguntou ele mais uma vez, baixinho.

— Morreu faz tempo — respondi como se espremesse a voz.

O homem parecia não entender direito o que eu falava. Olhou para mim virando apenas seu rosto obscuro e me encarou vagamente com seus olhos sombrios como se fossem pintados de preto. Era pequeno, magro e franzino, e parecia não lhe restar nenhuma força. Dava a impressão de estar tão debilitado que não seria capaz de enfrentar nem as crianças do jardim de infância. Mas eu tinha medo dele. Minha respiração ficou curta e ofegante, e meu coração palpitou fortemente.

— Ela morreu? — murmurou ele, com um olhar vago. Em seguida, continuou com a voz rouca: — E você, o que fez?

Na hora não entendi o que ele queria dizer. Pestanejei várias vezes para tentar me acalmar.

— O que você fez? — repetiu.

Senti uma dor intensa na garganta, como se algo fosse amassado. Os tímpanos produziam ruídos. O que eu fiz? Minha palpitação acelerou tanto que tive a impressão de que meu corpo balançava para a frente e para trás, e uma ira irreprimível girava como redemoinho na altura das minhas clavículas. Parecia que todo o sangue do meu corpo entrava em ebulição, circulando em sentido contrário, e eu era carregada por esse fluxo. Era esse tipo de ira que sentia. "Você...!", tive vontade de gritar e dar um empurrão nele. Queria segurá-lo pelo ombro e arrastá-lo. Mas não consegui me mexer. Não consegui dizer nada. Eu tinha medo dele. Ele estava magro e debilitado, tão fraco que não devia ter forças nem para levantar o braço ou gritar, mas, ainda assim, eu o temia. A única coisa que consegui fazer foi observá-lo em silêncio. Mas por algum motivo restava, na minha mão, a firme sensação de ter segurado a roupa dele e de tê-lo derrubado de costas no chão. Tinha a firme sensação de ter socado seus ombros várias vezes, chorando, e de ter dado um empurrão em seu peito. Não conseguia nem desfazer o punho que tinha cerrado firmemente. "Não queria fazer isso, não queria, não fiz nada contra esse homem à minha frente", repeti isso a mim mesma, balançando a cabeça sem parar. Então o homem tentou abrir a boca mais uma vez.

— Por que você não ajudou? — Ouvi essa voz quando tentei prestar atenção na sua boca.

A voz soou mais débil do que antes, definhante e baixa, como se não fosse chegar até onde eu estava, mas ecoou de forma vívida, como se estivesse sendo sussurrada bem no meu ouvido.

— Por que você não ajudou sua mãe? — repetiu ele. — Por que não ajudou? Por que não ofereceu ajuda?

As palavras emitidas por ele se transformaram e se ramificaram dentro de mim, e percebi que algo escuro se espalhava ao redor dos olhos dele. Esse líquido escorreu pelas bochechas em várias linhas escuras e se espalhou por todo o seu rosto, como se fosse uma mancha fatal. Nesse momento, surgiu uma luz forte de repente, à minha esquerda, e ouvi um som metálico estridente, como se algo fosse arranhado com força. Ao levantar o rosto, assustada, havia uma bicicleta parada bem rente a mim, quase me atropelando, e a mulher que andava na bicicleta disse, com olhos arregalados, meio que gritando:

— Toma cuidado! — E se foi.

Voltando a olhar para o homem de baixa estatura, ele repetia seu movimento anterior, de costas para mim. Bem próximo dele as nuvens de fumaça branca continuavam subindo, e as pessoas seguiam fumando como antes.

Fechei os olhos e engoli a saliva acumulada na boca. Meus lábios estavam completamente ressecados e ardiam. Ao lambê-los, foi como se repuxassem ainda mais. Deixei o local a passos largos. Caminhei desviando das pessoas para não trombar com elas; quando vi uma curva me virei à direita, e repeti isso algumas vezes. Ao avistar um café, abri a porta e entrei, como se forçasse meu corpo.

Mesmo permanecendo sentada, sem me mexer e sem tirar o casaco, demorei para me aquecer. Ainda assim, tomei toda a água com gelo do copo que me foi servido e pedi mais. O espaço do estabelecimento era estreito e comprido, com um café na parte da frente e uma espécie de loja de roupas e acessórios nos fundos. Na parede estavam penduradas algumas camisetas pretas de rock, e o lugar emanava um cheiro de poeira meio adocicado, próprio dos brechós. Tocava Nirvana na caixa de som instalada em algum lugar. Não me lembrava do título da música, mas era a terceira do álbum *Nevermind*. Uma atendente jovem, com vários brincos nas orelhas e vestindo um velho moletom cinza com capuz, se aproximou, e lhe pedi café quente. Nas costas de suas mãos havia tatuagens de estrela nada simétricas, que pareciam desenhos feitos por uma criança. Nesse momento, lembrei que alguém dissera — quem foi mesmo? — que bebidas e comidas de países quentes eram feitas para esfriar o corpo, mesmo quando servidas quentes. Eu nem queria tomar café, mas não sabia o que mais pedir.

Meus lábios continuavam a arder, como se estivessem pegando fogo. Ao tocá-los com a ponta do dedo, percebi que descamavam em alguns pontos. Queria passar hidratante labial na parte rachada dos lábios e, em seguida, por todo o rosto, tamanha a dor que sentia. Quase perguntei à atendente com brincos e tatuagem de estrela se tinha hidratante labial. Mas é claro que não podia pedir isso a ela. No brechó não deviam vender hidratante, e hidratante labial não era algo a ser compartilhado. Ao ouvir a voz bastante delicada de Kurt Cobain cantando, tive a sensação de que meus lábios ardiam cada vez mais. Mas, por outro lado, achei que não havia problema. Qual o problema de sentir dor nos lábios? Quando os lábios doíam, onde estava o problema? Onde estava a dor? Então lembrei-me de Naruse. Não gostava tanto de punk ou grunge, mas, na nossa adolescência, um pouco antes de completarmos vinte anos, houve uma época em que nós dois só ouvíamos esse álbum. Ficamos sabendo que Kurt Cobain tinha morrido pouco antes de começarmos a ouvi-lo, mas isso não tinha importância para nós. Afinal, a maioria dos músicos de quem gostávamos já estava morta. Começou a tocar *Lithium*.

"Estou tão feliz porque hoje encontrei meus amigos imaginários", cantava Kurt Cobain, assim como cantava vinte anos atrás. Não, não estava sendo precisa. Não estava sendo precisa dizendo "assim como cantava". Era tudo *exatamente igual*. As pessoas mortas e as informações deixadas por elas não sofriam nenhum tipo de alteração. Elas continuavam gritando as mesmas coisas no mesmo lugar, até desaparecer o último ouvinte que prestava atenção em sua voz. Quando Cobain morreu, sua filha ainda era bebê e foi criada sem ser alfabetizada — eu tinha lido isso em algum lugar. Como será a sensação de ter tido um pai que morreu estourando a própria cabeça com um tiro, um pai eternamente jovem e deprimido?

O café continuava quente. Sorvi um pouquinho e tentei engolir devagar, mas não conseguia me acalmar. Como o frio foi amenizando aos poucos, tirei o casaco e o deixei ao meu lado, dobrado, e expirei o ar acumulado nos pulmões. Senti pontadas ainda mais fortes nos lábios, a dor parecia aumentar cada vez mais. Toda vez que a cena da área para fumantes ameaçava ressurgir, eu fechava os olhos e balançava um pouco a cabeça. Tentei visualizar um pano branco imaginário. Enrolei-o na ponta dos dedos da minha mão direita, também imaginária, e tentei reconstituir a cena em que limpava o interior da minha cabeça imaginária de ponta a ponta. Fui limpando os desníveis, as fendas, as partes intumescidas e irregulares com esmero e cuidado. Continuei movendo a ponta dos dedos sem parar, engolindo saliva. Mas, por mais que esfregasse, sempre ficava uma mancha no pano imaginário. O interior da minha cabeça não ficava limpo por completo, e parecia não ser nada fácil remover toda a impureza. Peguei e mordisquei o açúcar em cubos sobre o pires. Um sabor adocicado comum, que tanto fazia provar ou não provar, espalhou-se na minha língua. Era um sabor doce que parecia o do papel machê.

De súbito pensei em ligar para Makiko. Não tinha nada para lhe contar, só queria falar com ela, qualquer que fosse o assunto. Mas era dia de semana, dia de trabalho dela, e ela já devia ter saído de casa. E Midoriko? Quando foi a última vez que troquei mensagens no Line com ela? Será que estaria com Haruyama, ou estaria no trabalho temporário? Peguei o celular e pensei em mandar uma mensagem para ela, mas hesitei e acabei desistindo.

Verificando o e-mail, vi algumas malas diretas dos jornais. No meio das mensagens, havia uma de Konno. Tinha respondido à sua mensagem do mês passado, e combinamos de nos encontrar ainda neste ano, mas sem acertar os detalhes. Abrindo o e-mail do jornal, percorri rapidamente a página, como se deixasse escapar algo da ponta dos dedos, deixando passar diante dos meus olhos manchetes dos artigos, avisos, anúncios de campanhas e outras informações. Fui simplesmente lendo as letras que apareciam na tela, sem pensar em nada. Mais um dia de grandes acontecimentos em toda parte. Mesmo passado um mês desde a vitória de Trump na eleição presidencial dos Estados Unidos, o impacto causado nas pessoas ao redor do mundo não tinha diminuído, e os intelectuais do Japão também tentavam analisar a situação de diversos ângulos nos artigos. Havia uma reportagem sobre a cerimônia do prêmio Nobel ocorrida em Estocolmo. Em meio aos artigos, apareciam de vez em quando anúncios de assinatura, sucedidos por ensaios e outras recomendações de leitura. "Como se zangar sem desperdiçar sua vida: o que é controle da ira?” “Prevenção da contaminação pelo norovírus, medidas que podem ser tomadas no lar.” Depois, havia informações sobre eventos e conferências. Seminário sobre a aplicação de bens, mesa-redonda voltada exclusivamente para mulheres, tendo como convidada uma ensaísta famosa, exposição de fotos. Meu dedo parou quando vi o próximo título. Franzi as sobrancelhas com força e arregalei os olhos. “Nova relação ‘pais-filhos’ e futuro da vida: pensar sobre a inseminação artificial com sêmen de doador (IAD).”

Abaixo do título, havia a descrição do evento:

“No Japão, a inseminação artificial com sêmen de doador (IAD) é realizada há mais de sessenta anos como tratamento para infertilidade. Dizem que já nasceram mais de dez mil crianças por esse método, mas não houve discussões suficientes nem a criação de legislação específica. A tecnologia avança cada vez mais, e os valores se tornam mais diversificados. Quem se beneficia das tecnologias de reprodução assistida, que envolvem o intermédio de terceiros? Qual é a questão a ser refletida seriamente neste momento? Vamos receber Jun Aizawa, que trabalha nessa questão como parte interessada, para uma discussão sobre ‘pais e filhos’ e a vida.”

Jun Aizawa... Me lembrava de ter visto esse nome em algum lugar. Onde teria sido? Já tinha visto esses três ideogramas postos em sequência. Eram familiares. Conhecia esse nome. Quem era Jun Aizawa? Coloquei o celular na mesa, virado para baixo, e observei o açúcar em cubos que estava mordiscando. E tentei reproduzir várias vezes, na minha mente, os ideogramas de Jun Aizawa. Doação de sêmen... Parte interessada... Jun Aizawa. Nesse momento, vi o homem de pé, coluna ereta, de costas para mim.

“Eu sou alto, tenho 1,80m. Minha mãe tem olhos grandes e pálpebras duplas, mas eu tenho pálpebras únicas. Desde criança sou bom em corrida de longa distância.” Era ele. “Pálpebras únicas, bom corredor de longa distância, com idade atual entre cinquenta e sete e sessenta e cinco anos. Será que alguém conhece uma pessoa assim?" Aquele livro. Tinha visto o nome dele naquele livro, com as entrevistas de pessoas que nasceram pela doação de sêmen, que havia lido alguns meses atrás. Lembrei-me com nitidez. Era ele que vinha procurando o pai por muito tempo só com esses fragmentos de pistas, que nem podiam ser consideradas características. Era ele. Cliquei no *link* para ver os detalhes, verifiquei a data, o horário e o local, e tirei um *print* da tela.

12
Natal divertido

O evento seria no terceiro andar de um pequeno prédio comercial, a alguns minutos a pé da estação de Jiyūgaoka. Era um ambiente simples, como se fosse uma ampla sala de reuniões, com uma cadeira na frente de um quadro magnético, no meio, e uma pequena mesa de madeira ao seu lado, com um microfone solitário sobre ela. As cadeiras dobráveis estavam dispostas em volta, na forma de leque, e quando cheguei, com quinze minutos de antecedência, cerca de oitenta por cento dos assentos — do total de mais ou menos sessenta — estavam ocupados. Deixei minha sacola na cadeira do canto, na última fileira, e fui ao banheiro.

Ao retornar, uma mulher estava sentada na cadeira ao meu lado, e, quando nossos olhares se cruzaram, nos cumprimentamos com um leve aceno de cabeça. Depois de examinar a sala, analisei o panfleto que tinha pegado na entrada. Pela programação geral, Aizawa falaria na primeira metade, e haveria um debate com as pessoas da plateia na segunda parte.

Depois de um tempo entrou um homem que, à primeira vista, parecia ser Jun Aizawa.

Era alto, vestia uma calça chino bege e um suéter preto de gola redonda, e não carregava nada nas mãos. Sentando-se depois de se curvar levemente para a frente, repartiu ao meio a franja que caía nos olhos, usando a ponta dos dedos, e esfregou as pálpebras algumas vezes. Tinha olhos amendoados e finos e, conforme mencionado na descrição, pálpebras únicas. Pegando o microfone, saudou o público.

Parece penteado de jogador de tênis, pensei espontaneamente. Não conseguia explicar direito por que o cabelo repartido ao meio, alinhado na altura das orelhas, evocava jogadores de tênis, mas por algum motivo tive essa impressão. Talvez pela franja, pelo modo como ela se levantava na raiz. Preocupado com o volume do microfone, Jun Aizawa agradeceu a presença de todos. Sua voz não era aguda nem grave, não tinha nenhuma peculiaridade, mas seu modo de falar era marcante. Sua pronúncia era fluida, sua voz, nítida, mas, talvez em função da fala lenta e das pausas que fazia, era como se eu ouvisse um monólogo. *Ele fala como se estivesse sozinho no canto de um quarto, debruçado sobre um livro de colorir*, pensei.

Jun Aizawa começou a falar da própria experiência.

Ele nasceu em 1978, na província de Tochigi e, quando tinha quinze anos, perdeu o pai, à época com cinquenta e quatro anos. Até ele sair de casa para fazer faculdade em outra cidade, morou com a mãe e a avó paterna. Quando estava com trinta anos, sua avó disse: "Você não é meu neto de sangue." Ao indagar a mãe, ela confessou que engravidara após fazer tratamento com IAD no hospital universitário de Tóquio e o dera à luz. Desde então, ele fez de tudo para descobrir quem era seu pai biológico, mas não teve sucesso, e seguia sem saber.

Em seguida, falou da realidade recente do tratamento com IAD.

Por exemplo, nos Estados Unidos estava sendo criado um sistema que poderia ser usado pelas pessoas nascidas por IAD quando desejassem conhecer sua origem, mas, no Japão, o tratamento com IAD em si era pouco conhecido. Já deviam ter nascido entre quinze mil e vinte mil crianças por esse método, mas elas não eram reconhecidas e, em números, era quase como se não existissem. Praticamente nenhum pai ou nenhuma mãe explicavam a verdadeira origem ao filho, e, na maioria dos casos, a criança ficava sabendo da verdade por acaso. Em inglês, revelar ou explicar acontecimentos importantes era chamado de *telling*, e a condição ideal para o *telling* era um momento em que toda a família estivesse reunida, vivenciando junta um momento feliz. No entanto, na realidade, a maioria das revelações ocorria quando os pais estavam com alguma doença terminal, em estado grave ou ao morrerem, causando um grande choque às partes interessadas. Ele falou do sofrimento que muitas pessoas nascidas por IAD continuavam carregando: desconfiança e ira que aumentavam cada vez mais depois de saberem a verdade, depois de se darem conta de que foram enganadas; sensação de que não nasceram de pessoas, mas de alguma *coisa*.

— Até então, os especialistas no tratamento com IAD e os pais que optavam por esse método não tinham refletido sobre o que a criança que ia nascer pensaria da própria origem — disse Jun Aizawa, quase no final de sua fala. — A maioria dos doadores também doava seu sêmen sem pensar a fundo nesse ato, fazia isso como se doasse sangue, sem questionar seu chefe, no caso dos estudantes de medicina dos hospitais universitários. Felizmente o direito da criança de conhecer sua origem genética está sendo considerada, em parte, uma questão que não pode ser ignorada, apesar, é claro, de ainda estar longe de ser feita a revisão das leis, e muitos hospitais estão deixando de realizar o tratamento com IAD. Como resultado, nós, as partes interessadas, inclusive eu, recebemos muitas críticas: "Parem de falar essas coisas. Se diminuir o número de hospitais que trabalham com o método IAD, não vou poder fazer o tratamento para infertilidade, não vou poder ter um filho. Parem de se intrometer nesse assunto!"

"Mas, antes de tudo, não deveríamos pensar nas crianças que vão nascer? Acho que engravidar e ter filhos não é o objetivo final. A vida da criança continua após o nascimento. E com certeza chegará um momento em que ela vai querer saber de onde veio. Saber quem são seus pais biológicos. Quando a criança desejasse saber sua origem, deveria haver meios para descobrir a verdade. Gostaríamos de continuar propondo que pelo menos isso seja garantido."

Quando Jun Aizawa terminou de falar, foi feito um pequeno intervalo e, em seguida, começou o debate envolvendo a plateia. Inicialmente, ninguém abriu a boca, seguindo-se um silêncio constrangedor, até uma mulher levantar a mão, hesitante. Quando uma moça de baixa estatura sentada perto da entrada lhe entregou o microfone, ela começou a dar sua opinião depois de um cumprimento com a cabeça. Mas o assunto não progrediu para um debate. Ela só falou quão doloroso era o tratamento para infertilidade que vinha fazendo por muitos anos, sobre o marido que não colaborava, que no momento atual não sabia nem se a causa era infertilidade do marido ou não, e que não sabia o que fazer daquele momento em diante. Quando parecia que a mulher tinha terminado de falar, ouviram-se alguns aplausos.

Em seguida, outra mulher levantou a mão. O teor de sua intervenção era parecido com o da primeira: disse que provavelmente a causa da infertilidade estava no marido, que ela queria muito ter filhos e se interessava pelo tratamento com IAD, mas não tinha coragem de mencionar ao esposo. A terceira mulher a erguer a mão tinha o cabelo amarrado em um rabo de cavalo, a franja presa com um grande prendedor com estampa de madeira e usava uma jaqueta cinza amarrotada. Segurando o microfone, a mulher bateu nele para ver se estava ligado.

— Ter um filho — começou, e, ao dizer isso, tossiu alto como que para pigarrear. — Ter um filho, ser pai ou mãe, é priorizar, desejar, antes de tudo, a felicidade do filho, sem se preocupar nem um pouco consigo mesmo. Essa é a qualificação para a paternidade ou a maternidade. Mas a tecnologia de IAD, como foi dito agora há pouco, é cem por cento egoísmo dos pais. Originalmente, ter um filho é uma providência da natureza. Os médicos fazem por egoísmo também. Não ligam para o valor da vida e, a bem da verdade, para eles não passa de um experimento, não é? Querem testar a própria força, mostrar até onde conseguem chegar. Por isso sou contra. Como é mesmo que se diz hoje em dia... barriga de aluguel? Basta oferecer dinheiro que dá para usar o corpo de uma mulher pobre para gerar um filho. Isso é exploração, não? Isso não é tratamento, não está certo, é preciso que se diga em voz alta. É isso o que penso.

Demonstrando uma certa agitação, a mulher se ajeitou na cadeira ruidosamente. Os aplausos foram um pouco mais hesitantes do que antes. Pensei em perguntar a ela se haveria algum parto que não fosse egoísmo dos pais, mas desisti da ideia. Jun Aizawa estava sentado ereto na cadeira, com a ponta dos dedos entrelaçadas sobre o colo, e balançava a cabeça como se assentisse, mas parecia distraído, sem prestar muita atenção, como se estivesse perdido em algum devaneio.

— Posso? — Outra mulher levantou a mão.

De rosto redondo, usava um vestido azul-marinho, um suéter amarelo-claro sobre os ombros, e seu cabelo tinha uma ondulação bonita nas pontas. Pela aparência não dava para saber sua idade, talvez fosse próxima à minha, mas eu acreditaria se me dissessem que era dez anos mais velha do que eu. Tinha rosários budistas de cristal que davam várias voltas em seus pulsos.

— Acho que a imaginação é importante — disse, sorrindo, como se lesse um poema escrito por ela mesma para cada uma das pessoas da plateia. — E se a criança que nascer por IAD tiver alguma deficiência? E se não for possível criar laços com sua família durante seu crescimento?

"Quem garante que o casal não vai se separar no futuro, e, em caso de separação, o que vai acontecer com a criança nascida por IAD?

"Até onde os pais têm consciência de serem pais?

"Gostaria que as pessoas que consideram fazer o tratamento com IAD pensassem bem sobre essas questões. Além disso... Toda vida que nasce neste mundo tem um destino a cumprir.

"Sim, Deus está vendo de algum lugar. Ele sabe de tudo. Ele concede o filho para os casais ou lares bons, que estão dispostos a assumir as responsabilidades. O mais importante de tudo é a família.

"Crescer num ambiente com amor e responsabilidade. Nascidas ou não pelo tratamento especial chamado IAD, todas as crianças... Toda vida é... vida. Não nego a vida. Muito obrigada."

Ela juntou as mãos em silêncio em frente ao rosto e se curvou para a plateia com um largo sorriso. Mais aplausos hesitantes. No instante seguinte — eu já estava arrependida, mas era tarde demais —, levantei a mão por reflexo, e a moça com o microfone se aproximou.

— Sobre o que a última senhora disse, não é só nos casos de pessoas que desejam fazer o tratamento com IAD, não é? — lancei. — Por exemplo, ela falou: e se a criança nascer com deficiência, e se não conseguir criar laços com a família, e quem garante que o casal não vai se separar? Mas isso não se limita a casos de IAD. Todos os pais deveriam pensar sobre isso, certo? Ela também falou de Deus. Deus? Falou de famílias, lares bons, que Deus concede o filho para casais dispostos a assumir responsabilidades. Mas essa ideia não é leviana demais? O que é uma família, um bom lar? Por que numa família boa, à qual Deus concedeu o filho, ocorrem abusos? Por que há crianças que são mortas pelos pais?

Nesse momento percebi que minha voz estava alta.

As pessoas me olhavam de soslaio. Não acreditei que fora capaz de dizer uma coisa dessas em um lugar como esse, e sentia como se minha palpitação intensa balançasse a sala. Meu rosto corou rapidamente e fitei meus joelhos para tentar me acalmar. Vendo a aproximação da mulher, devolvi-lhe o microfone.

Era comum eu ficar com raiva ou resmungar intimamente, mas, para mim, era inimaginável falar desse jeito, com pessoas desconhecidas. Sim, eu tinha tendência a fazer isso, mas na época da minha adolescência, no máximo até por volta dos vinte anos, em um passado tão distante que nem lembrava mais. Meu coração disparou, a ponto de sentir pontadas, e a parte de trás das minhas orelhas estava quente. A ponta dos meus dedos tremia de leve. A mulher que tinha falado antes de mim disse, sentada em uma cadeira um pouco afastada, como se encarasse meu rosto:

— Mas essas coisas de abuso são uma provação para a criança. — Sua voz saiu baixinha, como se falasse sozinha.

Levantei o rosto de súbito, reagindo à palavra "provação", mas não retruquei.

Jun Aizawa apenas sacudiu a cabeça algumas vezes e não expôs nenhuma impressão sobre minha fala. Pegando o microfone que voltara à sua mão, ele disse:

— Será que alguém mais gostaria de opinar?

Assim que terminou o horário reservado para o debate, no qual as pessoas expuseram suas impressões, o encontro chegou ao fim. Metade das pessoas saiu da sala, e a outra metade começou a conversar em pequenos grupos. Meu rosto continuava quente. Tentando me acalmar, fingi que verificava o e-mail no celular, ainda sentada na cadeira. Mas só pensava no que tinha feito.

Seja lá como fosse, não havia nenhuma necessidade de expor minha opinião, ou seja, refutar uma pessoa que só apresentava sua visão de mundo e seus sentimentos. Me arrependia de ter falado aquilo. *Devia ter ficado quieta*, pensei. Mas não achava que tivesse dito nada de errado e, mesmo naquele momento, não conseguia esconder minha ira contra o que ela dissera. Longe disso: apesar de tentar não pensar mais no assunto, aquela interação foi reproduzida várias vezes na minha cabeça, independentemente da minha vontade, o que só me deixava mais irritada ao me lembrar dos pequenos detalhes do que ela dissera.

Dei uma olhadela para a mulher e a vi conversando alegremente, rodeada por outras mulheres. De vez em quando ouvia sua risada alta, e ela parecia não se importar nem um pouco comigo, nem com minha intervenção. *O que é isso?*, pensei. *Que espécie de encontro é esse?*

Sim, poucas pessoas tinham exposto suas opiniões, e eu não sabia a posição de cada um dos participantes. Mas senti que o evento, em vez de propor uma discussão ampla sobre IAD, era dominado por um clima de não reconhecimento desse tipo de tratamento. Era evidente que a parte interessada, a pessoa que falara primeiro, Jun Aizawa, tinha essa posição, então era natural que o encontro tivesse esse clima. Eu tinha lido o livro de entrevistas e sabia disso. Mas senti um tipo de vazio que não conseguia explicar.

Enquanto aguardava o elevador depois de sair da sala, senti alguém se aproximar. Era Jun Aizawa. Ao vê-lo bem ao meu lado, percebi que era mais alto do que eu imaginava. Pensando bem, Naruse era só um pouco mais alto do que eu, que tinha 1,63m, e talvez fosse a primeira vez que via um homem visivelmente alto tão de perto.

Jun Aizawa segurava uma sacola preta de algodão. Estranhei que, sendo o organizador e a principal figura da associação, ele deixasse o local antes dos participantes. Como nossos olhares se cruzaram, acenei de leve com a cabeça, e ele retribuiu com o mesmo movimento. Achei que ele fosse comentar minha opinião, mas não disse nada. O elevador estava parado no nono andar e demorava para descer. Tomei coragem e lhe dirigi a palavra:

— Estou participando pela primeira vez.

— Você foi a última a falar... — disse Jun Aizawa. — Muito obrigado.

— Talvez tenha falado algo que não devia. Desculpa.

— Não, não falou.

Ficamos em silêncio. O elevador continuava parado no nono andar.

— Você — retomei — organiza esse tipo de encontro com frequência?

— Na verdade não sou exatamente o organizador...

Ele retirou um panfleto da sacola e me entregou, dizendo:

— Se tiver interesse...

Havia um cartão de visita preso por um pequeno clipe na parte superior direita. O cartão era comum, com seu nome, Jun Aizawa, complementado por "Associação para Pensar sobre IAD com a Perspectiva das Partes Interessadas", sem número de telefone, só endereço de e-mail e URL do site.

— Nós, as partes interessadas da IAD, fazemos atividades em grupo. Esse panfleto é de um simpósio que ocorrerá no início do ano. Convidamos um especialista, um profissional da área de saúde e nosso representante, que propôs a criação dessa associação. Se tiver interesse… — explicou Aizawa de forma indiferente, como se lesse as lombadas de livros dispostos em uma estante pelos quais não se interessava.

— Você também vai falar?

— Não, em geral fico nos bastidores.

— Li o livro de entrevistas — revelei.

— Obrigado. — Ele meneou a cabeça de leve e agradeceu de forma protocolar.

Observando a luz do elevador, ele pegou, com a mão direita, a sacola que carregava na mão esquerda. O elevador começou a se mover e chegou ao oitavo andar. Olhando a luz descer, de repente senti-me compelida por algo e meu coração acelerou. Quando a luz indicou que o elevador chegara ao quarto andar, tomei coragem:

— Ah, estou pensando em fazer o tratamento com IAD — disse. — Não sou casada, não tenho parceiro, então serei mãe solo desde o começo. Mesmo assim estou pensando em fazer.

Não tinha ninguém no elevador. Entramos em silêncio, e Aizawa apertou o botão. Logo chegamos ao térreo. Quando a porta se abriu, ele fez sinal para eu sair primeiro, pressionando o botão.

— Desculpe ter falado de repente — disse.

— Tudo bem, o encontro é para falar dessas coisas. — Aizawa balançou a cabeça. Depois de uma pausa, continuou: — Se é solteira, pretende fazer no exterior?

No site do Willkommen, foi o que logo me veio à mente, mas não consegui dizer. Sem saber o que falar, fiquei calada. Então Aizawa pegou o celular do bolso da sua calça, talvez por ter recebido alguma ligação, deu uma olhadela na tela e o colocou na sacola.

— Espero que dê certo. — Ao dizer isso, começou a andar e, virando-se na primeira esquina, desapareceu.

* * *

Caminhei na direção da estação em meio ao ar límpido de novembro. Consultei o relógio e já passava das três e meia da tarde. À beira da estrada, acumulavam-se folhas secas amarelas, marrons e vermelhas, todas misturadas, que esvoaçavam de tempos em tempos quando o vento soprava. O ar e o vento estavam gelados, típicos do inverno, mas os raios solares eram quentes.

Era a primeira vez que vinha a Jiyūgaoka. Talvez por ser domingo, o calçadão estava lotado de gente, quase transbordando, e as pessoas comiam sentadas nos bancos, observando as crianças brincarem, passeando com cães enormes, de um tamanho que nunca tinha visto antes, ou entrando e saindo das lojas e restaurantes que davam para a calçada. Havia muitos carrinhos de bebê. No começo, contava toda vez que cruzava com um, mas desisti quando cheguei a sete. Senti o cheiro doce de crepe sendo assado em algum lugar. Ouvi risadas sobrepostas e uma mãe chamar o nome do filho pequeno em tom assertivo.

Caminhando mais um pouco, vi uma grande árvore de Natal cercada por pessoas em pé que sacavam seus celulares para tirar foto. Havia gente fotografando com câmeras profissionais, com lentes tão grandes que pareciam cilindros. A árvore era enfeitada com inúmeros pisca-piscas natalinos que, mesmo à luz do dia, reluziam aqui e ali em tom amarelado. Foi então que me dei conta de que era Natal. Ouvindo gritos, me virei e vi meninas em idade escolar com meia-calça branca e penteado de bailarina em uma grande animação. *Até no Natal elas treinam balé?*, pensei.

Chegando à estação depois de atravessar o cruzamento entre a rua e a linha de trem, sentei no primeiro banco que vi. Na rotatória, os ônibus e táxis entravam devagar, como se dessem uma volta. Na loja à minha diagonal, à frente, dois vendedores, um homem e uma mulher, em trajes de Papai Noel, ofereciam degustação dos bolos natalinos da casa, num carrinho de serviço. Peguei o panfleto que recebera de Aizawa e observei por um tempo o cartão de visita preso com clipe, guardando-o no fundo da minha carteira. Em seguida, li o panfleto. O simpósio aconteceria no ano seguinte, ou seja, em janeiro, no dia 29, em algum centro de conferência de Shinjuku. Como dissera Aizawa, especialistas, pesquisadores universitários, médicos que realizavam tratamento para infertilidade e outros estariam entre os palestrantes. A entrada era franca. Capacidade para duzentas pessoas. Na parte inferior constava o nome do organizador, o endereço e o telefone do local, além de várias maneiras de fazer a inscrição.

Dobrando o panfleto ao meio, guardei-o na bolsa e observei distraidamente o fluxo de pessoas que entravam e saíam pela catraca da estação. Então peguei o livro de entrevistas que tinha trazido e o folheei. Eu o havia lido do começo ao fim duas vezes, e depois passei a abri-lo em alguma página aleatória, algo que fazia com frequência. Sempre que lia, dava de cara com o relato de pessoas que tinham nascido por IAD, o sofrimento e o conflito interno delas, o que era óbvio. A cada vez que o relia, voltava a sentir fortemente o mesmo desespero da primeira vez.

Acorda, pensei. Concluí que o que eu pretendia fazer não era certo. A principal causa de considerar isso errado, o que as pessoas que nasceram por IAD citavam como sendo a coisa mais dolorosa, era o fato de elas terem sido enganadas o tempo todo, de a verdade não ter sido revelada a elas durante anos. Certo dia, de repente, descobriram meio que ao acaso, por exemplo, por causa da doença dos pais. Tiveram um grande choque com o fato de que a vida que tinham levado até então era uma farsa. Tudo em que acreditavam, a própria base, desmoronou por completo.

Mas não vou fazer isso, pensei. Se eu optasse por fazer o tratamento com IAD, engravidar e ter um filho, eu lhe contaria tudo, sem esconder nada. No começo, considerava ser impensável inserir em meu corpo o sêmen de uma pessoa completamente desconhecida, e não me parecia nada realista engravidar e parir desse jeito. Achava que isso era impossível, em todos os sentidos.

Mas depois de fazer várias pesquisas, e com o tempo, passei a pensar: será que isso era tão chocante assim?

Por exemplo, hoje em dia não era tão raro uma pessoa, seja lá quem fosse, transar com outra que mal conhecia. No sexo casual, muitas mulheres colocavam a genitália de um homem que haviam acabado de conhecer dentro da própria genitália. Muitos homens deviam não usar preservativo de propósito e, mesmo tomando todo o cuidado, o esperma poderia vazar. Devia haver mulheres que engravidavam de homens que nunca mais veriam na vida, completos estranhos, e davam à luz. Independentemente de as pessoas considerarem isso adequado ou não, sensato ou não, essas coisas não eram tão extraordinárias assim.

Homens que, no passado, haviam desfrutado de sexo casual por meio de paqueras, aplicativos de relacionamento e amizades coloridas basicamente faziam isso. "Com certeza não tenho nenhum filho sobre o qual eu não saiba." Quantos homens não seriam capazes de afirmar isso categoricamente?

Sim, havia muitos casos em que o pai era desconhecido desde o começo. IAD não era o problema. Até hoje existiam muitas crianças que não sabiam sua origem, quem eram seus pais, e não se podia dizer o mesmo de filhos adotivos? A roda dos expostos, em que as pessoas abandonavam seus bebês, também. Nem toda criança que havia nascido e crescido nessa situação era infeliz. Em um livro que reunia depoimentos de pessoas nascidas por IAD, publicado nos Estados Unidos, uma menina dizia ter orgulho de ter nascido por IAD como filha de um casal de mulheres. "Não vejo nenhum problema, pois, para mim, isso é o natural", assim dizia um menino. Óbvio, não dava para comparar de forma simples, pois na Europa e nos Estados Unidos as crianças nascidas por meio de sêmen ou óvulo de terceiros tinham contato entre si, e métodos e redes para possibilitar o acesso ao doador começavam a ser criados, para o caso de a criança ter interesse em saber. Mas havia muitas crianças que encaravam sua origem como algo positivo, isso era um fato.

O problema, pensava eu, era a mentira e a omissão. Por exemplo, caso eu escolhesse um doador não anônimo de Willkommen, seria possível que meu filho entrasse em contato com o pai, no futuro, se desejasse. "Decidi ter você sozinha, então pedi a *metade da origem da vida* para uma empresa da Dinamarca", seria minha explicação inicial, quando ele ainda fosse pequeno, para que, mais tarde, eu pudesse dar mais detalhes sobre os motivos da escolha desse método. Não era certo fazer isso? Estaria eu errada?

E se fosse comigo? E se meu pai não fosse meu pai biológico?

"Não sei quem é seu pai, engravidei por esse método, e você nasceu." E se me explicassem desse jeito? E se esse fato fosse devidamente explicado desde o começo? Eram tantos "se" que nada fazia muito sentido, mas, no meu caso, e dizia só por mim, achava que ficaria assustada, e um pouco aliviada também, em partes. Será que não? Não sabia ao certo.

Ou seja, no fim das contas, talvez não fosse possível saber como a criança se sentiria e o que pensaria até ela nascer. Dessa forma, iria me esforçar ao máximo para que, ao nascer, meu filho ou minha filha se sentisse feliz pelo fato de ter nascido. Isso não era suficiente? Não era a única coisa que importava? E mais: tinha na minha poupança, hoje, o valor de 7.025.000 ienes. Mantinha intocada a renda de direitos autorais do meu livro e a guardava com cuidado. No lar onde cresci, o máximo que tínhamos eram alguns milhares de ienes, ou seja, vivíamos literalmente com dinheiro contado. Tínhamos dívidas, nada de reserva. Zero. Era frequente cortarem a luz e o gás. Comparando com essa época, minha vida era consideravelmente estável. Além do mais, não eram muitas as famílias, com menos de quarenta anos, que tinham uma economia de sete milhões de ienes. Eu tinha confiança de que, se procurasse economizar no dia a dia, conseguiria obter uma renda para garantir nossa sobrevivência, minha e do meu filho. Talvez eu adoecesse, sofresse um acidente, ficasse sem nenhum parente para me ajudar: as preocupações eram tantas e pareciam infinitas quando tentávamos enumerá-las. Mas as pessoas que tinham filhos — os casais, pais ou mães que se separaram, ou mães solo desde o início da gestação — não eram livres desse tipo de preocupação na vida, não é?

Um jovem casal passou bem na minha frente, rindo. Vestiam casacos de couro do mesmo modelo e pareciam felizes, empurrando um carrinho de bebê e segurando seus copos de café.

Ah, hoje é Natal, pensei. Eu só ficara sentada no mesmo lugar, sem forças para me levantar. Tinha mobilizado todas as possibilidades na minha mente na tentativa de criar coragem, mas o fato era que não tinha arredado os pés do banco e só ficara olhando distraidamente as pessoas que passavam animadas. "Espero que dê certo", lembrei-me das palavras de Aizawa quando nos despedimos. Tentei me lembrar dos pequenos detalhes de quando ele me olhou nessa hora, da expressão em seus olhos, do tom de sua voz. "Espero que dê certo." Não era apenas uma reação sem nenhum sentido diante de uma pessoa com a qual não tinha nenhuma relação, pela qual não tinha nenhum interesse, eu sabia disso. Mas não consegui parar de pensar nesse breve acontecimento, que nem chegara a ser uma interação.

Tinha a impressão de que, apesar de eu conseguir ver as ruas e as pessoas, elas não conseguiam me ver. Como se demarcasse uma linha grossa e nítida entre mim e o mundo exterior, um trem passou, estrondoso. Voltei a sentir frio.

Cheguei a Sangenjaya depois de fazer a baldeação. Não havia muito clima de Natal, salvo pela iluminação que piscava na frente da estação, instalada havia cerca de um mês. Os carros iam e vinham a uma determinada velocidade pela rua principal, buzinando, e todas as pessoas se deslocavam com pressa. Tanto as ruas quanto as pessoas pareciam ocupadas com outras coisas.

A caminho do meu apartamento, me perguntava quanto tempo fazia que não celebrava o Natal. Por vários anos seguidos, passara essa data na companhia de Naruse, muito tempo atrás, mas já não lembrava se alguma vez tínhamos comido panetone juntos. Será que trocávamos presentes? Disso também não me lembrava.

A primeira coisa, ou melhor, uma das únicas coisas que me vinham à mente quando se falava em Natal eram os inúmeros balões que enfeitavam o teto do *snack bar* onde trabalhávamos. Final e início de ano eram os períodos de maior movimento para o segmento dos bares e, todo ano, por três dias, incluindo o Natal, o estabelecimento era decorado por todas as *hostess*. Até montávamos uma árvore de Natal, não muito grande, suja e oleosa por ser usada muitos anos seguidos, e isso criava o clima natalino. Também era cobrada uma taxa especial de Natal, de dois mil e quinhentos ienes, além do preço normal da bebida, que dava ao freguês o direito de cantar três músicas no karaokê e comer um aperitivo servido em um pratinho prateado, com frango frio e outros petiscos (eu era encarregada de preparar o cupom, cortando a cartolina e escrevendo nele).

O cupom também dava direito a um jogo: estourar balões. Todas as *hostess* eram mobilizadas desde cedo para encher os balões com bilhetes premiados e prendê-los com tachinha no teto, até não sobrar nenhum espaço. Não lembro quantos balões eram, mas enchíamos sem parar um número infindável deles — provavelmente mais do que a quantidade total de balões que uma pessoa enche ao longo de toda a sua vida —, no começo conversando animadamente. Mas, depois de cerca de duas horas, ficávamos tão cansadas que os músculos das nossas bochechas começavam a ter pequenos espasmos e ninguém falava mais nada.

Os bilhetes premiados colocados dentro dos balões incluíam: vales para cantar dez músicas no karaokê, bebidas à vontade, prêmios nada atraentes e papéis com números. O prêmio principal era um vale para duas pessoas se hospedarem em uma pousada nas termas de Arima, na província de Hyogo. Os fregueses, embriagados, alegres e corados, levantavam a cabeça, estendiam o braço segurando um bastão com uma agulha na ponta e estouravam os balões. Apesar de ser uma coisa que já datava de trinta anos, eu continuava sem entender qual era a graça em estourar balões, ainda mais para adultos. Toda vez que um balão era estourado, as *hostess* e os fregueses gritavam e batiam palmas, como crianças. Às vezes os fregueses discutiam entre si, chegando a trocar socos, reclamando que um espetara a agulha quando não devia, que o outro estourara o balão alheio, mas, em geral, o clima era animado, pelo menos na minha memória. O que era curioso.

No dia seguinte, todas nós enchíamos mais balões, repondo os que tinham sido estourados. Quando estava tudo pronto, ganhávamos folga até a hora de o bar abrir. As *hostess* se maquiavam, fumavam, iam ao salão de chá ou saíam para comprar *bentō* para o jantar. Enquanto isso, deitada no sofá, eu observava o teto, normalmente escuro, ser preenchido por balões que se comprimiam. O bar, que costumava ficar infestado de fumaça de cigarro, bêbados e álcool, enfeitava-se com balões de várias cores, e ver essa cena era um tanto constrangedor ou cômico, mas, ao mesmo tempo, me fazia feliz. Ficava olhando para o alto, para os balões no teto sem me cansar, até que alguém me chamasse.

Senti o celular vibrar no fundo da minha sacola e vi que era uma mensagem de Makiko pelo Line. Ela dizia: "Natsu, feliz Natal! Vou começar a trabalhar agora. Divirta-se!", com vários emojis. Em seguida, chegou uma foto dela usando maquiagem pesada e gorro de Natal. Ela estava com o rosto colado ao de outra mulher, que usava uma maquiagem ainda mais pesada, tinha cabelo loiro e um gorro igual — provavelmente uma *hostess* recém-chegada em trabalho temporário no *snack bar* —, e as duas faziam um V, mas com os dedos indicador e médio grudados. "Com Yuiyui, nova integrante!"

Caminhei observando a foto. Depois de um tempo, parei, pensando em responder: "Maki, você ficou bem com esse gorro", mas enquanto começava a digitar surgiu na tela, de repente, o sinal de uma chamada. Apareceu o nome "Rie Konno" em letras grandes e, no susto, acabei atendendo à ligação sem querer.

— Alô, Natsume? É Konno!

— Sim, sou eu, Natsume. — Pressionei o celular contra a orelha.

— Desculpe ligar de repente! — disse Konno em voz alegre. — Pode falar agora? Desculpe estar ligando assim...

— Tudo bem.

— Como o ano já está acabando, resolvi ligar para saber como você estava. Afinal, nem conseguimos marcar a data do nosso encontro.

— Ah — respondi, num tom que sinalizava concordar com ela. — Sim, acabamos nem combinando, e já é final do ano.

— É. No mês que vem já me mudo. Tem uma coisa que eu queria te entregar. Não é nada de mais, mas queria entregar para você, Natsume.

— Entregar? Para mim?

— É — disse Konno. O alarme estridente que anunciava a partida do trem soou atrás dela seguido dos ruídos que ele fazia enquanto partia, então não consegui ouvir o que ela falou em seguida. — Ah, desculpe, aqui está barulhento.

— Tudo bem, estou ouvindo.

— Estou perguntando só por perguntar, pode recusar se não tiver tempo. Por acaso hoje você teria como me encontrar?

— Hoje? — reagi, surpresa. — Agora?

— É. Eu também acabei de ter essa ideia. Você não poderia ir me ver hoje? Bem, acho que é difícil, não é? Tudo bem, deixa pra lá.

— Não — repliquei. — Posso, sim. Estou indo para casa agora.

— Sério? — exclamou Konno. — Então podemos jantar?

Combinamos de nos encontrar na estação de Sangenjaya em trinta minutos. Fui até o segundo andar do Carrot Tower pela escada rolante, pensando em passar o tempo procurando DVDs para alugar na loja da Tsutaya. Havia uma livraria ali em frente, mas não estava a fim de ver livros recém-lançados de outros escritores. Jingles de Natal tocavam ao fundo, e havia pôsteres e outras peças publicitárias de vários artistas e filmes novos, que pipocavam aqui e ali. Não conhecia nenhum deles.

Depois de dar uma volta na loja, não tinha mais nada para ver, então desci ao térreo para caminhar e olhar bugigangas nas lojas de miudezas e pratos vistosos nas prateleiras de vidro das *delicatessen*. O frango assado brilhava na cor caramelo, as caixas de bolo de Natal com laços vermelhos e dourados estavam empilhadas, e muitas pessoas com sacolas de compras procuravam o que ainda faltava para a ceia. Resolvi sair para aguardar Konno. Não tinha percebido, mas o sol se pusera e já estava escuro, restando apenas uma vaga claridade a oeste. No crepúsculo de inverno, o vermelho do semáforo brilhava como se estivesse úmido. Um passarinho preto desenhou um arco no céu no espaço estreito entre os prédios.

— Natsume-san! — Depois de um tempo, ouvi alguém me chamar. Ao me virar, vi, antes de mais nada, grandes dentes encavalados espiando entre os lábios.

— Konno-san! — respondi.

Seu cabelo que, salvo engano, estava curto no verão, agora estava longo e preso em um rabo de cavalo. Sua pele alva se destacava em contraste com o cachecol preto — *ela era tão branca assim?*, pensei, encafifada —, e a região dos olhos parecia pálida.

— Eu já parei de trabalhar, mas estive ocupada com pequenas coisas, me despedindo das pessoas e tal — disse Konno. — Mas que bom que arranjamos um lugar para nos sentar, em pleno Natal. Deve ser porque ainda é cedo.

— Natal não é para celebrar com a família? Tudo bem passar comigo hoje? — perguntei.

Konno, que observava o cardápio, ergueu o olhar e balançou a cabeça.

— Tudo bem. Eles estão na casa dos meus sogros.

Estávamos em um bar *izakaya* em estilo japonês, cujo diferencial eram os saquês. Apesar de estar lotado, era silencioso. Na parede estavam colados vários cardápios escritos a mão. Os garçons vestiam uma espécie de *happi*, um quimono curto, chamativo, atendendo os fregueses animadamente, e o clima lembrava um bar *izakaya* franqueado. Me perguntava por que, apesar disso, o interior estava tão calmo, então percebi que todos os fregueses eram casais. Estavam com os rostos colados, conversando assuntos que só eles entendiam, por isso não precisavam falar muito alto.

— Bem, de qualquer forma, parabéns. Você finalizou um trabalho.

— Obrigada.

Brindamos fazendo *tim-tim* com as canecas de cerveja que foram trazidas. Konno tomou quase metade dela em um só gole.

— Que rápida! Você é boa de copo? — perguntei depois de tomar um gole.

— Pode apostar — confirmou ela em tom de brincadeira, depois de um grande suspiro. — Logo fico bêbada, mas, depois, consigo aguentar bem. Se eu beber para valer, consigo tomar uns dois litros de saquê. Se for vinho, duas garrafas.

— Só consigo tomar cerveja. No dia a dia não costumo beber.

Depois de esvaziar a primeira caneca, Konno pediu outra. Comemos o aperitivo servido — tofu frito com molho — e fizemos o pedido, analisando o cardápio: salada de espinafre com bacon e um prato com sashimis de diversos peixes. Não só era a primeira vez que bebíamos juntas, como era também a primeira vez que nos encontrávamos a sós. Konno, porém, já parecia estar relaxada, apesar de termos acabado de chegar. Curiosamente, eu também me sentia descontraída. Vendo-a falar sozinha enquanto observava o cardápio com a fisionomia séria, arregalar os olhos quando eu respondia algo ou rir das próprias piadas, talvez por sua baixa estatura, eu tinha a sensação de reviver a época do ensino fundamental II, como se estivéssemos na escola, na sala do clube ou no corredor depois das aulas, e não em um bar *izakaya*. Eu quase acreditava que ela, com quem só me encontrara algumas vezes fora do trabalho, era uma amiga saudosa que conhecia desde muito tempo atrás, e não uma ex-colega com quem havia trabalhado junto por poucos anos.

— Nosso último encontro foi no verão, não foi? Desde então ninguém mais falou de almoçarmos juntas — comentei.

— É — concordou Konno. — Bem, para falar a verdade, tenho recebido convites. Eles não são para todas, é uma combinação diferente.

Vendo Konno um pouco sem jeito, logo compreendi. A combinação diferente significava um encontro de todas, menos eu, e o motivo era porque eu não tinha filho. Quando todas queriam falar de filhos, como se fosse algo natural, era incômodo ter alguém como eu, a quem tinham que dar atenção diferenciada. Abri o cardápio e fingi analisá-lo mais uma vez, tentando mudar de assunto.

— Eu te contei? — perguntou Konno. — Que decidi não participar mais dos encontros com elas?

— Acho que você mencionou no último encontro, quando estávamos nos despedindo.

— É. Achei que era perda de tempo. Sei que é tarde.

— Ah, você disse que elas eram idiotas.

— Disse?

— Sim. Lembrei agora. Que eram muito idiotas.

— É o que penso mesmo — confirmou, bebendo a cerveja de uma só vez. — Você não concorda, Natsume? Elas fingem conversar como se fossem amigas, mas, no fundo, estão sempre investigando se as outras têm uma vida melhor ou não. Observam as roupas, os sapatos, a renda do marido, as aulas particulares dos filhos. Apesar da idade, parecem estudantes de um colégio feminino do interior.

— Mas elas pareciam animadas.

— Elas gostam dessas coisas. Além do mais, são donas de casa, desocupadas. Só eu fazia trabalho temporário. "Você nem tem carreira, só faz bico, mas mesmo com uma filha pequena continua trabalhando? Como você é esforçada!", diziam isso e ficavam tirando sarro de mim — contou Konno, desenhando um pequeno círculo com a ponta dos palitinhos.

— Por que vocês vão se mudar? — perguntei. — Para onde mesmo? Ehime?

— Wakayama. — Konno me olhou, levantando as sobrancelhas. — De fato, Wakayama e Ehime são praticamente a mesma coisa. Mas vou me mudar para a província de Wakayama. Você deve estar se perguntando onde fica isso.

— Mas qual o motivo da mudança?

— É onde fica a casa dos meus sogros — explicou ela. — Meu marido está em depressão. Não consegue trabalhar, então decidimos voltar para a casa dos pais dele.

— O que ele fazia?

— Era assalariado. Foi piorando aos poucos alguns anos atrás, depois passou a não conseguir pegar o trem, nem dormir direito. Por isso nos mudamos para perto do trabalho dele, em Mizonokuchi, para ele poder ir de bicicleta ou a pé. Mas ele só piorou. É uma trajetória típica dos deprimidos — disse Konno, juntando as vasilhas vazias no canto da mesa. — Não falei para mais ninguém.

— Vocês vão morar junto com seus sogros?

— É. A família do meu marido tem uma empresa de construção civil, ele é filho único. Foi muito complicado. Minha sogra é uma pessoa bem difícil. Ela se intromete em tudo. Ligava uma vez a cada dois dias, mandava *oden* que ela mesma tinha preparado. Ela não consegue aceitar o fato de que o filho está com depressão. Chorou, berrou, arranjou uma grande confusão. Até me acusou, dizendo: "Não, meu filho não é tão fraco assim; você, que é a esposa, deve ter pressionado ele." No fim, meus sogros decidiram contratá-lo para fazer trabalhos administrativos na empresa, pagando um salário a ele.

— Você é de Tóquio?

— De Chiba. Mas depois que eu e minha irmã mais velha saímos de casa, meus pais se mudaram para Natori, onde a família do meu pai morava. Para cuidar dos meus avós paternos, que estavam velhinhos. É perto de Sendai. Meu pai morreu muitos anos atrás, e minha mãe continuou morando lá, mas, no grande terremoto de 2011, ela perdeu a casa. Foi quase totalmente destruída. Como aconteceu com muitas famílias da região. Minha irmã mais velha mora em Saitama desde que se casou, e hoje minha mãe mora com ela. A situação da minha mãe é bem desconfortável. Minha irmã só manda mensagens pelo Line reclamando, e minha mãe me manda cartas com conteúdo pesado. Para meu cunhado, minha mãe é uma estranha, mesmo sendo a sogra dele. Ela só recebe uma migalha de aposentadoria, não dá para saber o que pensa, é uma velha esquisita. Tem os meus sobrinhos também. Ele sugere que minha irmã peça ajuda financeira à outra filha, no caso, eu. Mas não tenho condições. E minha mãe, nas raras ocasiões em que conversamos, só fala do terremoto, que deveria ter morrido no desastre. Minha irmã está encurralada entre a mãe e o marido, e parece que está ficando louca. Todo dia é a mesma história.

Vendo a caneca de cerveja de Konno vazia, perguntei o que ela queria beber. Ela disse que gostaria de saquê, e eu pedi outra caneca de cerveja para mim.

— Praticamente já não contamos mais esse tipo de coisa aos outros, não é? No que estamos pensando, problemas familiares, problemas de dinheiro... Por isso é estranho estar falando sobre isso com você — disse Konno meio encabulada. — Só falamos disso na internet.

— Internet? Em redes sociais, você quer dizer? — perguntei.

— É. Falar sobre a criação dos filhos, fazer queixas sobre o marido, tudo. As pessoas escrevem no Twitter, e lá tem uma espécie de comunidade. As pessoas seguem umas às outras. Não só desabafam, mas também se encorajam mutuamente.

— Você também escreve?

— Escrevo muito — respondeu ela, enchendo sua tacinha com o saquê que tinha chegado à mesa. — É claro que uso uma conta anônima. Muitos homens enchem o saco, você só vê uns *tweets* de merda, é um inferno. Mas, às vezes, quando a opinião que escrevo é retuitada centenas de vezes, fico empolgada. Nessas horas sinto que vale a pena escrever. Tenho pouco mais de mil seguidores... Bem, nada para se vangloriar perto de quem escreve livros...

— Não — rebati. — Só publiquei um livro dois anos atrás, e não estou conseguindo escrever nada hoje em dia. De verdade.

O prato com sashimis foi servido, e despejamos shoyu na molheira. Vendo que o prato era maior do que imaginávamos, ficamos exultantes. As savelhas e outros peixes vermelhos pareciam deliciosos, e Konno, que esvaziara uma garrafa de saquê, pediu outra. Quando a bebida chegou, ela encheu sua tacinha e a tomou.

— Você falou que sua filha está na casa dos seus sogros. Ela está em Wakayama?

— Isso — disse Konno depois de um tempo. — Como meu marido não consegue fazer nada, decidimos que seria melhor e mais rápido eu resolver as coisas aqui sozinha, como rescindir o contrato do apartamento, fazer a mudança, essas coisas. Por isso eles estão em Wakayama desde semana passada. Ou melhor, eles se mudaram antes. Ia sair muito caro eu ir para lá e voltar, então resolvemos passar a virada do ano separados, para depois eu terminar a mudança no começo do ano e ir de vez.

— Quantos anos seu marido tem?

— Ele é três anos mais velho do que eu. Vai fazer trinta e oito no ano que vem. Ou trinta e nove? Não sei direito.

— Pensando de maneira lógica, uma das causas da depressão não seria a mãe dele?

— Talvez. Mas não dá para saber. A depressão acaba com a vida da pessoa. — Konno riu, sem graça. — A vida não vai para a frente. No caso do meu marido, ele não saía de casa nem tomava banho. Melhorou um pouco depois que começou a tomar os remédios, mas não sabemos como vai ser a vida daqui em diante. O que vai ser de nós.

— E sua sogra, trata bem sua filha?

— Sim. Como é a filha do filho dela, trata bem, como toda avó faz. Parece que ela não queria que a neta ficasse sozinha comigo aqui em Tóquio. Achou que nós duas podíamos fugir. Por isso sugeriu que o filho e a neta se mudassem antes para lá, para eu resolver as coisas aqui, sozinha. Ou achou que não seria bem-visto na vizinhança só o filho voltar sozinho, sem a mulher. Para início de conversa, ele não consegue voltar sozinho para casa.

— Como assim?

— É, homens não conseguem voltar sozinhos para a casa dos pais. É comum. Para as mulheres, é normal voltar para a casa dos pais levando os filhos. Mas não é muito comum ouvirmos sobre homens que retornam à casa dos pais só com os filhos, sem a mulher, não é mesmo? Não conseguem. Parece que eles não se sentem à vontade quando não conseguem manter as aparências, mostrar que são casados, têm filhos e que o casal vive em harmonia. Não sabem como passar o tempo. Não conseguem se comunicar direito com os pais, com a família, sem o intermédio da esposa. São uns babacas. E ficam sentados na sala ou em algum lugar, com ar soberbo, enquanto as esposas fazem todos os trabalhos domésticos. São muito folgados.

— Você não sente falta da sua filha? — perguntei.

— Não, não sinto, e isso até me surpreendeu — respondeu ela, um pouco pensativa. — Achei que fosse sentir mais falta, mas não sinto tanto... Melhor dizendo, se eu fosse pai, isso seria normal, passar alguns períodos sem ver o filho, por exemplo, durante viagens a trabalho.

Konno observou a superfície da tacinha de saquê, que estava quase transbordando, e disse depois de um tempo:

— Gosto da minha filha. Acho ela uma gracinha. Mas como posso dizer... Várias vezes cheguei a pensar que nossa ligação não é muito forte.

— Ligação? — perguntei.

— É. Não tive problemas na gravidez ou no parto, mas passei muito mal depois que ela nasceu. Se fosse hoje, talvez eu fosse diagnosticada com depressão pós-parto e fosse tratada, mas alguns anos atrás não existia nada disso. E meu marido não me ajudou em nada. Pior, falou coisas horríveis para mim. "Parto é uma coisa normal para as mulheres, e você aí falando que não aguenta mais. Que exagero", ele disse isso. "Gravidez e parto não são coisas normais? Minha mãe passou por isso sem problemas, outras mulheres também. Como você é exagerada!", falou, rindo.

— É? — Tomei a cerveja que restava no fundo da caneca.

— Naquele hora, decidi que quando ele estiver sofrendo por causa de câncer ou qualquer outra doença ou problema, quando estiver no leito de morte, vou ficar de pé ao lado dele, olhar para baixo e dizer a mesma coisa, rindo: "Câncer e doença não são coisas normais? Muitos passaram por isso. E você aí, sofrendo. Como é exagerado!"

Ela soltou um grande suspiro e, vendo meu rosto, sorriu levemente.

— Como minha filha não deu muito trabalho quando era bebê, eu conseguia dormir bem e fui melhorando aos poucos. Mas, nessa época, minha relação com meu marido já tinha esfriado completamente, ou melhor, só falávamos o mínimo. Como ele quase não parava em casa, éramos como um casal separado que vivia sob o mesmo teto. Em situações como essa, normalmente as mulheres começam a considerar o filho seu único apoio emocional. Não é? Pensam que só o filho, ou a filha, está ao lado dela. Mas não foi assim no meu caso. Certa vez percebi que, às vezes, quando estou a sós com minha filha, sinto um grande desconforto.

— Desconforto?

Konno assentiu tomando o saquê.

— Gosto da minha filha. Não estou mentindo quando digo que ela é importante para mim. Sou capaz de fazer tudo por ela. Mas, ao mesmo tempo, como posso dizer... Acho que não vou ficar muito tempo com ela, a nossa ligação não deve ser muito forte. Logo, logo ela vai começar a me odiar, vai sair de casa, e eu não vou me importar com isso. Penso muito nisso. Que seremos como muitas mães e filhas que vemos por aí.

"Eu mesma odeio minha mãe. Odeio de verdade. Cheguei a pensar nos possíveis motivos. Seria um sentimento passageiro? Será que eu estava em uma fase rebelde? Será que era uma pessoa fria? Será que tinha algum problema de caráter? Teve uma época em que sofri com isso à minha maneira. Afinal, não dizem que os filhos amam a mãe com toda a força, por mais que sofram abusos terríveis? Ela nunca me bateu nem nada, me criou normalmente, e mesmo assim eu a odiava, em todos os sentidos."

— Sem nenhum motivo específico?

— Se for para pensar nisso, tudo podia ser motivo — disse Konno, esvaziando sua tacinha. — Por exemplo, meu pai era um típico tirano do interior. A própria personificação do machismo e da misoginia. Essas ideias estavam tão incorporadas nele que nem sabia que essas palavras existiam. Na nossa casa não podíamos nem abrir a boca na frente dele. E pior, éramos filhas mulheres, então nem éramos consideradas gente. Nunca o ouvi chamar minha mãe pelo nome. Quando queria chamá-la, só dizia "Ei, você". Irritava-se por qualquer coisa. Era comum ele nos bater e quebrar as coisas, e vivíamos com medo, prestando atenção no humor dele. Mas, fora de casa, mantinha as aparências de homem respeitável, presidente da associação de moradores em quem as pessoas podiam confiar. Minha mãe, por sua vez, sempre o bajulava e o acompanhava, servindo-o em tudo: banho, limpeza e refeição. Além do mais, teve que cuidar dos sogros quando eles ficaram velhinhos, até morrerem. Claro, não teve direito a receber nenhuma parcela da herança dos sogros. Minha mãe era uma "mão de obra com boceta".

— Que definição! — observei.

— Não é? É, minha mãe era mesmo uma "mão de obra com boceta". Exatamente isso. "Mão de obra com boceta." Posso repetir.

— Não era nem "máquina de parir", era só uma força, um movimento.

— Exato, não passava disso. Então, levando uma vida assim, ela não devia ser feliz. Mesmo sendo de Shōwa, nós, crianças, naturalmente percebíamos isso. Só recebia ordens, apanhava por qualquer motivo, não podia fazer nada que quisesse, não podia nem sair de casa sem permissão, levava uma vida de serviçal. Por que ela era obrigada a ser tratada assim por um completo estranho, só porque era casada com ele? Achava que minha mãe aguentava essa situação porque não tinha alternativa. Que, apesar de odiar meu pai, suportava a situação a muito custo. Ela ficava bajulando meu pai sem se queixar porque não queria causar preocupações a nós, suas filhas, e porque estava se sacrificando para nos proteger. Era o que eu achava. Por isso queria tirá-la dessa situação quando fosse adulta, queria salvá-la. Eu pensava seriamente em salvar minha mãe do meu pai, que era um imbecil, livrá-la de uma família como aquela.

"Um dia, quando eu ainda era pequena, quando estávamos nós três, minha mãe, minha irmã e eu, não sei como a conversa foi parar nesse assunto, mas perguntamos: 'Quem é mais importante? O papai ou nós, suas filhas?' Não sei por que perguntamos isso, mas aconteceu. 'Quem é mais importante? E se o papai ou uma de nós morrer, o que você fará?', perguntamos essas coisas. Adivinha qual foi a resposta dela? 'É claro que o papai é mais importante', respondeu assim, sem hesitar. Sem vacilar. Como se fosse a coisa mais natural do mundo. Ficamos pasmadas! Eu e minha irmã ficamos boquiabertas e só conseguimos piscar, chocadas. Ambas achávamos que ela fosse ficar brava e dizer: 'Quem é mais importante? É claro que vocês são mais importantes! Não faça uma pergunta boba como essa.' Mas ela disse que meu pai era mais importante, o que era inacreditável para nós. Sabe o que ela disse depois? 'Posso ter mais filhos, mas o papai é único no mundo', assim se justificou, um tanto acanhada. Ela disse isso mesmo.

"Isso foi um grande choque para mim. Eu e minha irmã ficamos tão surpresas que nunca mais voltamos a tocar nesse assunto, até hoje. O choque não era saber que minha mãe preferia meu pai a nós, suas filhas, mas que *minha própria mãe desejava* ficar com meu pai, com um homem como aquele. Isso realmente foi um grande choque. Não consegui acreditar naquilo. Fiquei sem conseguir falar por um tempo. 'Sinto muito em ter que falar isso do pai de vocês, mas odeio ele, tenho até vontade de matá-lo. Não aguento mais viver esta vida, eu o odeio, um dia nós três sairemos de casa, juntas. Agora nossa única opção é suportar, mas vamos começar uma vida nova a três.' Como seria bom se minha mãe tivesse dito algo assim! Penso nisso até hoje, de vez em quando. Se ela tivesse esse tipo de pensamento, poderíamos ter lutado juntas. Eu ainda era criança, mas teria tentado proteger minha mãe, lutando contra meu pai, mesmo que eu tivesse que me sacrificar. Mas não era isso que ela queria. Ela não estava engolindo a situação por não ter alternativa, ela simplesmente não pensava em fugir, não pensava em lutar, ela nunca tinha pensado nisso, nenhuma vez pensou em fugir daquele homem. Ela disse, feliz: 'O papai é único no mundo.'"

Empurrei a caneca de cerveja vazia para o canto da mesa, pedi outra garrafa de saquê e mais uma tacinha ao garçom.

— Depois disso, passei a não entender direito minha mãe. Ela continuava igual, vestia as mesmas roupas, fazia as tarefas domésticas como sempre, levava bronca do meu pai, apanhava dele, bajulava ele e nos tratava normalmente, mas passei a sentir que ela era uma desconhecida. Sabia que era minha mãe, sabia que era a pessoa com quem eu sempre convivi, mas a via como uma estranha. Eu falava com ela, morávamos juntas, mas comecei a me perguntar: quem é ela? O que ela quer?

Quando trouxeram a garrafa de saquê, enchemos nossas taças. Senti a bebida quente passar pela minha garganta até o estômago. Konno falava de forma compreensível, mas as orelhas, as bochechas e a área dos olhos estavam vermelhas e manchadas, provavelmente estava moles. O garçom se aproximou e perguntou se queríamos pedir mais algum prato de comida. Abri o cardápio e mostrei a Konno. Ela aproximou seus olhos avermelhados e disse:

— Acho que vou pedir conserva de legumes. — E riu.

— Boa ideia — disse, e também ri.

— Você não disse que só consegue beber cerveja?

— Talvez hoje seja uma exceção.

— Ah, é?

Esvaziamos nossas taças de saquê. Enchemos a tacinha uma da outra.

— E se... — retomou Konno depois de um tempo — ... mesmo começando o novo ano, eu não for para Wakayama?

— E ficar em Tóquio?

— Ficar... — disse Konno olhando para baixo, na altura da toalhinha umedecida sobre a mesa — ... ou sumir...

Sem falar nada, peguei a tacinha e tomei o saquê.

— ... Bem, só falei por falar. É claro que vou para Wakayama. — Ela abriu um leve sorriso, respirando fundo. — De qualquer forma, nessa idade, já adulta, fico pensando: para que vivemos? Como te falei, minha família era daquele jeito, e fora isso tínhamos muitos outros problemas. Era como se estivéssemos sempre envolvidos por problemas. Sempre uma confusão. Ficava esgotada todos os dias e só pensava em sair de casa. Mesmo estando no meu quarto, era como se estivesse com as orelhas tapadas o tempo todo, praticamente não tenho nenhuma lembrança boa. "Por que eu nasci? Por que preciso continuar vivendo?", eu era uma criança que só pensava nessas coisas. A relação com meus pais, a família... Estava de saco cheio de tudo isso. Estava cansada, do fundo do coração. Lembro muito bem que cheguei à conclusão de que a causa de todo sofrimento humano era a família. Quando ainda era criança.

"E gravei isso no peito. Sim, gravei. Decidi que nunca iria me envolver nessas coisas, que viveria sozinha e morreria sozinha, que eu seria só um ponto, sem relação com ninguém, uma decisão firme para mim mesma. Mas estou aqui, agora, nessa situação. Casei, engravidei, dei à luz e estou envolvida na vida de outras pessoas, ha-ha. Tenho um marido deprimido, um completo estranho para mim, já não temos nenhum interesse um pelo outro, mas tenho que continuar cuidando dele. Tenho que ouvir comentários sarcásticos dos meus sogros, que vão nos dar uma mesada para sobrevivermos, e vou viver assim o resto da minha vida, até morrer. Em Wakayama. Vou ter que cuidar dos meus sogros quando eles ficarem velhos, vou ter que cuidar da casa, ou seja, sou a legítima segunda geração de 'mão de obra com boceta'."

Konno observou a ponta de seus dedos em silêncio por um tempo e sorriu vagamente.

— E — retomou depois de uns segundos — assim como eu odiava minha mãe... Acho que minha filha também vai passar a me odiar.

— Muito obrigado! — Ouvimos uma voz bem alta de alguém que se dirigia aos fregueses que saíam e, no lugar deles, entraram duas pessoas. Ambas usavam gorro de Natal.

— Você podia se separar e morar com sua filha — falei em seguida.

Konno observou meu rosto e abriu um pequeno sorriso para mim, voltando o olhar para a ponta de seus dedos.

— É impossível. Com filha pequena, e só com o salário de bico como atendente de livraria, não dá nem para pagar o aluguel.

— Mesmo sendo difícil, você deveria tentar.

— É impossível — decretou Konno, me encarando. — Criar uma filha é difícil até quando os pais trabalham fora. É impossível uma mãe solo trabalhar e criar uma filha sozinha.

— Sim, sei que é difícil, mas algumas mulheres conseguem, com pensão alimentícia, subsídios do governo...

— São mulheres com carreira — interrompeu Konno. — É o caso de mulheres com empregos bons. Mulheres com carreiras, que têm condições de arranjar trabalho em empresas decentes, com garantias. Ou mulheres que podem contar com a ajuda da família, que têm uma casa para a qual voltar. Eu não tenho nada disso. Não tenho nenhuma qualificação e acabei de pedir demissão do meu trabalho temporário. Um trabalho que não pagava nem mil ienes a hora, apesar de eu trabalhar muito, ficando toda suada, e de ter ouvido que eu deveria reduzir a jornada para dar oportunidade aos mais jovens, porque queriam que aprendessem o serviço o quanto antes. Ninguém oferece trabalho para uma tiazona como eu, com quase quarenta anos, uma espécie de lixo humano, com uma filha pequena para criar, que nunca trabalhou direito na vida. Não tenho condições de criar minha filha sozinha. Não consigo viver sozinha com ela.

— Mas...

— Você não entende, Natsume.

O garçom se aproximou e deixou a tigela com a conserva de legumes na mesa. Pepino, nabo e beringela, esta última em estilo *shibazuke*, de Kyoto, formavam um montinho. Outro garçom trouxe uma grande caixa, informando que era para um sorteio de Natal. Cada uma de nós pôs a mão no buraquinho e tirou um papel, mas nenhum era o premiado. Como consolo, recebemos um cupom de dez por cento de desconto na próxima refeição, e petiscamos a conserva.

Falamos de outras coisas, mudando de assunto. Pedimos mais saquê e continuamos bebendo. Escolhemos o mais barato, um saquê de 180ml que custava trezentos e oitenta ienes. Falei de trivialidades sobre a Yakuza, que ficara sabendo durante minha pesquisa, e demonstrei como se fazia o *kachikomi*, o ataque de um grupo Yakuza a outro grupo adversário, que tinha visto no YouTube. Konno me explicou, feliz, por meio de mímica, movendo os braços e o corpo, o quão arbitrário era o orçamento apresentado pelas empresas de mudança. Na tentativa de apaziguar o clima constrangedor, ríamos e nos mostrávamos surpresas de forma exagerada. Passamos pelos rumores envolvendo as colegas que sempre participavam do nosso almoço e também de conhecidos em comum, e falamos sobre por que muitos artistas que contraíam câncer ou outra doença grave descartavam tratamentos convencionais e procuravam métodos pseudocientíficos ou alguma religião. Cada vez que eu gritava ou batia palmas, sentia o álcool se espalhar ainda mais pelo meu corpo.

Quando nos demos conta, a tigela de conserva de legumes já tinha sido retirada, a garrafinha de saquê estava vazia e, ao ver o relógio, eram dez e quinze da noite. Pedimos água, bebemos de uma vez só quando ela chegou e saímos depois de pagar a conta: quatro mil e quinhentos ienes por pessoa.

A noite estava gelada e havia iluminações em vários pontos na frente da estação, em um clima estranhamente animado, como se uma festa fosse começar a qualquer momento. Konno e eu estávamos bêbadas. Caminhamos cambaleantes e, diante da escadaria para descer à estação, Konno se virou para mim, de repente, e fitou meu rosto. Seus olhos estavam bem vermelhos, e seu lábio superior, levemente levantado por causa dos seus dentes encavalados, estava ressecado e meio esbranquiçado.

— Obrigada por vir me ver, apesar do convite repentino. Acho que estou muito bêbada.

— Consegue pegar o trem?

— Consigo. É só uma parada até minha estação — disse ela, fechando firmemente os olhos, formando rugas em quase todo o rosto, e em seguida pestanejou de forma exagerada várias vezes.

— E quando sair da estação?

— Consigo chegar em casa. É só seguir reto na rua.

— Mas você tem que virar algumas vezes, não?

— Todas as ruas são retas, pode acreditar. Ah, aliás — disse ela, levando a mão à bolsa e procurando algo. — Era isso que eu queria te entregar.

Ela segurava uma tesoura prateada.

— Talvez você não lembre, mas alguns anos atrás... Há quanto tempo? Enfim, na época em que trabalhávamos juntas, você disse que gostou muito dela quando viu.

— Lembro, sim — confirmei.

Naquele trabalho temporário na livraria, carregávamos sempre canetas, estiletes, essas coisas, e do bolso do avental de Konno, à altura do peito, esse objeto prateado sempre ficava à mostra. Uma vez ela me deixou segurar, tinha um desenho bonito de lírio-do-vale entre os cabos e as lâminas, e a ponta ficava cuidadosamente guardada em um pequeno porta-tesoura de couro preto. Enquanto todos os outros usavam tesoura de plástico para escritório, bastante comum, Konno usava a própria tesoura, manuseando-a com cuidado; e, quando toquei nela, senti que se tratava de algo de qualidade.

— Mas você cuidava tão bem dela.

— É, cuidava. Como usei muito, está um pouco escura — disse ela, rindo, os olhos bem vermelhos. — Já pedi demissão e não vou usar em casa.

— Use em casa.

— Não. — Konno balançou a cabeça. — Lembro de você repetindo várias vezes que gostou dela, então queria que você usasse.

Sendo iluminada pela luz noturna, a tesoura prateada brilhava vagamente na mão de Konno. Nessa hora percebi que a mão dela era bem pequena. Levantei a cabeça e olhei para o seu corpo. Sabia que ela era mais baixa do que eu, cerca de uma cabeça menor, mas, ao vê-la com atenção, parecia ainda menor do que eu pensava. As pernas descobertas depois da barra do seu casaco eram finas e retas, praticamente sem nenhuma gordura, e me veio à mente a menina Konno, que eu nunca tinha visto. Imaginei as costas dela caminhando, cabisbaixa, carregando a grande mochila escolar nas costas e segurando firmemente suas alças, inclinando um pouco o corpo por causa do vento forte da tarde. Seu pescoço curvado era tão fino e pequeno que parecia que poderia quebrar com facilidade, e, carregando a mochila de um vermelho vívido que parecia bem maior do que o corpo dela, a menina Konno caminhava na estrada de asfalto deserta. Para onde estaria indo? Para onde estaria voltando?

— Konno — disse. — Vamos a outro bar.

— Não tenho condições. — Ela balançou a cabeça, rindo. — Estou muito bêbada.

Ela desceu a escada abanando as mãos. Observando suas costas, que se afastavam cada vez mais, por várias vezes me senti impelida a correr atrás dela e dizer "Konno, vamos continuar bebendo". Mas fiquei simplesmente observando suas costas à medida que ficavam cada vez menores.

Ao voltar para casa e me deitar na almofada, tive uma forte dor de cabeça. Fechando os olhos, sentia ondas de forma indefinida se aproximarem sem parar na escuridão. Como o macarrão que continuava girando na água que fervia na panela.

Fechei os olhos e esperei o sono me assolar, mas, por mais que esperasse, não sabia ao certo se estava dormindo ou não. Quando percebia, despertava no meio de uma imagem que não conseguia distinguir entre onírica e real, e mudei de posição várias vezes. *Estou dormindo de olhos abertos*, pensei. Ao sentir frio, puxei o *futon* que estava enrolado, mas logo o afastei, me sentindo sufocada, para em seguida voltar a puxá-lo por causa do frio. Isso se repetiu algumas vezes. Ao estender o braço, senti algo gelado na ponta dos dedos e olhei: era a tesoura que Konno me dera. Não me lembrava de tê-la tirado da bolsa; sua cor prateada absorvia o ar frio da noite em silêncio e parecia brilhar em um tom pálido. Segurando a tesoura na mão direita, ergui o rosto e vi balões de várias cores cobrindo todo o teto. Subi na banqueta redonda na ponta dos pés e estourei os balões. A cada balão que estourava, em vez do papelzinho de sorteio, saía a voz de alguém. "Feliz Natal!" De quem seria aquela voz? Os balões foram aumentando, como se fossem bolas de sabão, e tomavam o teto que me era familiar. Sentia um aperto no coração, não conseguia respirar, mas os balões se enchiam, ondulando, como se fossem um mar de nuvens, e eu olhava para eles fascinada. Fazia força nos dedos dos pés, estendia o braço e ia estourando os balões com a tesoura. "Feliz Natal! Acho que esta é a última vez que vamos nos ver", disse Konno, acenando para mim no meio da noite.

Estourei outro balão. Ele desapareceu sem som. O número de balões crescia rapidamente, e eu me desequilibrei e quase caí da banqueta redonda. Então alguém segurou meu cotovelo; quando olhei para baixo, vi Jun Aizawa. Ao me escorar de volta à banqueta, ele apontou para outro balão. Levantei a mão com a qual segurava a tesoura. "Feliz Natal!" Estourei os balões um após o outro. "Espero que dê certo", sussurrou o cabelo de Jun Aizawa repartido ao meio e com um belo degradê. A ondulação do seu cabelo, que lembrava pequenas ondas do mar, parecia estar em uma dúvida delicada: não sabia se se tornava uma asa ou um desenho na superfície da pedra desgastada. "O que você vai ser? No que você vai se transformar?", perguntei, mas a ondulação de seu cabelo e a oscilação do eco do karaokê que intumescia de forma barulhenta ficaram indistinguíveis. "Espero que dê certo..." Nesse momento, derrubei a tesoura e caí no sono.

13
Ordem complexa

O início do ano chegou sem nenhuma novidade. Estávamos em 2017. Além de trocar mensagens de boas-entradas com Makiko e Midoriko pelo Line, só recebi quatro cartões de Ano-Novo: um do ortopedista com o qual eu só me consultara uma vez no ano passado, e três das redações de revistas e jornais para os quais eu escrevia artigos e colunas periodicamente.

Quando a época de festas terminou e as pessoas voltaram ao trabalho, recebi uma ligação de Ryōko Sengawa. *Ela deve querer falar do livro*, pensei um pouco nervosa, mas ela não tocou no assunto e me convidou para um jantar no dia seguinte, pois estaria perto de Sangenjaya por causa de um compromisso. Combinamos de nos encontrar na frente da estação e fomos a um restaurante comer *tonkatsu*. Sengawa tinha feito permanente no cabelo no final do ano, e, quando lhe disse que o novo penteado tinha ficado ótimo (realmente combinava muito bem com ela), ela pareceu envergonhada de repente, ruborizando.

— Não tenho tanta certeza, mas não sabia mais o que fazer com meu cabelo — disse ela e passou várias vezes a mão no cabelo.

A seguir, entramos num salão de chá e conversamos banalidades. Fiquei pensando se ela não estaria falando de assuntos que não tinham a ver com meu livro de propósito, aguardando uma oportunidade para tratar do romance, o que me deixou um pouco tensa, mas essa não pareceu ser sua intenção. Sengawa, que, pelo que eu lembrava, não costumava comer muito doce, pediu um tiramisù junto com o café, o que era raro, e falamos de diversos assuntos enquanto ela comia a sobremesa com vontade.

Falei também algumas vezes com Yusa por telefone. Ela contou que contraíra influenza junto com a filha bem na época da virada do ano, e viveram o próprio inferno, o que, aliás, não era a primeira vez. Lamentava que não sobrava tempo para nada, pois tinha que revisar a prova do livro que pretendia lançar na primavera e escrever um romance em série para uma revista.

— Outro livro? Você já não tinha acabado de lançar um no verão passado? Era até meio longo — comentei, surpresa.

— Ah, sim. Mas não posso parar de escrever, pois se parar, vou à falência — respondeu ela, rindo. — Além do mais, ainda tem esse romance em série para uma revista que vou começar a produzir no ano que vem. Quem será que vai escrever tudo isso?

— Que legal.

E assim foi se passando o primeiro mês do novo ano.

Era muito angustiante continuar escrevendo um livro sobre o qual, a cada dia que passava, eu sabia menos e não fazia progresso. Apesar de produzir artigos periódicos para alguns veículos de comunicação e ter lançado um livro dois anos atrás, que vendera um pouco, eu sempre fora uma zé-ninguém e provavelmente ninguém mais se lembrava de mim. Eram pensamentos que me ocorriam de vez em quando. Por um lado, eu me sentia grata por Sengawa não me cobrar o livro, mas, por outro, às vezes ficava deprimida achando que ela não tinha mais esperanças em mim.

Como autocobrança, eu lia os materiais e fazia anotações, e continuava reescrevendo o mesmo trecho dia após dia. Nas prateleiras das livrarias eram expostas dezenas de livros lançados diariamente, e novos escritores iniciavam a carreira um após o outro. O número de *blogs* relacionados ao tratamento para infertilidade que eu seguia ora aumentava, ora diminuía, e muitos bebês já tinham nascido. Sempre, em algum lugar, havia pessoas que começavam uma nova vida ou encontravam novas emoções, diferentes das do dia anterior, e davam um novo passo para o futuro. Mas eu continuava exatamente no mesmo lugar. Só de ficar parada, parecia que me distanciava cada vez mais, a cada segundo que passava, desses acontecimentos resplandecentes que me fariam estreitar os olhos de tão ofuscantes.

Passei a reler, nos intervalos dos trabalhos, ou à noite, antes de dormir, a entrevista concedida por Jun Aizawa. Pesquisando na internet, consegui achar o site e as redes sociais da associação a que ele pertencia e a entrevista de seu representante, mas as informações sobre Aizawa eram praticamente inexistentes. Nem sabia se Jun Aizawa era seu nome verdadeiro ou um pseudônimo usado para realizar as atividades. A única coisa que encontrei foi a imagem de um homem cujo rosto, por estar cabisbaixo, não pude ver, mas que, pelo corte de cabelo e pela altura, poderia ser ele — no canto de uma foto usada no relatório de um simpósio. No site da associação a que ele pertencia, havia alguns depoimentos escritos por pessoas que tinham nascido por IAD, mas, mesmo no seu histórico, não consegui encontrar o que poderia ser dele.

Abri o calendário do celular e toquei na única data marcada, 29 de janeiro. O dia do simpósio que Aizawa tinha comentado no mês passado, do qual eu considerava participar. Mas, ao pensar nesse dia, fiquei um pouco desanimada. Achava que tinha que conhecer melhor as opiniões e ideias das partes interessadas, ou seja, das pessoas nascidas por IAD, além das que, como eu, sem outra alternativa, viam uma possibilidade nesse tratamento — ou das pessoas que eram contra essa tecnologia. Mas, ao me lembrar do encontro daquele dia de Natal, me senti indisposta. Cada vez mais ficava sem saber se devia ir ou não.

Mas eu ainda pretendia perguntar algumas coisas a Aizawa, pensei. Achava que sabia a opinião dele sobre IAD depois de ter lido sua entrevista e ouvido sua fala no Natal, mas eu tinha mais perguntas a lhe fazer. Por exemplo, diziam que as pessoas que haviam nascido por IAD ficavam extremamente magoadas com o fato de terem vivido sem saber a verdade, sem saber que nasceram por esse método, com o sentimento de terem sido enganadas até então. E se desde o começo soubessem a verdade, se lhes fosse revelado desde o início, sem que nada fosse escondido, como seria? E se fosse assegurado às crianças o direito de terem acesso aos dados pessoais dos doadores, Aizawa seria a favor ou contra IAD? Além das pessoas que tinham nascido por IAD, havia muitas outras que não conheciam sua origem, e qual era a diferença entre esses dois casos? Várias dúvidas surgiam na minha mente e desapareciam logo em seguida, mas, quanto mais pensava, menos sabia qual seria a pergunta apropriada, a indevida, a que devia ser evitada, para as pessoas que nasceram por IAD. No final, decidi participar do simpósio.

O salão estava lotado, e tive uma impressão bem diferente da que tive no encontro do mês anterior. O local não era muito grande, parecia ter capacidade para cerca de duzentas pessoas. Os assentos estavam dispostos em forma de leque ao redor do palco, e mais da metade deles estava ocupada. Sentei-me no canto da última fileira e aguardei o início do evento.

A primeira palestra foi sobre o tema "Situação atual e desafios da inseminação artificial entre os não cônjuges no Japão", ministrada por um especialista. Usando uma apresentação de PowerPoint, ele explicou o projeto de lei sobre tecnologias de reprodução assistida elaborado pelo Partido Liberal Democrata três anos atrás, e os resultados dos diversos conselhos deliberativos realizados. Apontou o quanto as discussões e leis sobre ética reprodutiva estavam atrasadas no Japão, vistas de diversos ângulos, e falou da necessidade de uma rápida reforma.

A segunda palestra também foi ministrada por um especialista. Ele falou dos problemas de reconhecimento dos filhos não só nascidos por IAD, mas também dos nascidos através de sêmen congelado de pais já falecidos, coletado quando ainda eram vivos, e como o governo vinha encarando o nascimento das crianças por meio de doação de óvulo ou barriga de aluguel, citando casos de julgamentos ocorridos, explicando pormenores e resultados. A conclusão foi de que o bem-estar da criança que iria nascer deveria ser priorizado acima de tudo, que as pessoas não deveriam ser usadas como meio de procriação, que a comercialização da vida deveria ser banida e a dignidade humana, protegida.

Depois dessas duas palestras houve um intervalo de dez minutos, e alguns participantes se levantaram, movendo-se de um lado para outro. Nos bastidores, algumas pessoas que pareciam fazer parte da organização ajustavam os fios dos microfones ou moviam a mesa e a cadeira do palco, mas não vi ninguém parecido com Aizawa em lugar nenhum. Ele também não estava na recepção, que ficava próxima à entrada do salão. Ele dissera que sempre ficava nos bastidores, mas talvez participasse das relações públicas ou coisa parecida, atualizando o site institucional ou o Facebook, e por isso não estivesse ali. Peguei a garrafa PET de chá da minha sacola e bebi bem devagar, como se admirasse o líquido umedecer lentamente a garganta.

Já na primeira palestra, eu tinha começado a sentir dores pulsantes nas têmporas, e no início da segunda tornou-se difícil permanecer imóvel, com a cabeça parada e voltada para a frente, prestando atenção na fala do palestrante. Ultimamente meu sono estava leve, e eu acordava várias vezes à noite. Enquanto observava distraidamente ao meu redor, as pessoas começaram a voltar aos seus assentos. A iluminação do salão mudou um pouco, e começou a terceira atividade do dia. Era um debate com três participantes: um pesquisador, a parte interessada — ou seja, uma pessoa nascida por IAD — e um profissional de saúde. Era o assunto que mais deveria me interessar, mas, ao seguir ouvindo a fala do pesquisador, que era uma espécie de discurso inaugural, interminável mesmo depois de quinze minutos, minha dor de cabeça aumentou ainda mais. Sabia que os três falariam de assuntos importantes, mas tive que me levantar porque já não suportava ficar sentada.

Saindo do salão, fui ao banheiro, onde lavei as mãos com esmero e olhei meu rosto no espelho. Estava horrível. Meu cabelo — de que eu não cuidava direito — estava embaraçado, sem brilho, e as sobrancelhas, que eu pensava haver pintado com cuidado, não estavam simétricas. Tinha passado base no rosto, mas parecia não ter surtido nenhum efeito, pois as manchas e imperfeições eram bem visíveis. Como tinha comprado esse cosmético havia alguns anos, talvez já estivesse vencido. Vendo meu rosto pálido, com a pele sem elasticidade e abatida, pensei que lembrava algo. Sim, lembrava uma beringela frita e marinada, *nibitashi*. Não a parte escura da casca, mas a parte interna, mole, de tom verde-claro: meu rosto tinha exatamente essa cor. *De uma mulher exausta e ressequida como essa à minha frente, jamais vai nascer uma nova vida*, pensei. Sentia um vazio só de pensar nessa possibilidade. Apoiando as mãos na pia, alonguei o pescoço demoradamente. Ouvi um estalar seco. Ao sair do banheiro depois de lavar as mãos mais uma vez com cuidado, vi, no final do corredor deserto, no banco que ficava no saguão, próximo à mesa de recepção, um homem sentado. Era Jun Aizawa.

Precisava passar na frente do banco para pegar a escada rolante, e caminhei segurando firmemente a alça da minha sacola. Estava em dúvida se devia ou não lhe dirigir a palavra, mas então nossos olhares se cruzaram. Por reflexo acenei com a cabeça, e depois de um tempo ele fez o mesmo. Achava que não havia outra opção além de passar reto, sem dizer nada, mas Aizawa puxou papo:

— Então você veio! Já vai embora? — perguntou ele, com um tom bem mais suave do que da outra vez que nos encontramos. Ele segurava um copo de papel com café. Usava um suéter preto parecido com o da outra vez, calça de algodão marrom-escura e tênis preto.

— Queria ficar até o final, mas…

— Eu sei, é muito longo.

— Você não vai entrar, Aizawa?

Talvez porque não estivesse esperando ser chamado pelo nome por alguém com quem cruzara apenas uma vez, fez-se um momento de silêncio. Mas ele respondeu que estava cuidando do camarim dos palestrantes.

— Ah, meu nome é Natsume — apresentei-me. — Não tenho cartão de visita.

Peguei o exemplar do meu livro na bolsa.

— Este é o meu romance.

Parecendo um pouco surpreso, Aizawa ergueu as sobrancelhas e me encarou.

— Você é escritora?

— Só publiquei um livro, na verdade — expliquei, estendendo o exemplar para ele. — Pode ficar, se quiser.

Ele pegou o livro e observou a capa, impressionado. Em seguida, olhou o título na lombada, leu com atenção o texto da contracapa e da cinta que envolvia o livro, e ergueu o rosto.

— Que legal, nem consigo imaginar como é escrever um livro — disse ele, estendendo-o de volta para mim.

Insisti que ele ficasse com o exemplar.

— Tem certeza?

— Sim. — Assenti algumas vezes.

Com o copo de café e o livro nas mãos, ele se deslocou para a direita como se abrisse espaço para eu me sentar. Acomodei-me ao lado dele e abaixei a cabeça em sinal de agradecimento, depois observei por um tempo o livro na mão de Aizawa, assim como ele o fazia. Eu estava nervosa. Virei-me para o lado e admirei Aizawa, que folheava o exemplar com os cotovelos apoiados no colo, inclinado para a frente. O cabelo repartido ao meio corria para trás, de maneira jeitosa, assim como da outra vez. De perto, seus fios pareciam mais suaves, finos e lisos. Me lembrei do meu cabelo bagunçado e sem brilho refletido no espelho do banheiro.

— Hoje você está de bom humor?

— Quê? — Aizawa levantou o rosto, surpreso.

Eu estava nervosa pensando que precisava dizer algo e, ao tentar falar que ele estava um pouco diferente em comparação com a ocasião anterior, acabei fazendo um comentário não muito adequado. Percebendo isso, corei. Queria me explicar, mas, com medo de piorar ainda mais as coisas, fiquei calada. Aizawa também ficou em silêncio. Depois de um tempo, uma senhora, aparentemente na faixa dos sessenta, usando um gorro com protetor de orelha na cabeça, veio subindo pela escada rolante, como se fosse uma bagagem sendo carregada pela esteira. Chegando ao nosso andar, passou devagar na nossa frente.

— Talvez você não se lembre — retomei. — Puxei papo quando pegamos o elevador juntos, naquele outro evento. Estou pensando em fazer IAD.

Aizawa não respondeu e, depois de um tempo, meneou a cabeça de leve apenas uma vez. Mesmo não demonstrando aborrecimento evidente, senti que ele estava confuso, estranhando o fato de eu estar contando algo tão íntimo a um desconhecido como ele, e também sentindo um desconforto ao ouvir minha história pessoal. Achei que era natural ele se sentir assim. Pensei que eu também ficaria confusa como ele, e respirei fundo.

— Talvez não seja nada agradável ouvir esse tipo de confissão — continuei, falando no dialeto de Osaka.

— Pelo contrário — respondeu ele. — Apesar de me encarregar principalmente de trabalhos administrativos, tenho várias oportunidades como esta, de ouvir pessoas, já que faço parte da associação. Você é de Kansai, Natsume?

— Sim, sou de Osaka.

— Não percebi logo de cara. Você muda o modo de falar dependendo do lugar?

— Não faço de forma muito consciente, mas, numa situação mais respeitosa, quando tento falar mais sério, acho que a entonação fica mais próxima do dialeto de Tóquio, considerado padrão.

— Entendi. — Aizawa balançou a cabeça. — No meu caso também, acho que acontece mais ou menos o mesmo.

— No seu caso?

— Do humor, que você mencionou. No evento de hoje, o número de participantes é alto, e na confraternização que teremos depois vou ter que falar com elas por um tempo, então acho que estou nervoso.

— Quando você fica nervoso, seu humor melhora?

— Procuro ser mais agradável, pelo menos na aparência — disse Aizawa, rindo. — Da outra vez... Foi no Natal, não foi? Naquele dia, em Jiyūgaoka, eu realmente estava distraído.

— Não era exatamente distraído — respondi. — Parecia estar pensando em outra coisa. Fiquei com essa impressão.

— Você nasceu em 1978? Então temos a mesma idade — constatou ele ao ler a informação na orelha do livro. — Mas... É incrível. Um livro é formado só de letras, o que é óbvio, e você escreve tudo isso sozinha. É a primeira vez que encontro uma romancista de verdade.

— Queria ser uma romancista um pouco mais decente — disse, dando de ombros.

Houve um momento de silêncio, achei que precisava dizer alguma coisa e já ia perguntando:

— O que você faz normalmen... — comecei, querendo saber sua profissão. Mas me passou pela cabeça, de repente, que talvez fosse desrespeitoso perguntar seu trabalho (não teria problema se ele tomasse a iniciativa de me contar), e me calei novamente.

Eu tinha lhe oferecido meu livro porque achava que não era justo só eu saber da vida dele, das coisas pessoais dele, por meio de suas entrevistas e apresentações, mas naturalmente esse desconforto era problema meu, e ele não tinha nada a ver com isso. Percebendo, porém, o que eu começara a perguntar, ele disse que era clínico geral.

— Você é médico?

— Sou — respondeu Aizawa. — Mas não tenho um trabalho fixo.

— Médico sem trabalho fixo — repeti. — Significa que é um médico que não trabalha?

— Bem, de certo modo, sim. Mas preciso trabalhar um pouco, para sobreviver — comentou ele, e riu. — Antes, trabalhava num hospital. Mas aconteceram várias coisas, e agora trabalho em diversos lugares.

— Em vários hospitais?

— É. Sou cadastrado, vou quando sou chamado. Sou como uma mão de obra médica que presta serviços temporários. Faço exames médicos nas escolas, no início do período letivo; dou aulas em cursinhos também, cursinhos preparatórios para o exame nacional de médicos.

— Achei que todo médico trabalhava em hospitais ou clínicas — comentei.

— Bem, quando trabalho, geralmente é em um hospital ou em uma clínica. — Riu de novo. — Só não tenho um emprego fixo. Existem muitos médicos que, mesmo na faixa dos sessenta ou setenta anos, sobrevivem só fazendo exames médicos, indo de escola em escola. Nesse sentido, é um alívio para mim.

— Então o salário é por hora? — perguntei, expressando a dúvida que me veio imediatamente à mente, mas em seguida me arrependi de tamanha indiscrição. — Desculpe, além de perguntar do trabalho, já estou querendo saber até do salário...

— Não tem problema — respondeu Aizawa alegremente. — Pode ser preconceito meu, mas, para as pessoas de Osaka, é normal falar de dinheiro, não é?

— Bem, não sei — disse um pouco aflita. — Mas talvez as pessoas de lá se interessem pelos preços em geral. Costumam perguntar: "Quanto isso custou?"

— Ah, certo. Já que você entrou nessa questão, então devo dizer que meu salário é em torno de vinte mil ienes. Em casos de urgência, quando não encontram ninguém mesmo, chega a trinta mil.

— Por dia?

— Não, por hora.

— O quê?! — gritei sem querer, tamanha a surpresa, e quase me levantando do banco. — Seu salário por hora é de vinte mil ienes? Então, trabalhando cinco horas, são cem mil ienes?

— É que eu não trabalho todos os dias, às vezes não é o dia inteiro, só meio período, então é bem inconstante, e não tenho nenhum tipo de garantia.

— Ah... A licença de médico é poderosa, não?

Ficamos em silêncio novamente. Eu tinha dito o que não devia, feito perguntas inoportunas, sabia disso, mas quem falou o valor concreto foi ele, não fui eu, e essas justificativas giravam na minha mente. Aizawa tomou um gole do café que provavelmente já estava frio, e eu tomei o chá da garrafa PET.

— Eu... — falei, tomando coragem para dizer de forma franca o que andara pensando no último mês. — Ouvi sua apresentação no outro encontro, li o livro da sua entrevista e pensei em muitas coisas. Na verdade, eu já tinha que ter entendido, mas surgiram algumas dúvidas que queria tirar com você, Aizawa.

— Em relação à parte interessada, você quer dizer? — perguntou ele.

— É. — Assenti. — Sinto muito pelo incômodo, já que não tem relação direta com você. Mas tem relação com o que vou fazer daqui para a frente... Na verdade, já não tenho tanto tempo assim.

— Você já leu os livros e artigos que tratam desse assunto?

— Li, mas não muitos, na verdade.

— Acho que já falei sobre isso — ponderou ele. — Mas um dos objetivos das nossas atividades é fazer com que as pessoas se interessem por IAD e pelas partes interessadas, ou seja, nós que nascemos por IAD, independentemente de quem seja. Por isso, se tiver alguma dúvida, pode entrar em contato.

— Obrigada — respondi, e abaixei a cabeça.

— Eu que agradeço... pelo livro. — E olhou o livro que segurava na mão. — Natsuko Natsume. É um bom pseudônimo.

— É meu nome de verdade — afirmei.

— Sério?

— Sério.

A porta do salão se abriu, e muitas pessoas entraram no saguão, ruidosas. A figura de uma mulher me chamou a atenção.

Essa moça, que usava um vestido preto até a altura do joelho e tinha o cabelo preso para trás, olhou ao redor como se procurasse alguém e, ao ver Aizawa, andou na nossa direção. Era baixa, as linhas do corpo eram bem finas, e as clavículas, salientes, dando a impressão de que podiam ser pegas com a mão. Em seu rosto branco, sardas formavam uma elipse suave que ia do nariz até as bochechas, e o formato e o tom esfumaçado delas lembravam uma nebulosa que eu vira em algum livro ilustrado. Ela me pareceu familiar. Nós nos cumprimentamos com um leve aceno.

— Essa é Natsume. Outro dia... Ah, foi no ano passado, ela estava no encontro de Jiyūgaoka.

— Foi você quem falou por último? — perguntou ela, me encarando.

— Ah, sim, você estava encarregada do microfone. Então já se encontraram — disse Aizawa, assentindo. — Essa é Zen, que também é parte interessada, nascida por IAD, e somos companheiros, membros da mesma associação.

— Prazer. — Levantei-me e a cumprimentei.

— Igualmente — disse ela, entregando-me seu cartão de visita: Yuriko Zen.

— Natsume é romancista — contou Aizawa, mostrando-lhe o livro que tinha em mãos.

— Ah, é? — respondeu Yuriko Zen, observando a capa por um tempo, estreitando os olhos, e sorriu só com os lábios.

— É o único que publiquei. — Balancei a cabeça de leve, como se me justificasse. — Eu queria perguntar umas coisas a Aizawa, por isso fui àquele encontro.

— Para coletar materiais? — Yuriko Zen inclinou levemente o rosto e me fitou.

— Não, estou pensando em fazer o tratamento por IAD, e tenho algumas dúvidas.

Yuriko Zen piscou devagar, observando atentamente meu rosto por um tempo. Em seguida, fez que sim de leve com a cabeça apenas uma vez e sorriu, estreitando os olhos. Em sua fisionomia havia certo autoritarismo, e me senti como uma criança à espera de uma ordem da professora. Mas ela não disse nada.

— Acho que está na hora de você voltar. Os palestrantes já devem ter entrado. — Depois de se dirigir a Aizawa, Yuriko Zen me cumprimentou com um aceno de cabeça e começou a se afastar.

Consultando o relógio de pulso, Aizawa se levantou e abaixou a cabeça para mim, informando que precisava voltar ao camarim.

— Posso te escrever? — indaguei. — Peguei o seu e-mail no cartão de visita que você me deu no mês passado. Tudo bem se eu mandar umas perguntas por lá?

— Sim, claro — respondeu ele, e se foi. Os dois logo desapareceram no meio da multidão.

Dias tranquilos se seguiram em fevereiro. Meu livro continuava empacado, mas, ao observar os raios solares silenciosos de inverno que entravam pela janela, sentia meu coração mais sereno. De vez em quando falava ao telefone com Makiko sobre assuntos triviais e trocava mensagens com Midoriko pelo Line. Minha sobrinha me falava de seu novo trabalho temporário em um restaurante e mandava fotos dos livros enfileirados que lera recentemente.

Troquei algumas mensagens com Aizawa. Ao lhe enviar um e-mail, ele respondeu dizendo que começara a ler meu livro e que me contaria suas impressões assim que o terminasse. Eu lhe agradeci. Seus e-mails eram secos comparados com a impressão que tive dele no saguão, quando conversáramos sentados no banco; a impressão que suas mensagens me causavam era mais próxima à que tive no nosso primeiro encontro. Por isso, ficava em dúvida quanto ao nível de entusiasmo com que eu deveria escrever os e-mails.

Aquela afetuosidade, a sensação agradável que tive naquele dia, ao conversar a sós com ele no saguão, talvez fossem as mesmas que ele demonstrava aos seus pacientes, uma espécie de generosidade, atenção de médico, pensei. Em seguida lembrei-me do rosto de Yuriko Zen. Sardas que lembravam a opacidade de uma nebulosa se espalhavam do seu nariz até a bochecha. Segundo Aizawa, ela também era parte interessada. Quantos anos teria? Ao observar o pequeno soalheiro no tapete enquanto divagava sobre essas coisas, ocorreu-me que era alta a probabilidade de o doador de sêmen que Aizawa procurava, mas que não conseguia encontrar, ter sido um estudante de medicina. Ou seja, seu pai biológico poderia hoje ser um médico, um colega de profissão dele.

Na segunda semana de fevereiro, na noite de terça-feira, meu celular vibrou quando saí do banho. Na tela aparecia o nome de Ryōko Sengawa. Consultando o relógio, vi que passava das dez da noite. Ao atender, ela disse que estava na estação de Sangenjaya, porque só agora encerrara o expediente, e queria que eu a acompanhasse para beber. Pelo seu jeito de falar, ela estava nitidamente embriagada; quanto a mim, tinha acabado de sair do banho, o cabelo ainda molhado. Por um instante, cogitei recusar o convite e explicar que já ia me deitar. Mas era raro ela propor esse tipo de coisa, e, sem querer deixá-la na mão, cheguei à conclusão de que não tinha escolha. Desliguei o telefone depois de lhe dizer para entrar em algum bar e me avisar o local pelo Line, pois eu iria ao seu encontro depois de secar o cabelo.

Ela estava em um bar que ficava no subsolo de um prédio perto da estação. Eu passava na frente dele de dia, quando ia ao supermercado, mas não sabia que nesse lugar funcionava um bar. Ao descer a escadaria íngreme, havia uma porta pesada de metal, que abri empurrando com o ombro. O interior estava tão escuro que me perguntei qual era a necessidade de tanta escuridão, e as luzes das velas oscilavam nas mesas aqui e acolá. Pelo horário, esperava encontrar o bar cheio, mas havia poucos fregueses. Ao me perguntarem se eu estava sozinha, respondi que uma pessoa me aguardava, e avistei Sengawa sentada a uma mesa mais ao fundo.

— Me desculpe, de verdade — disse ela assim que me viu, juntando as mãos. — Chamar você assim, tão tarde da noite... Mas fico feliz que tenha vindo — completou, sorrindo.

— Não tem problema — respondi.

Uma sombra densa se projetava no rosto de Sengawa sob a iluminação escura que tremulava conforme o cintilar da vela. À sua frente, havia um copo rústico de vidro com uísque e um copo d'água. Pedi cerveja.

— Não é escuro demais aqui? — comentei.

— Bem, a esta hora da noite, é melhor um lugar escuro assim, não acha?

— Será? Parece uma gruta, ou parece que estou dentro de uma caverna.

— Tem razão. As velas parecem fogueiras.

— Se bem que, embaixo do casaco, só estou com roupas de ficar em casa, então o breu ajuda a disfarçar.

— Ah, então está incorporando o estilo Jil Sander da cabeça aos pés! Isso é bom. E esse tipo de moda ultimamente está sendo chamado de *normcore*, segundo minha colega que trabalha numa revista feminina — disse Sengawa aos risos, virando seu uísque.

Ela me contou que jantara com outro escritor em Futakotamagawa e estivera com ele até pouco tempo atrás. E que, normalmente, o jantar dos editores com os escritores começava às sete horas da noite, e embora esse escritor acordasse cedo e dormisse cedo, era um beberrão extremamente voraz quando acompanhado, então, com ele, os editores eram chamados para começar o jantar às quatro horas da tarde. E, como resultado, ela acabava bebendo mais do que o normal quando jantava com ele. Eu lhe perguntei quanto havia bebido e ela disse que não sabia, não se lembrava. Continuava falante, com a dicção firme, mas seus olhos estavam turvos, e a linguagem corporal dela, cada vez mais expressiva, seguindo o fluxo da conversa. Ou seja, sob qualquer ângulo, ela já estava completamente bêbada. Perguntei se não teria sido melhor ela ter voltado para casa, então ela respondeu com um sorriso travesso:

— Não fale assim!

Mas seus olhos não tinham expressão. Bebi minha cerveja em silêncio.

Apesar de ter me tirado de casa tarde da noite, ela parecia não ter nenhum assunto urgente para tratar comigo, nem falou do livro. Isso me incomodou um pouco, e me senti levemente magoada, mas, pensando bem, era doloroso para nós duas falarmos de um trabalho que não progredia, então eu também não toquei no assunto.

Sengawa falou sobre sua família. Bastou ouvir algumas histórias para perceber quão ricos eles eram, e não pude reprimir algumas interjeições de admiração. Ela, que quando criança vivia doente e internada, tinha vários professores particulares que lhe ensinavam as matérias escolares no quarto individual do hospital; o jardim da casa em que crescera era tão grande que, na época de cuidar das plantas, precisavam ser contratados três jardineiros; em certa ocasião, teve que levar cinco pontos na cabeça ao batê-la na banheira de mármore de casa, e a cicatriz dessa época doía ainda hoje, em dias de chuva; no quarto dos pais havia um cofre sem chave onde eram guardados, sem muito cuidado, maços de dinheiro, com os quais ela brincava empilhando e derrubando junto com as primas, como se fossem blocos de LEGO.

— Mas parece que hoje em dia meus pais já não têm tanto dinheiro — explicou ela, e riu.

— E você vai herdar toda a fortuna deles?

— É, sou filha única — disse ela, estreitando os olhos e tomando seu uísque devagar. Em seguida, tossiu convulsivamente, e eu esperei enquanto ela se recuperava.

— Engasguei de novo com o uísque.

— Tudo bem?

— Sim. Do que estávamos falando mesmo? Ah, se meus pais morrerem — Sengawa bebeu água e meneou a cabeça — devo herdar, sim, mas daqui a pouco eles vão ficar velhos e precisar de cuidados, e no fim devem acabar num asilo. Temos que analisar, mas, dependendo do asilo, vão ter que gastar todo o dinheiro que têm, então não deve sobrar praticamente nada. E o que vou fazer com uma casa enorme e horrível como aquela? Quem vai morar nela? Se pelo menos ficasse na região central de Tóquio, nos vinte e três distritos, tudo bem, mas é no subúrbio de Hachiji.

— Mas, em último caso, você não precisa pagar aluguel, pode ficar despreocupada quanto a isso — respondi, dando minha opinião sincera.

— Isso é verdade. Se eu tivesse filhos, talvez a minha opinião fosse diferente.

Filhos. No instante em que essa palavra saiu da boca de Sengawa, disse, como se fosse algo banal:

— Ah, filhos. Falando nisso, você já pensou em ter algum? — perguntei simulando um clima de naturalidade; uma pergunta despretensiosa, como se tivesse me lembrado disso só porque ela havia mencionado.

— Filhos? — Sengawa fitou em silêncio o copo de uísque vazio. Em seguida, chamou o garçom em voz alta, de repente, e pediu mais uísque. Alisando para trás, com as mãos, o cabelo levemente ondulado com permanente, ela suspirou, sorrindo, e repetiu: — Filhos... Bem, não é que eu nunca quis ter filhos, que queria viver sozinha... Não é isso. Acho que vivi dando o máximo de mim, à minha maneira, e no percurso da vida... Como posso dizer? Filho não teve vez. Acho que o mais natural é pensar dessa maneira. E estava ocupada demais com o trabalho.

Balancei a cabeça tomando minha cerveja.

— Quando você vive, tem que resolver cada um dos problemas que estão à sua frente. Quando você tem disposição, trabalho não lhe falta, principalmente se você é assalariada. A não ser que aconteça algum imprevisto, como ficar doente ou engravidar sem querer, dificilmente mudamos nosso modo de viver. No meu caso, esse tipo de imprevisto não ocorreu na minha vida — disse ela, e coçou os cantos dos olhos com as mãos. — Mas isso não significa que decidi não ter filhos.

Tomei a cerveja, assentindo.

— Mas acho que isso foi natural para mim. As mulheres supostamente desejam ter filhos por instinto, recebem uma ordem dos genes... Não sei se ainda hoje tem gente que pensa dessa forma, mas, no meu caso, não senti nada disso. Fiz o que tinha que fazer em cada momento da minha vida, e, quando percebi, estava aqui, onde estou agora. É isso. Pensando dessa maneira, para mim era natural não ter filhos. É assim que eu penso: viver cada dia da forma que tiver que ser.

— Talvez você tenha razão — falei.

— Pois é — disse Sengawa no dialeto de Osaka, rindo. — Mas... acho que cheguei a considerar uma coisa.

— O quê?

— Que pode ser que amanhã aconteça algo que mude completamente a vida que eu levo hoje.

Ela balançou a cabeça de leve, de olhos fechados.

— Talvez esse algo seja uma gravidez, cheguei a imaginar. Mesmo vagamente, pensei que isso podia acontecer comigo, um dia, que talvez eu tivesse um encontro, assim como ocorre na vida de tantas pessoas. Mas, para mim, esse dia nunca chegou.

Sengawa olhou por um tempo, em silêncio, a ponta dos dedos de sua mão apoiada sobre a mesa. Em seguida, levantou o rosto.

— Não foi assim com você também, Natsume? — indagou ela, sorrindo.

Permanecemos em silêncio, tomando nossas bebidas. Pedi mais cerveja. Sengawa olhou o pôster na parede e disse depois de um tempo:

— Mas agora penso com frequência que foi bom não ter tido filhos.

— Em que situações?

— É claro que, como nunca tive filhos, não tenho como comparar. Mas, vendo as pessoas ao meu redor, cheguei a pensar várias vezes que tive sorte por não ter precisado passar por certas preocupações. É claro, não posso falar isso categoricamente — disse ela. — Deve haver pessoas que tiveram filhos e são felizes, mas muitas mulheres trabalham literalmente exaustas, não têm sossego porque o filho ora está com febre, ora está doente, e vivem amarradas ao trabalho e às crianças. Se é assim numa empresa como a minha, que oferece garantias às mães que trabalham... Como será então nas outras empresas? Deve ser praticamente impossível continuar trabalhando depois da maternidade. O estresse das mães é enorme. Vivem reclamando do marido. Há muitos artigos e livros que falam disso, escritoras que são mães também só falam disso. Escrevem livros sobre o parto ou sobre a criação dos filhos, ou seja, livros que falam do sofrimento de ser mãe ou que promovem empatia entre mães. "Obrigada por ter nascido", coisas do tipo... Como uma escritora pode se dedicar a escrever sobre um sentimento tão medíocre como esse? Na minha opinião, quem escreve sobre coisas pessoais assim já não tem mais futuro como romancista.

Assenti com a cabeça, dando um gole na cerveja.

— Mas... — disse Sengawa sorrindo, depois de beber seu uísque — ... toda vez que leio ou ouço esse tipo de coisa sobre a maternidade, toda vez que ouço as queixas das minhas colegas de trabalho... Só estou contando isso porque é você, Natsume... Penso como elas são burras e egoístas. Penso nisso do fundo do coração. Afinal, elas já sabiam mais ou menos o que as esperavam. Então, se sabiam e optaram por isso, do que estão reclamando? Depois fico com pena delas. Vão ter que continuar cuidando dos filhos por mais algumas décadas, passando por aflições e tendo que conciliar isso com o trabalho. Depois de elas próprias terem passado pelas etapas de doenças, vestibular, rebeldia adolescente e procura de emprego, precisam recomeçar tudo do zero com os filhos. Como são excêntricas, arranjando mais problemas para si. É isso que penso de verdade. Eu não tinha decidido não ter filhos, mas que bom que aconteceu assim.

Depois passamos a outro assunto, com naturalidade. Tomamos mais algumas bebidas, falamos de coisas sem muita importância, fizemos algumas brincadeiras e rimos alto. Falamos de Yusa também. Certa vez, ela comprara uma bicicleta elétrica que, em um único dia, fora apreendida duas vezes por parar em um lugar proibido, perdendo os dados de algumas dezenas de páginas do livro que tinha escrito. Meus olhos se acostumaram com a iluminação que antes achava escura demais, e agora eu via nitidamente o contorno de várias coisas: dos cardápios pregados na parede, das garrafas de bebida alcoólica dispostas uma ao lado da outra, em fileira, pôsteres que não dava para saber de qual época eram. Sengawa se levantou sem dizer nada e, erguendo um pouco a mão direita, caminhou na direção do banheiro. Assim que ela se foi, entraram dois grupos, um só de homens com terno e outro com homens e mulheres misturados. O lugar ficou agitado de repente.

Mesmo depois de um tempo, Sengawa não retornou. Ouvi alguém chamar o garçom, e vi as telas dos celulares brilharem vagamente aqui e ali. Pensei que ela pudesse estar vomitando e resolvi ir atrás dela. Quando cheguei ao banheiro, encontrei-a de costas, na frente da pia, com o corpo inclinado para a frente.

Quando a chamei, ela levantou o rosto, e meus olhos se cruzaram com os dela, refletidos no espelho. Apesar da iluminação fraca, percebi que seus olhos estavam bem vermelhos.

— Tudo bem? — perguntei, mas sua figura refletida no espelho apenas me encarava fixamente, sem me responder. — Quer água? — ofereci, mas ela balançou a cabeça.

Virando-se devagar, ela estendeu os braços e me abraçou. Por um instante fiquei sem saber o que estava acontecendo. Enquanto era enlaçada por ela, por alguma razão foi sendo reproduzida várias vezes na minha mente a cena que acabara de acontecer, de seus longos braços sendo estendidos na minha direção. Sentindo sua respiração na minha orelha esquerda, permaneci com os braços esticados no ar, sem conseguir me mexer nem um pouco. Seus ombros eram assustadoramente finos, assim como os braços que enlaçavam minhas costas. *Por que, com um simples abraço, consigo perceber tantas coisas do corpo de alguém?*, pensei. Sem saber o que estava acontecendo, me sentia tão abalada que conseguia ouvir até a batida do meu coração, mas, ao mesmo tempo, achava tudo isso muito estranho.

Não sei por quantos segundos ficamos nessa posição. Então Sengawa se desvencilhou de mim devagar e, depois de ficar um tempo cabisbaixa, levantou o rosto. Era a Sengawa de sempre. Nesse momento, senti que seus lábios se moveram um pouco e ela disse algo, baixo demais para que eu pudesse ouvir.

Sem ter oportunidade de lhe perguntar o que ela dissera, voltamos juntas à mesa, falando sobre nosso estado de embriaguez. Estávamos muito bêbadas. Depois de tomarmos toda a bebida que restava, pagamos a conta e saímos do bar. Me ofereci para levá-la ao ponto de táxi, mas ela insistiu que não precisava.

— Está frio, volte pra casa — disse ela, tentando me dispensar.

Segurando o cotovelo de Sengawa, que cambaleava e fazia brincadeiras, caminhei junto com ela até a avenida. Depois que o táxi dela partiu, permaneci observando o vaivém dos carros. Não sabia com quanto me sentiria saciada, mas ainda queria beber mais. Passei na loja de conveniência e, depois de hesitar um pouco, comprei uma garrafa de uísque — a segunda menor da loja —, apesar de quase nunca ter tomado essa bebida. Cheguei a pegar uma lata de cerveja, mas estava gelada demais.

Como tinha deixado o aquecedor ligado, meu quarto estava quentinho. Passei a mão pelo cabelo, e ele ainda parecia úmido, apesar de tê-lo secado antes de sair. Então pendurei o casaco no cabideiro e sequei o cabelo com o secador mais uma vez, refletindo sobre o que se passara no banheiro do bar. Sengawa ficara muito bêbada. Talvez estivesse passando por problemas no trabalho. Talvez quisesse falar de mais coisas, ou estivesse com muita vontade de chorar. Mesmo repassando tudo isso na cabeça, só o que aflorou com nitidez foi meu abalo com a sensação dos ombros finos e delicados dela, seus olhos que me fitaram no espelho e a cor da iluminação daquele lugar. Não sabia exatamente o que pensar sobre aquele acontecimento.

Enchi o copo com uísque e o virei. Toda vez que bebia, sentia minha garganta queimar, o que não era nada agradável. Mas, em menos de vinte minutos, já tinha tomado mais da metade da garrafa. Apaguei a luz e me deitei no *futon*. Em vez de sonolenta, me senti mais desperta por causa do calor das minhas bochechas, mãos e pés, e, mesmo sabendo que perderia ainda mais o sono, continuei abrindo vários artigos no celular. Li o *blog* sobre o tratamento para infertilidade que costumava ler no computador, fui direcionada para outro *blog* ao clicar em um *link* compartilhado, e li de cabo a rabo as discussões infrutíferas no fórum. Havia todo tipo de *post*: de pessoas que faziam o tratamento, das que haviam desistido dele, das que não tinham nenhuma relação com ele. Esses comentários irresponsáveis, escritos de forma anônima, eram repletos de lamentação, piedade, escárnio, ataques, consolo mútuo e autopiedade. Quanto mais lia, mais desperta ficava, e senti uma dor latejante nas têmporas. Um sentimento sombrio espiralava em meu peito.

Apesar dos pesares, as mulheres que revelavam na internet seus sentimentos de dor e de tristeza eram abençoadas. A elas eram garantidos os mais variados tratamentos. Elas tinham opções. Meios. Esses direitos lhes eram reconhecidos. Para mim, os casais homoafetivos que desejavam ter filhos eram igualmente abençoados. Afinal, eles tinham um parceiro ou uma parceira. Não diferiam muito dos casais héteros, pois tinham alguém com quem desejavam ter um filho e com quem podiam superar os desafios futuros. Eles tinham pessoas que os apoiavam, que os compreendiam, tinham uma rede. Tanto na internet quanto nos livros só se falava do sentimento das pessoas com seus parceiros. E como ficava o sentimento de quem não tinha nenhum parceiro ou parceira no momento, e que tampouco pretendia tê-lo no futuro? Quem tinha o direito de ter um filho? Por eu não ter um parceiro, por não conseguir fazer sexo, não teria esse direito?

Tomara que todos vocês fracassem, pensava. *Gastem seu dinheiro, gastem seu tempo, e tomara que todos fracassem. Se fizerem tudo o que estiver ao alcance, vocês vão se conformar e desistir. Tomara que todos se desiludam. Tomara que o clima com seu parceiro ou parceira fique horrível, que se xinguem mutuamente e vivam o resto da vida nesse relacionamento péssimo. Pelo menos vocês têm uma opção, uma oportunidade. Vocês não sabem o quanto são abençoados.*

Esfreguei o rosto com as mãos e, levantando-me, bebi o resto do uísque. Em seguida, deitei-me no *futon* e, pegando novamente o celular, retomei a leitura. Ao observar fixamente, sem pestanejar, a luz monótona e penetrante da tela luminosa, meus olhos ficaram marejados de lágrimas quentes. Mesmo assim não consegui parar. Minha cabeça parecia queimar como uma chaleira vazia levada ao fogo. Próximo à minha orelha, meu coração parecia palpitar forte. Sentia um aperto no peito, e meu corpo estava quente. *Dane-se tudo*, pensei, imóvel, apenas espalhando pelo rosto as lágrimas que caíam nos cantos dos olhos. Então o celular tocou e vi que havia uma nova mensagem no ícone do aplicativo de e-mail. Era de Aizawa.

Era sua resposta ao e-mail que eu tinha enviado uma semana antes. Ele dizia de forma sucinta que haveria um encontro menor do que o anterior no final de abril, voltado a pessoas interessadas, e me convidava para participar. E informou na observação: "Estou quase terminado de ler seu livro."

Cliquei em NOVA MENSAGEM e comecei a escrever. Mas, completamente bêbada, digitei palavras erradas várias vezes, convertia equivocadamente as letras em *kanji* e, quanto mais me concentrava tentando corrigir os erros ou reler o texto que escrevia, era como se eu me sentisse ainda mais bêbada. Minha cabeça começava a girar, meus pensamentos ficavam cada vez mais incoerentes. Mas me iludi de que não estava tão bêbada, que era capaz de escrever um e-mail sem problemas. Só que o sentimento agressivo e o delírio de perseguição despertados pouco antes ainda não tinham desaparecido, pelo contrário, foram atiçados ainda mais, e a mensagem ficou catastrófica.

"Boa noite, tudo bem? Desculpe, não posso ir ao encontro de abril. Isso porque é um esquema já direcionado. A conversa é unilateral. Não consigo entender o que vocês, as partes interessadas, sentem. Mas isso vocês sabem muito bem, não é? Acho que nunca vamos chegar a um consenso. Por exemplo, gostaria de perguntar: e se você fosse informado de toda a verdade, sem mentiras, desde o começo? E se a mãe conseguir contar toda a verdade com confiança, sem nenhum sentimento de culpa, com dignidade? Uma mulher sem parceiro não tem o direito de encontrar seu filho? Isso é culpa dela? Acho que não é bem como vocês dizem — para manter a família, ou preocupação com a aparência. Tampouco se trata do desejo de ter filhos. Não é querer ter, desejar. Não é isso. Quero encontrar, quero conhecer e quero viver junto. Mas com quem quero encontrar? Se não encontrei ainda. Por isso não vou ao encontro de abril. Quanto às minhas dúvidas, vou tentar imaginar a resposta por conta própria. Nosso contato foi curto, mas lhe agradeço mesmo assim. Adeus."

Sem sequer reler a mensagem, toquei no botão de enviar e joguei o celular no canto mais escuro do quarto. E, cobrindo-me com o *futon*, fechei os olhos com força. Ondas escuras e hostis me envolveram, aumentando em formas evasivas e, em seguida, vó Komi surgiu no meu sonho. Eu bebia chá de cevada ao lado dela, sentada e abraçando os meus joelhos. Estávamos conversando e rindo, encostadas no pilar velho e escuro do apartamento onde tinha morado, na cidade portuária.

— Como são grandes seus joelhos, vó Komi.

— Natsu, veja seus joelhos, são iguaizinhos aos meus.

— É verdade! São enormes! Sou mais parecida com a senhora do que com a mamãe. Ela sempre diz que eu sempre fui a sua cara, desde o momento em que nasci.

— É mesmo? Fico feliz em saber.

— Vó Komi, todas as pessoas morrem um dia, não é? A senhora também vai morrer, vó Komi?

— Vou, mas... Você está chorando, Natsu? Não chore, ainda vai demorar para isso acontecer. Vamos, sorria, mesmo morrendo, pode esperar que vou te mandar um sinal.

— Sério?

— Sério.

— Que tipo de sinal?

— Agora não sei dizer, mas volto para te ver, tenha certeza.

— A senhora vai virar um fantasma?

— Talvez.

— Vó Komi, a senhora pode voltar para me ver na forma de fantasma, mas não seja um fantasma muito assustador, e venha mesmo me ver, não importa o que aconteça, venha me ver. Se a senhora vier, vou estar preparada, e logo vou saber que é a senhora, mesmo sendo na forma de um pássaro, folha, vento ou uma lâmpada piscando. Venha me ver, vó Komi, venha me ver, não importa a forma em que vier.

— Certo, entendido.

— É sério! É uma promessa, a senhora não pode quebrar uma promessa. Vou te esperar, vó Komi, vou te esperar até que a senhora apareça, não importa quanto tempo demore.

— Sinto muito, de verdade.

Vendo-me abaixar o olhar, Aizawa balançou a cabeça dizendo que estava tudo bem.

— Eu estava muito bêbada — expliquei.

Já havia se passado alguns dias, mas ainda sentia resquícios de álcool em algum canto da minha cabeça.

— Fiquei assustado quando li a mensagem. Fiquei pensando o que teria acontecido.

— Eu também fiquei assustada quando reli a mensagem depois.

— Chegou a vomitar? — perguntou ele.

— Não, não cheguei a vomitar. Mas, na manhã seguinte, não conseguia ficar de pé.

— É sempre recomendável comer um pouco antes de beber. Laticínios, por exemplo.

— Farei isso da próxima vez — respondi, encolhendo os ombros.

Aizawa havia respondido, de forma educada, àquela mensagem que eu enviara sem ao menos reler e, em mensagens posteriores, combinamos de nos encontrar. Ele trouxera cópias de alguns artigos sobre ética relacionada à reprodução, publicados em revistas, mas que ainda não tinham sido lançados em livros. Eu lhe agradeci e as guardei na bolsa. O café no qual marcamos o encontro, perto de Sangenjaya, estava lotado, provavelmente por ser domingo.

— Aliás — disse ele —, li seu livro. Gostei muito.

— Obrigada por ter lido, apesar de você estar ocupado.

— Como li poucos romances até agora, não sei como formular minhas impressões…

Eu tinha lhe oferecido meu livro, mas, ao ouvi-lo falar dele para mim, não sabia como reagir e, cabisbaixa, murmurei palavras evasivas.

— Acho que dá para ler de diversas maneiras — disse, fitando a xícara de café como se refletisse. — Será que o que está descrito é uma espécie de ciclo de reencarnação? Todos já estão mortos desde o início e continuam morrendo. O local, as normas sociais e a língua mudam, mas os personagens mantêm o mesmo ego, e é sempre essa repetição, que não tem fim.

Assenti de forma ambígua.

— Falei em repetição, mas… Talvez não seja exatamente isso — comentou ele, e se calou por um momento. Levantando o rosto de repente, arregalou os olhos como se tivesse tido um *insight*. — Sim, é uma linha reta. Como chamamos isso de ciclo de reencarnação, por não ter fim, lembra um círculo, mas o mundo do romance segue em linha reta.

Sem saber como responder, continuei em silêncio.

— Perdão, não sei explicar muito bem, mas gostei muito. — Ele encolheu um pouco os ombros.

— Aizawa, você disse que leu poucos romances, mas não parece — observei.

— Não sou muito familiarizado, mas me interesso por eles. Fico me perguntando como é escrever um livro.

— Você pensa em escrever?

— Claro que não. — Ele riu. — Mas meu pai escrevia livros.

— Seu pai?

— É, o pai que me criou. Era o hobby dele. Mas ele já morreu faz tempo.

— Morreu jovem?

— Pensando agora, era bem jovem. Tinha cinquenta e quatro anos. Morreu de enfarte do miocárdio quando eu estava com quinze. Geralmente quem nasce por meio da doação de sêmen só fica sabendo disso quando os pais se separam ou o pai morre, mas, no meu caso, precisei de mais quinze anos, ou seja, só descobri tudo quando tinha trinta.

— Até então não fazia ideia?

— Não — respondeu ele. — Minha família... Talvez eu já tenha falado, mas eles são de Tochigi, é uma família bastante complicada. Bem, uma família tradicional, com posses desde antigamente. Morávamos na mesma casa. Meu avô morreu quando eu era criança, e minha avó tomava conta de tudo. Foi minha avó que me contou.

— Assim, do nada, quando você completou trinta anos? — perguntei.

— É. — Ele soltou um leve suspiro. — Durante alguns anos depois que meu pai morreu... até eu me mudar para Tóquio, para fazer faculdade, morávamos nós três juntos, minha avó, minha mãe e eu. Mas depois que saí de casa, só ficaram minha mãe e minha avó. Minha avó sempre teve um gênio forte, fala as coisas na lata, e eu sentia que não devia ser nada fácil para minha mãe. Mas quando sogra e nora moram juntas, deve ser normal conviver com esse tipo de problema, não tem jeito. Eu, como filho, pensava assim. E depois de me formar, passar no exame nacional de médicos e obter minha licença, quando estava terminando a residência, minha mãe começou a dizer que já não aguentava mais morar com minha avó. Que queria sair de casa, ficar longe da sogra. Que queria morar em Tóquio.

— Ela queria morar com você em Tóquio?

— Não, não falou em morar comigo. Só queria ficar longe da sogra. Ela me explicou o quanto minha avó era cruel com ela, o quanto sofria nas mãos dela todos os dias. Dizia que se continuasse morando com ela, ficaria louca e morreria, e chorava ao falar isso. Não aguentando mais a situação, falou para minha avó que desejava sair de casa e morar em Tóquio. Minha avó ficou furiosa e incontrolável. Isso porque, quando meu pai morreu, minha mãe herdou a parte que cabia a ela como cônjuge. Ela recebeu metade da herança que meu pai tinha recebido quando meu avô morreu. Minha avó sabia que, no futuro, minha mãe ia ficar com tudo. Do ponto de vista da minha avó, já que minha mãe tinha recebido parte da herança da família, era obrigação dela permanecer na casa e cuidar da família até o fim, que isso seria o natural. Essa é a lógica dela.

— Entendi.

— Consegui frequentar uma faculdade particular de medicina de Tóquio graças a esse dinheiro — prosseguiu Aizawa. — Mas, de qualquer forma, o mais importante era o estado emocional, a saúde da minha mãe. Cheguei a sugerir a ela: "E se você abrir mão da herança?" Mas minha mãe tinha os argumentos dela, disse que depois de se casar com meu pai, e mesmo depois de ele morrer, por várias décadas veio cuidando da família, cumprindo com suas obrigações de nora, e que tinha direito à sua parte. É complicado.

Depois de tomar todo o café da xícara, Aizawa olhou pela janela.

— Vamos pedir mais café? — perguntei, e ele assentiu, como se me agradecesse. O garçom se aproximou e encheu nossas xícaras.

— Acho que sua mãe tem razão nesse ponto — respondi.

Aizawa meneou a cabeça algumas vezes, com uma fisionomia constrangida.

— Realmente, minha avó era uma pessoa de temperamento terrível... Bem explosiva, e acho que as pessoas que conviviam com ela sofreram muito. Desde que me entendo por gente, achava ela uma pessoa difícil.

— Você tinha medo dela?

— Não sei como explicar direito... Quando eu era criança, tinha medo e, quando ficava a sós com ela, por alguma razão, ficava muito nervoso. Nunca abri meu coração para ela, nunca procurei receber carinho dela. Pensando bem, entendo por que ela agia daquele jeito. Entendo que não queria dar carinho ao neto que não tinha seu sangue.

— Aí ela abriu o jogo quando você estava com trinta anos?

— É. Como o estado emocional da minha mãe estava no limite, aluguei um apart-hotel em Tóquio para ela poder se refugiar temporariamente. Estava realmente esgotada. Então fui sozinho à casa de Tochigi para conversar com minha avó sobre o que fazer dali em diante.

— Entendi.

— Chegando lá, havia algumas pessoas que se diziam ser parentes, que eu não tinha certeza de ter encontrado antes ou não. Meu pai era filho único, mas meu avô tinha irmãos, e acho que eram parentes desse lado da família.

— Até consigo imaginar a cena... — falei, estreitando os olhos. — Estão numa sala enorme, com homens de terno, sentados um ao lado do outro, com uma mulher idosa vestindo um quimono aparentemente caro sentada no meio e, atrás, um enorme altar budista todo dourado...

— Bem, era uma sala comum. — Aizawa coçou um pouco o canto do nariz com o dedo indicador. — Minha avó usava uma roupa normal, moletom e um quimono grosso com enchimento de algodão por cima, e os homens também usavam roupas de trabalho.

— Que imaginação estereotipada a minha — reconheci.

— Bem, não exatamente. — Ele riu. — Mas a casa em si, tipicamente interiorana, é grande.

— Quão grande?

— Bem... É uma casa de um andar, muito maior do que o necessário. Do portão até a casa há um pequeno pomar e um jardim japonês...

— Quê?

— É interiorana. Mas só usamos uma parte dos cômodos. A sala de que falei é um cômodo comum.

Tentei imaginar uma moradia comprida, com um pomar e um jardim japonês entre o portão e a casa, mas naturalmente não consegui.

— Então conversei com minha avó. Expliquei o estado da minha mãe e perguntei a ela se não seria melhor manterem um pouco de distância, para o bem das duas. Então propus: "Por favor, deixe minha mãe morar em Tóquio. Não significa que ela nunca mais vai voltar para esta casa, ela vai voltar nos finais de semana, para fazer as coisas da casa, as compras da semana de alimentos e itens de uso diário, para a senhora não precisar se preocupar com nada. Se mesmo assim se sentir insegura, contratamos uma diarista para cuidar da casa. É claro, nós pagamos o salário dela."

— Perfeito. — Estalei os dedos sem querer. — E aí?

— É claro que ela recusou sumariamente, dizendo: "Você faz ideia de como fomos generosos com sua mãe, de quanto dinheiro ela já recebeu? Não é nada mais que obrigação dela voltar para esta casa e cuidar de mim até o fim." Nesse ponto ela não quis ceder nem um pouquinho.

— É tanto dinheiro assim? — indaguei sem pensar.

— Segundo minha avó, sim. Mas não sei até que ponto é verdade.

— Uns... cem milhões de ienes? — perguntei depois de tomar coragem.

— Bem... — Aizawa franziu a testa. — Um pouco mais, talvez o dobro.

Tomei água sem dizer nada.

— Mas incluindo o terreno, o campo, essas coisas. Não é em dinheiro, não significa que ela pode usar livremente. Como tem impostos e outras taxas, acho que não sobrou muito. E minha mãe nunca trabalhou na vida, usou esse dinheiro para pagar todas as despesas, incluindo meus estudos. Por isso não deve ter sobrado quase nada.

— Mas como sua avó ainda deve ter muito dinheiro, não era melhor contratar algum profissional para cuidar dela e da casa, para o próprio bem dela? A relação não seria mais saudável?

— No começo falei isso para minha mãe. Mas ela falou que era impossível. Que era capricho da minha avó.

— Capricho?

— É. Ou seja, minha avó foi obrigada pela sogra a fazer tudo isso. Ela tem orgulho e, ao mesmo tempo, ressentimento por ter cuidado da casa, da família, ter sacrificado a própria vida; então não quer que a nora se livre desse encargo.

— Entendi.

— Depois minha avó começou a citar valores concretos, explicou o quanto minha mãe era uma nora imprestável... Começou a insultar minha mãe e a me atacar também. Eu já não gostava dela, sempre sentia um desconforto em sua presença, mas, no fundo, sentia pena dela por ter perdido o único filho. Ela devia ter dores e tristezas que ninguém compreendia, eu imaginava. Não nos dávamos bem, mas, ainda assim, eu era seu neto, havíamos morado juntos sob o mesmo teto e eu pensava que tínhamos uma espécie de ligação.

Aizawa suspirou.

— Expliquei a ela o que eu pensava da nossa relação. Então ela disse: "Você não é meu neto, não." Como ela falou isso de forma tão natural, achei que era no sentido figurado. "Entendo que a senhora queira pensar isso de mim, mas vamos deixar a emoção de lado e conversar com calma", respondi. Então ela explicou: "É verdade. Você não é meu neto. Você não é filho do meu filho. Você é fruto de outra semente."

Balancei a cabeça.

— E ela continuou: "Por isso você não tem nenhum direito de se intrometer nesse assunto e, para começar, não tem nenhuma relação comigo." Não pareceu que estava brincando, então pedi para ela me explicar. Mas ela me enxotou da casa falando para perguntar os detalhes à minha mãe. Não lembro como voltei a Tóquio nesse dia.

Aizawa olhou novamente pela janela e coçou as pálpebras de leve com as mãos. As luzes da tarde de inverno incidiam vagamente sobre seu cabelo repartido ao meio.

— E sua mãe? — perguntei.

— Então... Voltei a Tóquio, fui primeiro ao meu apartamento e tentei me acalmar o máximo que pude, depois segui para o apart-hotel onde minha mãe se encontrava. Quando abri a porta, ela estava deitada no meio do quarto.

— Ela já estava desse jeito quando você entrou?

— Sim, quando abri a porta eu a vi no chão. Estava deitada no piso de cor creme, sem nada forrando o chão, sem se cobrir, de costas para mim. Mesmo eu abrindo a porta, ela nem levantou o rosto. Eu a chamei, achando que estivesse dormindo, e ela só respondeu depois que insisti algumas vezes. Não sabia o que falar, e só disse: "Fui lá." Mesmo assim ela continuou deitada sem falar nada. Então... Pensando agora, não sei direito por que falei aquilo naquela hora, mas, quando me dei conta, estava perguntando: "A vó disse que meu pai não é meu pai, é verdade?"

— Você falou isso de pé?

— Sim. — Aizawa assentiu. — Hoje penso que deveria ter perguntado de outra forma. No mínimo olhando de frente para minha mãe.

— E ela? — perguntei.

— Ficou calada por um bom tempo. Não lembro quantos minutos ficou desse jeito, e enquanto isso fiquei olhando suas costas. Muito tempo depois, ela levantou o corpo devagar e disse, demonstrando aborrecimento: "Isso mesmo." Disse também: "É coisa de tanto tempo atrás, melhor esquecer."

Aizawa se calou, e observamos nossas respectivas xícaras de café.

— E depois? — perguntei.

— Depois saí abrindo a porta quase que por reflexo e caminhei a esmo. Sabia que tinha acontecido algo terrível comigo, mas não conseguia me concentrar em nada. Sabia que precisava pensar em algo, mas, para começar, não sabia no que pensar. Era como se houvesse algo estranho dentro de mim. Como se tivessem me enfiado de repente, goela abaixo, uma espécie de esfera, e sempre que eu pestanejava, essa coisa parecia ficar cada vez mais dura e pesada na boca do meu estômago, era essa a sensação. Sentia um aperto no peito, uma grande dificuldade para respirar, mas nem sabia direito se era eu mesmo quem sentia isso.

"Só caminhei. Quando chegava a uma esquina, virava à direita, quando chegava a outra esquina, virava de novo à direita, e continuei andando. Comprei água durante a caminhada, sentei no banco de um parque que avistei e fiquei observando a palma das minhas mãos sob a iluminação da rua."

— A palma das suas mãos? — indaguei.

— É, mas a palma das mãos é só a palma das mãos e, por mais que eu a observasse, não havia nada nela. Mas acho que nessa hora isso era tudo o que eu podia fazer. A expressão "fruto de outra semente" me ocorreu várias vezes, e como nessa época não conhecia nem a doação de sêmen, devo ter pensado vagamente que eu era fruto de outro relacionamento da minha mãe. Ou que talvez fosse adotado. Mas não fazia ideia do que pensar inicialmente, de forma concreta. Por isso fiquei observando minhas mãos como um bobo. Elas eram enrugadas, tinham nervos, com cinco dedos cada, e as juntas e a carne tinham saliência. Olhando direito, a mão tem um formato esquisito... Fiquei divagando sobre isso. Foi só então que me lembrei do meu pai.

Fiz que sim com a cabeça.

— Meu pai... Pensando bem agora, não sei como conseguiu agir assim, mas ele sempre me tratou muito bem. Quando era jovem, fez cirurgia de hérnia, e antigamente não era como hoje, que fazem cirurgia laparoscópica. Ele teve que fazer um corte nas costas, e parece que a operação não deu muito certo. Felizmente ele não precisava se preocupar com dinheiro, não precisava trabalhar, e minha avó tinha um amor cego por ele, seu único filho. Então ela pedia para meu pai fazer trabalhos simples como cuidar do jardim, pequenos serviços domésticos, essas coisas. Por isso ele estava sempre em casa e, quando eu voltava da escola, ia falar comigo, querendo saber os acontecimentos do dia, fazia várias perguntas. E ele me contava muitas histórias.

"Certo dia, não lembro quando, ele me contou que estava escrevendo um livro. No quarto do meu pai tinha muitos livros, não só nas estantes, mas também em vários outros lugares, e quando não conversava comigo, acho que ele sempre estava lendo. Essa é a lembrança que tenho dele. Também me lembro muito bem do meu pai escrevendo até tarde da noite, como se escondesse o rosto na mesa. Quando eu olhava para cima, para os livros na estante, e lia os títulos nas lombadas que me chamavam atenção, ele se aproximava e pegava cada um dos volumes, explicando o conteúdo de forma compreensível para mim, que era criança. 'Esse é o livro que explica melhor sobre as baleias entre todos os livros da face da Terra', 'Esse narra, de forma engraçada, a confusão ocorrida durante quatro dias envolvendo uma família, Deus e a justiça'. Eu me lembro muito bem de seus dedos e mãos folheando os livros. Eram pálidos, talvez por ele não se expor muito ao sol; a palma das mãos era avermelhada de forma desigual; e as costas, de vez em quando, ficavam ressecadas e esbranquiçadas. As unhas tinham o formato de um leque; hoje não sei direito se eram grandes, mas na época achava que pareciam massa de pão. Sentado no banco do parque, lembrei-me desses detalhes do meu pai e, observando minhas mãos, me ocorreu que as mãos do meu pai e as minhas não eram nem um pouco parecidas."

Aizawa ficou olhando pela janela por um tempo. Em seguida, olhou meu rosto como se de repente tivesse se lembrando de algo, e balançou a cabeça de leve.

— Aliás... Só falei de mim o tempo todo. Por que entrei nesse assunto? Hoje vim disposto a ouvir o que você tinha a dizer, Natsume. Mas por que será que acabei contando isso?

— Foi um desenrolar natural, depois de você dizer que se interessava por romances. — Ri, meneando a cabeça.

— É mesmo. — Aizawa também riu. — Acabei não descobrindo que tipo de livro ele escrevia.

— Ele não deixou nenhum?

— Não encontrei em lugar nenhum, por mais que procurasse. Uma vez, ele me mostrou uma pilha de cadernos grandes, dizendo: "Aqui está o livro que estou escrevendo", e, quando me lembrei disso, procurei por todo o quarto, mas não encontrei. Não sei se ele de fato escrevia, mas parece que ele gostava muito de ler e escrever livros. Ele passou mal um dia, de repente, e desapareceu, então não tive oportunidade de falar sobre isso com ele — contou Aizawa. — Por isso... Claro, meu pai não era nenhum romancista... Mas tenho um leve interesse no que pensam as pessoas que desejam escrever romances... A propósito, sei que você é romancista, Natsume, mas sinto muito ter falado do meu pai... Um assunto que nem é interessante.

— Não, imagina — minimizei balançando a cabeça. — E depois você voltou ao apart-hotel da sua mãe?

— Voltei — disse ele depois de uma pequena pausa. — Eu continuava confuso, sem saber como encarar a situação, no que pensar, mas tinha que ouvir a explicação dela, não podia ficar sentado no banco do parque para sempre. Por isso voltei. Encontrei minha mãe vendo TV, e eu fiquei vendo junto com ela por um tempo, encostado na parede. E comecei a contar um pouco da situação da casa da minha avó. Que o pé de caqui não tinha sobrevivido, como estava minha avó, a presença dos parentes dela, que eu não sabia se conhecia, essas coisas. No começo ela só ouviu sem falar nada, mas, depois, disse: "Foi sua avó que falou para fazer."

— Inseminação por doação de sêmen? — perguntei.

— Sim. — Aizawa balançou a cabeça. — Ela contou que não conseguiu engravidar mesmo depois de muitos anos de casada, e que sempre foi cobrada pela minha avó. Eram outros tempos, apesar de não ter mudado muito até hoje. Mas, naquela época, não havia o conceito de infertilidade masculina, e quando um casal não tinha filhos, todo mundo achava que a culpa era da mulher, sem dúvida. Por isso minha mãe sofreu tanto. Ela chegou a ser ofendida na frente dos outros, chamada de produto defeituoso, passava por esse tipo de humilhação diariamente. Até que chegou um dia em que minha avó disse: "Antes que seja tarde demais, procure um especialista de Tóquio e faça todos os exames necessários para ver onde está o problema. E, se descobrirem que você não pode ter filhos, possivelmente será caso de divórcio." Entrando em contato com o hospital, falaram que o marido também tinha que ir junto para fazer os exames. Como resultado, descobriram que o problema estava no meu pai. O único filho da minha avó tinha azoospermia, não tinha nenhum espermatozoide.

— E sua avó? — perguntei.

— Ficou emudecida por um tempo, de tão chocada. Dizia quase gritando que devia ser algum engano, que procurassem imediatamente outro hospital. Mas o diagnóstico foi o mesmo. Minha avó fez minha mãe prometer várias vezes que não contaria isso a ninguém, não importava o que acontecesse, e, um tempo depois... Minha família tinha contato com gente influente nessa época, alugava um terreno para uma grande empresa, onde uma fábrica tinha sido construída, fazia doações aos políticos, então minha avó deve ter conseguido ajuda nesse meio. Ela arranjou o contato de um hospital universitário que fazia doações de sêmen e ordenou que meus pais fossem fazer o tratamento lá. Eles frequentaram esse hospital universitário e, cerca de um ano depois, minha mãe engravidou. Depois ela passou a se consultar em uma maternidade local, e também foi levada, pela minha avó, para a casa dos vizinhos e dos parentes, para mostrar a barriga grande. Passados alguns meses, eu nasci.

"Foi nessa hora que ouvi falar pela primeira vez sobre doação de sêmen. Pensava que havia duas possibilidades: eu ser fruto de um outro relacionamento da minha mãe ou ser filho adotivo. Não consegui pensar em outra alternativa. Por isso achava vagamente que meu pai biológico era outro, que estava em algum lugar, e que minha mãe o conhecia. Que, se eu quisesse, poderia encontrá-lo — explicou Aizawa. — Mas estava enganado. Eu não era fruto de um homem com forma de gente, mas de um *esperma* coletado de um anônimo. Como posso explicar... Sendo sincero, senti que metade de mim vinha de um não humano. É claro, todas as pessoas nascem de *coisas* chamadas de óvulo e espermatozoide, mas metade de mim..."

Então ele percebeu que a xícara estava vazia e a levantou. A minha também estava.

— Posso continuar nesse assunto? — perguntou ele, a fisionomia um pouco insegura.

— Claro — respondi, pedindo ao garçom o cardápio de bolos, pois queria uma sobremesa.

Ajeitando-se na cadeira, Aizawa observou o cardápio como se olhasse algo raro, curvando as costas. Pedi um *short cake* com chantili e morango, e Aizawa, depois de muito pensar, pediu um pudim de creme de leite.

— O que me deixou surpreso — retomou Aizawa com um sorriso inseguro — foi que, depois de explicar de forma indiferente por que foi fazer o tratamento, minha mãe demonstrou uma fisionomia bastante aborrecida, como se dissesse que não queria mais falar do assunto. Fiquei alarmado, o espanto com essa reação da minha mãe foi maior do que a sensação de perda que senti. Diria que é um assunto grave, e para muitas pessoas não há assunto mais grave do que esse... Você, como escritora, o que acha?

— É um assunto muito grave mesmo — concordei.

— Né? Como posso explicar, nesses casos... Na TV e nos filmes, quando os pais contam ou explicam aos filhos algo relacionado ao nascimento deles, fazem isso com seriedade, certo? No fundo eu esperava que comigo também seria assim, que minha mãe me explicaria direitinho, dizendo: "Fiz isso por esse e aquele motivo, sinto muito por não ter contado antes", e pedindo perdão em meio às lágrimas. Essa era a reação que eu esperava.

"Mas a reação da minha mãe era a de quem não entendia qual era o problema, limitando-se a dizer, com uma expressão bastante aborrecida: 'Não quero mais falar disso.' Eu também estava confuso, abalado, e rebati em tom ríspido: 'Você sabe o que está dizendo? Você sabe o que fez?' E ela respondeu: 'Pari você saudável, sem nenhum problema de saúde. Você foi criado sem passar por nenhuma dificuldade, conseguiu até se formar numa universidade. Está reclamando do quê?' Fiquei boquiaberto, e ela continuou: 'Me fale então qual é o problema.'

"'Eu não sei quem é meu pai', respondi. Mas minha mãe parecia realmente não entender qual era o problema. Vendo-a assim, fui ficando inseguro. Sua falta de humanidade me levava a vê-la como uma miragem no asfalto num dia quente, ou algum fenômeno similar, e senti minha voz estremecer um pouco. Minha mãe então me olhou com aquela expressão confusa e disse: 'O que tem seu pai?' Sem saber como responder, fiquei calado. Ela também não disse nada. Passava um programa musical na TV, vários sons eram tocados de forma contínua, uma mixórdia ruidosa que parecia transbordar da tela e se acumular no piso. Observando as imagens, pensei vagamente 'onde estou mesmo?', até lembrar que era o apart-hotel.

“Não sei quanto tempo se passou até ouvir minha mãe dizer, em voz baixa, olhando para a TV: ‘Tanto faz quem é seu pai.’ Continuamos em silêncio por mais um tempo, então ela completou, me olhando fixamente nos olhos: ‘Você cresceu dentro da minha barriga, eu te pari, e você nasceu. Pronto. É isso que importa.’”

Depois, Aizawa ficou em silêncio. Eu também, sem dizer nada, observei as xícaras, os lenços umedecidos descartáveis e os copos com um resto de água sobre a mesa. O lugar continuava lotado, e, na mesa ao lado, uma mulher com suéter vermelho estudava compenetrada com um dicionário eletrônico na mão. Parecia estudar uma língua estrangeira, mas não dava para saber qual. Sua xícara estava no canto da mesa e parecia que iria cair com o menor desequilíbrio, mas a mulher não demonstrava se importar. Depois de um tempo, o garçom se aproximou da nossa mesa trazendo as xícaras de café, o pudim e o bolo. Comemos as nossas sobremesas sem falar nada. Quando o chantili tocou minha língua, o sabor doce misturado à saliva atingiu meu cérebro e soltei um suspiro acidental.

— É bem doce — disse Aizawa, mexendo a cabeça várias vezes, como se seu pudim lhe proporcionasse a mesma sensação do meu *short cake*.

— Dá para sentir o efeito do açúcar. É como se ele entrasse diretamente nas rugas, em cada um dos sulcos do cérebro.

— Gostei dessa descrição — comentou Aizawa aos risos. — Imaginando essa cena, tenho a impressão de que o efeito é ainda maior.

— Mas voltando... O que sua mãe fez depois? — perguntei. — Ela conseguiu continuar em Tóquio?

— Não. — Aizawa balançou a cabeça. — Ela mesma decidiu voltar a Tochigi.

— Por quê? — indaguei, surpresa.

— Não sei o que ela e minha avó conversaram, nem sei se chegaram a conversar ou não, mas minha mãe começou a dizer que ia voltar à casa de Tochigi conforme lhe cabia.

— Quê?

— Ela falou: "Só posso dizer que sacrifiquei minha vida se cumprir meu dever até o final." E agora ela mora em Tochigi.

— Chegaram a falar do tratamento, da sua origem?

— Só naquela vez, no apart-hotel. Depois nunca mais tocamos no assunto.

Ficamos em silêncio por um tempo. O garçom se aproximou e encheu nossos copos vazios com água. Tanto eu quanto Aizawa observamos, em silêncio, a água preenchendo o copo transparente cintilante, refletindo os raios solares.

— Ah, desculpe — retomou Aizawa um tempo depois. — Só falei de mim.

— Não, tudo bem. Queria ouvir sua história, Aizawa.

— Você é gentil, Natsume — disse ele baixinho depois de um tempo.

— É a primeira vez que alguém diz isso a meu respeito.

— Sério?

— É. Acho que ninguém nunca me disse isso na vida — respondi, refletindo. — Realmente, essa é a primeira vez.

— Mas esse fato, em certo sentido, também é incrível, não? — disse Aizawa, rindo.

— Você acha?

— Ou talvez você tenha sido tão gentil que ninguém percebeu. Também existe essa possibilidade.

— Quando você é gentil de verdade, ninguém percebe?

— Não só no caso de gentileza. A maioria das coisas só pode ser percebida quando é demonstrada na medida adequada. Assim é a empatia.

— Mas você percebeu. — Eu ri.

— De fato. — Ele também riu. — Por isso talvez hoje seja um dia muito importante. O dia em que sua verdadeira gentileza foi compartilhada com outra pessoa, Natsume.

Em seguida tomamos café e comemos nossas sobremesas. Já não lembrava a última vez que havia comido um *short cake*. E aquele estava uma delícia. A massa, fofinha e macia, e o chantili, não muito doce. Achei que seria capaz de continuar comendo para sempre.

— Que foi? — perguntei porque tive a impressão de notar Aizawa rindo.

— Não, é que achei curioso... — disse ele. — Nem na associação eu tinha contado, de forma tão detalhada, sobre meu pai.

— Ah, é?

— É. Me dei conta disso agora — explicou ele, olhando fixamente para o pudim. — Pensando bem, em público, para muitas pessoas, só falei duas vezes. Lá em Jiyūgaoka e numa ocasião anterior.

— Não pareceu — disse, impressionada. — Falou muito bem.

— Verdade? Claro que, na nossa associação, cada um fala de si, mas eu sou mais de ouvir do que falar, me sinto mais à vontade.

— É mesmo?

— Normalmente escrevo os *posts* no Facebook, faço panfletos dos eventos, elaboro pareceres para enviar para associações médicas, universidades e outros lugares.

— Ah, eu li sobre isso. Criar uma lei sobre o "direito de conhecer a própria origem".

— Sim, mas não estamos tendo avanço. — Aizawa riu. — Ah, também estou elaborando a lista com os nomes e contatos dos estudantes daquela universidade, que doaram o sêmen naquela época.

— Eles estão colaborando?

— Tenho a impressão de que as coisas têm mudado aos poucos, mas, em um primeiro momento, todos se recusam a colaborar. Se a criança puder rastrear sua origem, não vai haver mais doadores. Eles querem evitar essa situação. "O Japão enfrentando problema de redução de natalidade e vocês querendo diminuir mais ainda? Não atrapalhem!", recebemos esse tipo de crítica. Tem horas que penso: afinal, o que estou fazendo?

Aizawa ficou pensativo, olhando pela janela.

— Desde que descobri a verdade, muitas coisas passaram a dar errado. É claro, nem tudo era um mar de rosas antes. Mas me demiti do hospital onde trabalhava.

— É?

— Independentemente do que eu faça, não tenho uma sensação real. Não significa exatamente que metade de mim... pareça vazia... Até hoje não sei como explicar direito essa sensação — disse Aizawa. — Parece clichê, mas é como estar num pesadelo que nunca acaba, talvez seja isso. Para voltar a como era antes, ao estado normal, talvez tenha que encontrar meu pai biológico... que nem sei se está vivo ou não. De qualquer forma, acho que o único jeito é saber como ele é, ou como ele era, e fiz tudo o que estava ao meu alcance. Mas acho que não vou encontrá-lo nunca.

— Algum membro da associação conseguiu encontrar?

— Até onde eu sei, ninguém — disse Aizawa. — Era condição inegociável que a doação fosse anônima. A universidade insiste em dizer que destruiu todos os registros, mas, mesmo que não tenha destruído, provavelmente nunca vou poder consultar.

Assim dizendo, ele se calou, e eu também tomei o restante do café em silêncio. Aizawa olhou pela janela, estreitando levemente os olhos. Observando seu perfil, tive a sensação de que estava sendo censurada veladamente. Claro, sabia que ele não pensava em mim nessa hora, mas, ainda assim, era como ser questionada de maneira implícita sobre o que eu pensava em fazer, sobre meu desejo de ter filhos.

Lembrei-me de sua frase que constava no livro de entrevistas. "Eu sou grande, tenho 1,80m, pálpebras únicas. Desde criança sou bom em corrida de longa distância. Será que alguém conhece uma pessoa assim?" Essa súplica singela ainda me tocava profundamente e, toda vez que me lembrava dela, sentia um aperto no coração. Ao pensar que estava diante do autor daquelas frases, a sensação era bastante curiosa.

Aizawa pagou a conta toda. Eu lhe agradeci, e ele abriu um largo sorriso. Caminhamos até a estação enquanto falamos de muitas outras coisas. Perguntei como era ter um cabelo tão liso e bonito, e ele respondeu surpreso que nunca tinha reparado na qualidade do cabelo, apesar de já ter se preocupado com o volume dele. Perguntei se, por possuir licença de médico, já vira um cérebro humano de verdade, ao que ele respondeu que sim, naturalmente, na época de estudante, que prestara bastante atenção e que ainda hoje se lembrava muito bem de como era.

Chegando à escadaria para descer à estação, Aizawa me agradeceu.

— Você me fez lembrar que sou uma pessoa falante.

— Eu também me diverti... É uma expressão banal, mas foi realmente divertido.

— Talvez eu me sinta à vontade com você por termos a mesma idade — disse ele. — Ou será que não tem nada a ver?

— Não é exatamente a profissão da família, mas em casa minha mãe era *hostess*, minha irmã mais velha trabalha hoje como *hostess*, e eu cresci no meio delas. Então talvez eu tenha tendência para isso.

— *Hostess*?

— É. Cresci trabalhando em um *snack bar* de Osaka. O trabalho de *hostess* é ouvir, toda noite, a conversa de fregueses conhecidos e desconhecidos que vão beber. Fazem isso para sobreviver.

— Você também foi *hostess*? — perguntou Aizawa um pouco surpreso.

— Não, como eu era criança, só lavava pratos — expliquei. — Minha mãe morreu quando eu tinha treze anos, e depois trabalhei um bom tempo em um *snack bar*, mas só ficava na cozinha. Tive vários empregos.

Aizawa arregalou os olhos.

— Você trabalha desde criança?

— Trabalho.

Ele me olhou fixamente e disse, balançando a cabeça:

— Hoje eu podia ter ouvido sua história, Natsume, em vez de falar da minha.

— Então vou te contar da próxima vez — respondi, rindo. Ele assentiu, dizendo com fisionomia séria:

— Sim, vou gostar muito de ouvir. Então vamos manter contato. Antes de voltar para casa, vou fazer umas compras — comentou ele, e apontou para uma direção contrária à estação.

Como pareceu familiarizado com a região, perguntei:

— Você não mencionou, mas você mora aqui perto ou em alguma estação da linha Denentoshi?

— Moro na estação Gakugeidai, mas Zen mora a uns quinze minutos daqui — respondeu ele. — A moça que te apresentei no saguão.

— Yuriko Zen.

Ele me explicou que ficara sabendo da associação depois de conhecer Yuriko Zen, e que namoravam havia três anos.

— Vou te escrever. Da próxima vez, quero ouvir sua história, Natsume. — Aizawa levantou a mão de leve e atravessou a faixa de pedestres.

14
Tenha coragem

Yuriko Zen nasceu em Tóquio, em 1980, e ficou sabendo de sua origem por IAD quando estava com vinte e cinco anos. No primeiro livro de entrevistas que eu tinha lido, ela era uma das entrevistadas, só que usava um pseudônimo. Fiquei sabendo disso por Aizawa.

A relação dos pais dela sempre foi péssima e, desde que ela se entendia por gente, o clima na sua casa era muito tenso. Sua mãe sempre falou mal do pai, que, por sua vez, passou a voltar cada vez menos para casa. Quando sua mãe, que trabalhava em um restaurante, voltava tarde por causa da jornada estendida, geralmente era a avó quem cuidava de Yuriko Zen, mas às vezes o pai voltava mais cedo. E ela sofria abusos dele com frequência. Claro, ela não conseguiu contar isso a ninguém, e o conteúdo desses abusos também não aparecia de forma concreta no livro.

Quando ela estava com doze anos, os pais se separaram oficialmente, e ela foi morar com a mãe. Desde então nunca mais viu seu pai, mas, quando estava com vinte e cinco anos, ficou sabendo que ele, depois de anos lutando contra um câncer, estava em estado terminal. "Sua mãe não tem mais nenhuma relação com seu pai, mas você é a filha única dele, sangue do sangue dele, então não é melhor se despedir dele pela última vez?", foi a sugestão de um dos parentes do seu pai, que não sabia de nada. Yuriko Zen não tinha a menor intenção de encontrar com o pai, mas, por desencargo, resolveu comunicar isso a sua mãe — com quem, desde criança, ela nunca se deu bem e de cuja casa saiu logo que concluiu o ensino médio, indo morar sozinha. "Você não precisa se preocupar, aquele homem não tem nenhuma relação nem comigo, nem com você", sua mãe contou aos risos, com desdém. "Eu nunca tive a menor vontade de ser mãe, de ter filhos, mas *aquele desgraçado* ficou incontrolável quando soube que era estéril. Ele disse para mim: '*Para provar* a todos que não sou estéril, você tem que engravidar e achar uma maneira alternativa que ninguém fique sabendo de ter a criança', e ele me obrigou a parir. E engravidei por conta de uma doação de sêmen no hospital. Por isso não sei quem é seu pai."

Yuriko Zen também sentiu um grande desespero, como se fosse empurrada para o fundo de um abismo, assim como outras crianças que nasceram por IAD. Lembrou-se de súbito de todos os acontecimentos que considerava estranhos, parecia que tudo fazia sentido, como se tivesse caído a ficha, e viu ruir diante de si a frágil base de apoio em que se mantinha de pé a muito custo. Havia, no entanto, uma única coisa que lhe deixava aliviada do fundo do coração: o fato de saber que o homem que abusava sexualmente dela quando criança não era seu pai de verdade.

Fechando o livro de entrevistas, coloquei-o sobre o peito e observei distraidamente a mancha no teto. Yuriko Zen. Ela era pequena e frágil, a pele, alva. Tinha, desde a parte superior do nariz até embaixo dos olhos, sardas que se espalhavam harmonicamente. Ela não contava os detalhes, e eu sabia muito bem que minha imaginação não fazia muito sentido, mas estremeci ao pensar no tratamento que ela devia ter recebido dentro de casa, quando criança, do homem que ela acreditava ser seu pai, não tendo, portanto, para onde fugir. Tentei me lembrar mais uma vez de Yuriko Zen, que eu tinha visto no saguão naquele dia do simpósio. A nebulosa em suas bochechas. Ela me olhara fixamente, sem dizer nada, quando eu disse que pensava em fazer tratamento por IAD. Levantando-me e guardando o livro na estante, voltei a me encostar na almofada.

Já era final de março. Desde nosso último encontro, Aizawa e eu passamos a trocar mensagens frequentes e, no sábado anterior, tínhamos jantado no bar *izakaya* e tomado cerveja. Ele me convidou para comer peixe, e o bar que sugeriu era o mesmo que eu fora com Konno no Natal. Eu lhe falei que já tinha estado ali uma vez, e ele respondeu que também o frequentava com Yuriko Zen.

Aizawa e eu conversamos sobre nossas rotinas. Ele estava bastante curioso sobre meu trabalho, então contei que vinha escrevendo um livro havia quase dois anos, mas que tinha sempre a sensação de que estava tudo errado, desde o estilo, a composição e a empolgação que sentira no início, tudo. Disse que o trabalho não progredia nem um pouco, e que eu já achava que era melhor começar um novo livro do zero.

— Tanto tempo debruçada sobre a mesma coisa... — disse ele, mostrando-se impressionado. — Não deve ser fácil.

— Mas o trabalho dos médicos não é assim também? — perguntei. — Deve haver pacientes que ficam internados por vários anos.

— Sim, de fato — admitiu ele. — Muitos médicos dizem se sentir recompensados pela relação duradoura com o paciente, mas esse tipo de relação não é para mim.

— Imagino que, tendo que se deslocar o tempo todo por trabalhar sob contrato, você não se encarregue do mesmo paciente por tanto tempo.

— Muitos anos atrás, quando fui designado médico principal de um paciente, fiquei bastante nervoso. O médico tem que pensar no plano de tratamento, e senti uma grande responsabilidade que nunca tinha experimentado antes. Por outro lado, a alegria que senti quando ele se recuperou foi enorme.

— Você se lembra do seu primeiro paciente?

— Lembro. Ele tinha doença de Parkinson e morava em um asilo. Era acamado e teve que ser internado por causa de pneumonia aspirativa. Mas ele foi bastante perseverante e resistiu bem. É, resistiu muito bem. Talvez não seja adequado dizer que tenho boas lembranças, mas lembro a satisfação que senti em ser médico.

— E o que Zen faz?

— Ela faz trabalhos administrativos numa empresa de seguros. Também não é funcionária efetiva, então ambos somos *freelancers*.

Ele acrescentou que, independentemente de como venha a ser o relacionamento dos dois no futuro, eles decidiram não ter filhos; namoravam com essa premissa.

— Eu a conheci através de um artigo de jornal.

— Sobre IAD?

— É. Ela concedeu uma entrevista de forma anônima... Na verdade, ela fala sobre a próprio experiência nos encontros da associação e nos seminários mostrando o rosto, então não significa que guarde anonimato... De qualquer forma, nessa época eu nunca tinha ouvido falar de IAD, nem sabia que existia doação de sêmen, era a época em que estava totalmente perdido. Li o artigo no jornal, tomei coragem e entrei em contato. Depois, nos encontramos pessoalmente, e ela me falou da associação. Ela me ajudou numa fase muito difícil da minha vida — disse Aizawa. Ele não entrou em detalhes, mas, pelo visto, terminara com a namorada de então nessa mesma época.

Já que ele tocara nesse assunto, também lhe contei que já tivera um relacionamento longo, com um menino que namorara desde a época do colégio. Hesitei um pouco na hora de falar dos detalhes, mas expliquei por que terminamos. Que sentia uma grande tristeza, ficava com vontade de morrer quando fazia sexo. Que, por mais que me esforçasse, não conseguia de jeito nenhum. Que, mesmo depois de terminar o relacionamento, não tive nenhuma vontade de fazer essas coisas. Mas que achava, de vez em quando, que talvez eu tivesse algum problema por ser assim. Aizawa ouviu em silêncio enquanto eu falava. Em seguida lhe contei sobre meu desejo de ter um filho. Pensando de forma realista, eu não tinha um parceiro, não conseguia fazer sexo, e havia ainda a questão financeira, ou seja, eu não preenchia nenhum dos requisitos para cogitar ser mãe. Nos últimos dois anos, porém, passara a querer muito ter um filho, era só o que eu pensava. Eu lhe contei tudo isso.

— Quando você diz que quer ter um filho — Aizawa formulou — significa que quer criar um filho? Ou que quer dar à luz? Ou que quer engravidar?

— Também me fiz essas perguntas, na medida do possível — respondi. — Talvez seja o desejo de "querer descobrir", que engloba tudo isso.

— Querer descobrir. — Aizawa repetiu minhas palavras com cuidado.

Por um tempo pensei no que eu dissera, mas não consegui explicar direito minha própria afirmação. Não sabia por que queria descobrir. Ou o que significava para mim ter "meu próprio filho" ou "minha própria filha". O que, quem, que tipo de existência eu tinha em mente. Não consegui explicar nada disso. Com dificuldade, eu me esforçava para concatenar as palavras, tentando explicar que, para mim, era muito importante descobrir esse alguém que eu não fazia ideia de quem era. Contei também que, no fim do mês anterior, eu havia me cadastrado em um banco de sêmen do exterior chamado Willkommen, mas que, talvez por não ter inserido os dados direito, não tinha recebido nenhuma resposta, apesar de ter tentado várias vezes. Começava a achar que talvez fosse melhor congelar meus óvulos, levando em consideração a minha idade. A verdade é que eu estava completamente perdida, sem saber o que fazer dali em diante, mesmo pensando em várias possibilidades. Aizawa me ouvia em silêncio, assentindo e respondendo com monossílabos de vez em quando, pressionando a área da boca com a toalha umedecida, enquanto eu discorria sobre meus sentimentos e minha situação, que não tinham muito nexo.

— A primeira vez que presenciei a morte de um paciente — disse ele — foi quando eu ainda fazia residência no departamento de hematologia. Era uma jovem de vinte anos com leucemia. Era alegre e suportava muitas coisas. O nome dela era Noriko.

Nós a chamávamos de Nori-chan ou Noribō. Ela adorava a mãe e, quando se sentia bem, me contava várias coisas. Ela fazia parte do clube de dramaturgia desde o fundamental II, e quando estava no ensino médio, sua equipe foi vice-campeã num campeonato nacional, e ela dizia que queria ser dramaturga no futuro. "Tenho inúmeras ideias na cabeça e, pelas minhas contas, vou precisar de trinta anos para pôr tudo isso no papel", ela me contou feliz, sorrindo. Era engraçada e inteligente. Fazia tratamento, chegou a receber transplante de medula óssea, mas teve uma grave rejeição e precisou usar ventilador mecânico. Para inserir o tubo na garganta, é preciso aplicar um sedativo para o paciente dormir e, nessa hora, eu disse: "Nori-chan, você vai dormir um pouco agora, mas vamos nos ver em breve", e ela respondeu "Está bem". Foi a última vez que falei com ela.

— Ela não acordou...

— Não. Depois de um tempo, encontrei a mãe dela. No hospital. Ela estava tentando ser forte, porque já esperava o pior, mas perguntou bem triste: "O que será que faço com os óvulos dela?"

— Óvulos?

— É. Tanto no caso dos rapazes quanto das moças, quando precisam se submeter ao tratamento de radioterapia ou quimioterapia, às vezes os óvulos ou os espermatozoides são congelados e armazenados, pensando no futuro, caso eles desejem ter filhos depois de se curar. No caso de Nori, ela teve seus óvulos congelados. Mas ela morreu, e só restaram os óvulos. A mãe era uma pessoa bastante atenciosa e, apesar de estar sofrendo mais do que ninguém naquele momento, agradeceu aos médicos e enfermeiros um por um, por terem cuidado da filha. Mas quando ficou a sós comigo... ela chorou, dizendo: "Será que eu não posso ter Noriko mais uma vez, usando o óvulo dela?"

Fiquei sem palavras.

— Ela disse: "Sei que ela morreu" — continuou Aizawa. — "Ela sofreu muito diante dos meus olhos, vomitou tanto, e eu, apesar de ser sua mãe, não pude fazer nada, não pude sofrer no lugar dela. Acho que para ela foi melhor assim, pois conseguiu se livrar daquela dor. Afinal, ela sofreu tanto... Mas não consigo acreditar que não vou mais vê-la", completou. "O que eu faço para encontrar Noriko mais uma vez?", perguntou, e continuou chorando por um bom tempo. "Será que não posso parir Noriko de novo, usando o óvulo dela? Não posso voltar a encontrá-la?", questionou. Eu não consegui dizer nada... Não consegui fazer nada.

Aizawa soltou um leve suspiro.

— Não sei por quê... Ouvindo o que você disse, Natsume, me lembrei de Nori-chan.

Trocar mensagens com Aizawa por e-mail ou Line e encontrá-lo de tempos em tempos, para falar de diversos assuntos, foi se tornando algo especial para mim.

Ele me contou que faltava mão de obra na clínica com a qual tinha contrato e que na pasta que carregava no plantão da noite sempre havia papéis necessários para escrever uma certidão de óbito; que seu pai de criação era muito bom no piano e tentara lhe ensinar a tocar o instrumento com paciência, mas, por maior que fosse o esforço do pai, ele não progrediu. Disse ainda ter sofrido dois acidentes de carro, andando de táxi, e achava que havia dois tipos de gente alta: gente alta que se dá bem e gente alta que não se dá bem — ele fazia parte do segundo grupo. Também lhe contei mais de mim mesma pouco a pouco. Falei de vó Komi, de Makiko e de algumas lembranças que tinha da cidade onde havia morado quando criança. Comemos *yakitori* e bebemos cerveja. Tomamos café. Passeamos pelo parque Komazawa um dia inteiro, depois de nos encontrarmos na estação de Tóquio de manhã após seu plantão, e fomos ver as pinturas dos artistas do grupo Les Nabis. Na volta, caminhamos e conversamos sobre qual seria a pintura que cada um escolheria entre as que tínhamos acabado de ver, e rimos surpresos porque ambos escolhemos *A bola*, de Félix Vallotton.

E a primavera foi se passando. Na estação em que os botões das flores de cerejeira desabrocharam silenciosamente nas noites de tom azul-marinho e suas pétalas caíram como se fossem sugadas pelo chão, fui conhecendo Aizawa aos poucos. Enquanto eu trabalhava, ou quando caminhava pelas ruas até o supermercado, ou nas noites de primavera, observando distraidamente tudo o que era visível, passei a pensar em Aizawa de forma natural.

Acho que estava começando a gostar de Aizawa, a me apaixonar por ele. Ficava feliz quando recebia seus e-mails; quando lia alguma matéria surpreendente ou quando via algum vídeo de animais graciosos, tinha vontade de compartilhar com ele, imaginava ouvir minhas músicas favoritas com ele e desejava falar mais sobre os livros de que gostávamos ou sobre as coisas em que estávamos pensando. Toda vez que imaginava cenas felizes como essas junto dele, sempre me vinha à mente Aizawa de costas para mim, sozinho, de pé, desamparado, olhando para o mundo no qual talvez não houvesse ninguém.

"Não sei por que quero encontrar meu pai biológico", admitiu. "Não sei se quero encontrá-lo porque sei que isso é impossível, nem sei o que significa encontrá-lo; quanto mais penso nisso, menos entendo", concluiu. Eu não sabia o que fazer para amenizar sua inquietação, mas passei a querer ajudá-lo, na medida do possível.

Toda vez que pensava dessa maneira, porém, logo me dava conta de que esse tipo de sentimento era completamente descabido. Afinal, Aizawa tinha uma namorada chamada Yuriko Zen, e os dois pareciam estar ligados fortemente por motivos e emoções complexos que eu sequer era capaz de imaginar. Era insuportável imaginar o sofrimento vivido por eles e tudo o que tinham enfrentado até então. E me sentia totalmente abatida ao me dar conta de que não tinha a menor chance.

Além do mais, apaixonar-me por Aizawa não mudava nada. Para início de conversa, esse meu sentimento não chegava a lugar nenhum, não se conectava com nada, era um sentimento autocentrado. Sabia muito bem que eu era sozinha desde o começo e que continuaria sozinha. Mesmo assim… pensar na jornada solitária potencializava o sentimento de solidão, sentia-me sozinha e abandonada em um lugar totalmente vazio, sem nada que me desse vontade de seguir em frente.

Ficava feliz em receber e-mails e mensagens de Aizawa pelo Line, mas sempre acabava me sentindo um pouco mais triste depois. O livro que eu escrevia estava estagnado. Eu ainda continuava escrevendo ensaios curtos periodicamente em revistas e, de vez em quando, outros textos que eram encomendados, mas passei a espiar de tempos em tempos o site de empregos temporários em que estava cadastrada. Como se abrisse a porta de um quarto sem ninguém, completamente vazio, para ser fechada logo em seguida, a primavera corria.

Já era final de abril quando percebi que recebera e-mail de um homem chamado Onda.

"Muito prazer. Meu nome é Onda. Agradeço pelo seu interesse pela doação de sêmen. Eu lhe respondi uma vez, mas, como não obtive retorno, escrevo novamente", eram suas palavras. Levei alguns segundos para entender o que se passava, mas logo me dei conta. No outono do ano passado, eu havia mandado um e-mail ao endereço que constava no *blog* de uma pessoa que dizia doar sêmen de forma individual, mas acabei me esquecendo daquilo. Nem me passou pela cabeça que poderia receber uma resposta, e não tinha pensando em nada concreto, por isso não fiquei verificando a conta que criara só para isso.

Esse homem — Onda — me escrevera duas vezes, uma no fim do ano passado e outra no fim de fevereiro. O conteúdo das duas mensagens era bem semelhante, mas não parecia que ele tinha copiado e colado a mesma mensagem. A impressão era de que tanto uma quanto a outra tinham sido escritas com cuidado, levando-se um tempo considerável. Ele explicava brevemente, num texto compreensível, por que decidira doar seu sêmen de forma gratuita e contava sua experiência de quando participara de um banco de sêmen como voluntário e das lições aprendidas por meio dela.

Ele explicava os métodos de doação que utilizara até então, a taxa de sucesso de cada um deles e as restrições que ele mesmo impunha, por exemplo, a recusa a receptoras fumantes e o fato de encarar com seriedade a entrevista, para verificar a capacidade da receptora de criar uma criança saudável, tanto física quanto mentalmente. Dizia que desejava fazer a doação de forma anônima, mas que mostraria os resultados dos exames de diversas infecções transmissíveis, que estaria disponível para que coletassem seu sangue na hora e também a urina, se a receptora trouxesse o kit de autoteste de IST, e que, depois das conversas, se chegasse à conclusão de que haveria necessidade, poderia revelar seus dados pessoais, após acertarem as condições. No momento, revelava apenas que era um homem na faixa dos quarenta, residente em Tóquio, com um filho, tendo 1,63m de altura, cinquenta e oito quilos, e tipo sanguíneo A+. Ele anexava os resultados do último exame de infecções transmissíveis. No fim, informava que pretendia continuar se esforçando para compreender a importância de as mulheres considerarem e desejarem engravidar, e darem à luz por esse método, que respeitava do fundo do coração as que já tinham optado por essa tecnologia, torcendo para que as pessoas que desejavam ter filhos encontrassem a felicidade o mais rápido possível.

Li sua mensagem três vezes, com atenção. Como era uma resposta ao e-mail que eu lhe enviara, naturalmente a mensagem era para mim. Mas, por alguma razão, fiquei atordoada com o fato de aquele e-mail *ter sido escrito especialmente para mim, e para nenhuma outra pessoa além de mim.* Claro, eu estava surpresa com várias coisas. Apesar de eu ter escolhido o site de um doador individual que me pareceu o mais razoável, entre inúmeros sites de outros doadores, eu me surpreendi, porque o e-mail estava mais bem escrito do que eu esperava; porque, por meio do texto, ele conseguia transmitir suas intenções; e, talvez o que tenha me deixado mais surpresa, porque, de forma intuitiva, a ideia me contagiara.

Durante alguns dias que se seguiram, imaginei o encontro com esse homem chamado Onda. Eu não imaginava sua aparência ou seus trejeitos, mas, sim, a cena do nosso encontro e nossa conversa, e nessa hora só o que me ocorria era: "Vou fazer por conta própria." Em seguida me lembrava, invariavelmente, de Aizawa. Ao lado dele, que ouvia o que eu dizia balançando a cabeça com um sorriso no rosto, estava Yuriko Zen. Ela me fitava em silêncio, sem dizer nada. Ao ser observada dessa maneira por Yuriko Zen, por alguma razão sentia um aperto no peito e falta de ar. Tentei sacudir a cabeça para afastar a imagem dos dois. Vou fazer por conta própria. Sozinha.

Depois do feriado prolongado do início de maio, Yusa me ligou.

Ela deixara a filha com a mãe durante o feriado e trabalhado todos os dias, sem folga. Contou, rindo, que já não sabia mais se era ela que olhava a tela do computador ou se era a tela do computador que a olhava.

— E você, o que fez? Saiu para passear? — perguntou ela.

— Assim como você, também tive que trabalhar — respondi.

— Faz tempo que não nos vemos, não é? — E me convidou para ir à casa dela. Combinamos a data em seguida. — Tem encontrado Sengawa? — perguntou ela, e eu disse que não, que fazia tempo que não a via. — Então vou chamá-la também. Sou péssima na cozinha, mas vou preparar algo simples. E você trate de trazer só a sua bebida, só o que for tomar, Natsume — orientou. Conversamos por mais uns dez minutos e desligamos.

No dia combinado — um domingo ensolarado de maio, quente como verão —, preparei em casa, enxugando o suor, *dashimaki tamago* e salada de macarrão *harusame* com verduras, e as coloquei em potes comprados em uma loja de lembrancinhas. Chegando à estação de Midorigaoka, que era a mais próxima do apartamento de Yusa, comprei, na loja de conveniência em frente à estação, uma caixa de cerveja com seis latas de meio litro e três saquinhos do salgadinho Jackie Calpas.

O apartamento de Yusa ficava no terceiro andar de um prédio velho de cinco andares. Como eu tinha em mente o apartamento luxuoso de Sengawa, no qual estivera só uma vez, imaginava que o de Yusa fosse um apartamento preto e reluzente como o dos anúncios de imóveis, ou um sobrado, mas estava enganada. Era um prédio comum de apartamentos, desses que víamos por aí, com a parede externa marrom, de tijolo velho, e tanto as molduras das janelas quanto a parte de concreto pareciam bem deterioradas. No saguão de entrada, ao lado das caixas de correio, havia uma grande lixeira de metal em malha, grande demais para o local, mais da metade cheia de panfletos e outros lixos jogados provavelmente pelos moradores. Na frente da porta automática havia um pequeno painel de interfone e, digitando o número do apartamento de Yusa, aguardei-a atender. "Olá", ouvi sua voz alegre depois de um tempo e entrei pela porta automática assim que ela foi aberta.

— Oba, omelete em estilo de Kansai, com caldo *dashi*. — Yusa riu, feliz, quando mostrei os potes. — *Dashi* é a melhor coisa, omelete tem que ser de *dashi*. Nessa idade, penso cada vez mais dessa maneira. Meu corpo não aceita mais sabores adocicados.

— É. Dá a impressão de que influencia até o nosso modo de pensar.

— Sim. Doces deixam a gente pegajosa, pesada.

Fomos à cozinha e, juntas, guardamos as cervejas na geladeira. Sobre a mesa redonda havia uma panela cheia de curry verde, pratos com salada de frango, presunto e queijo, e sashimi de atum. Coloquei a salada de macarrão *harusame* em um prato e a levei à mesa. Yusa pegou uma lata de cerveja bem gelada da geladeira e nos sentamos à mesa para um brinde.

— Quanta comida! Você preparou tudo isso, Yusa?

— Claro que não. É tudo do Tokyu Store. Só o curry e os pães Naan comprei no restaurante indiano. Tem mais comida, vou servindo aos poucos.

O lugar não era nem pequeno, nem muito grande; um apartamento comum de um prédio residencial antigo. Sobre a mesa da cozinha só havia pratos com comida, mas o suporte para TV e o armário ao lado do balcão de cozinha estavam tomados por uma desordem de papéis, pequenos brinquedos, livros infantis, roupas e lápis de cor, enquanto no canto do sofá da sala se amontava uma pilha de roupas lavadas. Pelo visto Yusa não era boa em arrumação, ou melhor, talvez não ligasse muito para isso. Também não parecia se importar com a decoração interna, estilo, essas coisas. O apartamento dela era mais próximo ao meu do que de Sengawa e, apesar de eu ter acabado de chegar, já estava familiarizada com o local e me sentia relaxada. Na parede estavam colados desenhos e trabalhos manuais provavelmente feitos pela filha dela, e também uma carta escrita "Eu te amo, mamãe".

— Está uma bagunça, eu sei. — Yusa riu. — Isso porque você não viu meu escritório. Fico apreensiva enquanto trabalho, pois os livros e os materiais empilhados podem desmoronar a qualquer momento.

— Estou me sentindo em casa — falei, rindo.

— A bagunça vai virando caos aos poucos, né? Por isso quem vive no meio dela no dia a dia não percebe direito. É como envelhecer. Então acho que deve estar mais bagunçado do que eu imaginava. Tudo bem para você?

— Claro.

— Outro dia a amiguinha da creche da minha filha veio brincar aqui em casa. Ela é um ano mais velha do que minha filha, Kura, então tem cinco anos. Kura quis convidar a amiguinha, e as duas combinaram. Mas não dá para chamar outra mãe para um apartamento bagunçado como este, pois a fofoca de que a nossa casa é uma bagunça se espalharia num instante, e no dia seguinte Kura já não poderia voltar à creche. Todas as mães aqui da vizinhança são bem exigentes, ligam para a aparência.

— Cada bairro tem sua peculiaridade?

— Tem sim. — Yusa riu. — Falei para a mãe dela: "Apesar de o apartamento estar uma bagunça, traga sua filha para vir brincar, ela pode jantar aqui, se quiser." Penso que uma criança não liga se a casa está bagunçada ou não, pois elas só vão brincar. Uma casa bagunçada é mais divertida. Então ela veio, e fui servir o jantar. Eu tinha preparado duas caixinhas de *bentō*, com muito capricho, retirei as tampas e disse: "Sirvam-se, crianças." Sabe o que a amiguinha fez? Deu uma boa examinada no apartamento, olhou séria para mim e disse: "Na minha casa, quando convidamos os amiguinhos, deixamos tudo arrumado antes." Levei um grande susto e disse: "É verdade, tínhamos que ter arrumado, desculpe."

Ri.

— Ela é bem esperta. Até gosto de crianças assim. "Cada casa tem seu estilo, me desculpe", falei, e ela respondeu tentando me animar: "A tia é ocupada, né? Não se preocupe comigo."

— E onde está Kura? — perguntei, sorrindo.

— Dormindo no quarto dos fundos. É a hora do cochilo da tarde. Daqui a pouco ela acorda.

Brindamos mais uma vez, enchendo os copos de cerveja uma da outra, e comemos com palitinhos os petiscos que servimos nos pratinhos. Sengawa estava trabalhando e viria mais tarde. Lamentando que a amiga tivesse que trabalhar em pleno domingo, Yusa tomou um gole de cerveja.

— Sengawa já veio aqui? — perguntei.

— Já, sim. Algumas vezes. No começo ficou assustada com a bagunça, disse: "É uma típica casa de escritora", ou algo parecido, e acho que foi na terceira vez que perguntou: "Por que você não se muda para um lugar melhor?"

— Bem, deixando a bagunça de lado, eu também imaginava que você morasse num lugar refinado, chique. Assim como Sengawa — falei.

— Não, claro que não — respondeu ela. — Eu não ligo para essas coisas. Cresci num apartamento popular, não me importo muito com a moradia. Aqui temos um cômodo de seis tatames, ou seja, de cerca de dez metros quadrados, que uso como escritório; o quarto onde durmo com Kura; a sala onde fica o sofá; e a cozinha, aqui, onde estamos. Para mim é suficiente, não preciso de mais nada. Apesar de ser antigo, é resistente a terremotos, e todos os moradores, em geral, são atenciosos. Vejo uma árvore enorme da janela de frente para minha mesa. Eu adoro essa vista.

— Você já foi casada, Yusa?

— Fui, mas logo me separei.

— O que ele fazia?

— Era professor universitário.

— Ah, é? Professor de literatura?

— Bem, sim.

— Parece complicado — disse, rindo.

— O problema não era esse, se era complicado ou não. Antes de tudo, ele era um imprestável como companheiro, não fazia nada no dia a dia. — Yusa balançou a cabeça.

— Mas ele é o pai de Kura, não é? Vocês se encontram de vez em quando?

— Não — disse Yusa. — Ele também não tem o menor interesse por nós. Não entra em contato, e nós também não. Acho que está no interior, em algum lugar. Pelo menos não está em Tóquio.

— E vocês não têm nenhum problema com isso?

— Não. Para início de conversa, a ideia de casamento não era para nós. Não foi culpa de ninguém, o relacionamento chegou ao fim naturalmente. De forma fluida, como quando se chega ao destino mais rápido por topar com todos os semáforos verdes pelo caminho — disse Yusa, mordiscando a ponta de um queijo *camembert* triangular. — Como eu ganho meu próprio dinheiro, não preciso de homem nenhum, e como minha mãe mora perto, ela pode me ajudar. Então não tínhamos mais motivos para continuar juntos.

— Para os adultos talvez esteja tudo bem assim. Mas e a filha? Ele pode não querer te ver, mas será que não se preocupa com a filha?

— Não é o caso do meu ex. Existem muitos homens e mulheres assim. Que têm filhos, mas conseguem se separar da criança com facilidade. A relação de pais e filhos talvez não seja muito diferente de qualquer outro relacionamento humano, não concorda? — Yusa riu. — No meu caso, foi o contrário.

— O contrário?

— Bem... — disse Yusa pensativa. — Talvez não seja adequado falar isso de mim mesma... mas é impensável para mim me separar de Kura. Só consigo pensar que eu nasci e vivi até agora para encontrá-la. Ha-ha. Você deve estar se perguntando o que estou dizendo. Mas falo com sinceridade.

Assenti, tomando um gole de cerveja.

— Para mim, Kura é a presença mais importante e também meu maior ponto fraco. Ela cresce a cada dia, fora do meu corpo, e quando penso por um instante na possibilidade de ela morrer num acidente ou de alguma doença, sinto muito medo, não consigo nem respirar. Ter uma criança é uma experiência assustadora.

Yusa serviu curry no meu prato e me entregou uma colherzinha de criança, sugerindo que, por estar tomando cerveja, era melhor eu não comer arroz e ir petiscando o curry em pequenas colheradas. Em seguida, contou o que vinha acontecendo em sua vida nos últimos tempos: suas conversas com as mães das amiguinhas da filha, o quão desagradável era o ator com quem se encontrara em um debate organizado por uma revista, a lontra que vira no zoológico na companhia de Kura e que era uma graça. Então o telefone de Yusa tocou. Era Sengawa avisando que havia encerrado o expediente antes do previsto e que chegaria em menos de uma hora.

Tomamos cerveja e comemos os vários petiscos servidos na mesa. Tudo estava uma delícia, mas Yusa elogiou muito minha omelete em estilo de Kansai. Ela me entregou uma folha grande do bloco de post-it que pegara de algum lugar e me pediu a receita. Escrevi: quatro ovos, meia colher de sopa de *shirodashi*, uma pitada de sal, três gotas de shoyu e cebolinha (a gosto), e lhe entreguei. Yusa colou a folha na porta da geladeira e a observou, satisfeita, por um tempo. E, virando-se em minha direção, disse, sorrindo:

— Kura.

Quando me virei, vi uma menininha em frente à porta de papel corrediça aberta pela metade.

— Venha, Kura.

Kura deu alguns passinhos até onde estava a mãe e estendeu os braços. Yusa a ergueu no ar. Seu cabelo parecia macio, o rabinho de cavalo no topo da cabeça preso por um elástico estava meio torto, e ela vestia uma camiseta de corrida azul-celeste, pequena e fina. Parecia ter menos de quatro anos, que era sua idade. Seus lábios tinham uma cor rosada, como se o sangue estivesse concentrado naquele local, as bochechas eram cheinhas, e eu olhei fixamente seu rosto. Eu era próxima de Midoriko quando ela estava nessa idade, mas parecia que, pela primeira vez, estava tendo contato com uma criança pequena tão de perto. Kura ficou no colo da mãe por um tempo, meio sonolenta, mas depois, pedindo água, desceu e foi andando na direção da pia da cozinha. Trouxe um copinho amarelo de plástico, e Yusa o encheu. Nós duas a observamos tomar toda a água do copo, em silêncio. Ela levantou o queixo devagar e, ao terminar de beber, expirou o ar com uma fisionomia séria. Eu e Yusa sorrimos diante do jeito gracioso da criança.

— Kura, essa é Natsume. É amiga da mamãe.

— Olá, Kura. Prazer.

Kura parecia não estranhar as pessoas e, quando aproximei a colher com a omelete para lhe oferecer, ela abriu a boquinha e comeu com naturalidade. Sentando-se no meu colo em seguida, ela pediu queijo. Quando removi a embalagem, ela voltou a abrir a boquinha. Depois me puxou pela mão até o quarto onde o *futon* estava estendido no chão e, mobilizando todos os brinquedos que tinha, começou a falar sobre cada um deles. Yusa veio trazer minha cerveja, e brincamos juntas com a bonequinha de Rika de Sylvanian Families, roupas das personagens do desenho *Purikyua* e outros brinquedos.

As mãos e os dedos de Kura eram assustadoramente pequenos. As unhas na ponta dos dedos dela eram ainda menores, transparentes e delicadas, como se fossem micro-organismos recém-nascidos do mar. Enquanto eu as observava, Kura estendeu os braços para mim, sorrindo, e se aproximou, como se quisesse me abraçar. Fiquei surpresa, sem saber o que fazer, mas também a abracei, como se a carregasse nos braços. Fui envolvida por uma sensação tão boa que fiquei tonta. Seu corpo era macio e pequenino. Um cheiro emanava de seu pescoço, uma memória — que lembrava roupa lavada que secou sob o sol, soalheiro de primavera, barriga quente de filhote de cachorro, brilho do asfalto após uma chuva de verão, a sensação úmida de lama morna, tudo isso misturado. Abraçando Kura com força, respirei fundo várias vezes, inspirando o ar pelo nariz. A cada vez que inspirava, sentia meu corpo ficar cada vez mais flácido e meu couro cabeludo parecia formigar.

Kura ficou quietinha nos meus braços por um tempo, mas depois se afastou, atraída por um livro de colorir. Yusa e eu folheamos o álbum de fotos de quando Kura era bebê. Ela era um bebê rechonchudo e estava linda em todas as fotografias. A Yusa de cabelo raspado também aparecia em alguns registros. Falei que a tinha visto daquele jeito na TV, e ela assentiu, alisando a cabeça.

— Quero muito ter um filho — falei espontaneamente, apesar de não ter planejado comentar isso com Yusa.

— É mesmo? — perguntou, balançando a cabeça e me encarando. — Você nunca me disse isso.

— Verdade. Mas nem parceiro eu tenho. Não tenho nada.

— Ah, é?

— Além do mais, nem sexo eu consigo fazer.

— Puxa vida! — Yusa balançou a cabeça algumas vezes. — Você quer dizer fisicamente ou psicologicamente?

— Acho que é psicológico. Bem, não sei direito. Não tenho vontade. Já transei com um menino que namorei muito tempo atrás. Por um tempo, quanto tempo mesmo...? Mas não deu certo. Não conseguia. Tinha vontade de morrer. — Balancei a cabeça. — Gostava dele, confiava nele, eu me esforcei à minha maneira, mas não consegui.

— Entendo — disse Yusa.

— Às vezes penso se sou mesmo uma mulher… — disse. — É claro, acho que meu corpo é de mulher. Tenho genitália feminina, seios, uma menstruação regular. Às vezes tinha vontade de tocar o menino que namorei, queria ficar perto dele. Mas, quando pensava em sexo, ou seja, tirar a roupa, abrir as pernas e deixá-lo entrar em mim, eu sentia… uma grande repulsa.

— Acho que eu te entendo — disse Yusa. — No meu caso, a aversão é pelos os homens em geral.

— Aversão?

— É. Acho que tenho aversão pelo comportamento masculino. Quando me separei e não tinha mais nenhum homem em casa, fiquei muito aliviada, como se tivesse renascido. Meu ex também deve ter sentido a mesma coisa. Acho que tudo nele me deixava estressada. Ele fazia um grande barulho para mexer na geladeira, fechar a porta, ligar o micro-ondas, desligar a lâmpada… Bem, acho que muitos homens são assim. Parecem uns babacas. Ele era desajeitado, não conseguia fazer praticamente nada no dia a dia. Só fazia o mínimo para cuidar da casa e da filha desde que não precisasse sair da sua zona de conforto e, mesmo assim, fora de casa, pagava de marido e pai exemplar, vangloriava-se disso e ficava encantado com essa imagem de si mesmo. Eu pensava: "Que idiota!" E como ele não estava acostumado a receber críticas, quando ouvia uma, por menor que fosse, ficava mal-humorado e achava que os outros tinham a obrigação de melhorar seu humor. Eu ficava irritada com esse tipo de comportamento. Certo dia, pensei: "Por que estou perdendo tempo precioso da minha vida me irritando com um homem que nem é importante para mim?" E decidi largar tudo.

— Nunca morei com um homem. Então é assim?

— Ouvindo minhas reclamações, pode parecer que sou exigente demais, implicando com detalhes bobos, mas não é isso. Bem ou mal, morar com um estranho é basicamente um processo em que se chocam os detalhes que cada parte cultivou ao longo da vida, e para que a vida a dois se torne viável, sempre é necessário um amortecedor chamado confiança. Ou você perde a cabeça de tão apaixonado que está. Sem um ou outro, só resta a repulsa. No nosso caso, eu e meu ex chegamos a essa fase em bem pouco tempo.

— Como se cultiva a confiança com um homem? — perguntei.

— Se eu fosse capaz de te explicar isso, não teria me separado, não acha? — respondeu ela rindo alto. — Bem, brincadeiras à parte, de qualquer forma acho que eu teria voltado a ficar sozinha. Afinal, não preciso de homem nenhum. Além disso, uma mulher nunca consegue fazer com que um homem compreenda o que é de fato importante para ela, de jeito nenhum. É sério. Quando me ouvem falando isso, algumas pessoas dizem: "Como você é intolerante, uma pobre coitada que não conhece o amor! Não generalize, pois nem todos os homens são assim." Mas eu garanto: um homem nunca vai compreender o que é importante para uma mulher. Isso é óbvio.

— O que é importante para uma mulher? — indaguei.

— O quão doloroso é ser mulher — respondeu Yusa. — Quando digo isso, alguns homens afirmam: "Certo, entendi, só que é doloroso ser homem também." Mas quem disse que não é doloroso ser homem? Eles devem ter suas dores, já que estão vivos. A questão é: quem provoca essa dor? Como essa dor pode ser eliminada? De quem é a culpa de o homem sofrer?

Yusa suspirou.

— Pense bem. Desde que nascem, eles têm regalias só por serem homens e nem percebem isso. A mãe faz tudo por eles, aprendem que são melhores do que as mulheres só porque têm um pinto e que podem tratar as mulheres como objetos. Quando saem de casa, se veem rodeados de mulheres peladas e têm à disposição, à sua volta, um sistema funcionando a todo vapor que trata seus pintos com hospitalidade. E quem sustenta todo esse sistema? Claro, as mulheres. E, no fim das contas, culpam as mulheres pela dor deles: "Não me dou bem com as mulheres, não tenho dinheiro, estou sem emprego, não tenho sucesso na vida...” Acham que a culpa disso tudo é da mulher. Mesmo fazendo uma estimativa bem ponderada, quem é responsável por mais da metade da dor das mulheres? São eles, os homens, não? Como é que homens e mulheres podem se entender desse jeito? É estruturalmente impossível.

Yusa riu, mostrando-se estupefata.

— Os piores são os tipos como meu ex. — Ela balançou a cabeça. — Homens que se consideram diferentes dos demais. “Eu compreendo o sofrimento das mulheres, respeito as mulheres, compreendo todos os problemas que enfrentam e escrevo artigos acadêmicos sobre isso; sei como não pisar no calo delas. Sim, minha escritora predileta é Virginia Woolf...” Vá à merda! Deixe de fazer autopropaganda e diga quantas vezes você lavou roupa, fez compras no supermercado, limpou a casa e cozinhou no mês passado.

Ri.

— Bem, mas pensando a longo prazo — retomou Yusa também aos risos —, quando as mulheres deixarem de procriar, ou for desenvolvida uma tecnologia que possibilite o parto sem o uso do corpo feminino, essa coisa de homem e mulher morarem juntos, cuidarem da casa, deve passar a ser considerada uma *moda* passageira de um pequeno período da história da humanidade, não é? Um dia.

Kura trouxe o livro de desenhos para colorir e o abriu sobre o tatame. Vendo-o, Yusa se inclinou para trás, em um deslumbramento exagerado:

— Que lindo! Nem consigo respirar direito! Natsume! Não olhe! Você vai morrer de tão lindo que é! — disse ela, jogando-se no chão com a mão no peito. Kura riu com satisfação ao ver a reação da mãe e voltou ao quarto dos fundos dando uma corridinha.

— Bem, voltando ao assunto... — disse Yusa, levantando-se. — Outro dia, uma mulher de cento e nove ou cento e dez anos de idade, de algum país, apareceu na TV. O apresentador perguntou:

"Qual é o segredo da longevidade?", e ela respondeu sem nenhuma hesitação: "É não ter nenhuma relação com homens." Ela está certíssima.

Ri.

— Bem, talvez eu pense assim por ter crescido numa família de mães solo, assim como você. Talvez esteja sendo tendenciosa. Enfim... De qualquer forma, não tenho mais nenhuma intenção de me relacionar com homens na minha vida daqui para a frente. No meu caso, o sexo em si não era exatamente um sofrimento, mas também não gostava muito. Por isso, nós duas não somos muito diferentes uma da outra, Natsume.

— Pensando bem — intervim —, todas nós éramos assim na infância. Não precisávamos nos preocupar nem um pouco com sexo, não pensávamos se éramos mulheres ou não. Acho que... Bem, no meu caso, as coisas apenas continuaram do mesmo jeito quando cresci. Não tem nada de estranho nisso. É por isso que, às vezes, fico sem saber direito se sou mulher de verdade. Pensando bem, não tenho como saber. Se me perguntarem se meu corpo é feminino, consigo responder que sim, mas se me perguntarem se me sinto mulher, se minha alma é de mulher, já não tenho tanta certeza. Pensando bem, o que é sentir-se mulher? Mas não sei se essa sensação tem a ver com o fato de eu não conseguir fazer sexo.

— Hum.

— Quando eu era jovem, falei isso para uma amiga. Que não conseguia ter relações sexuais. Que tinha vontade de morrer quando transava. Ela me disse: "Coitada, você não conhece o prazer feminino. Talvez seja uma doença, você vai se curar quando conhecer o prazer de verdade", coisas desse tipo. Mas tenho a impressão de que meu caso não é bem esse.

— Não só quando criança, mas quando ficamos velhas também, não é? Bem, deve haver mulheres que fazem sexo com setenta, oitenta anos, mas a maioria não sente mais necessidade. Não sei direito, mas com sessenta já deve ser difícil. Não dá para continuar fazendo nessa idade. Dizem também que, com o avanço da medicina, a expectativa de vida vai aumentar, mas o que vai aumentar é a longevidade das pessoas idosas. Na nossa vida, o período sem sexo é maior do que o período com sexo. É por isso que na fase de vida sexual ativa... de foder, gemer, se acabar de tanto transar... as pessoas perdem a cabeça, ficam loucas.

Deslocando-nos à cozinha, abrimos mais uma lata de cerveja e enchemos o copo uma da outra. Yusa a tomou de uma vez só, pedindo mais. Eu também fiz o mesmo, e voltamos a encher nossos copos.

— Que calor, vou diminuir a temperatura do ar-condicionado — disse ela, enxugando o suor da testa com as costas da mão.

Kura parecia estar compenetrada em colorir os desenhos no quarto de tatame.

— Sabia que existem bancos de sêmen...? — lancei.

— É mesmo? — Yusa arregalou os olhos e eles pareceram brilhar um pouco. — Tem no Japão também? Não é só no exterior?

— Os reconhecidos oficialmente são só no exterior. Me cadastrei em um, mas acho que não fiz direito, pois não recebi nenhuma resposta.

— Como se chama?

— Willkommen, da Dinamarca.

Fazendo uma busca rápida no celular, Yusa o localizou e ficou olhando atentamente a tela.

— Entendi. Parece grande. Então é nisso que está pensando.

Expliquei a ela sucintamente sobre IAD. Que mulheres solteiras não podiam receber doações, que muitas crianças nasciam por esse método — mas que, na maioria dos casos, o tratamento era feito em segredo —, que existiam muitas pessoas que sofriam por não saberem quem eram seus pais biológicos. Yusa ouviu minha explicação atentamente, demonstrando grande interesse.

Então o interfone tocou. Era Sengawa. Interrompemos a conversa e bebemos a cerveja em silêncio. Depois de um tempo, ouvimos a campainha da porta e Yusa a abriu, recepcionando Sengawa.

— Que calor. — A recém-chegada entrou, carregando sacolas de papel. — Parece que estamos em pleno verão. Deve estar fazendo trinta graus. Natsume, quanto tempo! Está bebendo?

— Quanto tempo! Estou bebendo, sim.

Como não via Sengawa desde nosso último encontro no bar em Sangenjaya, eu estava um pouco nervosa, mas ela falou comigo do mesmo jeito de sempre, parecendo não estar nem um pouco preocupada.

— Já bebi também, ha-ha.

— Sério? Você não estava trabalhando? — indagou Yusa, analisando o vinho que Sengawa trouxera.

— Estava, sim. Era um painel aberto de escritores. O tema era "Etilismo e literatura", e todos falaram sobre literatura enquanto bebiam vinho.

— Sério?! — perguntou Yusa franzindo as sobrancelhas, admirada. — Como é boa a vida de escritor!

— Mas hoje é domingo.

Depois do brinde, Sengawa avistou Kura sentada no quarto dos fundos e abanou a mão na altura do peito, como se fizesse tchauzinho.

— Kura! — gritou ela. Em seguida, começou a tossir convulsivamente e disse, em um linguajar infantil: — Está tudo bem, não estou resfriada, é só a asma atacando por causa do estresse. Tenho que me cuidar.

Servimos na mesa a comida trazida por Sengawa, e Yusa e Sengawa tomaram vinho com gosto. Eu tomei cerveja. Falamos de política, do último livro best-seller do mercado e de muitos outros assuntos. Yusa e Sengawa esvaziaram a garrafa de vinho rapidamente e abriram outra. Kura, que tinha terminado de colorir a ilustração, aproximou-se e disse que queria ver *Purikyua*. Após perguntar a Yusa como reproduzir o programa gravado, assisti ao desenho com Kura, sentada ao seu lado no sofá. Yusa e Sengawa conversavam animadamente. Depois de um tempo voltei à mesa, juntando-me à conversa, e tomei cerveja. De vez em quando Kura vinha se sentar no meu colo e retornava ao sofá.

— Kura gostou de você — constatou Sengawa, estreitando os olhos.

— É. Natsume, você tem jeito com criança. — Yusa, visivelmente bêbada, concordou com a cabeça. Em seguida, fez um sinal com os olhos para mim, dando a entender que queria retomar o assunto anterior.

Hesitei um pouco, mas, percebendo que Sengawa prestava atenção em nossa troca de olhares, assenti, sem outra alternativa.

— Você tem mesmo que ter filho! — disse Yusa com convicção.

— Filho? Quem? — perguntou Sengawa.

— Natsume. Ela quer ter um filho. Está pensando em um banco de sêmen.

Sengawa ficou em silêncio por um momento e me encarou.

— Banco de sêmen?

— Na verdade, ainda não fiz nada — expliquei.

Resolvi não mencionar que enviara um e-mail a um doador individual, que recebera sua resposta e que talvez fosse encontrá-lo.

— Pensei muito nisso nos últimos dois anos. Porque não tenho um parceiro.

— Pensou em recorrer a um banco de sêmen porque não tem um parceiro? Não é passar dos limites? — questionou Sengawa com uma expressão de desconfiança. — Está dizendo que vai receber o esperma de um estranho?

— Ela não precisa de um parceiro — replicou Yusa. — Se você parir, é seu filho. Tanto faz quem é o pai. Até mesmo não parindo, o filho pode ser seu. Mas, no caso da Natsume, ela não pode adotar. Se você quer dar à luz e tem essa chance, deve tentar. Mesmo não tendo ninguém para fazer sexo, ela não precisa desistir da ideia de ter o próprio filho.

— Mas... — disse Sengawa, balançando a cabeça com um meio sorriso. — Parece loucura.

— Nem tanto. Afinal de contas, várias crianças nascem por meio desse tipo de tecnologia. No que isso difere do tratamento para infertilidade?

— Mas, nesses casos, são casais, e sabem quem é o pai...

— O que não faltam são lares com crianças que não conhecem o próprio pai — disse Yusa. — Eu mesma nunca conheci meu pai. Não sei quem é nem onde vive. Não tenho interesse. Kura vai ser como eu.

— Mas, em princípio... Sim, vocês acabaram se separando, mas há o fato de que os pais se amaram, tiveram uma ligação... Não é importante para a criança saber que é fruto desse tipo de relacionamento?

— Ah, me poupe! — rebateu Yusa, agitando a mão como se espantasse algo. — Quantos casais que fazem tratamento para infertilidade fazem sexo hoje, no Japão? Quantos casais se amam? Eles fazem sexo? Eles se amam? Mesmo assim, dezenas de milhares de crianças estão nascendo, não é? O homem goza no quarto vendo fotos de outra mulher pelada, ou se masturbando, seu espermatozoide é combinado ao óvulo extraído da mulher, e disso nasce o filho precioso e insubstituível. Sendo assim, por que Natsume não pode engravidar usando um banco de sêmen e ser mãe? Qual é o problema?

Aguardamos em silêncio que Yusa prosseguisse.

— Tem um professor universitário com quem me encontrei algumas vezes — contou Yusa. — Ele tem um ar autoritário e, embora obviamente tente esconder, é um pedófilo inconfundível. Em seu meio, é bem famoso como *under twelve*.

— *Under twelve*? O que é isso? — perguntei.

— Significa que o pau dele só levanta com meninas abaixo de doze anos. Um cara desses devia morrer. E morrer logo — bradou Yusa como se cuspisse as palavras. — Bem, não sei como ele conseguiu, mas se casou com uma mulher, disfarçando sua pedofilia. Ela não sabe de nada, óbvio. Eles não transam, ele deve ter inventado algum motivo para a mulher, e recentemente ela engravidou por meio de microinseminação. Se fizerem uma inspeção-surpresa nele, em seus pertences, será preso em flagrante por pedofilia. Onde está o amor nessa relação? Onde está a ligação? E o que a criança tem a ver com isso? Mesmo no caso de um casal assim, de fachada, eles são considerados pais decentes só porque há um parceiro e uma parceira, reconhecidos oficialmente pelo governo como casal e com dinheiro para fazer o tratamento? Só rezo para que não nasça uma menina. Canalha.

Observei Yusa sem pestanejar. O calor aumentava no meu peito, e eu estava tão empolgada que sentia a ponta dos dedos, que seguravam o copo, tremerem ligeiramente. Sengawa tomava vinho em silêncio. Yusa encheu a taça vazia com vinho e o tomou, engolindo devagar.

— Para ter um filho, você não precisa da libido masculina — afirmou Yusa categoricamente. — Nem da libido feminina. Não há necessidade de transar. A única coisa necessária é a nossa vontade. A vontade feminina. Se a mulher deseja carregar o bebê no colo, se está decidida, disposta a viver com a criança aconteça o que acontecer, é o suficiente. Que época boa estamos vivendo.

— Concordo — disse, tentando acalmar minha empolgação. — Também penso assim.

— Você deveria escrever um livro sobre isso, Natsume — sugeriu Yusa, encarando-me.

— Livro? — perguntei, surpresa.

— É. Se fosse eu, escreveria um livro com esse tema. Pedindo financiamento para alguma editora. Que cobrisse tudo, desde os preparativos, as passagens, o intérprete. Mulheres fazem tratamento para infertilidade com o dinheiro dos pais ou do marido. Escritoras ganham dinheiro escrevendo livros sobre gravidez ou parto e ensaios sobre criação dos filhos. Qual o problema de você escrever sobre sua gravidez e sobre o parto?

Encarei Yusa em silêncio.

— Se você usar seu nome verdadeiro, a criança pode ter problemas no futuro, então é melhor usar um pseudônimo para isso. Já existe algum livro assim?

— Na internet tem um *blog* anônimo, mas não dá para saber se é ficcional ou não. Bem, existem livros de relatos escritos por casais que receberam tratamento por IAD, mas de mulheres solteiras, não. Tem uma mulher que contou a experiência dela em um documentário, mas não virou livro — expliquei. — Acho que o assunto ainda é visto como burburinho, não parece algo real para muitas pessoas.

— Então é, sim, um bom projeto. Você consegue ganhar dinheiro suficiente para criar seu filho e até pagar a faculdade dele, ainda deve sobrar. Isso eu garanto. Posso te apresentar quantas editoras você quiser. Mas, Natsume... Óbvio que dinheiro é importante, porém vai algo além disso. Se você conseguir escrever tudo, sem esconder nada, sobre as questões relacionadas a sexo, renda, seus sentimentos, e engravidar, dar à luz e ser mãe, sozinha, sem a ajuda de um homem... Ou melhor, mesmo se não conseguir ser mãe, mas registrar todo esse processo direitinho, quantas mulheres vão se sentir encorajadas a fazer o mesmo?

Yusa me olhou com uma expressão séria.

— Escrever isso é bem mais relevante do que escrever um romance medíocre... Não, não estou dizendo que o seu seja medíocre. Apenas que vai representar uma força muito mais significativa para as mulheres que vivem na época atual. Uma força concreta. Uma diretriz. Vai representar a esperança. Não importa quem seja o pai. A mulher decide, e a mulher dá à luz.

Assenti várias vezes, de forma inconsciente. Sengawa fez o mesmo. Em seguida, Yusa usou todas as palavras imagináveis para me encorajar. E contou várias coisas relacionadas à sua gravidez e ao parto. Falou dos enjoos, da dor do parto, de como a pressão da maternidade era quase insuportável, mesmo para alguém forte como ela. Disse o quão incrível era a existência da filha em sua vida. Que não podia dizê-lo publicamente de jeito nenhum, mas que, antes de ter sua filha, não sabia nada sobre amor. Antes, metade da experiência de viver estava intocada. Quando pensava na hipótese de não ter tido sua filha, sentia-se profundamente apavorada. O medo a consumia só de cogitar a possibilidade de não ter conhecido uma existência como a da filha. Óbvio, se não a tivesse tido, não teria percebido que Kura era o maior presente que já recebera, algo incomparável. Era insubstituível, a melhor coisa que lhe havia acontecido na vida, não existia nada mais importante que ela, e só de falar naquilo ficava com vontade de chorar. Criança era realmente uma presença maravilhosa...

Ouvi atentamente o que Yusa dizia, sentindo-me deslumbrada.

Depois atacamos o curry, e Kura comeu três pequenos *onigiris* que Yusa havia preparado. Fui novamente ao quarto de tatame para brincar com Kura, e tocamos piano de brinquedo, enquanto Sengawa e Yusa conversavam sobre trabalho.

— Acho que já está na hora de ir embora — disse Sengawa depois de um tempo.

Consultei o relógio: já eram oito horas da noite.

— Amanhã é dia útil, né? Kura também vai para a creche, não vai? Precisa tomar banho — complementou Sengawa.

Eu queria ficar um pouco mais com Kura, mas, ao ouvir a palavra creche, não pude insistir. Como tinha tomado muita cerveja, estava bêbada, mas, por outra razão, também estava feliz e entusiasmada, em um nível que talvez não tivesse ficado nos últimos dez anos.

— Você me encorajou tanto, mas tanto... Muito, muito obrigada — disse várias vezes a Yusa, e fechei a porta.

O ar noturno do início do verão estava agradável, e minha animação era enorme. Sentia uma força desconhecida surgir do fundo do meu estômago, como um balão prestes a sair pela minha boca, como se meu peito fosse voar a qualquer momento. Pensando bem, tinha uma cena assim no livro de García Márquez, lembrei-me. O patriarca ou algum outro personagem sentia tanta dor na ponta do pé por causa de gota que seus gemidos lancinantes se transformavam em uma ária, ecoando por todo o mar do Caribe. Me sentia assim. Mas, no meu caso, não era gota, e sim um sentimento forte, que não dava para diferenciar da alegria. *Eu também sou capaz, não há nada impossível para mim, não importa quem seja o pai, se eu der à luz, será meu filho...* Era uma sensação de onipotência que eu nunca tinha experimentado antes.

— Me sinto como García Márquez — comentei empolgada com Sengawa, que caminhava ao meu lado.

— García Márquez? — perguntou ela com um tom monótono. — Não estou entendendo.

Caminhamos rumo à estação em silêncio. O clima estava um pouco estranho. Talvez Sengawa tivesse ficado chateada porque Yusa discordara de sua opinião, mas resolvi não ligar para isso. Afinal, à minha frente se estendia o mar do Caribe, azul e límpido, e meu peito aberto estava prestes a alçar voo para o mar imenso, transformando-se em um grande pássaro branco. Chegamos à estação e, quando ia passar pela catraca e me despedir de Sengawa, ela me chamou.

— Sobre aquele assunto...

Eu me virei.

— Acho que você já sabe, mas não leve a sério o que ela disse — aconselhou Sengawa. — Digo, o que Rika disse. Ela estava completamente bêbada, e ela é assim mesmo: gosta de botar lenha na fogueira. É meio irresponsável.

— Você está falando sobre ter filhos? — perguntei. — Achei que ela foi muito sensata.

— Deixe de brincadeira. — Sengawa bufou como se zombasse de mim. — Essa história de banco de sêmen é verdade? Parece ficção científica antiga.

Senti minhas bochechas começarem a esquentar.

— É nojento — bradou Sengawa como se cuspisse. — Sim, você é livre para ter ou não filhos por esse método.

— Então me deixe em paz — retruquei depois de engolir em seco.

— E como fica seu livro? — Sengawa bufou. — Você não consegue nem terminar seu trabalho, não cumpre o que combinou com os outros, como vai conseguir ter um filho e cuidar dele?

Fiquei em silêncio.

— Claro que não. — Sengawa riu. — Tente ver a si mesma de forma mais objetiva. Pense na renda, no trabalho, no dia a dia... Hoje é difícil criar um filho mesmo quando os pais trabalham. Você sabe disso, não é? Mesmo assumindo que o que Rika disse esteja certo, você não é Rika. Sim, talvez ela seja capaz. Ela tem muitos leitores e não precisa se preocupar com dinheiro. Além do mais, ela diz que não se interessa por homens, mas, se ela quiser, vão aparecer muitos dispostos a ajudá-la. Por outro lado, você é uma completa desconhecida e não sabe nem como vai ser o dia de amanhã. Você é uma escritora preguiçosa que não consegue cumprir com seus acordos, uma irresponsável. É diferente de Rika em todos os sentidos.

— Estou admirada. — Foi o que consegui dizer. — Mas você... não sabe de nada.

Tanto eu quanto Sengawa ficamos em silêncio por um tempo, impassíveis.

— Talvez você tenha razão, talvez eu não saiba de nada — retomou Sengawa depois de um tempo, balançando a cabeça. — Mas sei que você tem talento. Disso eu entendo muito bem. Natsuko, sua prioridade é outra. É isso que quero dizer. Você tem coisas mais importantes para fazer agora. É só esse o ponto. Natsuko, escreva seu livro. Estou tentando te instigar, falando coisas indelicadas de propósito.

Sengawa tentou se aproximar de mim, dando um passo para a frente. Recuei por reflexo.

— Natsuko, você não é escritora? Você tem talento. Você é capaz de escrever. Ei, todo mundo passa por essa fase, de crise criativa. O importante é continuar agarrada à narrativa e não largá-la. Quero que você pense só no romance, que ele seja a sua vida. Não foi isso que te levou a ser romancista?

Observava a ponta redonda dos sapatos de Sengawa. Fiquei em silêncio.

— Por que você fala em ter um filho, como as outras mulheres? Ei, Natsuko. Mantenha-se firme. Por que você fala em algo trivial assim, como filhos? Os escritores verdadeiramente grandiosos não têm filhos, tanto homens quanto mulheres; não têm margem para pensar nisso. São arrastados pelo próprio talento e pelas próprias narrativas, e vivem dentro dessa força de tração. É assim a vida dos escritores. Não leve a sério o que Rika diz, ela não passa de uma escritora de entretenimento. Nem ela nem as obras dela têm valor literário, nunca tiveram. O que ela faz é escrever, por hábito, histórias que fazem as pessoas se sentirem reconfortadas, usando palavras compreensíveis para todos, descrevendo emoções que não passam de clichês. Aquilo não é literatura. Não passa de um trabalho de má qualidade que usa palavras, não tem nada a ver com literatura. Mas você é diferente, Natsuko... Ei, se você não está conseguindo progredir no seu livro, é porque nesse ponto está o cerne dessa obra, a parte importante. Qual o valor de um romance passível de ser escrito com facilidade? Qual o significado de um caminho que pode ser percorrido sem nenhum esforço? Vai dar tudo certo, pode contar comigo. Eu te ajudo. Com certeza vai render uma grande obra. Eu acredito em você. Acredito que você consegue escrever algo que nenhuma outra pessoa é capaz de escrever.

Sengawa tentou estender o braço para segurar o meu. Torci o corpo, tentando me esquivar dela, tirei minha carteira da bolsa e passei pela catraca, tocando no leitor com a carteira.

— Natsuko! — Ouvi ela me chamar alto, mas não olhei. — Natsuko!

Sem parar, subi correndo a escadaria até a plataforma. O alarme que anunciava a chegada do trem soou e, com um estrondo, ele se aproximou logo em seguida. Assim que a porta se abriu, entrei no vagão e, ao me acomodar no assento, cruzei os braços e encolhi o corpo como se me escondesse. O aviso sonoro anunciou a partida e a porta se fechou. Quando o trem começou a se mover devagar, vi Sengawa pela janela, na plataforma. Ela olhava ao redor, como se me procurasse. Nossos olhares se cruzaram só por um instante, mas logo abaixei a cabeça. E fechei os olhos com força.

Fazendo duas baldeações, cheguei a Sangenjaya. Não estava a fim de voltar direto ao meu apartamento, mas não tinha nenhum lugar aonde pudesse ir. Estava péssima. Senti a irritação e a inquietação se contorcerem dentro do meu corpo, que parecia esquentar a cada segundo. Nessa hora, percebi que o celular tocava. *Deve ser Sengawa*, pensei, e o deixei tocar. Depois de um tempo ele vibrou dentro da minha bolsa, anunciando uma nova ligação. Isso se repetiu três vezes seguidas. Peguei-o, rendida, e vi que quem ligava era Makiko. Tomei um susto e logo retornei a ligação. Podia ter acontecido alguma coisa.

Ela, que devia estar no trabalho, nunca me ligava a essa hora. Muito menos várias vezes seguidas. Será que estava tudo bem? Meu coração palpitou. Teria havido um acidente, um imprevisto, um ataque cardíaco? Algum incidente no trabalho? Várias possibilidades giraram na minha cabeça em um intervalo de poucos segundos. Não, se Makiko me ligava, ela devia estar bem, talvez tivesse acontecido algo com Midoriko. Não, alguém poderia estar me ligando com o celular de Makiko. Enquanto ouvia os toques da chamada, meu coração palpitava a ponto de doer. Depois de seis toques, Makiko atendeu.

— Maki, aconteceu alguma coisa? — perguntei, atabalhoada.

— Oi, Natsuko — respondeu Makiko com a voz tranquila. — Só queria saber se você estava bem.

Ouvindo sua voz, soltei um longo suspiro, sentindo minhas forças se esvaírem. Não consegui me mover com o celular encostado à orelha. Depois de um tempo, uma espécie de ira aflorou dentro de mim.

— Fiquei assustada por você me ligar a essa hora, no seu expediente. Achei que tinha acontecido alguma coisa.

— O quê? Estou de folga. Hoje é domingo.

Foi só então que me dei conta. Era domingo, e o *snack bar* onde Makiko trabalhava não abria aos domingos.

— Enfim, você me assustou. Mas afinal, o que houve?

— Nada de mais. Você disse que viria no verão, no final de agosto, né? Informou a data a Midoriko, certo? O que vamos comer? Que tal *samgyeopsal*, que está fazendo sucesso ultimamente? Tem um restaurante famoso em Tsuruhashi, aqui mesmo em Osaka.

— Temos que decidir isso agora?

— Não, mas qual o problema em decidir? Estou tão ansiosa! E aí? Está ocupada? E o trabalho? Já terminou o livro?

— Livro? Estou muito ocupada e não tenho tempo para isso — repliquei sem conseguir esconder minha irritação.

— O que te ocupa mais do que o livro? — indagou Makiko em tom de brincadeira.

— Filho.

— De quem?

— Meu.

— O quê!? — gritou ela ao celular. — Natsuko, você está grávida?

Quase respondi que sim, mas me contive.

— Não, vou tentar engravidar.

— Você está namorando?

— Não.

— Então de quem vai ser o filho?

— Existe um banco de sêmen para mulheres solteiras como eu, que querem ter filhos. Você não deve conhecer, mas aqui em Tóquio é meio comum. Há voluntários que doam, e vou receber de um deles.

— Natsu — disse Makiko —, você está falando do livro?

— Não, estou falando de mim mesma. É sério — respondi irritada, e expliquei resumidamente sobre o método de IAD.

Tão logo terminei de falar, Makiko respondeu em voz alta, como se tentasse se sobrepor à minha voz:

— Não, você não vai fazer isso! De jeito nenhum! Isso é domínio de Deus.

— Domínio de Deus? Só nessas horas? Você nem acredita em Deus. Podemos fazer o que está ao nosso alcance. É normal, todo mundo faz.

— Já chega, Natsuko! Você bebeu?

— Não, não bebi.

— Não diga besteira, volte para casa e vá trabalhar. Você está na rua, não está?

— Não é besteira — falei em tom ríspido. — Muitas coisas já estão decididas, e agora só falta confirmar.

— Escuta — disse Makiko, suspirando. — Você sabe como é difícil parir e criar um filho, não sabe? Acha mesmo que pode engravidar de um homem que você nem conhece? Acha que isso é permitido? Claro que não! E como fica a criança?

— E como ficou Midoriko? — perguntei com ironia. — Você tem o direito de falar isso? Sobre pai?

— Você está falando de consideração a posteriori — rebateu Makiko, suspirando novamente. — Para de falar besteira.

— Tem algo que você consegue fazer que eu não consiga? — indaguei. — Por que você está sendo contra? Você tem direito de opinar? Não precisa me apoiar, mas por que está me desestimulando? Não vou dar trabalho para você, Maki. Existem tantas mães solo. Tantos filhos que não conhecem o pai. Quanto às despesas, se até nós conseguimos crescer e nos tornar adultas, qualquer criança é capaz.

— Então arranje alguém. — Makiko reagia como se tentasse me acalmar. — Você tem que preparar o terreno antes.

— Maki... — disse. — Por acaso você quer que eu viva sozinha pelo resto da vida?

— Como assim?

— Você não quer que eu tenha filhos. Quer que eu seja solteirona para sempre. Deve pensar que, se eu tenho condições financeiras para ter um filho e gastar com ele, seria melhor gastar com você e Midoriko. No fundo deve pensar assim. Como sabe que me importo com vocês, no fundo você acha que meu dinheiro, um dia, será seu e de Midoriko. E, se eu tiver um filho, talvez deixe de te mandar dinheiro ou passe a mandar menos. Não é nenhuma vantagem para você e para Midoriko. Eu te entendo.

Makiko ficou muda. Eu também não disse nada. Depois de um tempo, ouvi um grande suspiro vindo do outro lado da linha.

— Natsu...

— Vou desligar.

Jogando o celular no fundo da bolsa, voltei a caminhar. Eu me sentia péssima. Tinha vontade de gritar. Apertei o passo e caminhei como se rasgasse e picotasse todos os pensamentos que surgiam na minha mente assim que se formavam. Esbarrei em um homem que cruzou comigo, e ele estalou a língua. Estalei a língua de volta. Continuei caminhando em linha reta. Parei no semáforo do cruzamento e, mesmo depois de o sinal fechar, não sabia para que lado seguir. Se fosse voltar para casa, tinha que seguir reto. Para ir à loja de conveniência, tinha que virar à direita. Se eu decidisse pelo sentido da estação, bem movimentada, tinha que voltar pelo caminho por onde viera. Mas eu não conseguia me decidir.

Lembrei-me de Aizawa. Por um instante, pensei em ligar para ele. Antes de seu rosto, porém, lembrei-me do rosto de Yuriko Zen. Talvez ele estivesse em Sangenjaya. Talvez estivesse com ela. Yuriko Zen, em silêncio, encarando-me sem expressão nenhuma no rosto. Ficava imaginando se ela ria ou brincava quando estava com Aizawa. O que ela fazia nas noites em que ficava sozinha? Podia imaginar suas sardas na pele alva. A névoa da nebulosa formada de pó, gás e inúmeras estrelas se distribuía suavemente por suas bochechas. Peguei o celular e abri o Gmail. Entrei na mensagem de Onda, que já tinha lido incontáveis vezes, cliquei em RESPONDER e comecei a escrever no espaço em branco.

Assim que cliquei no botão de enviar, senti as forças se esvaírem do meu corpo e me encostei sem querer no poste de uma placa de sinalização.

— Tudo bem? — perguntou uma senhora baixinha que carregava uma sacola plástica da loja de conveniência e passeava com dois Poodles Toy, um castanho-avermelhado e o outro pretíssimo.

Pensei nos motivos de um passeio com cachorros àquela hora da noite, mas, em seguida, ponderei que não havia nada de estranho naquilo. Respondi que sim, estava bem, e voltei para casa depois de esperar um tempo.

15
Nascer, não nascer

Fiquei de encontrar Onda no restaurante Miami Garden, no subsolo do prédio, bem perto do cruzamento de Shibuya. Já tinha visto a placa do local, mas era a primeira vez que entrava. Estávamos em meados de junho. Nuvens cinza-escuras e baixas cobriam o céu desde a manhã e, de tempos em tempos, ouviam-se estrondos dos trovões que lembravam o ronronar de uma criatura gigantesca. A estação de chuvas começara havia algum tempo, mas, desde que chovera um pouco no meio da semana anterior, seguiram-se dias nublados praticamente sem nenhuma variação.

Tínhamos combinado de nos encontrar às sete e meia da noite. Eu preferia que o encontro fosse durante o dia, mas Onda insistiu que só podia à noite, então marcamos a essa hora. Como eu tinha decidido a data e o local — algum lugar em Shibuya —, concordei em ceder quanto ao horário, sem outra alternativa.

Justificando o Miami do nome, havia algumas decorações de palmeiras no interior do restaurante, um ambiente mais descontraído do que um *family restaurant*, e os fregueses eram bastante diversificados. Diferentes tipos de pessoa — estudantes, assalariados, garotas, mulheres em duplas — mexiam em seus celulares, riam alto, tomavam café ou comiam espaguete. Ninguém ligava para o cliente ao lado, e havia até um casal que parecia não se importar nem com a pessoa que estava à sua frente. Todos no local estavam com os olhos bem abertos, mas pareciam não enxergar nada, o que me deixou aliviada.

Passara alguns dados meus a Onda: meu nome falso, Yamada, a roupa que estaria usando — uma blusa azul-marinho sem estampa —, e o meu corte de cabelo, chanel, na altura do ombro.

Onda escrevera no e-mail que tinha constituição física média — não era nem alto, nem baixo, nem gordo, nem magro, seu corte de cabelo era bem comum, acima da orelha —, e que achava que seria capaz de me reconhecer, que eu não precisava me preocupar.

Exatamente um mês havia se passado desde a noite em que eu escrevera minha primeira resposta.

Durante a troca de mensagens para confirmar os detalhes, pensei várias vezes que talvez fosse melhor desistir, mas tentei me encorajar, repetindo para mim mesma que não teria problema, já que estaríamos no movimentado bairro de Shibuya, onde poderia pedir ajuda caso corresse perigo. Além disso, era normal tomar chá com gente desconhecida em uma metrópole como Tóquio.

Ainda faltavam quinze minutos para o horário combinado. Todo o meu corpo estava tenso, com um nervosismo que nunca tinha experimentado antes, e inconscientemente eu pressionava com firmeza os dentes molares, a ponto de sentir dor nas bochechas e nas têmporas. Cada minuto passava assustadoramente devagar, e eu não sabia para onde olhar, nem como me sentar. Respirei, tentando ficar calma. *Tudo bem, nada vai piorar por causa desse encontro. Mesmo que nada progrida, não tem como piorar.* Tentei me convencer disso. Ainda que me esforçasse para agir naturalmente, ficava preocupada com a entrada do estabelecimento, então resolvi olhar o celular. Abri a caixa de mensagens recebidas. Nos últimos vinte dias, tinha recebido de Aizawa vários e-mails e mensagens no Line, mas eu só mandara figurinhas, sem responder direito nenhuma vez. Tinha recebido mensagens corriqueiras de Yusa no Line, e também só respondera com figurinhas. Sengawa não entrara em contato nenhuma vez depois do nosso último encontro. Nenhuma ligação, nenhum e-mail.

— Yamada?

Ao levantar o rosto sobressaltada, vi um homem de pé.

Eu estava esperando Onda. Só havia uma pessoa, Onda, que pudesse me chamar de Yamada, e só havia uma pessoa, Onda, que pudesse me dirigir a palavra nesse local. Sabia muito bem disso, mas, por alguma razão, não consegui compreender na hora que o homem à minha frente era Onda. Assim que o vi, ocorreu-me, por reflexo, a expressão "inspetor de polícia" — ele usava um largo terno risca de giz azul-marinho e estava todo suado na testa, talvez por ter vindo correndo. O cabelo dele batia acima da orelha, assim como ele dissera, mas a franja e a parte lateral estavam grudadas, parecendo cheias de algum produto para fixá-las, e era muito forçado dizer que aquele era um corte "comum". Sua constituição física também, em vez de ser média, estava mais para rechonchuda. Por um instante, achei que fosse outra pessoa, mas não podia ser. Aquele homem era Onda, sim.

Ele tinha pálpebras duplas bem definidas e paralelas, e no canto interno de sua sobrancelha levemente caída havia uma grande verruga. Essa verruga, que provavelmente crescera aos poucos ao longo de muitos anos, estava desbotada. Mesmo do outro lado da mesa, eu conseguia ver nitidamente cada um dos seus poros, aglomerados. Ela lembrava um morango mofado que ficara acinzentado. Desviei o olhar sem querer.

Debaixo do terno risca de giz, Onda usava uma reluzente camisa branca com o logotipo da Fila, que, por alguma razão, pareceu querer escancarar, puxando a gola para os lados. Tirou a cadeira do lugar e se sentou, me cumprimentando:

— Muito prazer, meu nome é Onda. — E limpou o suor da testa com a manga do paletó. Sua voz era grave e abafada.

Não abrimos a boca até o garçom aparecer para anotar nosso pedido. O restaurante estava ruidoso com a verborragia de outros fregueses, mas nenhuma palavra chegava à minha mente. Quando o garçom se aproximou, pedi chá gelado, e Onda apontou para um dos cafés do cardápio sobre a mesa.

— Então, sobre a doação… — disse Onda, indo direto ao assunto. — Yamada é seu pseudônimo, né?

— Bem, sim — admiti num tom um pouco alto, surpreendida pela pergunta inesperada.

— Imaginei. Informação pessoal... Tudo bem. Você disse que é *freelancer*, mas que tem uma boa situação financeira. E que também não fuma nem bebe.

— É. — Assenti, sem saber direito o que estava respondendo.

— Como escrevi no e-mail, caso eu faça a doação, será com a premissa de que não serei cobrado de nada, nem de pensão alimentícia, ou de nenhum tipo de ajuda financeira... — disse Onda, fechando levemente os olhos, com a mão na boca, e olhando para o meu rosto sem desviar o olhar com ares de um vidente que adivinha o destino pela fisionomia. — Fui claro?

— Sim.

— Parabéns, você passou na entrevista.

— *O quê?*

— Chegando a este estágio, consigo ter certeza só de olhar — explicou Onda. — Acredito que você está apta.

O garçom trouxe as nossas respectivas bebidas. Onda ergueu a xícara com café preto, o vapor subindo, e o tomou sem ao menos esperar esfriar um pouco.

— Há algumas formas de doação, que você pode escolher depois — continuou ele. — Antes, quero que você veja uma coisa.

Ele tirou algumas folhas de papel do bolso.

— Quanto a doenças, como você pôde verificar pelos documentos que anexei ao e-mail, não tenho nenhum problema. O importante é isto aqui... Veja, são os resultados do espermograma, análise do sêmen. Tenho os resultados dos últimos cinco exames que fiz. Toda vez faço em um lugar diferente. Esse é em inglês, esse outro, em japonês. Consegue entender? Os parâmetros, o conteúdo, são iguais. Aqui está o volume do sêmen. Para cada dois mililitros de sêmen, tem isso de concentração de espermatozoides. A concentração é importante. Em inglês, está escrito *total concentration*. Aqui é motilidade, em inglês, *rapid sperm*. Esses são os valores.

Onda me entregou as folhas, para que eu verificasse com meus próprios olhos. Depois de pegá-las e examiná-las, coloquei-as sobre a mesa.

— Então, veja os resultados. Está preparada? Primeiro, a concentração. Está escrito 143,1M, ou seja, são 143,1 milhões para cada mililitro de sêmen — disse Onda com os olhos expressivos. — A seguir, vamos ver a motilidade dos espermatozoides. No último exame, foi de 88%. No penúltimo, de 89%, e, antes disso, de 97,5%. Consegue ver? É o que está escrito, não é? Talvez você não esteja entendendo direito, Yamada. Está entendendo um pouco? O significado desses valores? Ah, não? É como se fosse o boletim dos espermatozoides, você pode encarar dessa maneira. E aqui tem a motilidade total, que no meu caso é maior do que duzentos milhões. Veja aqui também: a morfologia de Kruger, que avalia o nível de espermatozoides saudáveis, é de quase 70%. A propósito, o valor médio divulgado pela OMS está aqui, é 4%, e, no meu caso, esse valor é de quase 70%. Através desses resultados, é calculado o índice de motilidade dos espermatozoides, que, em termos simples, é a capacidade do homem de engravidar uma mulher. No caso de homens saudáveis, esse valor é de oitenta a cento e cinquenta, geralmente. No meu caso... está aqui, é o número aqui embaixo. Veja. Isso, aí mesmo: trezentos e noventa e dois. Uma vez, passou de quatrocentos. Está escrito aqui, nesta folha. Fazendo um cálculo simples, significa que meu espermatozoide é cinco ou seis vezes mais potente do que o de homens com espermatozoides fracos. Ou seja, os laboratórios comprovaram que meus espermatozoides são de excelente qualidade.

Onda tomou mais café. Em seguida, observou as folhas e meu rosto de forma alternada, como se me pressionasse a dar alguma resposta.

— Estou dizendo — reiterava Onda, piscando os olhos — que não há espermatozoides melhores do que os meus. Que a sua chance de engravidar é maior do que de qualquer outra pessoa.

— É... — falei no dialeto de Tóquio, pressionando o guardanapo contra a boca, tomando o máximo de cuidado para não falar no dialeto de Osaka. — Até agora, quantas pessoas conseguiram engravidar de fato?

— Não posso revelar o número. Mas a pessoa mais velha tinha quarenta e cinco anos, e a mais nova, trinta. Ambas usaram aquelas seringas vendidas nas lojas. Claro, há outras mulheres além delas. Mulheres solteiras, casais, e ultimamente tem aumentado o número de casais de mulheres. O método varia de pessoa para pessoa.

Observei em silêncio o copo com chá gelado. Será que o que esse homem dizia era verdade? Tudo aquilo era verdade? Depois de conversar com ele, será que alguma mulher realmente decidira receber seu sêmen e engravidar?

Para mim, isso parecia algo impensável. Mas o fato de combinar um encontro com esse homem, estar sentada à mesa com ele e ouvir o que ele tinha a dizer também era impensável. Tudo isso estava acontecendo de verdade. Eu mesma tinha enviado o e-mail, tinha vindo ao encontro dele e estava ouvindo o que ele tinha a dizer. Talvez houvesse mesmo alguma mulher que engravidara com o sêmen dele. Que, sem outra alternativa, tomara a decisão, recebera o sêmen desse homem e de fato engravidara. Sem mexer o rosto, apenas levantando o olhar, observei Onda. Tentei desesperadamente encontrar pelo menos um elemento que pudesse me tranquilizar, algo que justificasse minha presença ali. Mas foi impossível. Não consegui encontrar nada. Só o logotipo da Fila e a enorme verruga no canto interno da sobrancelha de Onda pareciam preencher cada vez mais minha mente. Meu coração estava acelerado. Nem me ocorreu tomar o chá gelado.

— Comecei a doar sêmen depois de adulto, é claro.

Talvez por me manter quieta por um bom tempo, Onda continuou falando.

— Pensando bem agora, acho que despertei para essa missão quando tinha dez anos, mais ou menos.

— Dez anos?

— Tive minha primeira ejaculação quando estava no quarto ano do fundamental I. É claro, no começo fiquei assustado sem entender direito o que estava acontecendo, mas depois de um ou dois anos, fiquei empolgado com meu próprio esperma — revelou Onda, arregalando os olhos e sorrindo só com os cantos da boca. — Tem laboratório na escola, não tem? De ciências. Com muitos microscópios. No primeiro ano do fundamental II, quis muito ver como era meu esperma, com meus próprios olhos, e, depois de uma aula, entrei sozinho no laboratório, bati uma punheta e vi. Foi uma grande emoção. Eles se moviam freneticamente. Eu poderia ficar observando por horas. Então pedi aos meus pais um microscópio de presente. O que me deram até que era bom. E batia punheta todo dia, sem falta, para observar os espermatozoides.

"Meus espermatozoides são realmente incríveis. Falando desse jeito, até parece que estou me gabando. Mas é a mais pura verdade. Tenho os valores. São comprovados. Já me disseram que nunca viram concentração e motilidade tão altas. 'Ah, então os meus são especiais, superiores', pensei, orgulhoso, quando fiquei sabendo. Afinal, tinha consciência de que os meus eram especiais desde criança, podia perceber tanto pelo volume quanto pela tonalidade da cor. O que eu quero fazer, em princípio, é ajudar as pessoas. Mas tenho um senso de missão, para ser sincero. Usar esses meus espermatozoides de excelente qualidade... Não me refiro necessariamente ao meu caráter, aos meus genes, é num sentido um pouco diferente. Talvez pudesse chamar de força dos espermatozoides? Eu quero deixá-los como legado, quero fazer jorrar em grande quantidade, para que percorram o mundo... Vão, se agarrem firmemente a um óvulo, deixem sua marca, comprovem sua força. Ha-ha. Quando imagino meu espermatozoide incrivelmente poderoso fazer a nidação, ou seja, fixar-se firmemente no útero de alguma mulher, me sinto bastante excitado. Não me refiro a filhos, genes, mas me sinto incrivelmente realizado.

"Talvez todos os homens sintam isso. Por exemplo, eles vão a estabelecimentos de entretenimento adulto, não vão? Ou chamam as garotas de programa, certo? É claro, a regra é sempre usar camisinha, mas quando metem por trás, as garotas não percebem, então tiram a camisinha um pouco antes de gozar, para ejacular dentro, pensando: 'Você é uma puta, merece ser castigada!' É uma espécie de dominação. Um amigo meu sempre faz isso... Ou melhor, um conhecido, não é bem meu amigo. Ele diz que gozar dentro é bom, óbvio, mas a sensação de realização fazendo isso é maior do que o prazer em si. Gozar dentro sem a menina perceber aumenta ainda mais a adrenalina, é emocionante, é o máximo, segundo ele. Bem, eu entendo o que ele quer dizer, mas não se faz isso, certo? É *quebrar a regra*. Eu não faço isso. Salvo quando sou solicitado, faço para ajudar as pessoas.

"Então, falei que existem vários métodos. No seu e-mail, você disse que prefere usar a seringa vendida nas lojas, não é, Yamada? Acho que deve dar certo. Vai dar certo sim, com certeza. Você parece mais jovem do que a idade que tem, parece saudável. Mas, sendo bem sincero, você não tem muito tempo a perder. Você escreveu aquele e-mail para mim porque sabe disso, não é? Então talvez seja melhor você aumentar a precisão. Os espermatozoides estão na sua melhor condição em contato com a pele humana. E quando a mulher sente prazer, quando goza, a vagina, o colo do útero, ficam irrigados de sangue, intumescidos, deixando o interior alcalino, e sugam os espermatozoides com força. Os espermatozoides são sensíveis à acidez. Mas os meus não têm problema, acho que são resistentes à acidez, vão conseguir sobreviver. Vão sobreviver, com certeza, ha-ha. De qualquer forma, Yamada, você precisa saber o dia da sua ovulação... Talvez você já saiba direitinho, mas vou preparar e te entregar uma folha com essas informações, um kit. A questão, Yamada, se você quer mesmo ter um filho, é usar o método da tabelinha, é isso que quero dizer. Quero que você tenha contato com a verdadeira força... Bem, talvez isso não tenha relação direta com os espermatozoides... ou talvez tenha. Mas, no meu caso, sou muito elogiado também pelo meu pênis. Pelo formato e tamanho. Todas gritam de admiração quando o veem. Para ser sincero, queria que você experimentasse. Digo, a experiência completa. Queria que visse o volume do esperma também. Se você receber na palma das suas mãos, assim, vai transbordar, de tanto que sai. A força com que jorra... É capaz de você conseguir ver a olho nu os espermatozoides se moverem, ha-ha. Não, não chega a tanto. Mas os meus espermatozoides são incríveis mesmo. Se você tiver interesse, tenho vídeos também, do momento em que o sêmen jorra em abundância. Posso fornecer como material, para você ver quando quiser.

"Mas entendo que você tenha resistência em passar por isso com um completo estranho. Óbvio que entendo. Afinal, seu único objetivo é engravidar, certo? Nesse caso, uma das opções é fazer a coisa sem tirar a roupa. Você só tira a calcinha. Fica despida só na parte inferior do corpo. Mas assim, é a mesma coisa que ficar sem roupa, eu também tenho essa sensação. Então pensei comigo mesmo como fazer para não me sentir pelado. Experimentei com algumas mulheres, e o método que tive aprovação de muitas é este. É isto aqui... Pedi a um conhecido para fazer para mim. Como está embalado, não dá para ver direito, mas é uma cueca em que há abertura só na parte do pênis, e no caso da mulher também, é um maiô, meia-calça, em que há abertura só na parte da vagina. Então, se preferir, pode usar isso, com sua roupa por cima, saia, por exemplo. Por esse método mais primitivo, as chances são maiores do que usar seringa. É melhor tanto em termos de temperatura quanto de frescor. Como disse, o importante é deixar o interior da vagina alcalino, e não ácido, ou seja, a mulher tem que ficar arrepiada, sentir, e, com meu pênis e espermatozoides, posso garantir tudo isso. Eles são perfeitos, então, quanto a isso, você pode ficar tranquila. Óbvio, você tem que saber a data da sua ovulação, para tentarmos fazer o contato uns dois dias antes."

Cheguei a Sangenjaya às nove e meia da noite.

Saindo do restaurante e chegando à entrada da estação de Shibuya, não consegui descer a escada de jeito nenhum, então caminhei até o terminal de ônibus praticamente me arrastando. Muitas pessoas circulavam e passavam por mim a toda velocidade. Semáforos, placas, luzes dos carros, vitrines das lojas, iluminações das ruas, telas de cristal líquido dos celulares: a noite de Shibuya era preenchida por inúmeras luzes intensas em todos os lugares. Encostando-me na grade metálica, aguardei o ônibus na fila.

O ônibus, que levava os passageiros silenciosos bem acomodados nos assentos azul-escuros, seguiu reto, como se abrisse e cortasse a barriga da noite. As mais variadas luzes fluíam nas janelas à minha direita e esquerda, como se fossem sangue ou vísceras que jorravam. Cruzando os braços e curvando o pescoço, afundei o corpo no assento, como se me escondesse. Não conseguia pensar em nada. Estava exausta. Fechei os olhos e não os abri nenhuma vez até chegar a Sangenjaya. A voz do motorista anunciando as paradas, o som da movimentação do ônibus, buzinas ao longe, o barulho do ar comprimido na hora de abrir e fechar a porta — atenta a cada um desses ruídos, fiquei imóvel, com o corpo encolhido.

Ao descer do ônibus como que expelida dele, vi inúmeras luzes. Queria me deitar. Não queria sentar, nem ficar encostada em algo, nem dormir, mas simplesmente me deitar. Não queria dar nem mais um passo. Não me sentia capaz de caminhar quinze minutos até meu apartamento. Não estava ferida, não tinha febre, mas meu corpo estava pesado e moroso, como se tivessem me aplicado algum medicamento especial. Sentia pontadas na área dos olhos, que parecia estar quente e úmida. Meus braços e pernas estavam levemente dormentes. Não tinha condições de voltar para casa a pé. Caminhei rumo ao estabelecimento de karaokê que havia logo depois de atravessar o semáforo. Seu interior, que eu conseguia ver nitidamente, brilhava de maneira esbranquiçada, como uma montanha coberta de neve iluminada por intensas luzes, e deslizei meu corpo pesado para dentro, tal qual uma vítima de um desastre na montanha que avista a luz da equipe de resgate.

Fui conduzida a uma pequena cabine de cerca de três tatames, no fundo do corredor do térreo. Apaguei imediatamente as luzes, desliguei o microfone, mas não sabia como desligar o monitor. No instante em que me sentei no sofá duro, deixando a bolsa ao meu lado, ouvi um intenso toque-toque na porta. Logo ela foi aberta, e o atendente com o chá Oolong sem gelo que eu havia pedido na entrada apareceu.

— Fique à vontade — disse ele, e saiu em seguida.

Tomei um gole do chá, tirei meus tênis e me deitei no sofá. A poltrona de plástico cheirava a cigarro, saliva e suor, tudo isso misturado. Da cabine ao lado se ouvia o canto alto de um homem, junto com seu eco, combinado ao som baixo de outra música. Soltei o ar dos pulmões e fechei os olhos.

Não conseguia acreditar que estivera em Shibuya instantes atrás, encontrando-me com aquele homem chamado Onda em um restaurante. Mas aquilo acontecera de verdade. Depois de falar tudo o que queria dizer, Onda me pressionou a lhe dar uma resposta. Sem ser agressivo, dando a entender que a decisão final seria minha. Qual foi mesmo a primeira coisa que eu lhe disse em seguida? Não lembrava. Talvez não tivesse dito nada. Ou melhor, não consegui dizer nada. Uma vez abrindo a boca, a aversão poderia transbordar na forma de um líquido escuro, derramar, e não sabia o que poderia acontecer comigo. Eu murmurava mentalmente, repetidas vezes, "que nojo, que nojo, que nojo", aguardando uma oportunidade para me levantar. Com que cara eu estava naquela hora? Lembrei-me da expressão satisfeita de Onda aguardando minha resposta. Olhos bem arregalados. Verruga. Aquela horrível verruga intumescida, acinzentada. *Que repulsivo*, pensei. *Essa verruga é o próprio Onda.* Mas fora eu mesma quem havia tomado a iniciativa de entrar em contato com um homem desconhecido, encontrá-lo e ouvir o que ele tinha a dizer. E pior: para discutir sobre receber ou não seu sêmen. Para discutir sobre engravidar. Ao pensar nisso, todo o meu corpo se arrepiava. Onda e aquele seu risinho nojento. "Vou pensar melhor e te escrevo por e-mail", foi o que me ocorreu dizer, ao que ele respondeu, rindo, friccionando o espaço entre os dentes com a unha: "Se preferir não fazer, tudo bem." Sem deixar de me encarar, ele mexeu o corpo como se estivesse se ajeitando na cadeira. Suas mãos estavam debaixo da mesa, e eu não conseguia vê-las. No começo, não sabia o que ele fazia. Suas costas estavam curvadas num ângulo antinatural, sua risada se tornou grave, e senti medo do seu olhar. Seus olhos estavam levemente desfocados, e eu não sabia exatamente que parte do meu rosto ele fitava. Ele sorriu e disse baixinho: "Pode ser opcional. Tem gente que não consegue falar de forma direta. Gente que só consegue agir arranjando alguma desculpa. Faço esse tipo de serviço voluntário também." Em seguida, apontou com o queixo para as coxas, rindo de forma afetada, como se ordenasse sem falar: "Olhe aqui em baixo." Pestanejei algumas vezes, fingindo tranquilidade, tirei uma nota de mil ienes da carteira e, colocando-a sobre a mesa, levantei-me e caminhei sem pressa para a saída. Abrindo a porta, subi a escada a passos largos e corri a todo vapor para o sentido oposto à estação. Entrei na primeira farmácia que avistei, fui até o fundo e, escondendo-me na sombra da prateleira, permaneci imóvel.

O homem da cabine ao lado continuava cantando. Acompanhando a execução animada com um pouco de atraso, ressoava uma voz alta. A voz aguda de uma mulher vinha de outra cabine. Ouvia músicas que me pareciam conhecidas, mas ao mesmo tempo desconhecidas, e risadas. Fazia quantos anos que não vinha a um karaokê? Eu tinha ido a um na despedida de um colega do trabalho temporário muito tempo atrás... Quantos anos tinham se passado desde então? Quando eu era jovem, quando ainda morava em Osaka, lembrava que ia de vez em quando a um karaokê de Shōbashi com Naruse. Éramos jovens, não tínhamos nenhum lugar aonde ir, caminhávamos horas a fio toda vez que nos encontrávamos, a ponto de ficar com os pés doloridos. Mas, de vez em quando, íamos a algum karaokê. Lá, usávamos a cabine como se fosse nosso quarto e, tomando bebidas quentes ou comendo frango frito, conversávamos sobre diversos assuntos. Tanto eu quanto Naruse éramos péssimos cantores e raramente cantávamos, pois sempre tínhamos crises de riso; mas, de vez em quando, ele cantava para mim, todo envergonhado. Ele sempre escolhia a mesma música, *Wouldn't It Be Nice*, dos Beach Boys. Na nossa adolescência, as músicas dos anos 1960 e 1970 faziam sucesso, e ouvíamos vários álbuns juntos. Naruse gostava dos Beach Boys e se esforçava para cantar para mim, mas não conseguia acompanhar a letra em inglês escrita em katakana e, como o tom geral da música era alto, desafinava durante a maior parte. Só que conseguia cantar a parte do falsete com jeito, quase igual à canção original, e sempre começávamos a rir no meio. "A letra é de Brian, mas ela expressa quase tudo o que sinto por você", Naruse dizia rindo, envergonhado, em tom de brincadeira.

Levantei o corpo, peguei o controle e, procurando *Wouldn't It Be Nice*, apertei o botão de confirmar.

Começou a tocar aquela introdução familiar e, quando soou a bateria, foi como se um pano colocado em um quarto onde não morava mais ninguém tivesse sido retirado de uma vez, revelando móveis, pinturas e lembranças do passado, e tive a impressão de que tudo voltara à vida, de repente. A melodia seguia sem voz, mas havia o coral baixinho ao fundo, com várias vozes, e a cor da letra que aparecia na tela foi mudando gradualmente. Eu acompanhava cada palavra com os olhos.

Wouldn't it be nice if we were older?
Then we wouldn't have to wait so long
And wouldn't it be nice to live together
In the kind of world where we belong?
You know it's gonna make it that much better
When we can say good night and stay together
Wouldn't it be nice if we could wake up
In the morning, when the day is new?

And after having spent the day together
*Hold each other close the whole night through**

Observei a letra da música sem pestanejar. E senti uma imensa tristeza. Senti um nó na garganta e, sem querer, pressionei a palma da mão contra o peito. Tanto Naruse quanto eu continuávamos vivos, mas já não éramos os mesmos daquela época, e, quando me dei conta disso, senti um grande aperto no coração, a ponto de doer. Era difícil lidar com a lembrança de que aquele jovem Naruse, à época, nutrisse tal sentimento por mim. Eu, que não tinha salvação, que não tinha aonde ir. Não seria legal se fôssemos mais velhos? Dizer boa-noite e ficar juntos? Não seria legal? Não seria legal? Tanto tempo havia se passado desde então, eu estava em Tóquio, em Sangenjaya... e sozinha.

Ao sair depois de pagar a conta, senti cheiro de chuva. O céu estava totalmente tomado por nuvens, mas não sabia se eram nuvens de chuva. O ar noturno de junho estava bem úmido e morno, e, assim que saí do karaokê, senti o suor escorrer pelas minhas costas e pelo pescoço. Ajeitando a alça da bolsa no ombro, atravessei o semáforo como se arrastasse as pernas, que continuavam pesadas.

Vendo os vários carros passando, lembrei que, quando era criança, costumava observar os veículos em movimento sentada por um bom tempo no meio-fio. Teve uma época que achava que, pelo bem da minha mãe, que trabalhava à exaustão, de manhã até a noite, para sustentar nós, suas filhas, talvez fosse melhor morrer. Com uma filha a menos para sustentar, ela teria um pouco mais de descanso. Pensava nisso enquanto observava os carros passarem, mas não fui capaz de morrer. E se eu tivesse morrido

* "Não seria legal se fôssemos mais velhos?/ Não precisaríamos esperar tanto/ Não seria legal se pudéssemos morar juntos/ Em um tipo de mundo só nosso?/ Você sabe que vai ser bem melhor/ Quando pudermos dizer boa-noite e ficar juntos/ Não seria legal se pudéssemos acordar/ Pela manhã, quando o dia é novo?/ E depois de passarmos o dia juntos/ Ficar abraçados a noite inteira." [N. da T.]

naquela hora, atropelada por um carro, o que teria acontecido? Vó Komi e minha mãe provavelmente teriam ficado tristes, mas talvez minha mãe pudesse ter trabalhado menos; com um pouco mais de folga e podendo viver mais para ela mesma, quem sabe não tivesse contraído câncer. Como teria sido? Como? Agora... Agora... Atravessando a rua, no semáforo, passei ao lado do prédio Carrot Tower e atravessei lentamente a praça com chão de tijolo.

Pela parede de vidro do Starbucks, que ficava bem à frente, conseguia ver que estava lotado. Cruzei com uma mulher de mão dada com seu filho, caminhando felizes. O garotinho usava um boné verde, e sua mãe lhe dizia: "Muito bem!", sorrindo, olhando-o nos olhos. O supermercado reluzia com suas luzes intensas, e muitas pessoas entravam e saíam. Senti cheiro de fritura vindo de algum lugar e lembrei que não comera quase nada o dia inteiro. Só tinha tomado iogurte de manhã e, de tão nervosa que estava, não sentira fome no almoço. Veio-me à mente a verruga de Onda. Sacudi a cabeça na tentativa de expulsar essa imagem, mas, quanto mais tentava esquecer, mais ela crescia no fundo dos meus olhos. Os poros verticais contraíram várias vezes, e vi escorrer do seu interior uma gordura amarelada que parecia pus. Os poros continuaram a aumentar, contorcendo-se como pequenos insetos pretos, e pareciam observar o entorno para encontrar um local para botar os ovos, fazendo tremular as asas. Parei de andar e pressionei as pálpebras com a ponta dos dedos, que estavam sem forças. Senti o globo ocular se mexer debaixo do meu indicador. Movendo a ponta do dedo para cima devagar, toquei na extremidade da sobrancelha. Não havia nenhuma verruga. Não havia nada. Soltei um grande suspiro que vinha do fundo do coração. Inspirei mais uma vez, como se verificasse algo e, em seguida, expirei longamente todo o ar que havia dentro do meu corpo. Quando levantei o rosto, meus olhos se cruzaram com os da mulher que vinha caminhando na minha direção. Olhei fixamente para ela. Ela também parou e me encarou em silêncio.

Por alguns segundos, continuamos a olhar o rosto uma da outra, impassíveis. Era Yuriko Zen.

Fazendo um leve aceno com a cabeça, Yuriko Zen passou por mim e caminhou em direção à estação. Me virei e olhei para ela, que estava de costas. E a segui. Nem eu sabia por que fiz isso, seguindo pelo caminho que tinha acabado de vir, atrás dela. Deve ter sido por impulso. Segurei a alça da bolsa e apressei o passo.

Yuriko Zen usava um vestido preto de manga curta e calçava sapatos pretos sem salto. Carregava uma bolsa preta no ombro esquerdo, e tanto seu pescoço fino quanto seus braços, que se estendiam das mangas, pareciam curiosamente pálidos. Seu cabelo preto estava preso em um rabo de cavalo, assim como quando eu a vira no saguão no dia do simpósio, e caminhava reto sem quase mover a cabeça.

Enquanto a seguia, tentei imaginar a razão de Yuriko Zen estar ali. Mas logo me lembrei das palavras de Aizawa, que comentara que ela morava a uns dez minutos a pé da estação de Sangenjaya. Ela atravessou a avenida Setagaya no semáforo, passou diante do karaokê onde eu estava minutos atrás, atravessou a rodovia 246 no semáforo e entrou em uma rua estreita. Virando-se algumas vezes, chegou a uma rua comercial. Na frente de uma loja de conveniência, um grupo de jovens bêbados gritava, e à direita, talvez por funcionar uma casa de shows ao vivo, um grupo de pessoas vestindo roupas de roqueiro tirava fotos com seus celulares, ao redor de um carrinho de carga com guitarras e outros equipamentos. Yuriko Zen, no entanto, sequer notando a presença deles, passou no meio do grupo sem ao menos tentar desviar. Continuei seguindo-a, mantendo uma distância de cerca de dez metros, procurando não perder sua cabeça de vista.

Chegando a uma trifurcação mais larga no fim da rua comercial, o número de pessoas diminuiu de repente. Havia uma grande farmácia, e um atendente que se preparava para fechar o estabelecimento empurrava para dentro a prateleira móvel com pacotes de papel higiênico e lenço de papel empilhados, além de protetores solares pendurados. Yuriko Zen continuou caminhando no mesmo ritmo. Vendo-a por trás, ela parecia refletir profundamente sobre algo, ou nada, e continuou caminhando reto, sem olhar para os lados.

A iluminação da rua foi diminuindo, e entramos em um bairro residencial. Quando chegamos a uma descida suave, Yuriko Zen parou de andar, como se alguma coisa lhe ocorresse. E virou-se para trás, devagar. Também parei. Como estava escuro, não pude ver direito sua expressão, mas, pelo seu jeito de inclinar de leve a parte superior do corpo, só agora ela parecia ter percebido que eu a seguia. Ela me observava a uma distância de pouco mais de dez metros. Eu também a observava. Achei que ela fosse voltar até onde eu estava e me perguntar por que eu a seguia. Mas, sem dizer nada, virou-se para a frente e retomou a caminhada no mesmo ritmo de antes. E voltei a segui-la.

Um pouco adiante havia um parque à esquerda. E, na frente dele havia um prédio não muito grande, de tijolo, em cujo quadro de avisos, com a tinta branca descascando e enferrujado aqui e ali, estavam afixados alguns folhetos. Parecia uma pequena biblioteca de bairro. O parque era consideravelmente amplo, e as grandes árvores projetavam sombras por toda a parte. Quando senti na pele o leve sopro do vento morno, parecia que os galhos, as folhas e as sombras se moviam lentamente, como se fossem seres animados. Sob a vaga iluminação, balanços desocupados oscilavam. No meio do parque havia um montículo, que parecia uma pequena colina, com uma grande árvore no topo. Essa árvore escura da qual desconhecia a espécie estendia seus galhos e folhas mais do que as outras, parecendo uma arte de papel cortado, colada no céu noturno nublado. Chegando ao fim da rua, Yuriko Zen se virou e entrou no parque.

Apesar de estarmos a apenas alguns minutos da rua comercial agitada por onde havíamos passado, tudo ali era silencioso. Embora fosse noite, não era tão tarde, e poderia estar mais agitado, com vários sons e ruídos. Mas os troncos das árvores, a terra, as pedras e inúmeras folhas que havia nesse local pareciam ter sugado todos esses sons por completo e, em seguida, parado de respirar. Curiosamente, não se ouvia nenhum barulho. Yuriko Zen seguiu em linha reta no parque e, quando chegou ao último banco, sentou-se devagar. Eu a observava de um lugar um pouco afastado.

— Por que você está me seguindo? — perguntou Yuriko Zen.

Engoli em seco e sacudi a cabeça algumas vezes. Mas não era um gesto feito em resposta, com algum significado — minha cabeça parecia balançar porque o pescoço não aguentava mantê-la firme no lugar. A parte direita do rosto de Yuriko Zen estava iluminada pela luz fraca do poste, e a outra parte estava na sombra azulada projetada pela luz. Suas pálpebras e seus lábios finos estavam sem cor, e eu não conseguia ver as sardas em suas bochechas. O nariz levemente empinado projetava um sombreado escuro no meio do seu rosto. O suor pegajoso continuava a escorrer tanto das minhas costas quanto das axilas e do quadril. Senti dores nas têmporas, como se elas rangessem, e meus lábios estavam ressecados.

— Quer falar de Aizawa? — indagou Yuriko Zen.

Neguei, balançando a cabeça por reflexo. Mas não sabia o que dizer em seguida. Não conseguia explicar nem para mim mesma por que eu a havia seguido até ali.

— Achei que quisesse falar dele — insistiu Yuriko Zen, com uma expressão que não revelava seus sentimentos. — Você e Aizawa são próximos, não são?

Balancei a cabeça de forma ambígua.

— Aizawa fala muito de você — murmurou ela.

— Nem eu sei por que segui você — falei. — Mas creio que não seja para falar de Aizawa.

— Se nem você sabe, como pode afirmar isso?

— Porque enquanto segui você, não pensei nele.

Yuriko Zen observou meu rosto por um tempo, em silêncio, e franziu de leve a testa.

— Está passando mal?

— Hoje — comecei — fui encontrar um homem que dizia fazer doação. De sêmen.

Yuriko Zen me encarou em silêncio. Soltando um suspiro em seguida, balançou um pouco a cabeça para os lados.

— Não se machucou?

Fiz que não, sem falar nada.

Yuriko Zen continuou fitando meu rosto, sem dizer nada, e depois de um tempo voltou o olhar para a altura do joelho. Em seguida, olhou para a extremidade do banco, movendo o rosto lentamente, como se me convidasse a sentar. Ainda segurando a alça da bolsa, acomodei-me na extremidade oposta do banco.

— Aizawa fala de mim para você? — perguntou Yuriko Zen depois de um momento de silêncio.

— Disse que você o ajudou quando ele passou por uma fase difícil.

Yuriko Zen sorriu, soltando um pequeno suspiro.

— Ele deu detalhes? Dessa fase difícil?

Balancei a cabeça.

— Eu não acho que o ajudei, mas ele vive dizendo isso. Afinal, essa é a única razão de ele continuar comigo — disse ela. — Ele falou da ex-namorada?

Balancei a cabeça.

— Uma vez Aizawa tentou se suicidar — revelou ela, cruzando os dedos sobre o colo e observando fixamente as pontas deles. — Foi pouco antes de nos conhecermos. Não sei se ele realmente queria morrer ou se fez aquilo por impulso, mas tomou um monte de remédios, de vários tipos, e quase morreu. Como ele é médico, deve ter dado um jeito de arranjar, mas como tinha conseguido os remédios de forma irregular, foi uma confusão. Teve que deixar o hospital. Não chegou a perder a licença de médico, mas parece que passou por uma fase difícil depois disso. Acho que a fragilidade dele vem de muito tempo.

— Ele contou que tinha uma namorada — respondi. Minha voz estava estranhamente rouca, e dei uma tossida.

Yuriko Zen balançou a cabeça de leve.

— O relacionamento deles ia bem, tinham decidido até a data do casamento, mas certo dia, de repente, ele descobriu que não sabia quem era seu pai biológico. E ele contou isso para a namorada. Deve ter achado que não podia esconder. E ela quis terminar tudo. "Pensei muito, mas acho que não devo me casar com você...", a namorada disse a ele. "Pensei muito mesmo, mas cheguei à conclusão de que não posso ter um filho sem saber quem é o avô dele." Óbvio, os pais dela também se intrometeram, disseram que a filha não podia ter filhos com um homem nessas condições, que não queriam um neto de linhagem desconhecida. Como Aizawa confiava muito nela, deve ter sofrido um bocado. Eles começaram a namorar quando ele ainda era estudante de medicina, e ficaram juntos por vários anos.

Assenti em silêncio.

— Depois de uns dois anos, ele leu um artigo sobre mim e passou a frequentar a nossa associação — completou Yuriko Zen. — No começo parecia muito angustiado. Falava pouco de si, mas ouvia com atenção o que os outros membros diziam. Talvez ele achasse que tinha encontrado o lugar dele.

Yuriko Zen piscou algumas vezes, devagar, como se demarcasse o espaço à sua frente de modo que só ela entendesse. O branco de seus olhos reluzia de tempos em tempos. Ela levantou o rosto e me fitou.

— Eu falei que só tinha uma razão para Aizawa continuar comigo, mas na verdade tem mais uma: pena.

— Pena? — indaguei.

— É. Aizawa tem pena de mim. Não só porque não sei quem é meu pai biológico, mas também pelo que passei. Ele tem pena de mim. Acho que você também leu meu depoimento.

Não respondi.

— Mas eu não disse nada para Aizawa — revelou Yuriko Zen, erguendo um pouco o queixo. — Só disse que *fui estuprada* pelo homem que eu achava que era meu pai. Não disse mais nada além do que está escrito no artigo ou no livro de entrevistas. Só de ouvir isso, Aizawa ficou bastante chocado, e, vendo-o assim, não pude contar mais nada. Não contei que não foi só uma ou duas vezes que fui estuprada, não contei que depois de se acostumar, meu pai começou a chamar outros homens para fazer a mesma coisa comigo, não contei que eu era ameaçada. Não contei que não foi só em casa, mas que eu era levada de carro para o deque na margem do rio, sem ninguém por perto, e vários outros homens saíam de outros carros e vinham até mim. Não contei como era a forma das nuvens que eu via naquela hora, não contei que via crianças mais ou menos da minha idade brincando ao longe, que pareciam bem pequenininhas de onde eu estava.

Observei Yuriko Zen em silêncio.

— Por que você quer ter um filho? — perguntou ela depois de um tempo.

O vento úmido soprou entre nós duas. O ar morno acariciou meus braços, e o cabelo caiu na minha bochecha. Yuriko Zen me olhou, estreitando os olhos.

— Preciso de um motivo? — indaguei como se reunisse a voz do fundo da minha garganta.

— Talvez não — respondeu Yuriko Zen, rindo levemente. — Desejo não precisa de motivo. Por mais que seja um ato que machuque os outros, desejo não precisa de motivo, não é mesmo? Talvez não precise de motivo nem para matar, nem para parir.

— Eu sei que é bem antinatural, esse método que eu estou cogitando.

— Método? — indagou ela, sorrindo. — Na verdade, isso não é muito importante.

— Como assim?

— O método como se nasce, a linhagem, os genes, o fato de não se saber quem é o pai… Nada disso, na verdade, tem grande importância.

— Por que não? Há muitas pessoas sofrendo por causa disso ainda hoje — falei depois de hesitar um pouco. — Você, Aizawa…

— Não acho adequado precisar preparar uma criança para fazer terapia ou receber cuidados no futuro — respondeu ela. — Mas, na verdade, isso vale para todo mundo. Afinal, nascer é isso. Talvez não se deem conta, mas todos vivem um processo permanente de fazer terapia e receber cuidados a vida inteira. Não perguntei para você sobre o método. Perguntei por que você quer ter um filho. Tendo que passar pela experiência horrível como a de hoje.

Não respondi.

— Deve ser — completou Yuriko Zen em voz baixa — por você acreditar que o nascimento de uma pessoa é algo maravilhoso.

— Como assim?

— Você tem dúvidas quanto ao método, mas nem pensa direito no que está tentando realmente fazer.

Continuei em silêncio, observando meu joelho.

— E se você tiver um filho e a criança se arrepender do fundo do coração por ter nascido, o que você vai fazer?

Yuriko Zen observava fixamente a ponta dos dedos das mãos que mantinha cruzadas sobre o colo.

— Quando digo isso, todos ficam com pena de mim. "Pobrezinha, não sabe quem é o pai, sofreu coisas horríveis, deve estar sendo muito difícil seguir em frente." Todos me olham como se olhassem a criatura mais infeliz do mundo, sentindo uma grande compaixão. E dizem: "Você não tem culpa de nada, mas ainda há tempo, você pode recomeçar a vida quantas vezes quiser." Chegam a me abraçar, com lágrimas nos olhos. São pessoas bondosas, cheias de boas intenções — disse ela. — Mas não me considero especialmente infeliz, nem uma coitada. O que aconteceu na minha vida não é nada, de verdade, comparado com o fato de ter eu nascido.

Observei o rosto dela. Tentando assimilar o que ela dissera, procurei repassar suas palavras várias vezes, mentalmente.

— Você não deve estar entendendo aonde quero chegar — continuou ela, suspirando de leve pelo nariz. — Mas é algo bem simples. Por que todo mundo consegue fazer isso? Por que todos conseguem ter filhos? É isso. Só isso. Por que todos conseguem continuar cometendo um ato tão violento assim, com um sorriso no rosto? Como conseguem trazer para um mundo tão absurdo uma existência que nunca desejou nascer, só porque eles querem? É isso que eu não entendo. Só isso.

Yuriko Zen alisou com calma seu braço esquerdo com a palma da mão direita. Os braços que saíam da manga do vestido preto eram pálidos e, com a variação da intensidade da luz que incidia neles, algumas partes pareciam azuladas.

— Uma vez que nascem, não podem fazer de conta que nunca nasceram — disse ela, sorrindo. — Você deve achar que estou sendo muito radical e idealista, não é? Mas não estou. Falo de algo bastante realista. Falo de uma dor real, concreta, que existe de fato, aqui e agora.

"Mas parece que ninguém pensa dessa maneira. Parece que nem em sonho imaginam estar envolvidos em algo tão violento assim. Todos adoram uma festa-surpresa, não é mesmo? Um dia, quando você abre a porta, está rodeado de inúmeras pessoas que dizem "surpresa!". Pessoas que você nunca viu, que nunca encontrou, aplaudem com um largo sorriso, dizendo "parabéns!". Numa festa, você pode abrir a porta dos fundos e sair, mas, uma vez que você nasce, não tem nenhuma porta que te leve para o pré-nascimento. Mas essas pessoas não têm nenhuma má intenção. Acham que todo mundo gosta de festas-surpresa. Acham que a vida é maravilhosa, que viver é uma felicidade, que o mundo é belo... São pessoas que conseguem acreditar que, apesar de haver sofrimento neste mundo em que vivem, de modo geral ele é um lugar maravilhoso."

— Concordo — respondi baixinho — que dar à luz é um ato unilateral e violento.

— Mas mesmo as pessoas que pensam desse jeito dizem em seguida que o ser humano é assim mesmo. É uma maneira de justificar esse comportamento. Mas o que significa *ser assim mes-*

mo? O que elas querem dizer? — Yuriko Zen sorriu debilmente. E me perguntou baixinho mais uma vez, como se falasse para si mesma: — Por que você quer tanto ter um filho?

— Não sei — respondi por reflexo. Nesse momento, lembrei-me do rosto de Onda rindo, e pressionei a pálpebra com a ponta do dedo. — Não sei. Mas talvez você tenha razão. Acho que nem eu mesma sei mais o que quero fazer de verdade, o porquê disso. Apenas sinto uma... — balancei a cabeça sem força — vontade de encontrar meu filho.

— Todo mundo diz a mesma coisa — respondeu ela. — Não só aqueles que optam por IAD, mas todos os pais dizem exatamente a mesma coisa. Que bebês são uma gracinha. Que desejam criar um filho. Que querem encontrar o próprio filho. No caso das mulheres, dizem que almejam usar toda a potencialidade do corpo feminino. Que querem perpetuar os genes da pessoa amada. Há quem justifique também se sentir sozinho, querer alguém para cuidar dele na velhice. No fundo é tudo a mesma coisa.

"As pessoas que têm filhos, sem exceção, só pensam nelas mesmas, é sério. Não pensam na criança que vai nascer. Não existe nenhum pai ou mãe na face da Terra que teve filhos pensando no bem da própria criança que vai nascer. Não acha isso incrível? E a maioria dos pais deseja que pelo menos seu filho se veja livre de sofrimento, que consiga viver longe de qualquer tipo de infelicidade, não é mesmo? Mas só existe uma maneira de evitar qualquer tipo de sofrimento ao filho: não permitindo que ele exista, impedindo seu nascimento."

— Mas... — falei depois de refletir. — Mas... tem coisas que você só descobre depois que nasce.

— Em quem você está pensando quando diz isso? — indagou ela. — Para quem é essa *aposta*, "você só descobre depois que nasce"?

— Aposta? — perguntei, murmurando.

— Para mim, parece que todos fazem uma aposta — reforçou Yuriko Zen. — Como se apostassem na possibilidade de que o filho que põem no mundo será tão abençoado quanto a eles mesmos, ou mais, que vai ser feliz, vai se sentir grato por ter nascido. Na vida há alegrias e sofrimentos, as pessoas dizem, mas elas acreditam que, no fundo, os acontecimentos felizes são maiores do que os infelizes. Por isso são capazes de apostar. Mesmo que todos morram um dia, a vida tem seu sentido, o sofrimento também tem sua razão de ser, nisso tudo há uma alegria insubstituível, assim pensam, e acreditam piamente, sem nenhuma sombra de dúvida, que, assim como eles, o filho também vai pensar assim. Nunca chegam a considerar que podem perder a aposta. No fundo, acham que pelo menos eles estão seguros. Acreditam simplesmente naquilo que querem acreditar. Pensando neles mesmos. E o mais cruel é que, para fazerem essa aposta, eles não estão apostando nada deles mesmos.

Yuriko Zen levou a palma da mão esquerda à bochecha, como se a envolvesse, e ficou imóvel por um momento. A noite estava preenchida por uma cor que poderia se dizer que era preta, cinza ou azul-escuro, e a leve brisa estava impregnada de cheiro de chuva. No outro lado da rua, uma bicicleta passou. Não consegui ver o perfil do ciclista. Seu farol amarelo-claro se moveu, trêmulo, da direita para a esquerda, e desapareceu.

— Há crianças — retomou Yuriko Zen — que sentem dor desde o nascimento e que morrem em pouco tempo. Elas não conseguem nem ver como é o mundo em que estão, não adquirem nem as palavras para compreender a si mesmas, são simplesmente trazidas para este mundo vivendo, para existir como um pedaço de carne que só sente dor, e morrem... Aizawa falou para você como é a ala pediátrica do hospital?

Balancei a cabeça.

Yuriko Zen soltou um leve suspiro e continuou:

— Os pais querem ouvir da criança "que bom que eu nasci", como uma forma de reforçar a crença deles. Ou seja, para não perderem a aposta egocêntrica que fazem, tanto os pais quanto os médicos permitem que seja dada à luz uma vida que nem pediu para nascer. Às vezes cortam e costuram o corpinho do bebê, às vezes enfiam um tubo nele, ligando a uma máquina, fazendo-o perder muito sangue. E muitas crianças morrem sofrendo dores agonizantes. Nessas horas, todo mundo fica com pena dos pais. "Coitados, não deve haver tristeza maior para eles do que perder um filho." Os pais choram e, na tentativa de superarem a tristeza, dizem, apesar de tudo: "Foi bom ter tido meu filho, só sinto gratidão." Dizem isso com sinceridade. O que querem dizer com sentir gratidão? Para quem, e por que, essa existência, que era a própria dor, foi gerada? Para os pais sentirem gratidão? Para os médicos ouvirem: "Doutor, a sua técnica foi incrível"? Com que direito eles acham que podem fazer isso? Como conseguem trazer ao mundo uma existência que talvez seja apenas a própria dor, que talvez morra sendo apenas a própria dor, que talvez não deseje viver nem por mais um segundo sequer, que talvez viva pensando na morte todos os dias? Por que não sabiam? Não lhes ocorreu que isso poderia acontecer? Por que nem passou pela cabeça deles que poderiam perder a aposta? Por que essa estupidez? Afinal, de quem é essa aposta? Eles estão apostando o quê?

Continuei calada.

— Alguém me contou a seguinte história — prosseguiu ela depois de uma pausa. — Você está de pé, sozinha, na entrada de uma floresta antes do amanhecer. Está um completo breu, e nem você sabe direito por que está nesse lugar. Mesmo assim decide seguir e entrar na floresta. Depois de um tempo, você avista uma casinha. Abre a porta com cuidado. Dentro, vê dez crianças dormindo.

Assenti com a cabeça.

— As dez crianças estão dormindo profundamente. Elas não sentem alegria nem felicidade, e tampouco tristeza ou sofrimento. Não existe nada disso. Afinal, estão todas dormindo. E você pode escolher se vai acordar todas elas, as dez, ou se vai deixá-las dormindo.

"Se você acordar todas elas, nove entre as dez crianças vão ficar felizes por você ter feito isso. Ficarão gratas do fundo do coração. Mas uma delas, não. Você sabe que essa única criança passará por um sofrimento pior do que morrer desde o momento em que abrir os olhos até sua morte. Sabe que ela viverá no meio desse sofrimento até o fim. Você não sabe qual, mas uma entre as dez crianças com certeza vai passar por isso."

Yuriko Zen sobrepôs uma das mãos sobre a outra em seu colo e piscou lentamente.

— Ter filhos é o mesmo que acordar as crianças sabendo disso. Quem tem filhos tem a coragem de fazer isso — concluiu ela.
— Pois, para vocês, tanto faz.

— Tanto faz?

— É. Porque você não é uma das crianças dessa casinha. Por isso consegue acordar. Quem quer que seja a criança que vai viver o sofrimento do nascimento até a morte, *não é você*. Não é você que vai se arrepender de ter nascido.

Permaneci em silêncio e pisquei.

— Para acreditarem no que querem, no amor, no sentido da vida, as pessoas conseguem fazer de conta que a dor alheia, o sofrimento alheio, não existe.

A voz de Yuriko Zen ficara quase inaudível.

— O que vocês estão tentando fazer?

O ar ao meu redor se tornou um pouco mais pesado, e o suor colado no meu corpo pareceu ficar mais pegajoso. Senti um leve cheiro de suco gástrico. Como não tinha comido nada sólido desde a manhã, a acidez gástrica talvez tivesse aumentado. Mas só sentia um leve rugido na altura do estômago, não tinha fome. Tocando meu nariz, senti a oleosidade grudar na ponta do dedo. A polpa do dedo indicador chegava a deslizar.

— Ninguém... — disse Yuriko Zen, baixinho. — Nenhuma criança deve ser acordada.

Tinha começado a chover. Mas era uma chuva fina como uma névoa, e eu precisava olhar sob a iluminação para vê-la. Permanecemos imóveis por um longo tempo em cada uma das extremidades do banco. Yuriko Zen parecia divagar, ou simplesmente observar o nada no chão esbranquiçado. Ouvi o trovejar baixinho vindo de algum lugar distante.

Tive febre alta do final de junho até o início de julho.

À noite a febre chegou a quase quarenta graus, e por dois dias seguidos ficou em trinta e nove. Precisei de mais três dias para melhorar. Fazia muito tempo desde a última vez que tivera uma febre tão alta, já nem lembrava mais quando tinha sido. Por isso, no início, quando minha temperatura começou a aumentar, não me dei conta de que era febre. De repente senti uma dor de cabeça tão aguda que achei que ela fosse rachar, e minha barriga ficou tão dolorida que não pude permanecer sentada na cadeira. Comecei a sentir dores latejantes nas juntas dos braços e das pernas, achei que algo estava estranho; quando medi a temperatura, o termômetro indicou trinta e oito graus.

A janela estava repleta da alva luz do verão e, ao dar um passo para fora, até o interior dos meus pulmões parecia cozinhar em vapor. Em meio a esse calor, saí de casa trêmula, sob um calafrio repentino, e fui à loja de conveniência para comprar Pocari Sweat em pó e pacotes de gelatina. Em seguida, fui à farmácia para comprar energéticos. Quando voltei ao meu apartamento, o calafrio tinha piorado, então tirei do guarda-roupa um grosso agasalho de inverno próprio para usar em casa e um *futon* com enchimento de algodão, e me enrolei neles.

Enquanto agonizava em febre, os dias ininterruptos se alongavam ou encolhiam, e às vezes se retorciam suavemente. Várias vezes fiquei sem saber quanto tempo se passara desde o início da febre, em qual ponto temporal eu me encontrava, ou qual dos eus era o que estava ali. Achei que talvez fosse melhor ir ao médico, mas aguardei debaixo do *futon* a febre diminuir. Nem tomei remédio para febre. Lembrei de ter lido em algum lugar que a febre servia para matar as bactérias do corpo e que, mesmo a abaixando com remédio, o alívio era meramente momentâneo, e não fazia muito sentido. Preparei algumas garrafas PET com solução de Pocari Sweat, misturando o pó na água, e a tomava sempre ao acordar. Ia algumas vezes ao banheiro, cambaleante, e também trocava de roupa, incluindo a de baixo, para ficar em casa algumas vezes. Depois voltava ao *futon* e dormia, repetindo isso várias vezes.

Quando a febre abaixou um pouco e comecei a me sentir melhor, peguei o celular que estava na cabeceira. Como não tinha carregado, só restava 13% de bateria. Verificando a caixa de e-mail, só havia propagandas e malas diretas, e não havia nenhuma mensagem nem de Yusa, nem de Sengawa, nem de Makiko, nem de Midoriko, e claro, nem de Aizawa.

Naturalmente nada mudou no mundo antes e depois de eu ter tido aquela febre alta, pensei. Sim, era óbvio. Mas, mesmo que nada tivesse mudado na última semana, o fato de não haver ninguém no mundo que soubesse que eu ficara doente por cerca de uma semana me pareceu um tanto estranho. Com a cabeça zonza, tentei pensar nisso, nessa estranheza. Mas sem muito sucesso. Então uma sensação estranha começou a emergir, e pensei de súbito: será que eu tivera mesmo febre nessa última semana? Claro que sim, eu estivera acamada o tempo todo, com febre alta. Na cozinha havia saquinhos de Pocari Sweat em pó espalhados, e, no canto do quarto, roupas para ficar em casa amassadas de tanto absorver suor, enroladas e jogadas. *Se eu me pesar, com certeza estarei alguns quilos mais magra e, se me olhar no espelho, meu rosto deve estar bem fino. Mas ninguém soube que tive febre alta*, pensei. *Se eu disser que estava com febre, ninguém vai duvidar disso, todos vão acreditar. Mas ninguém no mundo podia ter certeza disso.*

Depois de um tempo, comecei a ter uma estranha sensação de desolação, como uma criança, de pé, abandonada completamente sozinha em uma esquina desconhecida e deserta. O crepúsculo de tom alaranjado estava turvo, e as sombras, que aumentavam aos poucos, se aproximavam como se sugerissem algo. Tomada por uma inquietação indescritível, conseguia visualizar a paisagem: o formato do telhado escuro das casas, o tom cinza ofuscado dos muros, a frieza das janelas que não refletiam nada. Será que eu já havia estado de fato naquela esquina? Ou não passava de pura imaginação? Eu já não conseguia mais distinguir.

Enquanto tinha delírios por causa da febre, Yuriko Zen surgiu várias vezes na minha cabeça.

Nas lembranças que chegavam em ondas ou em fragmentos das cenas que brilhavam, embaçadas, Yuriko Zen surgia de repente usando o mesmo vestido preto daquela noite e observava fixamente seus dedos finos cruzados sobre o colo. Eu não conseguia dizer nada, assim como naquela noite. Não por não ter argumentos, ou por não conseguir articular bem as palavras, não era isso. Mas por prestar atenção no que Yuriko Zen queria dizer. Eu achava que ela podia ter razão. No fundo, eu entendia suas palavras, seu sentimento.

Enquanto rolava no *futon*, agonizando com a febre, pensei várias vezes que poderia ter expressado isso a Yuriko Zen. Mas o quê, exatamente? Seus ombros eram frágeis, os braços finos e pálidos eram retos, os ossos dos joelhos levemente juntos pareciam pequenos, como os de uma criança, e, vendo-a assim, ocorreu-me que seria bastante descabido compartilhar meus pensamentos ou sentimentos. "Eu entendo muito bem o que você quer dizer", será que eu deveria ter lhe dito isso? Mas que sentido essas palavras teriam para ela? Yuriko Zen levava sua mãozinha, como se fosse de criança, à bochecha, e observava em silêncio a treva noturna do parque. *Não*, pensei. Não era isso. Não era pequena como se fosse de criança — Yuriko Zen *era uma criança de verdade*. A porta se fechando atrás de várias sombras escuras, o som seco da chave fria trancando a porta... Eis a Yuriko Zen criança, que ouvia esse som. A Yuriko Zen menina, que observava, da janela do banco traseiro do carro, as nuvens que corriam tranquilas no céu e mudavam completamente de forma em pouco tempo.

Ela ouviu risadas de crianças vindas de algum lugar, e as viu bem ao longe, pequeninas. *Ei, o mundo delas e o meu mundo são o mesmo mundo, de verdade? No que será que pensa a grama que cresce no leito do rio? Está sempre no mesmo lugar, desde que nasceu. Sem se mexer. No que eu estou pensando?* Enquanto observava aquelas cenas, Yuriko Zen se lembrava do campo em que estivera com a mãe, de mãos dadas com ela. Cheiro de capim que parecia deixá-la sufocada. Aproximando bem seus olhos de cada uma das folhas brilhantes, ela soprou e perguntou para as ervas e flores das quais não sabia o nome: "Ei, qual a diferença entre mim e vocês? Vocês sentem dor? Eu sinto dor? Ei, o que é sentir dor?" O vento e o cheiro simplesmente oscilaram, e não responderam à sua pergunta. A noite, escura, chegou. O caminho para a floresta era mais escuro ainda. Yuriko Zen segurava de leve minha mão e seguia cada vez mais para dentro da mata. Logo surgiu à nossa frente uma pequena casa. Yuriko Zen observou seu interior, aproximando o rosto da janela, com cuidado. Sua fisionomia estava mais suave e tranquila, e ela me chamou sem emitir som. Aproximando o dedo indicador da boca, sem fazer barulho, balançou a cabeça carinhosamente. Dentro da casa, as crianças estavam dormindo. Aconchegadas umas às outras, com suas pálpebras macias fechadinhas, seus corações simplesmente dormindo em silêncio. Ninguém mais sentia dor, Yuriko Zen sorria. Ali, não havia alegria, nem tristeza nem adeus, não havia nada. Ela sorria. Soltando minha mão com delicadeza, ela abriu a pequena porta sem fazer barulho e entrou, como se seu corpo deslizasse. Ela deitou entre as crianças que dormiam, em silêncio, e fechou os olhos devagar. Não sentia mais dor, ninguém mais sentia dor, suas pernas esticadas ficavam cada vez menores, e eu a observava sem pestanejar. A cada respiração, a membrana do sono que envolvia as crianças se tornava cada vez mais espessa, e a treva quente e úmida cobria o corpo delas carinhosamente. Ninguém, ninguém mais sentia dor. Ninguém mais... Nessa hora, de súbito, alguém começou a bater à porta, sem nenhum aviso prévio. Alguém estava batendo à porta. As batidas ecoavam em um intervalo regular, sem hesitação, de forma direta e forte. O som fazia tremer a casa, se propagava, corria entre as milhares, dezenas de milhares de árvores, ecoando por toda a floresta. A pessoa continuava a bater à porta com grande determinação, como se pregasse um prego macio no intervalo entre os silêncios. Batidas à porta de uma pequena casa... mas que continuavam soando como um sino a *anunciar uma única hora* para o mundo todo. A casa balançou, as pálpebras tremeram, e eu gritei "Pare!", mas minha voz não saía. "Pare de bater, não acorde as crianças!"... Naquele momento, senti meu peito subir e descer de forma intensa, e percebi que havia despertado. Ao pestanejar, vi o abajur familiar suspenso no teto. Fora da janela estava claro e iluminado, mas não sabia que horas eram. Então percebi que meu celular tocava. Ao pegá-lo quase que por reflexo, vi o nome de Jun Aizawa.

— Alô.

— Natsume?

Ouvi a voz de Aizawa ao celular pronunciando meu nome. Mas não entendi direito por que ele me chamava. Parecia que todo o espaço entre meu crânio e meu cérebro era preenchido por uma geleia pegajosa, deixando tudo momentaneamente paralisado. Respirei devagar e pisquei várias vezes. Quando movi os olhos, senti dor no interior do meu olho direito.

— Tive febre — contei-lhe. — Por vários dias.

— Está melhor agora? — perguntou Aizawa em tom de preocupação.

— Acho que já passou, eu estava dormindo, que dia... Que horas são?

— Eu te acordei? Desculpe — disse Aizawa. — São nove e quarenta e cinco. Volte a dormir. Vou desligar.

Emiti um som ambíguo.

— Foi ao hospital?

— Tentei me curar sozinha — expliquei. Meu coração ainda palpitava forte, mas, em comparação com antes, tive a impressão de voltar a sentir as mãos e os pés. — Com pó de Pocari Sweat misturado na água.

Ele fez algumas perguntas, quis saber se eu sentia enjoo e tudo mais, mas eu não entendia direito o que ele dizia. Mais do que o significado das palavras, a voz de Aizawa, a voz em si, parecia preencher meus ouvidos e minha cabeça. Tive a impressão de que fazia muito tempo que não ouvia sua voz e, ao me dar conta disso, senti um leve formigamento no couro cabeludo. No nosso último encontro, as folhagens tenras estavam lindas. Então aquilo fora no final da primavera, e estávamos no verão. Depois Aizawa me escreveu várias vezes, tanto e-mails quanto mensagens no Line, mas eu não estava mais conseguindo lhe responder.

— Acho que já estou melhor. Dormi o tempo todo.

— Se não se sentir bem, consulte um médico — sugeriu Aizawa. Seguiu-se um momento de silêncio. — Será que é melhor eu desligar?

— Não — disse. — Estava pensando em me levantar, então tudo bem. Acho que já não estou mais com febre.

— Comeu alguma coisa?

— Não, não consegui por causa da febre. Mas agora acho que consigo comer um pouco.

— Se precisar, posso comprar o que você quiser e levar até sua estação, ou, se você me passar o endereço, deixo na sua porta — propôs Aizawa, e continuou: — Mas só se você quiser. Ou nos encontramos na sua estação.

— Obrigada.

— Acho que sua voz está melhor — disse Aizawa, demonstrando alívio.

Depois, conversamos sobre o que tínhamos feito nos últimos meses. Pelo jeito, Aizawa não sabia que eu encontrara Yuriko Zen naquela noite, duas semanas atrás. Ele disse que praticamente não tinha tido folga, trabalhara sem descanso, na medida do possível, e me contou do filme que fora ver, tarde da noite. Ele não citou o nome de Yuriko Zen e eu também não perguntei.

Ele disse que tinha relido meu livro algumas vezes. Que sempre que relia, fazia uma nova descoberta, e as passagens que achava interessantes aumentavam. Pelo seu modo de falar, eu conseguia sentir uma espécie de calor silencioso e percebia que ele estava sendo franco. No começo, por reflexo, fiquei meio envergonhada com sua opinião sobre meu livro, mas, aos poucos, comecei a sentir uma tristeza, uma dor, como se ouvisse sobre a obra de alguém que não tinha relação comigo. Era como se tudo — o fato de eu ter escrito um livro, o fato de ele ter sido lançado, o fato de eu viver da escrita, a vontade que eu tinha de ser romancista — pertencesse a um passado distante que já tinha acabado, ficado para trás.

Contei que tivera uma discussão com Makiko. Não falei o motivo. Apenas falei que tínhamos discutido por uma bobagem, uma coisa insignificante, que tínhamos desligado o telefone e estávamos sem nos falar havia quase dois meses.

— Sua irmã deve estar preocupada.

— É, quase nunca brigamos — reconheci. — Por isso acho que não sabemos como fazer as pazes, como nos reconciliar.

— Ouvindo você falar da sua irmã mais velha, Natsume, dá para perceber que vocês duas se dão muito bem — comentou Aizawa, rindo de leve. — E sua sobrinha? Tem falado com ela?

— Não nos falamos com frequência, só trocamos mensagens no Line de vez em quando. Mas não comentei do ocorrido.

— Talvez sua irmã também não tenha dito nada.

— Talvez. Mas o aniversário de Midoriko, minha sobrinha, é no fim de agosto, e eu disse a ela que essa seria uma ocasião para ir a Osaka, pois faz muito tempo que não vou. Combinamos de ir juntas a um restaurante, eu, minha irmã e ela. Midoriko está bastante ansiosa, então estou pensando em ir.

— Quando é o aniversário dela? — perguntou ele.

— Dia 31.

— Sério? O meu também.

— Mentira! — disse, surpresa. — Dia 31 de agosto?

— É. Último dia das férias de verão. Todo ano. Então é no mesmo dia da sua sobrinha... Apesar de termos uma grande diferença de idade.

— Que legal — respondi, rindo.

Seguiu-se um breve silêncio. Lembrei que um tempo atrás tinha comprado um selo comemorativo no correio, voltando do supermercado, e comentei sobre isso com ele. Não colecionava selos nem tinha alguém para mandar cartas, mas, de vez em quando, passava lá para ver os selos. Aizawa se mostrou curioso com isso.

— Tem correio lá perto?

— Tem, é pequeno, fica na diagonal oposta do estacionamento de bicicletas — expliquei. — São belos selos. Você também podia passar lá e ver, Aizawa.

— Ah, sim — disse ele. — Mas como não pretendo ir a Sangenjaya tão cedo, vou passar no correio perto de casa.

— Não pretende vir mais para cá? — perguntei depois de alguma hesitação. — Mas... Zen mora aqui perto, não é?

— Não temos nos visto ultimamente. Há mais de dois meses.

A voz de Aizawa parecia um pouco mais baixa do que antes. Não me ocorrendo mais nada a dizer, fiquei calada.

Achei que talvez pudesse ter relação com o fato de eu ter seguido Yuriko Zen e conversado com ela, mas, segundo Aizawa, os dois não se viam havia mais de dois meses. Eu tinha encontrado com ela duas semanas atrás. *Então uma coisa não tinha relação com a outra*, pensei de forma intuitiva, mas senti meu coração se anuviar um pouco.

— E na associação? Vocês não se encontram? — perguntei depois de um tempo.

— Não — respondeu Aizawa. — Não tenho mais ido.

— Existe alguma razão para vocês não se verem? Discutiram?

— A última vez que te vi, Natsume, foi no final de abril — disse Aizawa depois de uma pausa, sorumbático. — Era um dia muito bonito e quente, um dia em que as partes boas tanto do verão quanto da primavera pareciam se manifestar de forma plena. Eu já tinha ido antes ao parque Komazawa algumas vezes, mas naquele dia senti como se estivesse ali pela primeira vez, era essa a sensação. A beleza das folhagens, e só o fato de caminhar... Sentir meus braços se moverem, minhas pernas se moverem, poder respirar, poder ver as várias coisas... Para mim foi um dia realmente fantástico.

"Mas depois daquele dia, de repente, não conseguia mais falar direito com você, Natsume. No começo achei que você estava ocupada com o trabalho, pensava que eu não devia te atrapalhar, mas acabei enviando algumas mensagens no Line. Enviei alguns e-mails também. Mas você nunca respondia."

— Sim.

— Eu me perguntei se havia feito ou dito algo que não devia, pensei em todas as possibilidades, mas não encontrei nenhum motivo. "Mesmo eu não tendo cometido nenhum deslize, talvez ela tenha mudado de ideia, talvez tenha começado a achar incômodo se encontrar comigo, conversar comigo, talvez não queira mais... Nesse caso, não devo mais mandar mensagens, entrar em contato, mas se não for isso, talvez ela mesma me procure..." Pensei nisso.

"Justo nessa época, no final de abril, encontrei com alguns membros da associação. Durante a conversa, tivemos uma pequena divergência de opinião. Não era nada grave, nem falávamos de algo concreto. Falávamos de forma vaga sobre nossas atividades futuras. Mas essa discussão foi uma boa oportunidade para eu refletir sobre várias coisas. Tinha algo que vinha me incomodando um pouco no último ano, e eu nunca tinha pensado a fundo nisso até então. Dentro de mim, porém, a discussão que tive com os membros e esse incômodo que sentia foram se ligando cada vez mais."

— Sobre a diretriz das atividades?

— Não — disse Aizawa. — Tem mais relação comigo do que com a associação. Ela é bastante simples e não tem como mudar. Sei que as atividades que ela realiza são importantes, é claro. Nossos sentimentos são importantes. Ela me salvou quando me fez ver que existem pessoas como eu no mundo.

Eu assenti.

— Mas fiquei cada vez mais confuso — acrescentou Aizawa. — Então passei a achar que talvez fosse melhor manter distância da associação, me afastar um pouco. Todos os membros são boas pessoas. Mas passei a achar que talvez fosse melhor me afastar um pouco, ter um tempo para encarar meu problema de frente, sozinho, num lugar sem nenhuma relação com as partes interessadas no IAD. Ou melhor, fiquei com vontade de analisar tudo desde a raiz, refletir sobre aquilo que eu achava ser meu problema. Por isso, no encontro de abril, falei para todos que era o último encontro de que participava, que ficaria sem ir por um tempo.

— Nem para ver Zen?

— Não — disse Aizawa. — "É você quem decide." Foi só o que ela falou, mais nada. Mas fiquei com a consciência pesada. Não estava agindo mal, e o que eu fazia me parecia certo. Todos apoiaram minha decisão, e não tinha nenhum problema. Mas não consegui me livrar desse peso na consciência, por mais que tentasse. E toda vez que pensava em Zen, sentia que minha consciência só pesava mais. Além disso…

Ouvi Aizawa emitir um leve suspiro no outro lado da linha.

— Ficar sem me encontrar com ela, ficar sem falar com ela… não me deixou triste. Pelo contrário, senti até certo alívio. O que me deixou mais triste… — Aizawa suspirou de leve mais uma vez. — Foi ficar sem te ver, Natsume. Isso, sim, foi doloroso.

Com o celular junto à orelha, fiquei em silêncio.

— Talvez isso soe desrespeitoso, inoportuno — disse Aizawa em tom baixo. — Mas… é nisso que tenho pensado nos últimos tempos.

Inspirei profundamente, prendi a respiração e fechei os olhos. Depois expirei, demoradamente, o ar que havia dentro do meu corpo.

As palavras de Aizawa me soavam oníricas. *Parece um sonho*, pensei. Mas logo em seguida uma grande tristeza me abateu. Repassando mentalmente várias vezes o que Aizawa havia me dito, balancei a cabeça. E senti uma tristeza maior ainda. E se... E se eu fosse mais jovem, se o tivesse encontrado antes, muito tempo atrás?

Pensando dessa maneira, senti um forte aperto no coração. E se o tivesse encontrado muito tempo atrás? Mas quando? Quando poderia ter sido? Dez anos atrás? Ou antes de eu conhecer Naruse? Quando deveria ter encontrado Aizawa? Não sabia. *De qualquer forma, eu queria tê-lo encontrado antes de eu ficar assim*, pensei. Mas isso era algo impossível.

— O parque Komazawa estava lindo — concordei. — Foi no dia 23 de abril. Um dia perfeito. Tranquilo, agradável, senti que era capaz de andar para qualquer lugar, foi um dia desse tipo. Eu...

Senti um aperto no peito e inspirei fundo.

— Eu... acho que gostei de você, Aizawa, desde o dia em que li aquela frase.

— Frase? — perguntou Aizawa baixinho.

— "Alto, pálpebras únicas, bom em corrida de longa distância. Será que alguém conhece uma pessoa assim?" Era o que você dizia na busca por seu pai.

Respirei fundo.

— Não sei por que, mas não consegui esquecer. Sabia que eu era incapaz de compreender o que você sentia, Aizawa. Você não tinha nenhuma relação comigo, mas aquilo não saiu da minha cabeça. Toda vez que me lembrava dessas palavras, pensava em como devia ser para alguém só dispor de três pistas para procurar a metade de si... e não consegui mais esquecer essa pessoa. Imaginei várias e várias vezes as costas dessa pessoa, de pé, voltada para um lugar que parecia sem fim, que parecia não ter ninguém. Eu não consegui mais me esquecer de você, Aizawa, mesmo não te conhecendo. Mas...

Fiquei em silêncio por muito tempo. Aizawa aguardou minhas palavras com paciência.

— Mas esse meu sentimento não vai levar a lugar nenhum. Mesmo que você diga que quer me ver, mesmo que você tenha esse tipo de sentimento por mim, o que para mim é como um sonho, acho que, se depender de mim, isso nunca vai assumir uma forma concreta.

— Forma concreta?

— Acho que eu não tenho condições de viver esse tipo de relacionamento — falei. — Não consigo fazer as coisas normais.

Eu balancei a cabeça.

— Eu não consigo.

Aizawa tentou argumentar, mas eu o interrompi.

— Sobre filhos também... — continuei. — É, mesmo querendo ter um filho, mesmo querendo encontrar meu filho, acho que eu sabia muito bem desde o começo que não tinha condições. Que tudo isso era uma bobagem, que eu estava enganada, era um absurdo, não daria em nada, eu estava sendo presunçosa, era um erro, acho que sabia muito bem disso. Mas fiquei empolgada, parecia uma boba, achando que talvez eu também fosse capaz, que talvez não precisasse mais viver sozinha, que talvez eu também pudesse ter alguém especial, uma existência especial, que talvez pudesse encontrar essa existência.

— Natsume...

— Mas — mordi os lábios — eu sabia muito bem, desde o começo, que tudo isso era impossível, que eu não seria capaz. Eu sabia disso. Talvez tenha sido para poder desistir de tudo isso de vez é que fui ao seu encontro, Aizawa.

— Natsume...

— Eu — falei como se exprimisse a voz do fundo do coração — não vou mais te ver.

Depois de desligar o telefone, por cerca de uma hora me pus a observar distraidamente a mancha do teto. Os raios solares intensos de verão ondulavam nas cortinas, e não havia nenhum som no meu quarto.

Ao me pôr de pé, senti que eu não estava dentro do meu corpo. Ou tinha a sensação de que alguém, que não era eu, o ocupava. Cambaleante, fui até o banheiro e tomei uma ducha quente. Molhei o cabelo e esfreguei a cabeça com shampoo, mas meu cabelo, encharcado de suor e sujeira de alguns dias, estava embaraçado e não espumava o suficiente, por mais que eu esfregasse. Senti que meu corpo refletido no espelho tinha encolhido, minha cintura estava mais fina, as costelas, levemente visíveis, e as manchas e as pintas, mais escuras.

Ao sair do banho, sequei o cabelo demoradamente. Levei muito tempo. Voltando ao quarto, encostei-me novamente na almofada e observei o teto, imóvel, mexendo apenas as pálpebras, piscando repetidas vezes. Em seguida, olhei as tralhas espalhadas pelo cômodo. Papel de parede branco, estantes, uma mesa do lado direito, e sobre ela a tela escura do computador que eu não ligara por vários dias. Ao redor do *futon* desarrumado havia um copo com resto de Pocari Sweat, alguns lenços de papel amassados e a toalha que usara para enxugar o suor; e, perto dos meus pés, havia roupas sujas, enroladas. Fechei os olhos e permaneci em silêncio, com a palma das mãos sobre a barriga. A minha pele estava gelada, e não senti nenhum calor. Não havia nada palpável.

Ao me levantar, fui até a mesa e, sentando-me na cadeira, permaneci imóvel. Devolvendo a caneta ao porta-canetas, abri a gaveta. Havia post-its, uma caderneta bancária e clipes, além da tesoura com desenho de lírio-do-vale que ganhara de Konno. Peguei o grande caderno guardado na parte de baixo e o folheei. Nele havia um texto curto que eu escrevera muito tempo atrás, à mão, bêbada. Observei por um tempo o texto. Rasgando e separando só aquela página, dobrei-a ao meio. Em seguida, dobrei-a ao meio mais uma vez, e assim sucessivamente, até não conseguir dobrar mais. E a joguei no fundo da lixeira.

16
Porta de verão

Fiquei sabendo que Sengawa falecera no dia 3 de agosto. Yusa me ligou pouco depois das duas horas da tarde, quando eu lia no quarto.

— Como assim? O que houve?

— Eu também acabei de saber — contou Yusa.

Na hora me vieram à mente, por alguma razão, as palavras "suicídio" e, em seguida, "acidente". Antes de eu perguntar, Yusa respondeu à minha dúvida.

— Ela estava no hospital. Eu não sabia de nada.

— Estava doente? — Senti minha voz tremer ligeiramente. — Ela estava doente?

— Vou procurar saber os detalhes agora — disse Yusa. — Mas ela soube que estava com câncer no exame que fez no fim de maio e logo se internou.

— Fim de maio? Logo depois que nos encontramos na sua casa?

— É — confirmou Yusa com a voz vacilante. — Naquele momento já havia metástase.

— Como assim? Em qual parte? — perguntei, balançando a cabeça. — Quer dizer que Sengawa também não sabia?

— Parece que não... Natsume, desculpe, tem alguém me ligando. Eu te ligo depois.

Mesmo após Yusa desligar, permaneci de pé, parada no meio do quarto. Em seguida, observei a tela do celular que segurava, pressionei o botão HOME e continuei observando-a até ela escurecer. Estava disposta a ligar para alguém, mas não me ocorreu ninguém.

Colocando o celular e a carteira na pequena bolsa e calçando as sandálias, saí do apartamento com a roupa de ficar em casa, e caminhei a esmo. Em menos de um minuto, senti minhas axilas molhadas e o suor escorrer das minhas costas até o quadril. Uma camada fina de nuvem cobria o céu, os raios solares pareciam ter amenizado um pouco, mas o calor de verão colava em todo o corpo, como um lenço molhado que gruda no rosto, e o suor pegajoso continuava a escorrer pelo corpo.

Entrei em uma loja de conveniência assim que avistei uma, dei uma volta lá dentro, saí, entrei em outra, dei outra volta, e repeti isso algumas vezes. Enquanto caminhava, peguei o celular em diversos momentos, para ver se Yusa havia ligado. Comprei água na máquina de venda automática e a tomei à sombra de uma das árvores da rua. Depois tentei ligar para Sengawa. Sem tocar nenhuma vez, a ligação foi transferida para a caixa postal, e ouvi a voz da secretária eletrônica. Acabei voltando para o apartamento depois de vaguear por cerca de uma hora.

Yusa voltou a me ligar às seis e meia da noite. Atendi à ligação praticamente no momento em que a tela acendeu.

— Desculpe, não consegui ligar antes — disse ela. — É que... as informações estão desencontradas, ou melhor, quase ninguém sabe o que aconteceu.

Assenti, segurando o celular.

— Bem, explicando de forma organizada, embora eu não saiba direito a ordem... Sengawa morreu ontem à noite, por falência múltipla de órgãos, mas a causa mesmo foi câncer. Ela se internou no fim de maio, assim que descobriu que tinha câncer de pulmão; chegou a receber alta uma vez, mas voltou a ser internada em outro hospital há duas semanas, de onde não saiu mais. Parece que foi isso.

— Não estou entendendo nada — falei, balançando a cabeça. — Mas depois do feriado de maio, quando nos encontramos, ela estava bem. Quer dizer que ela estava em fase terminal de câncer? E ninguém percebeu?

— Mesmo depois que descobriu que estava com câncer, ela só contou os detalhes para poucas pessoas da empresa, não contou para ninguém de fora. Cerca de um mês atrás, escrevi um e-mail para ela. Para falar de outro assunto. Ela me respondeu normalmente. Pelo menos eu não notei nada diferente.

— Então ela ficou sem trabalhar por dois meses?

— Sim. Falei com uma outra escritora, de quem Sengawa também se encarregava. Liguei para perguntar a respeito dela, e a mulher me contou que, no início de junho, quando começaram a verificar a prova do livro que estava lançando, Sengawa entrou em contato. Pediu desculpas, dado que aquela era uma etapa importante do livro, e perguntou se tudo bem se outra editora assumisse em seu lugar por um tempo. Ela explicou que não era nada grave, que só queria se cuidar porque a asma tinha piorado. A escritora concordou, disse que ela precisava se cuidar mesmo, e Sengawa respondeu, rindo, que faria isso com calma, que voltaria depois do feriado de Obon, em agosto. Pediu também para não contar para ninguém, para não deixar as pessoas preocupadas.

Cobri o rosto com a mão e soltei um suspiro.

— Sengawa tossia direto — lembrou Yusa. — Às vezes achava ela pálida demais. Falei algumas vezes, em meio às nossas conversas banais, para ela fazer exames, pois eu ficava preocupada. Mas ela respondia que estava tudo bem, que consultava o médico periodicamente. Que sua palidez era por causa da anemia, que eu não precisava me preocupar, já que ela tomava medicação adequada, e que a tosse era por causa da sua asma crônica. Falava que bastava uma boa folga que logo melhorava e não me dava ouvidos. Dizia frequentar periodicamente um hospital, onde fazia exames regulares, então estava tudo bem. Parece que quando desconfiaram e foram tirar a radiografia, já surgiu a figura nítida de um boneco de neve.

— É, ela tossia direto — murmurei. — Pensando bem, vivia tossindo. Ela dizia que era asma, estresse.

— É. — Yusa suspirou. — Descobriram metástase no cérebro, e começou a paralisia.

— Mas...

Não encontrei palavras para continuar. Permanecemos em silêncio por um tempo, ouvindo o leve ressoar da respiração uma da outra. Ouvi a voz de Kura atrás de Yusa, e outra voz feminina. Talvez fosse a mãe de Yusa.

— Falei com uma colega de Sengawa também, com quem ela se dava melhor. As duas começaram a trabalhar na editora na mesma época — contou Yusa. — Parece que nem essa colega sabia que era câncer. Sengawa não deu detalhes, só disse que ia se internar para fazer uns exames, que não era nada de mais, e que ia ficar em casa de repouso pois a asma e a anemia tinham piorado. Pediu para ela não contar para ninguém. Depois que Sengawa entrou de licença, as duas chegaram a se falar algumas vezes, a última em meados de julho. Ela disse que conversaram normalmente, não havia nada de estranho.

— E o funeral? — perguntei.

— Parece que a família dela decidiu fazer um funeral privado.

— Só com a família?

— É. Confirmei com a colega de Sengawa, da editora, que me avisou, e ela disse que só as pessoas que receberam a notícia da morte e o aviso do funeral diretamente da família podem participar.

— Mas essa... — disse — não era a vontade da Sengawa, certo?

— Não. Foi tudo de repente. Parece que tinham acabado de decidir rever o plano de tratamento mais uma vez. Descobriram a metástase no cérebro, em outro órgão também, falaram em radioterapia, e parece que ninguém, nem Sengawa, nem a família, esperava por isso...

— É mesmo?

— Quando foi a última vez que você falou com ela, Natsume? Quando conversaram?

— A última vez... — Levantei o rosto suspirando. — Foi na sua casa. Aquele dia foi a última vez que nos encontramos e conversamos.

— Aquela também foi minha última vez com ela.

— Você vai ao funeral?

— Acho que não. Nem as pessoas que eram mais próximas a ela do que eu, que trabalhavam com ela, vão.

Ficamos em silêncio novamente.

— A moça da editora disse que, depois que as coisas se acalmarem, talvez façam uma cerimônia de despedida. Mas...

— Hum.

— Pois é — disse Yusa, fungando o nariz. — Não dá para acreditar.

— Não.

— Mesmo sendo Sengawa, esse desenrolar é um absurdo.

— Hum.

— Ela não deve ter escrito um testamento de jeito nenhum. Ela não achava que fosse morrer.

— Hum.

— Ela leu tanto o que os outros escreveram, reclamou tanto.

— Hum.

— Mas ela mesma não escreveu nada.

— Hum.

— E se foi assim, de repente.

— Hum.

— Acho que nem ela está acreditando.

Eu me lembrei da minha mãe e de vó Komi. As duas sabiam que estavam com câncer, mas não quão avançada estava a doença, quão crítico eram seus estados, e morreram praticamente sem receber nenhuma explicação ou tratamentos decentes, sem compreender direito o que se passava. Na enfermaria do pequeno e velho hospital no subúrbio de Shōbashi, sem nenhum equipamento adequado, com o corpo encolhido ligado ao soro, tanto vó Komi quanto minha mãe morreram num piscar de olhos. Eu me lembrei do azulejo preto-azulado da parede externa do hospital e da ponta dos pés gelados das duas, despontando da extremidade virada do lençol.

— Mas foi tão rápido — disse Yusa com a voz um pouco embargada pelas lágrimas. — Se eu escrevesse uma cena com esse desenrolar no meu livro, ela mesma não me perdoaria.

— Hum.

— Natsume — disse Yusa. — Quer vir aqui para casa? Vem para cá.

— Para sua casa? — indaguei.

— Kura está aqui, minha mãe também. Venha, sim. Jante com a gente. — Yusa parecia estar chorando. — Kura está aqui. Venha, vamos comer juntas.

— Obrigada, Yusa — disse, pressionando a bochecha com a palma da mão direita.

— Não, não é para agradecer. Venha de táxi.

— Hum.

— Agora mesmo!

— Yusa, obrigada — repeti. — Mas acho melhor ficar em casa hoje.

Depois de desligar o telefone, olhei distraidamente pela janela e preparei uma refeição simples. Ao comer metade dela, senti o estômago um pouco enjoado, então resolvi tomar uma ducha e fiquei no *futon* com a toalha enrolada na cabeça.

Ainda faltava um tempinho até o anoitecer. Do lado de fora da janela, o tom da luz foi ficando cada vez mais azulado, enquanto meu quarto era preenchido pelo crepúsculo de verão. Fiquei pensando qual seria a origem daquele tom azulado.

Ao fechar os olhos, veio-me à mente o rosto de Sengawa. Estava sempre sorrindo. Por que será? Sorríamos tanto assim? Quando falávamos do trabalho, quando estávamos frente a frente tratando do meu livro, eu tinha a impressão de que Sengawa ficava com a fisionomia séria a maior parte do tempo, mas, por alguma razão, só me lembrava do rosto dela sorrindo. Como quando caminhamos pela avenida Omotesandō toda enfeitada com iluminações de Natal. Lembrei que Sengawa abriu um largo sorriso ao olhar para mim, impressionada com aquela decoração. *Então é assim que ela ri*, pensei naquela hora. E também quando ela fez permanente no cabelo. Quando lhe disse que havia ficado ótimo, ela pareceu envergonhada, mas riu, feliz. Pensando bem, até que ríamos bastante, concluí enquanto olhava pela janela que escurecia cada vez mais, tingida de azul.

Sabia que era tudo verdade: a morte de Sengawa, a conversa que eu tivera com Yusa instantes atrás. Sabia que precisava lidar com esses acontecimentos, mas minha cabeça não estava funcionando direito. A parte do corpo acima do pescoço, onde eram geradas emoções como tristeza e dor, parecia paralisada, e eu tinha a sensação de ser um simples corpo físico. E esse corpo físico sentia muita dor. Não como se tivesse sido surrado ou colidido com algo. Embora estivesse seguro no *futon*, como se fosse um mero objeto, ainda assim ele sentia dor. Os órgãos acomodados debaixo das costelas estavam congestionados, inflamavam cada vez mais, assumindo uma tonalidade azul-ferrete, e pareciam pressionar e levantar por dentro os músculos, a gordura e a pele, tentando rompê-los e sair.

Na treva azulada, peguei o celular pensando em reler os e-mails trocados com Sengawa. E me assustei silenciosamente. Na minha memória, eu tinha trocado vários e-mails com ela, mas só havia sete.

O conteúdo de todos eles era simples, de algumas poucas linhas. Pensando bem, eu não trabalhara com Sengawa no verdadeiro sentido da palavra. Estávamos em uma fase anterior a isso, só trocando mensagens vagas sem nada de concreto. Achava que tínhamos nos encontrado várias vezes e falado de vários assuntos, mas não achei indícios disso em lugar nenhum. Foi então que me dei conta de que não tinha nenhuma foto de Sengawa. E não só isso. Não sabia como era sua letra. Tinha visto sua caligrafia nas correspondências e nos pacotes que ela me enviara, mas eu já não os tinha mais comigo, então não a memorizei. Tínhamos conversado sobre tantas coisas em encontros tête-à-tête, era uma das poucas pessoas que eu considerava importantes para mim — talvez uma das poucas amigas —, mas eu não sabia nada sobre ela. Ela não deixara nada para mim, e eu já não podia confirmar mais nada perguntando pessoalmente a ela.

Ela subira a escadaria da estação de Midorigaoka tentando me alcançar e ficara me procurando na plataforma. Essa foi a última vez que a vi. Olhou ao redor virando a cabeça para todos os lados, à minha procura, e nossos olhares se cruzaram só por um instante, mas logo escondi o rosto, abaixando a cabeça. Por que eu não entrara em contato com ela depois daquilo? *Ela disse a coisa certa, e eu estava errada.* E se eu não tivesse fugido naquela hora, e se tivesse conversado com ela? Não era tão tarde da noite assim, poderíamos ter caminhado juntas até a estação seguinte, e eu poderia ter lhe dito: "Desculpe, fiquei empolgada demais. Mais uma vez exageramos na bebida, não é?" Se naquele dia tivéssemos nos despedido direito, ela talvez tivesse me avisado quando soube que iria se internar. Talvez ela tivesse me dito algo. Ao pensar nisso, senti uma dor no peito. Mas eu não tinha certeza. Talvez Sengawa não quisesse me avisar. Talvez não quisesse dizer nada importante para mim. Talvez eu não fosse alguém importante para ela. Talvez só eu a considerasse minha amiga, uma pessoa importante, mas a recíproca não fosse verdadeira. Talvez eu fosse apenas uma das muitas pessoas com quem ela tinha contato no trabalho, alguém pouco relevante.

Certa vez, ela me ligou de repente, à noite, e saímos para beber num bar que ficava no subsolo de um prédio. Ela estava bêbada, era uma noite fria de fevereiro, eu estava com o cabelo molhado, o bar estava escuro, a luz da vela tremulava de leve, e falamos de vários assuntos. E, no banheiro igualmente escuro, ela me abraçou na frente da pia. Será que eu tinha machucado Sengawa sem perceber? Será que ela esperava que eu lhe fizesse algo? Será que ela queria me dizer algo? Ou será que aquilo foi um ato completamente aleatório? Será que no fundo ela estava brava comigo pelo fato de meu livro não progredir? Sim, meu livro... No fim das contas, não consegui concluir meu livro. Não pude lhe entregar meu romance, para que ela pudesse lê-lo. Talvez ela tivesse desistido de mim. Talvez o que ela sentisse por mim não fosse nada além de um sentimento normal de uma editora em relação a uma escritora. Mas ela foi a única pessoa que me incentivou, que me encorajou a escrever o livro, independentemente de estar sendo sincera ou não, e continuou me esperando. A única. Quase três anos atrás, em um dia quente como esse, ela viera me ver, só para conversarmos. Eu tive três anos. Três anos. Mas não pude lhe entregar nada, não fui capaz de ouvir suas opiniões, e ela desapareceu da minha vida.

Mesmo anoitecendo, continuei pensando nessas coisas sob o *futon*. Afloraram, dentro de mim, sentimentos de remorso, saudade e solidão, e depois mais remorso. Não sentia nem um pouco de sono. Sentia moleza nos braços e nas pernas, minha cabeça continuava zonza, mas, à medida que o tempo passava, ficava cada vez mais desperta. Os vasos sanguíneos e os nervos que ligavam meus globos oculares e meu cérebro pareciam dilatar, provocando uma difusão. Fui ao banheiro algumas vezes e, a cada vez, tinha a impressão de que havia alguém atrás da porta de entrada do apartamento. *Quem sabe, ao abrir a porta, eu encontre Sengawa*, pensei. Cheguei a abri-la de fato e, claro, ela não estava lá.

De olhos abertos o tempo todo no quarto escuro, tudo que não passava de simples imaginação tomou forma, e, em alguns momentos, eu tinha a impressão de que realmente estava na presença desses elementos. Talvez eu tivesse adormecido sem perceber, mas me encontrava no meio de uma paisagem esquisita e sabia que não era sonho, sabia que era *minha imaginação*. Era um lugar que parecia um restaurante, com pé direito alto, e uma toalha branca cobria a grande mesa redonda. Não havia nem comida nem bebida, não havia nada sobre ela. Na cadeira ao lado estava Sengawa, e eu lhe dizia:

— Como você pôde morrer assim, sem dizer nada? — perguntava isso com uma mistura de ira e vontade de chorar.

— Natsuko, não tem jeito. — Sengawa estreitou os olhos um tanto constrangida, mas sorrindo como sempre e mostrando-se preocupada comigo.

À minha frente, Yusa chorava com olhos inchados, mas parecia que Sengawa não a via. Yusa estava à mesa conosco, mas chorava o tempo todo sozinha. Yuriko Zen estava sentada ao lado dela, carregando Kura no colo, e também Konno, que, com a tesoura prateada com o desenho de lírio-do-vale, cortava uma folha alva formando a figura delicada de uma flor. Yusa não percebia a presença de ninguém à sua volta, mas Yuriko Zen alisava com uma das mãos as costas de Yusa, que chorava.

— É tão triste — murmurava Zen, como se falasse sozinha, não se dirigindo a ninguém.

— Pode ser — disse Sengawa sorrindo. — Mas não há mais dor.

Yusa continuou chorando, sacudindo levemente os ombros, enquanto Yuriko Zen, que carregava Kura no colo, alisava suas costas.

Sentindo de súbito a presença de alguém na cozinha, me levantei e fui até lá. Tinha a impressão de ouvir um zumbido na minha cabeça, como se descargas elétricas ocorressem continuamente no meu cérebro. *Considerando que conseguimos ver as coisas graças à ação de substâncias químicas do cérebro e de seu estímulo, no meu estado atual, posso ver qualquer coisa*, pensei. *Posso ver as coisas que normalmente não enxergo, que não existem na realidade, isso é absolutamente normal.* Mas, nessas horas, nunca conseguia ver nada. Algum tempo depois da morte de vó Komi e de minha mãe, cheguei a sentir a presença de alguém nas noites insones, e várias vezes olhei ao meu redor e até abri a porta, mas nunca consegui ver as duas. *Sim, desde que vó Komi e minha mãe morreram, nunca mais as vi. Nunca mais as encontrei.* Pensando dessa maneira, comecei a sentir que isso era muito errado, muito injusto. Só porque elas estavam mortas, não encontrei nem conversei com elas nenhuma vez por mais de vinte anos. De repente, tive vontade de gritar bem alto. "Só porque estão mortas!" Encostada na geladeira, continuei observando o canto do cômodo em silêncio, mas nenhuma sombra se moveu, nenhum som ressoou.

E Aizawa? O que estaria fazendo agora? Será que estaria de plantão no consultório? "Quando sou chamado à noite para uma consulta, geralmente o paciente já está morto quando chego", ele me contara certa vez. "Só porque a pessoa morre, ela desaparece e não podemos mais encontrar com ela. Não acha isso um absurdo?", queria perguntar a ele. E lhe contar sobre Sengawa, contar que eu não sabia que tipo de sentimento ela nutria por mim, mas que a achava uma pessoa especial e que, de repente, ela havia sumido da minha vida. *Uma pessoa especial? Será que eu considerava mesmo Sengawa uma pessoa especial?* Senti medo ao pensar nisso. *Eu realmente a considerava especial? De verdade? O que significa alguém ser especial? Não sei, não sei.* Queria perguntar isso a Aizawa.

Como seria bom se Aizawa estivesse ao meu lado agora, pensei. Essa ideia fazia meus olhos quase lacrimejarem. Mas esse sentimento não me levava a lugar nenhum. Não adiantava mais ter esse tipo de sentimento, não fazia sentido. Afinal, eu mesma tinha dito a ele que não iria mais vê-lo. Desde então, ele nunca mais entrou em contato, e em meados de julho eu o vi com Yuriko Zen na frente da estação. Vi os dois pela parede de vidro do Starbucks e me afastei do local como se fugisse.

Aizawa tinha dito que queria me ver, que era doloroso ficar sem me ver, mas deve ter sido um vacilo momentâneo, passageiro. Deve ter pensado e percebido que era melhor ficar com Yuriko Zen, que queria continuar com ela. *Aizawa está vivo, deve estar vivo, mas se nunca mais vou encontrar com ele, nunca mais vou vê-lo, como posso dizer que ele está vivo?*, pensei.

Subitamente uma dúvida surgiu: será que eu não seria capaz de fazer sexo com Aizawa? Meu coração acelerou e senti meu rosto esquentar. Nada melhoraria em relação a isso? Fui tomada por esse pensamento.

Talvez me achar incapaz de fazer sexo fosse uma ideia errada que eu tinha botado na cabeça. Talvez eu fosse capaz... Será que não havia essa possibilidade? Pensei nisso de pé no meio da cozinha, na escuridão. Abaixei o short até a altura das coxas e, ficando só de calcinha, enfiei a mão dentro dela. Toquei a genitália com a ponta dos dedos. Senti a carne macia, a abertura e, forçando, a ponta dos dedos parecia entrar até mais ao fundo. Senti as pregas e uma pequena protuberância. Mas foi só. Tentei pressionar, beliscar ou alisar com os dedos médio e indicador, mas nada ocorreu. Senti um vago umedecimento quente na área da genitália, talvez causado por calor ou suor, mas não senti absolutamente nada.

Nessa posição, pensei sobre sexo. Mas quanto mais pensava, menos certezas eu tinha. Para início de conversa, o que significava ser capaz de fazer sexo? Em se tratando de corpo físico, eu era uma mulher adulta, com genitália normal, e fisicamente deveria ser capaz de transar. Então qual seria o impeditivo? *Não*, pensei comigo mesma. Minha genitália, minha genitália, que eu tinha acabado de verificar tocando eu mesma, *não era feita para isso*. Essa parte do meu corpo não servia para essas coisas. Tive essa nítida sensação. Eu tinha genitália desde que era criança. O tamanho e o formato poderiam ter mudado, mas, desde criança, eu tinha genitália, e esse fato não tinha mudado. Agora eu era considerada estranha só por preservar a parte de mim que continuava sem usar? Por quê? Por que, só porque parte de mim continuava igual, eu era considerada estranha?

Por que as duas coisas estão ligadas? Por que sentir carinho por alguém tem que estar tão fortemente ligado a essa parte do corpo humano? Só queria me encontrar com Aizawa e falar de um assunto importante com ele, só queria ficar perto dele e lhe contar várias coisas, mas por que eu tinha que pensar em sexo? Ele nem demonstrara que me desejava, por que eu pensava nessas coisas por conta própria? E na noite seguinte à morte de Sengawa... Por que pensava nisso agora?

"Que bom", disse Yuriko Zen para mim. "Que bom. Ela não sente mais dor. E você... Pelo menos você não fez a coisa irremediável. Parte de você continua criança, e isso é uma coisa muito boa, não é? Corpo de criança. Parte macia, indefinida, que não deveria ser usada. Que simplesmente existe aí, sendo macia."

Yuriko Zen. Yuriko Zen menina. A nebulosa respirava delicadamente no seu nariz pequenino e nas suas bochechas.

Fechei os olhos com força e balancei a cabeça em meio à escuridão.

— Alô, Natsu. Quanto tempo!

A voz de Midoriko, que ouvia depois de muito tempo, era alegre, e estreitei os olhos sem querer.

— Que calor! Está me ouvindo, Natsu?

— Estou, sim. Desculpe — disse. — Osaka deve estar terrível.

— E como! Parece que vou ficar ressecada só de respirar. Está tudo completamente seco — brincou Midoriko.

— Aqui também está quente. E você, está fazendo bico direto?

— Sim — respondeu ela. — Mas onde trabalho não dá mais.

— Por quê?

— Doninhas — disse Midoriko com uma voz de indignação. — Pois é. Doninhas.

— Mas você não trabalha em um restaurante? Doninhas entram no restaurante? — indaguei.

— Não só entram... Nem sei por onde começar. É tudo inacreditável. Uma loucura. O restaurante fica no térreo de um prédio antigo, que tem mais de trinta anos, mas até aí tudo bem. Antes do verão, a instalação elétrica e a instalação hidráulica começaram a dar problemas, então iniciaram uma grande obra, uma reforma de larga escala. Em todo o prédio.

— Hum.

— No piso de cima funciona um salão: uma mistura de quiropraxia, adivinhação e consultoria, tudo isso. Um salão meio esotérico. Ah, eles falam coisas de autoajuda também, então é um salão esotérico de autoajuda. Como é no mesmo prédio, eles naturalmente sabiam da obra. Receberam um aviso dizendo "de tal dia a tal dia, vai ser realizada tal obra, por tais e tais motivos". Aí começou a barulheira. Como é obra, tem barulho, óbvio. Mas assim que começaram os ruídos, a pessoa do andar de cima desceu correndo a escada, perguntando, toda apavorada: "O que está acontecendo? Algum acidente?" "Não, é a reforma", explicamos, e ela foi embora resmungando. Mas, no dia seguinte, a mesma coisa. No começo achamos que ela fazia de propósito, só para nos importunar, mas parece que não. Não tem um filme assim? De uma pessoa que perde a memória de curto prazo e fica escrevendo as coisas na parede, em papéis? Ah, é *Amnésia*. Você conhece, Natsu? Já assistiu?

Respondi que não.

— Então, passamos por um momento *Amnésia* real todo dia. Estou ficando louca.

— E as doninhas?

— Ah, sim — disse Midoriko. — Um dia, de repente, a tábua do teto caiu, e junto caiu uma doninha.

— No restaurante?

— É. E bem onde os fregueses estavam, então foi uma confusão, e ninguém entendia direito o que estava acontecendo. Não é nenhum restaurante luxuoso, é um restaurante comum de comida ocidental, mas se uma doninha cai do teto, todo mundo fica assustado. Natural, né?

— Sim — concordei.

— O lugar fica perto do canal, o prédio é sujo, a obra tinha acabado de começar, e uma família de doninhas talvez tenha ficado assustada e ia fazer uma grande mudança, não sabemos. Eu já vi doninhas atravessando a rua correndo, à noite, então a presença delas não é coisa de outro mundo. Mas não parou por aí. O buraco do teto foi tapado, mas depois vimos uma doninha correndo no chão, outra caindo de um outro ponto do teto...

— As doninhas também estão tentando sobreviver. Se caírem na panela da cozinha, podem virar sopa.

— Elas só caem na área do restaurante — explicou Midoriko. — O gerente começou a estranhar, dizendo que aquilo era muito esquisito, mesmo o prédio sendo velho e existindo um canal sujo por perto. Ele acha que é o salão esotérico que está mandando as doninhas, e foi lá reclamar. A pessoa do salão esotérico negou, óbvio. Como é que vai mandar doninhas? Não é nada fácil capturá-las, e de que adiantaria mandar as doninhas para o restaurante?

— É, não adianta nada.

— O gerente talvez já não esteja batendo bem da cabeça, insiste em dizer que é culpa da pessoa do salão. Ele pediu para todos os funcionários ficarem depois do expediente para uma reunião e começou a explicar sua teoria da conspiração: que o salão esotérico tem relação com determinada organização religiosa, que a confusão inicial que lembrava *Amnésia* já fazia parte do plano, e começou a se comunicar por mímica, explicando que poderia haver escutas no restaurante… Ele ficou completamente maluco. Depois começou uma espécie de guerra entre o nosso restaurante e o salão de cima, e as doninhas continuam caindo do teto… Os fregueses também foram se afastando. Para descontrair o ambiente, eu disse ao gerente, de brincadeira: "Que tal mudarmos o nome para Restaurante das Doninhas?" Então ele disse: "Por que nós é que temos que mudar o nome? O natural seria o salão de cima mudar primeiro." *Não é essa a questão*, pensei. "Da próxima vez que uma doninha cair, vamos empurrar de volta para cima, para o salão. Vamos empurrar todas elas de volta, e para isso vamos começar a treinar", o gerente inventou essa. Natsu, parece uma corrida dos ratos, ou melhor, das doninhas.

— Midoriko, a piada é realmente boa, mas não é hora pra isso. — Eu ri. — Mas que tragédia, hein? Doninhas são simpáticas, mas não é nada agradável vê-las num restaurante…

— Hum. — Midoriko soltou um suspiro. — Aliás, Natsu…

— O que foi?

— O meu aniversário está chegando. Você vem a Osaka, como prometeu, né? — perguntou Midoriko depois de uma tossida.

— Pretendo ir, sim — respondi.

— Você continua brigada com minha mãe?

— Brigada... Bem, sim. É... Maki te contou? Ela está bem? — perguntei.

— Sim, ela me contou. Ela está bem. Disse que faz tempo que não fala com você. Que não sabe o que falar ao telefone. Está bastante preocupada.

— Hum.

— Ela me contou o que houve entre vocês. Vive dizendo que você a surpreendeu.

— É mesmo?

— De qualquer forma — disse Midoriko, rindo —, quando eu era mais jovem, minha mãe e eu fomos a Tóquio visitar você, lembra? No verão. Estava quente assim como hoje.

— É. Uma noite ficamos um tempão esperando Maki voltar.

— Daquela vez foi uma confusão, minha mãe falando que ia colocar silicone no peito, e agora é você que não fala com ela, Natsu? Vocês são irmãs! — disse Midoriko em tom de gozação.

— Pois é. Você tem razão, desculpe — admiti.

— Bem, de qualquer forma, falta uma semana. Venha mesmo, de trem-bala, está bem? É difícil nos reunirmos. Você prometeu, e estou te esperando.

— Hum.

— Quando pretende chegar? Dia 31, como disse? Aí você dorme aqui em casa?

— Hum.

— Então me liga quando chegar a Osaka e souber o horário em que estará em Shōbashi. Vou te buscar na estação. Vamos jantar nós três, minha mãe, você e eu.

* * *

Depois de desligar o telefone, fui à cozinha e tomei água gelada de pé. Voltando ao quarto, me aproximei da janela e, abrindo a cortina que estivera fechada por muito tempo, observei a paisagem lá fora. As folhas verdejantes das árvores plantadas ao longo da parede externa do apartamento vizinho tremulavam suavemente e, atrás delas, se estendia o céu azul de verão. *Se houvesse um livro com exemplos de cúmulo-nimbos, seriam esses a aparecerem na primeira página*, pensei, observando distraidamente as grandes nuvens volumosas que subiam até o alto. As nuvens tinham várias tonalidades. Havia algumas partes brancas, outras com sombreado cinza ou azul-claro, mas, no geral, eram brancas.

Já havia passado vinte dias desde a morte de Sengawa. Depois de algum tempo, Yusa me ligou quando soube que o funeral acontecera sem problemas. Da editora onde Sengawa trabalhava, só compareceram um dos diretores, seu chefe direto e a editora mais próxima dela, de quem Yusa tinha comentado. Nenhum escritor fora convidado.

— Sengawa — contou Yusa — nem estava tão magra assim, estava bem bonita, me disseram.

— Hum.

— Como a família dela insistiu, o funeral foi privado, mas parece que muitos escritores e conhecidos ainda não conseguem aceitar… Nem eu consigo acreditar. Falam em fazer uma cerimônia de despedida em setembro. No início do outono, talvez.

— Hum.

— Costumam dizer que funeral ou cerimônia de despedida é para os vivos.

— Hum.

— Por que será que não quero participar? — perguntou Yusa baixinho. — Não sei.

Olhei para baixo e vi a rua à minha frente. Uma velhinha vinha empurrando um carrinho do outro lado do asfalto, em uma rampa suave, como se se apoiasse nele. Usava um chapéu branco para se proteger do sol, vestia uma blusa branca de gola aberta e uma calça bege. Não havia nada que obstruísse os raios solares da tarde de agosto, e tudo — as folhas verdejantes, o asfalto, as letras de PARE no chão, os postes, a velhinha, seu carrinho, bem como a sombra de tudo — parecia fazer parte de uma paisagem fotográfica, capturada com um flash intenso, como se esse instante iluminado pelo clarão tivesse sido alargado e impresso pela luz forte. *Quantos verões já vivi?*, pensei distraída. Obviamente era o número de verões equivalente à minha idade, nem havia necessidade de pensar, mas tive a impressão de haver outro número, um número correto, diferente da minha idade, em algum lugar do mundo, e observei distraidamente a claridade do verão.

O último dia de agosto estava nublado em Tóquio, e nuvens espessas e irregulares cobriam todo o céu, mas, de algumas fissuras, despontava o céu bem azul, e, de lá, os raios solares irradiavam sua luz. Acordando às seis da manhã, preparei roupas de baixo e meias para dois dias, além de artigos de higiene, e os coloquei na mochila guardada no armário, que não usava havia anos. Eu tinha comprado essa mochila fazia mais de vinte anos, mas, provavelmente por deixá-la exposta ao sol de tempos em tempos, ainda estava em bom estado, apesar de gasta. Saí de casa depois de preparar e tomar lentamente um café da manhã simples, beber chá de cevada gelado e descansar um pouco.

Sabia que seria mais prático e rápido pegar o trem-bala na estação de Shinagawa: de Sangenjaya iria a Shibuya, onde pegaria a linha Yamanote até Shinagawa. Mas, em vez de Shinagawa, decidi ir à estação de Tóquio. Tinha certeza de que, saindo da estação de Tóquio, a estação de partida, conseguiria achar um assento entre os não reservados, e também porque nunca havia pegado o trem-bala na estação de Shinagawa para ir a Osaka. Raramente usava o trem, o único trajeto que fazia no dia a dia era do meu apartamento até o supermercado na frente da estação, e nunca tive muito senso de orientação. Por isso me sentia insegura de ir a uma estação enorme como Shinagawa com a qual não era familiarizada.

O ar da manhã de verão era agradável. Apesar de estar caminhando para a estação, em linha reta, no bairro conhecido, no asfalto cinzento, o fato de não haver quase ninguém na rua fazia eu me sentir como se carregasse um lenço limpo no bolso, recém-lavado, passado e bem dobrado. Lembrei-me das manhãs nas férias de verão do ensino fundamental, quando fazíamos o exercício matinal. O rosto sonolento das crianças do complexo residencial, um pouco diferente em relação ao de dias normais. Areia áspera grudada nos dedos dos pés saindo das sandálias. O arrulhar dos pombos vindo de algum lugar, e o cano de barro no canto do parque úmido e gelado sob a sombra azulada. Depois do almoço, brincávamos com água. A terra, escurecida de tão molhada, exalava seu odor característico. Lembrava-me de observar horas a fio, sem me cansar, o cintilar da água que jorrava da mangueira. Às vezes via, em cima, na sacada, vó Komi estendendo as roupas, parecendo muito pequenina. Sem perceber que eu a observava do chão, ela pendurava roupas e peças íntimas levantando e abaixando os braços várias vezes. Observá-la de longe, de maneira sorrateira, era ao mesmo tempo aprazível e doloroso, e me sentia cada vez mais inquieta, como se a separação pudesse perdurar para sempre.

Cheguei à estação de Tóquio às sete e meia da manhã. Fazia anos que não a frequentava, e ela estava lotada de passageiros, não tendo mudado em nada desde minha última vez ali. Tive a sensação de que o tempo voltava ao passado em um instante, como quando juntamos com a ponta dos dedos as extremidades direita e esquerda de um pano. As pessoas vinham como se transbordassem de algum lugar e se afastavam como se fossem empurradas de volta, em um ciclo infindável. Só o que tinha mudado um pouco desde minha última visita era a presença de muitos estrangeiros: tinham pele bronzeada e avermelhada, usavam regatas e shorts, calçavam sandálias, como se fossem acampar, e carregavam grandes mochilas, dando a impressão de que cairiam para trás ao menor desequilíbrio. Como a voz do aviso sonoro era praticamente inaudível, para entender era preciso prestar muita atenção, em meio aos vários tipos de sons que se ouviam.

Comprando o bilhete de um assento não reservado do trem-bala para Osaka, procurei o Nozomi que partiria primeiro, posicionei-me atrás de algumas pessoas que formavam fila na plataforma e aguardei a porta do vagão abrir. Depois de ficar alguns minutos sentada no assento da janela, o vagão começou a se mover devagar, sem fazer barulho, como se deslizasse.

O trem-bala seguiu para a direção oeste e, depois de cerca de quarenta minutos, cruzou a cidade, por entre casas residenciais, instalações comerciais e prédios, até atravessar alguns rios grandes. Lá fora as paisagens de campos e terrenos baldios eram numerosas, e o trem passou por vários túneis. Surgiram montanhas, casas espalhadas de diversos formatos, caminhos por entre os arrozais completamente desertos para rumos distantes e um pequeno caminhão que se movia devagar. Telhados pretos de estufas refletiam os raios solares de verão, e uma fumaça branca subia de algum lugar. *Eu nunca vou descer nesses lugares, nunca vou à beira daquele arrozal, na margem daquele rio, e nunca vou ver a paisagem que se tem de lá. O corpo humano é tão pequeno, o tempo, tão escasso, e jamais estaremos na maioria dos lugares do mundo, observando de pé a vista dele*, pensei, observando distraidamente a paisagem. Essas eram as minhas divagações.

Chegando à estação de Shin-Osaka, a umidade avançou na minha direção como uma massa, e eu ri sem querer. Sim, era assim o verão de Osaka; ao me lembrar disso, desci a escadaria da plataforma e caminhei, costurando por entre as pessoas que iam e vinham apressadamente. Sentia-se a atmosfera de Osaka desde o primeiro instante, mas, afinal, o que criava essa atmosfera? Pensando nisso, caminhei na direção da plataforma onde pegaria o trem. Prestando atenção na conversa das pessoas, ouvia inevitavelmente o dialeto local, então mesmo sem querer sentia a atmosfera da cidade. Mas tive a impressão de que o clima típico de Osaka que sentira instintivamente ao pisar ali depois de muito tempo não estava relacionado diretamente ao dialeto. Será que isso decorria da forma como as pessoas se portavam? Ou as características das pessoas de Osaka se manifestavam nos detalhes, como o olhar ou a maneira de andar? Ou teria a ver com os pequenos detalhes dos cortes de cabelo ou o estilo das roupas? Ou a causa estaria na mistura de tudo isso, daquilo que emanava dessa mistura? Analisando de forma discreta os movimentos das pessoas e ouvindo conversas próximas que captava, entrei no trem que se aproximou e observei as ruas da cidade pela janela. No entanto, o trem balançava ruidosamente, e meu corpo foi ficando mais pesado.

Não me senti voltando a Osaka, nem estava com saudade da cidade. Percebi que me sentia constrangida e estava levemente arrependida, como se tivesse ido a uma festa na casa de alguém sem ser convidada. Consultando o relógio, vi que eram onze e vinte da manhã. Eu tinha dito a Midoriko que estaria em Osaka como prometera, mas não tínhamos combinado um horário exato. "Tente chegar durante a tarde, do meu trabalho vou a Shōbashi para te encontrar, então iremos ao restaurante juntas", minha sobrinha dissera. Para chegar no horário sugerido por Midoriko, poderia ter saído depois do almoço, mas estava pensando em me encontrar a sós com Makiko antes, para lhe pedir desculpas e fazer as pazes. O apartamento de Makiko ficava a uns vinte minutos de ônibus da estação de Shōbashi, então, assim que chegasse à estação, pensava em comprar uns bolinhos chineses *butaman* na loja Hōrai, de que Makiko gostava, e depois ligar para ela com uma voz animada. Iria até seu apartamento, e depois sairíamos mais cedo juntas, para escolher algum presente simples para Midoriko. Tinha em mente esse vago plano.

Mas, depois de pegar o trem da estação de Shin-Osaka até Osaka, fazendo baldeação e chegando perto da estação de Shōbashi, minha empolgação desapareceu por completo. Parei várias vezes no meio do caminho, virei-me algumas vezes sem nenhuma razão e, quando dei por mim, estava de pé no meio da praça na frente da estação de Shōbashi, segurando a alça da mochila. A temperatura aumentava aos poucos conforme a incidência do sol. Minha blusa encharcada de suor grudava no peito e nas costas, e, toda vez que eu respirava, mais suor jorrava do meu corpo.

Fiquei parada no meio da praça, suando, sem me mover por cinco ou dez minutos. Precisava ligar para Makiko, mas, antes, comprar os *butaman*. Bastava fazer isso, era simples, mas, por alguma razão, uma parte alheia à vontade de ligar para Makiko ou comprar os bolinhos começava a se desanimar e, com os meus ombros enlaçados por esse desânimo, tinha a sensação de me afundar. Não consegui me livrar dessa sensação. Havia muitas pessoas em Shōbashi. Uma infinidade de pessoas que iam e vinham, que aguardavam alguém, que falavam alto ao telefone, que circulavam em suas bicicletas. Quando eu ainda trabalhava nesse bairro, havia muitos pedintes nos dois lados da estação, implorando por esmolas, gritando coisas sem sentido, mas agora eles tinham sumido.

Vi uma placa familiar do salão de chá do outro lado da estação. As lâmpadas que circulavam as letras ROSE da velha placa, em fonte própria para ponto de venda, piscavam apesar de ser dia. Nunca tinha entrado nesse salão de chá, mas Naruse e eu tínhamos combinado várias vezes de nos encontrar na frente dele. De súbito, lembrei-me de Kyū, o violonista viajante, que fingia ser atropelado e que acabara morrendo de verdade sem conseguir desviar direito do carro. Sim, Makiko tinha dito que a última vez que vira Kyū fora na frente do Rose. O que ele estava fazendo sozinho ali? Será que esperava alguém? Ou será que, ao pensar para onde ir, ou no que fazer, não conseguiu mais se mover e ficou imóvel? Era justamente o meu caso ali.

Caminhei na direção do beco escuro, onde se concentravam pequenos estabelecimentos comerciais. Ao entrar ali, não havia praticamente ninguém na rua, e como a distância entre os prédios era pequena, o local parecia mais escuro do que na frente da estação. Cruzei com alguns transeuntes que andavam a passos largos. O restaurante de *udon* sem cadeiras, onde eu costumava vir com minha mãe e Makiko, à noite, tinha fechado, e havia no lugar uma loja de celulares. O restaurante de ramen ao lado tinha virado um pequeno restaurante franqueado, e a livraria próxima — na qual entrava sempre que arranjava um tempo até o início do meu expediente no *snack bar*, para observar as lombadas dos livros — estava com a porta de correr cinza fechada. Na frente, um rapaz fumava sentado no chão, falando alto com o celular colado à orelha.

Da última vez que eu voltara a Osaka, pegara o ônibus na estação e fora direto ao apartamento de Makiko. Fazia quase vinte anos que não andava por ali. Na área onde ficava a farmácia de outrora só restava um cartaz desbotado de enxaguante bucal, caído na diagonal. Seguindo a rua, saí em um pequeno cruzamento, mais movimentado, que concentrava estabelecimentos de entretenimento adulto, casas de *pachinko*, restaurantes de *yakiniku* funcionando em um prédio comprido, além de uma sequência de outros edifícios, construídos uns colados aos outros, onde deveriam funcionar vários botecos. Por ser de dia, os letreiros e os anúncios brilhavam de forma vaga, e o número de pessoas era incomparavelmente menor ao da época em que eu trabalhara no bairro. Estava tudo silencioso.

Continuei caminhando pelas ruas de Shōbashi sob o calor do verão. Levantando o rosto, vi um poste inclinado, os fios elétricos se cruzando e vindo de todas as direções, cortando o pequeno céu azul de forma desregrada. Em seguida, me dirigi ao prédio com vários estabelecimentos que abrigava o *snack bar* onde Makiko e eu trabalhávamos. Estava completamente reformado, exceto o elevador, e na porta havia uma grande placa amarela escrito: "Relaxamento para homens da nova geração! Quartos privativos individuais com DVD. Entrada pelo térreo."

Dei meia-volta e segui pelo caminho que dava para a estação.

À minha direita havia alguns prédios, inclusive o hospital onde vó Komi e minha mãe ficaram internadas e morreram. Eu me lembrava muito bem das letras da placa escrita *hospital*. As lojas de conveniência tinham acabado de surgir nessa época, e uma vez eu contara à minha mãe, deitada no leito do hospital ligada ao soro, quais tipos de produto elas vendiam. Minha mãe, que sempre fora alegre e forte, enquanto sorria e alisava com seu braço magro e cheio de manchas azuladas nossas mãos, as de Makiko e as minhas, disse: "Estou cansada, vão para casa dormir." Eu e Makiko voltamos para casa caminhando na rua noturna e, logo depois, minha mãe morreu completamente só. Lembrava de ter pensado que tanto ela quanto vó Komi viveram sem sair nenhuma vez de Shōbashi, até a morte. Depois lembrei que minha mãe tinha saído uma vez daqui. Após ter dado à luz Makiko no hospital de Shōbashi, minha mãe viveu na cidade portuária até eu completar sete anos. Vó Komi veio a essa cidade inúmeras vezes, fazendo várias baldeações, só para nos ver — nós, que não tínhamos dinheiro. Se meu pai estivesse em casa, nós nos encontrávamos na frente da estação, e quando ele não estava, ela ia ao nosso apartamento e nos oferecia vários tipos de comida. Acompanhávamos minha mãe quando ela ia ligar para vó Komi de manhã bem cedo no orelhão e, quando descobríamos que ela viria nos ver, pulávamos de alegria e aguardávamos ela aparecer sentadas na frente da catraca, desde muitas horas antes do horário previsto. Quando ela chegava, eu corria ao seu encontro e a abraçava, sentindo o cheiro dela e das roupas que usava.

Pesquisei, no celular, o nome da estação da cidade portuária onde morávamos quando eu era criança e calculei a rota saindo da estação de Shōbashi. Apesar de serem necessárias duas baldeações, era um trajeto de vinte e oito minutos no total. Balancei a cabeça. Sabia que não era longe, tinha consciência disso, mas sabia agora, não quando era criança. Na época sempre corria atrás de vó Komi, chorando, quando ela partia... O apartamento dela, que parecia tão distante quando eu era criança, o apartamento da vó Komi, que era a única razão para eu continuar a viver, ficava a menos de trinta minutos de onde eu morava.

Chegando à estação da cidade portuária e descendo na plataforma, senti cheiro de mar, e inspirei o ar profundamente. Nunca mais tinha colocado os pés nessa cidade. Haviam se passado mais de trinta anos desde aquela noite em que fugíramos de táxi, tarde da noite, minha mãe, Makiko e eu.

O interior da estação estava completamente diferente, mas, ao passar pela catraca, havia duas passagens, uma para a direita e outra para a esquerda, o que continuava igual. Um número considerável de pessoas saiu e entrou do vagão, e as que saíram desceram a escadaria alegremente, comentando sobre o calor. Quando morávamos ali, não havia nada além do porto. Só no verão, quando vinha o navio à vela uma vez por ano, a cidade se animava. Pouco mais de dez anos depois de termos ido embora, um grande aquário foi construído, e foi bastante noticiado. Mas quando eu era criança, não havia nada. Só a infindável fileira de armazéns gigantescos e cinzentos, ondas violentas que quebravam no cais e umidade do mar. "Tudo isso vai desaparecer, e no futuro vão construir um negócio enorme", lembrava de meu pai dizer com o rosto vermelho depois de beber cerveja. "Futuro, quando?", perguntei baixinho, e ele respondeu, rindo feliz: "Daqui a dez ou vinte anos."

Parada de pé no patamar da escadaria da estação, olhei para o porto e vi o enorme telhado do prédio que parecia um aquário brilhando intensamente com os raios de verão, e também uma grande roda-gigante ao lado.

Mesmo quando já morava no apartamento de vó Komi, eu lembrava, de vez em quando, dessa cidade e do apartamento onde morara até os meus sete anos, de onde tivemos que fugir de repente. Nessas horas, no entanto, sempre me via tomada por um sentimento que parecia tristeza e dor. Tinha a impressão de que as várias coisas da cidade e do apartamento — os vira-latas das ruas, as garrafas de cerveja quebradas, os chicletes cuspidos na calçada, os *futon* desbotados, as tigelas sujas empilhadas, as gritarias ao longe — me fitavam em silêncio, de algum lugar. Às vezes era eu mesma quem me fitava. Tinha a sensação de que eu, que colocara a mochila escolar na cabeceira com os materiais de terça-feira, continuava deitada ainda hoje no *futon* daquele quarto, aguardando algo em silêncio. Sem saber o que acontecera, sem ninguém perceber, estava abandonada, sozinha, e não conseguia me mover. Tinha essa sensação de vez em quando.

A maior avenida da cidade, na qual chegava a prender a respiração para atravessar de tão nervosa que ficava, estava cheia de táxis, e muitas pessoas caminhavam por ela em direção ao aquário. Na esquina da calçada do outro lado havia a placa de um restaurante de *udon*. O nome não mudara, e antigamente os proprietários eram os pais de um colega de classe. Dei uma espiada lá dentro e, por ser horário de almoço, estava lotado. Com a exceção desse restaurante de *udon*, a rua tinha mudado completamente, e só havia lojas de suvenires para turistas. Mas não lembrava mais o tipo de comércio ou de prédios que havia ali. Caminhando mais um pouco, avistei uma loja de conveniência. Comprei dois *onigiri* e uma garrafa de água gelada, e segui reto pela rua, enxugando o suor.

Olhei o relógio: uma da tarde. Ao levantar o rosto, o sol brilhava alto no céu e, estreitando os olhos, vi um halo claro nas cores do arco-íris à sua volta. Gotas de suor se formavam entre a linha do cabelo da testa e as têmporas, e tive a impressão de ouvir o som dos intensos raios solares chamuscarem meu cabelo e minha pele.

Ao caminhar reto, cheguei a uma esquina familiar. Vi uma pequena placa escrita COSMOS. Me aproximei dela, atraída. Minha mãe chegara a fazer um trabalho temporário nesse restaurante durante o dia. Vó Komi tinha me levado ali algumas vezes, no horário de trabalho da minha mãe, e almoçáramos juntas. Quando nos via, minha mãe abria um sorriso encorajador, e meu coração se enchia de emoção ao vê-la de avental vermelho, trabalhando de forma dinâmica atrás do balcão, respondendo alegremente quando era chamada, secando os pratos ou os levando às mesas. "Sua mãe está entusiasmada", dizia vó Komi para mim, rindo, e eu concordava meneando a cabeça várias vezes.

Tentei me imaginar abrindo a porta do Cosmos e dizendo: "Muito tempo atrás, minha mãe trabalhou aqui. Faz muito tempo mesmo, mais de trinta anos. Vendo minha mãe trabalhar animadamente, fui tomada pela emoção, prestes a chorar, apesar de ter um prato apetitoso à minha frente — hambúrguer — que não consegui comer direito. Disfarcei e me esforcei para comer, estava uma delícia, e permaneci aqui, com minha avó, vendo minha mãe trabalhar." Me imaginei falando isso para o atendente da loja. Mas, claro, não tive coragem. Tomei a água da garrafa PET e, depois de observar por um tempo a porta do restaurante, caminhei até um banco à sombra de uma das árvores da rua e comi o *onigiri* demoradamente.

Mesmo depois de terminar de comer, continuei a observar, sentada no banco, as pessoas que iam e vinham pela avenida que levava ao aquário. Transpirando, fiquei observando onde se misturavam as partes da cidade que tinham mudado completamente e as partes preservadas, enquanto pensava na minha mãe, no que ela sentira quando viera para esta cidade tantos anos atrás, quando viu a cidade pela primeira vez. O que ela pensou ao sentir o cheiro do mar? Será que ficara animada, com sonhos ou expectativas sobre a nova vida, sobre a família? E me dei conta de que nunca perguntei à minha mãe sobre como ela era antes de ser mãe.

O que será que aconteceu com o apartamento onde morei com minha mãe, meu pai e Makiko? Se o prédio ainda existia, para chegar lá teria que virar à direita na esquina do restaurante de *udon*, e era uma das ruas paralelas à avenida, caminhando algumas quadras a oeste. Na época em que morávamos lá, havia um restaurante de *yakiniku* ao lado do nosso prédio e, à frente, um restaurante de *okonomiyaki*, que uma mulher idosa tocava sozinha, com um pequeno tanque que parecia embutido, onde muitos peixes vermelhos, relativamente grandes, nadavam entre as algas de cor verde-escura, como se as costurassem. Na diagonal oposta, havia uma quitanda à moda antiga, com um cesto de bambu com dinheiro suspenso do teto por um elástico, onde minha mãe sempre comprava fiado. Apesar disso, pelo que lembrava, os donos nunca faziam cara feia e sempre brincavam comigo de forma atenciosa quando eu ia lá. Virando à direita na quitanda, havia uma barbearia, cujo dono sempre se vangloriava de que um de seus funcionários virara dublê de filmes de ação, aparecendo algumas vezes na TV, e sempre contava a mesma história de forma engraçada. Eu costumava esperar minha mãe chegar sentada no corredor ao lado do bar *izakaya*, no piso térreo do nosso prédio.

Pensei em ir até lá, mas reconsiderei, suspirando intimamente. Não era para isso que tinha vindo a Osaka. Esfregando com os dedos o suor que escorria pela minha pele, observando o movimento das pessoas, fiquei olhando para elas, imóvel. Parede externa do prédio de azulejo marrom lustroso. Lembrava que havia vários tons de marrom e que cada azulejo retangular era inflado em tom caramelo. Seguindo pelo corredor ao lado da entrada do bar *izakaya*, havia uma escadaria. O corredor estava sempre escuro e, na parede, havia caixas de correio em um tom prateado-fosco. Como estaria o prédio hoje? Naquela época, eu ainda era criança e praticamente não possuía nada que fosse meu, mas tivera que deixar todos os meus pertences e nunca mais voltara ao local, que ficava a poucos minutos a pé do banco onde eu estava sentada nesse momento. Eu não conseguia acreditar nisso. Será que devia ir até lá? Será que o prédio ainda existia? Como estaria aquela área? Mesmo que o prédio estivesse no mesmo lugar, o que eu faria? Vendo-o depois de tanto tempo, no que devia pensar? Aliás, por que matutava tanto sobre isso? Dar uma passada no lugar em que vivi em outros tempos não era nada especial. Por que me sentia assim? Mas eu tinha medo. Não sabia do que, mas, ao pensar em ver o apartamento onde havíamos morado, ver aquela paisagem, por alguma razão me sentia paralisada.

Fui novamente à loja de conveniência comprar outra garrafa de água e a tomei bem devagar, aos poucos. Voltando a me sentar no banco, observei vagamente a cena à minha frente. Consultei o relógio: duas e meia da tarde. Talvez fosse melhor voltar a Shōbashi e ligar para Makiko. Tinha que avisar Midoriko que eu já estava em Osaka. Talvez fosse melhor fazer isso. Mas não consegui me levantar do banco. Não consegui deixar aquele lugar.

Duas meninas, provavelmente irmãs, com roupas combinando e mochilas azul-celeste que balançavam nas costas, corriam atrás da mãe que andava na frente. A primeira a ultrapassou, a outra também correu e se agarrou à cintura da mãe, e as três seguiram caminhando, rindo, grudadas umas às outras. Observei as três até perdê-las de vista e enxuguei o suor do rosto como se o massageasse com a palma da mão. Levantando-me e balançando a mochila para os lados para acomodá-la nas costas, virei à direita na esquina do restaurante de *udon* e caminhei na direção do prédio onde morávamos.

Na primeira rua paralela à avenida não havia ninguém a caminho do aquário, e estava tudo silencioso. Os raios solares do rigoroso verão incidiam sobre todas as coisas e queimavam as ruas e os prédios praticamente desertos. A rua era familiar. Observei atentamente cada estabelecimento comercial, cada casa dos dois lados, à minha direita e à minha esquerda. Havia fachadas que pareciam reformadas, mas eu não conhecia a maioria dos prédios. À direita havia um pequeno terreno coberto de ervas daninhas, onde antes, salvo engano, funcionava uma lavanderia *self-service*. Passei muitos dias de chuva sentada em seus bancos internos, sentindo o cheiro de roupa secando e observando, sem me cansar, grandes gotas que caíam na rua cinzenta.

Havia uma casa no local onde antes era a quitanda. A casa era pequena, com a parede externa de tom cinza-azulado, homogênea como uma casa de origami, impossível de saber se era velha ou não. À esquerda tinha uma porta de aço. Não havia cortinas na janela de vidro fosco, e não sabia se tinha gente morando ali. O salão de chá à direita dava a impressão de não ter mudado, mas parecia que sua porta de correr estava fechada havia muito tempo. Caminhei devagar. Não cruzei com ninguém nem ouvi nenhum som. Parecia que a luz e o calor do sol tinham absorvido os ruídos e as pessoas que deveriam estar ali, sem nenhuma exceção. À direita havia um estacionamento automático sem nenhum carro estacionado. Nesse local havia... Eu não sabia o que funcionava nesse lugar, mas havia uma casa com a porta sempre aberta por onde pessoas entravam e saíam incessantemente e a presença de um grande cão de raça híbrida. Era uma cadela chamada Sen, tranquila, que ficava sempre deitada na entrada da casa, no piso em que as pessoas tiravam os calçados. Eu gostava de Sen e sempre me aproximava dela para tocá-la. Já tinha visto Sen dar à luz uma ninhada de vários filhotinhos molhados envolvidos por uma membrana branca, que pareciam vísceras fascinantes. Ela lambia com cuidado os filhotinhos recém-nascidos de olhos fechados que, chorando baixinho e movendo só o focinho com toda a força, se agarravam às suas tetas. Eu me lembrava do cheiro da cama dos cachorros, do formato de suas línguas caídas. Da área de seus olhos úmida e escura. Parei de andar e, ao levantar o rosto... avistei o prédio onde morávamos.

Olhando para cima, observei o prédio por um tempo.

Pisquei devagar algumas vezes e fitei o prédio em silêncio. Os azulejos caramelo continuavam iguais e, no piso térreo, no beiral verde-desbotado que não me era familiar, talvez porque o estabelecimento tivesse trocado várias vezes, transpareciam letras indecifráveis que estavam apagadas com tinta. A porta de correr, enferrujada aqui e ali e coberta de mofo esbranquiçado quase que por inteiro, estava fechada. Era um prédio muito pequeno. Tão estreito que não seria possível estacionar nem duas bicicletas em fileira. À direita, havia uma entrada que parecia uma fenda.

Era a entrada do corredor que levava à escadaria para os pisos de cima. Fechei a boca. Suspeitava que o prédio seria pequeno, mas não achei que fosse tão minúsculo. A entrada parecia não ter nem um metro de largura. Era tão estreita que só dava para passar virando de lado. A junção de concreto que tapava o desnível entre a calçada e a entrada do prédio, onde eu sempre me sentava, continuava cinzenta. Lembrava-me muito bem do dia em que chegara um homem com macacão de operário e pusera concreto nesse pequeno sulco. "Você não pode mexer até secar e endurecer por completo", ele me avisou, mas, ao ficar sozinha, vendo o concreto endurecer gradualmente, prendi a respiração e, em segredo, pressionei meu dedo com cuidado. Aproximando-me e agachando nesse lugar, vi minha marca. Havia uma pequena depressão, prestes a sumir. Sempre esperava minha mãe nesse lugar, encostada no pilar de azulejo caramelo e, de vez em quando, tocava nessa depressão com o dedo.

Suspirei de leve e dei um passo para dentro.

O corredor estava gelado e escuro, e senti um leve cheiro de mofo. Parecia que ninguém morava no prédio. Era silencioso, como se simplesmente aguardasse, por muito tempo, o momento de ser demolido. As caixas de correio enferrujadas apareciam no meio da sombra, e vi a escadaria ao fundo. Era uma escadaria muito pequena. A cada passo que dava, sentia algo como plumas se levantando, e subi a escadaria suspirando. Eu tinha subido essa escadaria, que só comportava um adulto por vez, nas costas de vó Komi. Também costumava brincar ali com Makiko. Ou pulava nas costas da minha mãe, rindo. Em uma ocasião em que saímos todos juntos, o que era muito raro, vi as costas estreitas do meu pai, que descia com as mãos no bolso.

No terceiro piso, havia uma porta forrada com papel de estampa de madeira. Era uma porta minúscula. Conhecia muito bem essa porta. Observei em silêncio o desenho de madeira, bastante familiar, peguei na maçaneta e a girei devagar. Estava trancada. Girei mais uma vez. Estava mesmo trancada.

Enxugando o suor que escorria da testa e esfregando os olhos, continuei girando a maçaneta para os dois lados. Mas a porta não abria. Tentei bater. Ecoou apenas o som seco, e a porta rangeu. Bati com mais força. Continuei batendo como se alguém me apressasse, como alguém sendo perseguido. Se essa porta abrisse, talvez eu pudesse me encontrar mais uma vez. Eu, com a mochila nas costas, subiria a escadaria, a porta abriria por dentro, e minha mãe, de avental vermelho, diria "Olá". Se essa porta abrisse agora, talvez eu pudesse ver aquele moletom branco, aquela boneca, aquela mochila. Talvez eu pudesse reviver aqueles momentos em que rimos e dormimos, a mesinha com aquecedor elétrico embutido à qual sentamos todos ao redor, as nossas alturas cravadas no pilar, o copo vermelho de plástico no armário da cozinha... Talvez agora eu pudesse abrir aquela janela que ficava sempre fechada, e ver mais uma vez... encontrar mais uma vez... Não, sabia que isso não ia acontecer, mas, mesmo assim, continuei batendo à porta. Continuei batendo à pequena porta do apartamento, do prédio onde tínhamos morado. *E meu pai? Será que ele lembrava?*, pensei enquanto batia. *Meu pai, que desaparecera um dia, de repente, será que ele lembrava? Será que acontecia de ele pensar em nós às vezes, na época em que tinha morado conosco?*

Sentada na escadaria, soltei o ar dos pulmões. O piso tinha fissuras, muitas partes estavam escuras, e nos cantos havia algo parecido com lama grudada. O interior do prédio estava gelado, e no pequeno patamar da escadaria muitas coisas se empilhavam. Caixas de papelão que haviam absorvido bastante água e se desfaziam, um balde desbotado e um esfregão sujo, pano de chão duro, saco plástico preto com algo dentro. Havia pó acumulado em tudo, e os raios solares que penetravam da pequena janela do patamar da escada iluminavam esse canto.

Nesse momento, de repente, soou uma música. Sem entender por um instante o que se passava, levantei-me em um sobressalto e, sem querer, pressionei minha garganta. Era o celular. Meu celular tocando. Nesse momento lembrei que não tinha mandado notícias a Midoriko. Tirando a mochila das costas, abri o zíper e peguei o aparelho. Era uma ligação de... Aizawa.

— Alô... É Aizawa.

— Oi. — Minha voz estava estranhamente rouca, e engoli em seco.

— Natsume? — Aizawa chamou meu nome num tom bastante tenso.

— Que susto — falei de maneira franca. — Não esperava sua ligação.

— Desculpe ter te assustado. Mas eu também estou. Não tinha certeza se você atenderia.

— Estava tocando...

— Natsume?

— Sim?

— Sua voz... Você está resfriada?

— Não — disse, expirando profundamente o ar. — Foi só o susto.

— Desculpe.

— Tudo bem, já estou mais calma.

— Pode falar um pouco agora?

— Posso, sim — respondi, mas meu coração ainda palpitava; para que Aizawa não percebesse, respirei fundo algumas vezes. Ouvi um leve suspiro do outro lado da linha.

— Depois que você me disse que não vai mais me ver... — Aizawa suspirou outra vez e deu uma tossida. — Tenho pensado muito a respeito... sobre não te ver mais, nem poder conversar com você... Bem, você disse que não vai mais me ver, então não passa de um argumento egocêntrico meu, mas sou teimoso...

Balbuciei para mostrar que ouvia.

— Gostaria de te ver pessoalmente e conversar — disse Aizawa. — Por isso estou te ligando.

Ficamos em silêncio por um tempo. Era tudo muito estranho: estar sentada na escadaria daquele prédio depois de trinta anos, ouvir a voz de Aizawa nesse local, minha voz ressoar baixinho nos andares de baixo escuros e saudosos. Parecia que eu estava flutuando, como se estivesse em um sonho alheio. Pisquei várias vezes, pressionando o celular contra a orelha.

— Hoje — disse — é seu aniversário, não é, Aizawa?

— Você lembrava?

— Claro que sim.

— Talvez por coincidir com o da sua sobrinha.

— Não só por isso — respondi, meio risonha.

— Natsume?

— Oi?

— Tem passado bem?

— Eu?

— É.

— Nos últimos dois meses — expliquei — minha vida não mudou nada, mas tenho a impressão de que muitas coisas aconteceram.

Seguiu-se outro silêncio.

— Sabe, estou no apartamento onde morei antigamente — contei em tom alegre.

— Apartamento onde morou antigamente?

— Sim. Quando nos encontramos na primavera, eu te contei, não foi? De onde fugimos, de repente, numa noite. Estou nesse lugar.

— Ah, sim, da cidade portuária.

— Exato. — Eu ri. — Vim ver, e era inacreditavelmente pequeno, tomei um susto. Agora estou neste apartamento, ou melhor, no prédio, na escadaria, sentada. É tudo muito pequeno. Lá se vão trinta anos, e agora não há ninguém morando aqui. Bem, isso é óbvio.

— Está sentada sozinha na escadaria?

— Sim. A escadaria também é bem estreita. Tudo está mais velho, deteriorado, embora nada tenha mudado. Como não mora mais ninguém, está em ruínas.

— Natsume?

— Oi?

— Nesses dois meses, pensei sem parar no que eu podia fazer para você concordar em me ver — lançou Aizawa. — Da última vez, você disse que estaria em Osaka no dia 31 e...

Eu assenti.

— Pensei: se eu for a Osaka, e se ela atender à minha ligação, talvez concorde em me ver por dez ou vinte minutos — continuou. — Afinal, a única coisa que eu sabia era que você provavelmente estaria em Osaka hoje.

— Por acaso você está em Osaka, Aizawa? — perguntei.

— Você poderia me conceder trinta minutos? — pediu ele.

Ao desligar, o silêncio de antes voltou. Ainda sentada na escadaria, segurava firmemente a parte inferior da alça da mochila. Depois me levantei devagar e observei fixamente a porta que outrora pertenceu ao nosso apartamento. Observei o desenho de madeira desbotado e o número 301 da placa descolorida de tom marrom. Pressionei a parede áspera com a palma da mão e olhei a porta mais uma vez. E inspirei profundamente.

Desci a escadaria degrau por degrau e saí no corredor. Observei a porta da frente, de pé, com a coluna ereta. Levantando o rosto, olhei bem à frente. Na pequena porta retangular, com menos de um metro de largura, a luz externa do verão transbordava. Permaneci de olhos abertos até eles ficarem marejados, fitando a luz sem piscar.

17

Do que esquecer...

O vento que vinha soprando do porto me açoitava em ondas invisíveis, deixando cheiro de mar na minha pele.

Aizawa chegou à estação em cinquenta minutos. Eu estava de pé aguardando-o no mesmo ponto em que aguardava vó Komi quando era criança. Quando vi Aizawa aparecer na catraca, senti uma espécie de vertigem, não conseguia me manter de pé direito. Ao me ver, ele abaixou um pouco a cabeça e, passando pela catraca, curvou-se novamente. Também abaixei a cabeça. Fazia quatro meses que não nos víamos. Ele usava uma camisa branca de manga comprida e uma calça bege.

Descemos a escadaria juntos, sem combinar, e começamos a caminhar pela avenida principal seguindo o fluxo de pessoas. Não abrimos a boca por algum tempo. Eu caminhei à esquerda, Aizawa, à direita. Eu andava olhando só para o chão, mas, quando levantei o rosto, nossos olhares se cruzaram. Por reflexo, desviei o rosto e voltei a olhar para baixo.

— Me desculpe, foi tudo meio repentino — disse Aizawa baixinho. — Eu forcei a barra. Está brava?

— Não. — Balancei a cabeça. — Parece muito surreal. Não parece que é verdade, estar caminhando com você aqui, Aizawa. É bem estranho.

— Sim, é verdade — reconheceu Aizawa, balançando a cabeça e mostrando uma fisionomia arrependida. — Sinto muito. Você tinha outros planos, não tinha?

— Combinei com minha irmã às sete da noite num restaurante, então não tem problema — informei. — Mas e se eu não estivesse em Osaka, o que você teria feito?

— Bem... — começou Aizawa meio sem jeito. — Acho que teria pegado o trem-bala e voltado para Tóquio.

— Ah, é? — Eu ri. Ele também. — Aizawa, você consegue sentir o cheiro do mar? — indaguei, apontando para a direção do aquário. — O porto fica lá, e é bem perto daqui. Não são nem dez minutos a pé. Naquele prédio fica o famoso aquário. É enorme. Tem até uma roda-gigante ao lado.

— Já ouvi falar dele. Não tinha um peixe raro? Você já entrou lá, Natsume?

— Não. Fazia uns trinta anos que eu não vinha para cá.

— Está muito diferente?

— Algumas partes mudaram, mas outras continuam iguais. A avenida não mudou tanto. Alguns estabelecimentos daquela época continuam funcionando — expliquei. — Está vendo aquele restaurante de *udon*? Era da família de um menino da minha classe. O nome não mudou, então talvez esse meu colega esteja tomando conta agora. Mas não tenho coragem de entrar lá.

— Por quê?

— Nós éramos muito pobres, e às vezes não tínhamos nada para comer — contei, rindo. — Quando não tínhamos dinheiro nem para ir ao supermercado, nem podíamos comprar fiado na quitanda porque a dívida do mês estava muito alta, e minha vó, que era a nossa última esperança, não podia vir, nessas horas minha mãe saía para telefonar. Como não tínhamos telefone, ela ligava do orelhão. Ligava para o restaurante de *udon* e pedia duas tigelas simples, sem nenhum acompanhamento. Para entregar. Quando o entregador chegava com o *udon*, eu saía para atender, dizendo: "Minha mãe não está."

Aizawa meneou a cabeça, mostrando-se curioso.

— "Minha mãe não está, nem deixou dinheiro. Vou avisar quando ela voltar", eu dizia.

— E aí?

— O entregador dizia, inclinando a cabeça: "Ué? Mas ela acabou de ligar. E agora?", mas, mesmo assim, deixava a entrega —

contei. — Minha mãe explicava que, quando o entregador sai com a comida, não leva de volta. Pois o macarrão fica mole e perde a elasticidade, não dá para servir para outros fregueses, então ele sempre deixa para trás a comida quente. "Vamos comer pedindo desculpas, não é certo fazer essas coisas, vou lá pagar quando receber meu salário", prometia ela. Depois que o entregador ia embora, minha mãe descia do terraço onde estava escondida e dizia para eu e a minha irmã comermos à vontade. Mas esse restaurante de *udon* era dos pais do menino da minha sala, por isso fico com vergonha. Na época eu não entendia direito, mas, quando penso nisso hoje, vejo que ele era bonzinho. Não sei se sabia ou não o que fazíamos, mas ele sempre me tratou bem, nunca disse nada.

— Sua mãe era fantástica — disse Aizawa, impressionado.

— Sim. — Eu ri. — Mesmo quando desligavam a luz, o gás e a água, minha mãe sabia como manusear as torneiras e as válvulas para religar. Sempre dava um jeito.

— Que mulher incrível.

— Verdade, estou lembrando agora... — disse, rindo.

— Você morou aqui até que idade?

— Até os sete anos. Até antes das férias de verão do primeiro ano.

— A escola fica aqui perto?

— Sim. Acho que basta seguir reto na segunda rua paralela à avenida e virar naquela esquina — expliquei. — No dia da cerimônia de ingresso escolar, alguém tirou uma foto minha na frente do portão da escola. Mas perdi todas.

— Quero ver — disse Aizawa. — A escola que você frequentou.

Caminhamos na direção da escola, seguindo o fluxo de pessoas que iam para o aquário. Passando pela pequena rua comercial com praticamente todas as portas corrediças fechadas e relembrando minha infância, contei alguns episódios: "Aqui era a papelaria recomendada pela escola, onde sempre ficava um velho gato branquinho deitado ao lado do caixa"; "aquela esquina hoje é um terreno baldio, com ervas daninhas altas, mas antigamente era um restaurante de *takoyaki* muito movimentado; a placa do restaurante trazia a personagem Lum, do desenho *Turma do barulho*; a tia do restaurante é quem desenhava, eu a vi desenhar a personagem Lum várias vezes na minha frente, então achava que ela era a verdadeira autora do desenho"; "ao lado havia uma loja de roupas de cama, que um dia foi roubada. Foi uma confusão, todos foram ver o que tinha acontecido, e pela primeira vez eu vi coletarem impressões digitais usando pó prateado; até hoje me lembro de vez em quando das mãos do investigador jogando pó nos pilares". Aizawa meneava a cabeça ao ouvir cada episódio desses, observando as construções ou o vazio que eu apontava. Chegando ao fim da rua comercial, avistamos a escola de ensino fundamental I no outro lado da rua.

— Aqui é a escola — disse. — Só frequentei alguns meses.

— Quando se é criança, alguns meses parecem uma eternidade — teorizou Aizawa, observando o portão da escola.

— Como minha família era muito pobre, eu sofria *bullying* — contei. — Mas tinha uma menina que eu era próxima, que brincava comigo. Ela também era pobre, então todos caçoavam de nós, e vivíamos sempre juntas.

— Hum.

— Ela deve ter tomado um susto quando eu sumi de repente. Sumi sem falar nada. Como deve ter sido para ela?

Aizawa fez que sim.

— Hoje em dia há e-mail, Line, várias formas de contatar as pessoas, mas quando eu era criança, era difícil. Como tínhamos fugido no meio da noite, não existia clima para falar para minha mãe que queria escrever uma carta.

— Sim, entendo.

— Tomara que tenha ficado bem. Pensava nela com frequência.

Aizawa balançou a cabeça, como se concordasse comigo, e enxugou o suor com um lenço. Mesmo com o ar quente e a umidade intensos, mesmo em meio ao calor sufocante de verão, seu cabelo liso se mantinha impecável, suavemente penteado para trás. Atravessando a rua e parando na frente do portão, observamos por um tempo a quadra que brilhava atrás da entrada do prédio da escola. Depois começamos a caminhar novamente e nos juntamos ao fluxo de pessoas que vinham da avenida principal, na direção do mar. O número de pessoas foi aumentando gradualmente, e, ao dobrarmos a esquina, vimos o aquário. Era bem maior do que eu imaginava, e estreitei os olhos sem querer.

— Antigamente, tudo o que havia aqui eram muitos armazéns — suspirei. — E hoje está assim.

— É enorme.

Subimos a escadaria larga e entramos. O suor secou de repente, e soltamos um suspiro.

— Como é incrível o *cooler* — disse, impressionada. — Quer dizer, hoje em dia não chamam mais de *cooler*. É ar-condicionado.

— Exatamente — concordou Aizawa, rindo alto. — Mas ainda prefiro chamar de *cooler*.

Apesar de não estar muito cheio, o aquário estava animado, com famílias com crianças, casais de namorados e vários tipos de pessoas. Havia um café e uma loja de suvenires, e as crianças, empolgadas, corriam pelas instalações. Compramos café gelado e, sentados no banco do saguão, observamos os visitantes. Um grupo de rapazes e moças conversava animadamente, apontando para o grande mapa do aquário. Havia um belo display orientando sobre a exposição especial e um painel de pinguim, com a parte vazada na altura da cabeça para as pessoas posarem, e duas moças tiravam foto uma da outra. Várias crianças estavam reunidas ao redor da mesa em que produziam o carimbo oficial do aquário, e toda vez que ecoava uma carimbada, ouviam-se gritos. Na entrada da loja de suvenires, balões de gás hélio com formato de estrela-do-mar, cavalo-marinho, tartaruga e linguado oscilavam lentamente, e uma senhora, de mãos dadas com uma garotinha que devia ser sua neta, explicava a diferença entre cada uma das criaturas.

— Aizawa, você costuma frequentar aquários? — perguntei.

— Não, quase nunca vou — respondeu ele. — Até queria ir, mas não tive muita oportunidade. Em se tratando de época... Há época certa para ir a um aquário? Um dia quente como hoje, talvez? Mas ir ao aquário no inverno também não parece má ideia.

— Quero ver pinguins no inverno — disse. — Será que eles ficam mais animados? Também só fui poucas vezes a um aquário. E mesmo hoje, nem podemos dizer que estamos em um. Aqui é só o saguão.

Continuamos observando as pessoas que passavam na nossa frente e as crianças que corriam para lá e para cá, tomando nosso café gelado. Tanto Aizawa quanto eu continuamos em silêncio. Ele parecia imerso em alguma divagação, ou apenas observava a movimentação. Depois de um tempo, ele disse:

— Quanto a Zen...

Olhei Aizawa.

— Quanto a Zen... Talvez não faça nenhuma diferença para você, Natsume — ele balançou a cabeça de leve e falou comigo olhando em meus olhos —, mas nós terminamos.

Depois ele olhou para o café gelado que segurava nas mãos e meneou a cabeça de leve.

— Foi depois da última vez que conversei com você ao telefone, uns dois meses atrás. Encontrei com ela e conversamos. Falei no que estava pensando naquele momento, no que vinha pensando nos últimos meses, que me sentia aliviado por não me encontrar mais com ela. Falei tudo, na medida do possível, de modo franco. E também disse que existia uma pessoa que desejava ver mais do que ela.

— E ela?

— Disse para eu fazer o que achava melhor. Bem, isso é típico dela. Ela não perguntou detalhes, quem era a pessoa, o que eu pretendia fazer, nada.

— E...?

— E… — respondeu ele em meio a um pequeno suspiro — foi isso. Eu fiquei calado, e ela disse que não era para levar tão a sério assim. Disse que sabia que iríamos terminar cedo ou tarde, então, quanto mais cedo, melhor.

Depois de dizer isso Aizawa se calou, e eu também não disse nada.

Sentados lado a lado no banco, ficamos em silêncio. As gotas do copo de café gelado molhavam a palma da minha mão. O suor grudado em todo meu corpo começava a secar, e senti minha pele um pouco arrepiada. Aizawa se inclinou levemente para a frente, apoiando os cotovelos no joelho, e permaneceu imóvel, observando a tampa do copo que segurava na mão. O relógio suspenso no alto da parede do saguão, enfeitado com figuras de criaturas do mar, marcava cinco horas da tarde. Ouviu-se um aviso sonoro ininteligível, e um grupo de garotas carregando sacolas da loja de suvenires passou rindo alto. Ficamos de pé quase ao mesmo tempo e saímos caminhando lentamente.

Ouviu-se ao longe um apito que parecia rasgar delicadamente a espessa membrana de ar quente estagnada no céu e, à brisa morna do mar, começou a se misturar um leve cheiro de entardecer de verão. As sombras de várias coisas ficaram um pouquinho mais claras, e tive a impressão de que a luz ao longe ficara um pouco mais densa. Era o crepúsculo. Sem emitir nenhuma palavra, continuamos a caminhar a esmo.

A roda-gigante que eu pensava ficar mais adiante surgiu bem na nossa frente. Parando e levantando o rosto, observei-a em seu movimento. As gôndolas brancas e verdes subiam lentamente, tendo ao fundo o céu crepuscular. Aizawa, ao meu lado, também observava as gôndolas se moverem no céu.

— Como será a vista lá de cima? — murmurei.

— Acho que dá para ver a cidade onde você cresceu, o mar — arriscou Aizawa. — E também o céu.

Havia poucos grupos aguardando na fila para andar na roda-gigante. Olhei para Aizawa, e ele, com um movimento de olhos, sugeriu entrarmos nela. Levantando o queixo, examinei a portentosa roda-gigante, que eu não conseguia ver por inteiro. A gôndola no topo parecia apenas um pontinho. Imaginando a altura e a distância até lá, senti meu corpo flutuar e, sem querer, segurei firmemente a alça da mochila. Aizawa olhou nos meus olhos mais uma vez, como se buscasse uma confirmação. Sacudi a cabeça de leve, assentindo, então ele foi comprar os bilhetes e me entregou um.

Entramos na fila e aguardamos nossa vez. Dois funcionários posicionados um de cada lado davam as instruções, e os casais e grupos entravam na gôndola conforme a sequência. Chegada a nossa vez, Aizawa entrou primeiro, inclinando o corpo, e, depois de hesitar algumas vezes, segurei a barra ao lado da porta e entrei.

A gôndola subiu lenta e suavemente, sem qualquer oscilação, parecendo, por um instante, que a roda-gigante estava parada. Sentamos frente a frente e olhamos a paisagem pela janela. Não sabia se a janela era de um material plástico especial, mas, ao prestar atenção, dava para notar a superfície levemente embaçada, com inúmeros risquinhos brancos. A gôndola subiu silenciosamente, como se levantasse o crepúsculo de verão. Aos meus olhos, o telhado do aquário foi se distanciando cada vez mais, e as árvores do parque ao lado e os diversos prédios ao redor só diminuíam de tamanho. O mar apareceu. O mar de cor escura — que não sabia se era cinza ou cor de chumbo —, demarcado por inúmeras linhas retas, ondulava silenciosamente. Alguns barcos se moviam devagar, deixando pequenos traços brancos, como desenhos feitos com os dedos na superfície do mar. Estreitando os olhos, Aizawa olhava para longe.

— Quando eu era criança — contei —, não sabia a diferença entre o mar e o porto.

— Diferença?

— É. Sabia que aquilo que ficava perto de onde eu morava era o mar. Sentia o cheiro de mar, tinha ondas fortes, sabia que era o mar. Mas esse mar era bem diferente do mar que eu achava que era de verdade.

— Mar de verdade?

— É — disse. — O mar que vemos em vários lugares, nas fotos, nas historinhas. Nelas o mar é azul, bonito, tem o sol brilhando, areia branca... Bem, pode não ser branca, mas tem areia, e as ondas batem nela. Parece que basta querer que se consegue molhar os pés e tocar com as mãos. Para mim, mar de verdade era isso.

Aizawa meneou a cabeça.

— Mas o mar que me era próximo não era assim. Não era azul, não dava para tocar, era escuro, preto, fundo e, uma vez caindo nele, não dava para boiar. Qual a diferença entre esse mar e o mar dos livros? Sempre pensava nisso quando era criança.

— Agora você sabe a diferença?

— Para ser sincera — disse, rindo —, acho que ainda não sei direito.

A gôndola continuava subindo lentamente. À medida que subia, o mar foi mudando de cor e de tamanho, e o horizonte traçava uma brilhante linha tênue. Vi um pássaro preto voar em linha reta em algum ponto alto do céu enevoado. Da chaminé de uma fábrica ao longe subia uma fumaça branca.

— Dá para ver várias coisas — disse Aizawa. — Eu ia muito em rodas-gigantes com meu pai.

— Com seu pai?

— Sim. Minha mãe não gostava muito, então eu sempre ia a parques de diversões só com meu pai. Acho que nem ele era um grande apreciador, mas me levava com frequência. Só eu andava nos brinquedos, e ele sempre me esperava na saída. À medida que eu subia, meu pai ficava cada vez menor, e eu me preocupava, mas, quando ele acenava, eu me sentia envergonhado e feliz ao mesmo tempo — contou Aizawa, rindo um pouco. — Mas acho que ele gostava da roda-gigante, pois toda vez que íamos a um parque de diversões, sempre andávamos na roda-gigante no fim do dia, antes de voltar para casa. Eu andei em rodas-gigantes de vários parques de diversões, e vi muitos tipos de paisagem.

Aizawa coçou o canto do olho com o dedo médio.

— Natsume, você conhece as *Voyager*?

— *Voyager*? — perguntei. — A sonda da NASA?

— Sim. — Aizawa anuiu com a cabeça. — *Voyager*. Sondas espaciais lançadas no verão há quarenta anos. Tem a *Voyager 1* e a *Voyager 2*, e a 2 foi lançada primeiro, e depois de um tempo, a 1. Então elas têm praticamente nossa idade. O tamanho é mais ou menos ao de uma vaca, e acho que agora estão sobrevoando a uma distância de cerca de dezenove bilhões de quilômetros da Terra.

— Dezenove bilhões de quilômetros... — murmurei.

— É tão longe que não dá nem para imaginar, não é? Um dos artigos que li um tempo atrás explicava que dezenove bilhões de quilômetros é uma distância que um trem-bala, correndo a trezentos quilômetros por hora, levaria sete mil e duzentos anos para perfazer, ou um dia e meio para você falar "alô" ao telefone e ser ouvido do outro lado da linha.

— Uau.

— Pois é. Então, meu pai gostava das sondas *Voyager* e, toda vez que andávamos na roda-gigante, ele me falava delas.

Assenti com a cabeça.

— As *Voyager* fotografaram várias coisas até agora, por onde passaram, e têm enviado os dados. Fotografaram vários satélites, anéis de Saturno, a imagem mais famosa talvez seja a da Grande Mancha Vermelha de Júpiter, que acho que todos já viram. Elas foram bem-sucedidas em fotografar Netuno, o planeta do nosso sistema mais distante do sol. E depois de trinta e cinco anos, conseguiram sair do Sistema Solar. Isso é fantástico. É a criação humana que se encontra mais distante da Terra. As *Voyager* concluíram seu papel, ou seja, sua missão principal, muito tempo atrás, mas seguem viajando e transmitindo dados à Terra.

— Por quarenta anos, sem parar...

— Sim — disse Aizawa. — Elas continuam a viagem no universo completamente escuro, vazio, na direção de Sagitário. Não fazemos muita ideia da distância entre uma estrela e outra, mas, por exemplo, parece que as *Voyager* só vão cruzar com um corpo, quer dizer, com outra estrela fixa, daqui a quarenta mil anos. Mesmo nesse momento do cruzamento, as sondas e a estrela estarão separadas por uma distância de cerca de dois anos-luz.

— Daqui a quarenta mil anos.

— Fantástico, não acha? — disse Aizawa sorrindo. — Quando eu ficava mal-humorado, por exemplo, na roda-gigante, falando que não queria ir embora, ou quando brigava com os meus amiguinhos, ou levava bronca da minha mãe e chorava, meu pai se aproximava de mim, se sentava ao meu lado e dizia: "Quando estiver triste, lembre-se das sondas *Voyager*." Elas seguem viagem sozinhas, sem parar, num lugar completamente escuro, sem nenhuma luz. Isso não é fantasia nem ficção. Neste exato momento, no mundo em que você vive, existe um espaço assim de verdade, e as sondas *Voyager* estão seguindo viagem nesse lugar.

Eu assenti.

— Não era fácil me lembrar disso — disse Aizawa rindo. — Mas eu entendia mais ou menos o que meu pai queria dizer. Enquanto vivemos, deparamos com muitos problemas, mas cem anos passam num piscar de olhos. Não só a vida de uma pessoa, mas a história da humanidade, se comparada à história do universo, não é nada, nem chega perto de um piscar de olhos. Se você acha que está chorando ou rindo num espaço de tempo tão curto assim, você se sente reanimado, não é? Mas não significa que você tem que pensar que um dia também vai morrer. Chegará o dia em que o sol se queimará e se consumirá por completo, e a Terra e a humanidade se extinguirão sem deixar qualquer resquício, com certeza. Mas talvez as *Voyager* continuem viajando para sempre no fim do universo, mesmo depois disso. Meu pai sempre batia nessa tecla.

Eu balancei a cabeça.

— Nas *Voyager* foram postos a bordo discos de ouro nos quais está gravada a história da civilização da Terra.

— Discos de ouro? — indaguei.

— Sim. Neles estão gravados vários sons da Terra, como de ondas, ventos, trovões e cantos de pássaros. Além de saudações em mais de cinquenta idiomas. Músicas de vários países. Informações sobre natalidade, anatomia, desenvolvimento dos nossos corpos. Quais cores o ser humano reconhece, o que come, o que valoriza, estilo de vida. Desertos, mares, montanhas, animais, instrumentos musicais... Que tipo de civilização e ciência ele veio desenvolvendo, onde e como as pessoas viviam. Tudo isso está devidamente registrado em cada um dos discos. Junto com uma agulha para reproduzir essas informações.

Imaginei um disco dourado.

— Num futuro distante, quem sabe alguém encontre as *Voyager* no fim do universo. E talvez consiga decifrar os discos. Nessa hora, tanto a Terra quanto a humanidade já devem ter se extinguido por completo, sem deixar qualquer resquício, mas talvez os dias vividos pela humanidade, as lembranças, sobrevivam. Ouvindo meu pai dizer essas coisas, começava a parecer muito estranho o fato de eu, que vou desaparecer um dia, estar naquele lugar, que também vai desaparecer um dia. Eu estava vivo naquele momento, mas pensava se eu não seria apenas uma existência na lembrança de alguém. Eu tinha essa sensação estranha.

Aizawa sorriu.

— "Jun, o ser humano é um mistério", dizia meu pai. "Ele sabe que tudo vai acabar um dia, mas chora, ri, se enfurece, constrói e destrói várias coisas. Falando desse jeito, parece que a vida é sem graça. Mas, Jun, mesmo assim, apesar dos pesares, viver é algo fantástico. Então não se aflija, anime-se", dizia. Ouvindo isso do meu pai, sendo eu criança à época, pensava que ele devia ter razão.

Eu assenti.

— Então eu voltava para casa com meu pai, a pé, pensando nas sondas *Voyager*, que continuariam viajando por dezenas de milhares de anos no universo completamente escuro, vazio, tendo a bordo nossa memória.

Rindo um pouco, Aizawa olhou novamente pela janela. Quando me dei conta, a gôndola que nos carregava já tinha passado do topo e descia lentamente, como se deixasse uma marca invisível no crepúsculo de verão. No céu, vários tons de azul pairavam como se fossem tiras, e continuamos a observar o porto que se estendia lá fora, em silêncio.

— Quando penso em você, Natsume, me lembro de como me sentia — disse Aizawa. — Toda vez.

Concordei em silêncio.

— Tem uma coisa que percebi depois que te conheci, Natsume — contou ele. — Até agora eu procurava meu pai biológico, achava que tinha que me encontrar com ele, descobrir de onde vinha a outra metade de mim mesmo.

— Hum.

— Achava que eu era desse jeito porque não conseguia descobrir.

— Hum.

— Óbvio que isso não deixa de ser verdade. Acontece que... O que vem me consumindo nos últimos tempos é... não ter falado ao meu pai, ao pai que me criou: "Você é meu pai."

Observei Aizawa.

— Queria ter descoberto a verdade enquanto ele ainda era vivo e, sabendo de tudo, ter dito a ele: "Meu pai é você." Queria ter dito isso a ele.

Aizawa se virou para a janela, ficando de costas para mim. As nuvens finas que havia no céu tinham sido carregadas pelo vento, e uma suave claridade rosa se espalhava como se fosse tinta manchada em um tecido molhado. Essa luz chegava até a gôndola onde estávamos e contornava, débil e tremulamente, o cabelo de Aizawa. Eu me movi para o banco da frente, ao lado dele, e pousei minha mão no seu ombro, com cuidado. Suas costas eram grandes, e seus ombros, muito largos, mas, na palma da mão que eu tocava pela primeira vez, sentia Aizawa ainda criança, o menino Aizawa. Tive a sensação de tocar no ombro desse menino.

Fazendo um barulhinho, a gôndola se aproximava cada vez mais do chão. Pela mesma janela continuamos observando o mar e a cidade que brilhavam como se respirassem silenciosamente.

Passamos pela porta da gôndola sendo empurrados com delicadeza pelo crepúsculo, e descemos na plataforma da roda-gigante. Quando respirei fundo, senti meus pulmões sendo preenchidos pelo entardecer de verão. A brisa com cheiro de mar acariciava minha pele, e caminhamos rumo à estação, como se abríssemos e cortássemos silenciosamente o início da noite.

Atravessamos o semáforo da avenida principal e seguimos reto, tendo à direita a luz do restaurante de *udon*, caminhando em meio às pessoas que vinham de algum lugar e voltavam para casa. Quando vimos a escadaria da estação, Aizawa disse baixinho, mas em um tom que chegou até mim:

— Natsume, se você ainda pensa em ter filho, que tal tê-lo comigo?

Continuamos caminhando e subimos a escadaria devagar. Aizawa insistiu, em voz baixa:

— Natsume, se você ainda pensa em ter filho, se deseja encontrar seu filho, poderia tê-lo co...

Ouvindo o pulsar intenso do meu coração que parecia sacudir meu corpo, subi a escadaria, degrau por degrau. Passamos pela catraca e entramos no próximo trem. Continuamos calados, observando o pôr do sol que corria lá fora.

— Natsu! Bem-vinda de volta!

Passando debaixo da meia cortina *noren*, avistei Makiko e Midoriko sentadas à mesa no meio do restaurante animado. Midoriko estava quase se levantando da cadeira e, erguendo a mão, chamou meu nome sorrindo.

— Estou vendo vocês! — disse para disfarçar meu acanhamento e me sentei.

Makiko estava sentada com a coluna ereta, com uma expressão ambígua, mordendo levemente os lábios — eu não sabia se ela ria, se estava ansiosa ou prestes a chorar. Quando me aproximei, ela meneou a cabeça várias vezes e abriu um sorriso largo.

Acabamos combinando de nos encontrar no restaurante de *okonomiyaki* de Shōbashi e, quando cheguei, Makiko já tinha tomado metade da caneca de cerveja, enquanto Midoriko bebia chá de cevada. Havia *konnyaku*, broto de feijão e outros ingredientes sendo refogados na chapa, e em todo o restaurante pairava um nostálgico cheiro agridoce. Quando trouxeram a cerveja que eu tinha pedido, Makiko disse, alegre:

— Feliz aniversário, Midoriko!

Fizemos um brinde. Ecoou o *tim-tim* que parecia causar cócegas.

— Vinte e um anos? Não dá para acreditar! — disse Makiko, estreitando os olhos e observando o rosto de Midoriko. — Como você cresceu!

— Ainda é jovem — falei, rindo. — Aproveite bastante!

— Pode deixar! — disse Midoriko, animada.

Makiko então falou da menina que entrara recentemente no *snack bar*, que, de cara, dava para perceber que tinha feito plástica. No começo, tanto Makiko quanto as outras *hostess* evitavam tocar no assunto de propósito, procurando não ofendê-la, mas a própria moça começou a contar ter gastado tanto em tal lugar para ter aquelas pálpebras duplas, ter injetado ácido hialurônico em certo ponto do queixo, que o nariz que era de um jeito e ficou de outro — como se falasse de acessórios de maquiagem. E esse seu ar franco e aberto era encantador, segundo Makiko.

— Ela é engraçada. O rosto parece um palanquim xintoísta carregado pelas pessoas nos festivais, todo pomposo. Ultimamente parece que é assim. Nem tentam esconder.

— É. Mas por que uma moça que gastou tanto dinheiro em plástica trabalha no bar da minha mãe? — questionou Midoriko, comendo *konnyaku*. — Existem muitos bares próprios para moças mais novas, mais exuberantes, onde o salário por hora é melhor.

— Parece que ela chegou a trabalhar em bares que pagavam melhor, mas disse que cansou, porque tinha que cumprir metas rigorosas e seguir regras chatas. Parece que o relacionamento pessoal também é complicado. Nesse ponto, nosso bar é tranquilo, ela pode usar roupa de malha no inverno e está contente, e acha que vai permanecer muito tempo lá. Ela trabalha durante o dia também, em um salão de manicure — disse Makiko. — Foi ela quem pintou. Não são lindas?

Vendo Makiko mostrar as unhas pintadas de um belo tom rosa-pérola, Midoriko e eu rimos. Midoriko falou do livro de Kripke que estava lendo e, naturalmente, de Haruyama. Os dois pareciam estar bem, e ela me mostrou fotos de quando foram a uma montanha.

— Vocês gostam de ficar ao ar livre — comentei, e Midoriko explicou, mostrando-se admirada, que o hobby de Haruyama era compor haicais, e que, de vez em quando, ela precisava acompanhá-lo em passeios para compor os poemas. Na foto, os dois apareciam joviais e sorridentes, envolvidos por uma luz clara.

Quando o *okonimiyaki* e o yakisoba chegaram, pegamos uma porção cada, e comemos declarando várias vezes quão quente e deliciosa estava a comida.

— Ah, Midoriko... E as doninhas? — perguntei.

— Então... — disse Midoriko. — Sumiram.

— Como assim? De forma natural?

— É. Sumiram um dia, de repente.

— Alguém botou veneno? — perguntei.

— Não, parece que não.

— Que coisa estranha. O que será que houve? — perguntou Makiko inclinando a cabeça.

— O pessoal do salão esotérico de autoajuda também ficou quieto de repente — contou Midoriko, mordiscando a comida. — Ficou tudo silencioso, como se nada tivesse acontecido. E a obra também acabou, quando a gente menos esperava.

— Tudo resolvido mesmo? Não tem um cadáver no piso de cima? — perguntei, rindo.

— Acho que sim. Ou melhor, a família das doninhas deve ter terminado a mudança.

Midoriko arregalou seus grandes olhos e sorriu, dizendo:

— O *okonomiyaki* daqui é uma delícia.

Saindo do restaurante, voltamos de ônibus para o apartamento de Makiko e Midoriko. O prédio de apartamentos, que eu visitava depois de muitos anos, despontou vagamente na noite quente de verão. Ao ver sua figura solitária, fui tomada por uma sensação que eu não sabia se era de tristeza ou saudade, e senti uma leve dor no peito. Subimos a escadaria de metal fazendo ecoar nossos passos e, chegando ao apartamento, passamos o tempo assistindo à TV e conversando.

Tomamos banho uma depois da outra, estendemos dois *futon* e deitamos nós três, Makiko, Midoriko e eu, e continuamos conversando mesmo depois de apagar a luz. Rimos algumas vezes quase nos contorcendo, Midoriko levantou a parte superior do corpo dizendo que ficaria louca se não parássemos e voltou a se deitar em seguida. Continuamos conversando por muito tempo. Depois diminuímos a conversa, até que começamos a ouvir o ressonar de Midoriko.

— Ai, não aguento mais rir. Vamos dormir também? — sugeriu Makiko.

A essa altura, meus olhos já estavam completamente familiarizados com o breu, e eu conseguia ver vagamente o contorno do pequeno armário, a camiseta de Midoriko suspensa na parede, a estante em diversos tons de azul. Demos boa-noite uma à outra e, depois de um tempo, voltei a falar.

— Ei, Maki.

— Oi? — respondeu Makiko depois de um tempo.

— Maki, me desculpe — disse baixinho. Vi quando ela se virou na escuridão azulada da noite.

— Eu é que peço desculpas — respondeu ela. — Nem ouvi direito o que você tinha a dizer. Você deve ter pensado muito antes de falar aquilo para mim. Mas eu disse aquelas coisas sem saber de nada. Fui uma idiota.

— Não, eu é que falei o que não devia. Me desculpe.

— Ei, Natsuko. Sou sua irmã mais velha.

Eu pestanejei sem falar nada.

— Sempre serei sua irmã mais velha. Vai dar tudo certo. Vamos nos esforçar juntas. Natsuko, quaisquer que sejam suas decisões, vai dar tudo certo, com certeza.

— Maki?

— Vamos dormir?

— Vamos.

Observando a sombra da janela que aparecia vagamente no quarto escuro, fiquei lembrando cada uma das paisagens e das palavras trocadas que vinham à tona uma seguida da outra, e, sem que eu percebesse, caí no sono. Adormeci como se fizessem um meu molde delicadamente em uma argila macia. Dormi até de manhã, sem sequer sonhar.

Em meados de setembro, escrevi um e-mail a Yuriko Zen. Enviei ao endereço de e-mail que constava no cartão de visita que ela me entregara quando nos conhecemos, pedindo desculpas, antes de mais nada, pela mensagem repentina e lhe perguntando se poderíamos conversar pessoalmente. Sua resposta chegou quatro dias depois. Combinamos de nos encontrar no sábado seguinte, às duas da tarde, em um pequeno salão de chá nos fundos da rua comercial de Sangenjaya.

Yuriko Zen chegou cinco minutos antes do horário marcado, parecendo mais magra do que da última vez que a tinha visto, três meses antes. Não sei se eu a havia visto primeiro, quando ela apareceu à porta, ou o contrário. Como da vez passada, ela usava um vestido preto sem nenhum adorno e, sem olhar pelo interior do salão de chá, veio na minha direção, passando pelo corredor. Ao puxar a cadeira e se sentar, abaixou a cabeça. Também a cumprimentei acenando com a cabeça.

O garçom se aproximou trazendo água e o cardápio. Pedi um chá gelado, e Yuriko Zen também. Tocava uma sonata para piano em volume adequado, uma música que certamente todos conheciam, mas não conseguia me lembrar de quem era. Caladas, continuamos observando os copos sobre a mesa.

— Desculpe te chamar assim, tão subitamente — falei.

Depois de um momento, Yuriko Zen balançou a cabeça. Atrás da nossa mesa, na diagonal, havia uma janela por onde os raios solares entravam. O salão estava bem iluminado, mas, apesar disso, o rosto de Yuriko Zen parecia levemente azulado. A névoa da nebulosa que se espalhava elipticamente por seu rosto anuviado parecia perder a cor aos poucos e ficar cada vez mais gelada. Ela parecia muito cansada. Calada, observando a ponta dos seus dedos ao redor do copo, ela parecia esperar que eu tocasse no assunto que a levara até ali.

— Não sei por onde começar — disse com sinceridade. — Nem sei se é adequado falarmos disso.

Yuriko Zen levantou um pouco o olhar.

— Mas eu quis me encontrar pessoalmente com você para isso.

— Tem a ver — indagou ela em voz baixa — com Aizawa?

— Tem — admiti. — Mais precisamente, tem a ver comigo.

O garçom se aproximou e, ao deixar na mesa os copos de chá gelado, perguntou, com um sorriso no rosto, se poderia levar o cardápio. Assentimos, e ele se afastou, agradecendo alegremente.

— Pensei muito sobre o que você disse naquela noite, no parque, em junho — disse. — Até conversar com você, eu achava que tinha refletido o suficiente, à minha maneira, sobre a razão de querer ter um filho, de onde vinha esse desejo. Eu não tenho um parceiro, não consigo ter esse tipo de relação com homens, mas será que eu tinha direito a esse desejo? Pensava muito nisso.

— Não consegue ter esse tipo de relação? — perguntou Yuriko Zen baixinho, estreitando os olhos.

— Não consigo. Não tenho vontade, não consigo usar meu corpo para isso de jeito nenhum.

Contei que só tinha dormido com uma pessoa na vida, que tínhamos terminado por causa disso e que, desde então, não voltara a fazer sexo com mais ninguém.

— Quando soube da doação de sêmen por terceiros, comecei a pensar que esse método poderia servir para mim. Que eu poderia ter meu filho.

Yuriko Zen observava meu rosto em silêncio.

— Mas, depois que conversei com você no parque naquela noite, passei a achar essa ideia bem superficial. Fiquei sem saber o que eu desejava realmente. Quanto mais pensava a respeito, mais aquilo que você disse crescia dentro de mim, e comecei a pensar se não estaria fazendo, desejando, algo terrível, irremediável. Passei a pensar isso. O que não deixa de ser verdade. Ninguém neste mundo nasceu porque quis. Você tem razão, Zen.

Balancei a cabeça e expirei o ar dos pulmões.

— Eu me dei conta de que meu desejo poderia ser algo terrível, egoísta.

Yuriko Zen segurou os cotovelos com as mãos, com delicadeza, como se abraçasse a si mesma, e piscou várias vezes.

— Graças a você é que pude entender isso — afirmei.

— Graças a mim? — indagou ela com a voz rouca.

— É — respondi como se espremesse a voz do fundo da garganta. — Graças a você, Zen, tudo fez sentido.

Yuriko Zen virou o rosto devagar para a porta e se manteve imóvel por um tempo. A linha de seu maxilar estava bem visível, assim como as veias azuis do seu pescoço fino. Pensei em uma floresta densa e escura. As crianças completamente envolvidas pela teia do sono, fazendo suas barrigas macias subirem e descerem suavemente, e Yuriko Zen deitada com o corpo enrolado entre elas. De olhos fechados, abraçada aos joelhos, respirando em silêncio. Pensei no corpo macio e pequenino de Yuriko Zen.

— Talvez o que penso em fazer não possa ser desfeito depois. Não sei como será. Talvez tudo isso esteja errado desde o começo. Mas... — Senti que minha voz tremia levemente. Respirei fundo e observei Yuriko Zen. — Prefiro falhar a deixar para lá.

Tanto ela quanto eu observávamos nossos copos sobre a mesa. O senhor de cabelo branco sentado atrás dela se levantou e, como se apoiasse o corpo na bengala, caminhou devagar para a saída.

— Você terá o filho com Aizawa, não é? — perguntou Yuriko Zen baixinho, depois de um tempo.

Eu assenti.

— Aizawa — disse ela pressionando suavemente sua pálpebra com a ponta do dedo, a voz quase esvaindo — acha que foi bom ter nascido.

Observei-a em silêncio.

— Eu não sou como você nem como Aizawa.

Concordei com a cabeça.

— Talvez eu seja apenas fraca — completou ela baixinho, com um sorriso frágil. — Se aceitar como algo positivo o fato de eu ter nascido, não consigo viver nenhum dia a mais.

Fechei firmemente os olhos. A ponto de conseguir ouvir o som desse aperto. Se afrouxasse um pouco as pálpebras, o que remoinhava na minha garganta poderia transbordar. Continuei respirando lentamente, com os lábios cerrados. Permanecemos em silêncio por muito tempo.

— Eu li seu livro — disse Yuriko Zen depois de um tempo. — Muitas pessoas morrem.

— Sim.

— Mas, mesmo assim, continuam vivas.

— Sim.

— Não dá para saber se estão vivas ou mortas, mas continuam vivas.

— Sim.

— Por que você está chorando?

Ao dizer isso sorrindo, Yuriko Zen estreitou os olhos e me fitou com a expressão de quem, depois de hesitar entre chorar e sorrir, decidira não chorar. Eu queria abraçá-la. Não por meio de palavras conhecidas, não com meus braços, mas de alguma outra forma. Abraçar seus ombros finos e suas costas pequeninas, envolver Yuriko Zen… Mas não consegui fazer outra coisa senão menear a cabeça e chorar, enxugando com a palma das mãos as lágrimas que corriam sem parar.

— Que estranho — disse Yuriko Zen.

— É.

— Que estranho.

— Outro dia, fui visitar o túmulo de Sengawa.

Quando Yusa misturou o café gelado com o canudo, o gelo derreteu, fazendo *craque*.

Yusa, que eu via depois de dois meses, estava bem bronzeada, e seu vestido branco sem manga parecia mais claro e brilhante do que a sua cor original. Estava de cabelo curto e usava um chapéu de palha pequeno com um laço preto.

— Sei que não faz sentido visitar túmulos — disse Yusa, fazendo bico com os lábios. — Mas não podemos ir à casa dos pais dela várias vezes. Antes, fazia pouco caso dos túmulos e até hoje não mudei de ideia… Acho eles frios, caros, e os mortos nem estão lá, não têm nenhuma relação com os vivos. Mas entendo que seja um lugar que os vivos podem visitar quando não sabem aonde ir.

— Verdade. — Assenti.

— Perguntei aos pais dela onde ficava o mausoléu da família, e fui. Tive que ir até Hachiōji e seguir mais um pouco para o norte. É inacreditável — disse Yusa. — Era cinco ou seis vezes maior do que o dos outros.

— A lápide?

— Claro que não. — Yusa estreitou os olhos. — Sim, a lápide não era uma comum, era comprida para os lados, parecia um monumento, mas me refiro à área. Era enorme. Não estou exagerando, um estudante podia morar lá, de tão grande que era.

— Uma vez ela me contou coisas da infância.

— Sério? — perguntou Yusa levantando o olhar, com o canudo na boca. — Ela nunca me contou.

— Falou que ficou um tempo internada quando era criança e teve vários professores particulares que ensinavam as matérias. Que começou a ler livros naturalmente, porque passava muito tempo sozinha.

— Ela amava ler — constatou Yusa.

— Não por acaso era editora — completei, rindo.

— Mas existem muitos editores que nem gostam de livros — disse Yusa também aos risos. — Nesse sentido, Sengawa gostava de livros de verdade. Gostava mesmo.

A garçonete trouxe meu chá de ervas gelado. Desculpou-se pela demora e deixou a conta no canto da mesa, com seus dedos cheios de anéis, e foi para os fundos com um sorriso simpático.

Da mesa próxima à janela onde estávamos sentadas podíamos ver as pessoas que passavam pelas ruas de Sangenjaya. Alguém com uma sombrinha passeando com seu pequeno cão, duas universitárias com grandes óculos escuros combinando e uma mãe segurando a mão de uma criança com uniforme de jardim de infância, caminhando cada qual em seu ritmo, em meio à luz matinal de fim de julho. A luz veranil das dez e meia da manhã incidia diretamente sobre o balde com flores abundantes das quais eu não sabia o nome na frente da floricultura que se preparava para abrir e sobre a pequena placa da padaria com o cardápio escrito, projetando nítidas sombras no chão.

— Já faz dois anos — disse Yusa, olhando pela janela. — Embora eu esteja mais conformada, continua sendo difícil de acreditar. Perder alguém deixa a gente...

Tomando nossas bebidas, continuamos olhando pela janela por um tempo.

— E aí, está se mexendo? — indagou Yusa, olhando minha barriga do outro lado da mesa.

— Muito — respondi olhando para baixo. — Não sei se mexe ou chuta. Às vezes chuta o colo do útero de repente, e acho que vou parar de respirar.

— Ah, também passei por isso — disse Yusa, rindo e franzindo a testa. — E pensar que falta menos de um mês para a data prevista! Foi tão rápido.

— Verdade. Faltam só duas semanas.

— Acho que a última lista de compras que te mandei estava quase completa, mas acho melhor usar lenço umedecido que dá para aquecer, apesar de ser verão.

— Ah, tem que comprar o algodão separado?

— É, o aparelho que liga na tomada — explicou Yusa. — Acho que o algodão umedecido quente limpa melhor. E o berço?

— Pensei em estender um colchãozinho ao lado do meu *futon*, mas, pesquisando, parece que berço é mais prático. Achei um lugar que aluga por cinco mil ienes por seis meses. Estou pensando em alugar.

— Hum.

— Roupinhas, itens para banho, fraldas... — listei verificando as anotações do meu celular. — Comprei mamadeiras e bicos tipo 1. Fórmula só vou comprar um pouco antes do parto.

— Carrinho de bebê pode ser depois.

— É. Coisas grandes acho que vou comprar on-line.

— Quando sua irmã vem? — perguntou ela.

— A princípio na data prevista, para ficar por uma semana. Depois minha sobrinha também vem me ajudar.

— Ah, que ótimo — disse ela, sorrindo. — Você pode contar comigo, mas logo depois do parto é bom ter alguém por perto, para o caso de emergência.

— Sim, claro — assenti.

— Será menina ou menino? — indagou Yusa, mexendo o pescoço. — É raro não querer saber o sexo hoje em dia, não é? Com uns dois meses de gestação de Kura, eu já não parava de perguntar ao médico. Ele deve ter ficado de saco cheio.

— Que mulher ansiosa. — Ri.

— Mas que bom que está correndo tudo bem. Isso é o mais importante. Ah, já decidiu o nome? — perguntou ela.

— Ainda não. Não faço a menor ideia.

— Sobre o nome, a data do parto, essas coisas, você tem conversado com ele? — questionou ela, aproximando um pouco seu rosto. — Com o seu parceiro, ou melhor, com o pai do bebê.

— Conversei, sim. Não chegamos a falar do nome, mas informei a data prevista quando descobri que estava grávida. Como ele mora em Tochigi, quase não temos nos visto nos últimos meses, mas, de vez em quando, trocamos mensagens no Line.

— Ele voltou para a casa da mãe?

— Voltou. A mãe dele mora sozinha, não está muito bem, e ele decidiu trabalhar na cidade natal dele.

— Bem, é perto de Tóquio. — Yusa meneou a cabeça.

— Como eu te disse, a princípio vou ter o filho sozinha, vou criá-lo sozinha.

— Certo.

— Combinamos que quando a criança desejar ver o pai, poderá vê-lo — expliquei. — Quando ela quiser encontrá-lo, terá minha autorização. E vice-versa, o pai também poderá ver o filho quando desejar, na medida do possível. Ainda não sabemos como será essa dinâmica, mas, por enquanto, decidimos que será desse jeito.

— Que legal — disse Yusa, e abriu um largo sorriso.

Yusa tomou todo o café gelado, esticou os braços e, tirando o chapéu de palha, coçou a cabeça como se desenhasse um círculo nela. Em seguida disse alegremente, sorrindo e estendendo os braços bronzeados:

— Você também vai ficar assim logo, logo, Natsume. Quantas vezes você acha que eu vou para a piscina por semana? Os meninos que fazem bico de salva-vidas nos olham com cara de quem diz “Vocês de novo?”.

Saímos do estabelecimento depois de pagar a conta e caminhamos até a estação. Como Yusa tinha uma reunião em Shibuya, eu a acompanhei até a catraca.

— Ah, sim. Está se dando bem com Okusu?

— Sim, estamos nos dando muito bem.

— Bom saber — disse Yusa, mostrando-se aliviada.

— Outro dia devolvi a prova do livro, foi ótimo trabalhar com ele.

— Ele é um ótimo editor — respondeu ela, balançando a cabeça. — Ele gosta do seu livro, Natsume.

— Verdade? Preciso te agradecer por tê-lo me apresentado.

— Não, na verdade foi ele quem me procurou para pedir seu contato, e eu passei. Só isso. Ele leu seu livro e quis trabalhar com você — contou Yusa. — Vai dar certo. Vai dar tudo certo.

— Hum.

— Não vejo a hora de tudo isso acontecer. Aliás…

Yusa abriu a sacola de papel que trazia consigo e me explicou item por item: cinta abdominal para gestante que ela usara durante a gravidez de Kura, alguns pijamas com abertura frontal para amamentação e algumas roupinhas de bebê graciosas.

— Amanhã te mando uma mensagem no Line. Vá com cuidado — disse ela e acenou.

Observei suas costas até ela dobrar a esquina e desaparecer.

Decidi ter um filho com Aizawa no final de 2017, e combinamos algumas coisas. Mas combinar não é a palavra certa, pois ambos não esperávamos muito um do outro; cada um manifestou sua opinião. Eu falei que, a princípio, queria ter o filho sozinha e criá-lo sozinha, só isso. Combinamos que em cada fase da vida da criança iríamos discutir e decidir quantas vezes e como ela veria o pai e, mesmo se decidíssemos que o contato do pai com ela não seria frequente, daríamos um jeito para que eles se encontrassem, se ela assim o desejasse. Disse a Aizawa que arcaria com todas as despesas do parto e da criação da criança, e que levaria uma vida condizente com minha renda. Aizawa refletiu muito sobre a questão financeira e me deu algumas sugestões, mas concordou em respeitar minha decisão.

No final de fevereiro de 2018 fomos a uma clínica especializada em infertilidade, fazendo de conta que tínhamos uma união estável. Não tivemos que provar nossa relação: bastou cada um mostrar seu registro civil para comprovar que nenhum de nós tinha impedimento matrimonial.

Eu disse que havíamos tentado o método da tabelinha por cerca de seis meses, sem sucesso. O médico definiu a data do exame com base no meu ciclo menstrual, fez ultrassonografia e confirmou que eu tinha ovulação. Aizawa também fez os exames, e seus espermatozoides não tinham nenhum problema. Esses resultados nos deixaram aliviados, mas fiquei nervosa, achando que, se os espermatozoides dele não tinham problema e se eu ovulava normalmente, o médico poderia recomendar que continuássemos tentando pelo método convencional por mais algum tempo. Mas, contrariando minha preocupação, ele disse que, em vista da minha idade avançada e do fato de só termos uma chance por mês, além de já termos tentado por meio ano, poderíamos avançar para a etapa seguinte, a de inseminação artificial. Oito meses depois, na quinta tentativa, consegui engravidar.

Depois de me despedir de Yusa, comprei comida congelada no supermercado que ficava no subsolo do Carrot Tower e voltei para casa. Se corresse conforme o previsto, o parto seria em duas semanas; minha barriga estava tão inchada que achava que seria impossível crescer mais. Mas, segundo Yusa, minha barriga ficaria ainda maior na última semana. Alisei a protuberância que saltava logo abaixo do estômago e, protegendo-me com a sombrinha, caminhei devagar até meu apartamento, procurando, na medida do possível, ir pela sombra.

Cheguei ao meu apartamento e, assim que peguei o chá de cevada da geladeira depois de ligar o ar-condicionado, o celular tocou. Era Midoriko. Ultimamente tanto Makiko quanto Midoriko me ligavam com frequência para perguntar se estava tudo bem, se eu precisava de alguma coisa, se havia algum problema. Minha irmã sempre começava dizendo que, como já fazia mais de vinte anos de sua gravidez, já não se lembrava dos detalhes. O que não a impedia de opinar sobre tudo. E, no final, sempre encerrava de forma categórica: a dor do parto é indescritível, mas dizem que varia de pessoa para pessoa, e só experimentando para saber, então é melhor não se preocupar muito. Midoriko, que tinha começado a fazer pós-graduação em abril, ficou de vir me ajudar durante as férias, depois que a mãe tivesse voltado para Osaka. Ela parecia um pouco nervosa em ter que passar mais de duas semanas em Tóquio, uma metrópole com a qual não estava familiarizada, ao lado de um recém-nascido. Mas, pela voz, parecia ansiosa.

— E aí, tudo bem, Natsu? — perguntou Midoriko, alegre.

— Estou bem. Nada de diferente desde ontem.

— A barriga não está doendo?

— Não — disse, e ri. — Está mexendo muito. Acho que é a cabeça, fica batendo no colo do útero, por dentro. Nessas horas dói tanto que acho que minha respiração vai parar. Fora isso, não dói muito. Mas à noite tenho cãibras nas pernas.

— Ah, é? — respondeu ela, em um tom grave. — Na panturrilha? Com esse barrigão, como você massageia a perna?

— Não consigo. Tenho que esperar a cãibra passar.

— Sério? — disse Midoriko em tom mais grave ainda. — E incontinência urinária?

— Acho que essa fase já passou — respondi. — Tanto a albumina quanto o ácido úrico estão normais, no exame de ontem o médico disse que estou com um pouco de inchaço, e só. Acho que está perfeitamente normal. Disse que não havia mais nada a acrescentar.

— Que ótima notícia — disse Midoriko rindo, feliz, e eu também ri. — E como é a sensação de carregar um bebê na barriga?

— É uma sensação curiosa — falei com sinceridade. — Como não tive enjoos, a sensação real de carregar um bebê na barriga só veio quando ela começou a crescer. No começo, parecia que eu só estava gorda. Claro, o corpo fica cada vez mais pesado, passa por várias transformações.

— Hum.

— É o meu corpo, mas…

— Hum.

— Fica cada vez mais lento, frouxo, como se estivesse dentro de um traje grande de algum personagem. Antes sentia um desconforto, era penoso, mas agora nem sinto mais isso, já me adaptei muito bem.

— Ah, é? — disse Midoriko, impressionada.

— Às vezes olho minha barriga durante o banho e, nessas horas, pergunto a mim mesma: a criança vai mesmo sair daqui? Serei capaz de expeli-la?

— Hum.

— Mas hoje em dia já não consigo pensar em mais nada além disso. Não consigo manter nenhuma ideia fixa. Sabe os fios delgados de macarrão *sōmen* que se espalham na água quente? Minhas ideias são como *sōmen*.

— Hum.

— Sempre achei curioso — retomei. — Por exemplo, a pessoa com oitenta e cinco ou noventa anos já tem consciência de que daqui a cinco ou dez anos não vai mais estar viva, não é? Sabe que, num futuro não muito distante, vai morrer de verdade. Eu pensava, curiosa, como é sentir isso, como é para alguém estar na idade de saber que, dali a um ano, nessa mesma época, talvez já não esteja mais vivo. Como se sentem essas pessoas para quem a morte não é algo que vai acontecer em um futuro distante… Para quem a morte é algo bem próximo.

— Não deve ser fácil.

— Será que sentem medo? Será que ficam agitadas? Parece que vivem tranquilamente, mas como se sentem, no fundo? Pensava nessas coisas.

— Hum.

— Mas, pensando bem, posso morrer no parto. Claro, hoje é diferente de antigamente, no fundo acho que não terei problemas. Mas pode haver uma hemorragia… ninguém sabe o que vai acontecer. Bem, é o estado mais próximo da morte em que já estive.

— Hum.

— Mas, por incrível que pareça, não sinto nada. Mesmo quando tento pensar em como vai ser, quando tento pensar na morte, no que pode haver depois da morte, nada me ocorre. É como se eu estivesse envolvida por um edredom fofinho com enchimento de algodão.

Midoriko soltou uma espécie de gemido.

— É inacreditável, não consigo pensar em nada. Então cheguei a imaginar que, talvez, quando há a possibilidade real de morrer, uma substância que deixa a gente assim, tonta, seja secretada na cabeça. Quem sabe os velhinhos e velhinhas de oitenta e cinco ou noventa anos vivam todo dia assim, como eu, agora, pensei. E esses pensamentos também evaporam como se fossem envolvidos em algo volátil.

— Natsu, você não vai morrer — interveio Midoriko. — Mas acho que entendo o que quer dizer.

— É curioso, não acha? — falei, rindo. — Não tenho mais medo de nada.

A última semana de julho chegou ao fim e o mês de agosto começou. Passei a despertar várias vezes no meio da noite. Quando acordava, pelas manhãs, sentia como se houvesse uma névoa embaçada dentro da minha cabeça e passava o dia deitada, cochilando. Os raios de sol do verão iluminavam a cortina clara e formavam um soalheiro no tapete. Estendia os braços encostada na almofada e abria e fechava as mãos várias vezes no meio do calor. Mesmo com o ar-condicionado ligado, a temperatura parecia subir, e sentia o suor nas axilas e nas costas. Toda vez que piscava, o verão parecia inflar dentro dos meus olhos.

Então senti algo como uma contração que era diferente daquela que, vez ou outra, me acometia, e pressionei involuntariamente a parte inferior da barriga com as mãos. Essa contração se foi, como que efêmera, mas logo em seguida tive a sensação de que algo inflava bem no fundo. Depois de se repetir algumas vezes, a sensação se transformou em uma forte dor. Faltava uma semana para a data prevista. Achei que era muito cedo, mas, pelo número de semanas, estava dentro da margem. Ao me dar conta disso, o suor começou a jorrar de uma vez, meu coração palpitava. Até então, tinha ouvido o médico, Yusa e também Makiko — apesar de minha irmã afirmar haver se esquecido praticamente de todos os detalhes — falarem do parto, e tinha feito estudos cuidadosos sobre gravidez e parto lendo manuais técnicos e informações da internet. Mas estava completamente perdida, sem saber reconhecer os verdadeiros sinais de início de trabalho de parto.

Como a dor amenizou em seguida, fui à cozinha levantando-me devagar e, enchendo o copo, tomei chá de cevada de uma vez só. Depois da contração, sentia muita sede, como se o interior das minhas bochechas colasse dentro da boca. *Intervalo*, pensei. Lembrei que havia lido em algum lugar que, ao sentir uma dor diferente da normal, devia calcular antes de tudo seu intervalo. Para poder me levantar rapidamente, resolvi me sentar na cadeira e não na almofada *bean bag*, e olhei o relógio. Os ponteiros indicavam três horas da tarde em ponto. Senti outra dor. Pelas contas, as dores vinham a cada vinte minutos. Eu estava aflita, pois sabia que tinha que pensar no que fazer em seguida, mas, por alguma razão, tudo pareceu irreal, como se os vãos do cérebro, o fundo dos olhos, a área sob a testa, tudo estivesse preenchido por algodão.

Em meio às várias dores que vinham, enviei mensagem no Line para Makiko e Midoriko dizendo: “Acho que as contrações começaram. Falo com vocês mais tarde.” Também escrevi a Yusa no Line. Depois de verificar minha sacola e a bolsa de viagem que deixara preparadas para a internação, com a minha carteira e a caderneta de maternidade, liguei para o hospital. A enfermeira que atendeu ao telefone em voz alegre disse, ao ouvir minha explicação, que talvez eu pudesse aguardar mais um pouco, mas não teria problema se fosse naquele momento ao hospital. Expliquei que, por estar sozinha, eu não conseguiria me locomover caso as dores aumentassem, então iria naquele momento mesmo, e desliguei.

Quando cheguei ao hospital, o intervalo das contrações tinha diminuído ainda mais e as dores tinham se intensificado. Entreguei meus pertences e fui conduzida à sala de parto, onde confirmaram uma dilatação de cinco centímetros do colo do útero e uma leve ruptura da bolsa. As enfermeiras trabalhavam de forma eficiente e, para medirem a intensidade e o intervalo corretos das contrações, colocaram cintos com sensores na minha barriga, alta como uma montanha, e um medidor de pulsações no meu dedo médio.

— Natsume, você já vai entrar em trabalho de parto, tudo bem? — perguntou com o mesmo sorriso de sempre a enfermeira de idade avançada que me tratara gentilmente desde o começo.

Sem conseguir falar por causa da dor, assenti várias vezes com a cabeça, enquanto ela abria um largo sorriso e segurava meus ombros com força.

Em algumas horas o intervalo das contrações diminuiu para quinze minutos, depois para dez, enquanto a dor aumentava gradualmente, a ponto de tudo escurecer diante dos meus olhos. Em alguns períodos de poucos minutos eu parecia recobrar a consciência, como se a névoa se dissipasse e a minha visão voltasse, e nessas horas eu arregalava os olhos e respirava fundo, como se tentasse juntar algo. Meus joelhos tremiam de medo quando sentia o sinal de que a próxima onda ia começar dentro da minha barriga.

As ondas só aumentavam e, em meio à sua crescente densidade, eu já não diferenciava mais os lados de cima e de baixo. Pensava em abrir os olhos para verificar a direção da luz, do sol, e o quão fundo eu estava mergulhada, mas, quanto mais me debatia, mais parecia que a dor se intensificava. Ouvi uma voz feminina falar algo em algum lugar e, ao abrir os olhos no instante em que as ondas haviam recuado, para tentar ver o relógio, os ponteiros indicavam que faltava pouco para as dez da noite. Era uma sensação curiosa: desespero de saber que já se passara tudo isso e desespero de saber que ainda faltava muito, as duas coisas justapostas. Ao mesmo tempo, um riso parecia surgir do fundo da barriga. Era uma sensação que nunca tinha experimentado antes. Pegava o copo para beber água quando conseguia mover os braços e as pernas, minha voz saía, e os incentivos alegres das enfermeiras ora se distanciavam, ora se aproximavam.

Depois das duas horas da madrugada, as dores se tornaram incessantes e gritei várias vezes. Pensei que se aquele era o limite da dor que podia surgir dentro de uma pessoa, ela estava prestes ser ultrapassada. *Quando essa dor extrapolar meu limite, eu devo morrer. Não, não sei.* Talvez ela já tivesse extrapolado. Já não sabia mais onde doía, se era o meu corpo ou se era o mundo. Nessa hora, ecoou uma voz como se rompesse a membrana da dor, e vi o rosto da enfermeira surgir de repente. Arregalei os olhos como se atingida por algo e pus toda a força que tinha na barriga, na parte que eu já não sabia mais onde era, o que era, que só podia ser chamada de centro do mundo. Soltei gritos que eram palavras incompreensíveis no meu peito e investi toda a força que consegui reunir. Nesse instante... tudo ficou branco diante dos meus olhos, como se minha consciência tivesse deixado o corpo carnal com leveza, e senti como se meu corpo tivesse se transformado em um líquido morno que vertia para o mundo.

Uma luz completamente alva preenchia minha mente, meu corpo, e vi... algo se expandir lentamente. Era a nebulosa que respirava em silêncio a uma distância de dezenas de milhares de anos, centenas de milhões de anos. Todo e qualquer tipo de cor remoinhava no meio da escuridão, e a fumaça e as estrelas piscavam. Abri os olhos e vi a névoa, a gradação de cores... respirando silenciosamente em meio às lágrimas que intumesciam e assomavam. Fitei essa luz sem piscar. Estendi a mão para tentar tocá-la. Estendi o braço para tentar senti-la. Nessa hora, ouvi um choro e abri os olhos como se fosse atingida por algo. Vi meu peito subir e descer intensamente, e percebi que eu estava deitada de costas, respirando, enquanto a enfermeira enxugava meu suor. Meu coração trabalhava a todo vapor para transportar oxigênio para todo o corpo. Piscando, ouvi um choro de bebê.

— São quatro e cinquenta da tarde — disse uma voz.

O choro do bebê ecoava, estrondoso.

Depois de um tempo, trouxeram o bebê ao meu peito. Seu corpo inacreditavelmente pequeno aconchegou-se em mim. Seus ombros, braços, dedos, bochechas, tudo estava enrugado e vermelho de sangue. Ele continuava chorando alto.

— Três quilos e duzentos gramas. Uma menininha muito saudável — anunciou uma voz.

Lágrimas continuavam a escorrer dos meus olhos, mas não sabia que tipo de lágrimas eram. Algo que não sabia nomear, que não chegava nem aos pés de todas as emoções que eu conhecia juntas, assomou do fundo do peito, o que me fez derramar mais lágrimas. Vi o rosto do bebê. Encolhi bem o queixo para observá-lo por completo.

Eu via esse bebê pela primeira vez. Era a primeira vez que encontrava essa criatura, que não existia em nenhum lugar, nem na lembrança, nem na imaginação, e não era parecida com ninguém. O bebê chorava alto, mobilizando todo o corpo e fazendo ecoar seu som. "Onde você estava? Você veio até mim?" Falando isso mentalmente, observei o bebê que continuava chorando no meu peito.

Principais referências bibliográficas

BENATAR, David. *Better never to have been*: The harm of coming into existence. Oxford: Oxford University Press, 2006.

ISHIHARA, Osamu. *Seishoku iryō no shōgeki* [O choque das tecnologias de reprodução assistida]. Tóquio: Kōdansha Gendai Shinsho, 2016.

MORIOKA, Masahiro. "'Umarete konakereba yokatta' no imi: Seimei no tetsugaku no kōchiku ni mukete (5)" [Significado de "Era melhor não ter nascido": Para a criação da filosofia da vida (5)]. *Ningen kagaku Ōsaka furitsu daigaku kiyō*, Osaka, n. 8, mar. 2013.

NAGAOKI, Satoko; DI Offspring Group (orgs.). *AID de umareru to iu koto*: Seishi teikyō de umareta kodomo tachi no koe [Nascer por IAD: Vozes das crianças nascidas por doação de sêmen]. Yokohama: Yorozu Shobō, 2014.

ONO, Masahiro. "Uchū ichi kodoku na jinkōbutsu, Voyager no himitsu: JAXA dewa naku NASA ni ikitakatta riyū, yōnenjidai no hero [Artefatos mais solitários do universo, segredo das *Voyager*: Por que eu quis ir para NASA e não para JAXA, heróis da minha infância]. *Tōyō Keizai Online*, Tóquio, 6 jun. 2014. Disponível em: https://toyokeizai.net/articles/-/39248. Acesso em: 12 jan. 2023.

TETTEI CHŌSA: SEISHI TEIKYŌ SITE [Investigação exaustiva: Sites de doação de sêmen]. *Close up gendai* +. Tóquio, NHK, 27 fev. 2014. Programa de TV.

TSUGE, Azumi. *Seishoku Gijutu*: Funin chiryō to saisei iryō wa shakai ni nani o motarasuka [Tecnologia reprodutiva: O que o tratamento para infertilidade e a medicina regenerativa proporcionam à sociedade]. Tóquio: Misuzu Shobō, 2012.

UTASHIRO, Yukiko. *Seishi teikyō*: Chichioya o shiranai kodomotachi [Doação de sêmen: Crianças que não conhecem o pai]. Tóquio: Shinchōsha, 2012.

intrinseca.com.br

@intrinseca

editoraintrinseca

@intrinseca

@editoraintrinseca

editoraintrinseca

1ª edição ABRIL DE 2023
reimpressão FEVEREIRO DE 2025
impressão BARTIRA
papel de miolo IVORY BULK 65 G/M^2
papel de capa CARTÃO SUPREMO ALTA ALVURA 250 G/M^2
tipografia SIMONCINI GARAMOND